Hefyd gan Dewi Prysor:

Brithyll (2006)

Madarch (2007)

Crawia (2008)

Lladd Duw (2010)
Rhestr fer Llyfr y Flwyddyn
ac enillydd gwobr Barn y Bobl 2011

Cig a Gwaed (2012)

DEWI PRYSOR

yLolfa

Argraffiad cyntaf: 2015

Dymuna'r cyhoeddwyr gydnabod cymorth ariannol
Cyngor Llyfrau Cymru

Cynllun y clawr: Rhys Aneurin

Rhif Llyfr Rhyngwladol: 978 1 78461 040 1

Cyhoeddwyd ac argraffwyd yng Nghymru
gan Y Lolfa Cyf., Talybont, Ceredigion SY24 5HE
gwefan www.ylolfa.com
e-bost ylolfa@ylolfa.com
ffôn 01970 832 304
ffacs 832 782

Mae hon i Mam,
Gwyneth Mair Williams

Roedd hi mor falch ohonof, ac wastad yn mwynhau fy nofelau.
Hi, yn fwy na neb, roddodd yr awen imi.
Hebddi, fyswn i ddim yn sgwennu.

Diolch...

I Lefi, Alun, Nia, Meleri, Fflur a phawb arall yn y Lolfa
am eu cefnogaeth ddiffuant a'u gwaith trylwyr a chydwybodol.

I Rhys Aneurin am glawr trawiadol arall.

I'r Cyngor Llyfrau.

I'r siopau llyfrau Cymraeg.

I Dad, John, Meg, Lil, Anti Glad, Mans, Rhys, Mel a'r teulu oll.

I ffrindiau ffyddlon: os mêts, mêts.

I Sian 'Nain Bethel' Davies.

I bawb sy'n darllen fy mwydriadau.

Ac yn arbennig i Rhian fy ngwraig,
ac i fy meibion Owain, Rhodri a Gethin.

Nodyn gan yr awdur:
Ffuglen pur yw'r nofel hon. Digwyddiadau, cymeriadau a lleoliadau ffuglennol
a hollol ddychmygol sydd ynddi, a chyd-ddigwyddiad llwyr a damweiniol fyddai
unrhyw debygrwydd i ddigwyddiad, cymeriad neu leoliad go iawn. Pan fo crybwyll
ambell enw tref go iawn yn y nofel, tydi hynny ond er mwyn gosod y nofel rywle
oddi mewn i ddaearyddiaeth gogledd Cymru, a dychmygol yw pob cyfeiriad
ati. Nid oes unrhyw gysylltiad rhwng y llefydd hynny a lleoliadau, cymeriadau a
digwyddiadau ffuglennol yr ardal yr wyf wedi ei chreu ar gyfer y nofel. Nid yw'r
ardal honno, na'i chymeriadau, yn bodoli yn unlle ond yn nychymyg yr awdur.

"Ti'm angan telisgôp i weld y gwir."
Math

"Gwern! Ty'd yma! Ma rhywun 'di rhoi
Cimwch mewn bath o asid!"
Mynydd

"Tyddyn Dub fydd calon yr holl sioe,
yn pwmpio'r bas i bellafion y bydysawd, reu!
Y Rrrifiera Rrreu fydd canol y galacsi!"
Robi-di-reu

"Gymri di ffagotsan?"
Lemsip

"Un gairrr sydd 'na! Rrreu!"
Robi-di-reu eto

1

Pasiodd eiliad neu ddwy o ddistawrwydd llethol, fel yr eiliadau hynny rhwng y fellten a'r daran mewn storm. Doedd dim rhaid cyfri'r eiliadau i weld pa mor bell oedd y storm hon, fodd bynnag, gan fod hynny'n gwbwl amlwg. Roedd hi'n eistedd ochor arall y ddesg, ei hwyneb yn gymylau duon a'i llygaid yn bygwth brwmstan. Am hannar eiliad, bu bron iddi ffrwydro, ond mi ddechreuodd gyfri i ddeg a llwyddo i gadw'i hun yn cŵl. Pan ddaeth y daran doedd hi'n ddim mwy na rhyw rwnian anniddig o du hwnt i'r bryniau – neu'r ddesg, yn yr achos yma. Rhoddodd Raquel ei dwylo ar ymylon allweddell ei chyfrifiadur ac anadlu'n ddwfn, cyn plygu ei phen ymlaen i bwysleisio'r hyn roedd hi am ei ddweud.

"'Mr Doran'…"

"Llai o'r fformalitis 'ma!" torrodd Bitrwt ar ei thraws.

"Iesu Grist bach," chwythodd Raquel o dan ei gwynt wrth ffrwyno'i rhwystredigaeth.

"Dim hwnnw chwaith," medd Bitrwt dan wenu'n ddrwg, yn mwynhau pob eiliad. "Declan Owen Doran. Doran fel yn 'Dôr Ann'. Dim 'Doran' fel yn 'Duran Duran'. Ond gei di 'ngalw fi'n —"

"Sgennai'm amsar i chwara gêms, Bitrwt, mae 'na bobol erill yn aros…"

"BitrwtZ! Efo 'zed'! Fel yn Beat a Roots. Ond efo 'zed'. Dim ffrwyth ydw i, ond Meistr y Root Beats." Rapiodd Bitrwt ei fysedd ar y ddesg. "Beatzzz. Fel yn *ridim* – rythm – dig?"

Ochneidiodd Raquel yn uchel, a chribo'i bysedd gwyn trwy ei gwallt brown, llyfn. "BitrwtZ – sydd ddim yn 'ffrwyth' – tydw i ddim am wastio mwy o amsar yn ail-ddeud 'yn hun drosodd a throsodd. Does 'na ddim byd fedra i neud. Gei di ddim 'contribution-based' nac 'income-based jobseekers'. Gei di apelio yn erbyn y '13-week sanction', neu hawlio taliad caledi."

"Ia, ti 'di deud hynny lot o weithia rŵan…"

"Mam bach!"

"'Sa'm angan codi dy lais, Raquel. Dwi jysd yn conffiwsd. Ti yma i helpu, dwyt?"

Daliodd Raquel ei phen yn ei dwylo, ei gwinedd pinc bron â thyllu i'w phenglog, tra'n syllu ar y ddesg o'i blaen. Nodiodd, heb edrych ar Bitrwt, a dechreuodd gyfri i ddeg eto.

"Y peth ydi," aeth Bitrwt yn ei flaen. "Dwi ddim yn dallt be ti'n ddeud, sdi. Go iawn rŵan."

Cododd Raquel ei phen i'w lygadu eto.

"Dwi'n dyslexic, dallta…"

"Wyt," cytunodd Raquel wrth nodio'i phen.

"Ac yn dyscalculic."

Nodiodd Raquel eto.

"A dyna be dwi'n ddeud wrtha ti…"

"Taw deud?"

Baglodd Bitrwt am hannar eiliad. "'Sa'm isio bod yn sarcastig, nagoes? 'Sa ti ond yn gwrando chydig mwy, 'sa'n rwbath."

Gwasgodd Raquel ei dyrnau'n dynn wrth siarad trwy'i dannedd. "Dwi *wedi* gwrando. A dwi *wedi* deud wrtha ti – gant a mil o weithia bellach."

Cymerodd ei gwynt cyn mynd yn ei blaen yn bwyllog. "Yli, os wna i egluro popeth un waith eto i ti, wyt ti'n gaddo wnei di fynd o'ma a gadal llonydd i fi?"

Oedodd Bitrwt cyn ateb. "Os ddallta i be ti'n ddeud, mi a' i â chroeso. Ma gen inna betha gwell i neud na ista'n fa'ma'n trio dilyn Klingon-spîc."

Anadlodd Raquel yn ddwfn ac ara. "Reit. Ma hi fel hyn…"

"Ia?"

Ffromodd Raquel. "Wyt ti yn ddi-waith ac yn —"

"Short and sweet, plis. Syth at y pwynt…"

"Wyt ti am wrando ta be?"

"Yn glustia drosta i," gwenodd Bitrwt yn braf o du ôl ei sbectols haul ffrâm gwyn.

"Y broblam ydi dy fod ti wedi cael dy ddiswyddo – cael y sac – am 'gross misconduct'…"

"Ia, ond dwi 'di egluro na bolycs 'di hynna."

"Do, ond dyna be mae'r 'employer' yn ddeud…"

"Cont!"

"Bît— Mr Doran!" medd Raquel gan godi ei llais i ategu'r ffurfioldeb awdurdodol. "Dwi 'di deud 'tha ti… chi… o'r blaen – dim rhegi, neu fydd rhaid i fi alw seciwriti!"

"Sori, do'n i'm yn trio," medd Bitrwt yn ffug-swil. "Genna i Tourette's hefyd, sdi."

Caeodd Raquel ei llygaid ac ysgwyd ei phen eto fyth.

"A deud clwydda ma'r cotsyn, beth bynnag. Siawns bo 'na ffasiwn beth ag innocent until proven guilty ar ôl yn y wlad 'ma? Be ddigwyddodd i gorff y babi, dwad?"

"Be?"

"Y Babws Corffws. Conglfaen cyfiawnder?"

Bu tawelwch am dair eiliad, tan i Raquel ei dorri. "'Da ni'n mynd i nunlla mewn cylchoedd yn fan hyn. Yli, fel dwi 'di ddeud dro ar ôl tro ar ôl tro – dyna 'di'r rheola, a does dim fedra i neud am hynny. Elli di apelio yn erbyn y cyflogwr, ac *os* fyddi di'n llwyddiannus mi gei di hawlio 13 wythnos o gyflog yn ôl ganddo…"

"Ac ar be dwi'n mynd i fyw tan hynny?" torrodd Bitrwt ar ei thraws. "Gwair gwyrdd a cregin gleision?"

"Cau hi!" gorchmynnodd Raquel, cyn bwrw mlaen, gan bwysleisio pob gair yn ara a digon uchel i'r ffwlbart gwirion gael y negas. "A'r *lle iawn* i gael *gwybodaeth am hynny* ydi yn y *ffurflenni* yma dwi *wedi mynd i draffarth* i'w hel at ei *gilydd* a'u *RHOI NHW*… i ti…"

"Ia, ia, ET phone home, ond…" dechreuodd Bitrwt eto, cyn symud am yn ôl wrth i Raquel bwyntio'i bys yn benderfynol, fodfeddi o flaen ei lygaid.

"Ac… os… wyt ti isio *MWY* o *WYBODAETH*… dos i *CIT-IZ-EN'S AD-VICE*…"

"Ond does —"

"Ah-ah!" siarsiodd Raquel. "Dwi heb orffan! Dwi'n gwbod nad oes 'na Citizen's Advice ar ôl yn y dre 'ma…"

"Yn union, felly lle arall —"

Torrwyd ar ei draws gan gân y Muppets – 'Mahna-Mahna' – ar ringtôn ei ffôn. Tynnodd hi o'i bocad ac edrych ar y sgrin. Gadawodd iddi ganu ac atseinio drwy'r Ganolfan Waith, wrth i Raquel rythu arno â llygaid dagr o ochor arall y ddesg – tra'n gweddïo hefyd am i'r llawr ei llyncu. Rhannodd Bitrwt ei wên Shane MacGowan efo hi, wrth ei gwylio'n cochi.

O'r diwadd, tawodd y Muppets. Cydiodd Raquel yn y pentwr o ffurflenni roedd hi wedi'u hel at ei gilydd – tua hannar awr yn ôl bellach – a'u gosod mewn ffoldar pwrpasol.

"Yli, mae gennai gyfweliad efo cleiant arall yn munud, felly dos â'r taflenni 'ma a darllan drwyddyn nhw i weld be ydi dy opsiyna di. Os

na fyddi di wedi ffendio job arall erbyn wsos nesa, ty'd yn ôl ata i…
neu at rywun arall, gobeithio… a deud be wyt ti isio'i neud. Hardship
Payment, apelio yn erbyn dy gyflogwr, neu…"

"Dyna chdi eto efo'r iaith brain 'na."

"Iaith brain?"

"Ia. Jargon. Ma gyd yn mynd dros 'y mhen i, sdi. Wwwsh. Fel'na."
Symudodd Bitrwt ei law dros ei wallt draenog. "Dalld dim. Cofia bo
fi'n dyslexic ac yn…"

"Dyscalculic," cydadroddodd Raquel. "Oeddat ti'n deud. Ond jysd
cym dy amsar i sbio drwy'r bymff 'ma, nei?"

"Dyna chdi eto!"

"Be rŵan?"

"Y geiria mawr 'ma. Bymff. Be 'di hwnnw pan ma adra?"

"Ffeil. Fel hwn, sbia," medda Raquel wrth wthio'r pecyn tuag ato
dros y ddesg. "Jysd dos a darllan drwyddo fo, ma hi'n amsar panad
arna i."

"Woah!" medd Bitrwt, gan symud ei gadair am yn ôl a dal ei ddwylo
i fyny o'i flaen. "Ti'm yn dalld be dwi'n ddeud wrtha ti, nagwyt?"
Daliodd ei fysedd i fyny fesul un wrth restru. "Dwi'n dyslexic. Dwi'n
dyscalculic. Ac…"

"Tourette's?"

"Eh? O ia, hwnnw hefyd. Ond… dwi'n fformoffôbic hefyd, sdi."

"Fformoffôbic?" holodd Raquel yn syn.

"Ia. Ofn ffôrms. It's a form of formophobia."

Gwenodd Raquel am y tro cynta ers i Bitrwt eistedd gyferbyn â hi.
"Ofn ffôrms?" holodd eto. "Ffurflenni?"

"Be bynnag tisio galw nhw. Ffurflenoffobia 'dio yn Gymraeg, ma
siŵr."

"Ydio'n gyflwr go iawn?"

"Wel yndi siŵr dduw. Gŵgla fo. Neu mi ddangosa i ti os lici di.
Pasia'r 'bymfflyff' 'na i mi."

O'r diwadd, meddyliodd Raquel wrth i Bitrwt gau ei lygaid a dal ei
ddwylo allan. Cydiodd hithau yn y ffeil a'i rhoi yn ei ddwylo. Agorodd
Bitrwt ei lygaid a thaflu'r ffeil i'r llawr fel tasa hi'n haearn poeth, cyn
neidio i ben ei gadair fel dynas ofn llygodan.

"Naaa! Naaaaa! Plis!" gwaeddodd efo'i ddwylo dros ei glustiau.
"Na! Dim y ffôrms! Y FFOOOOOOOOORRRRMMMSS! Aaaah!"

"Blincin hec, Bitrwt, be ti'n neud?" gwaeddodd Raquel mewn sioc wrth godi ar ei thraed ac edrych o'i chwmpas mewn cywilydd.

"Naaa! Y ffoooooorms. Y FFOOOORRRRRMMMSSS!"

"Bitrwt!" sgyrnygodd Raquel wrth weld Jane Thennett, ei rheolwraig, yn gweiddi i mewn i'w ffôn. "Callia! Ma nhw'n ffonio seciwriti."

"Y ffooooorrrrmmmsss!" gwaeddodd Bitrwt eto, cyn chwerthin yn uchel wrth neidio oddi ar y gadair.

"Bitrwt!" sgyrnygodd Raquel, cyn ychwanegu bygythiadau o dan ei gwynt. "Mi ffycin lladda i di!"

"Hei, 'sa'm isio rhegi, nagoes?" medda Bitrwt a chwerthin yn uchel eto. "Dwi'n mynd rŵan, yli. Diolch am dy help, ond ma'n saffach i ti gadw'r ffôrms. Cofia fi at Cimwch. Sut ma Caio a Ceri, bai ddy wê?"

"Maen nhw'n iawn, Bitrwt," atebodd Raquel yn swta wrth ddod rownd ei desg a'i shiwio fo am y drws.

"Cŵl. 'Da chi'n mynd at Mam dydd Sul?"

"Yndan. Ti'n gwbod bod hi 'di bod at doctor, dwyt?"

"Yndw. Welis i hi ddoe. Wela i chi dydd Sul, ta. Twdl-pip!"

Brysiodd Bitrwt am y drws wrth i ddyn mewn iwnifform ymddangos ym mhen pella'r stafall. Trodd yn ei ôl cyn gadael yr adeilad. "Oh, Raquel?"

"Ia?"

"BitrwtZ, cofia! Efo 'zed'!"

Gwenodd yn ddieflig-ddireidus a chodi'i fawd, cyn diflannu drwy'r drws otomatig wrth i'w chwaer fawr ysgwyd ei dwrn arno.

2

"Faint o'r gloch ddudodd o?" holodd Lemsip wrth frathu mewn i'w ffagot tra'n gwylio Tongs yn cnocio drws y Lledan am yr eildro.

"Un ar ddeg," atebodd Tongs wrth grafu'r cap gwlân draig goch ar ei ben. "Mae o'n agor am hannar dydd, beth bynnag, felly ddylsa fod y twat o gwmpas lle bellach."

Cerddodd draw at ffenast y bar a rhoi ei drwyn ar y gwydr a'i ddwylo uwch ei dalcan fel parasôl rhag golau'r haul. Doedd dim byd i'w weld yn symud, er bod golau ymlaen rywle tua'r cefn. Camodd am yn ôl i ymyl y pafin a syllu ar ffenestri'r llofft. Doedd dim math o fywyd i'w weld yn rheini. Aeth at y drws a chnocio eto – gan ddefnyddio gwaelod ei ddwrn y tro hwn.

"Watsia rhag ofn iddo feddwl na bêliffs sy 'na," medd Lemsip wrth agor ei ail botal o Dr Pepper.

"Paid â berwi," wfftiodd Tongs. "Ydi'r cefn ar agor, dwad?"

Brasgamodd heibio talcan chwith y dafarn, a thrio bwlyn y dôr oedd yn arwain i'r ardd gwrw a'r cwrt smocio. Ond roedd hwnnw wedi cloi hefyd.

"Beidio bod o 'di anghofio, dwad Tongs?" cynigiodd Lemsip yn obeithiol wrth lowcio cegiad da o'r pop melys. Doedd ganddo fawr o awydd stryffîg heddiw, yn enwedig â haul cynnes gwanwyn ifanc yn gwasgu cwrw neithiwr allan ohono fel dŵr sinc o gadach llestri. "Wela i mo'i gar o yma chwaith."

"Debyg mai jysd hwyr 'dio, Lemsip," medda Tongs wrth wasgu'r botwm gwyrdd ar ei ffôn a'i rhoi at ei glust. "Ddudodd o fod o angan mynd i Cash a Carry."

Cleciodd Lemsip weddill y Dr Pepper a chwalu gwynt fel Godzilla'n cachu draenog, nes bod cerddwyr yn y stryd yn troi i syllu. "Fydd o'n hir, felly."

"Paid â ffycin berwi," atebodd Tongs yn ddirmygus. "Mond i Lidl mae o'n mynd, siŵr. Dyna 'di'w 'Cash a Carry' fo. Ma'n rhy ddiog i fynd yn bell. Mae'i ffôn o'n dal i ffwrdd, beth bynnag. Awn ni am banad i aros, ia? Deud gwir, allwn i neud efo rwbath i'w gnoi."

"Ma hi'n rhy boeth i banad," medd Lemsip. "Gymri di ffagotsan?"

"'Dyn nhw'n ffresh?"

"Dim bora 'ma, na."

"Be ti'n feddwl, 'dim bora 'ma'?"

"Dim yn ffresh bora 'ma, ond ffresh bora ddoe."

"Wel dydyn nhw'm yn ffresh, felly, nac'dyn?"

"Nesa peth! Maen nhw'n ffagots go iawn, siŵr."

"Wel, fyswn i'n disgwyl hynny…"

"Ti'n gwbod yn iawn be dwi'n feddwl, smart-arse. Ffagots iawn o siop gig, 'de! Bora dydd Iau mae o'n gneud nhw. O'ddan nw'n ffresh trw dydd ddoe, ac mi gnesodd nhw fyny bora 'ma i mi."

"Pa fwtsiar oedd o?"

"Alwyn Crwyna, siŵr. 'Di'r llall 'im yn gneud ffagots. Ti am un, ta be?" Daliodd Lemsip y bag yn agored i'w fêt.

"Duw, ia, go won ta," medd Tongs. "Ma 'na ogla da arnyn nhw."

"Chei di'm gwell yn unlla," medd Lemsip. "Jysd y peth at hangofyr – ffagots a Dr Pepper."

"Fysa peint yn well. Gawn ni un pan ddaw hwn yn ôl," medd Tongs wrth frathu mewn i'w belen o gigach, cyn mwmian efo'i geg yn llawn. "Braidd yn gynnar i chdi, cofia!" rhybuddiodd.

"Ges i'm gymint â hynny neithiwr, Tongs!"

"'Dio'm bwys, Lemsip. Sobri cyn dechra eto – yr unig ffordd welli di. Ty'd, awn ni i ista'n yr haul."

Croesodd Tongs y stryd a dilynodd Lemsip o dan gwyno am yr haul, oedd yn "ddigywilydd o gynnas" am ganol mis Mawrth – ac yn testio ei ymroddiad i gwtogi ei ddefnydd o alcohol i'r eitha.

Roedd hi'n prysuro yn Dre erbyn hyn, a dipyn o draffig yn nadreddu trwy'r gylchfan. Eisteddodd y ddau ar fainc i'w gwylio nhw'n llusgo heibio. Tynnodd Lemsip ei hwdi a'i roi ar y llawr, ar ben ei fag o ffagots, cyn tynnu'i sbectols haul am eiliad i sychu'r chwys o'i dalcan a'i ben moel efo colar ei grys-T.

"'Sa'm yn well i ni ffendio cysgod, dwad?" cwynodd eto. "Dwi'n chwysu chwartia'n barod. Mai'n anarferol o gynnas, ydi ddim?"

"Cwrw neithiwr 'di hwnna, Lems," nododd Tongs wrth rowlio ffag. "Er, fel ti'n deud, *mae* hi'n gynnas."

"Felly be 'di hanas y jiwcbocs 'ma, Tongs?"

"'Rockola' ydi hi," eglurodd Tongs wrth gynnig ei faco i'w fêt. "Ma hi'n werth tua mil a hannar yn braf."

"Cer o'na!" medda Lemsip wrth gydio'n y powtsh baco.

"Wir i ti."

"Ac o'dd Cimwch yn ei rhoi hi ffwrdd?"

"Ei lluchio hi, Lemsip! Ar ei ffordd i'r sgip oedd hi ganddo fo."

"Do'dd ganddo fo'm syniad o'i gwerth hi, felly, nabod o!"

"Nagoedd. Ges i olwg ar eBay ar 'yn ffôn, ac o be wela i, y modal debyca ydi'r Thri Ffeif Thri – ac ma rheini'n mynd am tua wan-sics, wan-sefn."

"Ffwcin hel!" medd Lemsip, ac ailddechrau rowlio'i ffag.

"O'dd hi'n noson pŵl neithiwr, doedd, ac yn erbyn y Lledan o'ddan ni'n chwara. O'ddan ni yno'n gynnar, a fa'na o'dd hi, ar ganol llawr y pŵl rŵm. O'dd o'n gwagio'r stafall ochor 'na, ac isio mynd â hi allan i'r cefn yn barod i fynd i'r sgips, ac mi ofynnodd o i ni roi help llaw iddo fo. 'Ffyc mi, a' i â hon 'ddar dy ddwylo di,' medda fi."

"Ac mi gytunodd o?"

"Ddim yn syth. Mi welodd y cont ei gyfla. 'Gei di hi am ffiffti cwid,' medda fo. 'Ffyc off,' medda fi. 'Gostith fwy i ti dalu rhywun i fynd â hi i'r sgips ailgylchu. Gei di twenti.'"

"A be ddudodd o?"

"'Iawn,' medda fo. A dyna hi! Symudon ni hi i'r pasej wrth drws cefn am y tro. Ma hi'n llawn o records 'fyd. Singyls. Hen betha, bellach, ond, wsdi…"

"Bargian!"

"Bargian y flwyddyn, Lem. Ma'r singyls yn werth tua dau gant – heb eu cloria!"

"Peth rhyfadd ar diawl na fasa fo 'di meddwl tsiecio'i gwerth hi 'fyd, yndê?" medd Lemsip wrth ystyried.

"Wel, fel'na ma hi dyddia yma'n de," doethinebodd Tongs tra'n symud ei gap gwlân mewn cylch ar ei ben. "Throw-away culture. Ma technoleg wedi newid gymint, does neb yn sylweddoli fod'na werth i betha hen, bellach. Wsdi, faint o bobol ifanc sy'n cofio jiwcbocsys seis pianos yn gornal y bar? Dwi'n siŵr na'r petha 'ma sy'n hongian ar y wal ydi'r unig rai ma Cimwch erioed wedi'u gweld. Ifanc ydio'n de?"

"Ia. Ma'n dipyn iau na Raquel, dydi."

"Yndi. Toyboy ydio, siŵr. A plastig 'di'w betha fo."

"Be? 'Di Raquel 'di gael plastic syrjyri?"

"Ma hi ar y Botox 'na, saff i ti. Ond na, dim plastig fel'na dwi'n feddwl. Hogyn ready-meals ydi Cimwch, yndê? Os 'dio'n fodlon efo dolly-bird pre-packaged a teulu redi-mêd, wel, 'dio'm yn rhoi gwerth ar betha pwysig bywyd, nac'di? Wsdi, 'dio'm yn gwerthfawrogi sylwedd gymint â harddwch. Hwylusdod taclus mae o isio, yndê. Siwtio ei ben busnas o i'r dim. Eith o'n bell yn y byd arwynebol 'ma, sdi boi. Gei di weld."

Ddalltodd Lemsip mo hannar be ddudodd ei ffrind, ond mi gytunodd. "Mae o'n gneud yn dda yn y Lledan, chwara teg."

"Yndi, Lem. Chwara teg. Mae'r brwdfrydadd ganddo fo, dydi. A'r ariangarwch. A pres yn y teulu – ma hynny'n help hefyd, cofia."

"Ma'n dda gweld rhywun ifanc yn llwyddo," myfyriodd Lemsip, heb cweit ddallt popeth eto. "A hogyn lleol hefyd."

"Wel, ia," ameniodd Tongs wrth rwbio'i gap. "Er na ffycin wancar ydio."

Eisteddodd y ddau'n dawel am ryw funud, yn codi llaw ar hwn a'r llall oedd yn pasio yn eu ceir a'u faniau gwaith. Sychodd Lemsip ei ben efo'i grys-T eto, gan regi'r haul eto fyth. Sbiodd Tongs yn ddifynadd ar gloc ei ffôn. Roedd hi'n hannar awr wedi un ar ddeg.

"Pwy sy'n dod i nôl y jiwcbocs 'ma, ddudas di?" holodd Lemsip, dim ond er mwyn cynnal sgwrs.

"Y Chuckle Brothers," atebodd Tongs. "A ma nhwtha'n hwyr 'fyd."

"Y Chuckle Brothers? Y Real McCoys ta Cors a Mynydd?"

"Eh? Cors a Mynydd siŵr dduw, y cont gwirion!"

Gwenodd Lemsip wrth weld ei fêt yn brathu. Roedd torri lawr ar yfed yn golygu bod ganddo lai o hangofyr na Tongs y rhan fwya o foreau erbyn hyn. "Ti'n siŵr 'na un ar ddeg ddudas di?"

"Yndw, Lemsip."

"Achos dim ond y ni oedd yma am un ar ddeg. Does'na neb arall yma."

"Un ar ddeg ddudon ni, Lemsip."

"Tydi o ddim fel Cors a Mynydd i fod yn hwyr, nac'di?"

"Wel, *maen* nhw!"

"Ti'n meddwl fod Raquel wedi newid ei feddwl o, ta? Meddwl Cimwch, hynny ydi."

"Be ti'n feddwl?" holodd Tongs yn bigog. Roedd dyfalu diddiwadd ei fêt yn mynd ar ei nerfau brau y bora 'ma.

"Falla 'i bod hi wedi deud wrtho am jecio'i gwerth hi cyn i ti 'i nhôl hi?"

"Paid â berwi! Be ffwc ma honna'n wbod am betha fel'na? 'Use and throw-awê' 'di'i henw canol hi. Ma hi'n lluchio sgidia ar ôl 'u gwisgo nhw am noson. A fuodd hi'n mynd trwy ddynion bron yr un mor amal ar un adag…"

"Dwi'n gwbod," cytunodd Lemsip. "O'n i'n gweithio'n y Ganolfan Ailgylchu, cofia! O'ddan ni'n edrych mlaen i weld Meic ei gŵr dwytha hi'n dod. Ges i stereo, bwrdd, soffa, gwely… Dim byd yn bod arnyn nhw. Dwi'n siŵr bo fi 'di dodrefnu hannar y tŷ 'cw efo petha dalodd Meic amdanyn nhw!"

"O'n i'm yn meddwl fod cownsil yn gadal i chi helpu'ch hunan o'r sgips 'na?"

"Doeddan nhw ddim. Ond mae 'na fwy nag un ffordd o gael Wil i'w wely. Neu, yn yr achos yma, cael y gwely i Wil."

Chwarddodd Tongs ar ffraethineb prin ei ffrind. Doedd fawr o neb yn nabod Lemsip wrth ei enw bedydd erbyn hyn.

"Fyswn i'n dal yn rhoi un iddi, 'fyd, Lems," medd Tongs cyn hir. "Ma hi'n ffwc o beth handi o hyd."

"Yndi, ma hi," cytunodd Lemsip.

"Ma hi 'di edrych ar ôl ei hun, chwara teg."

"Do. Êrobics a keep-fit a ballu. Faint neith hi, dwad?" holodd Lemsip.

"Fforti-ffeif, fforti-sics?" cynigiodd Tongs. "Blwyddyn o'dana fi yn rysgol. Blwyddyn yn hŷn na Bitrwt."

"Felly sut ffwc ma hi'n edrych bymthang mlynadd yn iau na chdi, ta?"

"Ffac off," brathodd Tongs â'i lygaid duon yn fflamio. "Ti'n edrych tua sicsti dy hun!"

"Pam? Am fod gennai'm gwallt? Ti'm 'di'i dalld hi, naddo boi?"

"Dalld ffwcin be, dwad?"

"Ma genod wrth 'u bodda efo penna moel dyddia yma. Mae o'n 'look' da."

"Be, edrych fel bo ti 'di rhoi dy ben fyny tin Humpty Dumpty a methu'i gael o allan?"

"Galwa di fo'n be lici di, Tongo boi, ond ma'n wir. Fysa'n well i titha siafio'r blew sebra 'na ti'n guddio dan dy gap chwain, 'fyd. Ma 'di dechra dod allan trwy dy glustia di."

"Blew sebra?" medd Tongs wrth i'w ddwylo gydio'n otomatig yng nghorun ei gap.

"Ia. Ti'n meddwl bo fi heb weld y streipan wen 'na?"

"Jîsys, be ti'n neud – gwatsiad fi yn y shower, y ffycin pyrf?"

Doedd Tongs byth, bron, yn tynnu'i gap gwlân. Roedd o'n gwisgo cap tebyg ers dyddiau ysgol, a dim ond yn ei dynnu ar yr adegau prin y byddai'n molchi'i wallt – ac ar yr adegau llai prin pan fyddai angen gwisgo balaclafa.

"A beth bynnag, mae streipan wen yn sbesial. 'Touched by the Gods' ma nhw'n ei alw fo."

"'Skunk Stripe' maen nhw'n ei alw fo, Tongs. Neu 'Cachu Gwylan' yn Gymraeg. Genetic defect o'r enw poliosis circu—"

"Cau hi, Lemsip. Ti jysd yn genfigennus. Ma streipan wen yn cŵl, a ti'n gwbod hynny. Sbia Dave Vanian! A Johnny Depp yn *Sweeney Todd*! A Tony Spilotro…"

"Dickie Davies?"

"Lejand. Cŵl as ffyc, boi!"

"Morticia?"

"Pwy?"

"Addams Family."

"Ha! Doedd ganddi ddim streipan, y twat!"

"Y llall, ta! Be oedd ei henw 'i?"

"Lily Munster."

"Ia."

"Lejand arall. Secsi as ffyc. Ti'n gweld? Mae streipan wen yn cŵl, waeth ti gau dy ffycin geg ddim."

"Ed Miliband? Ha! Gotcha, cont! Mor cŵl â twrdyn mewn tecall. Ond, hei – breuddwyd wlyb i sgragans ysgol Dre!"

"Gwranda, Lemon Drop o'r Tir Tu Hwnt!" brathodd Tongs eto. "O'dd genod Ysgol Meinwynt yn siafio yn Ffyrst Fform – cyn gyntad ag oeddan nhw'n gallu ffitio'u chwech bys rownd y rasal. Doedd dim disgwyl iddyn nhw fod â llawar o safon mewn dynion – o'ddan nhw'n falch o ga'l ffwcio rywun o'dd ddim yn frawd iddyn nhw, siŵr dduw!"

"Ho ho!" gwaeddodd Lemsip. "Wedi twtsiad nyrf, Tongo Bongo? Jelys wyt ti. Sbia smŵdd 'di 'mhen i. Heb flewyn gwyn yn agos. A low maintenance hefyd. Rasal sydyn bob yn ail fora, a dyna hi. Next stop, Fanny Central." Gwenodd Lemsip yn llydan o du ôl i'w sbectol fawr ddu.

"Wel, ti angan mop yn fwy na rasal heddiw 'ma, Lemsip," atebodd Tongs wrth weld y diferion chwys yn llifo o ben wy ei ffrind. "A does'na 'run sgertan yn licio mopio."

Pasiodd Joni Dorito yn ei fan llnau ffenestri, yn canu corn fel trên bach Ffestiniog ac yn codi dau fys.

"Ffac off!" gwaeddodd y ddau yn ôl arno, a'u bysedd hwythau yn yr awyr.

"Sut ffwc ma hwnna'n dal â'i draed yn rhydd, dwad?" holodd Lemsip yn sarrug.

Chwythodd Tongs fwg o'i geg. "Be ti'n feddwl?"

"Wel, ffycin crwc 'dio, yndê!"

"'Dio rioed 'di gneud drwg i neb, Lemsip!"

Wnaeth Lemsip ddim ateb, dim ond rhoi edrychiad y gallai Tongs ei ddarllen yn syth.

"Ty'd 'laen, Lemsip! Mae Joni'n iawn, siŵr!"

"Fysa *ti'n* deud hynna, yn bysat?"

"Be mae hynna fod i feddwl?"

Ysgydwodd Lemsip ei ben a mwmian rhywbeth am ladron pen ffordd. Gwenodd Tongs a gadael iddo stiwio am chydig.

"Faint o bres ma Joni'n neud ar y golchi ffenestri 'na, dwad?" holodd Lemsip cyn hir. "Heb sôn am yr 'odd jobs' a'r tarmacio."

"Sut ffwc dwi fod i wbod, Lemsip?"

"Dwn i'm. Ond pwy ffwc sy ddigon gwirion i dalu lleidar i folchi ffenestri? Deud gwir, pwy ffwc sy ddigon gwirion i dalu *unrhyw un* i llnau ffenestri?"

"Ffacin hel, Lemsip! Ma hi'n amlwg *fod* 'na bobol yn talu neu fysa Joni ddim yn dal wrthi, naf'sa? A 'di Joni ddim yn dwyn o dai, felly watsia di be ti'n ddeud." Roedd Tongs wedi cael digon ar farnu chwerw ei ffrind.

"Ti'n dallt 'mod i 'di bod yna, wyt?" medd Lemsip cyn hir.

"Be?" holodd Tongs â'i lais yn dew o syrffed.

"Raquel," medda Lemsip.

"Paid â berwi!"

"Paid â deud wrth Bitrwt, iawn?"

"Pryd?"

"Fuas i'n ei phwnio hi bob siâp ar un adag."

"Paid â malu cachu! Yn lle 'lly?"

"Yn ei chont, yn ei cheg, yn ei —"

"Woah!" gwaeddodd Tongs a'i ddwylo allan o'i flaen. "Yn lle *pwy*, dwi'n feddwl, y basdad mochynnadd! Fysa hi'm yn gadal chdi'n agos at ei thŷ pin-mewn-papur hi, siŵr!"

"Yn y tŷ 'cw, siŵr dduw!" haerodd Lemsip.

"Hyh! Raquel yn twllu'r twll chwain 'na? Sgersli belîf!"

"Pam ddim?" medda Lemsip wrth rwbio'i falog. "Hon oedd hi isio, dim 'viewing'. Math gwahanol o interior decorating oedd ar ei meddwl hi! O'dd hi'n gagio gymint amdani wnaeth hi'm sylwi bo ni'n ffwcio ar ei hen soffa hi!"

Bu bron i Tongs chwerthin ond, yn hytrach, ysgydwodd ei ben. Doedd hiwmor prin ei ffrind byth yn bell o fod yn ffiaidd ac annifyr. Aeth i'w bocad am ei ffôn unwaith eto. "Lle ffwc ma hwn, dwad? Fydd o angan agor y pyb mewn chwartar awr."

"Tongsyn, Lemsnot!" medda llais o rhyw ddecllath i fyny'r stryd. Dingo oedd yno, yn ei fest, yn fysyls i gyd a thatŵs drosto, a Jaco'r staffi sgwarog yn tagu ar y tennyn o'i flaen.

"Sut mai'n mynd, Dingo?" cyfarchodd Tongs wrth i Lemsip hyffio o dan ei wynt. "Pwy sy'n llnau ffenestri yn tŷ chi?"

"Eh? Dorito, siŵr dduw. Dwi'm yn mynd i neud o'n hun, nac'dw? Pam?"

"Dyna chdi, Lemsip. I rest my case."

Rhythodd Dingo ar Lemsip. "Be ffwc ti'n falu cachu am, Lemsnot? Os ti am ddechra llnau ffenestri, paid â meddwl dod yn agos i tŷ fi, y ffycin pyrfyrt."

"Fyswn i'm yn meddwl gneud, Dingo," medd Lemsip yn sych.

Anwybyddodd Dingo'r ateb haerllug – am y tro. "Be 'da chi'n neud wicend 'ma, hogia? Rwbath ar y cardia? Tisio mwy o bowdrach, Tongs?"

"Fory gobeithio, Dingo. Siawns wertha i be sy gen i heno."

"Neu ei rawio fo fyny dy drwyn, mêt!" chwarddodd Dingo. "Anodd peidio chwythu'r proffit efo'r flake 'ma, dydi! Stwff neis."

"Fysa raid i ti rawio llond lori i chwythu dy broffits di, Dingo," sgyrnygodd Lemsip.

"Hei, be ffwc 'dio i neud efo chdi, Lemsnot?" brathodd Dingo. "O leia dwi'm yn biso fo'n erbyn wal, y ffycin alci!"

Roedd tôn llais Dingo wedi troi'n fygythiol bellach. Doedd hynny byth yn bell efo Dingo, beth bynnag, oherwydd yr holl gocên a steroids roedd o'n eu cymryd. Ond doedd y chwerwedd heriol oedd wastad yn lliwio is-donau ebychiadau Lemsip yn lleddfu dim ar y sefyllfa.

"Iawn, ocê, Dingo, ffacin hel," medd Lemsip a'i ddwylo i fyny wrth ei ochrau. "Jysd trio sgwrsio."

"Wel paid!" atebodd Dingo â chrychau ci dalcan bron â hollti ei ben moel. "'Dio'm yn ffycin siwtio chdi." Yna trodd yn ôl at Tongs. "So, be ffwc 'da chi'n neud yn ista ar stryd ganol dydd?"

"Aros i'r Lledan agor," medda Tongs. "Dwi isio gair efo Cimwch ond —"

Stopiodd Tongs ar ganol ei frawddag pan welodd o rywun yn ymddangos trwy'r dôr o gefn y Lledan. Roedd hi'n gwisgo sbectols haul mawr pinc ac yn tacluso'i gwallt a sythu'i sgert wrth gerdded.

"Ond be?" medda Dingo wrth weld Tongs yn syllu tua'r Lledan.

Roedd ar fin troi i edrych ei hun pan regodd Lemsip yn uchel.

"Oi! 'Yn ffycin ffagots i'r ffycin sgiamp!"

Trodd Dingo a Tongs i weld Lemsip yn reslo am ei fag plastig efo Jaco'r ci. Ond roedd o'n rhy hwyr i achub ei ffagots. Diflannodd y cwbwl lawr corn cwac llydan y staffi gan adael dim ond briwsion ar hyd y pafin.

Chwarddodd Dingo'n uchel. "Dyna dy ginio di wedi mynd, Lemsnot. Liquid lunch fel arfar heddiw, felly!"

"Be ti'n feddwl, 'cinio'? 'Yn ffycin mrecwast i oedd o!"

Chwarddodd Dingo dros y lle. "Ti'n gwbod fel ma hi, Lemsnot. Dog eat dog ydi ar y stryd dyddia yma! Ty'd, Jaco. Awn ni i chwilio am bwdin i ti rŵan, ia boi? Wela i chi, hogia. Tongs, rho showt, OK?"

Ac i ffwrdd y sgwariodd Dingo efo Jaco'n llyfu'i weflau o'i flaen, eiliadau'n unig wedi i'w wraig adael cyrion y Lledan a rownd cornal y stryd, allan o'i olwg.

"Welis di hynna?" holodd Tongs wedi i Dingo fynd ddigon pell.

"Do, y basdad ci ffwc!" atebodd Lemsip.

"Dim dy ffagots di yn ei chael hi! Heather – Mrs Dingo – yn gadael y Lledan, newydd ei chael hi gan Cimwch, garantîd!"

"Cer o'na! Welodd Dingo ddim…?"

"Naddo. Diolch i Jaco! Ty'd, awn ni i nôl y ffycin jiwcbocs 'ma a… Shit!"

"Be sy?"

"Y ffycin Chuckle Brothers! 'Dyn nhw byth 'di cyrradd!"

"Y Real McCoys? Ta Cors a Mynydd?"

"Paid â ffycin dechra!" atebodd Tongs.

3

Doedd heddiw ddim yn ddiwrnod i'w wastio, meddyliodd Robi-di-reu wrth gau ei lygaid a gadael i'r haul wrido'i fochau am funud. Roedd hi'n fendigedig o ddiwrnod, yn codi gobeithion am wanwyn mwyn a ffarwelio ag oerni'r gaeaf o'r diwadd. "Mmmmm," meddai dan ei wynt. Doedd dim byd gwell.

Agorodd ei lygaid eto, ac ailgydio yn y ddefod o rowlio'r sbliffsan fawr dew yn gônar taclus. Roedd hon angen bod yn berffaith, yn ddarn o gelfyddyd oedd yn deilwng o ddiwrnod mor braf. Wedi ei llyfu a'i chau'n gelfydd, twistiodd ei phen cyn cydio yn ei thin a'i hysgwyd. Yna rowliodd ddarn o gardbord yn rôtsh taclus, a thrwy gyfuniad cyfareddol, bron, o saernïaeth y crefftwr a theclyn hynod canol leitar Clipper, llithrodd y rôtsh i mewn fel bys i din Meri Ann. Yna, wedi edmygu ei gampwaith am rai eiliadau, taniodd hi.

Tynnodd yn ddwfn ar y mwg, gan wrando ar synau bach y gwyrddni hoffyffonig yn piffian a chlecian yn dawel wrth i'r tân ei fwyta, cyn dal y mwg yn ei ysgyfaint am eiliadau hir. Yna gollyngodd o allan yn ara a phwrpasol, yn gwmwl mawr gwyn o'i flaen. Gwyliodd o'n hongian ar yr awyr cyn gwasgaru'n ara a diflannu i femrwn anweledig y dydd. Pesychodd yn ysgafn wrth roi ei draed ar y bwrdd isel o lechan werdd, cyn rhoi ei ben yn ôl a chau ei lygaid drachefn.

"Mmmmmm! Ffyciiiiiiin rrrreeeuuu…"

Deffrodd Robi efo sgŵd sydyn wrth i sŵn tractor a threlar Carwyn Crwyna droi mewn i'r ardd o'r ffordd fach darmac. Sylwodd fod y sbliff yn dal ar ei hannar yn ei law, ond o leia doedd o ddim wedi rhoi ei dredlocs ar dân y tro yma – na'i locsan fawr goch chwaith. Diffoddodd Crwyna'r tractor a neidio i lawr.

"Siesta bach, Robi?" holodd yr hogyn penfelyn yn ei lais dwfn ac ara. "*Mae* 'na ryw deimlad felly iddi heddiw. Sleifar o ddiwrnod."

"Diwrrrnod i'rrr brrrenin," atebodd Robi, yn slyrrrio ei 'r' yn null acen reu Dyffryn Nantlla, lle buodd o'n byw am sbelan go dda rai blynyddoedd yn ôl. "Faint o' gloch 'di?"

"Hannar dydd," medd Crwyna.

"O, 'di'm yn rhy ddrwg," medda Robi. "Mond rhyw hannarrr awrrr bach oedd hi, felly."

"Fysa ti'n methu dim yn y lle 'ma tasa ti'n cysgu am flwyddyn, beth bynnag."

"Digon gwir, Crwyna. Digon gwirrr," cydsyniodd Robi-di-reu wrth rwbio'i farf. "Ond fysa'n well gen i weld dim byd na'i fethu fo, reu!"

Aildaniodd Robi'r sbliffsan a'i chynnig i Crwyna. Gwrthododd hwnnw. Roedd hi'n rhy gynnar iddo, ac mi oedd o'n cael digon o draffarth dilyn be oedd Robi'n ddweud beth bynnag.

"Hwn tisio'i gario, felly?" holodd Crwyna dan grafu'i wallt golau wrth gamu at y mynydd o lanast amrywiol tu allan un o'r siediau.

"Ia. Meddwl fysa'n haws mynd â fo mewn un llwyth trelar mawr. O'n i 'di chwara 'fo'r syniad o'i losgi fo, ond ma 'na ormod o blastig a shit fel'na yn ei ganol o. A dwi'n agos i'r ffordd fa'ma, 'fyd, o ran mwg."

"Gallach o beth uffarn, Rob," cytunodd Crwyna wrth lygadu cynnwys y doman druenus yr olwg. "Fyddwn ni'm yn hir yn rhoi ffling iddyn nhw ar hwn. 'Sa fawr o ddim byd trwm yma, i weld?"

"Ddim i'w *weld*, nagoes," medda Robi wrth dynnu ar ei fwg. "Ond mae 'na rwtsh yn y canol. Hannar soffa a ballu... a mwy yn y ffycin cwt 'cw. Gwerth blynyddoedd o hwyl a sbri, reu."

Roedd yna ddwy sied go lew o faint ar y darn o dir oedd ynghlwm â'r tŷ pan brynodd Robi'r lle tua ugain mlynadd yn ôl. Hen gytiau armi oeddan nhw, fel cytiau'r Hôm Gârd adag rhyfal – pethau wedi'u gwneud o baneli concrit, efo to o shîtiau asbestos. Wyddai Robi ddim be oedd eu hanes, ond fuodd o fawr o dro yn troi un ohonyn nhw i fod yn un o'r shebeens gorau welodd Cymru erioed.

"Fuas di yn y Dafarn Gacan 'ma erioed, Crwyna?"

"Naddo, 'chan. Ond glywis i sôn am y lle."

"Ti'n rhy ifanc i gofio, debyg," medd Robi. "O'dd o'n ffwc o le da, sdi."

"Felly dwi'n dallt," medd Crwyna wrth rowlio ffag o'i bowtsh Cutters Choice. "Liciwn i fod wedi bod 'ma. Pryd oedd hi, dwad?"

"O'dd o'n dal i fynd 'off and on' wyth mlynadd yn ôl, ond ddim mor amal â'r blynyddoedd cynhara, cyn imi fynd i Talysarrrn at y fodan am sbel. Gormod o bobol 'di dod i glwad am y lle. Contiaid ifanc – no offéns – yn dod yma a trio dod i mewn."

"Wela i. Codi helynt a ballu?"

"Wel, jysd dod yma heb wadd, sdi. Tynnu sylw at y lle. Sbwylio pob dim i bawb, reu."

Taniodd Crwyna ei smôc a dechrau sbio dros y llwyth. "Ffycin hel, oedd gen ti far go iawn yma, hefyd?" meddai wrth sylwi ar y paneli pren a pheipiau plastig a phympiau wedi'u claddu ynghanol y doman.

"Bar, oedd. A darts a bwrdd pŵl. A jiwcbocs arrr y wal, reu – i gyd am ddim – a darts..."

"Polyn pole dancers?" holodd Crwyna, yn wên o glust i glust.

Chwarddodd Robi. "Oedd, coelia neu beidio."

Neidiodd clustiau Crwyna. "A dansars hefyd?"

"Hmm... ia, wel, roedd hynny'n chydig o broblam," medda Robi, yn tynnu ar ei locsan eto. "Ond o leia roedd y polyn yno os oedd rhywun awydd mynd amdani."

"Aeth 'na rywun?" Roedd Crwyna ar dân isio gwybod mwy.

Gwenodd Robi. "Well 'mi beidio deud mwy, reu," meddai efo winc.

"O, ty'd 'laen! Hannar stori 'di peth fel'na!"

Trodd Robi y sgwrs. "Eniwe, dwi 'di cadw'r cŵlyr, felly ma hwnnw'n un peth trwm yn llai. A silffoedd yr optics, reu – mae rheini'n y tŷ 'cw. Ma nw'n antiques. Gymi di banad cyn dechra? Potal o Cobra? Ma nw'n oer neis, reu."

"Duwcs, gyma i botal, diolch 'ti. Hei, faint o'dd pris peint yma, ta?"

"O, ma hwnnw'n trade secret hefyd, mêt!" atebodd Robi wrth droi am bortsh cefn ei fwthyn, lle'r oedd y ffrij yn byw ynghanol y casgliad hynota o drugareddau a welodd y ddynolryw.

4

"Be ffwc ti'n neud, ddyn?" holodd Tongs pan agorodd Cimwch ddrws y Lledan a sefyll yno mewn catsuit Lycra coch llachar, paent coch dros ei wyneb, a'i wallt wedi'i liwio yr un lliw.

"Comic Relief," atebodd Cimwch yn swta cyn troi'i gefn a cherdded yn ôl mewn i'r bar.

"O ffor ffyc's sêcs! Ydi hwnnw heno 'ma?" diawliodd Tongs wrth ddilyn y tafarnwr coch am y bar. "Fydd hi'n beryg bywyd felly. Gangia o ferchaid mewn ffansi dress yn mygio pawb efo bwcedi. Pawb yn sgint erbyn ffycin naw!"

"Swnio'n iawn i fi," medd Lemsip. "Ffêris a naughty schoolgirls… French maids… Ffyc, dwi'n cael semi wrth feddwl am y peth."

"Callia, ddyn!" medd Tongs. "Y gair pwysig yn fa'na ydi 'schoolgirls' – achos merchaid ysgol go iawn fydd rhan fwya o'nyn nhw. Ar y rejister fyddi di, y ffycin nons!" Chwarddodd Tongs yn uchel ar ei jôc ei hun.

"Wyt ti'n mynd â'r hyrdi-gyrdi 'ma heddiw, gobeithio, Tongs?" medda Cimwch mewn llais baritôn.

"Yndw. Pam arall fyswn i'n twllu dy dŷ potas dwy-a-dima di, Cimwch?"

"Digon da neithiwr, doedd?"

"Noson pŵl oedd hi, 'de. Be fysa'r Twrch yn neud heb eu star player?"

"Ti'm isio peint, felly?" holodd Cimwch gan roi taw ar ei dynnu coes yn syth. "Ma golwg fel bod angan un ar hwn," meddai wedyn, wrth sbio ar Lemsip.

"Paid â 'nhemtio fi," medd hwnnw, cyn ildio'n syth. "Ffyc it, neith un ddim ffycin drwg."

"'Di o ar yr hows, yndi?" tsiansiodd Tongs, ar ôl gwgu'n rhybuddgar ar Lemsip.

"Yndi," cadarnhaodd Cimwch. "Hannar o be gymi di?"

Gwenodd Tongs wrth ffidlan efo'i gap. "Ha! Lager. Ac mi gyma i ddau, felly!"

Gosododd Cimwch y peintiau ar y bar cyn estyn ei fŵg o goffi a'i sipian.

"Sut ei di â'r behemoth 'na o'ma, Tongs? Eith hi ddim i dy gar di, sdi."

"Dwi'n gwbod hynny, dydw! Fydd y Chuckle Brothers yn cyrradd yn munud. Dwi newydd eu ffonio nhw."

"Y Chuckle Brothers?"

"Paid ti â dechra! Ffycin Gwern a Garnedd, 'de!"

"Pwy?"

"Cors a Mynydd," eglurodd Lemsip wrth sychu'i weflau ar ôl llyncu bron hannar ei beint.

"O, wela i," medd Cimwch. "Pam 'Chuckle Brothers' ta?"

"Paid â gofyn," medda Lemsip, efo winc.

"Fi sy'n eu galw nhw'n Chuckle Brothers," medda Tongs wrth gymryd llowciad arall o'i beint. Siawns na fyddai rhywun yn dod i ddeall y jôc, meddyliodd.

"Pam?" holodd Cimwch yn syn. "Ma nhw'r contiad mwya sych yn y lle 'ma."

"Ffacin hel, ydi eironi wedi cyrradd pen yma'r byd o gwbwl, dwad?" hefrodd Tongs heb sylwi ar yr edrychiad slei rhwng y ddau arall. "Eniwe, Cimwch, lle ffwc ti 'di bod tan rŵan?"

"Be ti'n feddwl?"

"Un ar ddeg ddudon ni, yndê?"

"Paid â malu. Hannar dydd ddudas di, Tongs."

"Naci tad!"

"'Da i ddim i daeru, Tongs."

"Fuas di'n Cash a Carry, ta?"

"Dim i Cash a Carry, na. Fuish i'n Lidl, do, i nôl tunia tomatos."

Poerodd Tongs ei gwrw'n ôl i'r gwydr. "Tomatos? Yr holl ffordd i Lidl i nôl tomatos? Paid â berwi, ddyn!"

"Fuas i'n Aldi hefyd. A Tesco ac Asda."

"Be oedd? Streic tomatos?" holodd Lemsip.

"Na, mi oedd yna domatos yn bob un. Fi o'dd isio tri chant o'r basdads."

Syllodd Cimwch ar y ddau, a phenderfynu ei bod hi'n bryd egluro. Pwyntiodd at y poster a'r ffurflen noddi ar y wal y tu ôl iddo. Darllenodd Tongs o, a gweld ei enw wedi'i sgriblo ar y gwaelod.

"Fi 'di hwnna?"

"O'n i'n ama bo ti ddim yn cofio."

"Dalish i ti hefyd?"

"Weli di dic yn y bocs wrth dy enw?"

"Na wela."

"Naddo, felly. Faint wyt ti lawr am?"

"Ffycin ffeifar! Ma raid 'mod i'n chwil."

"O'dd hi'n ddiwadd nos. Amsar da i hel sbonsors!" medd Cimwch efo winc a gwên sarff.

"Ynda," medd Tongs wrth estyn ffeifar iddo. "A cofia roi tic yn y bocs 'na!"

Diolchodd Cimwch iddo ac estyn beiro o silff dan y bar. "Lemsip?"

"Gei di buntan gennai," medd hwnnw. "Sgen ti newid twenti?"

Canodd ffôn Cimwch wedi i Tongs ac yntau berswadio Lemsip i gyfrannu pumpunt i goffrau ymdrech domatos y tafarnwr, a thra'r oedd hwnnw'n siarad arni aeth Tongs a Lemsip drwodd i'r pasej cefn i astudio'r 'hyrdi-gyrdi'. Oedd, mi oedd hi'n behemoth o beth, cytunodd Lemsip. Ac yn drwm. Doedd o'm yn siŵr fyddai'n bosib i bump ohonyn nhw ei chodi i gefn pic-yp y brodyr – waeth pa mor fawr a chryf oedd y ddau hynny. Ond "Duw, mi eith, sdi," oedd unig ymateb Tongs.

Daeth Cimwch drwodd atyn nhw.

"Pwy oedd ar y ffôn?" holodd Tongs, gan wincio ar Lemsip. "Dingo?"

"Be haru ti? Be ffwc fyswn i isio gan hwnnw, dwad?" oedd ei unig ateb.

"Ti'n licio amball i snortan, dwyt?" medda Tongs.

"Yndw, ond dwi'n cael hwnnw gen ti, dydw! I be ddiawl a' i i drybaeddu efo gangstars tra bod eu 'minions' yn yfad yn fy… wel, taro mewn i… wel, yn byw yn 'run pentra… Ffyc, ti'n gwbod be dwi'n feddwl! Fysa ti'm yn mynd at Richard Branson i brynu ticad trên, na fysat?"

"Ma Dingo'n bell iawn o fod yn Richard Branson, Cimwch," medda Lemsip.

"Wel, falla fod o ddim yn y boardroom, Lemsip, ond ma'n symud mwy o'r stwff gwyn 'na nag unrhyw un ochor yma i Bae Colwyn, yn ôl y sôn."

"Taw," medda Tongs, wrth i Lemsip hyffio'n uchel. "Be sy'n gneud ti feddwl hynna?"

"Tongs, dwi'n rhedag pyb. Dwi'n clwad petha."

"O, dim 'inside information' felly?" holodd Lemsip â'i aeliau'n codi.

Gwenodd Cimwch wrth sylweddoli be oedd gan yr hogia dan sylw. Falla nad oedd o'n dri deg oed eto, ond mi oedd o wedi crwydro'r goedwig ddigon o weithiau i nabod y llwybrau. "Gwrandwch hogia… Be 'di gwaith Heather?"

"Trin gwalltia," atebodd Lemsip.

"Ac?"

"'Ac' be?"

Pwyntiodd Cimwch at ei ben. "Be 'di hwn?"

"Pen?" cynigiodd Lemsip.

"A be sy ar ei ffycin ben o?"

"Gwallt," medd Lemsip.

"A ti'n meddwl na hwn 'di'n lliw naturiol i?"

Ddaeth dim ateb gan Lemsip y tro hwn. Aeth Cimwch yn ei flaen.

"Bora 'ma oedd yr unig gyfla oedd ganddi i ddod i'w neud o. Do'n i'm isio iwsio'r êrosols ffair 'na – fysa'r diawl stwff yn llifo i ffwrdd dros bob dim. Ylwch, hogia. Rhoi dau a dau efo'i gilydd a gwneud pump ydi sut mae sgandals clwyddog yn dechra. Ac mae sgandals clwyddog am wraig dîlar mwya'r ardal yn betha peryg uffernol!"

"Felly, wnes di'm slipio un sydyn iddi tra'r oedd hi'n ffidlan 'fo dy flewiach?" mentrodd Tongs.

"Wel naddo siŵr dduw! Ffycin hel, hogia bach. Calliwch! Dwi'm isio endio fyny yn y marina, diolch yn fawr! A be bynnag, dwi'n cael digon o 'action' efo Raquel. Os nad gormod, i ddeud y gwir. Dwi'n ffycin nacyrd hannar yr amsar. Ma'r hogan yn gocwyllt!"

"Yndi, mae hi…" cytunodd Lemsip, cyn cywiro'i hun pan welodd o lygaid duon Cimwch yn twllu o ganol y paent coch, "… yn anodd weithia… efo genod demanding, 'lly…"

Gwenodd Lemsip yn chwithig.

Trodd Tongs y stori. "Felly, lle ti'n mynd i ga'l y bath tomatos 'ma, ta Cimwch?"

Arweiniodd Cimwch nhw i'r stafall pŵl, lle'r oedd o wedi symud y bwrdd pŵl i un ochor a gosod hen fath plastig ar ganol y llawr. O gwmpas hwnnw roedd 'na bentyrrau di-ri o duniau tomatos llawn, a chydig o rai gwag hefyd. Roedd peth o gynnwys y rhai gweigion wedi mynd i mewn i'r bath, ond ei hannar wedi'i sblatro dros y llawr pren i gyd.

"Ges i fenthyg y bath gan Islwyn Plyms," medd Cimwch.

"A be oedda ti'n iwsio i roi'r tomatos ynddo fo?" holodd Tongs. "Tennis racket?"

"O, y… ddechreuodd Heather roi hand imi lenwi'r bath. Tra bo 'ngwallt i'n sychu, a…" Cododd Cimwch ei 'sgwyddau i orffen y frawddag heb eiriau.

"A be?" holodd Lemsip. "Ydi hi'n epileptig neu rwbath? Ydi hi'n ffit i iwsio siswrn yn y siop gwallt 'na, ta be?"

Gwenodd Cimwch yn llydan. Doedd o'm yn gwneud hynny'n amal iawn.

"Ylwch, gan bo chi yma'n aros Cors a Mynydd, 'da chi'n meindio agor y tunia erill 'ma i mi? Ddo i â mwy o gwrw drwodd i chi rŵan. A tin-opener arall. Fyddai'm dau funud."

Diflannodd Cimwch am y bar. Winciodd Tongs a Lemsip ar ei gilydd.

5

"Wyt ti isio panad, Mathew?" gwaeddodd ei hen fodryb wrth iddo dynnu'r tsiaen ar ôl gollwng ei lwyth.

"Na, dwi'n iawn diolch, Anti Hilda," gwaeddodd yn ôl.

"Pardon?"

"Na, dim diolch."

"Sut?" Roedd hi wedi dod i waelod y grisiau, yn ôl ei llais.

"Dim diolch yn fawr."

"Sut?" medda hi eto.

"Na. Dwi'm isio panad, diolch."

"Iawn. Gymi di frechdan efo hi?"

Gorffennodd olchi'i ddwylo'n frysiog a chau'r tap. Cydiodd mewn lliain ac agor drws y bathrwm. "Na, dim diolch, Anti Hilda," medda fo, cyn gweld bod ei hen fodryb wedi diflannu'n ôl am y gegin. Sychodd ei ddwylo a rhoi'r lliain yn ôl trwy'r cylch crwn oedd yn sownd i'r wal wrth y sinc.

Neidiodd ei ffordd i lawr y grisiau a drwodd i'r gegin ar ôl ei fodryb. Fel yr oedd o wedi amau, yno roedd hi yn estyn torth a menyn.

"Dwi'm isio brechdan, Anti Hilda fach. Fytas i sandwij bêcyn ben bora."

"Wel, dwi wrthi'n ei gneud hi rŵan, fachgian," medda hi. "Be gymi di arni? Ma gennai gorn bîff neis yn y ffrij. Neu gymi di gaws?"

"Na, dwi'n iawn, diolch i chi," medd Math wrth gofio iddo daflu'r lwmp o gorn bîff sych i'r bin yn gynharach.

"O be haru ti, hogyn? Ma rhaid i ti fyta, siŵr. Ista wrth y bwrdd 'na tra dwi'n gorffan gneud hon."

"Na, wir i chi. Dwi ar hâst. Dwi angan gorffan y recordio 'ma…"

Anwybyddodd Anti Hilda fo, fel y gwna pob hen fodryb yn ei hwythdegau hwyr, ac aeth am y ffrij i chwilio am y corn bîff. "Dewadd, lle gythral a'th hwnna, rŵan? Duwcs, mae 'na ham yma. Neith hwnnw'r tro… Hei, lle ti'n mynd? Ista di yn fa'na rŵan. Fyddai'm dau funud yn morol rwbath i ti."

Doedd gan Math fawr o ddewis bellach. Eisteddodd wrth y bwrdd, a daeth chwaer ei daid â phlatiad o dafelli bara menyn tenau fel cardiau credyd, a lwmp da o ham, a'u gosod ar y bwrdd.

"Hwda," medda hi wrth roi jar o fwstard a tsiytni cartra o'i flaen. "Mi a' i i'r pantri i nôl cacan."

Doedd dim pwynt gwrthod. Roedd o wedi'i ddal. Yr unig beth allai o wneud rŵan oedd mynd drwy'r un hen rwtîn o drio ymwrthod â'r brechdanau a chacenni fyddai'n cael eu hestyn tuag ato cyn iddo allu gorffen cnoi be oedd eisoes yn ei geg. Torrodd sleisan o ham a'i gosod ar ei frechdan sî-thrŵ, a thaenodd lwmpyn go dew o fwstard drosti.

"A be wyt ti'n recordio heddiw, Mathew?" holodd Hilda wrth roi platiad o gacenni cri a sleisys bara brith o'i flaen. "Miwsig, ia?"

"Nnn…" mwmiodd Math a'i geg yn llawn.

"Sut?"

Mwmiodd Math eto.

"O, da iawn," medd ei fodryb. "Pa fath o fiwsig tro yma? Y peth rê-gê Jam-a-cacan 'na? P'run ai emyn bach?" Fflachiodd y direidi yn ei llygaid wrth iddi wneud y siâp ceg tafod-yn-y-boch hwnnw yr oedd hi'n ei wneud bob tro. "Wel?"

"Reggae heddiw, Anti Hilda," gwenodd yn gelwyddog. "Eto."

"O, wel, dyna ni. Pawb at y peth y bo! Ma hi'n haul braf heddiw. Dwi'm yn meddwl 'y mod i'n cofio tywydd fel hyn ganol Mawrth o'r blaen. Dwi 'di rhoi dillad ar y lein bora 'ma – mae 'na un neu ddau o dy betha di yno 'fyd."

"O, diolch Anti Hild."

"Rhaid 'ti ddim, siŵr. Ty'd. Estyn ato fo!" Roedd y gêm fwydo wedi dechrau.

Fel hyn y cofiai Math ei fodryb Hilda erioed; yn llond ei ffedog, un ai yn y gornal wrth y tun bara, torth dan ei braich a'r gyllall yn tafellu cardiau credyd celfydd, neu wrth ymyl y bwrdd yn hwrjo bara brith fel gwerthwr cocên ar Las Ramblas yn Barcelona. Roedd o'n siŵr ei fod o a'i chwaer yn pwyso hannar stôn yn drymach bob tro'r oeddan nhw'n gadael ei thŷ hi pan oeddan nhw'n blant. Doeddan nhw'm yn meindio'r cacenni, sgons a bisgets – dim y chwech cynta, beth bynnag – ond roedd wynebu llond plât o frechdanau jam coch a samon pêst yn fwy nag allai unrhyw blentyn ei stumogi. A brechdanau siwgwr coch, siwgwr gwyn, sardîns…! Doedd dim gobaith gwrthsefyll y ffôrs-ffîdio, ac os nad oedd un o'r ddwy gath dew oedd yn rhannu tŷ efo hi bryd hynny yn digwydd bod o dan y bwrdd ar y pryd, fyddai dim dewis ond trio stwffio'r brechdanau i bocedi eu cotiau tra'r oedd Anti Hilda ym mhen arall y gegin yn chwilio am fwy o bethau i'w stwffio iddyn nhw. Dim ond pan fyddai silffoedd y pantri'n wag fyddai'r bwydo'n dod i ben, mwy neu lai.

Er hynny, roedd Branwen ei chwaer ac yntau wrth eu boddau'n mynd draw ati. Roedd Anti Hilda'n seren. Ac mi oedd hi'n dal i fod yn seren. Ac yr un mor ffeind a direidus ag y buodd hi erioed. I Anti

Hilda yr oedd y diolch fod gan Math do uwch ei ben. Pan laddwyd Branwen a'i fam yn y ddamwain honno flynyddoedd yn ôl – ac yntau ar ei anturiaethau yng Nghanada ar y pryd – nid yn unig y collodd Math yr ola o'i deulu, ond mi gollodd ei gartra hefyd. Cofiai'n iawn y sioc a gafodd pan ddaeth adra a chael hyd i ddieithriaid yn byw yn eu tŷ cyngor – a'r ergyd o gael gwybod am y ddamwain car, ac nad oedd gan unrhyw un syniad ym mha wlad yr oedd o erbyn hynny, i allu gadael iddo wybod. Cofiai deimlo fel bod y llawr wedi agor oddi tano; y sioc, y golled a'r galar yn gymysg ag euogrwydd a chywilydd nad oedd o yno pan ddigwyddodd popeth. A methu'r cnebrwn… a phobol yn siarad…

Diolch byth am Anti Hilda. Roedd ganddi garafán statig yng ngwaelod yr ardd, ac mi gafodd Math y goriad i honno ganddi – er mai mynd a dod i Lundain ac yn ôl fuodd o am gyfnod. Yna, wedi i'w lojar symud i'r Wyddgrug i fyw a gweithio, mi gynigiodd ei hen fodryb lawr ucha'r tŷ tri llawr i Math. Atig efo ffenestri to oedd y llawr ucha hwnnw, mewn gwirionedd, wedi ei rannu'n ddwy stafall – un stafall i'r gwely, a'r llall fel stafall fyw. Mi fachodd Math ar y cyfle i gael llofft gynnes a lle i wneud stiwdio-swyddfa hwylus iddo weithio ar ei brosiectau creadigol. Ac mi oedd hynny hefyd yn rhyddhau'r garafán at ddefnydd hamdden amrywiol – yn ogystal â defnydd mwy 'diwydiannol', fel tyfu amball blanhigyn sgync.

Roedd hi'n sefyllfa hwylus dros ben, felly. A thrwy lwc, mi oedd o hefyd yn dal i fwynhau cwmni ei fodryb – mewn dôsys rhesymol, wrth gwrs, achos, dynas ddifyr, ffraeth a ffeind ai peidio, mi oedd yna dipyn o fwlch rhwng eu diwylliant a'u diddordebau. Ond ar y cyfan, heblaw am y gorfwydo, yr unig beth oedd o'i le efo byw efo'i Anti Hilda oedd y ffaith ei bod hi'n mynnu ei alw fo'n Mathew. Waeth faint o weithiau fyddai o'n dweud wrthi mai Math oedd ei enw, ac nad talfyriad o Mathew oedd yr enw hwnnw, doedd dim byd yn tycio. Mi driodd o egluro iddi sawl gwaith bod ei fam wedi ei enwi ar ôl Math fab Mathonwy o stori Lleu a Blodeuwedd yn y Mabinogi. Ond doedd hynny ond yn ei drysu hi fwy fyth. Pwy ar wyneb daear fyddai'n enwi plentyn ar ôl rwbath felly, dudwch!

Anti Hilda! meddyliodd Math. Biti na fysa hi wedi cael plant. Mi fysa hi wrth ei bodd. Mi gafodd hi ddau ŵr, ond dim plant. Biti. Biti garw. Fysa hi wedi gwneud mam dda.

Wedi osgoi marwolaeth trwy fara brith o drwch blewyn, llwyddodd Math i ddianc o'r gegin ac i fyny i'w 'stiwdio-strôc-swyddfa' yn yr atig. Roedd o ar bigau'r drain isio mynd trwy ran gynta'r ffilm. Hwnnw fyddai'r darn anodda i weithio arno, debyg. Neu felly y dychmygai – neu y gobeithiai. 'Tai o ond yn gweithio'i ffordd drwy'r drain a chyrraedd yr 'acshyn' mi fyddai hi'n dod wedyn, meddyliodd, ac mi gâi ymlacio rhywfaint.

Ond tan hynny, mi fyddai o'n bownd o deimlo dan dipyn o bwysau, gan ei fod wedi gaddo gyrru'r ffilm a'r troslais gorffenedig i Dropbox ei ffrind, Callum, yng Nghanada erbyn dydd Iau nesa, er mwyn i hwnnw ei phasio hi ymlaen i'w gefnder yn Montreal oedd yn gallu "dosbarthu unrhyw gynnyrch" ar draws Gogledd America i gyd.

Dyna oedd y bwriad, beth bynnag. Dim bod yna bwysigrwydd mawr ynghylch y peth. Dipyn o hwyl oedd y prosiect, efo'r bonws bod yna bosib gwneud chydig o bres ohono – a bonws ychwanegol os gallai Callum fachu marchnad draw dros yr Iwerydd. Crybwyll y peth wrtho wnaeth Math, y tro dwytha iddyn nhw siarad trwy gyfrwng y we – dros fis yn ôl erbyn hyn – ac mi soniodd Callum am ei gefnder. Er na chlywodd Math ddim ganddo ers hynny, credai fod popeth yn dal i fod yn iawn. Ac yntau yn ei ôl yng Nghanada efo'i wraig a'i blentyn – i fod, o leia – ers tua mis bellach, edrychai'n debyg fod Callum yn iawn i gredu y byddai'n saff iddo ddychwelyd at ei bobol, er gwaetha llygaid barcud y CBSA a'r FBI.

Tydi recordio troslais ddim yn joban anodd, atgoffodd Math ei hun eto. Dim ond matar o gael pitsh a thôn y llais yn iawn, ac ymlacio, ydi o yn y bôn. Ond mi oedd o'n cael cryn dipyn mwy o draffarth nag oedd o wedi'i ddisgwyl. Yn enwedig yn y darn cynta, lle'r oedd y 'build-up' yn galw am fwy o sylwebaeth nag y byddai gweddill y ffilm unwaith fyddai pethau'n poethi.

Y broblem gynta oedd trio peidio chwerthin. Problem dda oedd honno yn y bôn achos gwneud i bobol chwerthin oedd y nod, er mai o dan faner 'elusennol' y byddai'r prosiect yn gorymdeithio. Y broblem nesa – yn enwedig yn y dechrau, pan oedd mwy o symudiadau i'w disgrifio – oedd cael y geiriau i ffitio rhwng y ddeialog yn ogystal â chyd-redeg efo'r symudiadau. Wrth gwrs, fyddai'r gwylwyr 'swyddogol' fawr callach o'r symudiadau, ond mi fyddai'r gwylwyr ehangach – y rhai 'answyddogol', sef gwir gynulleidfa darged y prosiect – yn gwbwl ymwybodol ohonynt…

Na, doedd rhoi sylwebaeth ar gyfer y deillion ar ffilmiau porn o'r 70au a'r 80au ddim mor hawdd ag oedd Math wedi'i ddisgwyl pan gafodd o'r foment 'Eureka' honno wrth wylio rhywbeth ar Sky Atlantic dro'n ôl. Am ryw reswm, roedd y Skybox 'winc-winc' hwnnw yn mynnu ailsetio'r 'Audio' i 'Commentary' bob tro'r oedd Math yn uwchraddio'r rhestr sianeli trwy gyfrwng co bach USB. Roedd o'n methu'n lân â deall pam fod hynny'n digwydd, i ddechrau, tan aeth drwy'r gosodiadau a chael hyd i sut i droi llais y boi sylwebaeth deillion i ffwrdd. Ond, wedi gwneud hynny, bu'r demtasiwn i berfformio'i sylwebaeth ei hun dros y rhaglenni yn ormod, a dyna fuodd o'n ei wneud am weddill y rhaglen – a sylweddoli ei fod wedi dod ar draws chwip o syniad da.

Wedi ailddechrau'r ffilm yn y lle y gadawodd hi ddoe, gan wneud yn siŵr fod y sŵn i lawr ar y cyfrifiadur a ddim ond yn dod trwy'r clustffonau, cliciodd y botwm coch ar y meddalwedd recordio, a gwylio'r sgrin.

"Damia!" meddai, cyn clicio PAUSE. Doedd o'm yn cofio be oedd y geiriau ola ddudodd o yn y sesiwn ddiweddara – "*she* lies on the bed", "*Sonia* lies on the bed" neu "the *lady* lies on the bed".

Sgroliodd am yn ôl a daeth o hyd i'r darn hwnnw, a'i chwarae'n ôl trwy'i glustiau. "Aha! *She*, felly," meddai wrtho'i hun. "Felly *Sonia* y tro yma. Naci! *She* eto, ia? Ia. Iawn. Ffwcin awê."

Weindiodd y trac sain yn ôl i'r lle'r oedd o funud yn ôl. Cliciodd RECORD, ac yna PAUSE, rhoi ei geg wrth y meicroffon a pharatoi ei hun, cyn clicio PAUSE eilwaith er mwyn rhedeg y fideo. Gwrandawodd ar ochneidio isel y ferch nwydus oedd ar ei chefn ar y gwely, ac aros am ei giw.

Reit, dyma ni'n dod, meddyliodd tra'n gwylio'r rhifau'n cyfri ar y sgrin. Ciw. "She reaches for under her skirt… oh, ffor ffyc's sêcs! Cachu ffycin rwtsh!"

Gwasgodd PAUSE eto a diawlio'i hun. "'Reaches for under her skirt', o ddiawl! Twat gwirion!"

Chwarddodd. Yr angen i swnio'n broffesiynol-ond-naturiol oedd yn ei daflu. Unwaith roedd o'n dod yn ymwybodol bod ei lais o'n swnio'n od, roedd o'n anghofio be oedd o angen ei ddweud. A hynny er mai'r cwbwl oedd o angen ei wneud oedd disgrifio – mewn ffordd ddigon cyffredinol – be ffwc oedd yn ffycin digwydd! Triodd ganolbwyntio. Roedd o'n cofio llais y dyn oedd yn ei wneud o ar Sky Atlantic. Wedi'r cwbwl, hwnnw oedd cynsail yr holl syniad. Ond am ryw reswm roedd o'n methu ail-greu yr un math o beth ei hun. Damia unwaith, meddyliodd. Ac yntau wastad wedi meddwl y gallai o actio!

"Mae 'na fwy i'r thespio 'ma na mae rhywun yn feddwl," meddai o dan ei wynt, cyn ystyried mynd drwy'r ffilm i gyd a sgwennu rhyw fath o sgript. Ond na, doedd ganddo mo'r amser na'r amynedd. Jysd matar o sortio'i hun allan oedd hi. Penderfynodd bractisio tôn ei lais.

"She writhes, sensually… She is aroused… She reaches for her inner thigh… She reaches beneath her knicker… nicars? Be ffwc? Idiot…! She sucks her finger… Na! Ffyc, no wê…! There is a dildo – naci! – vibrator…"

Cwffiodd yr ysfa i chwerthin. "She reaches for it…"

Chwalodd i chwerthin yn uchel. "Ffyc's sêcs, ma hyn yn ffycin nyts!"

Daeth cnoc ar y drws. Trodd i edrych a gweld y bwlyn yn troi. Doedd o ddim wedi cloi'r drws – mwya thebyg am ei fod yn dal i ganolbwyntio ar yr Escape From Bara Brith. Gwelodd y drws yn agor, ac wedyn tre efo tebot a phlatiad o fisgets a chacenni ffenast yn arwain y ffordd i mewn i'r stafall. Rhewodd Math.

6

Doedd neb yn cofio pwy oedd o, na sut y bu iddo ddigwydd. Ond damcaniaeth Tongs oedd bod pwy bynnag a alwodd Gwern a Garnedd yn 'Cors' a 'Mynydd' un ai'n ffarmwr, archaeolegwr, cerddwr mynydd neu'n fardd.

"I'r rhan fwya o bobol, jysd enw hogyn ydi Gwern, yndê Lemsip?" medda Tongs wrth agor tun arall o domatos. "Ond i rei pobol, enw coedan ydio."

"Taw deud," atebodd Lemsip yn sych wrth wagio tomatos plwm i'r bath a thaflu'r tun gwag i'r pentwr ar y llawr. Roedd o wedi clywed ei ffrind yn traethu am hyn o'r blaen, a gwyddai'n iawn mai dim ond dangos ei hun oedd o – adlais o'r cyfnod flynyddoedd ynghynt pan welai Tongs ei hun fel rhyw sêj hollwybodus ynghylch pob agwedd o fywyd cefn gwlad. Nid trysorfa llên gwerin mohono, fodd bynnag, ond mwydryn fu'n diflasu pawb efo'i rwdlan diddiwadd am sguboriau, briwas a chetyns clai. Nid llond pen o ddoethinebau fu ganddo, ond hannar llond berfa o siafins sgyrsiau tafarn – a rhawiad neu ddwy o ddylanwad Math. Trwy lwc, mi ddaeth dros ei greisus hunaniaeth pan gafodd o'i damaid cynta o gont, ac er i'r cap gwlân aros ar ei ben, diflannodd y gwelltyn gwledig o gornal ei geg.

"Ond go brin eu bod nhw'n gwbod fod coed gwern wedi cael eu henwi am eu bod nhw'n tyfu mewn —"

"Mewn gwern?" torrodd Lemsip ar ei draws wrth estyn tun arall i'w agor. "Pwy fasa'n meddwl."

"Yn union," atebodd Tongs heb gymryd sylw o'r coegni. "Mond rhei o'r hen bobol, a'r hen ffarmwrs 'na sy'n dal i stryffaglio byw yn nhwll tin byd, sy'n dalld mai ystyr gwern – fel mawnog, mign a waen – ydi…?"

"Cors, Tongs," atebodd Lemsip wrth droi'r agorwr tuniau fel dyn oedd am ladd rhywun.

"Da iawn, Lemsip. Ti ar dân heddiw 'ma, boi. A be ydi dy gyfeiriad di?"

"Deuddag, Tal y Wern."

"A be oedd y tir yna i gyd cyn codi'r stad?"

"Ym… aros di… ymm…" medd Lemsip wrth grafu'i ên.

"Ia, Lemsip. Cors. Ond faint o bobol Tal y Wern sy'n gwbod hynny?"

"Wel, pawb erbyn heddiw, achos ti 'di deud wrthyn nhw i gyd," atebodd Lemsip wrth daflu tun gwag arall i'r peil.

"Ond *doeddan* nhw ddim, nag'ddan? Dyna 'di'r peth. Ydi bobol Waunfawr yn gwbod fo nhw'n byw mewn cors?"

"Dydyn nhw'm yn byw *mewn* cors, nac'dyn Tongs! Ne fysan nhw 'di sincio bellach."

"Cau hi!" medda Tongs wrth i'w domatos blopian i'r bath fel lympiau o gachu gwlyb a sblasio dros ei drowsus. "Damia hwn â'i ffycin domatos hefyd."

"Duw, mae o'n talu am dy gwrw di, dydi?"

"Ond dwi angan dreifio yn munud, tydw!"

"Dy broblam di 'di hynny, mêt! Ti'm yn gadael i fi ddreifio…"

"Ond titha'n yfad hefyd!"

"Yndw, ond fyswn i ddim tasa chdi'n gadael i fi ddreifio."

"Ond sgen ti'm ffycin leisans, Lemsip!"

"Ia, wel, *mae* hynny'n broblam…" cytunodd hwnnw.

"Yndi. Ac yn rhan o dy broblam fwy cyffredinol di! Sôn am hynny, ti'm yn meddwl y dylsat ti roi rest iddi heddiw? Ges di ddigon neithiwr yn do?"

"Dwi ond yn torri sychad heddiw, Tongs," mynnodd Lemsip, oedd yn ymosod yn dra ffyrnig ar y tuniau tomatos plwm erbyn hyn. "A dwi ond yn y pyb am 'mod i 'di cytuno i wneud ffafr â chdi, y cont!"

"Iawn, OK, Lem," ildiodd Tongs. "Digon teg. A dwi'n ddiolchgar. Ond…"

"Tongs!" brathodd Lemsip, cyn gostwng ei lais eto. "Dwi'n iawn. In control."

"Dwn i'm am hynny. Oedda ti'n ei phwsio hi braidd efo Dingo gynna fach."

"Sgin hynny ddim byd i neud efo yfad, Tongs – a ti'n gwbod hynny'n iawn."

Tawelodd y ddau, ac am ryw funud go dda doedd dim ond sŵn plopian tomatos i'w glywed yn stafall pŵl y Lledan.

"Be dwi'm yn ddallt ydi…" dechreuodd Lemsip wedyn, wrth weld y bath yn araf lenwi efo slwtsh coch. "Be mae'r Cimwch 'ma am ei neud yn y bath – jysd ista ynddo fo, yn edrych fel twat coch?"

"Ia, am wn i. 'Dio'm yn mynd i folchi ynddo fo, nac'di?"

"Nac'di, wn i, ond ydio angan cadw rhei o'r tunia 'ma'n llawn er mwyn i bobol eu tollti nhw dros ei ben o tra mae o'n gorwadd ynghanol y sŵp 'ma i gyd? Rwbath i'r cameras, math o beth?"

Pwynt teg, meddyliodd Tongs, ond un nad oedd ganddo fynadd ei ystyried, heb sôn am ei ateb. "Wyt ti'n gwbod be 'di ystyr 'carnedd' ta, Lemsip?"

"Iesu goc!"

"Paid â 'Iesu goc' fi – jysd atab y cwestiwn!"

"Does dim pwynt i fi atab, nagoes? Ti'n mynd i ffycin bregethu waeth be bynnag dduda i."

"Ty'd rŵan, Lemsip. Be 'di carneddi?"

"Nipyls."

"Be?"

"Y nipyls 'na ti'n weld ar ben y brynia 'ma'n bob man ffor hyn."

"Hôli ffycyrŵni!" medd Tongs ac ysgwyd ei ben.

"Dwi'n iawn, dydw?" mynnodd Lemsip, a gwenu'n bowld. "A ti'n ffycin gwbod hynny 'fyd!"

"Ia, ond mae gen ti garneddi *claddu* sy'n mynd yn ôl filoedd o flynyddoedd…"

"Medda Math!"

"Wel, ia… Ond mae Math yn gwbod ei stwff, dydi? Ond beth bynnag, mae gen ti hefyd garneddi ar lwybra mynyddig i stopio Saeson fynd ar goll yn y niwl…"

"Compas?"

"… Eh?"

"Pam ffwc na iwsian nhw gompas, dwad?"

"Dwi'm yn ffycin gwbod, nac'dw!" diawliodd Tongs. "Tydi'r ffycars 'im yn gallu cofio sgidia call heb sôn am betha felly… Lle o'n i? O ia – carneddi ar ben mynyddoedd, a carneddi o gerrig mae ffarmwrs wedi hel o'r caea gwair dros genedlaetha. Ond be arall ydi carnedd, Lemsip? Dyna ydi'r cwestiwn mawr."

"Mynydd," atebodd Lemsip.

"Ia, ond pa fath o fynydd?"

"Un sydd 'run siâp â carnedd?"

"Wel, ia…" medd Tongs wrth i Lemsip fynd â'r gwynt o'i hwyliau eto fyth. "Ac yn garegog, wrth gwrs…"

"A pam wyt ti'n deud hyn wrtha i eto?" holodd Lemsip.

"Er mwyn i ti ddallt sut gafodd y Chuckle Brothers eu henwa – wel, eu llysenwa, 'lly. Cors a Mynydd. A be dwi'n ddeud ydi fod y person nath hynny un ai yn fynyddwr, archaeolegydd, ffarmwr, neu…"

"Bardd?"

"Neu'n fardd, ia."

"Na," medda Lemsip wrth chwilio am dun tomatos llawn ynghanol y llanast hyd y llawr. "Doedd o'm yn fardd, Tongs."

Synnwyd Tongs gan sylw annisgwyl ei fêt. "Dim yn fardd? Sut ffwc ti'n deud hynny?"

Gwenodd Lemsip yn hunanfodlon. Roedd wedi bod yn aros am ei gyfle ers tro – byth ers iddo holi Math am ei farn ar ôl y tro dwytha i Tongs fynd ar gefn ei geffyl ynghylch enwau'r brodyr.

"Wel, Tongs, ma'i fel hyn. Mae Gwern a Garnedd yn cynganeddu."

"Maen nhw'n gneud *be*?"

"Dim y *nhw*. Eu henwa nhw! Mae'r enwa'n cynganeddu, Tongs."

"Be ffwc 'di cynan… euddu?"

"*Cynganeddu*. Rwbath ma beirdd yn neud. A fysa 'run bardd gwerth ei halan yn newid enwa sy'n cynganeddu. Mae pawb yn gwbod hynny, siŵr."

Oedodd Tongs wrth drio rhoi trefn ar eiriau ei ffrind yn ei ben.

"'Di hynna'm yn gneud unrhyw ffycin sens, Lemsip," meddai wedyn, wrth wagio'r ola o'i duniau i'r bath. "Cninganeddu, o ffwc! Glywis i rioed y ffasiwn falu cachu."

"Wel," medda Lemsip wrth wagio'i dun ola yntau. "Dyna ti wedi dysgu rwbath heddiw 'ma, felly."

Hyffiodd Tongs a chodi ar ei draed. "Ffwcio chdi a dy nonsans. Dwi'n mynd am ffag."

"Ond dwinna wedi dysgu rwbath, hefyd," medd Lemsip wrth godi i ddilyn ei ffrind. "Ma Gwern yn lwcus na dim Sais ydio."

"Pam hynny?" holodd Tongs yn ddifynadd.

"Wel, mi fasa fo wedi cael ei alw'n Bog. A 'dio'm yn beth neis cael dy enwi ar ôl cachdy."

7

Falla nad oedd unrhyw un yn cofio pwy roddodd eu llysenwau i Gwern a Garnedd, ond roedd Cors a Mynydd yn gweddu'n berffaith i'r ddau. Creadur dwys, dwfn a thywyll oedd Cors, yn codi ofn ar berson dim ond iddyn nhw edrych arno, tra bod Mynydd yn horwth mawr, tal a chadarn. Ac fel pob cors neu fynydd, os oedd rhywun am fynd heibio iddyn nhw, yna, wel, dyna'n union fyddai'n rhaid iddyn nhw'i wneud – mynd heibio iddyn nhw. Achos fyddai neb, na dim byd, yn llwyddo i fynd drwyddyn nhw.

"Gwern! Ty'd yma!" gwaeddodd Mynydd ar Cors pan gerddodd i mewn i'r Lledan a gweld y bath hannar llawn o domatos tun yn y stafall pŵl. "Ma rhywun 'di rhoi Cimwch mewn bath o asid!"

"Ta 'mi weld! Ta 'mi weld!" gwaeddodd Cors yn gyffrous wrth redeg drwodd ar ôl ei frawd, cyn i siom amlwg ledu dros ei wyneb pan welodd y tuniau gwag ar hyd y llawr ymhob man.

"A lle ffwc 'da chi 'di bod?" gwaeddodd Tongs o'r bar pan glywodd leisiau dyfnion y ddau o'r cefn.

"Hannar dydd ddudas di, Tongs," dirgrynodd llais bas Mynydd.

"Ma hi bron yn hannar awr wedi!" atebodd Tongs yn syth wrth i'r ddau frawd ddod drwodd atyn nhw, yn bridd drostynt o gorun i sodlau.

"Guson ni dir calad wrth dorri bedd Robin Huw yn Rabar," eglurodd Mynydd wrth dwllu ffrâm drws y bar.

"Be ti'n rwdlan, dwad?" wfftiodd Lemsip. "Mond ffwcin tywod sy 'na lawr ffor 'na."

"A be wyddost di, Lemsip?" haerodd Mynydd trwy'i locsan goch. "'Runig dwll welis di o'dd hwnnw ddois di ohono. Ma dy esgyrn di'n rhedag milltir pan welan nhw raw."

"A be am y mini-digar?" holodd Lemsip. "'Di petha felly 'di cyrradd Ffyllog, dwad?"

"Ma'r ffwcin sach datws yma 'di'i dorri fo," medd Mynydd gan fodio i gyfeiriad Cors, oedd yn glafoerio fel llo yng nghysgod ei frawd. "Twll dan staer 'di'i le fo! Malu'r beipan heidrolic. Ffwcin oel yn sbyrtio dros floda bedd nain Gwyn Ffridd – a'i phen blwydd hi newydd fod. Gyma i Guinness, diolch 'ti, Tongs."

"Wnes i'm cynnig," medda Tongs.

"Wel, fydd rhaid 'ti bostio'r 'jiws bloc' i lle bynnag ti am iddi fynd, felly, washi!" taranodd Mynydd, a'i lygaid glas yn duo dan ei goedwig flêr o wallt brown.

Gwenodd Tongs wrth estyn papur degpunt o'i walat. "'Run fath i titha, dwi'n cymryd, Cors?"

Ysgydwodd Cors ei ben a mwmian rhywbeth efo'r gair 'lager' yn y canol. Daeth Cimwch drwodd o'r gegin yn ei ddillad a phaent coch, wedi clywed lleisiau'r cwsmeriaid newydd.

"Nefi wen, Cimwch?" holodd Mynydd. "Pwy ffwc sy wedi dy flingo di, was?"

"Comic Relief," medd Cimwch yn swta. "Gewch chi'n sbonsro fi, os liciwch chi."

"Sbonsro chdi'n gneud be, dwad?" atebodd Mynydd. "Umpression o botal sôs coch? Lle ma'r dychymyg yn hynny, ddyn?"

"Naci, tad! Cimwch ydw i i fod – i fynd efo'n enw fi…"

"Cimwch? Ti'n debycach i un o'r condoms strôbri-fflêfyrd 'na sgen ti yn y mashîn yn y bog!"

"Haha," medda Cimwch yn sych. "Mae gennai bâr o goesa i sticio ar 'y nghefn hefyd, a menig crafanga cimwch 'fyd."

"O. Wela i," medda Mynydd. "A be ti'n mynd i neud ar ôl eu gwisgo nhw? Rwbath i neud efo'r bath 'na, dwi'n cymryd?"

"Iesu, ti'n sydyn, cofia!" medda Cimwch yn goeglyd.

"Wel ffyc mi," medda Mynydd wrth sbio'n sarrug ar ei Guinness. "'Sa'm yn well i ti wisgo'r menig 'na rŵan, dwad? 'Sa ti'n gneud gwell job ar dynnu peint."

Talodd Tongs am beintiau'r brodyr, a llowciodd y ddau nhw mewn un.

"Reit," medda Mynydd wrth hel ewyn gwyn o'i farf goch efo'i fys mawr budur a'i roi yn ei geg a'i sugno'n sych. "Lle tisio mynd â'r jiws bloc 'ma, Tongs?"

8

Doedd gan Math ddim gobaith troi pob dim i ffwrdd cyn i Anti Hilda ddod drwy'r drws a gweld be'n union oedd o'n 'recordio', felly y cwbwl wnaeth o pan welodd y drws yn agor oedd neidio ar ei draed a bownsio tuag ato yn y gobaith o sefyll reit o'i blaen hi a'i rhwystro rhag gweld be oedd ar y sgrin. Ond fyddai hynny heb weithio, achos pan oedd o hannar ffordd at y drws aeth lîd y clustffonau yn dynn a'u tynnu i ffwrdd o'i ben, ac erbyn iddo ymbalfalu efo nhw roedd cariwr y tre wedi cerdded i mewn. Diolchodd i'r drefn mai Bitrwt oedd hwnnw.

"Room service!" medda fo, cyn dechrau canu, "*tea for two and two for tea…*" Stopiodd pan welodd be oedd ar sgrin cyfrifiadur ei fêt. "Be ti'n neud, cael wanc slei ta be?"

Chwarddodd Math yn dila. "Na, jysd gweithio ar… ymm… broject."

Cymerodd y tre o ddwylo Bitrwt a'i osod ar y bwrdd bach ar ganol y llawr. "Mwy o gacans," meddai wrth sbio ar y sleisys cacan ffenast efo'r bisgets ar y blât. "Ond dim bara brith, diolch byth."

"Be s'an ti?" atebodd Bitrwt. "Ma bara brith yn ffycin lyfli!"

"Dim pan ti 'di byta llond lori o'r ffycin stwff, mêt!" sicrhaodd Math o. "Wna i fod yn fam, ia?" cynigiodd wrth ddollti te o'r tebot.

"Awê," cytunodd Bitrwt. "Tri siwgwr. Os oes'na ddigon yn y fowlan tylwyth teg 'ma."

Eisteddodd Math yn ôl yn ei gadair droelli. "Diolch byth mai ti oedd yna, Bît. Fysa Anti Hilda'n cael hartan 'sa hi'n gweld hwn."

"Duw, ti'm yn gwbod," medd Bitrwt wrth fynd i ista ar y gadair gyfforddus wrth y wal bella. "Falla 'sa hi'n licio fo!"

"Ych! Paid!" medda Math. "Dwi'm isio llun fel'na yn 'y mhen i, diolch!"

"'Di'n dod fyny 'ma'n amal, ta be? Ma'r grisia ola 'na braidd yn serth iddi, yndi ddim?"

"'Dio'm yn stopio Anti Hilda, boi. Ma'i fatha'r Terminator. Fydd hi'n neinti cyn hir a ma hi'n dal i godi tatws efo fforch yn yr ardd 'na."

"Braidd yn risgi, dydi? Gwatsiad porn efo dy anti o gwmpas lle. Rhaid 'ti gael clo ar y drws, yn bydd boi?"

"*Mae* 'na glo arno fo. Ond dwi byth yn cofio ei iwsio fo. Ma'n iawn, beth bynnag. Ei thŷ hi ydio, yndê mêt? A dwi'm yn gwatsiad porn fel arfar, eniwe."

"Ia, ia," medda Bitrwt gan wincio.

"Na, onest rŵan. Project newydd 'di hwn, go iawn."

"Dyna mae pawb yn ddeud, Math," atebodd Bitrwt wrth godi a mynd at y decs a'u troi nhw mlaen.

"OK, mond ar ddydd Sul, falla," medd Math. "Mai'n saff bob dydd Sul achos ma hi'n mynd i capal."

Chwarddodd Bitrwt. "Amen i hynna! Ydi'n CD-Rs i'n dal yma? Y rhei o'r mix 'na 'nes i yn y Twrch wythnos o'r blaen? Gennai ffansi rhoi go ar y mix y 'Guns of Brixton' 'na. Ges i'm tsians i neud o ar y noson cyn i'r ffycin josgins 'na ddechra cwffio."

"Os ydyn nhw yma, maen nhw'n union yn lle adewist di nhw, achos sgennai'm co o'u gweld nhw'n nunlla."

"Dwi 'di'u ffendio nhw," medda Bitrwt, oedd eisoes yn bodio trwy'r CDs ar y silff. "Yr orijinal gan y Clash, 'Dub Be Good To Me' Beats International a'r un Professor Green 'na, 'Just Be Good To Green.'"

"Swnio'n briliant," medda Math wrth ddychmygu'r dair yn mynd i lawr yn dda mewn parti – i gyd yn defnyddio'r un bassline, wel, Beats International a Professor Green yn defnyddio bassline y Clash, hynny ydi. "Sgen ti gig yn dod i fyny?"

"Nagoes," atebodd Bitrwt wrth bwyso'i din ar y decs ac yfed ei banad. "Mai'n ffycin shit yn y lle 'ma, dydi."

"Does 'na nunlla i DJs yma," cytunodd Math. "Pybs cachu."

"Pybs cachu *gwag*," nododd Bitrwt. "Heblaw wicends, pan ma'r hics yn dod allan i ffwcio'u cefndryd."

"Ia – wicends," medd Math. "Pybs llawn, ond llawn o neb!"

"Does 'na'm rave 'di bod ers blynyddoedd chwaith, yn nagoes? Biti na fysa gennan ni rhyw gwt gwair yn rwla. Mae 'na ddigon o rai gwag gan y ffarmwrs 'ma."

"Digon o *dai* gwag, hefyd, Bît," medd Math wrth osod ei banad tu hwnt i hyd braich ar y ddesg. "I gyd yn mynd â'u pen iddyn tra bo teuluoedd ifanc yn chwilio am gartrefi."

Ysgydwodd Bitrwt ei ben wrth gyd-fynd â'r gosodiad. Daeth draw at y bwrdd bach i estyn bisget.

"Rhyw shebeen fysa'r boi, Math – fel oedd gan Robi-di-reu erstalwm. Neu beach bar math o le. DJs a miwsig drwy nos. Dub Shack ar y traeth… Fysa ni'm angan cwt, jysd sgaffold a tarpŵli – a jenyrêtyr – mae hi am heatwave yr ha 'ma, medda nhw."

"Wel, os ydi heddiw'n llinyn mesur, fyswn i'n synnu dim," medd Math wrth droi ei sylw yn ôl at y sgrin.

"Yndi, mai'n lyfli allan fa'na," medd Bitrwt wrth newid ei feddwl a dewis darn o gacan ffenast yn lle'r fisget. "O'n i'n ffycin cwcio ar y bỳs 'na."

"O? Lle fuas di?"

"O, lawr i Dre am dro. O'n i'n bôrd, felly es i draw i'r lle dôl i chwalu pen Raquel." Gwenodd Bitrwt yn ffiaidd. "A tra o'n i yno drias i gael gwbod os oedd 'na rwbath ar gael rŵan bo fi 'di cael sac gan y FFYCIN BASDAD SAIS 'na!"

"Ges di rwbath?"

"Na. Ond o'n i'n gwbod fyswn i'm yn cael dim byd eniwe. Ma'r cont yn deud fod o wedi'n sacio fi am 'gross misconduct'. Ond o'dd hi'n werth mynd yno jysd i dynnu Raquel yn gria!" Gwenodd Bitrwt yn ddieflig eto.

"Gross misconduct? Be oedd ar y twat digwilydd?"

"Wancar 'dio'n de, Math. Wancar ydio, wancar fuodd o, a wancar fydd o byth."

"Be ddigwyddodd ta?"

"Ffyc ôl llawar, i fod yn onast. Ond 'racial abuse' ydi'r 'gross misconduct', yn ôl fo."

"Ffycin hel, Bît! 'Dio'm 'di mynd at y cops, na?"

"Na. Wel, dwi heb glywad dim byd, 'de. Ond na, fysa fo ddim, achos doedd 'na ddim racial abuse wedi digwydd. Cwbwl ddudas i oedd 'you English are good at giving orders', ac aeth o'n ape-shit! Wel, oedd o wedi dechra'i cholli hi'n barod, ar ôl i fi'w alw fo'n 'fat cunt.'"

Chwarddodd Math. "Pam o'dda chi'n ffraeo?"

"O… wel, o'n i'n hwyr i gwaith, ac oedd o'n flin, yn gweiddi ordors arna i fel rhyw ffycin sarjant major… Ac o'n i'n reit isal, i fod yn onast…"

"Be, comedown?"

"Ia, fyny hannar y nos ar chwim. Ond o'n i wedi siarad efo'r genod ar y ffôn, a… wel, dwi'n methu nhw, sdi…"

Aeth Bitrwt yn dawel. Roedd y sefyllfa efo Sian a'r merched yn dal i ddweud arno, sylwodd Math.

"Wsdi, be ffwc sy'n mynd trwy ben y gont?" dechreuodd Bitrwt wrth gamu'n ôl a mlaen ar hyd y llawr. "Pam? Sut allith hi fod mor twisted?"

Newidiodd Bitrwt ei feddwl eto a rhoi'r gacan yn ôl a chodi bisget, cyn mynd i ista ar y gadair gyfforddus unwaith eto.

"Dydi'm yn actio fel rhywun rhesymol o gwbwl, mae hynny'n bendant," cydymdeimlodd Math.

"Nac'di, mêt. Mae hi'n ffycin afiach! Stopio plant rhag gweld eu tad. A tad rhag gweld ei blant. Ac am ffyc ôl! Does'na ddim angan o o gwbwl – dyna be sy'n chwalu 'mhen i. I be?"

"Fel'na mae rhei merchaid, debyg, Bît. Mai'n anodd, dwi'n gwbod, ond rhaid i ti ddal i gadw dy cŵl a gobeithio ddaw hi at ei choed."

"Anodd, dydi," cytunodd Bitrwt. "A fydd hi'n anoddach rŵan 'mod i 'di colli'n job ar ei chownt hi."

"Ers faint o' ti yno?"

"Blwyddyn."

"Siawns na newidith y cont ei feddwl? Dydi chefs da ddim yn tyfu ar goed."

"Na, dwi'm yn meddwl neith o, Math. A sgennai'm awydd mynd 'nôl yna ar ôl hyn, beth bynnag. Ffwcio'r pric. Mi gai rwbath arall. Fydd rhaid i fi. Dwi'm isio colli'r fflat. Lle ffwc a' i? Fedra i'm mynd i fyw yn tŷ Mam, yn enwedig y ffor ma hi. A beth bynnag, dwi'n ffortiffeif ffor ffyc's sêcs!"

Gorffennodd Bitrwt ei banad ac estyn am y tebot.

"Ond dyna ddigon amdana fi. Be 'di'r 'project' 'ma sy gen ti, ta?"

"Hwn? O wel, hwn ydi'r fentar newydd, Bît. Y next big thing! Garantîd o lwyddiant!"

"O? Sut hynny, 'lly? Hen ffilm ydi honna, ia ddim?"

"Ia. Ond efo troslais ar gyfar y deillion," eglurodd Math efo'i lygaid yn pefrio. "Dyna dwi'n neud – rhoi troslais, comentari, voiceover sdi, yn deud wrth bobol dall be sy'n digwydd."

"Ti'n gall, dwad? Oes 'na farchnad i rwbath fel'na?"

"Oes siŵr. Mae pawb yn licio porn, siŵr – dall neu beidio! Ond dim yn y maes deillion mae'r farchnad, Bît, ond yn y maes comedi." Gwenodd Math o glust i glust. "Ma'n ffycin hileriys. Mi chwaraea i chydig o be dwi 'di neud yn barod i ti… A be sy'n dda ydi fod gennai fêt yn Canada…"

"O, y boi Callum 'na oedd ar y ryn?"

"Ia, dyna chdi, hwnnw – mae ganddo fo gefndar sy'n dosbarthu DVDs a petha drwy Canada a'r States i gyd…"

"Swnio'n ffycin doji i fi!"

"Ella fod o. Ond cyn bellad bo nhw'n talu!"

"Dim gangstar oedd o, dwad Math?"

"Naci. Gangstars oedd am ei ladd o, o'r blaen. Ond gafon nhw'u lladd yn New York State sbelan yn ôl. Ma Callum yn ôl efo'i deulu ar Cornwall Island. Wel, dwi'n gobeithio…!"

"A'r Ffeds?" holodd Bitrwt.

"Wel, ia… Y BSOs… Rheini ydi'r bwgan, i fod yn onast…"

"Wel ffycin cym bwyll ta, Math!" dwrdiodd Bitrwt, oedd yn rhyw hannar deall fod Math wedi bod yn rhan o'r un helynt.

Tawelodd Math, a theimlodd ei hun yn cochi rhywfaint. Gwyddai ei fod yn bod yn fyrbwyll, o bosib.

"Wel… I fod yn onast, Bît, llosgi copïa fy hun a'u gwerthu nhw yn y wlad yma ydi'r prif blan, beth bynnag. Jysd bod…"

"Dollar signs wedi dechra sbinio?" medd Bitrwt.

Gwenodd Math yn lletchwith.

"'Dio'm ffycin werth o, Math," rhybuddiodd Bitrwt. "Os mai mentar dy hun yn y wlad yma ydi fod, wel sticia i hynny. Be os ddalith y Ffeds o, a ffendio chdi yn ei inbox neu'i ffôn o? Cym on, Math – ti'n gallach na hynna!"

Nodiodd Math wrth sipian ei de.

"Yn union, mêt," medd Bitrwt wrth weld ei ffrind yn dod at ei goed. "Dwi'm yn gwbod y 'gory details', mêt, ond dwi'n gwbod fo ti 'home and dry' ymhell cyn i Callum landio yma ar dy ôl di. Paid â ffwcio pob dim i fyny rŵan. 'Dio'm ffycin werth o, mêt."

"Wel…"

"Does 'na ddim 'wel', Math. Nei di ddigon o bres yn y wlad yma, siŵr dduw! Ma'n swnio fel syniad gwych."

Llowciodd Bitrwt ei ail banad, cyn cydio mewn stôl gron o gornal y stafall ac eistedd o flaen y sgrin efo'i ffrind. "Reit ta," meddai. "Ty'd i mi ga'l stag ar y fflic 'ma. Sgen ti bopcorn?"

9

Yn waeth na'r disgwyl, hyd yn oed, bu'r job o lwytho'r jiwcbocs i gefn pic-yp Cors a Mynydd yn opyrêshiyn tebycach i welliant yr A470 ger Ganllwyd – ond efo lot fwy o regfeydd, tuchan, chwys a gwaed.

Rhwng y ddau frawd – un bob pen efo Tongs a Lemsip – roedd 'na ddigon o fôn braich i'w hannar llusgo a'i hannar cario hi allan trwy'r drws cefn a rownd i'r stryd o flaen y dafarn. Ond er bod y brôn yno, doedd dim sôn am y brên – dim hyd yn oed hannar un rhwng pedwar penglog. Do, mi driodd Tongs gomandîrio, ond yn ofer. Un styfnig oedd Lemsip ar y gorau, a fedrai Cors a Mynydd ddim gwrando i achub eu bywydau. Wedi arfar efo bagiau sment a berfa, dim ond un ffordd o symud pethau oedd yn eu natur nhw, a "brŵt ffôrs" oedd hwnnw.

Un ar ôl y llall, trodd pob cynllun oedd gan Tongs ar gyfer symud y "bitsh behemoth gont" heb ei difrodi yn amherthnasol. Y cwbwl allai o wneud oedd gobeithio na fyddai gormod o dolciau ynddi hi erbyn iddi gyrraedd twmbal y pic-yp. A doedd hi ddim yn hir cyn i'r gobeithion ddirywio i regfeydd a bygythiadau wrth i waelod y jiwcbocs hitio stepan y drws a phlygu un o'r olwynion bach oddi tani. Wedi iddi wejo'n dynn yn ffrâm y drws wedyn, dechreuodd Tongs fflapio, ac erbyn iddyn nhw'i symud hi 'nôl i mewn i'r stafall pŵl, ei throi hi rownd i wynebu fel arall a'i llusgo hi 'nôl drwy'r pasej a hitio stepan y drws eilwaith, roedd o ar ben caej. Doedd yr awyr ddim yn las – roedd o'n ffycin borffor.

"Codwch hi, ffor ffyc's sêcs! Peidiwch rhoi hi lawr yn fa'na neu mi ffycin wejith hi eto!"

"Wel ffycin pwsia ta'r cont, yn lle ffycin ffaffian fatha ffycin fferi!"

"Fedrai ffycin ddim tan 'da chi'ch dau'n ei chodi hi pen yna!"

"'Da ni wedi'i ffycin chodi hi'r bwbach! Pwsia yn lle fflapio fel ffycin iâr! Chdi a dy ffycin hyrdi-gyrdi ffwc!"

"AAAAAAAWWTSH!!" sgrechiodd Tongs wrth i'w fys gael ei wasgu. "AAAH! 'NÔL! 'NÔL! 'YN FFYCIN MYS I. AAH! FFYCIN 'NÔL RŴAN... AAAAAWH!"

Yn poeni am ffrâm ei ddrws, daeth Cimwch i'r golwg fel rhyw sŵpyr-hiro coch. Aeth allan trwy ddrws y ffrynt a rownd talcan y dafarn i roi cyfarwyddiadau i'r pedwar wrth iddyn nhw drio cael yr "hyrdi-ffycin-gyrdi" yn rhydd. Mi ddaeth yn y diwadd, ond dim cyn crafu paent y pren a tholcio ffrâm aliminiwm cornal y jiwcbocs. Erbyn hynny roedd wal y pasej yn sblashys o waed drosti, a dechreuodd Cimwch gwyno fod paent wood-chip yn ddrud. "Ffyc off, Condom-man!" oedd ateb ffyrnig Mynydd, a diflannodd y tafarnwr i ddiogelwch y bar.

Unwaith y daeth y jiwcbocs allan trwy'r drws llwyddwyd i'w llusgo a'i phwsio hi i'r stryd, ac yno, wrth i'r pedwar clown drio'i chael i fyny'r ramp o stanciau pren ffôr-bei-ffôr i dwmbal y pic-yp, trodd y comôsiwn yn syrcas go iawn. Bu bron iddi ddisgyn oddi ar y ramp sawl gwaith, a sgwasio Cors fel pry yn y broses. Erbyn hynny roedd Tongs yn neidio i fyny ac i lawr wrth glywed y records i gyd yn clatro o gwmpas y tu mewn iddi, ac mi oedd Mynydd yn barod i'w grogi fo. Mi fyddai o wedi gwneud hefyd, oni bai ei fod o'n dal pwysau'r jiwcbocs ar y pryd. Dim ond wedi i ddau hen alc oedd yn slotian port a brandi yn y bar ddod allan i 'helpu' y llwyddwyd i'w chael hi i fyny i ddiogelwch y twmbal, ac yn fflat ar ei chefn, er mwyn i'r brodyr ei rhaffu hi i lawr yn saff.

Wedi dilyn pic-yp y brodyr yn y car, yn sugno'r gwaed o'i fys wrth ddreifio – ac yn cachu planciau wrth i Mynydd hercio fel cath i gythral ar hyd y ffordd gul, droellog – roedd Tongs yn hannar difaru *gweld* y jiwcbocs, heb sôn am ei phrynu. Doedd o, na Lemsip, ddim yn edrych ymlaen i hambôlio'r "brontoffycinsôrys" oddi ar y pic-yp, roedd hynny'n saff. Ond os oedd y joban honno'n un ddrwg, mi aeth i edrych lawer gwaeth ar ôl cyrraedd lle Robi-di-reu. Roedd tractor a trelar Crwyna yno, yn rhwystro'r pic-yp rhag bacio'n ôl i mewn i'r ardd at ddrws yr hen Dafarn Gacan. Ac ar ben hynny, roedd yna fynydd o lanast rhwng y trelar a'r sied.

"Rockola, reu," medda Robi yn ei acen reu achlysurol wrth astudio'r jiwcbocs tra bod y brodyr yn datod y rhaffau. "Cŵl o beth, frrrawd. Ond does gennai'm lle i'w chadw hi, sdi."

"Paid â berwi," medda Tongs. "Fydd hi'n iawn yn y Dafarn Gacan, siŵr!"

"Ia, ond fel ti'n gweld, dwi'n clirio'r lle allan."

"So? Fydd 'na fwy o le iddi felly, yn bydd?"

Tynnodd Robi ar ei sbliff a'i phasio hi iddo. "Y rheswm pam bo fi'n clirio'r lle allan ydi am bo fi'n chwalu'r sied."

"Ei chwalu hi? Pam, dwad?"

"Mai'n ffycd, mêt. To'n gollwng. Tamp. Ty'd i gael golwg. Dwi'n tynnu'r cwbwl lot i lawr. A codi'r llawr 'fyd."

"Be am y cwt arall 'cw, ta?" holodd Tongs wrth ddilyn Robi am y cwt fu gynt yn dafarn slei.

"Ma hwnnw'n dod lawr 'fyd – unwaith fydda i 'di medi'r cnwd ola, reu," eglurodd Robi efo winc ddireidus.

"Sgen ti'm lle mewn cornal fach ynddo fo?" holodd Tongs cyn tynnu ar y sbliff.

"Nagoes, yn anffodus, mêt. Mae'rrr lle yn llawn dop o ddeiliach brrrraf yn canu grrrwndi yn y gwres – hoffyffonigs dan yr heidroponics, reu."

"Ond dwi ond isio'i chadw hi tan gai sêl iddi. Wnai sortio chdi allan, paid poeni."

"Ti'n gwerthu hi?"

"Yndw. Ar eBay o'n i'n feddwl."

"Biti. Ma hi'n beth tlws, reu. Prin, sdi. Antique erbyn hyn. Nostaljic, reu. Ond sgennai'm lle iddi, nagoes."

"Biti na fysa'r Dafarn Gacan yn dal i fynd gen ti, Robi. Fysa ti'n chael hi genna i am faint rois i amdani."

"Faint o'dd hynny?"

"Dau gant."

"Reu. Barrrgian, doedd. Ond mae'r lle'n ffycd, sdi. Gai planning i godi gweithdy newydd sbon yn 'i le fo, reu. Ac ella troi y llall yn chalet. Fysa swllt neu ddau gan y gwenoliaid bob ha yn help garw, reu."

"Cŵl, Rob, ond fel dwi'n deud, mond rhyw wythnos dwi angan ei chadw hi."

"Ti angan listing mis i gael pris da am hon ar eBay, sdi Tongs. Ond y peth ydi, mêt, ma'r hogia'n dod yma mewn ffiw dês i ddechra malu."

"Pam ffwc na wnei di hynny dy hun, y cont diog?"

"Asbestos, mêt. Sbia." Pwyntiodd Robi at y to tyllog.

"Ia, ond ma hwnna'n saff, dydi. 'Sbestos brown 'dio, 'de. Gwisga fasg a mi gei di falu'r ffwc peth yn racs, dim problam."

Ysgydwodd Robi-di-reu ei ben wrth dderbyn y sbliff yn ôl gan Tongs. "Rhaid i bob dim fod bai-ddy-bwc. Dwi'm isio ffwcio fyny efo'rrr planning, reu."

"Joban ddrud felly, mêt!" medda Tongs wrth i'r ddau gerdded 'nôl at y lleill, oedd, efo help Crwyna, rywsut wedi cael y jiwcbocs i lawr o'r pic-yp heb fawr o draffarth.

"Na, dwi'n galw amball ffafr i fewn, reu."

"Pwy ti 'di gael, felly?"

Tynnodd Robi ar ei sbliff a nodio i gyfeiriad Cors a Mynydd. "Rhein, reu," medda fo gan bwysleisio mwy o'r acen rrreu. "Y Brrrodyr Grrrimm, ia."

"Be? Ti'n gall? Sgan 'hein ddim leisans 'sbestos siŵr dduw!"

"Oes, sdi, Tongs. Wel, maen nhw'n nabod rhywun sydd efo un. Ond mae o'n 'sorrrted' ac 'uwchben y bwrrrdd'."

Trodd Tongs a brasgamu tua'r brodyr a Lemsip, oedd bellach yn sefyllian o gwmpas y trelar yn busnesu a malu awyr efo Crwyna. "Hoi! Chi'ch dau! Pam ffwc 'sa chi 'di deud fod hwn yn tynnu'r lle 'ma i lawr?"

Syllodd Cors a Mynydd yn hyll arno am eiliad neu ddwy, cyn i Mynydd ateb. "'Nes di'm ffycin gofyn, naddo Tongs?"

"Ia, ond 'da ni newydd stryffaglio i ddod â'r jiwcbocs 'ma yma – ac wedi chwalu 'mys i, dallta – a natho chi'm deud fod y cwt yn dod lawr?"

"A sut o'n i fod i wbod na yn y ffycin cwt o'dda ti am ei rhoi hi?"

"A lle ffwc arall fyswn i'n ei rhoi hi?"

"Dwn i'm. 'Lle Robi-di-reu' ddudas di, ac i 'lle Robi-di-reu' ddaethon ni â hi," mynnodd Mynydd trwy'i goedwig goch.

"Felly stopia ffycin hefru fel ffycin ragarug," ychwanegodd Cors – y tro cynta iddo agor ei geg ers i Tongs gynnig peint iddo yn y Lledan.

Trodd y ddau frawd eu pennau yn ôl i'r sgwrs a gadael Tongs yn gegrwth ar ganol y patsh. Daeth Lemsip draw ato.

"Lle ei di â hi rŵan ta, Tongs?"

"Duw a ffycin ŵyr, Lem," atebodd, cyn gweiddi i gyfeiriad y brodyr. "Mynydd…!"

"Ffyc off," oedd ateb hwnnw. "'Da ni ddim yn codi'r gont yn ôl ar hwn."

"Ond…"

"Tongs!" chwyrnodd Mynydd yn derfynol. "'Da ni'm yn mynd â hi i nunlla. Dy broblam di ydi hi rŵan."

"Ia!" ategodd Cors efo edrychiad codi-blew-cefn, â phoer yn glafoerio fel pibonwy o gornal ei geg.

"Shit!" medda Tongs.

"Be am ei gadal hi allan, o dan darpŵli?" awgrymodd Lemsip.

"No wê. Be os fysa rywun yn ei dwyn hi?"

"Fel pwy? Superman neu'r Hulk wrth ddigwydd pasio? A pwy ffwc fysa'n gwbod be sy o dan y tarpŵli beth bynnag?"

Ysgydwodd Tongs ei ben a mwmian, cyn galw ar Rob. "Sgen ti'm lle yn y tŷ 'na?"

"Haha! Dyna ti ffycin jôc, reu!" oedd unig ateb hwnnw.

Sylweddolodd Tongs mai cwestiwn gwirion oedd o. Doedd bron dim darn o garpad i'w weld yn nhŷ un-llawr Robi oherwydd yr holl offer cerddorol a llanast cyffredinol oedd ganddo. "Wel… Be am wneud lle yn y portsh, ta?"

10

Roedd Bitrwt a Math yn eu dyblau wrth grio chwerthin o flaen sgrin y cyfrifiadur. Fel hyn oeddan nhw wedi bod ers hannar awr a mwy. Roeddan nhw mor bell i ffwrdd yn eu hwyliau fel eu bod nhw hyd yn oed yn bwyta'u ffordd yn braf trwy fisgets a chacenni ffenast Anti Hilda, ac mi oedd y ddesg a'r allweddell yn frith o friwsion pinc a melyn wedi i'r ddau boeri chwerthin wrth eu cnoi.

Er ei fod o'n licio'r syniad, doedd Bitrwt ddim wedi gweld fawr o ddim byd yn y sylwebaeth yr oedd Math eisoes wedi'i recordio, felly roedd o wedi gofyn i Math gâi o roi tro arni. Strôc o athrylith oedd hynny, achos be wnaeth Bitrwt oedd gwneud y sylwebaeth mewn acen Bangor Ai. Roedd y canlyniad yn hilêriys.

"Chwara fo eto," medda Bitrwt pan lwyddodd i gael ei wynt.

Cliciodd Math y fideo yn ôl i'r dechrau, ac eisteddodd y ddau'n gyfforddus. Dechreuodd teitlau'r ffilm dros olygfeydd o du mewn i dŷ'r ferch fyddai'n serennu yn nes ymlaen yn y ffilm.

"*There's a house, aye. Well, bungalow really, aye. It's got a garden. Not much grass, though, aye… A car passes. Chubb's Taxis, aye.*"

Chwarddodd y ddau eto. "Falla fydd rhaid 'ni gael gwarad o hwnna, rhag ofn," medda Math.

"… *In the bedroom there's a big bed, aye. King size, aye. A young woman sleeps restlessly… An alarm clock tick-tocks on the cabinet, aye… The fingers reach 8 o'clock, aye. The alarm sounds, aye, but you know that cos you can hear it, aye.*"

"Briliant!" medda Math wrth i'r ddau udo chwerthin a phesychu nes bod eu hochrau'n brifo.

"… *The girl stirs, aye. She wakes up. She reaches for the clock. She sits up in bed, aye, and her tits flop out, aye. Big tits too, aye…*"

Chwalodd y ddau. Roedd y lein yna'n eu cael nhw bob tro.

"*She gets out of bed, aye. Naked she is, aye. Who'd have thought it, aye…! She walks to the bathroom… She turns the shower on, aye. She gets in, aye… She washes her hair… She picks her nose, aye. No, not really, aye… Bubbles everywhere now, aye. She rubs bubbles over her tits, aye. She's getting aroused… She tweaks her nipples, aye. Close-up now, that's better, aye… She slides her hand between her legs. Now we're getting somewhere, aye…*"

Cliciodd Math y PAUSE. Roedd hi'n fatar o raid. Doedd dim pwynt gadael o redeg os nad oeddan nhw'n ei glywed o trwy'u chwarddiadau sgrechlyd.

"Sgrolia mlaen at pan ma'r plymar yn dod i mewn!" medda Bitrwt. "Dwisio gweld hwnna eto."

"… *She opens the door, aye. It's the plumber with his tools, aye. With a dodgy moustache too, aye. Looks like Super Mario, aye. He looks her up and down and smiles. Corny, aye! She smiles back, aye. Lets him in… She shows him her boiler… Tart, aye. Looks alright though, aye…*"

"Mathew? Mathew!" Daeth llais Anti Hilda o landing y llawr nesa i lawr.

Cliciodd Math y botwm PAUSE.

"Ia, Anti Hild?" gwaeddodd Math yn ôl tra'n trio peidio chwerthin.

"Gymrwch chi banad arall? A cacan?"

"Dim diolch, Anti Hild. 'Da ni am ei throi hi rŵan. Ddoi â'r tre a'r tebot i lawr efo fi." Dechreuodd glicio botymau efo'r llygoden a chau'r cyfrifiadur i lawr.

Daeth tecst gan Tongs i ffôn Bitrwt.

"Mae'r hogia yn lle Robi-di-reu," medda fo. "Ma nw isio poteli o Spar. Dwi am fynd lawr yno dwi'n meddwl. Ti awydd hi?"

"Oes. Ond dwi angan mynd i rwla gynta. A' i am dro heibio Dinorwydd a Carneithin a gweithio'n ffordd i lawr."

"I be?" holodd Bitrwt, yn methu dallt pam fydda'i fêt yn ychwanegu hannar awr i'r daith.

"Awyr iach, Bît. Clirio'r pen. Ma hi'n braf, dydi? Dwi angan bod yn rwla agorad ar ôl gweithio fyny fa'ma, sdi. Neu dwi'n cael cabin fever, ti'bo."

"O wel, dyna chdi, ta. Y ffycin hipi!"

Gwenodd Math. "Hei, diolch am roi llais ar hwn. Ti'n siŵr fo ti'n gêm i neud y gweddill o'no fo, wyt?"

"Ffycin reit, aye! *I need the cash, aye!* Haha. Ac ma'n ffycin laff!"

"Gwych, Bît! Diolch 'ti. O'n i'n hollol shit arni, sdi. Deud gwir, o'n i'n styc go iawn."

"Dim probs, Math. Ond ti'n gwbod be? Fydd rhaid i ni neud fersiwn Cymraeg efo acen Cofi!"

"Ia yndê," cytunodd Math gan chwerthin. "Neu acen Bala!"

"Neu y ddwy!" medd Bitrwt.

"Ia, Bît!"

"Ti'n gweld, mêt? I be ffwc ti angan Canada? Nei di ddigon o sêls yng Nghymru, siŵr!"

"Falla wir, Bît. Falla wir. Orffennwn ni hon i ddechra… Awn ni amdani dydd Sul, ia? Tra mae Anti Hild yn capal? Fydd hi allan trwy dydd, sdi, achos mai'n mynd at ei ffrind am ginio rhwng y ddau wasanaeth. Fydd hi'n 'all clear' fan hyn rhwng ha'di naw a ha'di tri yn pnawn."

"Aidîal," medda Bitrwt wrth godi'r tre a rhoi'r cwpanau gwag arno, cyn bowndio i lawr y ddau risiau efo Math y tu ôl iddo.

Ffarweliodd y ddau ag Anti Hilda ac allan â nhw. Hitiodd yr haul nhw fel tunnall o fenyn a gwingodd y ddau fel fampirod wedi'u dal yng ngolau dydd, wrth ostwng eu sbectols haul o'u pennau i'w trwynau.

"MWRDRWR!!!" sgrechiodd llais o ochor arall y stryd. "LLADDWR CATHOD! LLADDWR CATHOD!"

Trodd y ddau i weld gwrach-y-rhibyn o ddynas flewog yn ei saithdegau yn pwyntio at Bitrwt ac yn gweiddi o du ôl i ddannedd melyn, bylchog. "LLADDWR CATHOD! LLADDWR CATHOD!! LLADDWR CAAAATHOOOOD!!!"

"Be ffwc 'di honna?"

"Ffyc nôs," medda Bitrwt. "Ty'd! O'ma!"

"LLADDWR CATHOD! MWRDRWWWR!! LLADDWR CATHOD!" Dal i weiddi a phwyntio'i bys oedd y ddrychiolaeth wallgo.

"Chdi sy'n ei chael hi!" medda Math.

"'Dio'm bwys," atebodd Bitrwt wrth frysio i fyny'r stryd. "Jysd anwybydda'r jadan wirion. Ma hi off ei phen."

"Dim honna sy newydd symud mewn drws nesa i dy fflat di?"

"Ia, rwbath o Criciath ydi. Deud o i gyd, dydi!"

"LLADDWR CATHOD! LLAAAAADDWR CAAAAATHOD!"

"Lladdwr cathod?" holodd Math. "Be ffwc ma hi'n feddwl?"

"Duw a ffycin ŵyr. Mai'n neud o bob tro ma hi'n 'y ngweld i."

"*Wyt* ti wedi lladd ei chath hi?"

"Lladd ei *chath* hi? Ei ffycin lladd *hi* fyswn i. Mercy ffycin killing. Sbia golwg arni!"

"LLAAAADDWR CATHOD! LLAAAAADDWWWWR CATHOOOOOD!"

"Duw, dos adra nei, y seico," gwaeddodd Bitrwt yn ôl. "Sgen ti'm doli i sticio pinna ynddi?"

"Ond be ffwc sy'n gneud iddi feddwl fo ti 'di lladd ei chath hi?"

"Ffyc nôs. 'Mistaken identity' neu rwbath? Dwi'm yn siŵr os oedd ganddi gath, eniwe. Un o'r ffycin 'scare in the community' 'na ydi hi. Dwi'n mynd ffor yma 'li, i Spar ar y ffordd. Wela i di lawr yna, iawn?"

Brysiodd Bitrwt i fyny'r stryd a throi am y stryd fawr. Trodd Math am y 'scenic route'.

11

Gallai Bitrwt glywed pwniadau'r bas bron iawn o'r pentra, hannar milltir i ffwrdd. Erbyn iddo ddilyn y llwybr dros y gefnen i'r pant oedd yn arwain at dŷ Robi-di-reu, roedd o'n clywed y gerddoriaeth yn glir. O fewn dim, gallai ddweud be oedd y gân – 'MPLA' gan Tapper Zukie. Wedi i'r llwybr adael y clawdd pridd a chroesi'r cae ola at dŷ Robi, bron na allai glywed y llawr yn crynu dan ei draed. Wel, bron…

Pan gyrhaeddodd y bwthyn, yn chwys slops a'i freichiau'n ymestyn at ei bengliniau dan bwysau dau fag o ganiau a photeli cwrw, cafodd hyd i Tongs, Lemsip a Crwyna yn ista ar gadeiriau yn yr ardd ffrynt, yn gwynebu'r ffordd, y môr a haul y prynhawn. Roedd gan y tri ohonyn nhw beil o recordiau feinyl saith modfadd ar eu gliniau, ac mi oedd yna fwy o recordiau'n gorwedd yn blith draphlith ymhob cwr o'r ardd. Dyciodd Bitrwt pan daflodd Lemsip record i'w gyfeiriad, heb sbio i lle'r oedd hi'n mynd. Rhegodd Bitrwt yn uchel.

"Sori, Bît," chwarddodd Lemsip. "Welis i mo'na chdi'n fa'na."

"Crwyna, y bastyn diog!" gwaeddodd Bitrwt yn syth, cyn gollwng y bagiau wrth ei draed. "Ma gin ti dractor 'di parcio'n fa'na!"

Cododd Crwyna ei ben a chraffu. Roedd ei lygaid yn troi. "A be ti am neud, Bitrwt? Rhoi ticad i mi?"

"Fysa chdi 'di gallu nôl cwrw'n bysat? A rhoi ffycin lifft i fi."

"Bitrwt," slyriodd Crwyna. "Os nag ydwi'n ffit i'w ddreifio fo lawr i'r ffarm, dwi'n bell o fod yn ddigon saff i fynd â fo i Spar i nôl cwrw!"

"*Ac* mae dy ffycin gar ditha 'ma hefyd, Tongs, y twat!" hefrodd Bitrwt pan sylwodd ar y Mondeo glas.

"Ditto be ddudodd Crwyna," atebodd hwnnw. "Dwi'n cymryd y Fifth Amendment, cont."

"Ddois di â cwrw, ta be?" holodd Lemsip.

"Pam ti'n meddwl fod 'y nwylo fi'n twtsiad llawr?"

"Wel pasia botal imi, ta, yn lle sefyll yn fa'na'n mewian."

"Estyn un dy hun, y ffwcsyn," medda Bitrwt wrth dynnu potal o Bud o'r bag a'i hagor efo hynny o ddannedd oedd ganddo ar ôl. "Dwi 'di cario'r basdads drwy'r anialwch fel ffycin Moses, dwi'm yn mynd i fod yn wêtyr hefyd. Be ffwc 'di'r records 'ma i gyd, eniwe?"

"Llwyth o singyls," medda Tongs efo sbliff yn hongian o gornal ei geg.

"Ia, wela i hynny," atebodd Bitrwt wrth godi un o'r rhai oedd wedi cael ffling. "O jiwcbocs ma rhein," medda fo wedyn wrth weld bod canol pob un wedi'i dynnu allan. Darllenodd deitl yr un yn ei law. "Def Leppard? 'Armageddon It'? Shait! Dim Robi-di-reu bia nhw, felly?"

"Dim uffarrrn o berrrig," medda Robi wrth gerdded allan o'r tŷ efo

54

poteli lager dan ei fraich a bwrdd bara yn llawn o clementines wedi'u sleisio i chwarteri yn eu crwyn. "Tongs bia nhw. A'r jiwcbocs 'fyd."

"Be? Jiwcbocs sy'n chwara rŵan?"

"Reu. Ty'd i weld," medd Robi wrth adael y wledd o sitrws i'r hogia ei sbydu.

Dilynodd Bitrwt o drwy'r tŷ ac i'r portsh cefn.

"'Da ni 'di gwagio'r hen singyls oedd ynddi hi, a dwi wrthi'n ei llenwi hi efo petha call. Un dda 'di, yndê?"

"Cŵl, Rob. Ar fy marw, o'n i'n meddwl na dy sownds di oedd yn bangio nhw allan pan o'n i'n croesi'r caea 'na rŵan."

"Mighty dread bass, ya kna," medda Robi mewn acen Jamaicaidd a gododd pan fu'n byw yno am sbelan fach. "Bach yn myffyld, ond mae o'n dew, dydi. Cario'n bell."

Pasiodd Robi ei sbliff i Bitrwt cyn codi'r caead lle'r oedd enwau'r caneuon i gyd ar stribedi bach o bapur cardyn, gan ddatgelu'r records i gyd yn eu llefydd fel rhes o sowldiwrs – ac un yn gorwedd yn fflat ac yn troi o dan y fraich â'r nodwydd.

"Ti'n gweld y lle gwag mawr 'ma, rhwng y caead a'i gwaelod hi?" medda Robi, gan roi cic fach ysgafn iddi efo blaen ei droed. "Wel, mae hwnna'n actio fel bass bin, math-o-beth."

"Cwwwwl!" medda Bitrwt. "Dwi'm yn cofio nhw efo gymint o sŵn â hyn, i fod yn onast."

"Doeddan nhw byth yn cael eu chwara ar 'full whack', dyna pam. Prin bod unrhyw dafarrrn yn troi foliwm fyny dros chwartar. Ac oedd y pyb yn llawn o bobol yn jabran hefyd, doedd."

"Ydi'r peth pres yn dal i weithio?"

"Yndi – hen bishyns chweig, sbia," medda Robi gan bwyntio at y llond llaw o ddarnau pum deg ceiniog mawr, hen ffasiwn yn gorwedd o dan y bocs pres wrth ymyl y troellfwrdd. "Tair cân am chweigian. Ac ma'r selections yn gweithio hefyd. Yli, watsia hyn…"

Roedd Tapper Zukie'n gorffen, a gwyliodd y ddau'r nodwydd yn codi a'r mecanwaith yn codi'r record i'w heistedd a'i chludo'n ôl i'w lle priodol yn y rhes o sowldiwrs. Cydiodd Robi mewn pishyn chweig a chau'r caead. Yna rhoddodd y pres yn y slot.

"Dewis nymbar," medda fo wrth Bitrwt. "Cofia, dim y records yma sydd i mewn ynddi rŵan, so jysd dewis unrhyw rif – ond rhwng 001 a 050, achos dim ond i fa'na 'dan ni 'di cyrrrradd, reu!"

Byseddodd Bitrwt y botymau DIM, DIM a SAITH, a chododd Robi'r caead eto. Syllodd y ddau ar y mecanwaith yn llithro'n slic at yr union record, a lîfer arall yn gwthio'r ddisg o'i heisteddle a'i gollwng hi'n ddestlus arno, cyn cael ei chario at y troellfwrdd a'i gosod ar hwnnw er mwyn i'r fraich ostwng a rhoi'r nodwydd yn berffaith yn ei grŵf.

"Waw! Vorsprung durch, Robi! Vorsprung ffycin durch!" rhyfeddodd Bitrwt wrth i Junior Murvin ddechrau efo 'Police and Thieves'. "Dim circuit boards a digital shit. Ffycin engineering go iawn!"

"Peirrrianwaith purrr, reu. 'Dyn nhw'm yn gneud nhw fel hyn mwyach, mêt."

"A do'ddan ni'm yn ca'l gneud petha fel'ma yn metalwork yn rysgol, chwaith! Mae o jysd yn, wel…"

"Crefftwaith, reu. A ting of beauty, ya kna! Jah Rasta!" ameniodd Robi-di-reu efo gwên mor lydan â'r haul ei hun. "Reu fendigaid! Ieeeaaa!!"

Sgrechiodd Robi-di-reu ei foddhad cyn dechrau canu a sgancio efo'r miwsig. A hannar eiliad ar ei ôl o mi wnaeth Bitrwt yn union yr un peth.

"*POLICE AND THIEVES IN THE STREET… OH YEAH… FIGHTING THE NATION WITH THEIR… GUNS AND AMMUNITION…!*"

12

Wedi i'r llwybr rowndio stad Tal y Wern roedd o'n croesi'r caeau hyd nes cyrraedd ymyl y clogwyni uwchben y traeth, cyn ymuno â llwybr yr arfordir i ddilyn y creigiau oedd yn raddol gynyddu mewn uchder wrth ddringo dros ysgwydd hir mynydd Carneithin oedd, wedi disgyn yn hamddenol o'i gopa, yn plymio'n unionsyth dros dri chan troedfadd i ferw gwyllt y tonnau islaw.

Pan welai Math y gefnen hon mi fyddai ei fyd yn dechrau arafu. Erbyn iddo gyrraedd ei chrib, roedd amser yn dod i stop. Ac yn yr union ffrâm honno roedd pob oes yn rhan o'r un llun, y cwbwl wedi rhewi'n haenau tewion ar y cynfas. Ac fel casglwr paentiadau yn rhoi ei drwyn ar wyneb y llun, gwelai Math bob manylyn oedd yn rhan ohono; pob stribyn a smotyn a lwmp o baent, pob tro a chwyrlïad o'r brwsh. Teimlai fel y gallai gyffwrdd yr awyr â'i fysedd wrth i'w anadl lifo dros y penrhyn oedd yn estyn yn gaeau a gwrychoedd a chloddiau pridd – ac amball fryncyn powld – tua phen draw'r byd. Yma, roedd Math yn un â'r clytwaith o bob gwyrdd dan haul, yn un â'r blancedi porffor oedd yn hongian dros greigiau'r Garn, yn un â'r eithin a ollyngwyd yn sblashys hap-a-damwain dros y tir gan chwipiadau pelydrau'r haul. Yma, Math oedd y lliwiau i gyd.

Ond roedd mwy na golygfa yma. Mwy na'r clytwaith o wyrdd a phiws a melyn, mwy na hirhoedledd y bryn a'r bennar a'r traeth. Ar femrwn yr awyr ei hun roedd straeon canrifoedd wedi'u dal mewn amser, i gyd yn rhan o'r llun llonydd, ond bod eu lleisiau a'u synau i'w clywed o hyd a'u hynt a'u helynt mor aflonydd ag erioed. Gwelai Math freuddwydion ar y gwynt, dyheadau a thynghedau yn cydio yn rhubanau'r awelon, yn pontio amser ac yn clymu'r oesau yn un.

Clywai galonnau'n curo, porthmyn a phererinion, sgotwrs a ffarmwrs, a joli-hoitars hetiau uchel y goets fawr. Clywai genllysg ar do llechi ac adar yn trydar mewn toeau gwellt. Aroglai'r pridd llaith ac anadl poeth y wedd, a chlywai'r sofl yn rhwygo a gwichian gwylanod uwch y swch. Clywai chwithrwd pladurau, sŵn hogi, dyrnu, pedoli a chlincian gwelleifiau. Penillion, englynion a baledi mewn ffald a ffair, dyrnau'n pledu, dynion cydnerth yn simsanu. Paldaruo plant yn hel cnau a chrethyll a chregyn a chrancod, eu chwarddiadau gweflau glas yn y llus ar y llethrau. Gwelai ferched a dynion yn y grug, anadlau poeth mewn tasau gwair, botymau'n agor â blys ac yn cau ar frys, deaconiaid yn dwrdio a gweinidogion yn dyrnu'r pulpud. Gwelai neidwyr mewn perlewyg a dynion mewn dagrau, offeiriad yn ffromi a'r sgweiar yn rhegi. Clywai emynau a siantis môr, llifiau a morthwylion yn gosod stanciau yn eu lle, a'r llongau'n mynd a dod trwy'r eigion efo'u llwythi o ithfaen a halen a moch. Ogla pysgod, pitsh a thar, tail a rhaffau a lledar a chwys. Haearn ar haearn, cleddyf ar darian, saethau a sgrechfeydd, merched a phlant yn heidio'r gwartheg i'r bryngaerau… rhegfeydd rhyfel yn gwrido'r Garn, a gwaed yn cochi'r eithin. Cytiau crynion ar dân…

"Ffacin hel!" medda Math yn sydyn wrth gofio y dylai sgwennu'r pethau hyn i lawr.

Rhoddodd ei sbliff yn ei geg cyn tynnu'i fag ysgafn oddi ar ei gefn a chwilota'n frysiog am ei lyfr bach du a'i feiro. Dros y ddwy flynadd ddiwetha mi wnaeth o ymdrech lew i drio cofnodi ei feddyliau. Creadur felly fuodd o erioed, ei feddwl yn troi byth a hefyd, yn enwedig pan fyddai o'n stônd. Yn ôl ei fodryb Hilda, roedd o wedi etifeddu diddordeb brwd ei dad mewn hanes, a dylanwad ei daid oedd ei hoffter o fywyd gwyllt. Credai fod hynny'n wir, gan y cofiai ei fam yn sôn am ddiddordebau ei dad droeon, ac mi oedd ganddo atgofion melys o fynd i bysgota efo'i daid yn ardal Llanfrothen a Stiniog pan yn blentyn. Gwyddai, fodd bynnag, iddo gael ei ochor greadigol gan ei fam – wnaeth hefyd danio'i ddychymyg efo hen chwedlau a choelion hynafol Cymru.

Hynny oedd i gyfri am iddo roi ei droed mewn pyllau llenyddol o dro i dro pan oedd yn yr ysgol. Ond dim ond yn ddiweddar yr ymddiddorodd ddigon i neidio i mewn a thorri ias yn afonydd yr awen. Wedi dweud hynny, dim ond rhyw chwarae oedd o o hyd. Fu ganddo erioed y ddisgyblaeth i blymio i'r dŵr a nofio i'r dorlan bella. Mi ddysgodd rywfaint o'r gynghanedd trwy gyfrwng gwerslyfrau, ond heb yr ewyllys i ymarfer – heb sôn am fynd i ddosbarthiadau – allai o'm galw'i hun yn fardd o bell ffordd. Breuddwydiwr fuodd o erioed. Dyn syniadau, a syniadau'n unig. Dyn a anghofiodd fwy nag a gyflawnodd fyth. Dyn a benderfynodd, o'r diwadd, y byddai'n *cofnodi'r* holl syniadau, o leia – ond dyn na allai droi 'nôl i ddarllen y syniadau hynny cyn i'w hystyron ddiflannu o'i gof. Dyn na allai ddeall ei lawysgrifen traed brain ei hun. Dyn na allai ddod o hyd i ôl ei droed.

Ond roedd hynny'n mynd i newid, achos o hyn allan mi fyddai'n sicrhau ei fod o'n canfod ei lwybrau cyn i'r lluwch eu claddu. Aeth ati'n ofalus i sgwennu'r geiriau yn ddealladwy ar ddalen wen ei lyfryn. Buan y dirywiodd hynny i'r sgribls arferol, fodd bynnag, yn benna am na allai ffrwyno llif ei feddwl. Roedd pob gair a sylw'n baglu dros ei gilydd gymaint nes ei fod o'n dechrau brawddag newydd cyn gorffen yr un o'i blaen. Ond o fewn munud neu ddwy teimlai ei fod wedi rhoi digon ar y papur i allu cofio'r gweddill, ac y gallai ailgydio yn yr egingerdd rywbryd eto.

Gwenodd yn fodlon. Caeodd y llyfr a thynnu ar weddillion ei sbliff, cyn ei ddiffodd rhwng ei fysedd a'i fflicio i gyfeiriad y môr.

"Y môr a'r mynydd yw Math!" medda llais merch o'r tu ôl iddo a pheri iddo neidio.

Gwyddai pwy oedd yno, gan mai fo ei hun ddysgodd iddi'r llinell o gynghanedd honno un noson ramantus-feddw ar Drwyn Dindeyrn, dro'n ôl.

"Eleri fwyn y Crwynau!" atebodd wrth droi i wynebu'r ferch bengoch, lygatlas, dlos. Gwelodd fod 'na ferch arall efo hi. Merch ddiarth. Blondan. Hynod hardd...

13

"Tina Turner... 'Simply the Best'?"

"Shait!"

"Na, na... Sticiwch i'r gêm, y basdads!" dwrdiodd Bitrwt. "Gwagiad, priodi neu ffling!"

"Ffacin ffling!" gwaeddodd pawb.

Wedi llyncu llwyth o gwrw a chanfod ffordd ddifyr o farnu a dedfrydu'r hen recordiau diflas oedd yn y jiwcbocs, roedd hwyliau'r hogia wedi troi'n eitha afreolus.

"Mark Morrison!" gwaeddodd Lemsip gan droi ei drwyn.

"Pwy?"

"*RETURN OF THE MACK*," canodd.

"FFLING!!" gwaeddodd pawb gan ychwanegu llu o regfeydd a sylwadau ffiaidd wrth i'r record sbinio fel ffléing sosar dros y gwrych ac i'r ffordd darmac gul ar yr ochor draw.

"Babylon Zoo, 'Spaceman'!" cyhoeddodd Tongs.

"Ffling!" oedd dyfarniad unfarn Bitrwt, Crwyna a Robi-di-reu.

"Gwagiad!" gwaeddodd Lemsip, yn rhy hwyr, wrth i'r 'gofodwr' ddilyn Mr Morrison a Tina i ebargofiant.

"Hei, watsiwch rhag ofn i gar basio," rhybuddiodd Robi, cyn troi i'w patois Jamaicaidd. "Me no wan no dread on we door, ya kna."

"U2!" Tro Crwyna oedd hi.

"Ffocin piwc!" gwaeddodd Bitrwt yn syth.

"Pa gân?" holodd Lemsip.

"'Angel of Harlem'."

"FFLING!" oedd dedfryd pawb.

"Everything But The Girl, ffling!" medda Tongs heb aros am gadarnhad.

"Metallica, 'Until It Sleeps'," gan Tongs eto.

"Priodi!" gwaeddodd Lemsip.

"Ffoc off!" gwaeddodd pawb arall.

"O cym on! Ma Metallica'n OK!" protestiodd Lemsip.

"Bolycs!" poerodd Bitrwt.

"Stwff cynnar yn grêt," medda Tongs. "*Kill 'Em All* a *Ride the Lightning* – chwip o albyms. Mae nw dal genna i…"

"Gennan nhw stwff da wedyn 'fyd," mynnodd Lemsip.

"Amball i gân, ella!" medd Tongs. "'Enter Sandman', ffêr inyff. Fawr o ffyc ôl arall, nagoes?!"

"Oes tad!" mynnodd Lemsip eto.

"Fôt ta, hogia," cyhoeddodd Robi-di-reu. "Pwy sy'n deud 'Gwagiad'?"

Dim ond Lemsip roddodd ei law i fyny, a hynny i ofyn cwestiwn. "Be yn union oedd gwagiad, eto?"

"Ffyc sêcs, Lemsip," diawliodd Tongs. "Ffwc sydyn 'de! Gwrando arni unwaith ac anghofio amdani."

"Ia," cytunodd Bitrwt. "Neu cwic wanc yn dy achos di."

"Cau hi, Bitrwt," sgyrnygodd Lemsip. "Be os ti isio gwrando arni fwy nag unwaith? Wsdi, o bryd i bryd? Dim yn amal, jysd weithia…"

"Gulti pleshyrrr, reu?" holodd Robi-di-reu.

"Wanc ti'n feddwl, Lemsip!" medda Bitrwt eto.

"Ffyc off, Bitrwt!"

"'Da ni ddim yn sôn am fywyd go iawn, Lemsip," medda Tongs. "Dim un o'r MILFs 'na ti'n bwnio bob hyn a hyn sy dan sylw. Gêm ydi, Lemsip."

"Felly does'na'm byd rhwng 'gwagiad' a 'priodi'?"

"Nagoes. Un ai 'ffwc a ffyc off' neu 'ffwc a ffycin styc efo hi'."

"Neu ffling," medda Crwyna. "Fel yn ffling o ben clogwyn, 'lly. Dim ffling fel 'cael ffling' efo rhywun…"

"Achos 'gwagiad' fysa hynny eniwe, yndê?" medda Tongs.

"Wanc!"

"FFYC OFF, BITRWT!"

"Iawn!" gwaeddodd Robi. "Falch fod hynna wedi'i glirio i fyny, reu. 'Nôl at y fôt. Gwagiad?"

Cododd Lemsip ei law.

"Priodi?"

Cododd Lemsip ei law eto.

"Be ti'n neud, y ffwc jwc?" gwaeddodd Bitrwt.

"Dwi rhwng y ddau, dydw! 'Dio'm bwys, nac'di? Dwi'n mynd i golli'r fôt eniwe, dydw? Pen coc!"

"Ffling?"

Cododd pawb ond Lemsip eu dwylo, a sbiniodd Tongs y ddisg yn bell dros y gwrych a dros y ffordd.

"Ffwcio hyn. Dwi'n bôrd," medda Lemsip.

"Finna 'fyd," cytunodd Bitrwt.

"Faint sgennan ni yn y peil priodi?" holodd Crwyna.

"Llai na be 'da ni wedi luchio," medda Tongs.

"Felly fydd 'na lwyth o lefydd gwag yn y piwc-bocs?" holodd Lemsip.

"O, ffycin deg allan o ddeg, Sherlock!"

"FFYC OFF, BITRWT!"

"Be am y rhei sy 'di cael ffling?" holodd Crwyna.

"Be amdanyn nhw?" atebodd Tongs.

"Wel, ella fydd bobol erill yn licio nhw?"

"Fel pwy?" medda Bitrwt a phoeri, fel tasa unrhyw un fyddai'n licio'r fath bethau yn ysgymun annynol.

"Mae Crwyna'n gneud sens, Bitrwt," medda Robi-di-reu. "Ma 'na ganeuon sy'n gallu cael pawb ar ben byrdda…"

"Ia, ond ma rheini i mewn yn y jiwc eniwe, dydyn?"

"Yndyn, Bît," cytunodd Robi. "A bydd y peil 'gwagiad' yn mynd i fewn hefyd, yn bydd?"

"Ond fydd yna dal lefydd gwag, yn bydd?" medda Crwyna. "Felly mae'r rhei gafodd ffling wedi mynd yn wâst."

"Ffwcin wâst ydi rheini eniwe!" medda Bitrwt. "Gwell cael llefydd gwag na cachu."

"Cofiwch bo fi wedi rhoi rhei i mewn hefyd," medda Robi-di-reu pan gofiodd hynny ei hun. "O 'nghasgliad i, reu."

"Ia, ond o be wela i," mynnodd Crwyna, "rydan ni wedi seilio'n ferdict ar ein tâst ni, yn do? Wel, 'ych tâst chi, mwy na fi."

"Be ti'n feddwl?" holodd Tongs.

"Wel, reggae, pync, ska, new rave…"

"New *wave*, dim new rave!"

"Ia, be bynnag. Reggae, pync, new wave…"

"Indi, bach o metal…" ychwanegodd Tongs.

"Prodigy a ballu…" medda Bitrwt.

"Manics…" medd Lemsip.

"Abba!" medda Robi. "Ma 'na ystod ddigon eang yn fa'na, Crwyna, chwara teg."

"Be? Ydi Abba i mewn a Metallica ddim?" medd Lemsip yn hollol syn. "Ma hynna'n ffycin owtrej!"

"Hold on!" gwaeddodd Tongs. "'Dio ffwc o bwys, nac'di? Fydd 'na neb diarth yn clwad y jiwcbocs, na fydd? Achos sgennan ni nunlla i'w rhoi hi! Wel, nunlla lle fedran ni gael parti, 'lly."

"Wel, fedran ni *gael* partis yn fan hyn, hogia…" ystyriodd Robi, oedd yn dechrau hiraethu am hen ddyddiau'r Dafarn Gacan.

"Fedran," cytunodd Tongs. "Ond dim partis mawr – dim offens, Robi – rŵan fod y cwt ar Death Row. Ti'n siŵr ti ddim am roi 'stay of execution' iddo fo dros yr ha, Robi?"

"Hogia, fyswn i wrth 'y modd, reu. Ond mae'rrr bêl yn rrrowlio rrrŵan, reu. Y trrrên arrr y trrracia yn barrrod."

Aeth pawb yn ddistaw am funud, ac yn y funud honno ymunodd eu meddyliau mewn un cwmwl rhithiol yn hongian uwchben yr ardd. A'r un oedd y cwestiwn gan bawb – pryd stopiodd y byd gael parti? Cwestiwn mawr, ond un digon syml. Pam nad oedd pobol yn cael dod at ei gilydd i gael hwyl heb ofid na rheolau na phris mynediad, i gael dawnsio ac yfed i fiwsig call trwy'r nos, a hynny heb ddwylo gorilas hyll mewn dillad duon yn mynd trwy'u pocedi ar y ffordd i mewn? Pam nad oedd yna lefydd ar gael i hynny ddigwydd? Pam fod hynny'n erbyn y gyfraith? Pam fod hwyl yn anghyfreithlon? Pam? Pam? Pam?

"Ma'r ffycin wlad 'ma'n ffycin shit!" medda Bitrwt.

"Ma'r ffycin byd yn ffycin shit," medda Lemsip.

"Ma'r byd yn ffycin troi," slyriodd Crwyna a'i lygaid yn chwyrlïo.

Bu tawelwch am eiliadau eto, cyn i Robi-di-reu benderfynu doethinebu. "Dim y byd sy'n gachu, hogia. Y ddynoliaeth sy'n gachu. Cyfrrraith a thrrrefn, frrrodyrrr. Cachu a caws, reu."

"A-ffycin-men i hynna, Robi-di-reu!" gwaeddodd Tongs efo'i botal yn yr awyr. "Safwch ar eich traed, y bastads diog. Unwch! Sgenna chi ffyc ôl i golli ond 'ych… ymm…"

"Ond eich brêns," medd Lemsip.

"Naci!" mynnodd Tongs. "'Da ni 'di colli rheini'n barod, siŵr dduw! Ma nw 'di'n brênwasho ni… Dim ni yn fan hyn, fa'ma, yn yr ardd 'ma, ond 'Ni' yn gyffredinol – yr hiwman rês. 'Da ni'n ffycd. FFYCD!"

"Chdi sy'n ffycin ffycd, os ti'n gofyn i fi," medda Lemsip.

"Ella bo fi," atebodd Tongs. "Ond dwi'n dal yn gallach na'r morons."

"Wel, ma hynny'n fatar o farn, i fod yn onast, Tongo boi," medd Lemsip.

"Duw, cau hi, nei. Sgen ti'm MILF i fynd i'w ffwcio? Siŵr fod un o'nyn nhw'n gagio bellach."

"Gân nhw aros, yn cân? Ma hi'n job ei dal hi'n bob man, hogia. Enwedig i ni'r styds."

"Styd?" gwaeddodd Bitrwt. "Stent mae'r rhan fwya o'nyn nhw angan, dim styd."

"Ffyc off, Bitrwt!"

"Pam? Be nei di, y necroffiliac ffwc?"

Yr unig ateb gafodd Bitrwt oedd record yn ei hitio ar ei dalcan, jysd uwchben ei lygad dde. Gwaeddodd mewn sioc i ddechrau, cyn dechrau bytheirio pan sylwodd ei fod o'n gwaedu. Yna cythrodd am y ddisg a'i sbinio 'nôl tuag at Lemsip. Methodd, ac aeth y record dros y gwrych fel ffrisbi.

Ar hynny, daeth sŵn sgidio teiars car o'r ffordd.

"Shit!" medda Tongs wrth godi ar ei draed. "Pwy 'di hwnna?"

Brysiodd at y gwrych i sbecian trwy'r deiliach, ond roedd o'n rhy drwchus i weld dim. Daeth sŵn drws car yn agor a chau, a sythodd Tongs i sbecian dros ben y gwrych. Roedd 'na ddyn diarth yn syllu'n syth tuag ato. Dyciodd yn ei ôl i lawr, ond yn rhy hwyr.

"You! I can see you. Come here!" bloeddiodd.

"Shit!" medda Tongs yn ddistaw. "Hogia! Ma 'na gont tew yn mynd ar ben caej!"

"Ffwcio fo!" medda Bitrwt.

"Ia," cytunodd Lemsip. "Ffycin malan ni o os ddaw o yma…"

"Cadwa di allan o'r ffordd, Lemsip," rhybuddiodd Tongs. "Cofia fo ti'n bell dros dy rasiwns cwrw bellach!"

"Hei, hei, calliwch rŵan, hogia!" siarsiodd Robi-di-reu. "Heliwch y records 'ma i gyd. 'Na i handlo'r dyn."

Brysiodd Tongs a Bitrwt i godi'r recordiau oedd ar chwâl hyd yr ardd. Arhosodd Lemsip yn ei gadair yn yfed, a dyna hefyd wnaeth Crwyna, oedd fwy neu lai'n ddiymadferth.

Pan gyrhaeddodd Robi-di-reu y buarth roedd dyn â gwyneb piws yn brasgamu trwy'r giât.

"Reu," cyfarchodd Robi. "Can I help you?"

Daliodd y dyn record i fyny uwch ei ben a phwyntio ati, cyn dechrau hefru am fandaliaid yn taflu blociau concrit ar y rêls tu allan Rhyl.

"Ara deg, ddyn," medd Robi a'i ddwylo i fyny o'i flaen. "Before we can establish the relevance of anti-social behaviour on the north Wales coast, why don't you explain what the fuck you're on about, reu?"

"Don't get smarmy with me, mate," medda'r boi mewn acen Swydd Gaerhirfryn. "You know what I mean. It may be a country lane in Tindurn, but it's just as bloody dangerous! I could've been killed!"

"Damia. Trwch blewyn," medd Lemsip wrth siglo o gyfeiriad yr ardd, wedi methu ymwrthod â'r ysfa i fusnesu, a Tongs a Bitrwt wrth ei gynffon yn ei ddal o'n ôl – rhag ofn.

"What?" medda'r dyn gan grychu'i drwyn ar seiniau anwaraidd y Gymraeg.

Roedd Lemsip ar fin ymateb pan achubodd Robi'r blaen. "Do you mind if I see what record it is, sir?"

"Wha—? What bloody difference does it make?" gwaeddodd y dyn gan wthio'r ddisg o fewn modfedd i drwyn Robi. "Can you read English?"

"Yes, perfectly, thanks," medd Robi yn cŵl braf wrth estyn y record o ddwylo'r Sais a syllu ar y sgrifen arni.

"Listen, my friend," medda Robi wedyn, cyn taflu'r ddisg i Bitrwt. "Do we look like Michael Jackson fans to you?"

"Wha—? How the bloody hell would I know? If you're not, then that's probably why you threw it!"

"Threw what?" gofynnodd Robi.

"Eh? The bloody record, of course!"

"What record?"

"Well… that one…" trodd a phwyntio tuag at Bitrwt.

Cododd hwnnw ei freichiau i fyny wrth ei ochr. "What record?"

Oedodd y dyn am eiliad wrth i synau bach rhyfadd ddod o'i wddw. "Oh… oh… it's like that, is it?"

"Like what?" holodd Robi.

"Yes, what the fuck do you mean?" medd Lemsip.

"Ia, yn union, cont," medda Bitrwt. "What the fuck are you on about, man?"

Ffrwydrodd y dyn. "You know full fucking well what I fucking mean!"

"I'm afraid we don't, mate," medda Tongs wrth roi ffling i'w botal gwrw. "Care to explain?"

"Oh, I'll explain alright… I'll explain to the police. Though god knows what good that'll do. They're all fuckin Welsh."

"Woah, woah, woah," medda Robi, yn dal ei ddwylo allan. "Dere's nah need fe de racist ting ya kna, we all Jah people now, easy man."

Doedd gan y Sais ddim math o ateb. Roedd o'n gegrwth.

"Now," medda Robi wedyn. "Can I remind you that you're on my property, reu. And I'm going to have to ask you to leave now."

"I'm not bloody going till I get an apology, at least!" Doedd dim dwywaith fod y boi yn bacio i lawr, ac nad oedd ganddo unrhyw fwriad o fynd at yr heddlu.

"An apology for what?" Crwyna oedd yno, wedi gorfod codi o'i gadair am bisiad ac wedi dod draw i weld be oedd y sgôr. "Duw, Steven! How's it diddling?"

"Uh, Carwyn? Erm, hi… Do… do you know these, erm…"

"These peasants?" slyriodd Crwyna wrth dynnu'i goc allan. "Yes. Yes, I'm afraid I do…"

"W-well, erm… I… I…" dechreuodd Steven efo atal deud, mwya sydyn. "I *did* think I recognized the tractor."

"Tractor?" holodd Crwyna'n ddryslyd wrth sbreio'i biso dros y buarth. "Oh yes, yes, I see it now too, yes… What seems to be the problem, Steven bach?"

Ymlaciodd y dyn rywfaint, er ei bod hi'n amlwg na chlywodd o Crwyna yn bod mor anffurfiol efo fo o'r blaen. "Well… someone threw a record on to the road while I was passing…"

"A record? Really? What was it, The Flying Pickets?"

Chwarddodd yr hogia.

"Well I don't think it's funny, myself. I mean, a record…"

"Was it a hit?" holodd Crwyna wedyn, gan achosi pwl arall o chwerthin o du'r hogia.

"What…? Oh, I get it! Very good. But…"

"Did it hit you?"

"No, but it could have. And that's the point…"

"Damn! I missed then!"

14

"Yr awen yn taro?" holodd Leri wrth dynnu'i gwallt coch yn rhydd o'r band lastig a'i ysgwyd yn rhaeadr o fodrwyau lliw hydref hardd dros ei hysgwyddau.

Gwenodd Math. "Wsti be? Mae hi! Mond gobeithio fydda i'n cofio be darodd!"

"Wel, ti newydd ei sgwennu fo lawr, yn do?" medd Leri dan wenu, cyn lledu ei breichiau a llamu i'w gofleidio. Gwasgodd y ddau ei gilydd am yn hir. "Da dy weld di, Math!"

"Oh, a chditha, Ler!"

Trodd Leri at ei chydymaith. "Mae o'n fardd… ond yn anghofio petha."

"Ah!" atebodd y ferch â gwên gynnes. "Beirdd o hyd fel hyn!"

"Na, na," protestiodd Math yn wylaidd. "Dwi'm yn fardd, paid â gwrando arni."

Chwarddodd Leri cyn troi at ei ffrind eto. "Krystyna, dyma Math. Math, dyma Krystyna. Ffrind i fi."

"Ffrind?" holodd Math yn awgrymog.

Gwenodd Leri. "Wel, chydig mwy na ffrind, ta."

"Neis i gwrdd â chdi, Krystyna," cyfarchodd Math y ferch â'r acen estron. "O lle wyt ti'n dod, ta?"

"Czech Republic," atebodd. "Neis i cwarffod chi hefyd… Math?"

"Ia. Dim Mathew. Jyst Math," pwysleisiodd Math efo gwên gynnes.

"Nid Mathonwy, felly?" holodd Krystyna, cyn chwerthin wrth sylwi ar ei syndod. Eglurodd. "Fi'n gwneud PhD… doith-ir-ieth… yn…"

"Celtic Studies yn Aber," eglurodd Leri drosti mewn iaith fyddai Math yn ei deall.

"Waw!" medda hwnnw, gan obeithio nad oedd Leri'n sylwi ei fod o'n suddo mewn i lygaid llwydlas ei chariad. "Ma hynna'n cŵl. O lle yn y 'Czech' wyt ti'n dod?"

"Yn agos i Prague," atebodd yn siriol.

"O! Cŵl, cŵl…" Teimlai Math ei hun yn cochi fymryn yn ei chwithdod. "Wel, dwi'n… dod o fan hyn…"

Chwarddodd y ddwy ferch.

"Taw deud, cont!" medd Leri.

Ymlaciodd Math a chwerthin efo nhw. "Fuas i yn Prâg unwaith. Absinthe, a'r Medieval Torture Museum – wrth y Charles Bridge? Dyna'r cwbwl dwi'n gofio!"

"Ha! Beirdd methu cofio eto!" medd Krystyna a'i llygaid chwareus yn dawnsio efo'i enaid.

"Ia, melltith y bardd a'r meddwyn. Gobeithio fydda i'n cofio be dwi 'di sgwennu heddiw, felly!"

Daeth tro Krystyna i gael ei drysu. Gwelodd Math hi'n ciledrych ar Leri. Ei acen oedd wedi'i ffwndro hi, debyg.

"Ti angan mwy o ddisgyblaeth," medda Leri wrtho.

"Ah – disgyblaeth!" medd Krystyna. "Mae hwnnw yn peth mwy prinnach nac yw cofio mewn bardd!"

Chwarddodd y ferch siriol o Brâg yn uchel ac yn rhydd, ac allai Math ddim peidio â sylwi ar symudiadau ei chorff ystwyth wrth iddi wneud hynny. "Wedi dysgu Cymraeg, felly?" holodd.

"Yn *dal* i dysgu," atebodd hithau'n hwyliog. "Wel, trio gore, beth bynnag!"

"Ti'n swnio'n iawn i fi, chwarae teg," canmolodd Math.

"Dwi wedi'i rhybuddio hi am ein hacen fyny ffor 'ma," medd Leri. Chwarddodd Krystyna eto. "Rwy'n deall yn iawn – hyd yn hyn!"

"Aros di tan fyddan ni wedi meddwi, ta!" medd Math. "Fyddan ni'n swnio fel Klingons!"

Chwerthin yn uchel unwaith eto wnaeth Krystyna. "Dim problem," meddai a'i llygaid Slafaidd yn dawnsio'r polka. "Fi yn arfer â hynny!"

"Efo bobol meddw, ta Klingons?" holodd Math a'i lygaid yntau'n dawnsio.

"Y ddau!" atebodd, a'i gyfareddu efo'i chwerthin braf unwaith eto.

"Wel, ti'n gwneud yn dda iawn," canmolodd Math eto, braidd yn lletchwith, gan obeithio nad oedd o'n swnio mor nawddoglyd iddi hi ag oedd o iddo'i hun. Roedd o wastad yn ei chael hi'n anodd siarad yn naturiol efo dysgwyr, yn enwedig dysgwyr o dramor. Fedrai o'm peidio siarad mewn Cymraeg stacato oedd yn swnio fel cymysgedd o acenion bandido Mecsicanaidd, Maffiosi Eidalaidd a bon viveur Ffrengig – a thinc o gefn gwlad gogledd Cymru yn ei ganol. Ac wrth i harddwch deniadol y ferch o'r Weriniaeth Tsiec ei wneud o'n hunanymwybodol, mi oedd o'n sylwi pa mor hollol foronaidd oedd o'n swnio... Ac yntau'n stônd hefyd... Gwyddai ei fod o'n cochi eto. Ffyc's sêcs...!

"Diolch yn fawr, 'Mathonwy'," medd Krystyna'n ddireidus.

"Croeso'n tad," atebodd wrth feddwi ar drawiadau gyddfol ei hacen – a'i pharodrwydd i dynnu ei goes. Roedd yna ddrygioni iach yn dew yng ngwaed hon, meddyliodd wrth syllu i'w llygaid am hannar eiliad chwithig o hudolus.

Penderfynodd dynnu Leri Fwyn i mewn i'r sgwrs yn go handi – ond chafodd o fawr o gyfle, gan i honno ddechrau siarad beth bynnag.

"Dod fyny 'ma am yr awen wnes di, Math? Ta ar dy ffordd i rwla wyt ti?"

"Dipyn o'r ddau, i ddeud gwir, Ler," atebodd. "Ar y ffordd at yr hogia yn tŷ Robi-di-reu – ond awydd sgwennu rwbath ar y ffordd. Be amdana chi'ch dwy? Lle 'da chi'n mynd?"

"Jesd dangos yr ardal i Krystyna – a lle'r oedd tir 'y nhad yn arfar ei gyrradd cyn iddo werthu'i hannar o."

"Ia, ma siŵr fod hynny'n rhyfadd. Gwerthu'r mynydd a ballu. A'r defaid. Fysa chi slap ynghanol ŵyn bach rŵan, yn bysach? Sut fysa ti'n licio bugeilio, Krystyna?"

"Bigaulio?" holodd Krystyna. "Beth yw?"

"'Dio'm bwys," medd Math. "Ar be wyt ti'n gneud dy ddoethuriaeth, ta?"

"Gwreiddiau cyn-Gristnogol chwedlon-i-aeth Cymraeg," medd Krystyna. "Gobeithio fy mod wedi dweud hynny'n iawn!"

"Arglwydd! Fyswn i'm yn gallu deud wrtha ti, i fod yn onest!" atebodd Math wrth i'r llond ceg o Gymraeg cymhleth glymu'i glustiau.

"Ie. Mae'n maes diddorol iawn," ychwanegodd Krystyna.

"Yndi, yndi mae o," cytunodd Math.

"Ydych chi'n gwybod e?"

"Yndw... wel, mae genna i ddiddordab, 'lly. Pa mor bell wyt ti'n mynd yn ôl?"

Daeth dryswch i'w pherlau llwydlas eto. "Mae'n ddrwg gen i?"

"Sori. Pa mor bell yn ôl – mewn amser – wyt ti'n astudio?"

"Oh, I see. Wel, mae e'n maes eang iawn. Rwy'n edrych ar y cyffnod canoloesoedd, pan hys-grifenn-wid y Mabinogi, er engraifft… ac ar y cyffnod y Gododdin ac yr Hen Ogleth… ac ar sagas Iwerddon, ac y cyf-reith-iau ac buchedd seintiau… Hefyd duwiau Celtaidd insular and continental… ac holl chwedlau nhw… Classical writers fel Pliny, Strabo, Tacitus… Caesar ei hunan… chwedlau Rhufain a Groeg… Almaen ac… Slafaidd hefyd wrth gwrs… Oh – ac Siberia, sy'n diddorol gwir iawn… Ac shamanism, ac arferion crefyddol y Saami, Magyars, Basgwyr… ac traddod-iadau paganiaeth sydd mynd 'nôl i cyn Proto-Indo-European."

Gwenodd Krystyna, a gwyddai Math fod ei lygaid newydd fradychu'r belen o chwyn a chwythodd yn dawel trwy anialwch ei ymennydd. Clapiog neu beidio, roedd gan Gymraeg Krystyna ddigon o academia i ddeinameitio pen unrhyw leygwr. Er hynny, mi oedd ganddo ddigon o grap ar ddiwylliannau hynafol cynhenid – yn Ewrop ac yng Ngogledd yr Amerig – i roi'r argraff ei fod o'n dilyn y sgwrs, o leia.

"Aah! Y shamanic triangle!" meddai gan swnio mor wybodus ag y medrai.

"Beth?"

"Y Seibirians – y shamanic link rhwng Ewrop ac America. Saamis, Hyngerians, Seibirians a'r Indians. Paleolithig, Mesolithig, Neolithig – ffycin teriffig! Haha!"

Oedodd am gwpwl o eiliadau. Gwyddai ei bod hi'n deall at be roedd o'n cyfeirio, ond ddim cweit yn ei ddilyn. Penderfynodd neidio yn ei flaen yn go sydyn.

"Wyt ti'n stydio'r derwyddon, felly?"

"Ydw. A'r beirdd a cyf-arwydd-iaid especially…"

"A be am y bobol ddysgodd y derwyddon?"

"Y pobl oedd yn siarad Proto-Indo-European? Neu y pobl oedd yn siarad yr hen ieithoedd cyn hynny?"

Unwaith eto, penderfynodd Math fynd efo'i reddfau. "Oes y Cerrig. Yr Aborijinis?"

"Dyna ti. Hen ieithoedd cyn Indo-European. Oes, mae rhai pethau yn sicr mynd yn ôl mor bell â nhw. Mae rhoi bys arnynt another matter!"

"Ein cyndeidiau ni'r Cymry," medd Math, bellach yn hyderus ei fod o'n ôl ar dir cadarnach.

"Www! Rwyt ti'n gwybod hanes yn dda," medda Krystyna, gan blesio – a synnu – Math. "Does dim llawer o bobl yn dweud hwnnw. Mae rhan mwyaf yn dweud Celtiaid yw'r cyndeidiau."

"Wel, synnwyr cyffredin ydio, yndê? Ac ma genetics yn profi. Yr *iaith* Geltaidd ddaeth i'r rhan yma o Brydain, yndê, dim mewnlifiad o Geltiaid."

"Yn sicr," cytunodd Krystyna. "Diwylliant yw Celt. Fel Roman a Greek. Gwahanol llwythau o bob math o ethnigiad… ethnig*rwydd*, mae drwg gennyf… yn mabwy-siadu yr iaith newydd."

"Fyswn i'n deud na diwylliant aborijinal Prydain, Werddon a Gâl ydi 'diwylliant Celtaidd'. Mond yr iaith, a'r celf falla, ddaeth o ganol Ewrop."

"Hmm, mae'n cymhleth iawn!" atebodd Krystyna. "Mae rhai yn dweud nawr bod yr iaith heffyd wedi dod o'r Atlantic Fringe. Ond, you know – don't go there! Rwyf wedi mentro i maes iaithydd… ieithyddiaeth… yn ddiwethar. Ooh! Minefield!"

Rhoddodd Krystyna un llaw ar ei thalcan a'r llall ar ei bron, yn ddramatig, fel y ferch sy'n cael ei herlid gan y dyn drwg mewn hen ffilmiau tawel du a gwyn. Yna chwarddodd yn uchel.

Gwenodd Math. Roedd o wedi cael ei swyno'n llwyr.

"Be wna i, dwch?" medda Leri pan welodd gyfle i gael ei phig i mewn. "Eich gadal chi'ch dau yma, dwi'n meddwl! Mae'r sgwrs 'ma'n beryglus o agos i droi at feini hirion!"

"Ti'n iawn, Ler," medda Math. "Ma hynna'n bwynt. Meini hirion a cylchoedd cerrig. Y bobol gododd rheini ydi'n cyndeidia ni. Eu credoau *nhw* wnaeth y derwyddon etifeddu. Wyt ti'n chwilio mewn i'r meini, felly, wyt Krystyna?"

"O, ffyc," medda Leri wrth roi ei thin ar greigan gyfagos a dechrau rowlio ffag.

"Ychydig, ydw. Ond nid i'r menhirs eu hunain," atebodd Krystyna. "Mae elfennau cyffredin yn chwedloniaeth Celtaidd ac eraill yn amlwg yn dyddio i Bronze Age ac Oes yr Cerrig."

Aeth ias trwy Math. Teimlodd flew ei war yn codi. Yma, yn sefyll o'i flaen ar gefnen Carneithin, roedd stynar o ferch o ganolbarth Ewrop – duwies oedd yn hyddysg mewn hynafiaeth a Cheltyddiaeth – ac roedd hi newydd gyfeirio at dystiolaeth bendant fod yna linyn diwylliannol di-dor rhwng y bobol gododd y meini a Cheltiaid Prydain, Iwerddon a Gâl, ac felly, trwy gymeriadau'r Mabinogi, i'r Canoloesoedd ac ymlaen i'r Gymru gyfoes.

"Yes!" gwaeddodd Math wrth i'r wefr ruthro drwyddo. "Ni *ydi'r* ffycin aborijinis! Dwi 'di deud hynny erioed!"

"Yh-oh," medd Leri. "Well i ti ista i lawr, Krystyna. Mae'r bregath ar y mynydd ar fin dechra."

Doedd hi ddim yn jocian. Aeth Math yn syth i mewn iddi. "Pan dwi mewn cylch cerrig, yndê, neu yn ista mewn cromlech, neu yn rhoi 'nwylo ar faen hir, dwi'n teimlo'r cysylltiad, sdi. Dwi'n teimlo 'mod i'n perthyn, rhywsut."

Synhwyrodd Math fod y ddwy ferch yn cyfnewid golygon.

"Dim mewn ffordd ffrîci-hipi-new-age-shit," medd Math. "Ond yn fan *hyn*." Colbiodd ei frest efo'i ddwrn. "Mae o fel mynd 'nôl i lle ges di dy fagu, neu lle ges di dy eni. Mae 'na rwbath yn dy dynnu di, does? Fel y lle yma. Dwi'n teimlo'n *rhan* o fan hyn... Fa'ma ma'n hynafiaid i, eu hysbrydion nhw, yn y tir a'r coed a'r cerrig... ar yr awyr, hyd'noed!"

Sylwodd ei fod wedi creu cryn argraff ar Krystyna erbyn hyn, achos roedd ei llygaid yn pefrio. Ond doedd o'm cweit yn siŵr ai cael ei hysbrydoli oedd hi, p'run ai ei dychryn.

"Blydi beirdd!" medda Leri. "Off eu ffycin cneuan!"

"Beth wyt ti'n meddwl yw pwrpas y meini, Math?" holodd Krystyna wrth eistedd i lawr yn ymyl ei chariad a rowlio sigarét.

"Ffiiiwwwwff," medd Math wrth chwythu anadl hir i'r awyr o'i flaen. Roedd yna gymaint i'w ddweud ar y pwnc, ac er cymaint yr hoffai rannu'i farn efo Krystyna, cofiodd pam ei fod o yma ar grib Carneithin, ac i le'r oedd o'n mynd. Penderfynodd mai dod o hyd i'r llwybr byr oedd orau – am y tro – yn hytrach na phererindod gathartig.

"Wel, heb fynd i drafod portals a drysau i Annwn a ballu," dechreuodd mewn tôn arafach a haws i Krystyna ei dilyn, "fyswn i'n deud fod rhei o'r meini unigol jysd yn dangos y ffordd dros y mynyddoedd, neu drwy'r coedwigoedd – y llwybra i lefydd pwysig fel ardaloedd claddu, falla? Hwyrach fod rhei o'nyn nhw'n cofio rhywun pwysig. Doedd'na'm angan sgwennu – be oedd y pwynt? Fysa'r hanas

71

yn cael ei basio i lawr o genhedlath i genhedlath, yn bysa? Doedd 'anghofio hanes y llwyth' ddim yn rwbath oeddan nhw'n feddwl fysa'n bosib."

"Difyr!" medda Leri.

"Ie," cytunodd Krystyna. "Mae hynny yn ffordd da o egluro hanffod diwylliant llafar!"

"O… wel, diolch," medd Math gan wenu'n swil-chwithig eto.

"Není zač," atebodd y Tsieces gynnes gan wenu fel haul. "Croeso!"

Neidiodd Math yn ôl ar drywydd y meini cyn iddo doddi fel cwyr cannwyll wrth draed y dduwies. "Ond ma pwrpas y rhesi a'r parau yn gorfod bod yn ddefodol neu seryddol – 'run fath â'r cylchoedd. Wedyn, mae'r claddfeydd – y cairn circles… Mae 'na rei neis i weld wrth ochra Caerbrân. Hei, tan bryd 'da chi'ch dwy o gwmpas?"

"Tan ar ôl Pasg, am wn i," medd Leri.

"Cŵl. A' i â chi am dro i Bryn Haearn Mawr. Carnedd gladdu sbesial iawn, iawn. Dros bedar mil o flynyddoedd oed – hŷn na'r ffycin pyramids! Dwi'n mynd yno wythnos nesa, pan fydd yr Eclips a'r Supermoon yn digwydd ar Alban Eilir – Cyhydnos y Gwanwyn? Spring Equinox?"

At Krystyna roedd Math yn cyfeirio'r cwestiwn ola – os nad y gwahoddiad hefyd, 'tai o'n onest â'i hun. Doedd o'm yn siŵr os oedd hi'n ei ddilyn, ond mi oedd hi'n gyfarwydd â therminoleg "neo-druidism" Iolo Morganwg, medda hi.

"Sgwn i be fysa'r hen bobol yn wneud o'r Eclips?" holodd Leri.

"Oh! Diwedd y byd, surely!" medda Krystyna'n ddramatig i gyd.

"Ia," ategodd Leri wrth gynnig ei baco i Math. "We're doomed! We're doomed!"

Chwarddodd y ddwy.

"Hmm… Tybad?" oedd ateb Math wrth wrthod y baco â chwifiad o'i law.

"Be, ti'n meddwl fo nhw'n dalld be oedd yn digwydd?" holodd Leri. "Telisgops a ballu?"

Chwarddodd Math wrth gymryd y jôc, cyn styrio unwaith eto wrth gofio fod amser yn hedfan heibio. "Ti'm angan telisgop i weld y gwir, sdi, Ler."

"Beirdd!" atebodd y Gymraes wrth droi at ei chariad. "Nutters!"

Wnaeth Krystyna mo'i hateb. Yn hytrach, dywedodd wrth Math yr hoffai glywed mwy am ei ddamcaniaeth.

"Dduda i wrtha chi be," atebodd Math. "Ydach chi am beint heno, chi'ch dwy?"

"Wel," atebodd Leri gan sbio ar ei chariad. "Be ti ffansi neud, Krystyna?"

"Hoffwn i fynd am peint!" atebodd honno fel plentyn wedi clywed y geiriau 'lan y môr'.

"Aidîal!" medda Math. "Gawn ni sgwrs bellach heno 'ma, felly!"

"Dobré!" atebodd Krystyna. "Dyna yw 'da' yn Czech."

"Cŵl," medd Math. "Y Twrch heno, felly! Da dy weld di, Ler. Neis cwrdd, Krystyna. Hwyl!"

Trodd Math i ddilyn y grib tuag at hen chwarel ithfaen Carneithin efo dawns yn ei gamau. Roedd yr Awen wedi gwenu arno heddiw.

15

Doedd sbinio records erioed wedi bod yn gymaint o hwyl. Â dim ond llinynnau o donnau bychain yn siffrwd yn hamddenol tua'r tywod, roedd y môr yn berffaith i sgimio'r disgiau hyd wyneb y dŵr i weld pwy fyddai'n eu gyrru bella o'r lan.

A'r gorau po bella oedd hi hefyd, i'r hogia, oedd yn credu mai yn bell o gyrraedd clustiau'r ddynoliaeth oedd lle y fath gaws cachlyd. Pleser pur iddyn nhw oedd gweld Take That yn dawnsio hyd wyneb y dŵr, a bonllefau o foddhad a gafwyd wrth i George Michael sgidio i ffwrdd tua'r gorwel, a Peter Andre yn ei ganlyn. Yn eu tro, hefyd, sgipiodd Mariah Carey a Whitney Houston, East 17 a Haddaway, Deuce, Michelle Gayle, The Lisa Marie Experience a Duran Duran – a llu o bethau eraill nad oedd yr hogia wedi hyd yn oed eu clywed – dros y dŵr cyn suddo o'r golwg i wely tywodlyd y bae.

Gan deimlo'n falch o'u gweithred symbolaidd ac arwrol i arbed clustiau'r ddynolryw rhag caws corfforaethol y byd, ymgiliodd yr hogia i led-orwedd ar ben to fflat yr hen gaffi oedd yn llechu rhwng y ffordd drol a'r twyn-glogwyn yn nhin y porth a elwid, fel y traeth, yn Porth y Gwin. Dim ond ugain llath o hyd oedd y ffordd drol, yn arwain o ddiwadd y ffordd darmac gul a serth oedd yn rhedeg o'r gyffordd gyferbyn â thŷ Robi-di-reu i lawr i'r porth, y caffi a'r traeth. Yn y lle'r oedd y tarmac yn gorffen a'r ffordd drol yn cychwyn, roedd posib camu i ben y to yn ddigon hawdd.

"Digon oer ydi'r dŵr 'na, siŵr o fod," medda Tongs wrth wylio Robi-di-reu yn padlo yn y môr tua chanllath i ffwrdd, a'i drowsus wedi rowlio fyny dros ei bengliniau.

"Ia, siŵr," cytunodd Lemsip wrth estyn potal o Bud o'r bag plastig wrth ei draed. "Ganol Mawrth ydi hi, wedi'r cwbwl. O'dd hi'n bwrw eira diwrnod o'r blaen, ffor ffyc's sêcs."

"Be ffwc mae o'n neud, dwad?" holodd Bitrwt. "'Dio'n trio achub rhei o'r singyls 'na?"

"I be, dwad?" medd Tongs. "Ma nw'n siŵr o olchi 'nôl i mewn efo'r llanw, dydyn? Wel, am wn i."

"Saff, Tongs," medda Bitrwt. "Yn ôl ddôn nhw. Mae cachu wastad yn sticio, dydi. A sôn am gachu – Crwyna, pwy ddudas di oedd y Sais 'na eto?"

"Pwy Sais?" atebodd Crwyna.

"Dy fêt. Hwnna o'dd ar ben caej cynt – 'Outraged of Stockport.'"

"O, Steven Person? 'Dio'm yn fêt i fi, siŵr."

"Sut ffwc ti'n nabod o, ta?"

"Dwi 'di deud 'tha chi unwath! Fo brynodd ffarm Llwyni, yndê. A brynodd o rei o gaea'r Dyn 'cw, hefyd, pan werthodd o hannar Crwynau."

"Fo 'di'r boi carafáns 'na, felly?" holodd Tongs wrth agor potal o Bud.

"Ia. Sea View ma'n galw'r lle rŵan. Jysd i atgoffa bobol eu bod nhw'n gweld y ffycin môr!"

"Be ddiawl o'dd ar dy dad yn gwerthu tir i'r cont?"

"Ffwcin hel, Tongs! Dwi dal ddim yn gwbod pam werthodd o'r tir o gwbwl, heb sôn am i hwnna!"

"Wel, dwi'm isio busnesu mewn matar personol, Crwyna, ond dwi dal ddim yn dalld sut ddiawl ma ffarmwr yn gallu gwerthu treftadath y teulu yn lle'i basio fo mlaen i'w fab ei hun. A'i werthu fo i Sais, 'fyd!"

"Dwn i'm, Tongs. Oedd o'n deud fod dim dyfodol mewn ffarmio. Ddim isio pasio'r baich ymlaen i fi, medda fo."

"Ddim yn dy drystio di, debycach!" medda Lemsip yn sarrug.

"Be ffwc ti'n wbod, Lemsip? Mi gadwodd y campseit i gyd, a'r adeilada. Fi sy'n rhedag y busnas. A fi geith o pan gicith o'r bwcad 'fyd!"

"Fysa'm yn well gen ti gael y ffarm, Crwyna?" holodd Tongs.

"Ffwcin hel, na! Gormod o waith calad o lawar. A be bynnag, mi gafodd o docyn da o bres am y caea a'r ffridd. Well gen i gael hwnnw na treulio'n oes yn chwara 'fo tits gwarthag am bump o gloch bob bora."

"Gei di ffortiwn bach go lew, felly, Crwyna?" medd Tongs. "Mond chdi a Leri sy 'na, ia? Ta 'di'r bwtsiar yn cael 'i sleisan hefyd?"

"Mae o'n frawd i ni, dydi?" pwysleisiodd Crwyna.

"Mond mewn cig a gwaed," poerodd Tongs, na allai yn ei fyw â derbyn Alwyn y cigydd fel un o'r un rhuddin â'i frawd a'i chwaer.

"Wel, cig a gwaed *ydi*'i betha fo, yndê?" atebodd Crwyna'n syth, gan wincio ar y lleill.

"A ffagots," medd Lemsip. "Y rhei gora rownd lle ma, 'fyd… Tasa rhyw fochyn o gi rhyw goc o foi ddim yn eu dwyn nhw!"

"Wel, fydd o'n dal yn lwmp go lew rhwng y tri o'no chi, Crwyna?" holodd Tongs wedyn, yn fusnas i gyd unwaith eto.

"Bydd, am wn i, Tongs. Ond duw, mae'r camp yn dod â digon i mewn am y tro. A mae 'na ddigon o le i ecspandio. Welwch chi'r cae uwchben y dibyn tu ôl i ni?" meddai gan bwyntio at y cae ar ben y twyn-glogwyn, ochor arall y caffi. "Hwnna 'di'r cae rhwng y camp a'r môr, a ni – wel, y fi – sy bia fo o hyd. Dwi am roi pitches arno fo – dwi 'di bod wrthi'n gosod cebls letrig wsos dwytha, a dwi'n gobeithio rhedag peipan ddŵr wsos nesa 'ma rŵan, mewn da bryd i'r Pasg."

"Sgin ti'm cae sbâr i ni gael rave, ta?" holodd Bitrwt ar ôl bod yn piso dros ymyl y to.

"Nefoedd gwyn, nagoes! Fysa'r Dyn 'cw'n ecscomiwnicêtio fi, siŵr! A fysa rhaid i fi actiwali *gweithio* wedyn! Mae gan y Steven 'na ddigon o fuldings gwag yn Llwyni, 'de, ond mae 'na fwy o jans i'r llanw beidio dod mewn na cael unrhyw beth gan hwnnw."

"Yn enwedig ar ôl heddiw!" medd Bitrwt. "Twat o foi."

"Yndi, *mae* o'n ffycin dwat, hefyd," cytunodd Crwyna. "Mi gymrith o bob modfadd mond i rywun droi'i gefn am eiliad. A cwyno am hyn a cwyno am llall. Fel bod y byd i gyd yn elyn penna."

"Wel *mae* o iddo fo, dydi?" medd Tongs. "Sais 'dio'n de. A beth bynnag, dwi'n siŵr fod 'na ffordd o 'gael' rwbath gan y ffwcsyn… Mae Joni Dorito 'di bod yn gneud gwaith iddo fo. Garantîd fydd o 'di llygadu rwbath fedran ni ddwyn!"

"'Di dwyn ddim digon da i'r basdad barus," medda Lemsip. "Adeilada gwag hyd ei dir o'n bob man. Be ffwc ma'n neud efo nhw i gyd?"

"Be os fysa ni'n dwyn un o'r rheini?" cynigiodd Bitrwt.

"Be ti'n feddwl 'dwyn un'?" medda Tongs. "Ei gario fo ffwrdd fel ffycin Sain Ffagan?"

"Naci siŵr! Be dwi'n ddeud ydi fod 'na hen sguboria yn sefyll ar ben 'u hunan yn ganol ei gaea fo, does? Siawns bod un o'nyn nhw'n ddigon pell o'i dŷ fo i ni'i fenthyg o heb iddo fo sylwi. Sgwatio fo am noson, jysd i gael parti."

"Be am ddal ei wraig o'n hostej?" cynigiodd Lemsip. "Gyrru'i bysidd hi iddo fo bob yn un nes mae o'n rhoi beudy i ni am ddim."

"Fysa rheitiach i'r cont adael i ni'w lladd hi, tasa ganddo fo sens," medd Crwyna. "Ma hi'n waeth na fo, hyd yn oed. A diawl o beth hyll. 'Da chi 'di clwad am y 'creature' ddoth allan o'r 'black lagoon', do? Wel hon ddaeth allan o din hwnnw."

"Ond be am dy dad, Crwyna?" medda Tongs. "'Dio'm yn mynd ar ei wylia i rwla?"

"Anghofia'i, washi."

"Hogia," medd Lemsip. "'Da chi'n anghofio na dim rwla i gael parti sy isio, ond rwla i agor pyb. Un sy ar agor drw'r nos, efo miwsig a ballu – fel oedd gan y Robi-di-reu 'ma erstalwm. Rwbath fysa'n ffwc o laff, a dod â ceiniog neu ddwy i mewn ar yr un pryd."

"Am unwaith, dwi'n cytuno efo chdi, Lemsip," medd Bitrwt. "Sbiwch arna ni – yn ein ffortis…"

"Dwi ddim," medd Crwyna.

"Heblaw amdana chdi, Crwyna. Y lleill o'nan ni – yn 'yn pedwardega. Dim ffycin sentan rhyngthon ni. Wedi pasio'n sell-by date. I gyd yn rhannu'r un brên-sel – a honno gan Math, fel arfar. A dyma ni… ar bnawn dydd Gwenar, yn sbinio records ar lan y môr. Mae 'na fwy i fywyd na hyn, hogia bach."

"Bitrwt, ti'n ffycin athrylith!" medd Tongs.

"Athro be?"

"Athrylith! Jiniys!"

"Dwi'n gwbod hynny, siŵr. Pam?"

"Sbinio records ar lan y môr! Dyna 'da ni isio! Bar ar y traeth. Bar awyr agorad, Caribîan steil. Coctêls a miwsig. Byrdda a parasôls. Wêtresys topless… wel, bicînis o leia…"

"Wel, dyna o'n i'n ddeud wrth Math yn gynharach pnawn 'ma, deud y gwir," medd Bitrwt.

"Peidiwch â malu cachu!" wfftiodd Lemsip. "Gogladd Cymru 'di fan hyn! Y North Atlantic 'di'r môr 'na o'n blaena ni, dim y ffycin Caribîns! Sî bŵts a dillad oel fysa'r wêtresys angan, dim bicînis!"

"Paid â bod mor negatif, Lemsip!" brathodd Tongs wrth droi ei gap rownd ei ben. "Sbia arni rŵan! Os gawn ni dywydd fel hyn 'leni eto mi gawn ni ha i'w gofio."

"Hy! Ffat tsians," wfftiodd Lemsip eto.

"Gawson ni ha llynadd, yn do?"

"Wyt ti 'di clywad am y 'law of averages', Tongs? Be 'di'r ods arnan ni i gael ha sych ddwy flynadd o'r bron?"

"Gei di bygyr ôl heb drio, Lemsip. Meddylia difaru fysan ni tasa ni'n cael sgortshar o ha a ninna heb godi 'ddar 'yn tina i neud rwbath."

"A sut 'dan ni'n mynd i fuldio beach bar? Un storm a fydd o ar ben Carneithin. Mountain bar!"

Ar hynny, neidiodd Bitrwt i'w draed a dechrau dawnsio ar ben y to fflat, gan stampio'i droed i fyny ac i lawr fel cowboi. Dechreuodd ganu, i dôn 'Love Shack' gan y B-52s, "*DUB SHACK, BABY DUB SHACK... DUB SHACK BAYBEEE... DUB SHACK BAYBEEE...*'!"

"Be ffwc ma hwn yn neud rŵan 'to?" cwynodd Lemsip.

Ond roedd Bitrwt wedi ecseitio'n lân. "Hogia!" gwaeddodd. "Fel arfar, mae'r atab o dan ein trwyna. Neu, yn yr achos yma, o dan ein traed! '*SO, HURRY UP AND BRING YOUR JUKEBOX MONEY... THE DUB SHACK IS A LITTLE OLD PLACE WHERE WE CAN GET TOGETHER...*'"

"Wel, myn uffarn i!" medda Tongs, gan ryfeddu nad oeddan nhw wedi meddwl am y peth yn gynt – er nad oedd hynny'n syndod o ystyried y stad oedd arnyn nhw ar ôl yfed yng ngwres yr haul, heb sôn am gyffro'r helynt efo Steven Person, a'r orchwyl bwysig o daflu cawsgach gwrth-gerddorol i gwpwrdd Dafydd Jôs. "Pwy sy bia fo?"

"Rhyw foi o Abersoch," medda Crwyna. "Sgowsar."

"Cer o'na? Doedd o'm ar agor llynadd, nagoedd?"

"Na. Aeth y boi i jêl, neu gadael y wlad, neu rwbath..."

"Felly allwn ni'i sgwatio fo?!" medda Bitrwt.

"Wel, ym, dwi'm yn siŵr," atebodd Crwyna.

"Pam ddim?"

"Achos nath y boi ei osod o i rywun arall. Ond wnaeth hwnnw ddim ei agor o, achos o'dd 'na broblema efo'r letrig a dŵr mêns… Ond dwi'n meddwl na jysd 'i rentio fo er mwyn golchi pres oedd y boi. Hynny neu cael lle i bres ddiflannu. Black hole, sbario talu tax. Duw a ŵyr, dwi'm cweit yn dalld…"

"Pwy oedd y boi?" holodd Tongs.

"Ia, wel, dyna fydd, falla, yn chydig o broblam…"

"Pwy oedd o?" gofynnodd Bitrwt. "Dim y Sais Llwyni 'na?"

"Dim cweit mor ddrwg â hwnnw."

"Wel? Deud, ffor ffyc's sêcs!" mynnodd Tongs.

16

Brasgamodd Math ar hyd y grib nes cyrraedd at droed y chwarel ithfaen. Roedd ei feddwl ymhell, yn dilyn y llinell ddi-dor o chwedlau a chredoau oedd rhwng codwyr y meini a brodorion cyfoes gorllewin Cymru. Edrychai ymlaen i holi Krystyna pa ddefodau penodol oedd hi'n credu oedd yn dyddio i oes yr hynafiaid hynny. Hoffai wybod, nid o ran diddordeb yn unig, ond hefyd am mai ei fwriad oedd cynnal defodau i ddathlu'r Diffyg ar yr Haul, y Cyhydnos a'r Gorleuad ym Mryn Haearn Mawr ymhen wythnos.

Hyd yma, yr unig arferion symbolaidd yr oedd Math yn eu harddel oedd anrhydeddu'r pedwar gwynt a'r bedair elfen, a'r ysbrydion – neu 'dduwiau' – i gyd, a hynny trwy ddim mwy na'u henwi. Teimlai mai'r peth pwysica fyddai eistedd a myfyrio mewn lleoliad y gwyddai i sicrwydd fod ei gyndeidiau pell wedi'i droedio; safle oedd â digon o arwyddocâd ysbrydol iddyn nhw gladdu eu hanwyliaid yno; llecyn dramatig a dirdynnol oedd yn cysylltu'r byd hwn â'r Byd Arall. Ac mi wyddai hefyd y byddai'n yfed gwin ac yn cymryd sylweddau seicedelig – unrhyw beth fyddai'n breuo'r memrwn ddigon i allu cymuno ag ysbrydion yr hynafiaid.

Ond wyddai o ddim be'n union fyddai'r hynafiaid eu hunain wedi ei wneud i anrhydeddu eu hynafiaid hwythau, nac i nodi digwyddiadau seryddol fel y rhai fyddai'n digwydd ymhen wythnos, chwaith. Gwelodd shamaniaid yr 'Indiaid' yn defnyddio drymio, dawns a llafarganu, mescalîn a peiote, a digon o greiriau 'hudol' i lenwi amgueddfa fechan, er mwyn croesi i fyd yr ysbrydion. Mi driodd yntau wneud yr un peth, ond yn hytrach na theithio i fro'r eneidiau, lwyddodd o i gael dim mwy nag un o'r trips seicedelig cryfa a mwya dychrynllyd a brofodd erioed. Triodd deithiau shamanaidd yn y wlad hon hefyd, gan ddefnyddio sŵn drymio trwy glustffonau i'w gario i ffwrdd i un o'r Dair Bro, yng nghwmni ei Gyfarwydd – gan lwyddo un ai i ddisgyn i gysgu neu gael ei ddistyrbio gan ei Anti Hilda...

Efallai nad oedd profiadau ysbrydol wedi gweithio rhyw lawer i Math hyd yma. Ond ar y llaw arall, roedd greddf a rhesymeg, a rhywfaint o lenyddiaeth, chwedloniaeth ac archaeoleg, yn ei helpu i ddychmygu'r defodau y byddai'r hynafiaid yn eu harddel – y defodau y byddai'r offeiriad neu'r ofydd, y cyfarwydd neu'r awenydd, yn eu darparu ar eu cyfer. Rhyw fath o brosesiwn, mae'n debyg, i mewn i'r cylch – neu o un cylch i'r llall – a beirdd yn llafarganu a chwifio criafol. Drymiau'n curo, efallai. Pastynau'n taro, cyrn yn chwythu... Offrymu hefyd, wrth gwrs... A digon o berlysiau a medd. A madarch, hwyrach? Krystyna fyddai'n gwybod, meddyliodd. Neu o leia mi fyddai ganddi awgrymiadau pendant...

Krystyna! Waw! Merch a hudodd ei ben a'i enaid – a'i gorff. Cofiodd ei gwên gynnes wrth iddo adael a gobeithiai fod hynny'n arwydd nad oedd hi'n credu ei fod o'n "nytar", chwadal Leri a'i direidi arferol. Mi oedd Math yn go sicr bod diddordeb y ferch o Brâg yn onest, hyd yn oed os nad oedd wedi ei hargyhoeddi'n llwyr – wedi'r cwbwl, roedd hi wedi treulio blynyddoedd yn academia, lle'r oedd popeth yn seiliedig ar ffeithiau a phatrymau pendant, ac os nad oeddan nhw mewn llyfrgell neu amgueddfa, doeddan nhw ddim yn bodoli.

Ond mi gâi gyfle i roi'r dystiolaeth iddi heno, fodd bynnag. Megis dechrau oedd pnawn 'ma. Biti mai cariad Leri oedd hi, meddyliodd, achos gwyddai Math fod Krystyna'n licio dynion hefyd, a hynny gystal â merched – os nad mwy. Roedd y ferch lygatlwyd o Brâg yn gyrru trydan drwyddo.

"Basdad!" gwaeddodd wrth i'w droed suddo i dwll mawn, llawn dŵr du, gan darfu ar ei feddyliau. Sugnodd y safn ddu ei gorau glas ond llwyddodd Math i dynnu'i droed yn rhydd heb golli esgid. Diawliodd. Roedd o wastad yn cael socsan pan fyddai'n cerdded ar awto-peilot, yn bell i ffwrdd yn ei fyfyrdodau. Rhwbiodd ochrau ei esgid yn erbyn y gwellt, cyn clywed sŵn tonnau ar y gwynt uwch ei ben. Y ddwy gigfran oedd yno, y pâr oedd yn nythu ar wyneb y graig a lanwodd longau efo sets i'w cario rownd yr horn ac i Lerpwl. Wedi un neu ddau grawc basaidd, clwciodd y ddwy, cyn gwneud y sŵn 'CYLWNC, CYLWNC' hwnnw oedd fel drwm yn curo yn eu gyddfau.

"Haia, Cigfran!" gwaeddodd wrth eu cyfarch.

Tawelodd y ddwy cyn plymio a throelli trwy'r gwynt.

Cyn cyrraedd llawr y chwarel, lle'r oedd Math o hyd yn clywed – dros bontydd amser – dinc y sgrablar, y cŷn a'r ebill, a'r mwrthwl yn gyrru'r plwg i'r plu, trodd i'r dde ac i lawr cefnen fach at adfail y cwt powdwr a safai'n ddigon pell o le fyddai'r dynion yn gweithio. Saethodd dryw bach heibio cornal ei lygad i ddiogelwch ei nyth o dan glogfeini troed y graig, ei gynffon i fyny fel bys yn yr awyr i weddill y byd.

"Ffwcio chditha, 'fyd," medd Math wrtho.

Doedd y cwt powdwr fawr mwy nag wyth troedfadd sgwâr, a'i bedair wal wedi dymchwel hyd at lefel canol corff dyn. Ond i mewn aeth Math ac i un o'i gorneli. Yno, symudodd rai o'r cerrig nes dod at garreg wastad oedd yn gorwedd ar y gwair a'r mwsog. Cododd hi i ddatgelu'r pridd du, oer a llaith oddi tani. Sgrialodd pob math o drychfilod i bob cwr, a sleifiodd pryfaid genwair yn slic a llithrig i'w twneli ffoi. Tynnodd Math ei driwal garddio o'r bag ysgafn ar ei gefn a dechrau tyllu.

17

"Ar f'enaid i!" gwichiodd Robi-di-reu mewn acen Sir Fôn, lle buodd o'n canlyn rhyw fodan erstalwm.

Roedd ei drowsus o'n wlyb ar ôl cael trochfa annisgwyl gan don dwyllodrus, wedi iddo fentro allan yn rhy bell.

"Ma 'mhlyms i fel cyrins mewn clingffilm!" gwaeddodd wedyn, wrth ymuno â'r hogia ar y patio concrit rhwng drws y caffi gwag a'r ddwy ris oedd yn arwain i'r tywod. "Ffyc mî, o'dd hwnna'n oer."

"Es di allan rhy bell, y clown," medda Bitrwt. "Be o' ti'n neud? Chwilio am singyl Take That?"

"Naci, ddyn. O'n i'n meddwl bo fi'n gweld rwbath, reu."

"Dim byd yn newydd, felly," wfftiodd Lemsip.

"Na, rwbath yn y dŵr, dipyn o ffordd allan."

"Siarc, Robi," medda Tongs. "'Di hogleuo dy draed di."

"Na, doedd o'm yn symud. Es i'm digon agos i weld yn union. Ond rwbath tywyll oedd o."

Chwarddodd Tongs yn uchel. "Craig, y cont gwirion! Fel rheina, yli," meddai a phwyntio at y lympiau o greigiau duon miniog, yn gregyn a llygaid maharan drostynt, oedd yn estyn o bigyn y tir i'r môr, dafliad carreg i ffwrdd.

"Falla, reu," atebodd Robi heb swnio'n argyhoeddedig. Tynnodd ei grys-T i ffwrdd er mwyn sychu'i draed. "Be 'da chi'n neud yn busnesu'n fan hyn?"

"'Dan ni'n meddwl fo ni wedi cael lle i'r jiwcbocs," medda Tongs.

"Oh?" medda Robi-di-reu â thinc o siom yn ei lais. Roedd o wedi dechrau licio'r syniad o gael y jiwcbocs yn ei bortsh cefn.

"Croeso i'r Atlantic Dub Shack!" medda Bitrwt.

"Rrreit," medda Robi gan fwytho'i locsyn coch.

"'Reit'? Ffocin 'reu', ti'n feddwl!" mynnodd Bitrwt. "Beach bar, snacs a coctels… jiwcbocs, decs…"

"… Byrdda a cadeiria yn fan hyn, ac ar y tywod, fa'na," ychwanegodd Tongs a'i freichiau'n chwifio fel melin wynt feddw. "Parasôls… Falla bar arall ar y tywod, 'fyd…"

"… Eis crîm… Toples wêtresys…" medd Bitrwt wedyn. "Ffycin aidîal!"

Syllodd Robi-di-reu yn hurt arnyn nhw am funud cyn i'r cocos ddechrau troi. Yna lledodd gwên lydan dros ei wyneb, a dechreuodd chwerthin. Chwarddodd nes yr anghofiodd am ei draed oer a'r boen yn ei geilliau 'shrink-wrapped'.

Edrychodd yr hogia ar ei gilydd wrth aros iddo gael ei wynt.

"Ti'n iawn, Bitrwt," cytunodd. "Un gairrr sydd 'na! Rrreu!"

"Mae o'n cŵl, dydi!" gwenodd Bitrwt. "Dub nights, Caribbean stylee! Y bas yn clecian o'r creigia 'cw – bŵm!"

"Dub bydd dda i mi, reu!" medd Robi. "Riddim rockers, dub bredren, MIGHTY bass, Jah man, rastafari reu. Sut ffwc nathon ni'm meddwl am hwn o blaen? Reit o dan 'yn trwyna!" Chwarddodd Robi eto. "A' i fyny i'r tŷ i nôl rwbath i falu'r clo, reu."

"Ah!" medda Tongs. "*Mae* 'na un broblam fach. Fedran ni ddim ei sgwatio fo."

"Pam? 'Dio'm 'di bod yn 'gorad ers dwy flynadd."

"Dingo bia fo. Wel, y lês neu rwbath. Dyna ddudodd Crwyna cyn iddo golapsio ar ben to."

"Ond – dydi Dingo'm yn gneud dim byd efo fo," medda Bitrwt.
"Felly ma 'na jans o allu'i iwsio fo."

"Ia, wel, gawn ni weld am hynny," medda Lemsip. "Fydd y cont barus siŵr dduw o fod isio rhent."

"Wel, 'di hynny'm yn amhosib, nac'di?" medda Tongs. "Allwn ni dalu'n ffordd dros yr ha."

"Dibynnu faint fydd y ffycar isio. Drug dealer ydi'r cont, wedi'r cwbwl."

"Duw, ma Dingo'n OK, Lemsip," mynnodd Tongs. "Ma'n nabod ni ddigon da."

"Welis di'i gi fo'n byta'n ffagots i bora 'ma, Tongs. A nath y cont jysd chwerthin! 'Y mrecwast i oedd hwnna! Ma angan rhoi'r cont i lawr. A'r ffycin ci hefyd."

Rowliodd Tongs ei lygaid ac ysgwyd ei ben. "Wel fyddwn ni'm gwaeth o ofyn."

"Pwy sy am neud, ta?" holodd Robi-di-reu. "Chdi sy'n nabod o ora, Tongs."

"Ia, ond fysa Math yn well. Mae gan Dingo barch ato fo, does? Ma'n ei weld o fel rhyw fath o Howard Marks am ei fod o 'di bod rownd y byd a nabod bobol doji."

"Pwy sy'n ffycin doji?" gwaeddodd llais o'r ffordd drol.

"Ha! Chdi, siŵr dduw," gwaeddodd Tongs yn ôl. "Lle ti 'di bod, ddyn?"

"Dim 'run lle â hwn, beth bynnag," atebodd Math gan bwyntio at gorff siâp seren fôr Crwyna yn rhochian cysgu ar ei gefn ar do'r caffi. "Be 'da chi 'di neud iddo fo, dwch?"

Gwenodd Math wrth nesu tua'r hogia, ei wallt brown golau gwyllt yn glynu fel rhaffau ar chwys ei wyneb. "Newydd gael dy decst di, Bitrwt. Be ffwc 'di'r 'Atlantic Dub Shack'?"

18

Math *oedd* y dewis gorau i siarad efo Dingo. Nid yn unig am mai fo *oedd* yr unig un oedd y deliwr ifanc yn ei eilun-addoli, ond hefyd am mai fo oedd yr unig un sobor. Ond, gan mai fo oedd yr un sobor, y fo hefyd oedd yr unig un allai ystyried y cynllun o safbwynt rhesymegol ac, wel, sobor.

"Dingo?"

"Ia," atebodd Tongs. "Be 'di'r broblam?"

"Dingo!"

"Cym on! Be 'dio bwys pwy 'di'r landlord?"

"Y 'bwys' ydi, Tongs, mai ffycin dryg dîlar mwya'r ardal ydio."

"A be ydan ni, felly? Law-abiding citizens?"

"Naci, yn amlwg. Ond dydan ni ddim isio tynnu sylw'r awdurdoda, nagoes? Oni bai dy fod ti isio talu business rates i'r cownsil, Tongs?"

"Fydd gan Dingo ffyc ôl i neud efo rhedag y lle, Math!" neidiodd Bitrwt i mewn. "Nath o rioed agor y lle eniwe. Jysd syb-letio fyddan ni, yndê. A neb 'im callach gan bwy – am y tro."

"Ia, 'am y tro'! Ond pan fydd y powers-that-be – a ffycin Helth-a-Seffti, dallta – yn clywad fod y lle ar agor, fyddan nhw'm yn hir yn dod i ddallt na Dingo bia'r brydles. Dyna hi wedyn – cops efo llygid barcud ar y lle a —"

"Math," medda Robi-di-reu wrth basio sbliff iddo. "Dwi'n meddwl fo ti'n poeni gorrrmod, reu. Dim busnas fydd o, na. Jysd seidlein bach 'answyddogol'. Bod yn ofalus, reu. Gwyliadwrrrus, ia. Cadw llygad allan am y Ffeds a cadw pob dim yn saff, reu. Gweld sut mai'n mynd. *Dwi* ddim yn poeni – ac mae genna i lond sied o sgync yn yrrr ardd, reu!"

"Hwnnw sy'n trio sy'n llwyddo, Math," medda Bitrwt. "Ti'n gwbod hynna cystal â neb."

Tynnodd Math ar y sbliff cyn ateb. "Ma hynna'n wir, Bît, ond… Y peth ydi, hogia, mae gen i brojects ar y gweill —"

"Math!" medd Bitrwt ar ei draws. "Oeddan ni'n dau'n siarad am hyn bora 'ma – fod 'na nunlla i gael crac yn y lle 'ma. Wel, sbia ar y caffi 'ma – mae o'n wag, a mae o'n ffycin berffaith!"

"Digon teg, Bît," cydsyniodd Math wrth chwythu mwg i hongian ar yr awyr. "Ond dwi'm yn cofio sôn am rentio caffi lan môr – gan dîlar Class-As tempremental ac unpredictable, efo serious violent tendencies – a'i droi o'n beach bar anghyfreithlon! Ysdi, cyfra di faint o wendida sy yn y proposition yna. 'Dio'm cweit fel gosod sownds o dan darpŵli a cael parti bob hyn a hyn, nac'di?"

"Iawn, Math," torrodd Tongs ar ei draws. "Os ti ddim awydd hi, digon teg mêt. Ond 'da ni am fynd amdani…"

"*Dwi* ffycin ddim! Ffwcio chi!" gwaeddodd Lemsip o le'r oedd o'n piso ar y tywod, heb fod ymhell. "Beach bar! Jîsys...!"

Anwybyddodd Tongs o. "Math – wyt ti'n meindio ffonio Dingo i ni, a jysd rhoi'r argraff iddo fo dy fod ti i mewn ar y crac?"

O fewn deng munud i Math gael gafael ar Dingo ar ei ffôn, roedd y gwerthwr cyffuriau casgennaidd wedi gadael ei Toyota gwyn – a phwy bynnag oedd yn eistedd yn sêt y gyrrwr – ar ddiwadd y tarmac uwchlaw'r caffi ac yn swagro'i ffordd i lawr tua'r tywod, a Jaco'r lleidar brecwast efo fo. Ffromodd Lemsip pan welodd ei fod o'n rhydd o'i dennyn.

"Watsiwch 'ych ffagots, hogia," meddai dan ei wynt.

Chwifiodd Dingo'i law arnyn nhw, cyn stopio i syllu'n syn ar Crwyna yn llonydd ar ben y to. "Be ffwc ddigwyddodd i hwn? Sneipar?" gwaeddodd, a chwerthin yn gras.

Er bod 'na draeth fel rynwê Heathrow iddo gael rhedeg yn rhydd arno, cyn gyntad ag y cafodd y ci sniff o'r hogia gwnaeth bî-lein amdanyn nhw. Cymerodd Lemsip hannar cam yn ôl, ond plygu i lawr i'w gyfarch o wnaeth y lleill. Ac wedi hel mwythau yn gyffro i gyd, trodd Jaco a chwyrnu ar Lemsip, cyn sgrialu i ffwrdd i'r tywod i chwarae eroplêns.

"Iawn, hogia," medda Dingo'n hwyliog wrth eu cyrraedd, ac estyn ei law i Math. "So, isio rentio'r caffi 'da chi, 'lly?"

"Wel," medda Math. "Mwy fel menthyg, i ddechra, i weld sut mai'n mynd, wedyn ella dod i drefniant?"

Chwarddodd Dingo, cyn troi i fynd am y drws gan dynnu bwnsiad anfarth o oriadau o'i bocad. "Ma'r goriad genna i yn fan hyn, ond... Shit! Sgenna i ffyc ôl i dynnu'r ffycin plywood 'ma! Sgen ti rwbath yn tŷ, Robi? Sori, hogia, o'n i'm yn cofio bo fi 'di bordio'r lle i fyny ar ôl ha dwytha."

"O'dd o'm ar agor ha dwytha gen ti, nagoedd?" holodd Tongs.

"Nag oedd. Ond o'n i'n dal i'w iwsio fo," winciodd Dingo, cyn troi at Robi-di-reu. "Wel? Sgen ti rwbath yn y tŷ 'cw, ta be?"

"Rrrwbath?"

"I dynnu'r ffycin plywood 'ma i ffwrdd!"

"O ia, yrm..." Doedd Robi ddim yn ffansïo taclo'r rhiw at y tŷ.

"O na, ma'n iawn!" medda Dingo wedyn. "Ma goriad y drws cefn genna i yn fa'ma, 'fyd. 'Di hwnnw heb ei bordio." Chwalodd Dingo drwy'r goriadau fel boi yn torri record Rubik's Cube. "Dwi jysd... ddim yn cofio pa un ydio... Eniwe, be am siarad busnas? Be yn union 'da chi am neud?"

"Agor o fel caffi," medda Math.

"Ac?" atebodd Dingo a sbio ar bob un ohonyn nhw yn eu tro.

"'Ac' be?" holodd Math.

"Cym on! Ma raid fod 'na 'angle' yn fa'ma, hogia. Dwi'n nabod chi'n rhy dda."

Gwenodd Math. "Caffi... plys coctels, beach-bar-steil, miwsig. Byrdda..."

"Briliant, hogia. Swnio'n ffycin grêt. Dyna be sy isio yn y ffwcin lle 'ma."

Er ei fod o'n ddigon gonest ynglŷn â'i osodiad, roedd hi'n amlwg bod Dingo hefyd yn gweld arwyddion sbondŵlis mawr o flaen ei lygaid.

"Biti fod y lle mor fach, deud gwir, yndê?" medda Tongs, wrth synhwyro be oedd i ddod.

"Be ti'n falu cachu am?" atebodd Dingo gan gyfeirio at y traeth. "Sbia seis y beer garden!" Chwarddodd Dingo'n uchel. "Reit, hogia. Ma hi fel hyn. Gewch chi rent rhad. Ond dwisio ten pyrsént o'r takings. A dwisio exclusive rights i werthu yma os ydach chi'n cael parti ar y traeth. Fydd dim rhaid i chi boeni am bownsars, obfiysli."

"Faint o rent?" holodd Math.

"Cant yr wythnos."

Bu bron i Math dagu ar awyr iach. "Ty'd 'laen, Dingo! Rhad ddudas di."

"Y peth ydi, Math, ma hyn yn achosi bach o hasyl i fi, ti'bo. Ailgysylltu'r letrig a dŵr, i ddechra."

"Ond gei di'r lle wedi'i ailbaentio am ddim, yn cei?"

"Ac fedran ni iwsio letrig a dŵr 'yn hunan, eniwe," ychwanegodd Tongs.

"Be, efo jeni? A sut gewch chi ddŵr?"

"Ma gennan ni blan..." medd Math.

"Be, hel dŵr glaw? Cym on, hogia. Rhaid i chi gael hygiene. Dwi'm isio bobol yn cael food poisoning a dechra siwio fi."

"*Ni* fysa'n cael ein siwio, yndê," medda Math. "Y manejment, ia ddim?"

"Ia, ond efo ffyc ôl ar bapur i ddeud bo chi yma, fyddan nhw'n siŵr o ddod ar ôl yr owner a siwio hwnnw."

"Pwy, y boi Abersoch 'na?" holodd Tongs.

"Eh? *Fi* sy ffycin bia'r lle, hogia bach!" medd Dingo.

Synnwyd y criw, a chwarddodd Dingo wrth weld eu gwynebau.

"Oedda chi'n meddwl bo fi'n dal i lêsio fo, oeddach?" Chwarddodd Dingo eto. "Aeth y boi o'dd bia fo i lawr am tax evasion a fraud. Ac o'dd arna fo bres i fi. Ges i'r lle am ffyc ôl ganddo fo. Signed, sealed and delivered!"

Gwenodd Dingo fel dyn oedd â'i fab newydd briodi Miss World, cyn troi at Math efo winc. "Ti'n dallt y crac, yn dwyt, Math?"

Winciodd Math yn ôl arno. "Yndw tad, Dingo. Gwd mŵf, boi. Gwd mŵf."

"Ac mae o hyd yn oed yn well na hynny," ychwanegodd Dingo, gan ostwng ei lais yn gynllwyngar. "Y biwti ydi fod o ddim yn 'yn enw fi, chwaith!" Gwenodd Dingo'n falch unwaith eto, gan wthio'i frest eang allan.

"Aah! Clyfar iawn, Dingo," medd Math. "Alias, ia?"

"Rwbath fel'na," atebodd Dingo efo winc arall.

"Felly," dechreuodd Math wrth sylweddoli mai cyfri banc dan enw ffug yn rhywle dramor oedd gan ddarpar landlord yr hogia. "Ti ddim am roi dim byd ar bapur, felly?"

"Na."

"A does'na ddim byd ar bapur yn dy lincio di efo'r lle chwaith?"

"Na." Gwenodd Dingo'n braf.

"Felly os fydd rhywun yn cael food poisoning, fydd y byc yn stopio efo ni – dim yn rowlio mlaen ata chdi?"

Diflannodd gwên Dingo. "OK, ffêr inyff. *Does* 'na ddim risg i fi."

"Na costa?"

"Na costa chwaith, nagoes," cyfaddefodd Dingo. "Ond ar ddiwadd y dydd, y fi sy bia'r lle, ac os 'da chi isio fo fydd rhaid i chi dalu be dwi isio, yn bydd?"

Nodiodd Math ei ben wrth syllu i'w lygaid o am eiliad neu ddwy, cyn troi i sbio ar y môr, yna yn ôl i wynebu'r bargeiniwr pengalad. "Yli, Dingo. Gan fod gen ti ddim costa misol ar y lle 'ma, mi fydd popeth ti'n gael yn broffit, yn bydd?"

"Wel, 'dio'm cweit mor hawdd â hynna, Math. Ond yndi, mwy neu lai, yndi."

"Wel, os wnawn ni baentio'r lle a'i wneud o i fyny, ei agor o, a chditha'n cael percentage – a'r hawl i werthu – wel, fyddi di ar dy ennill, yn byddi?"

Ystyriodd Dingo am eiliad.

"Ma hi'n good deal, sdi," medd Math. "Be ti'n ddeud?"

Syllodd Dingo ar Math a gwneud stumiau efo'i geg a'i drwyn.

"Ma'n well na'i fod o'n sefyll yn wag, Dingo, yn dod â ffyc ôl i mewn i chdi, ti'm yn meddwl?" medd Math eto wrth drio gyrru'r hoelan yn gadarn i'w gwely.

Gwnaeth Dingo fwy o stumiau, cyn ysgwyd ei ben. "Math. Dwi'n dalld be ti'n ddeud. A dwi'n hapus i allu rhoi'r lle i hogia lleol – wel, i ffrindia, rili. Ond ar y llaw arall, dwi'n ddyn busnas. Felly ma rhaid i fi beidio cymysgu busnas efo teimlada personol. Ti'n dallt be sy genna i?"

"Yndw," cydsyniodd Math. "Ond dydan ni'm yn gofyn i chdi fod ar dy gollad."

Trodd Dingo at Tongs. "Tongs, dwi'n fêts efo chdi. Ond pan mai'n dod i'r powdwr, dwi'm yn rhoi disgownt i chdi jysd am bo fi'n dy nabod di, nac'dw? Ydi Cimwch yn rhoi cwrw am hannar pris yn y Lledan i ni? Nac'di. Busnas ydi busnas, neu fysa neb yn mynd i fusnas."

"Digon teg," medda Math. "Ond mae rhent a cyt o'r têcings yn lot. Fydd o ond ar agor dros Pasg a penwythnosa... wedyn yr ha, efo lwc."

"Does wbod be fydd y tywydd, cofia," medda Tongs.

"Ma talu rrrent tra bo'r cwt wedi cau yn mynd i'n lladd ni, reu," mentrodd Robi-di-reu dan chwarae efo'i locsan.

"Mae Robi'n iawn," medd Math. "'Da ni angan dîl reit flexible, sdi Dingo. Neu fydd hi'n no go."

Ystyriodd Dingo tra'n chwilota trwy bocedi ei jîns am ei ffags. "Ffyc's sêcs, sgan un o'na chi faco? Dwi 'di gadael 'yn ffags yn y car."

Estynnodd Math ei bowtsh iddo fo. "Ma hwn yn broject ecseiting, Dingo. Os allwn ni weithio rwbath allan, allwn ni wneud i'r peth weithio a fyddan ni i gyd ar 'yn hennill. Mae o'n bres am ddim byd, Dingo. Ac eith y lle 'ma i lawr yn chwedloniath yr ardal 'ma am byth bythoedd. 'Sa'n grêt bod yn rhan o hynny, yn bysa?"

Gorffennodd Dingo rowlio rolsan flêr. "Ffacin hel, Math! Ffwc o ddyn wyt ti, ar fy ffycin marw," meddai dan ysgwyd ei ben. "A 'da chi'n siŵr ddaw ffycin Scottish Power a Dŵr Cymru ddim ar gyfyl y lle?"

"Ddim hyd yn oed yn agos, Dingo."

"A cyn bellad ag ydw i – neu y 'fi' arall – yn consýrnd, sgwatars ydach chi, dallt?"

"Yn berffaith."

Taniodd Dingo'r rôl a chwythu'r mwg o'i ysgyfaint fel egsôst car. "Iawn. Ma genna chi dair wythnos tan Pasg. Gewch chi'r dair wythnos yna am ddim…"

"Agor neu beidio?" holodd Math.

"Agor neu beidio, ia. Ond dwi dal isio ten pyrsént o'r têcings."

"A dim rhent?" tsieciodd Math eto.

"Ia. Tan ddaw'r Pasg. Dros Pasg dwi isio ffiffti cwid yr wythnos a ten pyrsént. A cofiwch na fi sy'n gwerthu drygs yn bob event. Ar ôl Pasg gawn ni weld sut ma petha'n mynd a'i chymryd hi o fa'na. Be 'da chi'n ddeud, hogia?"

Sbiodd Math a Tongs ar ei gilydd. Gwyddai'r ddau eu bod wedi cael dêl dda er gwaetha'r ffaith y byddai'n rhaid aildrafod y telerau ar ôl y Pasg.

"Be ti'n ddeud, Robi?"

"Reu," atebodd hwnnw wrth roi fflic fach foddhaus i'w flewiach.

Estynnodd Dingo am law Math a'i hysgwyd yn frwdfrydig, cyn gwneud yr un fath efo Tongs. "Nais won, hogia," meddai â'i ffag yn hongian o gornal ei geg, cyn tyrchu trwy'r bwndal goriadau unwaith eto. "Falch fo chi'n hapus. Hen bryd gneud rwbath efo'r lle 'ma. Fel o' ti'n ddeud, Math, ma'n mynd i wâst yn sefyll yn wag fel hyn."

"Mae o i gyd yn beth da, Dingo," medda Math.

"Yndi… Aha! Mae o'r goriad drws cefn. Cofio rŵan, tag melyn efo 'drws cefn' wedi sgwennu arno fo. Doh!"

Tynnodd ddau oriad oddi ar y bwndal a'u rhoi i Math. "Ond cofiwch, hogia," meddai wedyn â'i lygaid yn twllu. "Dwi'n trystio chi i beidio ffwcio fi o gwmpas, iawn?"

Nodiodd pawb, a sbriwsiodd Dingo i fyny unwaith eto, cyn wislo ar Jaco'r ci.

"Rhaid i fi fynd… JACO!… Mai'n ddydd Gwenar – dydd busnas… JACO!… Sy'n atgoffa fi – Tongs, tisio mwy o'r flake 'na? Ma gennai beth yn car. Gei di dalu am y peth dwytha fory… JACO!! Lle ffwc aeth hwn rŵan?"

19

Roedd gan yr hogia ddigon o waith trefnu fel oedd hi, ond ar ôl cael golwg tu mewn y caffi mi ddaeth hi'n amlwg bod ganddyn nhw dipyn mwy ar eu plât nag oeddan nhw wedi'i ddisgwyl. Doedd dim tamprwydd i'w weld yno, diolch byth, ond mi oedd popeth – y waliau, y nenfwd a'r drysau a'r ffenestri – angen dwy neu dair côt o baent. Fyddai hynny ddim yn broblem, gan fod yr hogia eisoes wedi penderfynu eu bod am baentio'r lle mewn lliwiau rasta, beth bynnag. Y gwaith clirio llanast a llnau – a sgwrio saim o waliau a llawr y gegin – oedd y bwgan mwya. A doedd yr hogia ddim yn edrych ymlaen i hynny o gwbwl.

Nwy oedd y popty, yn gweithio oddi ar botal, felly fyddai hynny ddim yn broblem chwaith. Doedd dim trydan i jecio bod y rhewgelloedd a'r boilar dŵr – a'r peiriant pinball – yn dal i weithio, ond welai'r hogia ddim rheswm pam na ddylent fod yn iawn. Doedd dim dŵr wedi dod i mewn drwy'r to – oedd i'w weld fel 'tai o wedi cael côt newydd o ffelt a thar yn weddol ddiweddar – felly mi ddylai popeth neidio 'nôl yn fyw unwaith fyddai'r jiws yn rhedeg eto.

Wedi gwneud rhestr sydyn ar gefn derbynneb diesel yn perthyn i Tongs – pethau oedd angen eu gwneud a phethau oedd angen eu cael – roedd yr hogia'n weddol hyderus nad oedd yna unrhyw beth na allent ei sortio. Paent, dodrafn, stoc a chydig o fôn braich oedd y prif bethau fyddai eu hangen cyn agor. Ar ôl sortio'r letrig a'r dŵr…

Crwyna fyddai eu hachubiaeth o ran hynny, gobeithiai'r hogia. Er mai tair ar hugain oed oedd o, roedd o wedi bod ar gyrion y criw ers pan oedd o'n ddwy ar bymtheg, diolch i gyfeillgarwch 'dafad ddu' y teulu – Leri ei chwaer, oedd flwyddyn yn hŷn nag o – efo nhw, ac efo Math yn arbennig, cyn ac yn ystod ei ddyddiau coleg. Yn hogyn hynaws a thriw – fel ei chwaer a'u diweddar fam – roedd yna waelod iddo, ac mi oedd o wastad yn barod iawn ei gymwynas.

Be daniodd obeithion yr hogia oedd yr hyn a ddywedodd Crwyna'n gynharach yn y pnawn – ei fod yn dod â chyflenwad dŵr mêns a letrig i'r cae uwchben y caffi. Peipan alcathîn las modfadd a hannar fyddai'n cario'r dŵr – fel yng ngweddill y gwersyll – a honno'n cynnal tri neu bedwar tap dŵr o amgylch y cae newydd. Matar bach fyddai rhedeg peipan i lawr i'r caffi, a fyddai'r hogia ddim yn meindio talu. Rhywbeth tebyg oedd eu gobaith efo'r trydan – ei dalu fo am gêbl 'armoured' 8mm, a gosod mesurydd fel oedd o'n ei wneud efo'r carafannau. Felly mewn ffordd, o ran dŵr a thrydan, fyddai'r caffi i bob pwrpas yn ddim mwy na charafán ychwanegol.

Chafodd yr hogia ddim cyfle i siarad efo Crwyna am y peth, fodd bynnag, achos pan aethon nhw rownd i ben y to i'w ddeffro fo, roedd o wedi diflannu – wedi dod ato'i hun a stagro am adra mwya thebyg, un ai heibio tŷ Robi-di-reu neu i fyny llwybr igam-ogam y twyn-glogwyn ac ar draws y cae. Felly penderfynwyd cloi'r caffi a mynd am y Twrch i ddathlu dechreuad eu menter a chael pwyllgor anffurfiol i drafod manylion hollbwysig, fel a ddylid cael portalŵ, a be yn union fyddan nhw'n galw'r lle.

"O'n i'n meddwl na 'Atlantic Dub Shack' oeddan ni am ei alw fo!" mynnodd Bitrwt.

"Naci, Bît, y *chdi* alwodd o'n hynna," atebodd Lemsip.

"Ac ers pryd wyt ti 'on board' beth bynnag, Lemsip? 'Ffwcio chi a'ch dub shack' oedd hi!"

"Os 'dio'n iawn i Math newid ei feddwl, Bitrwt, mae'n iawn i finna neud hefyd."

"Woah!" protestiodd Math. "Dwi heb newid 'yn meddwl o gwbwl!"

"Do, ti wedi," haerodd Tongs. "Dyna ddudas di ar ôl gweld y lle!"

"Deud wnes i fod y ffaith mai 'perchennog anweledig' ydi Dingo wedi newid y gêm."

"Ia. Yn union! Does'na'm hyd yn oed papur yn lincio fo i'r lle. Felly be 'di'r broblam?"

"Tongs, wyt ti'n rili meddwl fydd Dingo'n gallu cadw'i ddwylo allan o'r gacan?"

Cydiodd Tongs yn ochrau ei gap gwlân mewn rhwystredigaeth. "Math! Dwi'n delio 'fo'r cont ers tair mlynadd. Ma'n gallu bod yn pwshi, ond mae o'n deg. A chwara teg, mae'i galon o'n y lle iawn – hogyn ffeind yn y bôn. Ac yn bwysicach na hynny, 'dio'm yn farus. Cyn bellad â'i fod o'n cael ei sleisan, mae o'n hapus. Bob tro."

"Ia, wel… dwi ddim mor ffycin siŵr. Cyn bellad â bo ni'm yn cael 'yn llusgo i mewn i rwbath gwirion. Alla i'm fforddio cael 'yn DNA a'n prints ar ffeil cops – yn unrhyw ffycin wlad."

"O, ffyc off, Math! Dingo ydi o, dim ffycin Al Capone. A dim hogia Ysgol Sul ydan ninna chwaith, cofia!" Cydiodd Tongs yn ei fodca mawr a rhoi clec i'w hannar o.

Estynnodd Math am ei beint a chymryd cegiad, gan lygadu drws y bar wrth hannar disgwyl i Leri a Krystyna gyrraedd.

"Yli, Tongs. Rhaid i fi gyfadda 'mod i'n cnesu at y syniad. Ond mae gennai rwbath ar y go, a dwi jysd isio cadw'n ffôcysd… Jysd gad i fi feddwl am y peth yn iawn, wnei?" Llowciodd gegiad arall o'i beint. "Ond bydd rhaid cael enw Cymraeg, yn bydd?"

"O, dyma ni!" diawliodd Bitrwt. "Welsh Nash o flaen comon sens!"

"Be sy'n Welsh Nash am hynna, Bitrwt?" holodd Tongs.

"Wel, sut ffwc ti'n cael 'dub' i weithio yn Gymraeg?"

"Dub ydi dub yn Gymraeg hefyd, y tit. A pwy ddudodd fo ni am iwsio dub yn yr enw, eniwe?"

"Ffyc off, Tongs. Dub shack *fydd* y lle, yndê?"

"Ia, a 'beach bar' hefyd! Ond beth bynnag, dim rhaid i'r enw ddeud be ydio, nac'di? Pyb ydi'r lle yma, yndê, ond y Twrch Gwyn 'di'w enw fo."

"Dwi'n cytuno efo Tongs," medd Math. "Er na 'dyb shac' ydio – neu sied dub – mae isio enw mwy gwreiddiol."

"Wel, rhaid i fi ddeud," slyriodd Robi-di-reu, "'mod i'n cytuno fod angan enw Cymrrraeg, reu. Ond dwi'n licio'rrr 'Atlantic Dub Shack'. Felly… be am ei alw fo'n… 'Yrrr Atlantic Dub Shack'?"

Aeth pawb yn ddistaw am eiliad neu ddwy. Aeth Robi yn ei flaen. "Ac allwn ni sillafu fo yn Gymrrraeg – dyb shac, d-y-b, ac wedyn, s-h-a-c."

"Dwi'n mynd i nôl fodca," medda Bitrwt a chodi i fynd am y bar.

"Dwi'n mynd am slash," medd Math a chodi i fynd am y bog.

Codi wnaeth Tongs a Lemsip hefyd, i fynd draw am gêm o pŵl, gan adael Robi-di-reu yn hongian wrth y bwrdd ar ei ben ei hun.

Prin y cafodd Bitrwt gyfle i roi dau gam ar ôl ei gilydd cyn i lais ei chwaer weiddi arno o gyfeiriad y drws.

"Hoi! Chdi! Y bastyn bach! Ro i blydi 'Bît-rŵts efo zed' i chdi!"

Trodd ei brawd bach i'w gweld hi'n brasgamu tuag ato mewn pymps gwyn a thracsiwt pinc, a'i gwallt i fyny mewn cynffon merlen.

"Haia i chditha, hefyd!" atebodd, cyn llygadu ei gwisg. "Ti'm yn hel i Comic Relief, nagwyt – wedi gwisgo fel clitoris?"

"Ar y ffordd i aerobics, dallda!" atebodd Raquel. "Blydi hel, am embarrassing! Oedd rhaid i fi ddeud wrth Management bo chdi'n frawd i fi, achos o'ddan nhw'n pasa ffonio'r cops!"

"Typical civil servants," medd Bitrwt. "Dim math o sens o hiwmor."

"Os na fyswn i'n gorfod dangos 'professionalism' a 'restraint' yn 'yn job fyswn i wedi dy luchio di allan 'yn hun, y cythral bach! Ma isio sbio dy ben di, hogyn!" diawliodd Raquel, cyn i'w hawydd i chwerthin gael goruchafiaeth.

"Nath hi laff, yn do!" medd Bitrwt dan wenu wrth weld ei chwaer fawr yn chwerthin am y tro cynta ers tro. "Tisio drinc neu rwbath?"

"Na, dwi ar hâst, deud gwir," gwrthododd wrth sbio ar ei watsh.

"So, be ti'n da 'ma, ta?"

"Dwn i'm. Clywad fo chdi yma. Meddwl deud 'helô' sydyn a rhoi llond ceg i chdi am bora 'ma. Eniwe, ti'n racs. A ma dy fêts di i gyd yma, felly waeth i fi fynd ddim."

"Na, paid. Ista'n fan'cw am funud," medd Bitrwt, yn synhwyro fod rhywbeth o'i le. "A' i nôl tonic sydyn i chdi. Fydd Math yn ôl yn munud. Aerobics? Ers pryd?"

"Blydi hel, Bitrwt, be 'di matar efo chdi, dwad? Dwi wrthi ers blynyddoedd siŵr! Sut ddiawl ti'n meddwl fod hogan o'n oed i'n edrych mor dda?"

"Lle weli di honno?" holodd Bitrwt gan wneud ati i edrych o gwmpas y byrddau – cyn brysio at y bar cyn cael clustan.

Chydig eiliadau fu Raquel yn eistedd cyn i Robi-di-reu godi o'i sedd a siglo i bloncio'i din yn ei hymyl. Roedd poer yn hongian dros ei locsan goch.

"'Da chi 'di bod ar y piss drwy dydd?" holodd Raquel wrth symud ymhellach i ffwrdd yn ei sedd.

"Wel… mwy neu lai, 'de, blodyn," slyriodd Robi wrth fwytho'i wisgars. Doedd o ddim wedi yfed cymaint ag y gwnaeth heddiw ers tro byd. "Ond 'da ni wedi cael diwrrrnod bach eitha adeiladol hefyd, reu."

"O?" medd Raquel yn swta wrth estyn ei ffôn o'i hambag. "Be 'da chi 'di bod yn 'adeiladu', felly?"

"Wel, dorrr hi fel hyn, blodyn… Ti'n cofio'rrr Dafarrrn Gacan, dwyt?"

"'Nôl yn yr amsar cyn i ti ddechra siarad yn rhyfadd? Yndw, dwi'n cofio. Ac os ti'n mynd i ddechra malu cachu am pole-dancing eto mi gei di beltan, dallt? Dyna'r tro cynta a'r ola i fi rioed neud o, so waeth ti heb!"

"Na, na, na… Ti'm yn dallt…" mwmiodd Robi-di-reu efo'i lygaid bron ar gau tra'n trio codi ei law i fyny o'i flaen. "'Da ni yn buldio… yn buldio…"

Stopiodd Robi yn y fan a'r lle, reit ynghanol brawddag, ac aros yn llonydd efo'i lygaid wedi cau'n dynn. Syllodd Raquel arno am rai eiliadau, yn disgwyl iddo ailgydio yn ei eiriau. Ond wnaeth o ddim.

"Niwcliar byncyr?" cynigiodd Raquel wrth fyseddu'i ffôn. "Arch Noa? Na? O wel…"

"Beach bar!" medd Robi mwya sydyn, gan agor ei lygaid a dod yn ei ôl yn fyw.

Neidiodd Raquel yn ei sêt.

"Beach bar o ddiawl! 'Da ni ddim yn y Rifiera'n fan hyn… Ti off dy ben, yn dwyt? Sbia golwg arna chdi. Ma dy lygid di'n sbinio. Sycha dy flewiach, bai ddy wê. Ma gin ti slemps drosto fo i gyd. Pam nei di'm siafio, dwad? A ti rili angan torri dy wallt, sdi…"

"Hei, man…" atebodd â'i lygaid wedi cau eto a'i ben a'i gorff yn ysgwyd fel dioddefwr y cyflwr Parkinson's. "Paid â haslo'r dreds, reu… Fel ddudodd y brrrenin… Bob… ei hun… Rhein… rhein… ydi'n hunaniaeth i…"

Sbiodd Raquel ar gloc ei ffôn. "Rhaid 'mi fynd. Ma hwn yn cymryd oes efo'r tonic 'na." Tarodd ei ffôn yn ôl yn ei bag a chodi i'w thraed.

"Oes 'na jans am lifft adra?" holodd Robi. "Dwi'n ffycd…"

"Deud wrth Bitrwt bo fi 'di mynd," oedd unig ateb Raquel.

Ac ar hynny, mi aeth – yn ei thracsiwt pinc a'i phôni-têl – gan adael Robi-di-reu yn syllu'n wag ar y botal Bud ar y bwrdd o'i flaen.

"Wel dy ffwcio di, ta," mwmiodd wrth wyro fwy a mwy wysg ei ochor ar ei sêt. "Chdi a dy Rrrifierrra, reu… Ha! Rifiera Reu…!"

Gwenodd, a disgyn oddi ar ei sêt.

20

Allan yn yr ardd gwrw yn smocio oedd Math pan gyrhaeddodd Leri a Krystyna. Rhoddodd floedd arnyn nhw wrth eu gweld nhw'n cerdded am y drws, a daeth y ddwy draw at y bwrdd picnic i eistedd.

"Mae hi'n blydi oer!" medda Leri wrth ddiolch iddi ddod â chôt gynnes efo hi.

"Yndi, mae hi," cytunodd Math. "Hawdd anghofio mai mis Mawrth oedd hi pnawn 'ma. Be 'da chi isio i yfad?"

"A' i i nôl rhain," medd Leri. "Siawns i gael 'y ngwres yn ôl, myn uffarn i! Peint ia, Math?"

Eisteddodd Krystyna i wynebu Math wrth i'w chariad frysio am gynhesrwydd y bar i nôl y diodydd, a thynnodd ei baco a'i rislas allan a'u taro ar y bwrdd o'i blaen. "Yw hi yn OK i gwneud sbliff?" holodd gyda gwên.

"Yndi," atebodd Math. "Ma hi'n cŵl yn yr ardd 'ma."

"Dobré!" meddai dan wenu eto.

"Gawsoch chi dro neis pnawn 'ma?" holodd Math wrth sylwi ar y rhimyn o golur tywyll oedd yn fframio'i llygaid.

"Do, diolch! A chi?"

"Bendigedig, diolch. Falch bo fi heb fwydro gormod arno chi, felly!"

Daeth y dryswch annwyl hwnnw yn ôl i chwarae efo'r sêr yn ei llygaid. "Mwy o beth?"

Gwenodd Math. "Mwy-dro... ymm, ffwndro? Malu awyr?"

"Malu cachu?" cynigiodd Krystyna a chwerthin.

Chwarddodd Math efo hi.

"Na! Roedd yn dithorol iawn, iawn. Diolch. Fi'n edrych ymlaen i fynd i'r... beth oedd ef – cromlech?"

"Bryn Haearn Mawr. Cairn circle... Cŵl. Finna hefyd."

"A ti mynd yno during yr Eclips heffyd?"

"Dyna ydi'r plan, ia. Ond a' i â chi yno cyn hynny, sdi... Neu gei di ddod efo fi adag hynny hefyd, os tisio – 'dio'm bwys gen i."

"Efallai ddim. Mae Leri yn siarad am rhywle arall – 'pen draw y byd'?"

Gwenodd Krystyna'n swil cyn syllu ar y bwrdd o'i blaen wrth orffen rhoi deiliach gwyrdd dros y baco. Gwyliodd Math lewyrch gwan y golau oedd yn llifo trwy ffenestri'r bar yn lliwio'i bochau tal fel sidan golau'r lloer. Roedd yna harddwch gwahanol eto amdani heno, a'i hwyneb wedi'i fframio gan ei gwallt melyn modrwyog. Edrychai'n bictiwr o seren ffilm yn ei siaced ffwr ffug, meddyliodd wrth ei gwylio'n rhoi rôtsh yn gelfydd yn nhin y sbliff. Daliodd ei leitar iddi a'i danio. Fflamiodd blaen y smôc yn goch a sugnodd Krystyna'n ddwfn ar y mwg, cyn ei chwythu allan fel tarth i'r nos.

"'Da chi'ch dau yn siarad am gerrig eto?" medd Leri wrth gario tre o ddiodydd tuag at y bwrdd. "Neu wyt ti'n mwydro am delisgops Oes y Cerrig?"

Chwarddodd Leri wrth osod y cwrw ar y bwrdd o'u blaenau ac ista yn ochor ei chariad. "Mae Bitrwt a Robi-di-Reu yn y bar," meddai.

"Yndi," atebodd Math. "Mae Tongs a Lemsip yno'n rwla hefyd."

"Nhw sy galla, os ti'n gofyn i fi. Ffycin gnesach yno."

"Fyswn i'm yn deud eu bod nhw'n gallach chwaith, Ler!"

"Gawsoch chi bnawn bach da yn lle Robi, felly?"

"Ydi mor amlwg â hynny, Ler?"

"Yndi braidd. Ond ma nhw'n edrych dipyn gwell nag oedd 'y mrawd bach pan ddoth o adra!"

Gwenodd Math. "Ddoth o adra'n saff felly?"

"Wel, ddoth o adra, beth bynnag!" atebodd Leri a chwerthin, cyn codi ei pheint o'i blaen. "Iechyd da!"

"Iechyd da!" medd Math a Krystyna, cyn i'r tri lyncu cegiad da o'u diodydd.

"Mae 'na sôn ei bod hi'n gaddo hi'n braf at yr Eclips, Math," medd Leri wedyn.

"Dwn i'm?" atebodd Math wrth dderbyn y sbliff gan Krystyna. "Be 'di'ch plania chi am y 'sioe' felly?"

"Meddwl am Ynys Wen o'n i, i fod yn onast. Tydi Krystyna rioed wedi bod... Hei! Be sy'n gneud i ti feddwl fod yr hen bobol yn dallt be oedd yn achosi'r Eclips, beth bynnag, Math?"

"O ie, Math," ategodd Krystyna. "Dweud ef. Roedd yn sgwrs dithorol."

"Ha!" medda Math a thynnu ar y mwg cyn ateb. "Wel, dwi'm 'di clywad sôn am Ddiffyg ar yr Haul mewn unrhyw chwedloniaeth Geltaidd – ydw i'n iawn, Krystyna? Shwrli fysa rwbath fel'na – cysgod dros yr haul, twllwch, troi'n oer, distawrwydd, adar yn peidio canu a ballu – yn achosi cymint o banic fysa'r stori wedi ffendio'i ffordd i chwedloniaeth a'i phasio i lawr i oes y Celtiaid, ac ymlaen i oes sgwennu?"

"Hwyrach welson nhw rioed m'ono fo?" cynigiodd Leri. "'Dio'm yn rwbath sy'n digwydd bob dydd, nac'di! Ac ella fod hi'n bwrw glaw!"

"Ond byddai yn dal i mynd yn tywyll ac oer. Ac yn distaw," nododd Krystyna.

"Bysa," cytunodd Math. "A fysa hi ddim yn gymylog yn bob man, naf'sa? Fysa rywun wedi'i weld o. Dyna pam dwi'n recno eu bod nhw'n gwbod be oedd yn digwydd. Falla wedi'i rag-weld o, hyd yn oed… wedi paratoi… Ma'n siŵr fod yr offeiriaid yn gorfod gneud defoda i gadw pobol rhag ffrîcio allan, ond o'ddan nhw'n dallt na rwbath naturiol oedd o…"

"Sut hynny, dwad?" holodd Leri.

"Achos bo nw wedi gweithio allan seicyl y lleuad. Ei fod o'n troi rownd y byd, a'i fod o'n agosach ato ni na'r haul."

"A sut wyt ti'n gwbod hynny, ta?" mynnodd Leri wrth ddwyn y smôc o'i law.

Roedd Math ar fin ateb pan ddaeth llais Bitrwt o gyfeiriad drws y bar. "Robi! Ma nhw allan yn fan hyn."

Gwenodd Leri wrth wylio silwét y ddau yn nesu tuag at y bwrdd, y naill fel weiran gaws a'r llall fel tŵr o jeli yn llwyddo i wrthsefyll disgyrchiant trwy ddewiniaeth.

"Syr Wynff a Plwmsan, myn uffarn i!" medd Math, cyn wincio ar Krystyna pan edrychodd honno arno â'i llygaid yn llawn chwilfrydedd.

"Be ffwc 'da chi'n da yn cuddio allan fa'ma?" holodd Bitrwt trwy'i ddannedd cribin, cyn i'w drwyn ymgyfarwyddo â'r ogla sgync. "Aah! Robi-di-reu! Maen nhw'n cael smôc bach slei, sbia!"

"O ia? Y tacla cyfrrrwys, reu," slyriodd Robi wrth ddisgyn ei din wrth ymyl Math, tra parciodd Bitrwt ei din yntau drws nesa i un Krystyna.

"Helô! Pwy ti ta?" holodd yn syth, a gwenu'n ddrwg.

"Krystyna ydw i. Ffrind Leri."

"Ffycin grêt. Bitrwt ydw i. Ffrind pawb," meddai gan gynnig ei law. "Ond dim Bitrwt fel bitrwt, ond Bitrwt fel yn 'beat roots' – master of the beats. A'r iwnifyrs hefyd. Ti'n OK, Krystyna-ydw-i?"

"Ydw diolch," medd Krystyna'n siriol wrth ysgwyd ei law.

"Ffycin hel, Leri," medd Bitrwt â'i lygaid fel soseri. "Paid â deud wrthi, ond ma hi'n lyfli."

"Wel, diolch i chi, Bitrwt-fel-beat-roots," medda Krystyna, cyn troi at Robi-di-reu. "A chi ydi?"

"Racs, reu!"

"Racsreu?"

"Ia, reu."

"Okaaay…" Trodd Krystyna at Math a gwneud siâp ceg 'What the fuck?' cyn ymuno yn y chwerthin a ledodd rownd y bwrdd.

"Robi 'di'i enw fo, Krystyna," medd Bitrwt. "Robi-di-reu."

"Yn gwir?"

"Ia," medd Math cyn mynd ymlaen i egluro. "'Reu' ydi slang Dyffryn Nantlla – ddim yn rhy bell o fan hyn – am ganja. Mae Robi-di-reu yn… ffyc, sut alla i egluro, Bît? Dysgu Cymraeg mae hi, sdi."

"Ia, dwi wedi sylwi, sdi Math," atebodd Bitrwt, cyn troi at Krystyna efo golwg ddeallus ar ei wep, a dechrau egluro. "Pun, Krystyna. It's a pun on 'ribi-di-res'…"

Trodd Krystyna at Math mewn gobaith o oleuni.

"Hwiangerdd," esboniodd Leri cyn i Math gael cyfle. "A Welsh nursery rhyme." Yna dechreuodd ganu, "*YR ELIFFANT MAWR A'R CANGARŴ, I MEWN I'R ARCH Â NHW, WELSOCH CHI RIOED Y FATH HALIBALŴ, I MEWN I'R ARCH Â NHW…*"

Ymunodd Math a Bitrwt yn y gytgan, "*RIBI-DI-RES, RIBI-DI-RES, I MEWN I'R ARCH Â NHW, RIBI-DI-RES, RIBI-DI-RES I MEWN I'R ARCH Â NHW!*"

"Wwhww!" bloeddiodd Krystyna dan glapio'i dwylo'n egnïol wrth i bawb arall – heblaw Robi – dincio'u gwydrau ar draws y bwrdd. "Da iawn…! Beth ffyc mae e'n meddwl?"

"Ti'm isio gwbod," atebodd Bitrwt.

"I'll tell you later," sibrydodd Leri yn ei chlust gan roi sws fach ysgafn ar ei boch.

Sylwodd Math ar y gipolwg fach sydyn roddodd Krystyna tuag ato wrth iddi wneud. Roedd iaith ei chorff yn siarad cyfrolau.

"So, ers pryd ydach chi'n nabod 'ych gilydd?" holodd Bitrwt.

"Mond ers rhyw fis," atebodd Leri.

"A dim ond heddiw wnes i cwarffod Math," medd Krystyna.

"O? Ddudas di ffyc ôl wrtha ni, cont!" cwynodd Bitrwt.

"Ges i'm cyfla, naddo!"

"Ei ffendio fo wrth Carneithin nathon ni," medd Leri. "Wrthi'n sgwennu yn ei lyfr bach du!"

"O ffyc – y Doomsday Book!" chwarddodd Bitrwt. "Oh-oh!"

"Oh! Roedd o'n dithorol iawn, Bitrwt," medda Krystyna. "Mi hoffais, chwarae teg!"

"Taw! Go iawn?"

"Mi oedd o, actiwali," medd Leri, yn cefnogi ei chariad. "Deud gwir, roedd Math ar ganol gorffan ei stori wrthan ni rŵan, yn doeddat mêt?"

"Ymm, wel…"

"Be o' ti'n sôn am, Math?" heriodd Bitrwt yn syth, wedi gweld cyfle i chwalu pen ei ffrind. "Siawns na fedri di rannu dy stori efo Robi a fi… wel, efo *fi*, eniwe – dydi hwn ddim yn mynd i ddallt ffyc ôl yn ôl ei olwg o."

"Wel," dechreuodd Math. "Jysd… sut nath yr hen bobol weithio allan astronomi a ballu…"

"O ffyc! 'Da chi heb ddechra fo ar hynna i gyd, naddo?"

"Do, Bitrwt, so hisht, wnei!" siarsiodd Leri. "Mae Krystyna'n astudio'r petha 'ma! Caria mlaen, Math – ffwcio fo!"

Doedd gan Math fawr o awydd ailgydio yn y sgwrs rŵan bod yr arch-weindiwr-fyny ei hun wedi tynnu tant ei fwa saeth yn dynn. Ond unwaith welodd o berlau llwydlas Krystyna'n disgwyl yn eiddgar doedd ganddo fawr o ddewis.

"Wel, deud o'n i, Bitrwt, fod yr hen bobol yn gwbod am seicyl y lleuad, ac o'dd y genod 'ma'n holi sut dwi'n gwbod hynny."

Stopiodd Math a sbio ar Bitrwt. Doedd dim arwydd amlwg ei fod o'n barod i saethu ar hyn o bryd, felly bwriodd yn ei flaen.

"Wel, i ddechra efo'i, o'dd y derwyddon – ac felly, eu cyndeidia nhw – yn gwbod fod y byd yn grwn, a'i fod o'n mynd rownd yr haul…"

"Sut, ffor ffyc's sêcs?" torrodd Bitrwt ar ei draws cyn i Leri a Krystyna ei shwshio yn syth.

"Trwy sticio darn o bren yn y ddaear a mesur hyd y cysgod fel oedd yr haul yn mynd drwy'r awyr a gweld ei fod o'n union 'run hyd efo'r wawr ac efo'r machlud."

Sbiodd Math ar Bitrwt eto, ond yn rhyfadd reit, roedd o'n gwrando'n astud.

"Mai'n bendant fo nhw'n dallt y petha 'ma achos roedd prif wyliau'r Celtiaid ar y ddau gyhydnos – 'equinox' i chdi, Bitrwt – a'r ddau solstis…"

"O'n i'n meddwl na'r ffycin hipis unfentiodd rheini!" medda Bitrwt, wedi gweld ei gyfle o'r diwadd.

"Ffycin cau hi efo dy lol, Bitrwt, reu!" slyriodd Robi-di-reu heb godi'i ben o'i freichiau.

Aeth Math yn ei flaen. "A hwn ydi'r clinshar… Ma hi'n bendant fo nhw'n dallt llwybr y lleuad achos nathon nhw'i sgwennu fo i lawr."

"Pwy?" holodd Bitrwt.

"Y derwyddon. Ti 'di clywad am calendr Coligny, yn do Krystyna?"

"Dwi heb," medda Leri.

"Na fi!" medda Bitrwt. "Be ydio?"

"Wel ffycin calendr, siŵr!"

"Calendr pwy ddudas di? Colin?"

"Coligny! Enw'r lle ffendion nhw fo, Bît. Coligny yn Gâl."

"Gâl?" holodd Leri.

"Ia. Gaul. Yr hen Ffrainc Geltaidd. Lle oedd Asterix ac Obelix yn byw!"

"A Crycymalix!" medda Bitrwt.

"Ac Odlgymix y bardd!" gwaeddodd Leri.

"Aha! Trubadix – yn Czech!" gwaeddodd Krystyna.

"'Na chi! Eniwe, ar y lleuad oeddan nhw'n seilio'r wythnosa a misoedd, ac roedd pob blwyddyn fel tair blynadd i ni heddiw. Ac o'dd eu calciwlêshiyns nhw'n berffaith – i'r ffycin funud, bron."

"Waw. *Mae* hynna'n impresif, ma rhaid 'mi gyfadda," medd Leri.

"Ydi, mae ef," cytunodd Krystyna. "Hoffwn i gwybod sut oedd nhw wedi gweithio fe mas?"

"Wel," medda Math cyn cymryd swig dda o'i beint a sychu'i weflau efo cefn ei law. "Ydach chi 'di clywad am Delisgop Carrag Cwmesgob?"

21

Diolchodd Math iddo'i hun ei fod o wedi mynd adra'n gynnar neithiwr, achos mi lwyddodd i osgoi cael ei fygio gan 'she-bandits' Comic Relief.

Mi welodd o dair ciwed ohonyn nhw ar ei ffordd adra, yn amlwg wedi yfed galwyni o WKD a Chardonnay cyn mynd allan, ac i gyd yn anelu am y Twrch efo'u bwcedi i gymryd mantais o bobol feddw ac i fwlio pobol swil. Bu bron iddo gael ei ddal gan gabal o St Trinian's, eu hannar nhw'n llawer rhy fawr i'w dillad, oedd yn dod i'w gwfwr o ar y stryd fawr, ond roeddan nhw'n rhy brysur yn mwrdro – os oedd hynny'n bosib – rhyw gân One Direction-aidd ar dop eu lleisiau i sylwi arno. Cofiodd feddwl pam na wnân nhw rwbath gwreiddiol i godi pres – fel sgrechian noddedig, oedd i weld fel 'tai o'n gweddu iddyn nhw. Unrhyw beth heblaw meddwi'n racs ac ysgwyd eu bwcedi dieflig yng ngwynebau bobol oedd allan yn cael peint tawel. Falla'i fod o'n troi yn hen ddyn blin wrth nesu at ei ganol oed, ond mi oedd o'n ddiolchgar iddo allu sleifio i lawr stryd gefn heb iddyn nhw'i gornelu fo, a'i fygio efo'u bwcedi plastig o uffern.

Ond nid dihangfa lwcus rhag y poenau tin oedd ei brif reswm dros fod yn falch iddo ddod adra'n gynnar. Roedd ganddo lot o bethau i'w sortio allan heddiw – pethau na fyddai posib eu gwneud 'tai o wedi mynd i'r un stad ag oedd yr hogia ynddo pan adawodd y Twrch. Am olwg ar ddynion! Er, mi oeddan nhw wedi dechrau yfed dipyn yn gynt nag o, chwarae teg – ac yn achos Tongs, dim ond matar o dopio i fyny be gafodd o'r noson gynt oedd hi. Ac am Lemsip, wel, unwaith oedd o'n dechrau doedd dim stopio arno – er, mi oedd o i weld wedi gwneud ymdrech dda i reoli ei wendid yn ddiweddar.

Ond bobol bach, am lanast ar Robi-di-reu! Fuodd hwnnw erioed yn yfwr mawr, p'run bynnag. Dyn y gwyrdd, fel Math, oedd o gan fwya, felly roedd sesh yng ngwres anarferol haul annisgwyl mis Mawrth wedi chwalu'i ben o fel cacan gwstard mewn popty ping. Pan adawodd Leri a Krystyna ym mreichiau'i gilydd am noson o flaen y tân yn Crwynau – a hynny'n gynnar ar ôl dau beint, cyn y giamocs Comic Relief – roedd Robi'n ei rhochian hi ar y bwrdd picnic yn yr ardd. Pan adawodd Math roedd yr hogia'n cael mynydd o draffarth i'w gario fo i dacsi Malwan, a hwnnw'n diawlio ei fod o'n hwyr i godi criw o Dre. A'r gwir amdani oedd nad oedd yr hogia eu hunain mewn fawr gwell siâp. Dim ond y cocên gan Tongs oedd yn eu cadw nhwythau rhag troi'n sachau tatws tebyg.

Ac mi wyddai Math mai troi at y gwyn fyddai yntau wedi'i wneud hefyd, 'tai o wedi aros allan yn hwyrach. A dyna fyddai hi wedyn – lein ar ôl lein, peint ar ôl peint, ac allan trwy'r nos. A gan fod ganddo jar lawn o fêl madarch yn ei fag, mwya thebyg y byddai honno wedi'i hagor hefyd. Fyddai o'm yn gweld wythnos nesa wedyn, heb sôn am heddiw. Ac yntau wedi mynd yn un swydd i'w nhôl hi o'i stash yng nghwt powdr chwaral Carneithin ar gyfer wythnos nesa.

Bob hydref mi fyddai Math yn pigo madarch hud mwy neu lai bob dydd. Roedd o'n cael cnwd anfarth bob blwyddyn, ac yn eu sychu er mwyn eu gwerthu trwy gyfrwng ffrindiau yn Llundain ac Amsterdam. Mi oedd o hefyd yn sychu miloedd o fadarch a'u cymysgu efo mêl er mwyn iddyn nhw gadw. Byddai'n gwerthu'r rhan fwya o hwnnw hefyd i'w fêts yn Llundain a'r 'Dam, ac yn cadw'r gweddill at bartis ac achlysuron arbennig. Roedd o'n cadw'r jariau mewn gwahanol guddfannau mewn llefydd diarffordd o gwmpas yr ardal. A'r ffordd orau i gadw mêl madarch – medda 'nhw' – oedd ei gladdu rhyw droedfadd o dan ddaear, fel bod y madarch yn cael eu twyllo i feddwl eu bod nhw dal allan yn eu byd naturiol, ac felly'n cadw cryfder y psilocybin rhag dirywio. Ond roedd Math yn eitha siŵr mai coel gwrach oedd hynny – er mi allai goelio y byddai o'n gweithio efo madarch ffres wedi eu rhoi mewn mêl yn syth o'r cae, yn hytrach na rhai wedi'u sychu'n grimp cyn eu cymysgu â'r mêl. Ond dyna fo, mae ffwng yn organedd rhyfadd iawn sydd â rhinweddau ac arferion nad yw gwyddoniaeth wedi'u hegluro'n gyflawn eto. A chan mai yn y ddaear mae madarch yn byw, pam ddim eu claddu?

Rheswm arall pam fod Math yn eu cuddio oedd am fod y Wladwriaeth, yn ei doethineb, wedi deddfu eu bod nhw'n gyffur Dosbarth A – er ei bod yn ffaith ddigamsyniol nad yw madarch wedi gwneud unrhyw niwed o fath yn y byd i neb. Gall ffawd fod yn fympwyol iawn weithiau. Digon hawdd fyddai i rywun gael ei weld gan y cops yn smocio sbliff ar lan y môr, fyddai'n arwain at y cops yn chwilio trwy'i bocedi a dod o hyd i ganja, a fyddai yn ei dro yn rhoi rheswm cyfreithlon iddyn nhw chwilio trwy gartra'r person am sylweddau anghyfreithlon – a dod o hyd i fag neu jar o fadarch. Dyna hi wedyn, digwyddiad di-nod fel mwynhau smôc yn yr awyr iach yn arwain at rai blynyddoedd o garchar am 'ddelio' cyffuriau Class A.

Y peth ola oedd Math ei angen oedd hynny, yn enwedig yn nhŷ ei Anti Hilda. Bu'r digwyddiad efo'r Gweinidog yn ddigon drwg – y diwrnod yr estynnodd Anti Hilda jar o fêl madarch o'r pantri, lle'r oedd Math wedi gorfod ei chuddio ar hâst rywbryd, a dechrau taenu'r cynnwys dros frechdan y Parchedig Williams. Diolch i dduw i Math sylwi cyn iddi roi'r frechdan ar ei blât.

Cadw'r jar arbennig hon ar gyfer yr Eclips oedd bwriad Math, a'i chuddio dan y gwrych yng ngwaelod yr ardd tan hynny. A dyna wnaeth o yn syth ar ôl dod adra o'r Twrch neithiwr. Ond, yn nes ymlaen, ac yntau'n darllen be sgwennodd o yn ei lyfr bach du yn ystod y pnawn, sylweddolodd y byddai modd agor y caffi erbyn penwythnos nesa... A pha ddiwrnod gwell na diwrnod yr Eclips?

Troi a throsi fuodd o trwy'r nos wedyn, yn meddwl am fenter yr hogia – ac, yn benodol, a ddylai ymuno efo nhw. Roedd Tongs yn iawn, a Bitrwt a Robi hefyd – doedd yna fawr ddim byd i boeni yn ei gylch, ac mi *oedd* yr holl beth yn mynd i fod yn hollol gachboeth. Yn enwedig wrth ystyried y gallai'r lle agor ar gyfer Diffyg yr Haul, y Gorleuad ac Alban Eilir – cyfle euraid i drefnu parti'r ganrif!

Teimlai ei fod o'n gadael yr hogia i lawr. Gwyddai nad oeddan nhw'n dallt be oedd yn bod arno, pam ei fod o mor anarferol o betrus, a pham – mewn difri calon – yr oedd o'n meddwl ddwywaith am y math o fenter y bu'n byw amdani ar hyd ei oes. Ond mi oedd o wedi edrych ymlaen gymaint at ei 'ddigwyddiad y ganrif' personol ei hun – cymuno â'i hynafiaid yn ystod digwyddiad seryddol yr oedd o'n sicr fyddai'n eu denu hwythau, drigolion y Byd Arall, i leoliad lle'r oedd y byd hwnnw yn cwrdd â'r un hwn. Ac mi oedd digwyddiad o'r fath yn galw am wythnos o baratoi – yn feddyliol ac ysbrydol, hynny ydi. A'r gwir amdani hefyd oedd ei fod o, ers cwrdd â Krystyna, yn gobeithio y medrai ei hudo hithau i ddod efo fo. Ac mi fyddai hynny hefyd yn cymryd wythnos i'w 'drefnu'.

Cont gwirion, meddyliodd! Be ffwc oedd yn bod arno? Cariad ei ffrind oedd Krystyna – er na fu'r ddwy efo'i gilydd yn hir. A gadael ei ffrindiau gorau i lawr efo'r caffi? Roeddan nhw wastad wedi gwneud popeth efo'i gilydd – wel, heblaw anturiaethau lliw nos Tongs – ac roedd y lleill wastad wedi dibynnu arno am ryw fath o arweiniad. Sut allai o droi ei gefn arnyn nhw? Yn enwedig rŵan, ar ôl sylweddoli bod ganddyn nhw'r lleoliad i drefnu'r digwyddiad mwya cofiadwy a welodd yr ardal hon mewn pedair neu bump cenhedlaeth!

Penderfynodd ei gydwybod ei fod o'n dwat hunanol. Penderfynodd ei ymwybod ei fod o'n ffŵl i fethu'r fath gyfle. Sylweddolodd Math ei fod wedi cwsg-gerdded i mewn i foment Eureka!

22

Ei gorff yrrodd o i gysgu yn y diwadd, nid ei ben. Doedd ganddo ddim cof o deimlo'n gysglyd, heb sôn am fynd i'w wely. Erbyn meddwl, doedd o'm yn cofio llawer o ddim byd. Crafodd olion y diwrnod blaenorol o waelod ei ben, ond fel crafu croen caled o waelod sosban, roedd y broses yn rhy llafurus, heb sôn am fod yn boenus i'r glust – y glust fewnol yn yr achos yma.

Agorodd un llygad, ac yn ara mi sylweddolodd nad y nenfwd arferol oedd uwch ei ben. Agorodd y llygad arall a sylwi ei fod ar lawr y gegin. Ochneidiodd wrth i boen saethu trwy'i benglog. O leia roedd o adra.

Yna sylwodd fod gwaed dros y llawr a gwaelod y wal wen. Yn reddfol, symudodd ei law at le'r oedd y boen yn pwnio'i dalcen. Teimlodd y gwaed wedi ceulo fel sbwng o dan ei fysedd. Ochneidiodd eto, a rhegi, cyn gwneud yn siŵr fod ei gap yn dal yno.

Cododd a mynd am y stafall folchi, yn dal ei law dros y briw uwchben ei lygad dde. Sbiodd yn y gwydr uwch y sinc. Roedd 'na waed dros ei grys-T i gyd.

"Ffycin hel! Be?"

Tua modfadd o hyd oedd y cyt, ac o weld ei liw tywyll a pha mor llydan oedd o, mi oedd o'n amlwg yn un dwfn. Pwythi felly, mwya thebyg. Golchodd ei wyneb efo dŵr oer, gan drio'i orau i gofio be ddigwyddodd, a methu. Trodd y tap dŵr poeth ymlaen a tharo'r dŵr cynnes dros y briw yn ofalus, cyn dechrau rhwbio'n ysgafn efo'i fysedd. Mi feddalodd y gwaed du, sych a llifo'n goch i lawr ei wyneb ac i'r sinc. Daeth y briw i'r golwg, yn lân ac yn goch-binc. Closiodd at y drych a'i astudio. Fyddai pwythi'n angenrheidiol, ta be? Gwelodd waed ffres yn diferu ohono. Ffyc! Estynnodd am chydig o bapur toilet a mwytho'r briw yn ysgafn. Yna rhoddodd damaid o'r papur drosto a'i ddal yn ei le efo'i law tra'r oedd o'n piso. Tynnodd o i ffwrdd yn y drych wedyn. Dim gwaedu. Roedd gobaith eto, felly.

Rhoddodd damaid arall o bapur drosto a mynd am y gegin i gael dŵr a phils cur pen. Llowciodd beint cyfan efo pedair ibuprofen. Rhoddodd y tecall ymlaen a mynd i'r ffrij i nôl llefrith. Gwelodd y can o lager yn gwenu'n ddel arno. Agorodd o, a llyncu'i hannar. Aeth yn ôl i'r bathrwm a thynnu'r papur o'r briw. Dal dim gwaedu, ond mi fyddai ffidlan efo fo yn ddigon iddo ddechrau eto, doedd dim dwywaith am hynny. Os rhoddai blastar arno fo mi fyddai'n iawn, penderfynodd.

Clywodd sŵn yn dod o'r stafall fyw. Roedd rhywun yno. Brysiodd drwodd i weld Lemsip yn ista ar y soffa â'i ben yn ei ddwylo.

"Chdi sy 'na!"

Griddfanodd Lemsip. "Gyma i dy air di am hynny. Be ffwc ddigwyddodd neithiwr?"

"Wel, o'n i'n gobeithio fysa chdi'n gallu deud wrtha i. Ti'n gwbod rwbath am hwn?"

Trodd Lemsip i sbio. "O ia. Dwi'n cofio hynna."

"A?"

"Sgen ti rwbath i yfad yma?"

"Sut 'nes i hyn?"

"'Nes di hitio dy ben ar gornal y wal fach 'na tu allan y Twrch... wrth i ni gario Robi-di-reu i'r tacsi."

"O'dd hynna'n gynnar, oedd ddim?"

"Oedd. Nathon ni stopio'r gwaed... haha..." Chwarddodd Lemsip.

"Be sy'n ffyni, cont?"

"Nathon ni stopio'r gwaedu efo gwe pry cop o'r toilets yn y Twrch!" Chwarddodd Lemsip yn uchel eto. "Ffyc, oedd o'n hilêriys!"

Llifodd dagrau lawr bochau Lemsip wrth iddo rowlio chwerthin. Syllodd Tongs arno.

"Gwe pry cop?"

"Ia!" Chwalodd Lemsip eto. "Paid â sbio arna fi! Dy syniad di oedd o. O'dd y genod isio ffonio ambiwlans! Yn ffycin A&E fysa chdi, cont!"

Rhoddodd Tongs chwerthiniad bach, ac wrth iddo wneud stretsiodd mysyls ei dalcan ac achosi i'r briw waedu eto. "Dwi'n mynd i chwilio am blastar. Dwi'n siŵr bo fi 'di gweld un yma'n rwla."

"Fuas di'n chwilio neithiwr 'fyd. Chwalu trwy'r droria fel dyn o'i go. Tasmanian ffycin Devil."

"Robi-di-reu! Fo dynnodd fi drosodd neu rwbath?"

"Naci. Mynd yn flin efo Malwan 'nes di, a roth o datsh i chdi."

"Be? Ffyc off! Malwan?"

"Onest. Ti'n gwbod fel mae o. O'dd o'n cau aros, a jysd yn bod yn dwat. So ros di lwyth o shit iddo fo..."

"O ffyc…" Eisteddodd Tongs i lawr. "Be ddudis i?"

"Be ddudis di *ddim*!"

"O na!"

"Galw fo'n sbastic…"

"O ffor ffyc's sêcs… Jîsys ffycin Craist!" Rhoddodd Tongs ei wyneb yn ei ddwylo.

"Ia! O bob peth i alw dyn efo plentyn anabal!"

"O cym on – fyswn i'm yn gneud hynna! Ti'n nabod fi."

"Mi 'nes di neithiwr, pal. Ac oedd hynny cyn deud fo ti 'di gweld petha deliach na'i wraig o ar National Geographic."

"O mai ffycin god! A be ddigwyddodd wedyn?"

"Wel, roth o beltan i chdi nes o' chdi'n mesur dy hyd ar lawr. A hitias di dy ben ar y wal ar y ffordd. Dyna hi. Owt cold. Fi gafodd chdi rownd trwy slapio dy wynab di. Diolch 'ti am hynny, gyda llaw. Dwi 'di bod isio gneud ers tro byd."

Roedd Tongs wedi troi'n wyn. "Lle ma'n ffôn i, dwad? Bydd rhaid fi ffonio Malwan i ymddiheuro…"

"Waeth ti heb. Ddudodd o neithiwr. 'Dio'm isio siarad efo chdi byth eto. Chwil neu beidio, neith o byth fadda i ti, medda fo…"

"Oooooh, naaaa!"

"O'dd o mewn dagra, sdi."

"Oooo! Na, na, na, na, NA!" Cododd Tongs a mynd i'r bathrwm i nôl mwy o bapur cachu. Roedd ei galon yn curo fel injan stêm, gan gynyddu'r gwaedu. Syllodd arno'i hun yn y drych. Roedd golwg ci lladd defaid arno. Rhegodd a brysio am y gegin eto. Cydiodd yn y can o lager a'i orffen, cyn chwalu trwy'r drôrsys am blastar eto. Doedd 'na 'run. Neu falla fod yna, ond fod o'm yn gallu canolbwyntio digon i chwilio'n iawn. Y cwbwl allai o feddwl amdano oedd faint o ffycin wancar oedd o. Sut allai o fyw efo'i hun ar ôl hyn?

Daeth Lemsip drwodd. "A cofia fod gennan ni betha i sortio heddiw 'ma."

"Be? Fel be?"

"Y petha nathon ni drafod neithiwr?"

"Pa betha? Pa drafod? Pa ffycin neithiwr?!" Doedd Tongs ddim ar yr un blaned ar y funud.

"Y Dub Shack, baby."

"O ia. Y Dub Shack, ia. Be 'da ni fod i neud heddiw?"

"Dwinna ddim yn cofio chwaith. Ond roedd 'na lot o betha. Fydd Bitrwt yn cofio. Wel?"

"Wel be?"

"Sgen ti ffycin gwrw yma ta be?"

23

"Mathew!" medd llais Anti Hilda wrth ei lusgo'n ôl i'r byd hwn.

"Sori, Anti Hild. O'n i'n bell i ffwrdd."

Rhoddodd ei fodryb chwerthiniad bach bodlon. "Ti'n union fel dy dad, wsdi. Roedd hwnnw'n mynd ar goll yn ei feddylia yn amal iawn. Mae breuddwydio'n rhedag yn gry yn y teulu, wyddost ti." Gwenodd yr hen ddynas. "Fedrat ti fynd i nôl glo i mi, 'ngwash i? Ma'r hen goesa 'ma'n brifo bora 'ma. Newid tywydd, debyg."

"Wna i, siŵr, Anti Hild. Ylwch, steddwch chi lawr wrth y bwrdd. Mi wna i banad i chi, ac mi wna i dân tra 'da chi'n ei hyfad hi."

"Twt twt! Tydw i ddim yn darfod, fachgian!" oedd ei hateb. "Jysd dos i nôl glo, dwi 'di gneud tân oer efo pricia tân a slecs yn barod."

Un am ei thân oedd Anti Hilda. Byddai'n gwneud un bob dydd o'r flwyddyn, a doedd hi'm yn cîn iawn ar adael i neb arall ei wneud o. Ei thŷ hi oedd o, ei pharlwr hi, ei lle tân hi, ei grât hi – ond gwres i bawb.

"Y diwrnod fydda i'n methu gneud tân fydd y diwrnod fydda i ddim angan tân byth eto."

"Wel istwch i lawr am funud, ta, tra dwi'n nôl glo."

Ond ei ddilyn o i'r cwt glo wnaeth hi. Os oedd y bwcad yn dechrau mynd yn drech na hi, doedd llwybr ardd gefn y tŷ ddim.

"Diolch i ti, Mathew. Mi wna i damad i fyta i ni ar ôl gneud tân."

"Ydi'r coesa'n gwaethygu, Anti Hild? Sut mae'ch clun chi rŵan?"

"O, duwcs, mae hwnnw'n mynd a dod, wyddost."

"Be ddudodd Doctor?"

"Mond imi fynd 'nôl ato os na fydd o'n gwella."

"Dyna ddudodd o tro dwytha 'fyd, Anti Hild. Yda chi'n siŵr fod o'm yn trio'ch ffobio chi ffwr?"

"Wel, dwi bron yn neinti, wyddost. Be 'dio haws o wastio amsar a gwely sbyty ar hen fara llwyd fel fi, dwad?" clwciodd Anti Hilda.

Ysgydwodd Math ei ben wrth rawio glo i'r bwcad. "Bara llwyd? 'Da chi mor ffresh â bara cartra, Anti Hilda bach."

"Wel, mae pob dim yn iawn yn y garat 'ma, am wn i," meddai gan bwyntio at ei phen. "Diolch i'r Bod Mawr am hynny. Er, dwn i ddim be fysa ora – y pen fynd gynta, p'run ai'r corff?"

"Wel, tasa gen i ddewis, fysa'n well gen i i'r ddau fynd efo'i gilydd," oedd ateb Math wrth gario'r bwcad am y tŷ a thrwodd i'r parlwr. Dechreuodd osod amball glapyn mawr ar ben y slecs a phriciau oedd ei fodryb wedi'u gosod yn daclus dros y peli papur newydd yn y grât.

"Paid ti â bocha yn fa'na, Mathew. Gad ti o i fi rŵan. Ti wedi gneud dy waith."

"Fyddai'm dau chwinc, Anti Hilda."

"Twt. Tendia o'r ffordd, hogyn. Be wyddost ti am wneud tân?"

Daeth sŵn llythyrau'n disgyn o gyfeiriad y drws ffrynt.

"Ho! Ma Ffred-Dim-Stan 'di cyrradd," medd Math. "Well i chi'i ddal o i weld os 'dio am banad."

"Dim ar fora Sadwrn, Mathew. Mae o ar 'Bob a Jac' bob dydd Sadwrn. Ar hâst i orffan," cyhoeddodd Anti Hilda, yn falch o ddangos ei bod hi'n dallt y "lingo modern 'ma".

Chwarddodd Math. "Job and jack 'da chi'n feddwl, Anti Hild."

"Sut?"

"Job and jack," ailddywedodd yn arafach.

"Wel, ia, dyna dwi'n drio'i ddeud. Reit, tendia i mi gael gorffan hwnna. Dos di i weld be adawodd Ffred-Dim-Stan."

Ildiodd Math. Sut allai o beidio? "Mond matsian 'da chi isio rŵan, Anti Hild," meddai wrth godi o'i gwrcwd.

"Hmm," oedd ei hunig ateb.

Gwyddai Math yn iawn be oedd hynny'n feddwl, ac y byddai ei fodryb wedi ailosod y clapiau glo cyn ei danio.

Aeth drwodd at y drws ffrynt, yn gwenu wrth feddwl am yr enw roddodd ei fodryb i Ffred y postman. Dyna'r unig ffordd y gallai gofio ei enw, achos am flynyddoedd mi fu'n ei alw'n Stan, sef enw postman arall. A waeth faint o weithiau y byddai hi'n gorfodi'i hun i gofio mai Ffred oedd ei enw, Stan fyddai'n disgyn dros ei thafod pan welai hi o nesa, bob tro. Mi altrodd pethau yn y diwadd, pan ddechreuodd gywiro'i hun yn uchel gyda'r geiriau "Ffred, dim Stan" bob tro y byddai'n ei alw'n Stan. "Bora da, Stan – Ffred, dim Stan," neu "Diolch Stan – Ffred, dim Stan".

Dyna pryd y dechreuodd Math dynnu arni, ac y'i bedyddiwyd o'n 'Ffred-Dim-Stan'. Mi sticiodd yr enw – nid yn unig efo Anti Hilda, ond efo Math, a Ffred ei hun, hefyd. Edrychai'r hen ddynas ymlaen i'w glywed o'n rhoi ei ben heibio'r drws yn ystod yr wythnos. "Iŵ-hŵ, Anti Hilda, Ffred-Dim-Stan yma. 'Di'r teciall 'di berwi?" Ac wrth gwrs, mi oedd o wastad wedi.

Daeth bloedd o'r parlwr. Rhedodd Math drwodd, ac yno roedd ei hen fodryb yn hitio fflamau efo rhaw llwch grât ar garreg yr aelwyd. Roedd hi wastad yn rowlio peli papur newydd yn dynn, yn barod i'w socian mewn dŵr er mwyn eu defnyddio i fygu tân a'i gadw i fudlosgi pan fyddai hi'n piciad allan i'r siop. Cadwai'r peli papur sych mewn bocs ar yr aelwyd, efo brigau coed wedi sychu'n grimp. Mi oedd Math wedi'i siarsio hi droeon i'w cadw nhw'n bellach oddi wrth y grât, ond doedd Anti Hilda ddim am newid ei ffordd ar ôl y rhan helaetha o ganrif gron.

Neidiodd Math a chydio yn y bocs a'i gario allan i'r ardd gefn, a chwmwl o fwg glas yn ei ddilyn. Gwagiodd y bocs ar y gwely pridd o dan y goedan cyrins duon a rhedeg yn ôl i'r tŷ. Yna dechreuodd y larwm tân sgrechian.

"Ydach chi'n iawn, Anti Hild?" gwaeddodd Math, ac ar ôl gweld nad oedd hi fawr gwaeth rhedodd i agor y drws ffrynt led y pen, wedyn y ffenestri. Yna, gan ddiolch unwaith eto nad oedd ganddo hangofyr, estynnodd un o gadeiriau'r bwrdd gorau o'r parlwr a sefyll arni, o dan y larwm yn y pasej, i drio gweld oedd posib rhoi taw ar y sgrechian aflafar. Doedd yna ddim, felly rhedodd i'r gegin i nôl lliain llestri, a'i chwifio o dan y larwm i glirio'r mwg. A thrwy hynny a'r drafft cry oedd yn llifo trwy'r drysau a'r ffenestri agored, peidiodd y seiren fyddarol o fewn rhyw funud.

Erbyn hynny roedd un neu ddau o'r cymdogion wedi dod i weld oedd popeth yn iawn, a'r broblem wedyn oedd eu helpu nhw i ddianc heb orfod cymryd panad a cacan. Mi aethon i gyd ond un – Derek, y boi yn ei saithdegau oedd wedi symud i dŷ yn uwch i fyny'r stryd ers cwpwl o fisoedd, ac wedi dechrau galw heibio yn ystod yr wythnosau dwytha.

"Be oedd?" mynnai ofyn bob munud.

"Papur aeth fyny'r simna," atebai Math bob tro, sbario embaras i Anti Hilda druan.

Ond mi ofynnodd eto, wrth i Math ei hebrwng am y drws.

"Be wyt ti, Derek? Ddim yn clwad ta ddim am wrando?"

Mi aeth wedyn, a golwg wedi'i bechu arno fo. Doedd Math erioed wedi licio'r cont. Roedd 'na rwbath amdano.

24

Cododd Bitrwt o'i wely ar ôl noson o hepian a throi a trosi. Hynny fuodd o *yn* ei wely, hynny ydi. Roedd hi'n dri y bore pan aeth o adra, oedd yn gynnar o gymharu ag arfar ar nosweithiau o'r fath. I fyny grisiau yn fflat Tongs fuodd o. Doedd o'm yn cofio pwy oedd yno i gyd, heblaw Tongs a Lemsip, ond mi oedd ganddo frith gof o weld pobol eraill yno ar un adag. Mi *oedd* o'n cofio'r dub yn dirgrynu, y pync yn pwmpio a'r llinellau gwynion yn diflannu i fyny trwynau. A fodca. Lot o fodca.

Aeth i biso cyn nôl gwydriad o ddŵr a'i lyncu mewn un, ac aeth i'r ffrij i weld be oedd yno. Agorodd gan o lager a rowlio ffag. Trodd y stereo ymlaen a gwasgu PLAY. Arhosodd i glywed pa CD oedd i mewn ynddi, a bodloni wrth glywed Ernest Ranglin, 'Below the Bassline', yn dechrau. Gan Math gafodd o'r CD. Jazz dub. Jysd y peth i fynd efo hangofyr.

Eisteddodd ar y soffa a thynnu ar ei rôl wrth daro'i feddwl yn ôl at y Twrch neithiwr. Cofiodd wneud llinellau yn y toiledau. Cofiodd weld Raquel yn y bar – oedd yn beth od – a chofiodd iddi ddiflannu'n sydyn. Cofiodd yfed tequila, a chael ffrae efo gang o St Trinian's a thair lleian. Roedd ganddo gof niwlog iawn o drafod enw'r caffi efo'r hogia, a rhywbeth am y lleuad a'r haul efo Math – a bod hwnnw hefyd wedi diflannu'n gynnar. A chofiai Leri Crwyna efo slashar o gariad o Poland neu rywle, a honno'n siarad Cymraeg – neu ai fo oedd yn ffwndro?

Yna cofiodd y strach wrth gael Robi-di-reu i'r tacsi. Roedd o'n 'dead weight' i ddechrau, yn dal i gysgu wrth iddyn nhw'i gario fo, ond pan ddeffrodd o tu allan portsh y Twrch mi baniciodd wrth fethu deall lle'r oedd o a be oedd yn digwydd iddo fo. Dechreuodd strancio a chicio, a chydio'n dynn yn ffrâm y drws tra'n gweiddi "Babylon, Babylon" dros y lle i gyd, gan feddwl mai car cops oedd y tacsi. Cont gwirion. Ac wedyn, disgyn – ar bwrpas – a thynnu pawb i lawr efo fo… A Tongs yn hitio'i ben ar ochor y wal fach 'na tu allan.

Ffycin hel, ia 'fyd, cofiodd! Gwaed yn bob man. A gwe pry cop! Pam gwe pry cop? Tybed oedd Tongs yn iawn? Debyg fydd rhaid iddo gael pwythi heddiw 'ma, meddyliodd, cyn penderfynu yr âi i fyny i'w weld o yn y munud – jesd i wneud yn siŵr ei fod o'n fyw. Er, mi ddylai o fod yn iawn, achos mi oedd Bitrwt yn eitha siŵr ei fod o wedi chwarae'i 'party piece' arferol ar y gitâr ar ôl cyrraedd yn ôl i'r fflat, sef 'Redemption Tongs', ei aralleiriad – "tu hwnt o gableddus" yn ôl Robi-di-reu – o glasur Bob Marley.

Robi-di-ffycin-reu! Gwenodd Bitrwt a llowcio cegiad da o'r can oer. Rhwng y lager ac Ernest Ranglin, a chofio am antics ei ffrind efo'r dredlocs jinjar ac acenion od, dechreuodd deimlo'n well er gwaetha'r cymdown. Llifodd cynlluniau a phosibiliadau i'r 'dub shack' trwy ei ben, ac aeth i ddyfalu faint o bres fydden nhw'i angen i brynu paent a stoc ac yn y blaen. Roedd ganddo gyflog mis ar ôl yn y banc, ac mi oedd arna'r "ffycin wancar 'na" gyflog pythefnos iddo hefyd. Ond roedd rent a letrig a nwy a dŵr i gyd angen eu talu, a threth cyngor – a bwyd…

Yna mi chwarddodd wrth gofio am drosleisio ffilm porn deillion Math fore ddoe. Debyg fydd Math angan gorffan honno dros y penwythnos 'ma, dyfalodd. Dyna drefnon nhw, yndê. Chwarae teg, doedd dim rhyfadd ei fod o rhwng dau feddwl ynghylch y caffi – doedd gan y cradur brosiect ar ei hannar, siŵr! Aeth Bitrwt i deimlo'n euog am roi pwysau arno i ymroi i'r fenter. Debyg fod ganddo yntau bryderon ariannol hefyd, a'i fod yn dibynnu ar ddybio'r DVD i gael chydig o bapur dan ei fatras. Dylai yntau gofio iddo addo'i helpu fo, hefyd – ac y byddai hynny o fudd i'r ddau ohonyn nhw, nid jesd i Math.

Ond erbyn meddwl – pryd fyddai'r project DVD yn dwyn ffrwyth? Ddim am rai wythnosau o leia. Misoedd, bosib – os o gwbwl! A faint fyddai Math yn ei rannu efo fo, beth bynnag? Ac – erbyn meddwl eto – tydi dan matras Math byth yn ffycin wag, beth bynnag…

Y Dub Shack, caffi, beach bar, beth bynnag, oedd yr unig obaith o wneud pres sydyn. Nonsans oedd tin-droi Math ynghylch y peth. A nonsans oedd y ffycin DVD hefyd. Tynnodd ar ei rôl a llowcio cegiad oer neis arall o'r lager.

Ochneidiodd wrth i realiti bod yn ddi-waith ei daro. Roedd o'n casáu bod yn segur. Roedd bod yn segur gyfystyr â bod yn sgint. Roedd wedi llwyddo i gadw'i hun mewn gwaith ers blynyddoedd bellach, diolch i'r sgiliau coginio a ddysgodd yn y Twrch pan oedd Cleif Ffandango yn rhedeg y lle erstalwm. Bu bod yn rhydd o grafangau'r wladwriaeth les yn nefoedd, yn enwedig wrth i'w gyflog gynyddu o swydd i swydd law yn llaw â'i brofiad. Doedd ganddo ddim math o gymwysterau, felly doedd o'm yn ennill pres mawr. Ond mi oedd o'n gwneud yn dda iawn o gymharu â'r rhan fwya o bobol ei oed yn y rhan yma o'r byd. Oedd, mi oedd yna oriau anghymdeithasol yn amlach na pheidio, ac o ystyried ei natur wyllt a rhyddfrydig mi allai hynny fod yn rhwystredig iawn ar brydiau. Ond pan gâi o amser i ffwrdd mi allai fforddio gwneud yn fawr ohono – cael digon o hwyl i wneud yn iawn am yr amser coll yng nghrombil y gegin gyfalafol, ac, yn bwysicach, treulio amser gwerthfawr efo'r plant…

Rŵan, diolch i'r wancar tew 'na, roedd o'n wynebu bod mewn limbo rhwng y ddau fyd hynny – rhwng rhyddid rhan-amser efo pres a rhyddid llwyr-ond-sgint. Mae'n debyg y deuai joban arall rownd y tro rhyw ben cyn yr haf, ond ar y funud, ansicrwydd oedd yr unig beth o'i flaen. Byddai'n rhaid iddo ystyried mynd am 'unfair dismissal' er gwaetha'r ffaith y byddai'r cachu cyfreithiol – a'r 'fformoffôbia'– o bosib yn peri mwy o boen tin na fyddai o werth. 'Distraction' diangen arall; y peth ola oedd o'i angen.

Trodd i sbio ar luniau'r merched ar y silff ben tân, a dyfalu sut fydden nhw'n edrych erbyn heddiw. Teimlodd ei galon yn gwichian dan bwysau sawdl y duw torri calonnau. Cleciodd y can o lager a chododd i fynd am gachiad. Eisteddodd ar y crwndwll a gollwng bom o dan adran carthffosiaeth Dŵr Cymru.

25

Sŵn tractor Crwyna ddeffrodd Robi-di-reu o gwmpas yr un ar ddeg 'ma – amser anarferol o hwyr i godwr cyn-cŵn-Caer fel fo. Agorodd ei lygaid a gwrando. Clywodd y tractor yn symud, a thriodd gofio oeddan nhw wedi gorffen llwytho'r llanast i'r trelar ddoe. Ond allai o'm bod yn sicr os ddechreuon nhw lwytho o gwbwl. Efallai i Crwyna fod wrthi'r bora 'ma, meddyliodd. Caeodd ei lygaid. Mi gâi boeni am bethau felly eto.

Ddau funud yn ddiweddarach roedd grwnian uchel y tractor yn dal yno, fel 'tai o'n sefyll yn llonydd unwaith eto. Ymhen hannar munud arall, allai Robi wneud dim ond dyfalu pam nad oedd Crwyna wedi gyrru i ffwrdd. Cododd o'i wely a mynd allan trwy'r drws cefn i gael golwg.

Aros wrth y giât i'r ffordd oedd Crwyna, yn disgwyl i fflyd o geir basio cyn gallu tynnu allan. Aeth Robi draw at y tractor, a nodio'i ben ar Crwyna cyn syllu'n flinedig ar y prosesiwn o geir oedd yn araf ymlwybro heibio. Sylwodd fod pawb yn y ceir mewn siwtiau a theis du. Diffoddodd Crwyna'r injan ac agor drws y tractor.

"Cnebrwn Robin Huw," cyhoeddodd. "Gwasanaeth yn Calfaria ond claddu yn Rabar. Cnebrwn mawr, fyswn i'n ddeud."

"Panad?" cynigiodd Robi.

"Be ddiawl ti 'di neud?" holodd Crwyna wrth neidio o'r tractor.

"Be ti'n feddwl?" medd Robi yn ei acen naturiol ben bore.

"Y gwaed 'ma," medd Crwyna gan gyfeirio at frest Robi.

Syllodd Robi ar ei grys, a chofiodd. "Gwaed Tongs 'dio."

"Arglwydd mawr, be ddigwyddodd? 'Dio'n iawn?"

"Dwi'm yn gwbod, i fod yn onast. Ond disgyn nath o, ia. Tu allan y Twrch. Fysa'n well i fi'w ffonio fo, deud gwir. Ti 'di bod wrthi'n llwytho bora 'ma, felly?" Roedd Robi newydd sylwi ar y lle gwag lle bu'r llanast.

"Do. Dwi yma ers ha'di naw."

"Ddylsa ti 'di 'neffro fi i roi help llaw. Sut ffwc 'nes di fanejio cael y soffa a ballu ar y trelar?"

"Bôn braich ffarmwr, Rob," atebodd Crwyna wrth sychu'i draed ar drothwy'r drws. "Gawsoch chi noson dda neithiwr, felly? Wyt ti'n ryff ta be? Does'na'm golwg felly arna chdi."

"Dwi'm yn un sy'n diodda'n bora, sdi. Diolch byth, ia, achos o'n i'n ffycin rrracs neithiwr, reu." Roedd yr acen yn deffro erbyn hyn.

"Dwinna chwaith," medd Crwyna. "Wedi hen arfar codi'n fuan, waeth pwy siâp fu arna i noson gynt. Ond dduda i un peth – diolch ffycin byth bo ni ddim yn dal i odro. Ffacin hel, fysa hynny 'di'n lladd i bora 'ma."

Wedi i Crwyna adrodd mai i fyny'r llwybr igam-ogam ac ar draws y cae carafáns newydd yr aeth o adra, datgelodd Robi gynllun yr hogia ar gyfer y caffi. Wyddai Crwyna ddim mai Dingo oedd *bia'r* lle, chwaith.

"Mae'r boi 'na'n dipyn o bry, myn uffarn i. Rhaid 'mi ddeud, ma'n un da am weld ei gyfla a mynd amdani, chwara teg." Sipiodd Crwyna ei banad. "Ond watsiwch be 'da chi'n neud efo fo."

"Wnawn ni, sdi. 'Da ni wedi cael dîl da ganddo fo, chwara teg, reu."

"Ia, ond does wbod be neith o nes ymlaen, nagoes? Deud gwir, does wbod be neith o o funud i funud. Gormod o steroids a cocên... a power trip!"

"Natur y busnas mae o ynddo ydi hynny, yndê Crwyna? Dydi hyn ddim byd i neud efo hynny. Jysd criw o ffrindia yn dod i gytundab ydio, reu."

"Cofio 'mrawd mawr yn sôn amdano fo'n rysgol. O'dd o'n y bumad pan o'dd Alwyn yn flwyddyn gynta. Pawb ei ofn o!"

Chwarddodd Robi-di-reu. "Y bwlis wnaeth o'n galad, sdi Crwyna. Oedd o'n Ffyrst Fform pan o'n i'n Ffiffth Fform, reu. Boi bach oedd o. Hogyn iawn 'fyd, reu. Ond o'dd 'na rei o'r hogia hŷn yn ei fwlio fo – criw Dre, gan fwya, ia. Ond nath hynny'm para'n hir, reu."

Taniodd Robi'r sbliff y bu'n ei chreu wrth yfed ei banad. Chwythodd y mwg allan a chau ei lygaid. "Rrreu. Ffocin welliant!"

"Felly 'di'r 'cytundab' 'ma efo Dingo yn lejit, ta be?"

Ysgydwodd Robi ei ben wrth sugno mwy o fwg i'w frest. "Be *ti'n* feddwl?" meddai dan wenu.

"Ia, wel..." medd Crwyna wrth gydnabod pa mor wirion oedd ei gwestiwn. "Ond fysa'r lle 'na'n gallu bod yn goldmein i ddyn busnas iawn."

"Dwi'm yn ama, reu. Ond 'dio'm yn siwtio ni. Fysa rhaid talu ffortiwn i'r gangstars go iawn, i ddechra efo hi."

"Pwy 'di rheini, dwad?"

"Y ffycin cownsil, siŵr! A'r twrneiod. Heb sôn am y Godfather ei hun – y Dyn Tax." Poerodd Robi-di-reu ar y llawr a'i rwbio i mewn i'r carpad efo'i slipars. "A fysa'r helth and seffti pins yn pigo'n tina ni bob munud. Hygiene certificate a rhyw lol botas! Costa eto. Agor cyfri letrig a dŵr, a..."

"Ond Dingo 'di'r landlord yndê? Fo bia'r lle, medda chdi. Sganddo ddim letrig yno ar y funud, felly?"

"Nagoes. Na dŵr chwaith."

"Be ffwc 'da chi'n mynd i neud, felly? Iwsio jeni? Fydd rhaid i chi gael dŵr yn bydd – allwch chi'm cwcio heb ddŵr."

"Wel," medda Robi-di-reu gan syllu'n graff ar wyneb Crwyna. "Dyna lle wyt ti'n dod i mewn iddi…"

26

Cydiodd Bitrwt yn ei oriad, ei faco a'i gardyn banc. Roedd o am biciad fyny'r grisiau i weld Tongs cyn taro i weld Math. Ond tarodd i mewn i Lemsip ar y staer.

"Rŵan ti'n mynd adra, Lemsip?"

"Rŵan dwi'n gadal, ia. Ond dwi'm yn mynd adra chwaith."

"Lle ti'n mynd, ta?"

"Am ffwc sydyn. Ma 'môls i'n dynn, cont."

"Pwy 'di hon, ta?"

"Un o'r MILFs. O'dd hi'n tecstio fi trw nos, so mi atebas i hi funud yn ôl. Aidîal, achos o'dd gennai ffwc o fîn pan ddeffris i ar y soffa. O'n i am fynd i'r bog am wanc, ond o'dd Tongs yno yn rhoi Ffyrst Êd iddo'i hun."

"'Dio'n iawn?"

"Mi fywith. Ddylsa fo fynd i gael pwytha, deud gwir. Ond dwi'm yn meddwl neith o foddran."

"Robi-di-reu! O'dd o'n trio gneud hynna, sdi."

"Oedd, dwi'n gwbod," cytunodd Lemsip. "Ffŵl gwirion."

"Duw, jysd racs oedd o'n de. Dim drwg wedi'i neud."

"Fydd gan hwn greithan fach daclus ar 'i dalcan, 'de."

"Wel, fydd hi'm y gynta, na fydd? A titha'n un da i ffycin siarad, dwyt? Y chdi roddodd hon imi ddoe!" Pwyntiodd Bitrwt at y briw bach pitw uwchben ei lygad.

"Am be ti'n glwcian, dwad?"

"Y ffycin singyl 'na luchias di yng ngardd Robi, y ffycin rafin!"

"Twt, be ffwc sy'n bod arna ti'r babi clwt? Sgratsh bach ydio!"

"Dwi'n dallt hynny tydw'r ffycin tit! Ond ma'n rhyfadd – fi sy fod i sgratshio records, dim records yn 'yn sgratshio fi! Eniwe, dwi am fynd fyny i weld hwn…"

"Na, paid," medda Lemsip yn sydyn. "Mae o… ymm… yn y shower."

"O. O'n i'n meddwl fod o'n rhoi First Aid iddo'i hun?"

"Gynt oedd hynny."

"O, wel… Cyn bellad fod o'n iawn. A' i lawr i weld Math, felly. Gerdda i efo chdi."

"Ah, ah, ah!" medd Lemsip efo'i fys yn wiglo yn yr awyr. "Wnei di mo 'nal i allan mor hawdd â hynna, washi."

"Eh? Am be ti'n hefru, y ffycin drongo?"

"Dwi'n dallt dy dricia di, sdi. Trio gweithio allan pwy 'di'r MILFs 'ma sy genna i ar y go!"

"Lemsip. Does gennai'm math o ddiddordab gwbod pa sach o esgyrn ti'n gwagio dy geillia iddi. Paid â bod mor ffycin paranoid."

"Dwi'm yn paranoid, y cont," sgyrnygodd Lemsip wrth fynd am y drws.

"Sgennai'm help fo ti'm isio i neb wbod pwy ydyn nhw," medda Bitrwt wrth ei ddilyn. "'Sa gen inna gwilydd 'mod i'n ffwcio sgerbyda hannar marw 'fyd."

"Dydyn nhw'm yn hen, y ffwcsyn. Canol oed ydyn nhw!"

"Be, 'run oed â chdi, felly? Mae MILFs i fod yn hŷn na chdi…"

"Wel, maen nhw… rywfaint yn hŷn."

"Ah! Dyna fo, yli. Pwnio pensionîars wyt ti, 'de! 'Sa'm rhyfadd fod gen ti gwilydd…"

"Y nhw sy ddim isio i neb arall wbod, siŵr. Am resyma amlwg."

"Goelia i di. Pwy ffwc fysa isio i'r byd a'r betws wbod fod nhw'n cael secs efo chdi?"

"Ffacin hel, Bitrwt!" medda Lemsip wrth frasgamu ar hyd llwybr yr ardd. "Gair ola bob tro! Ffyc mî, ti'n annoying!"

"Wel, ma'n well gen i fod yn annoying nag yn boring!"

"Be, ti'n deud bo fi'n boring? Be sy'n boring am…" gostyngodd Lemsip ei lais wrth gofio lle'r oedd o, "… ffwcio merchaid canol oed?"

"Neinia ti'n feddwl!"

"Hisht, y cont bach!"

"GILFs, dim MILFs!"

"Ffyc off, Bitrwt!" Roedd Lemsip yn sefyll yn ei unfan ar y pafin â'i ddyrnau wedi cau.

"Haha! Nons neinia!"

"Cau hi, Bitrwt, cyn ti ga'l slap. Ffycin poen tin. Ti fel ffycin pry! O' ti 'run fath neithiwr efo'r nyns 'na!"

"So? Dim nyns go iawn oeddan nw, naci."

"'Di hynna ddim yn rheswm i fod yn hyll efo nhw, Bitrwt."

"Nhw oedd yn hyll efo fi. Ac oedd un *yn* ffycin hyll hefyd."

"Ia, dyna ddudas di wrthi!"

"'Nes i'm deud 'i bod hi'n hyll. Gofyn os oedd hi 'di dychryn 'i hun wrth sbio'n y mirryr 'nes i. O'dd hi 'di siafio'i haelia i ffwrdd a paentio rhei hannar crwn yn eu lle nhw! Lle mae'r ffycin sens yn hynna?"

"Fyny iddi hi, dydi?"

"Be oedd hi i chdi, eniwe? Merch – naci, wyras – i un o dy shagbags di?"

"Dwi'n ffycin warnio chdi, Bitrwt," chwyrnodd Lemsip.

"Ddylsa hi fod yn ddiolchgar. O'n i'n trio rhoi cyngor iddi. Ti'n gwbod fod 'na craze o gwmpas y wlad 'ma – merchaid yn siafio'u haelia a tatŵio rhei tena, siâp enfys, yn eu lle nhw? Ffacin hel! Be nesa? Pwy ffwc sy isio treulio gweddill eu hoes yn edrych yn syrpréisd?"

Bu bron i Lemsip wenu. "Iawn, digon teg, Bitrwt. Sticia fo yn dy faniffesto a twistia. W'ti'n mynd i lle Math ta be?"

"Yndw."

"Wel dos, ta," medd Lemsip gan ddal i sefyll yn ei unfan.

"Iawn, mi a' i rŵan. Ti'n mynd at dy MILF ta be?"

"Yndw."

"Dos ta."

"Ar ôl chdi."

"Ar ôl chdi!" medd Bitrwt yn wên ddieflig o glust i glust.

"Bitrwt!" gwylltiodd Lemsip, cyn rhoi mewn, troi ar ei sodlau a brasgamu i ffwrdd gan regi bygythiadau erchyll o dan ei wynt.

27

Am y tro cynta ers allai o gofio, mi wnaeth Math banad i'w hen fodryb Hilda. Roedd y ffaith iddi gytuno i hynny yn arwydd pendant ei bod hi wedi cael sgytwad. Fyddai hi ddim yn cyfadda hynny, wrth gwrs, ac i fod yn deg, chafodd y blewyn o dân yn y bocs brigau ddim cyfle i achosi pryder go iawn. Y mwg a lanwodd y tŷ – a sgrechian y larwm tân – a'i dychrynodd, yn ogystal â thanlinellu pa mor ddifrifol y gallai'r sefyllfa fod wedi bod.

Daeth ati ei hun yn iawn ar ôl y banad, wrth reswm. Buan iawn roedd hi wrthi'n dystio bwrdd pren y parlwr, y cadeiriau a chanllaw

pren y grisiau, ymysg pethau eraill, i gael "'madal â'r hogla mwg 'ma".
Ond un peth y sylwodd Math arno pan eisteddodd o efo hi yn y
parlwr nes ymlaen oedd ei bod hi'n siarad lot am y gorffennol mwya
sydyn – y dyddiau a fu, y teulu, a'r ffordd oedd pethau.

"Fyddi di'n sgota, Math?" holodd, mwya sydyn. A dyna hi wedyn,
y drws yn agor ar lu o atgofion. Bu Math yn pysgota efo'i daid pan
yn blentyn, ac mi oedd Anti Hilda yn cofio hynny'n iawn. Mi oedd
yntau'n cofio hefyd, wrth reswm. Ond wyddai o ddim pa mor frwd
oedd ei dad am bysgod.

"Efo dy daid fydda fynta'n mynd hefyd, fel plentyn. Fydda'r ddau i
ffwrdd i'r nentydd ar flaen lli ac yn cael haldiad da bob un. Llond bag
o frownis bach blasus gan y ddau – desd y job i'r badall efo menyn a
halan, a'u cynffonna nhw'n cyrlio i fyny fel hwylia llong. Cofia 'mod
i'n sôn am rhwng trigian a chant o bysgod ar y tro. Roeddan nhw'n
gwbod yn iawn pryd i fynd. Dy daid oedd yn dal fwya, cofia – dwi'n
ei gofio fo'n dod adra efo pedwar ugian ei hun, lawar gwaith. Ond mi
oedd dy dad yn dal i fyny efo fo dros y blynyddoedd, oedd wir i ti. Dy
daid ddysgodd o sut i sgota nant heb i sgodyn ei weld, i gerddad yn
ysgafn sbario crynu'r dorlan a dychryn y pysgod. Dydyn nhw ddim
yn dwp, wsdi."

Oedodd Anti Hilda am ennyd. Ddywedodd Math ddim byd, dim
ond gadael iddi gribinio mwy o atgofion i'r das.

"Dwi'n cofio Tada hefyd – dy *hen* daid, rŵan – yn gwagio llond sach
wrth y sinc, a'r pysgod yn mynd yn sglemp i bob cwr... a finna wrth ei
draed o yn eu codi nhw odd'ar y llawr. Wel, am hwyl – toeddan nhw
mor llithrig ro'n i'n meddwl eu bod nhw dal yn fyw! Wedyn sefyll ar
ben cadar a'i watsiad o yn eu llnau nhw i gyd, minna'n rhyfeddu ar y
smotia bach coch hyd eu hochra nhw..."

Buodd hithau ei hun yn sgota digon hefyd, medda hi.

"Fuas inna'n mynd efo Tada. Y fo ddysgodd dy daid hefyd, siŵr.
Mae 'na ffordd o roi pry genwair ar fachyn, wsdi. Stwffio'r bachyn
drwyddo o'i ben i'w gynffon, a gneud yn siŵr fod ei din o'n mynd
dros gwlwm y lein yn nhop y bachyn – neu mi boerith y sgodyn o
allan, fel fysa titha'n neud tasa ti'n ffendio marblan mewn sosej. Ac
wedyn, cadw darn bach o'i ben o'n rhydd ar flaen y bachyn er mwyn
iddo symud fel hyn..."

Gwnaeth Anti Hilda symudiad pry genwair efo'i bys bach.

"Fel hynny, mi welai'r sgodyn o, ac mi fydda fo'n meddwl, 'Ew, mae hwn yn rwbath byw, be ydio dwad, o ia, pry genwair jiwsi neis!' – a mynd amdano!" Chwarddodd Anti Hilda. "Ia wir, felly oedd hi, wsdi. Cofia di, roedd 'na ddigon o bysgod bryd hynny, toedd. Ma petha wedi newid rŵan, medda nhw i mi. Yr hen goed fforestri 'ma wedi gwenwyno'r nentydd. Deuda i mi, Mathew. Wyt ti'n cofio sut oeddach chi'n cadw'r pysgod yn ffres yn y bag?"

"Yndw, tad. Mwsog!"

"Ew! Ma gen titha go' da hefyd. Desd fel dy dad. Wyt mi wyt ti, wir. Desd fel dy dad yn union."

Wedi hannar awr o wrando arni'n hel atgofion tebyg, mi aeth Math am yr atig i drio cael trefn ar ei ddiwrnod unwaith eto. Sbiodd ar sgrin ddu y cyfrifiadur. Byddai'n rhaid iddo drio gorffen y ffilm fory tra byddai'i fodryb yn capal, meddyliodd, yn enwedig rŵan ac yntau wedi penderfynu ymuno ym menter 'sied dyb' yr hogia. Ystyriodd y peth eto. Oedd o'n beth doeth gollwng ei brosiect personol i neidio ar drên ffair mympwy'r hogia? Ond erbyn meddwl, oedd ganddo ddewis? Byddai Bitrwt yn canolbwyntio ar y caffi o hyn allan, beth bynnag. Wedi'r cwbwl, roedd mwy o siawns iddo wneud cash sydyn yno na thrwy aros i'r DVD ddechrau gwerthu. A phwy allai ei feio fo? Roedd o wedi colli'i job. Rŵan roedd o angen pres, ddim ymhen mis, chwe mis neu flwyddyn.

Agorodd ei lyfr bach du. Roedd be soniodd Anti Hilda gynt am bysgota nentydd, am y brithyll gwyllt eu hunain – ac am y newid a fu – wedi'i atgoffa o'r hyn sgwennodd o ddoe. Wrth ail-fyw ei hatgofion roedd y gorffennol yn fyw yn ei phen, yn llun o oes arall yn rhan o'r oes hon. Os mai'r olygfa o grib braich Carneithin oedd yn ysgogi Math i weld y llun hwnnw, yna Math oedd ysgogiad Anti Hilda.

Ailddarllenodd y rhaffau drain ar y dalennau. Roedd blodau yno, rywle ynghanol y chwyn. Atgoffwyd o mai crefft gryno ydi barddoniaeth, a thrwy ddewis a dethol y mae garddwr yn creu gardd. Tybed ai rhyddiaith oedd ei beth o? Oedd mwy o ryddid i ddychymyg yn yr ardd honno? Efallai. Ond nid gwir ryddid penagored, di-ffrwyn, gwyllt, amrwd. Fel yr Awen. Yr Awen yw'r unig beth sy'n ddi-ben-draw. Mae terfyn ar bopeth arall.

"Cryno," meddai wrtho'i hun. Gair amwys, meddyliodd – yn bopeth i'r sawl sy'n gwrando neu ddarllen, ond yn golygu dim i'r sawl sydd ar dân isio rhannu profiad neu weledigaeth. Cydiodd mewn beiro.

Nid dynion yn unig sydd biau'r llun. Mae eu ~~helyntion a'u~~ stŵr yn un â rhai'r arth a'r blaidd a'r eryr a'r hydd. Yn un â'r bwncath yn darnio'r gningan, y llgodan yng nghrafanc cudyll, ~~y gloman y sguthan~~ y goesddu yn gelain cyn ~~hyd yn oed~~ gwbod bod yr hebog ar ei hysgwydd, y brain yn byta llygid ~~yr~~ oen bach munud oed. Sgwarnogod heglog a thyrchod dall; llyffantod yn ffwcio, wiwerod yng nghorneli llygid y coed; malwod duon yn denu glaw; cornchwiglod yn iôdlo a gneud campau ar y gwynt, galwadau gylfrinod yn y nos, chwibanu mwyalchod yng ngwrychoedd y bore bach cyn gwibio fel Usain Bolts bach yn y gwlith i ddal pryfid genwair i frecwast. Yr ehedydd yn smotyn aflonydd yn uchel ar y gwynt, yn canu ei lawenydd nerth esgyrn ei ben…

Ffyc, ia! meddyliodd Math wrth ystyried yr aderyn bach hapus hwnnw – y boi fu'n codi calonnau dynion am ganrifoedd! Ia! Pwy glywodd gân ehedydd heb feddwl mai canu trwy'r ffycin dydd fydden nhwythau hefyd tasa ganddyn nhw'r fath ryddid pur ag oedd gan y deryn bach hwn?

Yr ehedydd a ysgogodd y ddynoliaeth i freuddwydio…

"Room service!"
Neidiodd Math wrth i Bitrwt gerdded i mewn efo plât yn llawn o gacans a bisgedi. "Basdad!"
"Chditha 'fyd, y cont!"
"Sori, Bît. O'n i'n bell i ffwr. Ti'n iawn? Sut ma'r pen?"
"Fel wy 'di sgramblo, mêt."
"Dim byd newydd, felly!"
"Lle ffwc es di, eniwe?"
"Adra, diolch byth."
"Lightweight."
"Angan pen clir heddiw. Ac… wel, os fyswn i 'di aros allan, fyswn i'n dal yn 'y ngwely pan nath Anti Hilda bron iawn â rhoi'r tŷ ar dân."
"Be? Siriys? O'ni'n meddwl bo fi'n ogleuo mwg. Be ddigwyddodd, felly?"

"O, dim byd mawr yn diwadd. Ond fysa hi'n stori arall os na fyswn i yno. Gneud tân oedd hi, a sbarc yn cynna'r bocs briga coed sych."

"Peryg."

"Braidd. Lle ti 'di bod, ta? Ti 'di gweld rhywun? Oedd 'na casualties neithiwr?"

"Mond Tongs. Ffwc o gyt ar ei dalcan. Gwaed yn bob man."

"Na! Sut?"

"Disgyn wrth drio cario Robi-di-reu i'r tacsi. Wel, Robi dynnodd pawb i lawr efo fo."

"Welis i chi'n ei gario fo," cyfaddefodd Math. "Adag hynny 'nes i ddenig."

"Slei!"

"Ia, wel, dwi'n gwbod fel fysa hi. Twistio braich a rhyw lol…"

Gwenodd Bitrwt. "So, ti 'di meddwl mwy am y Dub Shack ta, Math?"

"Do, sdi. A ti'n gwbod be? Ma'n bosib agor penwsos nesa. A ti'n gwbod be sy'n digwydd dydd Gwenar, dwyt?"

"Yr Eclips?"

"Ia! A ma nhw'n gaddo hi'n braf medda Leri neithiwr – er, braidd yn fuan i'r contiad Met Office 'na fod yn siŵr o'u petha."

"Felly?"

"Felly, os fydd y tywydd yn iawn, ma posib cael y parti mwya sbesial welodd neb erioed tu allan y caffi!"

"Ac felly?"

"Be ti'n feddwl?"

"Wyt ti mewn, ta be?"

"We-eeel… gytted braidd, achos o'dd gennai blania fy hun… Ond…"

"Ti mewn, felly! Yes!"

"Dwi'm yn hyndryd pyrsént, cofia!"

"Wyt, wyt ti, Math. Ti'n gwbod dy fod ti! Mae o yn y sêr, siŵr dduw!"

Chwarddodd Math. "Yndi, mae o!"

"A mae pob dim yn disgyn i'w le ar yr un pryd. Jiwcbocs, cael y caffi gan Dingo… Mae o yn 'yn dwylo ni i neud hyn. Fysa ni'n wirion i beidio! Ti'n coelio mewn ffawd, dwyt?"

Gwyddai Math fod ei ffrind yn iawn. Ac oedd, mi oedd o *yn*

credu mewn ffawd. Ac yn bwysicach, credai mai ni oedd yn dewis ein ffawd. Llwybrau oedd ffawd yn eu cynnig, a ni oedd yn dewis pa un i'w droedio. 'Tai o heb ddewis mynd heibio Carneithin ar ei ffordd at yr hogia ddoe, fyddai o ddim wedi cwrdd â Krystyna mewn amgylchiadau fyddai'n ysgogi'r sgwrs gawson nhw. Falla mai yn y pyb fyddai o wedi cwrdd â hi, yn chwil ac yn glafoerio, yn ffwndryn a'i feddwl yn slwtsh yn hytrach na rhyw hannar bardd hannar derwydd efo hanes y meini a'u codwyr ar flaenau'i fysedd.

"Mae'r ingredients i gyd gennan ni," pwysleisiodd Bitrwt eto. "Y lle, y sownds, yr achlysur, y tywydd... ac, os gytunan nhw, y wêtresys."

Roedd Math ar fin holi pwy pan sylweddolodd pwy oedd gan Bitrwt dan sylw.

"Leri a Krystyna!" medd y ddau efo'i gilydd.

"Felly, ti mewn yn dwyt, Gandalf?" medd Bitrwt yn syth, a'i wên ddu, ddireidus yn lledu dros ei wep. "Welis i chdi'n sbio arni, y ffycar drwg!"

"Ffacin hel, dwyt titha'n methu ffyc ôl, chwaith, y cont bach!" atebodd Math dan chwerthin. "Oedda *chdi* mwy neu lai yn ei llyfu hi!"

"Ti'n beio fi?"

"Nac'dw! Dim o ffycin gwbwl!"

Chwarddodd y ddau'n uchel, yn dallt ei gilydd i'r dim. Ac wrth chwerthin, teimlodd Math rhyw ollyngdod braf a bodlon yn llifo drwyddo, fel 'tai golau'n golchi drosto ac yn sgubo'r cysgodion o gilfachau ei gorff.

"Sori, Bît. Duw a ŵyr be sy'n bod arna i y dyddia yma, mêt. Mae o fel bod y tilt switch wedi symud yn 'y mhen i. Rwbath wedi amharu ar yr equilibrium."

"Gwbod be ti'n feddwl," atebodd ei ffrind, cyn dynwared Darth Vader, "'I sense a disturbance in the Force!'"

Chwarddodd Math eto.

"Felly, faint o'r gloch mae'r Eclips ta, Math? Ti'n gwbod?"

"Mae o'n dechra ugian munud i wyth yn bora, yn ei anterth am ha'di naw, a gorffan am un ar ddeg. Rwbath fel'na, beth bynnag."

"Woah, bydd hynna'n cŵl. Ga i DJo, caf?"

"Cŵl. Chdi bia'i. Fydd 'na bedwar o'nan ni rŵan, yn bydd? Cym di slot yr Eclips â chroeso, mêt!"

"Aidîal, Math. Ti'n meddwl ddaw 'na bobol mor fuan â hynna yn bora?"

"Saff 'ti, Bît. Fedran ni ddechra'r parti noson gynt, beth bynnag. Mae 'na 'supermoon' hefyd, does! Ond 'dio ond yn yr awyr am ryw awran sydyn yn y bora – *ben* bora hefyd, tua pump neu rwbath gwirion."

"Fydd neb yn poeni am hynny, eniwe. Fydd Dingo wedi fflydio'r lle efo Class As, beth bynnag!"

"Ac ma hi'n Alban Eilir hefyd, dydi," medd Math wedyn.

"Alban pwy?"

"Alban Eilir – Cyhydnos y Gwanwyn. Am chwartar i un ar ddeg y no—"

"Woah! Gollist ti fi ar ôl Eilir. Cyd be…? Cydnos? Hwnna sonias di amdano neithiwr?"

"Ia. Y Spring Equinox, Bît."

"O, reit, reit. Be 'di hwnnw, ta?"

28

"Dwi'n gwbod, Crwyna mêt, fedran ni ferwi dŵr môr i olchi gwydra a llestri, a jysd gwerthu dŵr yfad mewn poteli. Ond meddylia faint fysa fo'n gostio. Ti'n sôn am gannoedd o boteli ar noson dda mewn tywydd poeth, a pawb ar cemicals."

"Ond fysa chi'n safio hynna mewn letrig," mynnodd Crwyna cyn gorffen ei banad o de oer. Roedd o'n ista wrth y bwrdd yng nghegin Robi-di-reu, tra'r oedd hwnnw bellach yn gorweddian ar y soffa, yn tynnu ar sbliffsan dew arall wrth drio'i berswadio fo i ddarparu trydan a dŵr i'r caffi.

"Dwn i'm, sdi. Heirio jeni, diesel… Mae o i gyd yn adio fyny yn diwadd, dydi mêt, reu?"

"Codwch y prisia, ta. Ma bobol yn talu dwy bunt am lond cont o ddŵr yn Services motorwê. Sgenna chi'm toilets yna, so 'dio'm yn fatar o raid i gael dŵr rhedag, nac'di? Poteli dŵr, berwi dŵr môr, neu hyd yn oed cario llond jaria pum galwyn bob dydd."

Tynnodd Crwyna ar ei rôl. Roedd hi'n bell dros hannar awr ers i Robi-di-reu gyflwyno'r cynllun iddo, ac roedd o wedi laru ar drio egluro pam na fedrai o helpu.

"Ti'm yn meddwl fo chi'n rhedag cyn cerddad fan hyn? Fydd bobol ddim yn disgwyl ffansi restront. Cwrw i'r bobol ac eis crîm, bwcedi a rhaw a rhwydi pysgota bob lliw i'r plant… Dyna'r cwbwl ma bobol isio ar lan môr."

"Ond ma Bitrwt yn ffwc o chef, reu. Fysa'n dda gallu gwerrrthu chydig o fwyd môrrr ffresh 'wedi'i ddal yn fan'cw a'i gwcio'n fan hyn' math o beth, reu."

"Cwciwch y petha ymlaen llaw a'u rhewi nhw. Fydd neb 'im callach, siŵr dduw. Zapio nhw yn y meicrowêf ac awê. Gystal â ffycin *Masterchef.* Trystia fi."

"Meicro-ding? Sy'n dod â ni 'nôl at y trydan, felly, gyfaill," medda Robi-di-reu yn acen rhywle arall fuodd o'n hofran am gyfnod.

"Wel, jeni yndê? 'Da chi'n nabod rhywun sydd efo un, ma siŵr. 'Da chi'n nabod bobol y 'raves' 'ma, dydach?"

"Ond fydd o'n dod â pres i mewn i chditha hefyd, Crwyna. Jysd meddylia am y caffi fel carafán arall. Just another pitch, man. Dyna be ydio mewn gwirrrionadd. Faint mae carafán yn dalu am pitch a letrig ar y cae 'cw? Dalan ni hynna i chdi, a mwy hefyd. Dala i di mewn gwairrr gwyrrrdd os lici di, rrreu!! A 'dio'm gwahaniath faint o ddŵr 'da ni'n iwsio, cos 'dio ddim ar y mîtar gen ti, nac'di?"

Un da am godi'n fora ar ôl meddwi'n dwll y noson gynt ai peidio, roedd hannar awr o ddiodda Robi-di-ffycin-reu yn trio troi ei fraich yn ddigon i roi penmaenmawr i gofgolofn.

"Robi, ti'm yn gwrando arnai. Dwi'n dallt y bysa fo'n gweithio'n grêt, a does genna *i'n* bersonol ffwc o ddim problam efo'r syniad. *Y* broblam – a honno'n broblam fawr – ydi'r Dyn 'cw. Os welith o beipan yn rhedag o'r cae i lawr i fa'na eith o'n ffycin wallgo. Ac os welith o gebyl letrig hefyd, wel, ta-ta Crwyna fydd hi."

Edrychodd ar Robi-di-reu. Syllodd hwnnw'n ôl arno efo un llygad wedi cau. Doedd wybod pa ffordd oedd y cocos yn troi o dan y llanast o ddredlocs coch, ond yn yr un llygad agored, credai Crwyna iddo weld arwyddion addawol.

Bwriodd ymlaen â rhoi'r maen i'r wal. "Yli, Robi. Dor hi fel hyn. Ma'r Dyn 'cw yn ei sefntis hwyr. Mae o'n hen ffasiwn fel jwg. Deud gwir, mae jwg yn hollol avant-garde o'i gymharu â fo. Os welith o be sy'n mynd mlaen, fydd o'n meddwl fo chi'n dwyn letrig ac fydd o'n siŵr dduw o ffonio'r cops. A'r peth ola 'da chi isio ydi hynny, yndê!"

Checkmate.

29

Diwrnod braf arall neu beidio, gwisgodd Tongs ei hwdi a'i sbectol ddu, a thynnodd ei gap gwlân i lawr cyn agosed ag y medrai at ei lygaid heb amharu ar y briw ar ei dalcan.

Er mai dim ond piciad i Spar i nôl baco a rislas oedd o – dwy funud o daith gerdded o'r fflat – bu bron iddo fynd efo'r car. Er ei fod o *isio* gweld Malwan i ymddiheuro – waeth pa bynnag ffordd fyddai hwnnw'n ymateb – y peth ola oedd o'i angen oedd taro mewn iddo heddiw, a'i ben yn nyth nadroedd o baranoias, hedffycs a meddyliau proto-hunanladdol. Yn fwy na hynny, roedd ganddo ofn dod wyneb yn wyneb â Mair, gwraig Malwan, oedd yn hen gont gegog ar y gorau, heb sôn am pan oedd rhywun wedi'i chymharu â rhai o'r anifeiliaid hylla i ymddangos ar deledu lloeren. Tasa hi'n dod ar ei draws o heddiw mi fyddai'n siŵr o fod yn un o'r bwystfilod mwya ffiaidd ar y blaned.

Nid ofn oedd ganddo, na diffyg synnwyr o gyfrifoldeb am ei weithredoedd – neu ei dafod wenwynig, yn yr achos yma. Roedd o wedi hen arfer disgyn ar ei fai ar foreau Sadwrn neu Sul, ac wedi gorfod ymddiheuro i rywrai neu'i gilydd lu o weithiau – yn enwedig landlordiaid a staff tafarnau. Problem Tongs oedd fod ei gydwybod yn rym maleisus a gwyrdroëdig oedd yn llwyddo, trwy gyfrwng unrhyw weddillion alcohol yn ei waed, i dreiddio i rannau o'i ymennydd lle na ddylai cydwybod allu troedio – stafelloedd lle mai dim ond ymwybyddiaeth, hanfod realiti a natur cymeriad sydd i fod i drigo.

O ganlyniad, bob bore ar ôl i Tongs fod yn dwat yn ei gwrw, byddai ei gydwybod nid yn unig yn ei fflangellu fel mae cydwybod i fod i'w wneud, ond hefyd yn meddiannu ei holl hunanymwybyddiaeth a'i grebwyll ohono fo'i hun. Pan ddigwyddai hynny, byddai Tongs yn gwbwl grediniol fod ganddo feiau sylfaenol yn ei gymeriad, a bod ganddo ddelwedd ffals ohono'i hun fel dipyn o 'gymêr cefn gwlad' neu 'rôg hoffus'; dyn oedd, tra'n llawn direidi diniwed, yn arddel egwyddorion craidd cyfiawn a chadarn, a hefyd yn wybodus ynghylch y byd a'i bethau – tra mewn gwirionedd y cwbwl oedd o yn y bôn oedd lleidar a gwerthwr cyffuriau, a rhywun na fu erioed ag unrhyw gyfrifoldeb nac ymwybyddiaeth gymdeithasol o unrhyw fath heblaw edrych ar ôl Nymbar Wan.

Fel petai ganddo gydwybod y tu mewn i'w gydwybod, roedd Tongs yn gwbwl argyhoeddedig nad teimlo cywilydd am ei ymddygiad oedd o, ond cywilydd bod pobol eraill wedi gweld ei ymddygiad, wedi cael blas o'r gwir Tongs, y cymeriad hyll, twyllodrus, diegwyddor a gwenwynig.

Nid cywilydd o be *oedd* o, ond cywilydd fod eraill wedi *gweld* be oedd o, oedd yn ei yrru i sleifio'n llechwraidd o gornal i gornal y bore hwn. Hynny, a'r ffaith iddo sylweddoli, cyn neidio i mewn i'r car, nad oedd o'n ffit i bwsio berfa heb sôn am ddreifio. Fedrai o'm cerdded yn syth, a fedrai o'm gweld yn syth. Ac yn amlwg, os oedd o wedi ystyried gyrru'r car yn y lle cynta, yna doedd o'm yn gallu meddwl yn syth chwaith.

"Ffwcio hyn!" meddai a brysio ugain llath i lawr y stad tuag at y llwybr oedd yn arwain i'r stryd fawr. Chwysodd a gwingodd wrth deimlo llygaid yn ei wylio o du ôl i lenni Tal y Wern, a diolchodd nad oedd neb ond plant a chathod a chŵn allan yn y gerddi, am unwaith. Pan ddaeth at y stryd fawr arhosodd, a sbecian heibio talcan tŷ. Sbiodd i fyny'r stryd, a sbiodd i lawr. Welai o neb.

Roedd ar fin mentro i'r pafin pan bibiodd ei ffôn a gwneud iddo neidio yn ei slipars. Cuddiodd yng nghysgod y tŷ eto a thynnu'r teclyn o'i bocad. Tecst gan Robi-di-reu. 'SUT MAE'R PEN? NO GO EFO CRWYNA. DWI FFANSI MYND I BRYNU PAENT. T AWYDD DREIFIO FI TA BE? REU.'

Ar yr eiliad honno roedd y neges yn fêl i'w lygaid. Allai o'm meddwl am unrhyw beth gwell na dianc o'r lle 'ma am chydig oriau. Llawer gwell na chuddio yn ei wely ac aros i'r cythreuliaid ddiflasu ar ddatgymalu sylfeini ei fodolaeth. Mi atebai o Robi wedi dychwelyd i'r fflat, meddyliodd, cyn tsiecio'r stryd eto. Gwelodd Lol Ffab yn dod i'w gwfwr efo bag plastig a phapur newydd yn ei llaw. Llechodd tu ôl y talcan eto, gan ystyried troi ar ei sodlau a brysio'n ôl i'r fflat. Meddyliodd wrth wrando ar ei galon yn curo. Oedd y stori wedi cael cyfle i fynd o gwmpas erbyn hyn? Mentrodd hi.

"Haia, Lol," meddai gan wenu.

"Haia, Tongs," atebodd hithau'n siriol a'i basio fo'n ddigon didaro.

Wel, roedd hynna'n haws na'r disgwyl, meddyliodd wrth frysio'i gamau tuag at y Cloc. Ond hwn fyddai'r darn anodda, cofiodd. Gwyddai y byddai tua hannar dwsin o hogia yn ista ar y meinciau fel arfar, ac er na fyddai Malwan nac unrhyw un o'i lwyth yn eu mysg nhw, mi allai Tongs fetio'i drôns y byddai rhywun oedd yn y

Twrch neithiwr yno – a mwya thebyg wedi dweud wrth bawb arall be ddigwyddodd.

Ond dim ond llond llaw o lafnau ifanc oedd yno pan basiodd, a ddywedodd yr un ohonyn nhw air wrtho. Efo anadl o ryddhad, croesodd y ffordd a brysiodd i mewn i'r siop. Prysurodd at y cowntar.

"Ga i owns o Golden Virginia Smooth, plis?"

"Be 'di hwnnw mewn grams?" holodd y ferch ifanc o du ôl y cowntar.

"Ymm... Dau ddeg pump," atebodd Tongs wrth iddi agor y cyrtans plastig i ddatgelu'r silffoedd cyfrin llawn ffrwythau gwaharddedig teulu dyn. "A ga i ddau bacad o rislas glas hefyd, plis."

O gornal ei lygad, sylwodd ar rywun yn dod i mewn trwy'r drws. Gwyddai heb edrych arno ei fod o'n rhywun roedd o'n ei nabod – rhywun y byddai Tongs yn ei gyfarch yn reddfol o dan amgylchiadau naturiol. Ond wnaeth o ddim y tro hwn. Daliodd i wylio'r ferch ifanc yn estyn rislas o'r silff, gan drio dyfalu merch pwy oedd hi. Roedd o'n prysur golli nabod ar bawb o dan dri deg oed, ac yntau wedi byw yma ar hyd ei oes.

Talodd am y baco efo cash, sbario gorfod ffaffian efo cardyn. Doedd o ddim am dreulio eiliad yn fwy nag oedd rhaid yn y lle. Teimlai'n agored yno, yn oer a diamddiffyn. Diolchodd i'r ferch ifanc a brysiodd am y drws ac allan i'r pafin. Er rhyddhad iddo, gwelodd nad oedd neb arall wedi ymuno â'r criw oedd yn cynnal traddodiad cenedlaethau o gasglu "dan fysedd y cloc" ar benwythnosau. Brasgamodd Tongs heibio â'i sylw wedi'i hoelio ar le'r oedd y llwybr yn gadael y stryd fawr tuag at ddiogelwch cymharol Tal y Wern.

Cyn iddo gyrraedd ceg y llwybr daeth yn ymwybodol fod car yn arafu y tu ôl iddo. Doedd o ddim am droi i weld pwy oedd yno, felly daliodd i gerdded. Bib-bibiodd corn y car, ond anwybyddodd Tongs o. Stopiodd y car gyferbyn ag o, ac o gornal ei lygad mi allai weld mai car gwyn oedd yno. Na! Fedrai o ddim bod! Daliodd i gamu'n syth yn ei flaen, ond aeth y car heibio iddo a stopio ychydig lathenni o'i flaen.

"Tongs!" gwaeddodd Malwan o'r tacsi wrth i'r ffenast sedd flaen agor yn otomatig.

Teimlai Tongs fel chwydu.

"Iawn, Tongs?" gwaeddodd Malwan eto, yn wên o glust i glust.

"Wyt ti'n iawn? Sut mae'r pen?"

Ffyc mi ffycin pinc, meddyliodd Tongs. Oedd, mi oedd Malwan yn byw yn yr un pentra â fo – ac yn gyrru tacsis – felly matar o amser oedd hi cyn iddo daro i mewn iddo, ond dim ond am ddau funud y bu Tongs yn troedio'r stryd cyn i lwybrau'r ddau gwrdd. Dylai ddechrau gamblo ar outside bets o hyn allan.

Sadiodd ei hun a pharatoi i fwyta'r dartan edifeirwch fwya welodd neb erioed. "Malwan, mae'n wirioneddo—"

"Wwff, ma hwnna'n edrych yn annifyr, mêt. Ti angan pwythi, fyswn i'n ddeud."

"Yli Malwan, mae'n wirioneddol ddrwg gen i am neithiwr…"

"Pfft," medd Malwan. "Geith o apolojeisio dros ei hun, siŵr dduw. Ti ddim gwaeth, felly?"

"Yrm… Na… Fywia i…" atebodd Tongs efo gwên simsan.

"O, go dda, go dda. Falch o glywad. Oedd hi'n ffwc o glec."

"Ymm… Oedd… Oedd, mi oedd hi. Ond dyna fo… dwi'm yn beio chdi am…"

"Ia, sori os o'n i'n flin braidd. O'dd gennai pick-up yn Dre ac o'dd y ffycin clown 'na'n chwara o gwmpas. Do'dd o'm yn trio helpu'i hun, nagoedd?"

"Yrm… Na, nagoedd…"

"O'dd gennai ofn iddo fo chwdu'n cefn car. Diolch byth na jysd lawr lôn oedd o'n mynd. Oedd o'n llwyd fel llymru ac yn glafoerio. Ddisgynnodd o allan o'r tacsi."

"Nath o dalu?"

"O'dda chdi 'di talu drosto fo. Ti'm yn cofio? Ros di ffeifar i fi, a finna'n cwyno ei bod hi'n waed i gyd!" Chwarddodd Malwan yn uchel. "Reit, rhaid 'mi fynd. O'n i jysd isio tsiecio fo chdi'n iawn. Welai di, 'rhen fêt!"

"Ia, hwyl… ym… Malwan…" medda Tongs wrth wylio'r tacsi'n gyrru i ffwrdd a'i adael yn gegrwth ar ochor y stryd, yn crafu'i gap.

30

Methodd Bitrwt â bwyta 'run fisgedan. Allai o'm stumogi unrhyw beth solat. Fwytodd Math yr un ohonyn nhw, chwaith, gan fod Anti

Hilda wedi'i borthi efo dau wy wedi'u berwi a hannar torth o fara menyn yn gynharach.

"Pryd wyt ti am gario mlaen efo'r dybio ta, Math?"

"Fory, Bît," atebodd ei ffrind yn bendant. "Ti o gwmpas, wyt?"

"Yndw, tad. O gwmpas o hyd, rŵan bo gennai'm ffycin job i fynd iddi."

"Shit, sori, Bît. Ti'n OK? Sgen ti bres?"

"Dwi'n iawn ar y funud, Math, diolch."

"Ond?"

"Ond be?"

"Deud di. Mae'na rwbath ar dy feddwl di."

Aeth Bitrwt yn ddistaw, gan osgoi edrych ar ei fêt. "Ach, sori, dwi jysd yn cael chydig o downar…"

"Cymdown y flake 'na sy gan Tongs?"

"Ha! Naci, ma hwnnw mor dda ti'm yn cael cymdown drwg efo fo. Y ffycin chwim sy'n chwalu fi bob tro!"

"Wel, ti 'di hen arfar efo hwnnw, Bît!"

"Do, wn i. Chwim i mi bob tro, fel ti'n gwbod. Ond, na, dwi jysd yn cael job handlo newid. Dwi'n licio bod ar y go o hyd, ti'bo."

"'Da ni gyd yn gwbod hynny, Bît. Ac fyddi di'n fflio mynd eto unwaith fydd y caffi 'ma yn —"

Stopiodd Math ar ganol brawddag pan roddodd Bitrwt ei ben yn ei ddwylo, mwya sydyn.

"Bît? Ti'n iawn? Bît!"

Pan gododd Bitrwt ei ben roedd ei lygaid yn sgleinio.

"Ffycin hel, Bît mêt. Be sy? Deud 'tha fi."

Ochneidiodd Bitrwt yn uchel. "Ffyc, dwn i'm. Blŵs hangofyr go iawn, mêt!"

"Ecsajyrêtio'r blŵs sydd yno'n barod mae hangofyr, Bît. Ty'd, deutha fi be 'di'r crac. Y genod ia, mêt?"

Nodiodd Bitrwt. "Ma nw'n chwara ar 'y meddwl i, sdi Math."

Roedd llais Bitrwt yn crynu. Doedd Math erioed wedi'i weld o fel hyn o'r blaen.

"Dwi jysd yn teimlo'n shit… be 'di'r gair – inadequate? Dwi'n ffycin wag tu mewn ers ma nhw 'di mynd, ac… wel, rŵan bo fi heb job mae genna i fwy o amsar i sylwi pa mor wag ydwi, yn does? A dwi'm yn licio fo. Jysd fi a'r twll gwag sydd 'na rŵan, yndê…"

"Hei, man. No wê. Ma gen ti ni, does? 'Da ni yma i chdi. Wel, mi ydw i, Bît. Chdi 'di'n ffycin ffrind gora fi, cont. A bydd y Dub Shack yn ffwc o laff unwaith fydd o'n cicio off."

"Dwi'n gwbod," medd Bitrwt wrth i'r geiriau caredig godi lwmp yn ei wddw. Sychodd gornal ei lygad efo chwifiad sydyn â chefn ei law. "Ond dwi jysd yn meddwl, meddwl, meddwl o hyd. Meddwl, sdi… be 'di ffycin pwynt y ffycin byd 'ma?"

"Woah! Bitrwt. Gad i fi dy stopio di'n fa'na!" Doedd Math ddim yn licio be oedd o newydd ei glywed. Roedd o'n rhy debyg o lawer i 'be ydi pwynt *bywyd*'.

"Na chei!" atebodd Bitrwt. "Gad i fi ffycin siarad, Math! Dwi jysd yn meddwl, pam bo ni'n byw er mwyn gweithio? Ysdi, ma gweithio fel smocio. Mwya sydyn, ti'n addicted. A ti'm yn sylwi tan ti'n stopio. A dwi newydd sylwi bo fi'n addicted i'r union beth dwi'n gasáu – y ffycin Systam gont 'ma… Ysdi, pam ffwc ydan ni'n neud o? Jysd i gael tokens byw? Tokens i brynu bwyd. Tokens letrig. Tokens i dalu am ddŵr i yfad! Be?!! Ffacin hel! Tokens ocsijen fydd hi nesa! Gwaith – mae o fel plygu ffycin bananas."

"Be?" holodd Math, gan gwffio'r awydd i chwerthin.

Synhwyrodd Bitrwt hynny, a dechrau chwerthin ei hun. "Ia! Plygu bananas!" medda fo eto. "Gweithio er mwyn gweithio… Dim pwynt iddo fo. Dwi'm yn gneud sens, nac'dw?"

Chwalodd y ddau i chwerthin fel mwncwns.

"A sbia arnan ni!" medda Bitrwt pan gafodd ei wynt yn ôl. "Entrepreneurs myn ffwc! Ni, o bawb! Wel, wyt *ti* wastad efo rwbath i fyny dy lawas, ond y rest o'nan ni… yr unig un driodd fynd yn self-employed – yn lejít, felly – ydi Lemsip! A ma hynna'n deud y cwbwl!"

"Ia, ti'n cofio hynny, wyt? O'n i dal yn Canada ar y pryd. Children's entertainer oedd o, ia? Be oedd ei enw fo 'fyd?"

"Bibo the Balloon Juggler!" cofiodd Bitrwt a chwerthin eto. "Jyglo balŵns! Ffacin hel!"

"Ia, cofio'r hanas rŵan. Chwara teg, o'dd o'n swnio'n hilêriys."

"Oedd, mi oedd o! Aeth o i lawr yn dda, sdi. Tan nath o'r parti 'na yn yr awyr agorad, ac aeth y balŵns i gyd i ffwrdd efo'r gwynt! Ffycin clown – yn llythrennol! O'n i yno – fi oedd yn dreifio am fod y cont dal 'di meddwi ers noson gynt. Doedd o'm 'di dalld na yn yr ardd fysa'r parti. A doedd ganddo fo'm Plan B. Unwaith o'dd y balŵns wedi mynd ddechreuodd o ganu 'Trên Bach yr Wyddfa'! Ond Saeson oedd y plant bach i gyd! Dallt ffyc ôl! Ffacin hel, dwi rioed 'di chwerthin gymint yn 'y mywyd!"

"Ia – Lemsip!" medda Math wedi i'r ddau chwerthin nes bod eu bochau'n llaith. "Be sy 'di digwydd iddo fo, dwad?"

"Lysh, Math. Mae o'n foi mawr, a digon o gyfansoddiad i deijestio concrit. Ond mae'i ben o'n ffycd – wel, pwy sydd ddim efo'i ben yn ffycd… ond ti'n gwbod be dwi'n feddwl. Mae'i ben o'n hollol ffycin ffycd. Jysd y math o ben mae Mr Alcohol yn licio'i feddiannu a'i bydru fo fel dry rot."

"Ia, ti'n iawn," cytunodd Math. "Mycelium."

"Be?"

"Mycelium – tentacyls madarch," eglurodd Math gan symud ei fysedd fel gwrach. "O dan y ddaear, yn lledaenu i bob man heb i neb weld, iii-hi-hi-hi-hiiii… Fel'na mae dry rot yn gweithio hefyd – ffyngys 'dio, yndê. Ta waeth. 'Dio'm yn hapus o gwbwl, nac'di. Lemsip, 'lly."

"Ti'n deud wrtha fi. Mae 'na fonstars i mewn yn fa'na, mêt," medd Bitrwt gan bwyntio at ei ben. "A ma nw'n mynd i dorri allan rywbryd. A duw a'n helpo ni gyd wedyn! Jurassic ffycin Park fydd hi!"

Chwarddodd y ddau eto. Roedd gallu Bitrwt i baentio darlun digri o bwnc difrifol wedi taro eto fyth.

Torrwyd ar draws eu hwyl pan ffoniodd Robi-di-reu Bitrwt. Roedd o'n mwydro am fynd i nôl paent, ond ei fod o'n methu cael ateb gan Tongs. Mi soniodd hefyd fod angen Plan B o ran y letrig a dŵr, ond bod Crwyna wedi cytuno iddyn nhw gael defnyddio'r 'maes parcio' – sef y cae bach heb fod ymhell o le'r oedd y ffordd o'r traeth yn cyrraedd o gyffordd o flaen tŷ Robi, lle'r oedd Crwyna'n codi tâl ar "fusutors" oedd yn defnyddio'r traeth yn yr haf.

"Fydda i lawr yna'n reit fuan rŵan, Robi," medd Bitrwt. "A bydd Math efo fi. Mae o 'on board' o'r diwadd!"

31

"AAAAAAAAAAAWWTSH!! Be ffwc 'da chi'n neud, ddynas?!!" sgrechiodd Lemsip wrth i fys a gewin hir Selina Pierce ffendio'i ffordd i fyny twll ei din o wrth iddo'i ffwcio hi. "AAAAAAAAH!! FFACIN HEL!"

Bu bron iddo roi hedbyt greddfol iddi, cymaint oedd ei sioc. Tynnodd ei hun i ffwrdd a thaflu'i hun oddi ar y gwely wrth i'r boen drywanu trwy waliau ei bortsh cefn.

"Be ffwc sy'n bod arna chi?!"

"Oh, ty'd yma, nei di, a stopia fod yn gymint o fabi," ymbiliodd Selina a lledu'i choesau ar y gwely cyn plymio'i llaw i lawr rhyngthyn nhw a rhwbio'i hun. "Ty'd i orffan fi off, Lemsip. Dwisio chdi 'myta fi. Ty'd. Oooooohhh!"

"Ffyc off!" medda Lemsip wrth ddal ei fys ar ei seren joclet boenus.

"Jîsys ffycin Craist! Dwi'n ffycin gwaedu!"

"O ty'd 'laen!" crefodd Selina eto wrth godi i'w heistedd ac estyn ei breichiau amdano. "'Da ni ferchad yn gwaedu bob blydi mis, siŵr. Ty'd, Lemsip. Sticia'r goc fawr 'na yn 'y ngheg i os tisio."

Ar hynny, tynnodd Selina ei dannedd gosod a'u taflu ar y cwpwrdd bach wrth y gwely. Neidiodd Lemsip am ei ddillad, oedd ar chwâl hyd y llawr. Tyrchodd drwyddyn nhw a chael hyd i'w drôns.

"O, paid â mynd!" erfyniodd Selina a neidio oddi ar y gwely a rhoi tacl rygbi iddo fel oedd o'n rhoi ei droed i mewn i'r dilledyn.

Collodd ei falans ond llwyddodd i roi ei law yn erbyn y wal.

"Cym on, Lemsip!" gwaeddodd Selina a llepian ei thafod dros ei gweflau, a chan wasgu'i breichiau'n dynn am ei gluniau, plymiodd am ei bastwn – a oedd, er yn llipa erbyn hyn, yn dal i fod yn ddeg modfadd o laddwr morloi.

"Ffyc off, ddynas! Dwi o'ma!"

"Ti'm yn ffycin *cael* mynd!" atebodd a chydio yn ei goc a mynd amdani efo'i cheg fel python yn mynd am ei 'sglyfath – python arall yn yr achos yma.

Triodd Lemsip rwygo'i hun yn rhydd tra hefyd yn codi'i ddillad o'r llawr, ond disgynnodd ar ei gefn. O fewn eiliad roedd Selina ar ei ben o fel llewpart.

"OOOOOOOOOOO-IAAAAA!   OOOOOOOO-IAAAA!!" gwaeddodd wrth rwbio'i hun ar ei fodfeddi helaeth.

"Ffyc off!" gwaeddodd Lemsip eto, a thrio'i phwsio hi i ffwrdd.

Ond roedd Selina'n ddynas benderfynol. Ac ar hyn o bryd, dim ond un peth oedd ar ei meddwl.

Twistiodd Lemsip hannar ucha ei gorff rownd i wynebu'r llawr, a dechrau tynnu ei hannar isa o afael coesau esgyrnog y wrach gocwyllt oedd yn cydio fel feis am ei ganol. Ond er crafangu'r carpad fel cath, allai o'm cael digon o afael i dynnu'i hun yn rhydd. Gwthiodd ei hun ar i fyny, fel 'tai o'n gwneud press-ups tra bod ei goesau'n wynebu tu chwith. Tynnodd ei hun yn rhydd tra bod Selina'n gweiddi ar dop ei llais arno i'w phwnio hi "i farwolaeth". Yna, fel roedd ar fin codi i'w draed, llamodd Selina ar ei gefn a sticio'i gwinedd yn ei ysgwyddau cyn plygu lawr a stwffio'i thafod lysnafeddog yn ei glust.

"Ti'n licio hynna, dwyt, yr hogyn drwg. Tydi Anti Selina'n hogan fudur? Mmmmmm iym iym mmm…!"

"Ffyc off, y ffycin crocodeil!" bloeddiodd Lemsip cyn sgrechian nerth esgyrn ei ben wrth iddi sdicio hynny o ddannedd oedd ar ôl yn ei cheg i mewn i'r cnawd rhwng ei wddw a phont ei ysgwydd.

Yn reddfol, rhoddodd benelin hegar iddi – un ai yn nhop ei braich neu ei hysgwydd, allai o ddim gweld yn union lle – cyn ailadrodd y symudiad press-up a gwthio'i hun i'w draed tra bo'r gath wyllt yn dal ar ei gefn.

Plygodd i godi ei ddillad eto wrth i Selina lapio'i breichiau yn dynn rownd ei wddw, fel rhyw fath o hedloc dwbwl, a sgyrnygu yn ei glust, "Ti'm yn ffycin mynd i nunlla nes dwi'n ffycin dod yn llanast dros dy wynab di'r basdad!"

Bustachodd Lemsip wrth sbinio rownd a rownd i drio'i lluchio hi ffwrdd, fel un o'r teirw rodeo hynny mewn ffair. Ond daliodd Selina'i gafael a dechrau gweiddi "Yeehaaa! Hi ho, Silver!"

Yna dechreuodd chwythu fel cath wyllt a phlannu ei gwinedd i mewn i'w frest a'i gripio nes tynnu gwaed. Hyrddiodd Lemsip ei hun am yn ôl yn ffyrnig, a'i gwasgu yn egar yn erbyn y wal. Collodd Selina'i gwynt am ddigon o amser iddo allu cydio yn ei ddillad a mynd am y drws, tra bod punnoedd a newid mân yn sgrialu o'i bocedi i bob man hyd y llawr.

Agorodd y drws, ond cyn iddo gyrraedd ben landing roedd Selina wedi'i ofyrtêcio fo ac yn sefyll o'i flaen efo'i breichiau ar led.

"Ti'm yn mynd i ffycin nunlla!"

"'Da chi isio ffycin bet?" gwaeddodd Lemsip, cyn i ddwrn Selina ei daro'n sgwâr ar dop ei drwyn. Am amrantiad, dim ond fflachiadau o sêr oedd o'n weld, ond trwy lwc mi ddaeth ato'i hun mewn da bryd i osgoi'r dwrn nesa. Gollyngodd ei ddillad a chydio yn Selina efo'i ddwy fraich a'i hebrwng yn ôl am y stafall wely. Taflodd hi ar y gwely ac agorodd ddrws y wardrob fel roedd hi'n sbringio'n ôl i fyny amdano. Daliodd hi, a'i stwffio yn cicio a strancio i mewn i'r cwpwrdd. Stryffagliodd am be deimlai fel oes i gael ei braich i mewn er mwyn cau'r drws yn iawn, cyn rhoi ei gefn yn ei erbyn a chael ei wynt ato tra'n pwyso a mesur be oedd ei opsiynau. Ei flaenoriaeth oedd gadael y tŷ mewn un darn, ond doedd o ddim isio mynd allan heb roi ei ddillad ymlaen – am resymau amlwg. A beth bynnag oedd o'n mynd i'w wneud, roedd rhaid iddo wneud hynny'n go fuan achos mi oedd Selina'n bytheirio, dyrnu a hyrddio tu mewn y wardrob. Doedd dim byd amdani, felly, ond troi'r goriad a'i chloi hi i mewn ynddo.

Wedi gwneud hynny, gwisgodd ei ddillad yn sydyn – a chodi'r darnau punt oddi ar y llawr. Symudodd y gwely yn erbyn y wardrob ac agor y clo eto er mwyn i Selina allu gwthio'i ffordd allan cyn cael ffit o glostraffôbia neu rwbath, yna miglodd hi i lawr y grisiau ac am y drws.

32

"WE JAH PEOPLE CAN MAKE IT WORK…"

Ymennydd hynod iawn oedd gan Robi-di-reu. Er yr holl ganja roedd o'n ei smocio roedd ei alluoedd trefniadol yn rhyfeddol. Hyd yn oed ar ôl "gwenwyno ei gorrrff" efo alcohol y noson gynt, doedd ei ddoniau cynhyrchiol yn pylu dim. Nid yn unig oedd o wedi llwyddo i gael bws i Dre a thacsi yn ei ôl efo paent emylshiwn gwyn, coch, melyn, gwyrdd a du, ond mi gofiodd am sgrapiwrs a brwshis ac – a dyma'r wyrth, o ystyried y stad oedd arno lai na deuddeg awr ynghynt – batris ar gyfer y chwaraewr CDs. Strôc o athrylith, wrth gwrs, achos does dim byd fel cerddoriaeth i godi ysbryd unrhyw weithlu – a dim byd gwell na reggae. O fewn munudau i albwm *Uprising* Bob Marley ddechrau chwarae, roedd pawb yn canu ar dop eu lleisiau ac yn sgancio'n braf wrth fwrw i mewn i'w gwaith. Tasa'r Eifftiaid wedi clywed am reggae fysa'r pyramidiau wedi cael eu codi mewn diwrnod.

"WEEEE, CAN MAKE IT WORK… COME TOGETHER… AND MAKE IT WORK… IAAAH!!"

Roedd hyd yn oed Tongs wedi dod ato'i hun erbyn hyn. Wedi iddo ateb galwadau ffôn Robi o'r diwadd ac egluro nad oedd o'n ffit i yrru'r car, mi gerddodd i lawr i'r traeth er mwyn i'r awyr iach gael gwared o'r bwganod ola o'i ben. Mi oedd ei dalcan, er yn boenus o hyd, wedi peidio gwaedu ac mi fu osgoi gorfod eistedd am oriau yn A&E hefyd yn fodd i wasgaru rhywfaint ar y cymylau duon fu'n casglu yn ei fwcad. Ac wrth gwrs, mi fu gweld nad oedd Malwan yn dal dig hefyd yn ddigon i godi chydig ar ei ysbryd – er na allai ddeall yn iawn pam fod hwnnw mor faddeugar. Ond mi fu cael cyfle i ymddiheuro yn rhywfaint o ryddhad, o leia, er nad oedd o'n siŵr os ddalltodd Malwan yn union am be. Doedd o ddim i'w weld fel 'tai o'n poeni o gwbwl am y peth – doedd o'n sicr ddim yn ymddwyn fel dyn oedd wedi ei gynddeiriogi ddigon i roi bangar iddo ychydig oriau ynghynt. Er fod y cymylau'n cilio mi oedd yna lais yng nghefn ei ben yn dal i ddweud wrtho fod rhywbeth ddim cweit yn iawn.

Ymddiheuro wnaeth Robi hefyd ar ôl holi Tongs sut oedd y briw ar ei dalcan, ac i hwnnw ei ddiawlio mai ei feddwdod o, yn y bôn, oedd ar fai am i'r holl wallgofrwydd ddigwydd yn y lle cynta.

"Ia, ddrrrwg gen i am hynna, reu. Ddudodd Bitrwt fo chi 'di cael trrraffarrrth efo fi."

"Dim hannar gymint o draffarth â ges i gan Malwan!"

"Wel, ymddiheurrriadau unwaith eto, reu," medd Robi – er nad oedd o'n dallt yn iawn sut oedd hwyliau crinclyd Malwan wedi ypsetio Tongs gymaint. "Mae o'n gallu bod yn flin arrr y gorrra, reu."

"Lle mae'r Lemsip 'na, dwad?" holodd Tongs wrth basio sbliff i Bitrwt.

"Dwi 'di deud wrtha ti unwaith," atebodd Bitrwt. "Oedd o ar ei ffordd i drin un o'i MILFs neu GILFs pan welis i o."

"Ia, wn i," medd Tongs. "Ond Iesu, mae o'n cymryd ei amsar, dydi? Ac mae'i ffôn o'n dal i ffwrdd. Yn lle welis di o, Bitrwt?"

"Yn dod i lawr y grisia o dy fflat di bora 'ma. O'n i ar y ffordd i fyny i weld os oedda chdi'n iawn."

"Ddos di ddim, chwaith."

"Wel, na. Achos ddudodd Lemsip fo ti yn y gawod."

"Be ddiawl oedd o'n rwdlan, dwad? Ges i ddim cawod bora 'ma! Ges i wash cyn mynd i nôl baco a dyna hi."

"Wel, dyna ddudodd o, Tongs, fyswn i'm yn deud clwydda. Dyna pam ddois i'm draw."

"*WORK... WORK...!*" canodd Robi-di-reu a chael Math i ymuno

efo fo. "'*FIVE DAYS TO GO… WORKING FOR THE NEXT DAY…*'
Pump diwrnod, hogia – os 'da ni'n agorrr y lle 'ma ar gyfarrr y
Superrrmoon nos Iau, reu. Howwwwl!"

"'Di'n iawn i fi ddechra paentio?" gofynnodd Bitrwt. "Ma'r wal
yma'n glir."

"Fysa'n well cael y lle'n wag gynta, Bît," medda Math.

"A ma isio meddwl be 'da ni'n mynd i neud, yn does?" medd Tongs.

"Streips, ta rwbath mwy wêifi."

"Wêifi, ia hogia?" mentrodd Bitrwt. "Wrth y môr ydan ni'n de?"

"Be am wneud llunia ar y walia hefyd?" cynigiodd Robi-di-reu.

"Llun o Bob. Scratch… King Tubby?"

"Jîsys, cwlia i lawr, Lawrence Llewellyn Bowen!" medd Bitrwt.

"A be sy o'i le efo llunia ar y walia?" haerodd Robi.

"Dim byd," atebodd Bitrwt. "Ond 'sa'm isio llunia pawb o ffycin
Toots i Haile Selassie a'i gi, nagoes? Neu yma fyddan ni, yndê? A pwy
sy'n gallu gneud llunia eniwe?"

"Leri Crwyna, siŵr," medda Tongs. "Dyna wnaeth hi yn coleg, ia
ddim?"

"Ffycin bingo, Tongs!" medda Math. "Celf wnaeth hi i'w gradd.
Ma hi'n gneud Masters yn Aber rŵan – fanno nath hi gwrdd â
Krystyna."

"O ia, glywis i fod ganddi gariad," medd Tongs. "O'ddan nhw allan
neithiwr, doeddan? Welis i mo'nyn nhw, chwaith."

"Aethon nhw adra'n gynnar, Tongs," medd Math.

"Ofynnwn ni i Leri baentio miwral i ni, felly?" cynigiodd Tongs.
"Jysd un am rŵan, falla – llun o Bob Marley. Fedran ni jysd paentio
gweddill y walia'n lliwia rasta am rŵan. A hongian fflagia Cymru a
Jamaica tu ôl y bar…"

"Reu," gwaeddodd Robi o'r drws cefn. "Ma gennai'r fflagia."

"Aidîal," medd Bitrwt. "Be am brêc potal bach, ia?"

Cyn hir roedd y pedwar ffrind yn ista ar ymyl y patio concrit o flaen
y caffi. Roedd yr haul yn taro, y poteli Bud yn llifo a churiadau reggae
Bob yn bownsio ar yr awyr gynnes. O'u blaen roedd y tywod aur yn
estyn draw at wyneb glas y môr, oedd yn gyrru tonnau addfwyn yn
sisial i'w gyfarfod, fel cyfnod cariadus o hwyliau tyner yn eu priodas
oesol. Draw yn y bae roedd cwch bysgota'n torri llwybr tuag at Drwyn
Dindeyrn, ac uwch ei ben roedd awyren yn gadael nodwydd wen,
hir i orwedd ar yr awyr las.

"Mae 'na le i ryw bedwar neu bump o fyrdda crwn ar y patio 'ma, yn does?" medd Math cyn hir.

"Siŵr o fod, yn does?" medd Tongs. "Mae 'na rei allan yn y cefn 'na, yn does? Petha plastig. A cadeiria."

"A mae 'na dwr o barasôls yn y stôr-rŵm fach 'na yn cefn, 'fyd," medd Robi.

"Grêt," medd Math. "Allwn ni roi'r byrdda yna ar y tywod 'ma, a cael gafael ar rai erill – gwell – i'w rhoi nhw ar y patio."

"Ia," cydsyniodd Bitrwt. "Fydd o'n neis ac yn 'chilled' wedyn, yn bydd."

"Oes 'na rywun wedi sylwi os oes 'na lestri yma?" holodd Math.

"Oes, mae 'na blatia a gwydra a ballu yn y cwpwrdd yn cefn," medd Tongs. "Ond dwi heb weld cytlyri yn nunlla, chwaith."

"Matar bach 'di prynu rhei," medd Math.

"Lle gawn ni rei, dwch?" holodd Tongs tra'n crafu'i gap.

"Yn siop siŵr dduw, y ffŵl!" medda Bitrwt, oedd yn dechrau dod i hwyliau hedffyc eto.

"Pa ffwcin siop, y twat?" brathodd Tongs.

"Dim syniad," atebodd Bitrwt. "Dwi rioed 'di prynu cytlyri yn 'y mywyd. Jysd dwyn nhw o gaffis a pybs."

"Ti 'di bod yn chef ers blynyddoedd, y cont!" mynnodd Tongs.

"Dim job y chef ydi prynu cytlyri, naci?"

"Rhowch gora i siarad siop, wir dduw," medd Robi-di-reu wrth dynnu'i sandals a thorchi'i drowsus dros ei bengliniau. "'Da ni ar 'yn brêc. Dwi am fynd i 'lychu 'nhraed. Rrrywun isio joinio fi, reu?"

"Wyt ti'n gall, dwad?" medd Bitrwt. "Os oedd o'n rhewi ddoe mae o'n rhewi heddiw!"

Ond mynnu mynd i weld drosto'i hun wnaeth Robi-di-reu, a gwyliodd y tri arall o'n croesi'r tywod ac yn camu'n betrus i'r dŵr. Aros yn eiddgar am y sgrech oeddan nhw, ond bloedd o geg Bitrwt ddaeth gynta wrth iddo sylwi ar Leri a Krystyna'n cyrraedd y traeth y tu ôl iddyn nhw.

"Hon ydi hi, felly, Math?" holodd Tongs, yn ffidlan efo'i gap wrth edmygu'r flondan dal oedd yn cerdded law yn llaw â Leri.

Cododd Math ei law arnyn nhw, a gwenodd y ddwy wrth ei gyfarch yntau. Gwyliodd Tongs nhw'n nesu, a'i dafod yn 'mestyn fwy a mwy dros ei weflau efo pob cam.

"Iawn, hogia," medd Leri'n hwyliog – hithau hefyd yn bictiwr o brydferthwch yn ei siôrts cwta, a'i rhaeadr coch wedi'i glymu y tu ôl ei phen.

Baglodd cyfarchion lletchwith Tongs a Bitrwt dros ei gilydd.

"Meddwl dod lawr am fusnés oeddan ni," medd Leri. "O'dd Carwyn yn deud fo chi'n rhentu'r caffi. Gadwis di hynna'n ddistaw ddoe, Math!"

"Wel, mae petha'n digwydd yn sydyn yn y lle 'ma weithia," atebodd Math.

"Gwych yndê," medd Leri wedyn. "Syniad da. Pryd 'da chi'n gobeithio agor?"

"Nos Iau nesa 'ma," medd Math. "Yn barod am y Supermoon a'r Eclips."

"Gobeithio," ychwanegodd Tongs wrth droi ei gap rownd mewn cylch llawn ar ei ben. "Chydig o waith i'w neud gynta."

"'Da chi am roi help llaw i ni, ta be?" holodd Bitrwt.

Gwenodd Leri. "Ro i help llaw i chi, â chroeso. Be amdana ti, Krystyna? Fysa ti'n licio helpu?"

"Ie, cŵl," atebodd hithau'n frwdfrydig a gwenu'n gynnes. "Ac fi'n hoffi Bob Marley," meddai wedyn wrth roi rhyw sigliad bach i'w phen ôl i gyfeiliant y miwsig.

"Mae'na boteli Bud mewn cool-box i mewn yn fa'na, os liciwch chi?" cynigiodd Math wrth estyn sbliff i Leri.

Gwrthododd hi'r lager a'r smôc. Felly hefyd Krystyna, gan ychwanegu "Rhy cynnar i fi" yn glên.

"Krystyna ydi hon," medd Leri wrth Tongs. "Krystyna, dyma Tongs."

"Tongs?" holodd Krystyna a chwerthin yn ysgafn. "Mae enwau Cymraeg yn funny!"

"Ffyni?" medda Tongs gan sythu ei gap eto.

"Ie!" atebodd Krystyna. "Fel Bitrwt ac..." dechreuodd ganu, "'*ROBI-DI-RES, ROBI-DI-RES...!*'"

"Robi-di-*reu*!" cywirodd Bitrwt hi, cyn amneidio tuag at y môr. "Mi glywi di o'n sgrechian yn munud pan fydd y dŵr yn cyrraedd ei sbrowts o!"

"Sprouts?"

"Bôls," esboniodd Bitrwt.

"Testicles," eglurodd Leri.

Chwarddodd Krystyna'n uchel, er ychydig yn swil. Yna trodd yn ôl at Tongs. "Tongs? Nid enw gwir chwaith?"

"Hei!" gwaeddodd Bitrwt. "Ti'n trio deud fod 'Bitrwt' ddim yn enw iawn? Dwi'n pedigree – purple blood!"

"Ie, ie!" medd y ferch o Brâg. "Nid hyn dwedodd ti neithiwr, Beat of the Roots!"

Am unwaith, collodd Bitrwt ei dafod.

"Ac Tongs?" holodd Krystyna eto.

"Oedd o'n gwneud hotknives efo tongs erstalwm," eglurodd Leri pan fethodd Tongs hefyd â chael hyd i eiriau.

"Aah! Gyda tongs?" holodd Krystyna dan chwerthin a gwneud siâp gwasgu tongs coginio efo'i llaw.

"Ia," atebodd Tongs, a gwneud yr un siâp efo'i law yntau. "Fel'na!" Chwarddodd y ddau.

"Felly, be ddiawl ti 'di neud i dy ben, Tongs?" holodd Leri wrth barcio'i thin ar ymyl y patio a gwadd Krystyna i eistedd wrth ei hochor.

"Ym… dwi'm yn cofio," atebodd Tongs yn swta.

"Disgyn eto?" holodd Leri drachefn.

"Ia. O ryw fath… Ond bai y cont acw oedd o." Amneidiodd i gyfeiriad y môr, lle'r oedd Robi'n dal i fentro'n bellach allan, cyn sylwi eu bod wedi colli Krystyna wrth baldaruo gan milltir yr awr yn Gymraeg.

"My head – it's his fault!" eglurodd.

"Mae'n OK, Tongs. Dim problem. Sorry os rwyf yn araf weithiau!"

"Paid… â… poeni," atebodd Tongs yn bwyllog iddi gael dallt, cyn neidio 'nôl i'r gêr cyflym. "Ara deg a bob yn dipyn mae stwffio bys i din gwybedyn!"

"Eniwe," medda Math gan godi ar ei draed. "Dewch i weld y caffi."

"Ww, ia," medd Leri wrth godi i'w ddilyn. "Dwi heb fod i mewn yn y lle ers blynyddoedd bellach."

"Wel, mae 'na dipyn o waith," medd Math. "Paentio gan fwya… 'Da ni'n gobeithio rhoi byrdda tu allan fan hyn, ac ar y tywod…"

Gadawodd Tongs a Bitrwt i Math fynd â nhw am fiwing. Roedd y ddau'n llawer rhy gyfforddus yn yr haul efo bŷd mewn sbliff a Bud mewn potal, yn gwylio Robi-di-reu yn camu'n ara drwy'r tonnau, oedd wedi cyrraedd dros ei bengliniau erbyn hyn. Sylwodd y ddau ei fod o'n stopio bob yn hyn a hyn i roi ei law uwchben ei lygaid er mwyn sganio wyneb y dŵr, ac yn rhoi rhyw wich fach sydyn bob tro y byddai ton yn ei sblasio.

Doedd Robi ddim mor siŵr mai craig oedd be welodd o ddoe o gwbwl, waeth be bynnag ddywedodd yr hogia. Wedi'r cwbwl, mi oedd o i lawr ar y traeth 'ma dipyn amlach nag oeddan nhw, a hyd yn oed ar drai mawr, doedd o'm yn cofio gweld carreg cyn belled i ffwrdd o greigiau'r trwyn. A beth bynnag, doedd be welodd o ddim ar ffurf rhywbeth naturiol. Anodd oedd dweud yn iawn efo'r dŵr yn llurgunio ei siâp o, wrth gwrs, ond roedd o'n llawer tebycach i rywbeth wedi ei wneud gan ddyn – gydag ymylon rhy llym ac esmwyth i erydiad fod wedi'u ffurfio. Ond wedi dweud hynny, doedd Robi ddim mewn llawer o siâp ei hun, felly allai o ddim bod yn gwbwl sicr o be oedd o'n ei weld.

Anadlodd yn siarp eto pan ddwynodd y tonnau ei wynt wrth lyfu top ei goesau a gwlychu'i drowsus hyd at ei felt. Edrychodd tua'r caffi a gweld Tongs a Bitrwt yn ei wylio o risiau'r patio. Chwerthin oedd y diawliaid. Ond mi oedd Robi'n benderfynol o ddyfalbarhau efo'i chwilfrydedd. Cyn hir, roedd y dŵr wedi cyrraedd ei ganol a'r oerni yn boenus o rynllyd. Craffodd yn ofalus ar y dŵr rhwng pob ton a basiai, ond welai o ddim byd yn yr ardal lle y tybiai iddo weld y gwrthrych ddoe. Cyn hir, ac yntau'n dechrau colli teimlad yn ei goesau – heb sôn am gynnwys ei drôns – penderfynodd mai fo oedd wedi ffwndro. Efallai nad carreg welodd o, ond roedd hi'n edrych yn debyg na welodd o rywbeth synthetig chwaith. Corff morlo, o bosib, a chrychau'r cerrynt yn chwarae triciau â'i lygaid.

Trodd i fynd yn ôl tua'r lan, ac wrth iddo wneud fe ddaliodd ei lygaid rywbeth jysd o dan wyneb y dŵr, ychydig yn fwy i fyny'r traeth a thipyn nes at y lan na be welodd o ddoe. Gwyrodd ei gamau trafferthus tuag ato cyn cyrraedd dŵr oedd yn ôl i lawr at ei bengliniau eto, ac wrth iddo nesu at y cysgod tywyll, gwyddai mai dyma be welodd o.

Cyflymodd ei galon pan gyrhaeddodd o. Roedd o'n debyg i barsal mawr, tua dwy i dair troedfadd o hyd, tua hannar hynny ar draws a thua troedfadd o ddyfnder. Gorweddai yn y tywod gyda dim ond modfeddi o ddŵr uwch ei ben. Trodd Robi tua'r caffi er mwyn gweiddi ar yr hogia, dim ond i gael cip ar Tongs a Bitrwt yn diflannu i mewn trwy'r drws ffrynt, wedi cael eu hwyl am ei ben o.

Estynnodd ei ddwylo i'r dŵr a theimlo wyneb llyfn, du y parsal – rwber neu resin o ryw fath, dyfalodd. Gafaelodd yn ei ymyl a thrio'i symud, ond mi oedd trwch o dywod wedi cydio'n dynn am ei waelod. Sythodd am funud i adael i don arall basio drosto, cyn plygu eto a chydio ym mhen arall y peth, a thynnu. Cafodd fwy o lwc y tro hwn. Mi symudodd rywfaint, gan ryddhau ei hun o sugniad y gwely tywod. Ailafaelodd Robi ynddo a gyda chryn strach mi lwyddodd i'w dynnu'n rhydd. Cyn gynted ag y gwnaeth, synnwyd Robi pa mor ysgafn oedd y gwrthrych o'i gymharu â'i faint. Bron na allai ei wthio yn ei flaen a gadael i'r tonnau wneud y gwaith caleta. Cyflymodd ei galon wrth gadarnhau mai parsal o ryw fath oedd o wedi'r cwbwl. Rowliodd o i gyfeiriad y lan nes fod ei dop o bellach uwchlaw lefel y tonnau. Plygodd a'i godi o'r dŵr. Synnodd eto ar ei bwysau cymharol ysgafn, a cherddodd tuag at y lan gan ei gario fel babi yn ei freichiau.

Wedi cyrraedd y tywod sych tua chanllath i lawr y traeth o'r caffi, gollyngodd y parsal a syllu arno. Roedd o'n iawn – rwber neu resin caled, neu ryw stwff arall oedd yn dal dŵr, oedd croen trwchus y parsal. Trodd y peth drosodd i weld oddi tano. Doedd dim math o sîm na thâp i'w weld. Roedd y stwff yn amlwg wedi cael ei sbrêo ymlaen er mwyn selio'r hyn oedd y tu mewn yn ddiogel ac yn sych. Yn fuan iawn, sylweddolodd ei fod o – o bosib – yn edrych ar rywbeth nad oedd yn rhan o gargo cyfreithlon. Edrychodd tua'r caffi eto, yna i fyny ac i lawr y traeth a draw dros y twyni i bob cyfeiriad. Doedd yr un adyn byw i'w weld. Yna trodd i syllu allan i'r bae. Doedd yr un gwch – nac awyren hyd yn oed – i'w weld erbyn hyn. Rhoddodd y parsal ar ei ysgwydd a'i gario tua'r caffi.

Pan oedd o fewn ugain llath i'r patio concrit daeth Math allan o'r caffi efo merch dal â gwallt melyn, mewn sgert fer. Er bod golwg gyfarwydd arni, gwyddai mai merch ddiarth oedd hi, felly gollyngodd y parsal ar y tywod yn syth, ac eistedd arno. Ymlaciodd fymryn pan welodd o Leri Crwyna'n camu o'r drws y tu ôl iddyn nhw, ac y gwawriodd arno pwy oedd y llall. Sylwodd Leri arno a chodi ei llaw a gweiddi. Atebodd yntau gyda gwên, er ei fod o'n crefu am liain i rwbio'i draed a'i gŵd i gael y gwaed i redeg eto.

"Be sgen ti'n fa'na, Robi?" gwaeddodd Math wrth ei weld o'n ista ar rywbeth 'sgwâr'.

"Dim byd – jysd jar pum galwyn wag 'di golchi mewn. Neith hi'n iawn i gario diesel i'r jeni."

Gwyliodd Robi Math yn arwain y ddwy heibio talcan y caffi ac am y cefn, tua'r hafn rhwng y twyn-glogwyn a'r caffi. Gwelodd ei gyfle a chodi'r parsal ar ei ysgwydd eto, a brasgamu tua'r drws ffrynt.

"Hogia!" gwaeddodd ar Tongs a Bitrwt, oedd wedi ailgydio yn y gwaith o grafu paent wedi pîlio oddi ar y wal ar y chwith. "Lle mae'r stanley knife?"

Dilynodd Bitrwt a Tongs o i du ôl y cowntar. Cydiodd Robi yn y gyllall a thorri trwy'r rwber, a hynny efo cryn draffarth gan fod y stwff yn hynod wydn.

"Be ydio, Robi?" holodd Bitrwt.

Doedd dim angen i neb ateb. Roedd un toriad chwe modfadd o hyd yn y rwber yn ddigon i'r hogla ddweud y cwbwl.

33

Trodd Lemsip ei ffôn ymlaen ac mi gyrhaeddodd rhes o decstiau gan yr hogia yn syth. Roeddan nhw i lawr yn y caffi yn gwneud chydig o waith, ac yn dweud wrtho am eu dilyn cyn gyntad ag oedd o wedi gorffen "ffwcio'r ffosil". Ond doedd ganddo ddim owns o fynadd efo'r tynnu coes, achos roedd o'n gorwedd heb ei drowsus a'i drôns â'i draed i fyny ar fraich y soffa, efo tywal o dan ei ben ôl a chiwb rhew i fyny twll ei din, tra'n gwylio Sky Sports News ac yn poeni a ddylai fynd am dest HIV.

Yn dal i grynu ar ôl ei brofiad erchyll efo Selina Pierce, roedd o'n chwysu chwartiau wrth hannar disgwyl cnoc ar y drws gan y cops. Fyddai o'n synnu dim petai hi'n eu ffonio i ddweud ei fod o wedi'i chloi hi yn y wardrob yn ei thŷ ei hun. Wedi'r cwbwl, os oedd hi'n gallu troi fel y gwnaeth hi heddiw, yna doedd wybod be fyddai hi'n gallu'i wneud. Aeth ias oer arall drwyddo wrth feddwl am y peth – a dim y ciwb o rew tu mewn ceg ei dwnnal oedd yn ei achosi fo. Be os byddai'n ei gyhuddo fo o rêp? Jîsys! Roedd rhywun yn darllen am bethau felly yn y papurau yn ddigon amal. Ceisiodd gysur trwy atgoffa'i hun mai Selina oedd un o'r 'cleients' mwya cyfrinachol oedd ganddo. Roedd o'n mynd ati rhyw ddwywaith yr wythnos ers mis, bellach, ac roedd hi wastad yn rhoi'r sylw penna i bob manylyn o'u trefniant cyfrin. Yn briod, yn aelod blaenllaw o'r WI, ac yn gynghorydd tref ac ynad heddwch hyd at yn ddiweddar, Selina Pierce oedd y fwya clandestain o'r holl MILFs yr oedd Lemsip yn eu 'gwasanaethu'.

Fe'i synnwyd o, felly, gan ddigwyddiadau heddiw. Nid yn unig na ddangosodd hi unrhyw arwydd o fod i mewn i stwff cinci fel sticio bysedd i fyny tinau o'r blaen, ond mi allai'r holl weiddi a strancio a wnaeth hi heddiw fod wedi dinistrio'r holl ymdrech i gynnal cyfrinachedd eu trefniant hyd yma. Crynodd eto fyth. Oedd, mi oedd ganddo rywbeth am ferched hŷn, a doedd o ddim yn meindio chydig o secs budur. Ond roedd o'n gradur digon hen ffasiwn yn y bôn, ac nid bysedd mewn tinau, cripio fel cathod a brathu fel cŵn oedd ei bethau fo, o bell ffordd. Yn enwedig efo dynas oedd yn ei saithdegau. A hithau efo'r hyfdra i ddweud eu bod nhw i gyd yn gwaedu bob mis! Pa fis oedd hi'n sôn amdano? Un o fisoedd 1985?

Dyna hi rŵan, meddyliodd. Dim mwy o MILFio. Ffyc it. Byseddodd ei ffôn wrth i'r ciwb rhew doddi hyd y tywal o'dano. Gyrrodd neges destun i'r dair MILF arall, yn dweud na fyddai'n dod i'w gweld nhw eto am ei fod bellach mewn perthynas. Yna, ystyriodd a ddylai yrru tecst i Selina ai peidio, yn dweud yr un peth. Fyddai hynny'n beth doeth, o gwbwl? Be os oedd hi wedi cael brêcdown, ei brêns wedi chwalu ac wedi troi'n seico? Doedd wybod be fyddai hi'n wneud. Mynd at y cops efo stori gelwyddog lwyr? Neu hyd yn oed dorri mewn i'r tŷ a berwi Sgampi'r pysgodyn aur mewn sosban? Neu... a crynodd drwyddo i gyd y tro hwn... torri ei goc o i ffwrdd efo bolt-cytyrs tra'r oedd o'n cysgu?

Sychodd y chwys o'i dalcan efo'i lawes. Falla mai gyrru tecst fyddai ddoetha – tecst fyddai'n gwneud yn glir eu bod wedi bod yn cael perthynas, ac felly'n dystiolaeth nad fo 'dorrodd i mewn i'w thŷ ac ymosod arni'.

Neidiodd yn ei groen pan bibiodd ei ffôn. Roedd rhywun yn ei ateb yn ôl, meddyliodd. Ond na, nid un o'r dair arall oedd yno, ond Selina! Mi ymlaciodd rywfaint wrth sylweddoli fod llu o negeseuon testun ganddi yn ei ffôn eisoes – a rheini'n rhai digon cignoeth. Mi fyddai hynny'n hen ddigon o dystiolaeth eu bod nhw wedi bod yn gweld ei gilydd, ac felly'n ddigon o 'seciwriti' rhag cyhuddiad o rêp neu ymosodiad rhywiol posib.

Darllenodd y tecst, gan ddisgwyl rhegfeydd a bygythiadau. Ond doedd dim arwydd o'r Selina a adawodd yn y wardrob lai nag awr yn ôl. Yn hytrach, y Selina a adnabai gynt oedd yno, yn llawn swsys a lyfi-dyfis mawr. 'DWI MOR SORI. DIM YN GWYBOD BE DDAETH DROSTA I. MADDAU I MI? S XXXXX'

"Madda, o ffwc!" medd Lemsip yn uchel, cyn trio meddwl sut i'w hateb. Doedd o'm isio swnio'n faddeugar, ond doedd o ddim am ei chynddeiriogi chwaith. 'Hell hath no fury like a woman scorned,' ys dywed y Sais.

Yna daeth neges arall. Gan Tongs y tro hwn. 'DUB SHACK RŴAN. BRYSIA!! BONANZA!'

"Ooo'r ffycin nefoedd! Be ffwc sy 'di digwydd rŵan!" diawliodd. Ochneidiodd, cyn swingio'i goesau rownd a chodi i'w eistedd. Rhoddodd ei ben yn ei ddwylo ac yna sefyll ar ei draed. Sbiodd ar y tywal ar y soffa. Doedd dim llawer o goch yn y patshyn gwlyb. Roedd hynny'n beth da. Ond gwyddai mai stori wahanol fyddai'r tro nesa fyddai o'n cachu. Rhegodd o dan ei wynt wrth gerdded fel John Wayne i fyny'r grisiau ac i'r bathrwm. Sychodd oddi tano â phapur, a throi'r gawod ymlaen.

34

Wedi stasho'r parsal o sgync yn sydyn yn un o'r cypyrddau, allai Robi, Bitrwt a Tongs ddim canolbwyntio ar y gwaith o'u blaenau. Pan ddaeth Math yn ôl i mewn efo'r genod mi sylwodd yn syth fod yna olwg shifti iawn ar y tri ohonyn nhw. Roedd o'n ei weld o'n rhyfadd – o feddwl bod pawb yn licio'r un math o gerddoriaeth – ei bod hi'n cymryd tri person i ddewis pa CD i roi i mewn yn y stereo.

Wrth gwrs, fedra'r hogia ddim dweud dim wrth Math o flaen y merched. Roeddan nhw'n nabod Leri'n ddigon da ac yn ei chyfri'n ffrind, ond doeddan nhw ddim yn mynd i rannu'r gyfrinach efo hithau chwaith, heb sôn am ferch ddiarth o ganolbarth Ewrop. A nhwythau'n ymwybodol o arwyddocâd eu darganfyddiad, roedd hi'n hollbwysig iddyn nhw gadw hyn rhwng cyn lleied o bobol â phosib.

Nid yr awdurdodau oedd eu prif fwgan. Byddai'n rhaid i'r rheini ddod o hyd i be bynnag oedd ganddyn nhw cyn gallu gwneud dim byd i sbwylio gêms. Na, Dingo oedd y bwgan mwya. Roedd yr hen oes pan oedd y farchnad ganja yn nwylo tôcars lleol – ffrindiau yn gwerthu i ffrindiau, mwy neu lai – wedi hen fynd. Gangstars oedd bia'r farchnad bellach, a threfn ffiwdal oedd y rhwydwaith ddosbarthu a mân-werthu – oedd yn golygu mai criwiau o 'gangstars bach' oedd bia'r farchnad. A Dingo oedd 'gangstar bach' y parthau hyn – er ei fod o dipyn mwy na hynny, bellach, mewn gwirionedd. Ac roedd Dingo, fel unrhyw gangstar bach neu fawr, yn ddigon hapus i ddefnyddio mysyl i warchod ei batsh. Ac mi oedd ganddo ddigon o fysyls ei hun, heb sôn am y roid-heds oedd yn hongian o'i gwmpas – heb anghofio'r bac-yp oedd ganddo yn uwch i fyny'r gadwyn. Er mai Dingo oedd Dingo i'r hogia, doedd o ddim yn ddyn i'w bechu. Ac mi oedd ganddyn nhw gytundeb, wedi'r cwbwl. Dingo, a Dingo'n unig, fyddai'n gwerthu yn y Dub Shack. Doedd fiw i unrhyw smic o'u darganfyddiad gyrraedd unrhyw glustiau tu allan y criw, felly, rhag iddyn nhw gyrraedd clustiau Dingo. Yn wahanol i'r awdurdodau, roedd amheuaeth yn unig yn ddigon o reswm i gangstars sbwylio gêms.

"Leri a… ymm… " medda Bitrwt, a chlicio'i fysedd wrth drio cofio enw'r Tsieces.

"Krystyna," atgoffodd Leri.

"Krystyna, ia siŵr. Be 'da chi isio glywad? Mae 'na ddigon o ddewis yma – os 'da chi mewn i reggae, dub, ska neu pync."

"Math," sibrydodd Robi-di-reu unwaith y tynnodd Bitrwt sylw'r ddwy. "Ma genna i rwbath i ddangos i chdi, reu."

"Mae 'na o leia deg kilo yn fa'na, fyswn i'n ddeud," medda Math pan welodd o be oedd yn y cwpwrdd.

"Dwinna'n meddwl hefyd, reu."

"A mae o'n iawn, 'fyd? Yn sych i gyd?"

"Yndi, o be wela i," medd Robi. "Heb gael cyfla i jecio'r cwbwl, ond dwi 'di gneud twll yn un o'r bagia tu mewn y parsal ac mae o i weld yn iawn. Bagia plastig tew a llwyth o industrial shrinkwrap dros bob un, a'r cwbwl 'di cael ei sbrêo efo'r resin neu latex 'ma. Dal dŵr ac yn hollol airtight. Dim dŵr a dim hogla. Ar ei ffordd drosodd i Gaerrrgybi, ella, reu. Via Werrrddon o bosib? Masiŵr fo nhw 'di luchio fo dros 'rochor wrth gael 'interception' ar y moroedd mawrrr. Dim home-grown ydi

o. Stwff pro o'r 'Dam neu rrrwla. Industrial. Ma'n ogleuo fel 'caws' neu Lemon Kush – ond dwi'm yn siŵr, chwaith. Heb gael amsar i arrrbrrrofi, reu."

Caeodd Robi ddrws y cwpwrdd.

"Ma'n werth ffycin ffortiwn," medd Math. "Dros chwech deg mil wrth werthu fel ownsys! Reit, gad o'n fa'na am rŵan. Fedran ni neud ffyc ôl tan fydd y ddwy yma 'di mynd. Gawn ni sortio fo wedyn."

"Be am y Specials, genod?" holodd Bitrwt.

Gawson nhw'm cyfle i ateb cyn iddo wasgu'r botwm PLAY a daeth nodau agoriadol 'Gangsters' i lenwi'r stafall. O fewn eiliadau roedd pawb yn skabŵgio wrth fynd o gwmpas eu pethau.

Ymhen awr arall – diolch i frwdfrydedd y merched – roedd y caffi'n wag o bob llanast, pob plisgyn o baent rhydd wedi'i sgrapio i ffwrdd o'r waliau, pob gwe pry cop wedi'i hel o'r nenfwd a'r llawr wedi'i sgubo'n lân. Mi oedd y lle fwy neu lai'n barod i gael ei baentio.

"Sgen ti awydd paentio miwral ar y wal 'ma i ni, Ler?" holodd Bitrwt wrth i'r ddwy ferch baratoi i adael. "Pan gei di amsar, 'lly? Os gei di amsar?"

"Gawn ni weld, ia? Be sgenna chi awydd?"

"Bob Marley – neu Lee Scratch Perry… A'r cefndir i gyd yn streips coch, melyn a gwyrdd. Wêifi."

"Fysa hynna'n cŵl," medda Leri. "Fysa fo'm yn cymryd *gormod* o amsar, ond… dwn i'm faint o hwnnw sy gen i, i fod yn onast."

"Be am helpu allan dydd Gwenar nesa, ta?" holodd Math. "Syrfio diodydd a ballu? 'Da ni am drio bod ar agor drwy'r penwythnos. Sgenna chi awydd?"

"Mae hynna'n swnio'n well," atebodd Leri. "Be ti'n feddwl, Krystyna? Fydd o'n hwyl."

"Why not! Adventures on the Welsh riviera! Hwyl dros ben!"

"Hah!" gwaeddodd Robi-di-reu wrth gael brith gof o'i sgwrs feddw gaib efo Raquel y noson gynt yn y Twrch. "Y Rifiera Reu!"

Diolchodd pawb i'r merched wrth iddyn nhw adael, ac wedi'u gwylio nhw'n dringo'r llwybr brysiodd y pedwar am y cwpwrdd a thynnu'r parsal allan. Wedi hollti mwy ar groen allanol y parsal, tynnodd Robi'r pacad hannar cilo y gwnaeth dwll ynddo yn gynharach allan ohono. Llanwodd y stafall efo'r hogla'n syth, wrth i Robi ei agor yn iawn a'i ddal at ei drwyn.

"Rrrrreu!" meddai, yn wên o glust i glust. "Pasia'r sgins 'na i mi."

35

Erbyn i Lemsip ddod allan o'r gawod roedd dwy neges newydd wedi glanio yn ei ffôn – y naill gan Tongs, yn dweud wrtho am frysio i lawr i'r traeth, a'r llall gan Selina Pierce yn ymbil arno i beidio dweud wrth neb am ddigwyddiadau cynharach y dydd. Penderfynodd mai'r peth calla i wneud efo honno oedd ei hateb yn sydyn i gadarnhau na fyddai'n agor ei geg o gwbwl – a dim mwy na hynny am y tro. O ran Tongs a'r hogia – a beth bynnag oedd wrth wraidd eu cyffro a'r tecst cryptig hwnnw am 'fonansa' yn gynharach – allai o ddim meddwl sut i'w hateb. Mi fyddai i lawr yno fel siot o dan amgylchiadau naturiol, ond â'i ben ôl yn brifo efo pob cam a gymerai, allai o byth gerdded i lawr atyn nhw, er mai cwta filltir oedd y daith. Mi fyddai'n ffonio tacsi, ond doedd o ddim wedi meddwl eto sut i egluro pam ei fod o'n cerdded fel rhywun wedi cachu'n ei drowsus.

Wedi gyrru tecst byr efo'r geiriau 'DIM SMIC' i 'Mrs Pierce', diffoddodd ei ffôn eto cyn cerdded fel Wil Goes Bren at y stereo i roi CD Rainbow ymlaen. Yna aeth draw at Sgampi'r pysgodyn a gwneud siapiau ceg arno trwy'r gwydr, cyn pigo'i drwyn a gollwng y snot ar wyneb y dŵr iddo gael bwyta.

Aeth draw i'r ffrij wedyn, ac agor can o Kronenbourg. Cymerodd jochiad da a'i adael ar y bwrdd. Gwingodd wrth gerdded i'r cwpwrdd êring i gael golwg ar ei gwrw cartra. Agorodd gaead y bin a phenderfynu ei fod o'n barod i'w botelu. Waeth iddo wneud hynny rŵan, meddyliodd, gan na châi lawer o gyfle yn ystod yr wythnos nesa. Aeth yn ôl i'r gegin ac estyn jwg a thwmffat o'r cwpwrdd a mynd allan i gwt yr ardd gefn i nôl rhai o'r poteli plastig gwag y bu'n eu cadw ar gyfer y job.

Gostyngodd y jwg i mewn i'r bin, gan gymryd gofal i beidio â chorddi'r hylif rhag codi peth o'r dyddodion o'r gwaelod. Aeth â'r jwg draw at fwrdd y gegin, cyn estyn bag o siwgwr o'r cwpwrdd. Rhoddodd ddwy lwyaid fwrdd o siwgwr i mewn yn y botal gynta, cyn tollti cynnwys y jwg ar ei ben o drwy'r twmffat. Gwnaeth yn siŵr ei fod yn cadw lle gwag yn nhop y botal ar gyfer y nwy fyddai'n casglu yno, a chaeodd hi. Yna aeth yn ei ôl i'r cwpwrdd êring i nôl jwgiad arall.

Wedi ailadrodd y broses lawer gwaith, nes bod dim ond mwd brown golau ar waelod y bin, gosododd rai o'r poteli ar silff ffenast y gegin, ac aeth â'r lleill i'r sied. Rhoddodd CD Bryan Adams ar y stereo ac agor can arall o Kronenbourg.

Wedi dod i arfar efo'r poen yn ei basej, oedd bellach yn fwy o deimlad anghyfforddus na dim arall, tynnodd gadair o dan y bwrdd ac eistedd. Ond daeth y poen yn ei ôl unwaith y rhoddodd bwysau ar fochau ei din. Cododd i nôl dau gwshin o'r stafall fyw a'u gosod o'dano. Mi helpodd hynny.

Tynnodd ei faco o'i bocad a rowlio ffag, gan edmygu golau'r haul yn sgleinio trwy'r hylif lliw mêl yn y poteli yn y ffenast. Byddai'r stwff yn clirio'n berffaith mewn rhyw wythnos neu ddwy, ac yn barod i'w yfed. O leia câi safio pres ar ganiau lager wedyn.

Mi fu Lemsip yn trio'i orau i beidio yfed yn gyfangwbwl ar un adag. Roedd wedi cael llond bol o feddwi i'r fath raddau na allai gofio dim byd y diwrnod wedyn. Nid y 'methu cofio' yr oedd myfyrwyr a phobol ifanc yn tueddu i ymfalchïo ynddo, ond blacowts go iawn – nosweithiau cyfan, a mwy, o atgofion wedi diflannu'n llwyr. Mi allai fod wedi bod yn Llundain neu Llanbrynmair yn ddigon hawdd, a fyddai o ddim callach.

I Lemsip, nid yr yfed ei hun oedd y drwg, ond *faint* oedd o'n yfed. Nid y dechrau yfed, ond y methu stopio. Mi fu'n clecio poteli gwin ar eu pennau ar un adag, a hynny'n amal ar stumog wag, gan achosi i'w gorff gael ei daro gan newid metabolaidd difrifol o fewn cyfnod byr iawn. Achosai hynny stad o feddwl tebyg i fod ynghwsg ond dal yn effro, bron yn union fel breuddwydio neu gwsg-gerdded. Ac fel mae breuddwydion yn ail-greu atgofion a phrofiadau diweddar ar ffurf lurguniedig – wedi'u troi ben i waered neu du chwith allan – roedd y perlewyg alcoholaidd yn gwyrdroi profiadau go iawn yn y presennol cig-a-gwaed. Nid yn unig roedd alcohol yn tyrchu trwy'r isymwybod ac yn *amlygu* problemau personol dwfn, ond roedd o hefyd yn eu *llurgunio*. Ac roedd hynny'n hynod, hynod beryglus.

Os mai cynnyrch cwsg oedd breuddwydion, hunllefau'n unig oedd perlewyg alcoholaidd yn eu cynnig. Gallai'r ymennydd gamddehongli'r peth lleia, troi gair neu edrychiad yn her neu fygythiad, gan achosi ymateb ffrwydrol, chwyrn, hyll, gwenwynig neu dreisgar – ac yn achos Lemsip, y bobol oedd o'n garu fwya oedd yn ei chael hi. Byddai seicolegwyr yn dweud mai hunangasineb – salwch meddyliol creulon a dinistriol – oedd wrth wraidd hynny. Ond tydi dadansoddiadau o'r fath fawr o gysur i rywun sydd wedi gweld ei ffrindiau'n prinhau dros y blynyddoedd o'i herwydd.

Wedi yfed ei hun yn anymwybodol sawl gwaith, daeth pethau i ben pan fu Lemsip un gwydriad i ffwrdd o yfed ei hun i farwolaeth. Wedi clecio chwe photal o win coch a photal gyfan o fodca, daeth Tongs o hyd iddo'n gorwedd dros stepan drws cefn y tŷ, ei hannar ucha tu allan a'r isa y tu mewn, â gwaed yn sblashys dros y waliau a'r nenfwd wedi iddo fod yn dyrnu'r waliau am ryw reswm na allai ei gofio.

Gyda chefnogaeth Tongs, penderfynodd y byddai'n torri i lawr ar y gwin a'r gwirod, ac mi driodd bob math o driciau i'w atal ei hun rhag yfed yn rhy sydyn – fel gadael ei wydr ar ei hannar yn y gegin tra'r oedd yntau yn y stafall fyw, fel na allai ei glecio i gyd mewn un swig. Ond methu wnaeth y 'regime' disgyblaeth honno, ac mi benderfynodd stopio yfed gwin yn gyfangwbwl a thrio cadw at y lager – rhywbeth nad oedd o'n gallu'i yfed cyn gyflymed. Mi weithiodd hynny, diolch byth, ac wedi dysgu peidio â phrynu mwy nag wyth can o lager ar y tro, mi lwyddodd – ar ôl ychydig fisoedd – i allu ymatal rhag dechrau yfed pan welai alcohol yn yr un stafall ag o.

Bu hynny'n garreg filltir fawr iddo, achos am flynyddoedd hyd hynny bu'r ffaith nad oedd o'n ddibynnol ar alcohol – *angen* y stwff bob dydd – yn fodd iddo wadu ei fod o'n alcoholic. Y gwir amdani oedd, er y byddai'n gallu mynd trwy ddiwrnod cyfan, weithiau ddau, heb ddiod, petai'n gweld potal o win mi fyddai'n ei hyfed ar ei phen, ac yna'n mynd allan i brynu mwy.

Cofiai gydnabod iddo'i hun bod ganddo broblem ddifrifol iawn. Ond dim ond wrth Tongs y cyfaddefodd hynny. Hwnnw a'i cynghorodd i drio torri lawr a disgyblu ei hun yn hytrach na thrio stopio'n gyfangwbwl – rhywbeth oedd yn fethiant catastroffig bob tro, ac yn fethiant fyddai yn y diwadd yn chwalu ei hunanhyder, ac efo hwnnw, pob gobaith o allu helpu ei hun. Llawer gwell fyddai cael llwyddiant cymharol na methiant llwyr dro ar ôl tro. 'Damej limitation' oedd y ffordd orau iddo, medd Tongs. Ac mi oedd o yn llygad ei le.

Taniodd y ffag a syllodd trwy'r ffenast – trwy fwlch rhwng dwy botal o lager cartra. Dyma ble y byddai'n eistedd yn amal. Gallai wylio cefnau tai y stryd nesa heb i unrhyw un weld na dychmygu ei fod o yno. Dim ei fod o'n byrfyrt, nac yn fusneswr. Dim o gwbwl. Dim ond syllu'n wag oedd o hannar yr amser, heb hyd yn oed sylwi'n iawn ar yr hyn roedd o'n ei weld, gan adael i'w feddwl arnofio i bellafion yr awyr uwch toeau'r tai. Ond gan ei fod o'n syllu trwy'r ffenast yn amal, roedd o *yn* gweld pethau. Pethau digon diddorol – a defnyddiol iawn...

Meddwl, fodd bynnag, oedd ei brif reswm dros syllu i nunlla drwy ffenast y gegin gefn. Tra'n edrych drwyddi câi ei feddwl ryddid i grwydro – nid am allan, ond am i mewn. Yma oedd ei stafall ddirgel, lle y gwelai, yn ddwfn y tu mewn iddo'i hun, waddol ei gamgymeriadau, ei ddiffygion a'i fethiannau. Yma hefyd y byddai'n meddwl am ei frawd, wel, ei hannar brawd – lle fyddai o erbyn hyn, be fyddai o'n ei wneud, fyddai ganddo wraig a theulu? Dim ond yn heddwch ei gegin y gallai o wneud hyn. Dim ond trwy'r ffenast y gallai o weld pwy oedd o. Nid ffenast ar y byd oedd hi, ond ffenast ar ei enaid ei hun.

Denodd symudiad ei sylw draw yng nghefn tŷ mam Col Jenko, un o ffrindiau agosa Dingo. Jenko oedd yno, yn cerdded trwy'r ardd gefn draw am y cwt. Roedd o'n sbio'n ei ôl bob yn hyn a hyn ac yn siarad efo rhywun. Gwelodd Lemsip pwy oedd hwnnw pan ddilynwyd o gan Dingo ei hun, o ddrws cefn y tŷ. Wedi edrych o'u cwmpas yn sydyn, aeth y ddau i mewn i'r cwt.

Tynnodd Lemsip ar ei smôc a chymryd joch o'i lager. Roedd o'n gweld y ddau yma yn gwneud hyn yn amal. Gwyddai mai yno yn rhywle – mwya thebyg o dan y llawr – roedd un o 'stashys bach' Dingo. Rhain oedd y llefydd lle'r oedd o'n cuddio nifer cymharol fychan o gyffuriau fel cocên, pils a chwim, yn ogystal â symiau cymharol fach o arian parod – hyd at ddegau o filoedd, mwya thebyg, nad oedd ond megis newid mân iddo. Hwn oedd y fflôt oedd wastad ar gael dros gyfnod y mân-werthu mwya, ar y penwythnosau. Ond be fyddai Lemsip yn licio'i wybod oedd yn lle'r oedd Dingo'n cadw'r 'stash mawr' – y 'banc' ble y cadwai'r cannoedd o filoedd o elw. Debyg fod hwnnw wedi'i gladdu mewn coedwig yn rhywle. Mi oedd Lemsip wedi breuddwydio digon am ddod o hyd iddo, a'i wagio, cyn ei miglo hi i fywyd newydd yn yr haul.

Fuodd Lemsip erioed yn ffan mawr o Dingo, yn rhannol am nad oedd o'n ei nabod cystal â gweddill y criw, gan mai i ysgol uwchradd Meinwynt yr aeth o, yn hytrach nag ysgol Dre fel y lleill. Ond wedi gweld swagar cynyddol Dingo wrth fynd o gwmpas ei weithgareddau yn haerllug o agored, cronni wnaeth ei chwerwedd tuag ato. Atgasedd pur a deimlai ers rhai blynyddoedd bellach. Deunaw oed oedd ei frawd bach, yn byw efo'i fam draw yng Nghaernarfon, a newydd gael ei dderbyn i Brifysgol Bangor. Ond mi gamodd allan o flaen lori – off ei ben ar cocên a pils – a chael ei ladd mewn amrantiad. Ac er na soniodd Lemsip wrth neb, gwyddai mai gan griw Dingo, ar noson allan yn Dre efo rhai o'i hen ffrindiau ysgol, y prynodd o'r cyffuriau.

Fuodd Dingo a Jenko ddim mwy na dau funud yn y cwt. Gwyliodd Lemsip nhw'n gadael, a siaced Dingo dipyn mwy trwchus nag oedd hi ar ei ffordd i mewn. Roedd Lemsip wedi gweld hyn gymaint o weithiau bellach, ac roedd o'n gyfarwydd â phob manylyn.

Gorffennodd ei gan o lager a'i ffag. Trodd ei ffôn yn ôl ymlaen. Doedd dim tecst newydd wedi cyrraedd, ond unwaith y llwythodd meddalwedd y ffôn yn gyfangwbwl daeth sŵn i ddynodi fod ganddo neges Voicemail. Gwrandawodd arni. Tongs, diolch byth, nid Selina'r Seico. Yr unig beth roedd o'n ei ddweud oedd, "Lemsip, ti'n mynd i fod wrth dy fodd efo be 'da ni 'di ffendio! Ty'd lawr am y caffi cyn gyntad medri di."

Cododd a mynd â'r ddau gwshin yn ôl i'r stafall fyw. Roedd ei din yn teimlo'n llawer gwell a doedd dim rhaid iddo gerdded fel dyn wedi cael coc yn ei din bellach. Teimlodd yn hapusach o gysuro'i hun mai dim ond gewin a drywanodd wal ei goluddyn, nid coes brwsh – na baionet fel gafodd Gaddafi ar YouTube. Ond mi oedd o'n dal i boeni be fyddai'n digwydd pan gâi gachiad.

36

Safai'r hogia mewn cwmwl trwchus o fwg wrth gowntar y caffi gwag, yn syllu efo llygaid cochion, cul ar y dau ddeg pedwar o barseli bach taclus o'u blaenau. Ymhob un, wedi'i lapio'n dynn mewn bagiau a leiars o glingffilm diwydiannol, roedd hannar cilogram o'r sgync cryfa a smociodd yr un ohonyn nhw ers amser maith.

"Deuddag cilo," medd Math cyn hir.

"Ffiiiiiiiiiwwwwwwww…!" medd Tongs gan symud ei gap yn ôl ac ymlaen ar ei ben.

"Rrrrreeeeeeuuuu…!" canodd Robi-di-reu ei grwndi.

"Faint mae o'n werth?" holodd Bitrwt.

"Êti-ffôr grand mewn ownsys," atebodd Tongs, yn dal i chwarae efo'i gap. "Ond hyd yn oed mewn nain-bars a hannar nain-bars – cilos hyd'noed – mae o'n ffycin ffortiwn!"

Wislodd y lleill wrth ddal i syllu ar y pacedi.

"Ffortiwn, reu!" medd Robi-di-reu cyn hir. "Yn golchi fyny arrr y trrraeth!"

"Ia," medda Bitrwt. "Biti fod rhaid i ni'w handio fo mewn i'r copshop, yndê?"

Pasiodd eiliad o dawelwch cyn i'r tri arall droi i edrych yn hurt ar Bitrwt – ond byrstio allan i chwerthin wnaeth hwnnw'n syth. "Ffycin golwg ar 'ych gwyneba chi!"

"Ocê," medda Math wedi i bawb stopio chwerthin. "Calliwch am funud bach, hogia…"

Chwalodd pawb i chwerthin eto. Y gair 'callio' oedd wedi eu ticlo.

"Reit, cym on, cŵliwch lawr rŵan, hogia," triodd Math eto. "Dwi'm isio swnio fel surbwch, ond mae rhaid i ni werthu'r stwff cyn ennill yr un ddima goch."

"Fydd hynny ddim problam, siŵr!" medda Bitrwt cyn cydio yn Robi-di-reu a rhoi clamp o sws iddo ar ei foch flewog.

"Wo! Llai o'rrr swsys, reu," medda Robi. "Mae Math yn iawn. Fedran ni'm gwerthu'r ffycin stwff rownd ffordd hyn, reu."

"Pam ffwc ddim?" holodd Bitrwt.

"Un gair," medd Math. "Dingo."

"Ffwcio Dingo!" mynnodd Bitrwt. "Fydd y cont ddim callach…"

"Paid â berwi, Bitrwt!" medd Tongs. "Ti'n gwbod yn iawn fydd o 'gallach'! Ma hwn yn wahanol lîg i stwff Robi, ac yn Champions League o'i gymharu â'r cachu mae Dingo'n gael o Lerpwl. Ti'n meddwl neith o'm sylwi fod ei sêls o i lawr, mwya sydyn – ei farchnad wair o'n diflannu dros nos? A fydd rhywun wedi deud wrtho, beth bynnag. 'Da ni'n byw mewn lle bach… Ffyc, fydd Lerpwl yn gwbod cyn i ni gael gwarad o hannar cilo, heb sôn am rownd ffor hyn."

"Dwi'n dalld hynny, Tongs," atebodd Bitrwt. "Ond does dim rhaid iddo fo wybod mai *ni* sy'n werthu fo, nagoes?"

"A sut ti'n mynd i fanejo hynny, Bitrwt?" holodd Tongs. "Gwisgo disgéis neu rwbath?"

"Ma Tongs yn siarad sens, Bît," medd Math. "Does gennan ni'm gobaith o werthu hwn rownd ffordd hyn heb i Dingo wbod."

"Ocê, iawn," cytunodd Bitrwt. "Felly fydd rhaid i ni werthu fo'n bell i ffwrdd. Mewn bylc, a gneud llai o broffit. Dwi'n iawn efo hynny. Be am dy ffrindia di yn Amsterdam, Math?"

"Dau air, Bitrwt! Tywod ac Arabs."

"Ma nw'n prynu myshrwms gen ti, dydyn?"

"Ma hynny'n wahanol, Bitrwt. Mae madarch Cymraeg yn delicasi – ac yn fa'ma maen nhw'n tyfu, dim yn Holland. O'r ffycin 'Dam ma'r sgync yma wedi dod, garantîd."

"Dy fêts yn Llundan, ta?"

"Ma hynny'n bosib… Dibynnu be sy ar gael yno ar y funud. Fysa rhaid i ni werthu'n rhad i'w temtio nhw, mwya tebyg. Ond dim rhy rhad, neu fydd o'n amlwg ei fod o wedi'i ddwyn. Pwy 'da ni'n nabod yn Cofiland a Bangor ffor'na?"

"Neb dydi Dingo ddim yn nabod hefyd, mae hynna'n saff i ti," atebodd Tongs.

"Be am y mynyddoedd, reu?" holodd Robi. "Gwlad y llechi?"

"Good call, Robi," cydsyniodd Math. "Ma nhw'n independant yn fa'na. No gods, no masters!"

"Dal yn risgi, Math," medd Tongs. "Fel ti'n ddeud, does'na neb efo monopoli yno – ond ma hynna'n golygu fo nhw'n rhydd i siopa o gwmpas, a synnwn i ddim fod rhei o'nyn nhw'n cael gwyn gan Dingo weithia."

Aeth pawb yn ddistaw eto wrth grafu am syniadau.

"Fedran ni wneud hashcêcs efo fo," medd Bitrwt cyn hir. "Gwerthu nhw yn y caffi?"

Aeth eiliad fach heibio cyn i Tongs ymateb. "Faint o ffycin hashcêcs ti'n basa gneud, Bît? Ffycin miliwn?"

"Fflapjacs, cacans, cawl… iŵ nêm ut," medd Bitrwt. "Elli di neud unrhyw beth efo ganj – gwair neu solid."

"Wel, ffyc mî," medd Math. "Hash cuisine! Ma gen ti bwynt yn fa'na, Bît. Fydd Dingo ddim callach pa fath o ganj sy mewn hashcêcs, nag o lle fydd o'n dod. Os ofynnith o, jysd deud na gwair Robi-di-reu 'dio."

"Fydd o isio gwbod faint o fwyd a cwrw fyddan ni'n werthu, garantîd reu," medd Robi. "Mae o'n cael cyt o'r proffit, wedi'r cwbwl."

"Ond 'dio'm yn mynd i ista yma'n cyfri fflapjacs, nac'di Robi!" mynnodd Bitrwt.

"Yn union, Bît," medd Math. "Reit, hyn 'di'r plan. Driwn ni werthu amball i owns tawal i amball i hermit. Driwn ni gael cysylltiad yn Blaena – ella Dol hefyd – rwla sy'n ddigon pell o'r arfordir. Ac mi hola i Llundan os oes ganddyn nhw ddiddordab. Yn y cyfamsar, 'colly cuisine' yn y Dub Shack amdani. Ac ella amball i sêl bach slei dan cowntar hefyd… Dim ond i ni gadw petha'n ddigon small-scale i beidio dod i glustia Dingo – ac i beidio rhoi tolc sydyn i'w gash-fflô fo. Be 'da chi'n ddeud?"

"Swnio fel ffycin plan i fi," medda Tongs.

"Ac i fi," medd Bitrwt. "Ara deg a bob yn dipyn – dyna'r ffordd ora."

"Robi? Ti'n hapus?"

"Hapus? Fyswn i'n ddigon hapus i'w smocio fo i gyd, heb sôn am wneud chydig o bres allan o'no fo, reu!"

Prysurodd yr hogia i lapio'r pacedi mewn dau fag du a'u taro'n ôl yn y cwpwrdd am y tro, yn barod i fynd â nhw i dŷ Robi-di-reu pan fydden nhw'n gadael ddiwadd y pnawn. Taflwyd y 'flancad' rwber ddu oedd wedi'i 'lapio' rownd y cwbwl ar y doman o lanast oedd yn barod i'w losgi tu allan y drws cefn, a chyn pen dim roedd dub gwallgo Lee Scratch Perry yn pwmpio o'r chwaraewr CDs, a'i guriadau cyson ac effeithiau ecsentrig, athrylithgar yn gweddu'n berffaith i'r stad oedd ar bennau pawb. Cytunwyd mai miwsig paentio oedd o, felly dyna aeth pawb ati i'w wneud – Bitrwt a Math ym mlaen y caffi, a Tongs a Robi-di-reu yn rhoi stribedi coch, melyn a gwyrdd troedfadd o led yn donnau lletraws ar hyd y wal tu ôl i'r cowntar.

"Ia, ddrrrwg iawn gen i unwaith eto am achosi trrraffarrrth i chi neithiwrrr, Tongs," medd Robi.

"Ma'n iawn. Welis i Malwan bora 'ma i ymddiheuro. Doedd o ddim i weld yn rhy pissed off chwaith, o ystyriad. Ma raid 'i fod o 'di deud rwbath drwg ei hun i neud i fi ymatab fel 'nes i."

"Ymatab sut, felly?" holodd Robi.

"Wel, deud be 'nes i, 'de."

"Pam, be ddudis di?"

"Wel…" Allai Tongs ddim cael ei hun i ailadrodd, cymaint oedd ei gywilydd. "Wel… ysdi… be bynnag ddudas i i'w achosi fo roi tatsh i mi."

"Be ti'n feddwl, 'tatsh'?"

"Wel, slap yndê? Dwrn. Bangar." Pwyntiodd Tongs at ei dalcan. "Ti'm yn cofio, nagwyt?"

"Hmm, dwi'm yn cofio hynny, 'de. O'n i'n meddwl na fi dynnodd chi i lawr ar 'y mhen… Wel, dyna ddudodd Bitrwt, beth bynnag. Dyna pryd hitias di dy ben, reu. Does 'na neb 'di sôn am unrhyw un yn cael slap."

"Wel, yn ôl y sôn, Malwan roddodd ddwrn i fi am ei alw fo'n sbastic ac insyltio'i wraig o. O'dd o'n bod yn dwat blin am ei fod o'n hwyr i godi criw o Dre…"

"O ia?" medd Robi gan godi ei aeliau. "Pwy ddudodd hynna wrtha chdi?"

"Lemsip ddudodd bora 'ma."

Stopiodd eu brwshis symud yr union 'run pryd, a throdd y ddau i sbio ar ei gilydd.

"Bitrwt?" gwaeddodd Tongs.

"Ia, mêt?" atebodd hwnnw wrth ddod yn agosach ato i'w glywed yn iawn.

"Sut ges i'r briw 'ma ar 'y nhalcan neithiwr?"

"Y llabwst yma dynnodd ni gyd i lawr wrth gario fo i'r tacsi. Hitias di dy ben ar gornal y wal."

"A dim slap gan Malwan ges i, felly?"

"Eh? Slap gan Malwan? Pam ffwc 'sa fo'n gneud hynny? Hwn oedd angan slap, dim chdi!"

Trodd Tongs a Robi-di-reu i sbio ar ei gilydd eto, y ddau'n sylweddoli be oedd Lemsip wedi'i wneud. Robi wenodd gynta, wrth weld gwyneb Tongs yn bictiwr o ddyn oedd yn paratoi pob math o ddial yn ei ben. Yna chwarddodd y ddau.

37

Erbyn cyrraedd gyferbyn â'r Twrch roedd Lemsip wedi penderfynu mai peth doeth fyddai ffonio tacsi Malwan wedi'r cwbwl. Un peth oedd cerdded o gwmpas y tŷ, ond peth arall oedd pum can llath i fyny'r stryd. Nid bod y poen yn rhy ddrwg, ond ei fod o'n cynyddu efo pob cam. Teimlai fel bod darn bach o'i du mewn yn pwnio, fel sbotyn â phen gwyn yn gweiddi am gael ei fyrstio. Allai o'm bod yn siŵr os mai wedi dechrau gwaedu eto oedd o, neu ai ei din o oedd yn chwysu.

Penderfynodd groesi'r stryd a mynd i'r Twrch i godi peint wrth aros Malwan. Câi hefyd fynd i'r bog i jecio lliw ei drôns.

Rhegodd o dan ei wynt wrth groesi llawr y bar pan welodd o Dingo a Col Jenko yn chwarae pŵl. Bu bron iddo droi ar ei sodlau, ond ofnai y byddai gwneud pirwét sydyn yn siŵr o achosi poen ddiangen o dwll ei din. Mi fyddai'n rhy hwyr, fodd bynnag, achos mi welodd Dingo fo.

"Lemsnot! Be sgen ti, peils ta coes brwsh i fyny dy din?"

Doedd Lemsip ddim hyd yn oed wedi sylweddoli ei fod o'n cerdded yn ddigon stiff i unrhyw un sylwi. Cywirodd ei gamau a rhoi ei law ar waelod ei gefn. "Ffycin disgyn ar y grisia nithiwr. Reit ar 'y nghocsics. Basdad peth poenus."

"Cocsics? Be ffwc 'di hwnnw? Swnio braidd yn cinci i fi, mêt!" Chwarddodd Dingo'n gras wrth blygu i gymryd siot.

"Cynffon yr asgwrn cefn," medda Lemsip wrth gyrraedd y bar.

"Be?" holodd Dingo ar ôl suddo un o'r peli.

"Cynffon yr asgwrn cefn. Dyna ydi cocsics."

Chwarddodd Dingo. "Dwi'n gwbod hynny, siŵr! Tynnu arna chdi ydw i. Ffacin hel." Ysgydwodd ei ben. "Dwi'n cymryd na dyna pam ti ddim lawr yn y caffi 'na efo'r hogia, felly?"

Nodiodd Lemsip cyn archebu peint o Fosters.

"Ga i hwnna i chdi, Lemsip," medd Dingo wrth ddod draw i roi papur decpunt ar y bar, cyn mynd yn ôl i orffen ei frêc.

"Ti wedi bod i lawr yno dy hun heddiw, felly?" holodd Lemsip wrth gymryd swig a pharcio un boch tin yn ofalus ar ymyl stôl – cyn ailfeddwl a sythu 'nôl i'w draed mewn chwinciad.

"Naddo. Meddwl mynd yn munud o'n i. 'Social call' bach. Digwydd pasio a ballu." Claddodd Dingo'r bêl ddu efo ergyd galed i'r bocad waelod. "Tisio lifft? Sbario chdi gerddad. Ma hwnna'n edrych yn boenus."

"Wel, o'n i am ffonio Malwan... ond, ia, iawn, gymra i lifft," atebodd Lemsip wrth hoblan tua'r toiledau, heibio'r ddau foi â'r byd wedi ei datŵio dros eu breichiau.

Bu'n rhaid iddo glecio'i beint pan ddaeth yn ei ôl o'r bog, gan fod Dingo yn barod i fynd. Roedd un o hogia ifanc Dindeyrn newydd alw mewn yn sydyn i nôl ei barsal, ac mi oedd y cwsmar nesa yn amlwg newydd decstio.

"Pryd 'da chi am agor y caffi 'ma, ta?" holodd Dingo o sêt ffrynt y Toyota tra'n snortio lwmp o bowdwr gwyn o gornal ei gardyn banc.

"Dwi'm yn siŵr, Dingo," atebodd Lemsip o'r sêt gefn, lle'r oedd Jaco'r ci'n sbio'n ddu arno. "Dyddia cynnar. Gawn ni weld faint o waith fydd ar ôl i'w wneud."

"Anelu am Pasg ydach chi, ia?" holodd Dingo wedyn, cyn rhawio mwy o bowdwr fyny'i drwyn.

"Ia, am wn i, Dingo. Fydd rwbath cyn hynny yn fonws."

"Wel, gadwch i fi wbod pryd ma'r grand opening. Bydd rhaid 'fi fod yno i weld hanas yn cael ei neud. Mae gen i ffansi sesh, 'fyd. Heb gael blow-owt ers tro byd."

"Ti'n brysur, felly?" holodd Lemsip fel rhywun yn mân-siarad efo gyrrwr tacsi.

Chwarddodd Dingo yn uchel ac ysgwyd ei ben. "Ydw i'n brysur?! HAHA. Un digri wyt ti, Lemsnot!"

Iawn, ffwcio chdi ta, meddyliodd Lemsip, cyn clocio llygaid Col Jenko y gyrrwr yn rhythu arno yn y drych.

"Ma gennai ddigon i neud, Lemsnot, rho hi fel'na," medd Dingo wedyn. "No rest for the wicked, medda nhw!"

Chwarddodd Dingo'n uchel wrth i'r car droi i'r dde gyferbyn â thŷ Robi-di-reu ac i lawr tuag at ben y llwybr uwchlaw'r caffi.

"A be 'di hanas dy fam, Jenko?" holodd Lemsip wedyn, gan sbio ar y llygaid du yn y drych.

"Ma hi'n iawn, diolch. Pam?"

"Heb ei gweld hi o gwmpas ers tro. 'Di'm 'di bod yn cwyno, naddo?"

"Cwyno ma hi 'di neud erioed, Lemsip," medd y llygaid, ac os oeddan nhw'n gwenu, doeddan nhw ddim yn dangos hynny.

Stopiodd y car yn lle'r oedd y tarmac yn gorffen.

"Wel, diolch am y lifft," medd Lemsip wrth estyn am handlan y drws.

Chwyrnodd Jaco'r ci yn fygythiol arno.

"Dwi'm yn meddwl fod y Jaco 'ma'n cîn iawn arna fi, Dingo."

Chwarddodd ei berchennog yn uchel. "Sysio chdi allan mae o, Lemsnot! 'Dio'm yn siŵr iawn be i neud o'no chdi eto."

"Ma'n ffagots i'n ddigon da iddo fo, 'fyd!"

Chwarddodd Dingo wrth gamu o'r cerbyd ac agor drws y cefn

i Jaco gael rhedeg i'r traeth. "Aros fa'ma, Jenko," medda fo wrth ei ddreifar. "Fyddai'm yn hir."

Safodd Dingo'n sgwarog o flaen y car, yn syllu i lawr dros y traeth fel concwerwr. Roedd o'n atgoffa Lemsip o stori Claudius yn syllu dros y Sianel cyn concro Prydain i Rufain. Camodd Lemsip yn ei flaen a sefyll yn ei ochor.

"Duda i mi, Dingo. Pam wyt ti'n galw fi'n Lemsnot?"

Synnwyd Dingo, ond ddangosodd o mo hynny. "Dwn i'm, Lemsnot. Dwi'm yn meddwl dim byd cas. Dwi jysd… wel, dwi jysd yn cael y teimlad 'ma bo ti ddim yn licio fi."

Trodd Dingo i syllu arno fo am gwpwl o eiliadau, cyn troi ei olygon yn ôl tua'r traeth.

"Ac os dwi'n cael y teimlad yna efo rywun, dwi'n gorfod testio fo allan – ei bwsio fo, sdi. Ti'n dalld be dwi'n feddwl? Ei gael o allan ohono fo – faint yn union 'dio'm yn licio fi. Digon i fynd amdana fi? I drio'i lwc? Ta jysd, wel…"

Trodd at Lemsip eto.

"Weithia, ma'r boi'n ddigon o ddyn i ofyn i fi pam bo fi'n bwsio fo. Ac ma hynny'n dangos i fi fod y boi'n OK. Os fysa fo o ddifri ddim yn licio fi, fysa fo ddim yn boddran gofyn, naf'sa? Lemsip."

Syllodd i lygaid Lemsip, cyn gwenu'n amwys a throi 'nôl i syllu tua'r môr eto.

"Dwi'n licio'r môr, Lemsip. Mae o mor fawr. Mor ffycin wyllt. Untamed. Ellith neb ei goncro fo. Neb."

Pasiodd amball eiliad wrth i Lemsip gnoi ar eiriau'r gwerthwr cyffuriau cyhyrog roedd o wedi dod i'w gasáu.

"Ti'n gwbod y cwôt enwog hwnnw, Dingo? 'Veni, vidi, vici'?"

Oedodd Dingo cyn ateb. "Y Roman 'na?"

"Ia. 'I came, I saw, I conquered.' Dyna ddudodd o pan landiodd o'n Brydain, yn ôl y sôn."

"Be ti'n drio'i ddeud, Lemsip?"

"Wel, adag yna, yndê, dim fel 'f' oedd y Romans yn deud y llythyran 'v', ond fel 'w'."

Syllodd Dingo'n hurt arno. Aeth Lemsip yn ei flaen.

"Felly, dim 'veni, vidi, vici' ddudodd o. Ond 'weni, widi, wici'!"

Syllodd y ddau ar ei gilydd am eiliad neu ddwy arall, cyn i wreichionen dddawnsio yng nghornal llygad Dingo a neidio i'r awyr rhyngthon nhw. Chwarddodd y gangstar yn uchel. Gwenodd Lemsip.

38

Tongs oedd y cynta i weld corff casgan Dingo yn sgwario i lawr y llwybr tua'r traeth, efo Lemsip yn ei ddilyn. Tongs hefyd oedd y cynta i weithredu i achub y dydd. Digwydd bod allan yng nghefn y caffi oedd o ar y pryd, ac mi drodd ar ei sodlau a rhedeg i mewn trwy'r drws cefn a symud y cwcyr – oedd eisoes wedi ei dynnu oddi wrth y wal er mwyn llnau y tu ôl iddo – yn erbyn drws y cwpwrdd lle'r oedd trysor gwyrdd, drewllyd yr hogia'n cuddio.

"Hogia! Os oes genna chi sbliffs neu ffags arna chi, taniwch nhw!" gorchmynnodd, lai na hannar munud cyn i Dingo'i lordio hi mewn trwy'r drws ffrynt. Y gobaith oedd y byddai hogla'r mwg yn cuddwisgo'r hogla sgync 'broc môr' oedd eisoes yn llenwi'r lle.

"Ffacin hel, hogia, decorêtio 'da chi fod i neud, dim destroio!" gwaeddodd Dingo cyn dechrau sniffio'i drwyn yn ddramatig. "Jîsys Craist, be ffwc 'da chi'n smocio? Ffycin seaweed?" Chwarddodd yn uchel ac ailadrodd ei jôc. "Sea-*weed*! Dalld?"

"Ma rhywun efo cracyrs ar ôl ers Dolig, felly?" medda Tongs.

Chwarddodd Dingo eto. "Na, go iawn – be ffwc 'da chi'n smocio? Ma 'na ffwc o hogla da arna fo."

"Hwn," medd Math wrth basio joint o stwff Robi-di-reu a rowliodd yn gynharach. "Stwff Robi-bysidd-gwyrdd fan hyn."

Cymerodd Dingo flast bach. "Neis iawn. Mae dy horticultural skills di'n altro, Robi! Falla fydda i'n cynnig job i chdi cyn hir!"

Pasiodd y sbliff yn ôl i Math. Doedd o'm isio mwy am fod ganddo fusnas i'w wneud, medda fo.

"So, hogia. Dwi'n licio'r decor, rhaid 'mi ddeud. Lliwia Jamaica? Nice touch."

"Lliwia Rasta, actiwali," medd Robi-di-reu. "Lliwia rrreu!"

"A lle ffwc ti 'di bod, Wil Goes Bren?" medda Tongs wrth weld Lemsip yn hoblan i mewn trwy'r drws. "Be sgin ti – peils ta dildo yn dy din?"

"Ti'm isio gwbod," oedd ateb Lemsip.

"'Nes di'm digwydd cael slap gan Malwan am ddeud clwydda amdana fo, naddo?"

Gwenodd Lemsip wrth ddallt be oedd gan ei fêt mewn golwg. "Jysd meddwl fyswn i'n chwalu dy ben di am y crac, Tongs."

"Wel, Malwan fydd yn chwalu dy ben *di* rŵan, washi."

"Be ti'n feddwl? Ti'm wedi...?"

"Sut ti'n feddwl ffendias i allan? O'dd rhaid 'fi fynd i ymddiheuro, doedd? Doedd hi'm yn hir cyn i ni ddallt bo chdi'n malu cachu. Aeth Malwan yn wallgo."

"O ffyc!"

"Wel, ti'm yn beio fo, nagwyt? Iwsio cyflwr ei blentyn o i chwara jôc ar rywun. Fyswn i'n cadw o'i ffordd o, os fyswn i'n chdi. Mae o ar ben caej."

"Felly," medda Dingo, wedi blino gwrando ar y ddau ffrind yn mynd drwy'u pethau. "Pryd 'da chi'n meddwl fyddwch chi'n agor? Ddim yn hir, fyswn i'n ddeud."

Tarodd Dingo'i olwg o gwmpas y waliau wrth gamu i gyfeiriad y cowntar.

"Synnwn i ddim os allwn ni agor cyn Pasg," medda Tongs a cherdded ar ei ôl o. "Ond ma'n dibynnu ar y letrig a dŵr."

"Be ddigwyddodd i'r plan mawr 'na?" holodd Dingo wrth gamu at y cwcyr.

"Plan A? Ma honno 'di mynd," medda Tongs wrth bwyso ar y cwcyr.

"A Plan B?"

"Ar y cês. O ia, o'ni 'di meddwl gofyn i chdi – sgen ti oriad cratsh y botal gas?"

"Goriad?"

"I'r padloc?"

"Be, oes 'na badloc arno fo?"

"Oes, sbia," medd Tongs wrth ei arwain allan trwy'r drws cefn i ddangos. "Yli, mae 'na badloc arno fo."

"Ond mae o'n 'gorad, y cont gwirion," medda Dingo wrth weld y clo pitw yn hongian yn rhydd ar giât agored y cratsh.

"Yndi, ond does 'na'm goriad ynddo fo, nagoes."

"Wel ffycin prynu padloc newydd felly, yndê!"

"Wel ia. Dyna o'n i'n pasa gneud. Ond jysd gofyn gynta, rhag ofn fod y goriad gen ti ar y bwnsh mawr 'na oedd gen ti ddoe."

"Wel ffycin nagoes, siŵr ffycin dduw. Pwy ffwc fysa'n rhoi goriad mor fach ar fwnsh o oriada fel'na?"

"Yn union," cytunodd Tongs yn syth, fel y daeth miwsig uchel i flastio o du mewn y caffi. Roedd rhywun wedi dewis un o CDs y Cracked Actors a wacio'r foliwm i fyny.

"Oedd 'na lot o shit tu mewn, ta?" holodd Dingo wrth sbio ar y doman o lanast gerllaw. "Dwi'm yn cofio be oedd gennai i mewn yma, i ddeud y gwir."

"Dim byd mawr," medd Tongs gan drio'i hudo'n ôl i mewn i'r caffi cyn iddo hogleuo'r siaced o resin oedd wedi'i thaflu ar y doman. "Chdi oedd bia'r mashîn pinball 'na?"

"Na, y mypet oedd bia'r lle gynt," atebodd Dingo. "Adawodd o lwyth o betha yma. Oedd hi'n un o'r cwic sêls mwya sydyn welodd neb erioed, Tongs!"

Winciodd Dingo a chwerthin yn ddieflig.

"Ti 'di clywad y band 'ma, Dingo?" holodd Tongs wrth ei arwain yn ôl am y drws. "Criw o Brum ydyn nhw. Ffrindia i ffrind i ni. O'ddan ni'n meddwl 'u cael nhw i chwara yma os eith petha'n dda at yr ha – allan ar y traeth, sdi."

"Cŵl. Ma nw'n swnio'n OK," atebodd Dingo wrth ei ddilyn dros y trothwy a dechrau sniffio eto. "Ffyc mi, ma'r sgync 'na'n drewi, cont. Ma 'na ffwc o ogla yma. Be hadyn 'dio, dwad? Caws? Purple Haze? Wheelchair?"

"Dwn i'm, Dingo. Rhaid i ti ofyn i Robi."

Croesodd y ddau'r llawr yn ôl at le'r oedd yr hogia'n hofran, yn hannar gweithio a hannar malu cachu efo Lemsip. Canodd ffôn Dingo ac wedi cymryd golwg sydyn ar y rhif oedd yn galw, gwasgodd y botwm coch a rhoi'r ffôn yn ôl yn ei bocad.

"Rhaid 'fi fynd, hogia. Jysd digwydd pasio o'n i. Dwi ar 'yn ffordd i rwla."

"Lle gas di hyd i hwn, ta?" holodd Tongs, gan fodio tuag at Lemsip.

"Yn y Twrch. Ar ei ffordd yma oedd o hefyd. Ond bod ei gocsics o'n brifo gormod!"

Chwarddodd Dingo'n gras eto, cyn rhoi ei fys a bawd yn ochrau ei geg a wislo'n uchel. O fewn dim, sgythrodd Jaco i mewn trwy'r drws a chreu panig ynghylch y potiau paent agored. Rhedodd o amgylch pawb yn eu tro i hel eu cyfarchion – a'r tro yma mi aeth at Lemsip hefyd.

"Iawn, wela i chi 'gia," medda Dingo a gweiddi ar Jaco i'w ddilyn, cyn troi a wincio ar Lemsip. "Weni, widi, wici... Lemsip!"

39

Roedd y Cynghorydd Tecwyn Pierce yn difaru'i enaid peidio â derbyn gwahoddiad Syr Wallace Scott-Hyde i ginio dydd Sul yn y Fairbanks Borders Country Hotel. Er fod cinio preifat efo cadeirydd y North West Regional Development Consortium a gweision sifil eraill wedi ei demtio, gwyddai y byddai hynny'n un perk bach yn ormod ar ôl penwythnos i ffwrdd yng Nghaer ar draul y trethdalwyr.

Mi oedd pwrpas y penwythnos yn gwbwl swyddogol, wrth gwrs. Roedd o'n mynychu Uwch-gynhadledd Cynllunio a Datblygu Rhanbarthol yn rhinwedd ei ddyletswyddau fel Is-gadeirydd Pwyllgor Cynllunio'r cyngor sir. Ond dyletswydd answyddogol fyddai ciniawa efo Syr Wallace a'i gyd-weision sifil, ac amrywiol seirff eraill o'r North West Regional Development Consortium. A'r cinio'n ddim mwy na swarê di-brîffio i selio'u 'cyfeillgarwch' answyddogol, nid peth doeth fyddai cyflwyno talebau costau i adran dreuliau'r Cyngor ar ddiwadd y mis. A doedd gan Tecwyn Pierce ddim math o awydd talu drosto'i hun – yn enwedig ar ôl noson hwyr yn yfed brandi yn lownj gwesty mwya moethus y ddinas y noson gynt. A beth bynnag, er ei gysylltiadau rhyngweithiol â phob math o gymdeithasau cudd ac uchel-ael, doedd o ddim mewn gwirionedd yn licio'r hoiti-toitwyr afiach oedd yn gyd-aelodau iddo. Yn enwedig y Saeson yn eu plith – adlais o'i fagwraeth yng nghefn gwlad gogledd-orllewin Cymru, mae'n debyg.

Wedi gyrru adra – dros y lefel gyrru ag alcohol, mwya thebyg – yn hytrach nag ymuno â'r 'byddigions', roedd o ar ei gythlwng ac yn edrych ymlaen at ginio dydd Sul cartra. Ond, fel oedd yn digwydd fwyfwy y dyddiau hyn, doedd 'madam' ddim wedi trafferthu i goginio'r un dysan wen. Yn ei gwely yr oedd hi, a'r unig arwydd o waith cegin oedd potal wag o jin yn gorwedd ar ei hochor ar y bwrdd.

Penderfynodd fynd i'r Twrch am blatiad. Dim cweit y Fairbanks Borders, ond roeddan nhw'n gwneud cinio digon cartrefol am saith bunt a chweig. Ac mi oedd hi wastad yn beth da i gael ei weld yn cefnogi busnas lleol a dangos ei wyneb i'r etholwyr. Doedd hynny ddim mor hawdd ag y bu unwaith. Wedi pum mlynadd ar hugain o ddringo'r ysdol yng nghoridorau a siambrau Dre a Chaernarfon, mi oedd cryn ymddieithrio wedi digwydd rhwng y Cynghorydd Pierce a'i blwyfolion. Roedd rhaid iddo gyfadda fod cwynion rhai eu bod nhw'n gweld mwy ohono yn y papurau nag ar y strydoedd lleol yn agos at eu lle. Ac efallai mai digon teg, hefyd, oedd sylwadau rhai bod y fersiwn un dimensiwn ohono mewn print yn llawer mwy o werth i'r gymuned na'r un cig a gwaed.

Ond "tyff shit" oedd ei ateb i hynny. Caent gwyno hynny lician nhw. Nid ei fai o oedd hi nad oedd gan neb ddigon o waelod a chydwybod cymdeithasol i sefyll yn ei erbyn bob pum mlynadd. Serch hynny, cyn mentro i unrhyw weithgaredd cyhoeddus yn ei etholaeth roedd rhaid wrth wydriad bach o Scotch i sadio'i nerfau.

Wedi tynnu ei dei a newid ei grys i un mwy 'hamddenol', tolltodd wydriad mawr iddo'i hun ac estyn sigarét. Roedd ar fin ei thanio pan ganodd ffôn y tŷ.

"O ffyc off," meddai, a gadael iddi ganu.

Taniodd ei sigarét a chymryd sip o'i wisgi. Aeth y ffôn i'r peiriant ateb.

"*Hi, Tecwyn, it's Dave Stour, Chamber of Trade. I realise it's a Sunday, but I'm guessing it's the easiest day to get hold of you…*"

"Wel, y cont sarcastig!" medd Tecwyn Pierce, a llyncu gweddill y wisgi.

"*… a matter of great concern for myself and fellow members…*"

Tolltodd Tecwyn Pierce wydriad arall o wisgi – un chydig yn llai y tro hwn.

"*… violence yet again on a Saturday night, it will scare tourists away and businesses will suffer as a result…*"

Oedd, mi oedd hynny'n bryder dilys, chwarae teg, meddyliodd Tecwyn – ond yn ddim byd newydd. Câi aros am heddiw, ac mi wnâi'n siŵr y byddai'n ffonio Dave yn ôl bore fory.

"*… drug-related crime is increasing. I mean, according to the landlord of the Thleden, last night's free-for-all was between rival drug-dealing gangs…*"

Cododd clustiau Tecwyn Pierce. Efallai fod cyfle yn fan hyn am benawdau defnyddiol yn y papur lleol.

"*… to say about a rural idyll, but we're concerned that it's descending into some sort of turf war…*"

Ysgydwodd Tecwyn ei ben. Un am orymateb fu Dave Stour erioed. Ond mi oedd ganddo fo bwynt. Roedd cyffuriau caled yn bla yn yr ardal, ac mi oedd pawb yn gwybod pwy oedd y gwerthwyr.

"*... not my direct councillor but the town's Chamber of Trade does include Dindurn, and as you know, I have more faith in you than most town councillors...*"

Cododd Tecwyn y ffôn.

***

O'r diwadd, mi gyrhaeddodd ei ginio y bwrdd wrth y ffenast yn lownj y Twrch. Roedd Tecwyn ar lwgu erbyn hynny ac mi oedd y cinio 'cig eidion lleol' yn ogleuo'n hyfryd. Bu'r ffaith iddo gyrraedd ei fwrdd hefyd yn fodd i gael gwared o Dylan Penwaig, a ddaeth draw i'w ddiflasu ynghylch plant ifanc yn yfed wrth y lanfa gychod islaw'r pentra.

Sglaffiodd Tecwyn Pierce y cwbwl lot, a gwagio'r ddesgil datws a llysiau – ac un arall, pan gynigiwyd un iddo – i gyd. Wedyn, mi archebodd bwdin cacan ffyj siocled efo hufen, a chwalu honno hefyd. Golchodd y cwbwl i lawr efo wisgi mawr, cyn archebu coffi a mynd allan i'r awyr iach i smocio sigarét a rhechan.

Tra'n tynnu'n braf ar ei Benson, estynnodd ei ffôn a rhoi galwad i'w ffrind a'i gyn-bartner golff, y Ditectif Ringyll Wynne Pennylove.

"Wynne, sut hwyl? Erstalwm... Dwi'n champion, diolch yn fawr. Newydd chwalu trwy ginio dydd Sul yn y Twrch... Oedd yn tad, neis ofnadwy," gwenieithodd wrth i'r weinyddes ifanc ddod i'r drws i ddweud fod ei goffi ar y bwrdd.

"Beef... Oedd... Lleol, ia, wel, medda nhw... Beth bynnag, y rheswm dwi'n ffonio ydi 'mod i wedi cael galwadau ffôn ynghylch be ddigwyddodd yn y Lledan neithiwr."

Mi oedd y ditectif wedi clywed am yr helynt, ond dim byd yn swyddogol gan mai'r heddlu iwnifform oedd â chyfrifoldeb am droseddau tor-heddwch.

"Wel, yn ôl be mae pawb yn ei ddweud, ffrae rhwng drug-dealers lleol oedd tu ôl yr helynt..."

Gwrandawodd Tecwyn ar ei ffrind yn traethu am y broblem cyffuriau a'r diffyg adnoddau ac ewyllys gwleidyddol i fynd i'r afael â'r broblem.

"Wel, Wynne, mae'n bosib 'mod i wedi cael hyd i'r foronan – neu'r ffon, hwyrach – fydd yn gorfodi'r powers-that-be i ddod o hyd i'r ewyllys hwnnw."

Mi fachodd hynny sylw'r heddwas yn syth, ac o fewn dim roedd y ddau wedi trefnu i fynd am rownd o golff yn y deuddydd nesa – gan ddibynnu ar ddyddiaduron y ddau pan gaent olwg arnyn nhw nes ymlaen yn y prynhawn. Addawodd Wynne wneud ymholiadau tawel i weld oedd yna gynlluniau ar y gweill gan yr adran Serious Crime i roi troed ar y broblem, ac addawodd Tecwyn yntau wneud ymholiadau cyfrwys ymysg mân-siaradwyr y gymuned. A chan addo ffonio eto wedi gwirio'i ddyddiadur, ffarweliodd Tecwyn Pierce â'r Ditectif Ringyll Wynne Pennylove. Cyffyrddodd y botwm coch ar sgrin ei ffôn, stwmpio'i sigarét allan yn y blwch pwrpasol a mynd i yfed ei goffi.

40

"Sgen ti unrhyw syniad be oedd Robi-di-reu yn fwydro amdano nos Wenar yn y Twrch, Bitrwt?" holodd Raquel wrth dynnu'r cyw iâr o'r popty.

"Sgiwsia fi, Raquel, ond oes genna i ddredlocs mawr coch ar 'y mhen?"

"Nagoes, Bitrwt."

"Sgennai locsan fawr goch fel cedors woolly mamoth, ta?"

"Nefoedd wen, Bitrwt!"

"Ydw i'n siarad mewn acen ryfadd? Wel... lot o acenion rhyfadd?"

"Dwi'm yn gwrando arna chdi, Bitrwt!"

"Neu ydw i'n edrych fel gofalwr i rywun o'r disgrifiada uchod?"

"Bitrwt! Oes rhaid i chdi fod yn gymint o hedffyc?"

"Yndi. Ma'n well bod yn hedffyc nag yn headless."

"'Di hynna'm yn gneud sens."

"Mae o i rywun efo'i ben yn ffycd."

"Anghofia 'i," medd ei chwaer wrth estyn cyllyll a ffyrc o'r drôr. "'Dio'm yn bwysig. Cer â rheina drwodd at y bwrdd."

"Ok, be ddudodd o wrtha ti, Raq?"

"Rwbath am fuldio beach bar. Cofia di, o'dd o off ei ben – ar rwbath mwy na mwg drwg, os ti'n gofyn i fi."

"Cwrw," medda Bitrwt. "'Dio'm yn yfad yn amal, sdi."

"Sgen ti syniad be oedd o'n sôn am, ta be?"

"Dim obadeia, Raq bach. Synnwn i ddim fod yr aliens yn iwsio'i frên o i brôdcastio negeseuon cryptig. 'Sa ti'n meddwl fo nhw'n gwbod yn well, ond dyna fo…"

Ochneidiodd Raquel. "Ti'n mynd â'r cyllyll a ffyrc 'na drwodd, ta be?"

Gollyngodd Bitrwt y teclynnau bwyta mewn peil ar ganol y bwrdd.

"Ti am ddod at y bwrdd, Mam?" holodd.

"Www, ma cinio'n barod, blantos," medda Mrs Doran wrth yr efeilliaid oedd yn lled-orwedd ar y llawr o'i blaen yn gwylio'r LEGO Movie ar DVD. "Dowch at y bwrdd rŵan, chop chop."

"Lle ma Cimwch gen ti, eniwe?" gofynnodd Bitrwt pan ddaeth ei chwaer drwodd efo'r platiau.

"O, paid â sôn. O'dd 'na uffarn o helynt yn y Lledan neithiwr. Ma 'na lanast y diawl yn y bar, ac ma'r cops ar eu ffordd draw i gymryd stêtment."

"Pwy oedd yn cwffio, ta?" gwaeddodd Bitrwt ar ei hôl pan ddiflannodd ei chwaer i'r gegin i nôl y llysiau a'r grefi.

"Criw Dre a criw fa'ma."

"Pwy 'lly?"

"O, ti'n gwbod," atebodd wrth ailymddangos efo'i dwylo'n llawn. "Criw Dingo."

"Oedd Dingo yno?"

"Nagoedd. Jysd rhei o'i fêts o. Off eu penna, fel arfar. Chwara darts oeddan nhw – pawb efo'i gilydd. A nath o jysd cicio off, mwya sydyn."

"Pam?"

"Be ddiawl dwi'n wbod? I gyd i neud efo pres drygs os ti'n gofyn i fi. O'ddan nw'i gyd i mewn ag allan o'r toilets yn cymryd rwbath. Cocên, ma siŵr."

"A welis di'r ffeit?"

"Do! Fi ffoniodd y cops. Oedd raid i fi – ti 'di gweld seis ar rei o'r idiots 'na? O'ddan nhw'n lladd 'i gilydd, Bitrwt. O'dd 'na un owt cold ar lawr, ac o'ddan nhw'n dal i'w gicio fo yn ei ben. O'dd y ffycin lle – wps, sori Mam – yn blydi racs."

"Jîsys. Lle oedd Cimwch, ta?"

"Yno, yn eu canol nhw! Y diawl gwirion yn meddwl fysa fo'n gallu'u cŵlio nhw i lawr. Clec gath o nes oedd o ar ei hyd. O'dd ganddo uffarn o sheinar bora 'ma."

Chwarddodd Bitrwt.

"'Dio'm yn ffyni, Bitrwt. 'Sa 'di gallu brifo'n ddrwg."

"Ddoth y cops, dwi'n cymryd?"

"Ar ôl i bob dim orffan, 'de. Tua 'run pryd â'r ambiwlans."

"Be, aeth rywun i'r sbyty?"

"Dic Chops a Gary Wils. Ond o'ddan nhw allan erbyn bora 'ma."

"Gath rywun ei arestio?"

"Na. Ond ma'r cops wedi mynd â'r CCTV."

Sylwodd Bitrwt fod ei fam yn cael traffarth codi, ac aeth draw i'w helpu hi a'i harwain at y bwrdd.

"Gad fi fynd, y diawl bach," medda hi. "Pwy sy 'na, Declan ia?"

"Ia, Mam," medd Bitrwt, gan sylwi fod ei meddwl yn ffwndrus eto. Doedd hi ddim wedi ei alw fo'n Declan ers pan ddechreuodd hi ei alw fo'n Bitrwt pan oedd o'n ddim o beth.

"Ti'n drewi o gwrw a ffags. Fel dy blydi dad."

"Diolch, Mam. Well na drewi o biso, dydi?"

"Bitrwt!" gwaeddodd Raquel.

"Be?" medd Bitrwt. Roedd o a'i fam wastad wedi tynnu ar ei gilydd yn y fath fodd.

"Dim o flaen y plant! A cofia, dydi ddim o gwmpas ei phetha."

"Piso yn dy drwsus wyt ti o hyd, y mwnci bach," medd ei fam.

Chwarddodd Bitrwt, a gwenodd Raquel hyd yn oed. Ond doedd yr un o'r ddau yn siŵr ai tynnu ar ei mab oedd hi p'run ai meddwl ei fod o'n dair oed o hyd.

Wedi cael Caio a Ceri i ista rownd y bwrdd, dechreuodd pawb rawio'r bwyd i lawr eu gyddfau, a Raquel yn helpu ei mam i dorri ei chig yn ddarnau mân.

"Faint 'di'ch hoed chi, rŵan, Caio a Ceri?" holodd Bitrwt yr efeilliaid.

"Pump oed," atebodd Caio.

"Naci tad!" medd Ceri. "Pump a tri chwartar!"

"Rargol fawr! Dydach chi'n tyfu, dudwch! 'Da chi bron â dal i fyny efo'ch brawd a chwaer mawr! A sut ma rheini dyddia yma gen ti, Raquel?"

"Iawn, hyd y gwn i. Ma Huw dal yn y coleg yn Bangor a Bethan yn Manceinion o hyd."

"A be ma hi'n neud yno dyddia yma?"

"Dal i nyrsio."

"O, reit dda. Chwara teg iddi."

"Nyrs ydi dy chwaer, sdi, Declan," medd Mrs Doran.

"Naci, Mam. Gweithio'n lle dôl ma hi."

"Yn lle?"

"Yn Dre."

"O? Dwi heb ei gweld hi erstalwm, cofia."

"Wel, ti isio sbectol felly, Mam bach, achos ma hi'n ista'n fa'na."

"O? Raquel sy 'na, ia?"

"Ia, Mam," medd Bitrwt yn drist.

Doedd Raquel ddim wedi gallu ateb.

Bu cyflwr eu mam yn dirywio'n ddiweddar a gwyddai'r ddau y byddai'n amser penderfynu cael gofalwr – neu hyd yn oed gael lle iddi mewn cartra – cyn bo hir.

"Pam bo Nain ddim yn gweld yn iawn, Bitrwt?" holodd Caio.

"Am ei bod hi'n hen ac isio sbectols," atebodd ei ewyrth.

"O, dwi'n cofio rŵan," medda Nain. "Wsdi mai ar ôl Raquel Welch gafodd dy fam ei henwi?"

Sbiodd y ddau fach ar ei gilydd a dechrau chwerthin.

"'Ych taid oedd yn licio honno, w'chi. Byth ers iddo'i gweld hi'n cael ei byta gan y deinosors 'na."

"Be, go iawn?" holodd Ceri fach. "Oedd 'na deinosors pan o'dda chi'n fach, Nain?"

"Oedd, Ceri," medd Bitrwt. "Ond dim ond rhei bach, bach. A doeddan nhw ddim yn byta neb. Jysd ticlo bobol oeddan nhw."

Chwarddodd yr efeilliaid.

"Be oeddan nhw'n fyta, ta?" holodd Caio.

"Wel, pys yndê!"

Chwalodd y ddau i chwerthin eto, cyn dechrau herio'r gosodiad hurt gan eu hwncwl hurtach.

"Doedd'na ddim pys yn adag y deinosors!"

"Wel, oedd siŵr, Caio! Pys slwtsh oeddan nhw."

"Nagoedd ddim!" mynnodd Ceri. "Doedd 'na ddim siopa adag y deinosors!"

"Wel oedd siŵr! Siopa Pys oedd eu henwa nhw. Ond dim pys gwyrdd oeddan nhw cofiwch, ond rhai pinc efo sbotia melyn."

Trodd y ddau fach i sbio ar ei gilydd eto, cyn chwalu i chwerthin nes bod llond ceg o bys a tatws yn sbrêo i bob man.

"A 'da chi'n gwbod pa flas oeddan nhw?"

"Pys, siŵr iawn!" gwaeddodd Caio.

"Naci tad," medd Bitrwt.

"Ia tad!" mynnodd y ddeuawd.

"Naci. Ydach chi am gesho?"

"Bananas!" medda Ceri, a gweiddi chwerthin "Hahahaha" mawr.

"Naci."

"Lolipops!" gwaeddodd Caio.

"Naci," medda Bitrwt eto.

"Hufen iâ!" bloeddiodd Ceri.

"Naci. Ydach chi'n gif yp?"

"Yndan!" bloeddiodd y ddau.

"Tshoclet!" gwaeddodd Bitrwt. "Hwrê!"

"Ieeeeiiii!" gwaeddodd y ddau fach.

"Ac os wnewch chi fyta'ch cinio i gyd, hwyrach fydd gan Yncyl Bitrwt joclet i chi."

"Ieeeeiiii!"

"Be, pys tshoclet?"

"Naci, Caio," medd Bitrwt gan drio'i orau i gadw gwyneb syth. "Yn anffodus, yndê, does'na ddim pys tshoclet ar ôl yn y byd rŵan, nagoes?"

"Pam?"

"Wel, am fod y deinosors wedi'u byta nhw'i gyd, siŵr!"

Peth prinnach, bron, na phys blas siocled oedd gweld Bitrwt yn sychu llestri. Mi oedd o'n golchi ei lestri ei hun yn y fflat, wrth reswm, ond doedd o byth yn eu sychu nhw, dim ond eu gadael i ddiferu yn y rac tan fyddai eu hangen nhw eto. Prinnach fyth oedd ei weld o'n sychu llestri tra'r oedd ei chwaer yn eu golchi – y math o olygfa sydd fel arfer yn cynrychioli 'domestic bliss' gŵr a gwraig mewn partneriaeth gyfartal, aidîal, a'r gŵr wedi ei ddofi gan yr oes newydd o gydlyniad gender.

"Be ti'n feddwl, ta?" holodd Raquel cyn hir.

"Dydi hi heb waethygu gormod ers tro dwytha i mi'w gweld hi," atebodd Bitrwt. "Ond… Wel, does 'na ddim troi 'nôl efo'r ffwc peth, nagoes? One way ydio, yndê."

Daliodd y ddau at eu gwaith am hannar munud tawel.

"Fydd hi ddim yn hir cyn…" dechreuodd Raquel sibrwd, a stopio, fel 'tai hi am ei glywed o gan ei brawd hefyd. Roedd hi angen hynny. Ac roedd hi ei angen o fwy na dim arall ar y funud.

"Cyn i ni orfod gneud penderfyniad? Dwi'n gwbod, Raq. Ffyc… Ma'n gas gen i feddwl am y peth…!"

"Finna 'fyd. Mae o'n… wel…"

"Hedffyc!"

"Yndi. Ffycin hedffyc go iawn."

Gollyngodd Raquel blât ar lawr teils y gegin, ond rywsut mi laniodd ar ei hymyl, heb falu, a rowlio mewn cylch nes dod i stop wrth ei thraed, cyn gorwedd ar ei hochor yn daclus a thorri'n ddau hannar union, yn syth i lawr y canol. Roedd hi fel 'tai'r blât, hefyd, yn trio'i gorau i fod yn ddistaw rhag i'w mam glywed.

Plygodd Bitrwt i'w chodi a'i rhoi yn y bin.

"Dwi'n meddwl ei bod hi braidd yn fuan i feddwl am gartra, fy hun. Be ti'n feddwl?"

"Yndi, ella," ystyriodd Raquel. "Ond neith o'm drwg i holi. Rhag ofn iddi waethygu'n sydyn. Fel'na mae o'n digwydd, yndê?"

"Oes 'na'm rhywun all biciad i mewn i jecio arni? Heblaw ni, 'lly?"

"Mae 'na ofalwyr ar gael, oes… Ac mae Helen drws nesa yn dda efo hi. Ond ellith neb fod efo hi twenti-ffôr-sefyn. Ma hynny'n dychryn fi. Be os 'di'n gadal y sosban jips ymlaen?"

"Wel, mi ddaw yr amsar hynny'n gynt na 'da ni'n feddwl, ma siŵr. Fysa'n well i ni fynd â petha peryg o'r tŷ, dwad?"

"Dwi'n dal i feddwl y dylsa ni feddwl am gartra."

Wnaeth Bitrwt ddim ateb. Fedrai o ddim dychmygu'r fath beth. Bywyd mewn cartra oedd ei syniad o uffern.

"Bitrwt?"

"Be?"

"Be ti'n feddwl?"

"Dwn i'm. Mae o jysd yn ormod i fi ar y funud…"

"Ti'n iawn, wyt?"

"Yndw, dwi'n ffycin iawn. Pam fod pawb yn meddwl bo fi ddim?"

Syllodd Raquel i fyny ac i lawr ar ei brawd bach. Roedd o'n edrych yn ddrwg, yn denau fel cribin ac yn llwyd, a bagiau duon dan ei lygada.

"Fasa'n well i chdi ddechra byta'n iawn a cael chydig o gwsg."

"O, paid â dechra, Raquel bach! Dwi 'di byta cinio heddiw, yn do? Helô!"

"Ffycin hel, Bitrwt, gymrodd y twins blatiad mwy na chdi! Yli, dwi'n gwbod fod gen ti lot ar dy feddwl, sdi…"

"Oes wir? Fel be? Sut ti'n gwbod?"

"OK, dwi *ddim* yn gwbod. A ti'n gwbod pam, dwyt? Am bo chdi'n cau deud. Ti'n deud dy hun fod bobol o hyd yn gofyn os wyt ti'n iawn, ond ti ddim yn atab, nagwyt?"

"Dim gofyn os dwi'n iawn mae bobol, naci. Deud bo fi'n 'annoying' ac yn 'hedffyc' maen nhw!"

"Wel, mi wyt ti'n dwyt?" medd ei chwaer. Er ei bod hi'n meddu ar allu rhyfeddol i fod yn amyneddgar wrth ei gwaith, prin oedd ei sgiliau cymdeithasol y tu allan i'r gweithle.

"Wel, yndw siŵr dduw, hogan! Fyswn i ddim yn Bitrwt os na fyswn i, naf'swn? Yli, mae gennai hangofyr, dyna'r cwbwl. Paid â cymryd petha i galon. A stopia weld petha sydd ddim yno. Dwi'n iawn. Wyt *ti'n* iawn 'di'r peth?"

Oedodd Raquel cyn ateb. "Yndw. Pam ddylswn i ddim bod?"

"Dwn i'm. Sixth sense. Dwi'n frawd i chdi a dwi'n sensio'r petha 'ma."

"Merchaid sydd i fod efo'r 'sixth sense', Bitrwt."

"O ia?" heriodd ei brawd dan wenu.

"Ia."

"Felly sut 'mod i'n iawn yn be dwi'n ddeud, ta?"

"Be ti'n feddwl?"

"Sut 'mod i'n iawn i feddwl fod 'na rwbath yn dy boeni di?"

"Does 'na ddim."

"Ti'n siŵr?"

"Bendant."

"Pam ddos di mewn i'r Twrch noson o'r blaen, ta?"

"Be, sgennai'm hawl piciad mewn am ddrinc sydyn ar y ffordd i aerobics?"

"Raq – dwyt ti *byth* yn 'piciad mewn' i nunlla am 'ddrinc sydyn'!"

Aeth Raquel yn dawel.

"Sut mae petha efo'r Cimwch 'na?"

Anwybyddodd Raquel y cwestiwn. Cydiodd yn y platiau'r oedd ei brawd wedi'u sychu a'u rhoi yn y cwpwrdd.

"Dwi rioed wedi licio'r ffwcsyn fflash, i fod yn onast," medd Bitrwt.

"Dwi'n gwbod," atebodd ei chwaer.

"So?"

"So be?"

"Sut *mae* petha?"

Synhwyrodd Bitrwt ei bod am agor ei chalon iddo. Tarodd y lliain sychu llestri ar yr ochor ac estynnodd ei ddwylo at ei hysgwyddau. "Gei di ddeud wrtha fi, sdi Raq. Hedffyc neu annoying, dwi yma i chdi."

Boed ei chwaer am rannu rhywbeth efo fo ai peidio, chafodd hi ddim cyfle i wneud hynny achos mi gerddodd eu mam i mewn i'r gegin a gofyn oedd y cyw iâr wedi gorffen cwcio.

"Do, gobeithio, Mam," atebodd Bitrwt. "Achos ti newydd ei fyta fo."

41

Wrthi'n 'garddio' oedd Robi-di-reu pan glywodd o sŵn drws car yn cau. Roedd o newydd symud byds mawr a fu'n hongian i sychu ers dwy neu dair wythnos a'u rhoi mewn jariau i giwrio am bythefnos arall, ac wrthi'n hongian byds roedd o newydd eu torri yn eu lle. Trodd y stereo fach i ffwrdd a mynd i sbecian trwy gil drws y cwt.

Dingo oedd yno – er syndod i Robi, gan nad oedd o erioed wedi galw heibio o'r blaen. Gwyliodd o'n cnocio drws cefn y tŷ, felly caeodd ddrws y sied y tu ôl iddo a chychwyn cerdded ar draws yr iard. Digwyddodd Dingo droi rownd a'i weld o.

"Robi-di-reu!" cyfarchodd yn siriol wrth ddod i'w gwfwr ar ganol y patsh.

"Reu, Dingo. Crrroeso i'r ffarrrm, gyfaill. Be ga i neud i chdi, reu?"

"O, jesd galw, rili. Wel, mwy na hynny, actiwali," meddai, fymryn yn chwithig. "Jysd meddwl am y gwair 'na ti'n dyfu."

Gwenodd Robi-di-reu. Roedd o wastad wrth ei fodd pan oedd ei gynnyrch yn creu argraff ar rywun. "Isio peth wyt ti?"

Difarodd Robi ddweud hynny pan gofiodd nad ei gynnyrch o oedd yn drewi'r caffi allan ddoe.

"Wel, fyswn i'm yn deud na i sortar, 'de," atebodd Dingo. "Ond jysd awydd busnesu o'n i fwy na dim. Gweld dy set-yp di."

Sylwodd Dingo ar yr olwg ddryslyd a fflachiodd dros wyneb blewog Robi-di-reu.

"Paid â poeni. Dwi'm isio myslo i mewn arna chdi!" meddai gan wenu'n ddireidus. "Dim ffycin Al Capone ydwi, sdi, waeth be mae bobol yn ddeud!"

"Pfft, croeso siŵr, Dingo, reu. Ti ar ben dy hun, wyt?" holodd wrth sbio i gyfeiriad y Toyota gwag.

"Yndw tad, Robi," atebodd Dingo cyn dechrau cerdded tuag at y drws y daeth Robi drwyddo eiliadau'n ôl. "Yn y cwt yma mae'r crop, dwi'n cymryd?"

Diolchodd Robi-di-reu fod yr hogla tu mewn y cwt mor anferthol o gry fel na fyddai unrhyw drwyn yn gallu gwahaniaethu rhyngtho ac arogl unrhyw fath arall o sgync – yn enwedig trwyn fu'n cael ei reibio'n rheolaidd gan gocên ers blynyddoedd.

"Meddwl bransho allan i'r maes cynhyrchu wyt ti, Dingo?"

"Ia, sdi. *Meddwl*. Sut ti'n cadw'r hogla 'ma i gyd i mewn, ta?"

"Dydw i ddim. Weli di'r extractor ffan 'cw yn y to? Mae'r simna tu allan yn chwe troedfadd, ac mae Morus yn gneud y gweddill."

"Morus?"

"Y Gwynt. Ac mae'r ffans yma i gyd yn creu airflow a cŵlio'r planhigion i lawr lle bod y lampa'n llosgi'r dail… Wel, ti'n gwbod y sgôr, dwyt?"

"Yndw, ond bo fi rioed wedi tyfu fy hun. Dwi 'di gweld amball i ffatri gan y Micis. Yr un math o set-yp, ond ar sgêl indystrial."

"Y Micis?"

"Mickey Mousars. Sgowsars?"

"O ia, siŵr. Sori. Dwi'n stônd."

"Goelia i, os ti 'di bod yn sefyll fan hyn drwy bora!"

"Eniwe, fel y gweli di – gennai ddeg planhigyn ar y go o hyd. Pump dan y lampa glas, a pump dan y rhai coch – y deuddag deuddag."

"Deuddag deuddag?"

"Twelve twelve. Deuddag awr o ola a deuddag awr o dwllwch – unwaith maen nhw'n dechra bydio. Mae rhein yn barod i dorri rŵan, sbia. Ti'n gweld y gwyn dros y byds i gyd? Y crystals? Wel, os ti'n sbio drwy hwn weli di be'n union ydyn nhw."

Pasiodd Robi-di-reu y lŵp gemydd i Dingo a rhoddodd hwnnw fo i'w lygad cyn plannu ei ben i ganol y byds mawr tew ar ganghennau deiliog y planhigyn agosa.

"Ti'n gweld y pods bach gwyn ar flaen y blews bach gwyn?"

"O ia! Wela i..."

"Wel, pan mae'r hylif tu mewn y pods yn glir, gei di hit gigli. Os ydio'n wyn fel llefrith, gei di hit fel cadair olwyn – rhy stônd i ffycin symud. Mae rhei bobol yn licio hynna. Dwi ddim. Be ti isio ydi torri nhw pan ma'r hylif yn gymylog. Rhwng y ddau."

"A sut hit gei di wedyn?"

"Hannar a hannar, siŵr. Y gora o'r ddau fyd. Hit fel gordd ond ticli fel pluan, reu."

"Ffycin amêsing!" medd Dingo wrth ddal i stydio'r blewiach gwyn drwy'r gwydr. "Ma nw'n ffycin biwtiffwl!"

"Petha bach tlws iawn, dydyn. Hyfrrryd pyfrrryd, reu."

Tynnodd Dingo ei ben o'r dail. "Ffacin hel, dwi'n stônd, dwi'n siŵr!"

Chwarddodd Robi. "Mae hi'n joban bleserrrus iawn, reu. Ond mai'n stori wahanol os ti'n neud o ar sgêl mawr. Full-time job. Mae be sgin i yn jysd neis. Dwi byth yn rhedag allan o reu, a dwi'n gallu sypleio'n ffrindia – sy'n talu am y trrrydan a ballu."

"Ia, mae 'na dipyn o gosta, does?"

"Oes, dyna pam mae dy fêts di yn Lerpwl yn iwsio warws wag ac yn tapio'r mîtar, reu. Dydi small scale fel hyn ddim rhy ddrwg – cyn bellad bod neb yn gwatsiad dy gyfri trydan di a gweld spike sydyn yn dy iwsej."

"Ia, ia. Bydd rhaid fi feddwl am hynna wrth ffendio lle i dyfu."

"Mae'r lampa'n ddigon hawdd 'u cael. Gei di nhw ar eBay. Lampa 'tyfu tomatos', reu! Ond yr insiwleshiyn sy'n bwysig – y ffoil weli di ar hyd y walia a'r to? Ma hwnna'n cadw'r gwres i mewn rhag —"

"Ia, wn i. Camera inffra-red helicoptar y moch."

"Yn union, reu. Ti'n gwbod y sgôr, Dingo, dim rhaid i fi ddeud wrtha chdi."

"Ac o be wyt ti'n tyfu nhw? Hada?"

"Cuttings o'r planhigion mawr 'ma. Ma'n lot hawsach, reu. Dwi 'di tyfu rhei o hada ac wedi tyfu rhei o seedlings. Ond unwaith ges i'r crop cynta dwi jysd wedi cymryd cuttings a plannu rheini fel seedlings. Sbia – mae gennai rei yn fan hyn."

Estynnodd Robi un o'r planhigion bach oedd mewn potiau dan lampau glas. "Ynda, gei di fynd â hwnna efo chdi. Sgen ti lamp?"

"Na, ond mae gen 'yn mêt i. Ond sgenna i'm mynadd tendio i blanhigyn, diolch 'ti. Sbio ar y bigger picture ydw i, deud gwir. Dwi'm yn smocio llawar fy hun, eniwe. Ma'n neis weithia, pan dwi'n tshilio. Ond dwi'm yn ca'l llawar o amsar i neud hynny, dyddia yma."

"Wel, rho sgrech imi unrhyw adag tisio cyngor, reu."

Bibiodd ffôn Dingo ac mi ddarllenodd y tecst tra'r oedd Robi-di-reu yn estyn bydsan ffres o un o'r potiau ciwrio.

"Ynda, dos â honna efo ti at tro nesa gei di jans i tshilio!"

Diolchodd Dingo iddo wrth roi'r bydsan yn ei bocad.

"Dwyt ti rioed wedi meddwl am fynd yn industrial, Robi?"

"Naddo, reu," atebodd Robi wrth arwain Dingo allan o'r cwt. "Fel o'n i'n ddeud, gormod o drrraffarth, reu."

"Fyswn i'n talu'n dda i chdi weithio i fi, sdi."

Gwenodd Robi-di-reu wrth gloi'r drws y tu ôl iddyn nhw. "Diolch, ond dim diolch, reu."

"Fysa ti'n rentio cwt i fi, ta?" holodd Dingo wedyn, gan sbio ar y sied wag lle fuodd y Dafarn Gacan gynt.

"Ma hwnna'n dod i lawr wsnos yma. Ma golwg y ffwc ar y lle. Ma Cors a Mynydd yn barod i ddechra fory, medda nhw. Ond ma rwbath yn deud'tha fi fyddan nhw ddim…"

"Pwy ffwc 'di Cors a Mynydd?"

"Gwern a Garnedd – y Brodyr Grimm?"

"O, ffycin Frankenstein ac Igor? Yndw, dwi'n nabod nhw. Ffycin *Deliverance*, ta be!"

Chwarddodd Robi-di-reu. "Yndyn, maen nhw, braidd. Ti isio panad neu rwbath?" cynigiodd, gan obeithio na fyddai Dingo'n derbyn.

42

"Hei, Lemsip. Sut mae dy din di?" holodd Bitrwt yn syth pan welodd ei ffrind yn ista ym mar y Twrch.

"Cocsics!" atebodd Lemsip gan syllu'n syth ymlaen o du ôl ei sbectols du.

"Coc yn din, debycach!"

"Ffyc off, Bitrwt!"

"Dyna pam ti mor 'secretive' efo lle ti'n mynd. Dim ffwcio MILFs wyt ti. Y MILFs sy'n ffwcio chdi. O hang on… dim MILFs! FILFs!"

"FFYC OFF, BITRWT!"

"Hannar o be gymi di, eniwe?"

Anwybyddodd Lemsip o, gan ddal i syllu'n syth yn ei flaen.

"Ocê… Gei di beint."

"Fosters, plis."

"Tisio rwbath efo fo?"

Sbiodd Lemsip yn hurt arno. "Fel be?"

"Dwn i'm. Vaseline neu rwbath?"

"FFYC OFF, BITRWT!"

Chwarddodd Bitrwt yn ddieflig a mynd am y bar.

"Ti 'di gweld rhywun heddiw?" holodd ar ôl dod yn ei ôl efo cwrw.

"Naddo. Ti?"

"Neb. Heblaw Raquel a'r twins. Cinio dydd Sul yn lle Mam."

"Sut mae dy fam?"

"Dal 'run fath. Alwodd hi fi'n Declan."

"Go iawn?"

"Do."

"Gwaethygu, felly?"

"Yndi, graduras. Neis gweld y twins, 'fyd."

"Faint ydyn nhw rŵan?"

"Pump a tri chwartar."

"Jîsys. Amsar yn fflio. Cofio'r adag yn iawn. Doedd hi'm yn ystyriad cael aborshyn, dwad?"

"Be?! Nagoedd siŵr, y cont gwirion! Gorfod cadw golwg arni hi oeddan nhw, 'de, am ei bod hi'n fforti. Dyna pam gafodd hi caesarean."

"Ah! Caesarean! O'n i'n gwbod fod 'na rwbath syrjical."

Sbiodd Bitrwt o gwmpas y bar. Roedd y lle'n wag heblaw amdanyn nhw'u dau a thri hen gradur yn y gornal bella. Er, mi oedd yna dipyn o bobol drwodd yn y lownj yn cael bwyd.

Daeth dau foi tebol yn eu hugeiniau i mewn ac ordro diodydd wrth y bar, cyn mynd draw at y bwrdd pŵl a rhoi pres ynddo. Gwyliodd

Bitrwt nhw, a'u hadnabod fel dau o wynebau to iau Dre. Gwisgai'r ddau dracsiwts – y naill yn un glas a'r llall yn wyn – ac roedd cadwyn dew o liw aur yn hongian rownd gwddw'r mwya o'r ddau. Roedd hwnnw'n byseddu'i ffôn rhwng pob siot a gymerai ar y pŵl.

"Lle fuast ti ddoe ta, Lemsip? Ar ôl bod efo'r MILF, dwi'n feddwl. Cyn i chdi ddod â Dingo i lawr aton ni – a bron gweld be oedd Robi wedi'i ffendio yn y môr!"

"Sut ffwc o'n i fod i wbod hynny?" atebodd Lemsip. "'Y ngweld i'n fan hyn wnaeth o, a cynnig lifft. O'n i 'di dechra cerddad, ond o'dd 'y nhin i'n brifo gormod… 'y nghocsics i, dwi'n feddwl. Ffonio Malwan o'n i am neud. Er, lwcus na wnes i ddim, yn ôl be ddudodd Tongs."

"Lemsip."

"Be?"

"Ti'n dallt nad ydi Malwan ar dy ôl di, wyt?"

"Nac'di?" Trodd Lemsip i sbio ar ei fêt.

"Nac'di siŵr! Cael chdi 'nôl mae Tongs, yndê! Am roi hedffyc iddo fo bora ddoe."

"Go iawn?"

"Wel ia, siŵr dduw! Dwi'm yn dallt chdi, sdi – am rywun sy'n giamstar ar weindio bobol i fyny, ti'n ffycin shit am weld pan mae bobol erill yn weindio chdi. Mae crefftwr da yn nabod crefft un arall, i fod."

"Ha! Ffycin Tongs. Y basdyn bach slei!" medd Lemsip wrth ysgwyd ei ben.

Swigiodd Bitrwt ei beint. "Felly, be ddigwyddodd go iawn, ta?"

"Yn lle?"

"Efo dy 'gocsics'. 'Nes di'm disgyn lawr grisia go iawn, naddo?"

Ochneidiodd Lemsip a chymryd cegiad da o'i Fosters. "Naddo, Bitrwt. 'Nes i'm disgyn lawr grisia. A na, dim 'y nghocsics i ydio."

"O'n i'n gwbod! Be ddigwyddodd, ta? Anal gone bad?"

Rhythodd Lemsip ar ei hedffyc o ffrind, a phenderfynodd hwnnw neidio oddi ar ei geffyl. Llowciodd Lemsip fwy o'i lager ac anadlu'n ddwfn.

"Dwi'n trômataisd, Bît."

"Be?"

"Ges i ffwc o brofiad tromatig bora ddoe."

"Efo'r MILF?"

"Naci, efo'r ffycin dyn llefrith! Pwy ffwc ti'n feddwl, y cont gwirion!"

"OK, OK, mêt. Jîsys! Caria mlaen."

"Y ffycin MILF – o'n i ar ei chefn hi, yn ei phwnio hi'n iawn, a'r peth nesa... wel..."

"Ia?"

Edrychodd Lemsip o'i gwmpas yn lletchwith.

"Wel?" holodd Bitrwt.

"Wel..." medd Lemsip gan ostwng ei lais. "Roddodd hi... roddodd hi... fys yn 'y nhin i!"

Sbiodd o'i gwmpas eto i wneud yn siŵr nad oedd neb wedi clywed. Yna trodd i syllu'n syth i lygaid Bitrwt. Daliodd hwnnw ei edrychiad am eiliad, cyn byrstio i chwerthin yn uchel.

"O, iawn! Chwertha di!"

"Cym on! Mae o'n ffyni, cont!"

"Ffyni? O'dd ganddi winadd fel Edward Scissorhands!"

Wnaeth hynny ond gwneud Bitrwt yn waeth.

"Cau dy ffycin geg, Bitrwt, ma bobol yn sbio!"

"Dydyn nhw'm yn clywad, siŵr dduw!"

"Jysd callia, ta! Fel o'n i'n ddeud, dwi mewn sioc!"

"Wel, dduda i 'tha ti be," medd Bitrwt. "O'n i fod i roi voiceover ar DVD i Math pnawn 'ma, ond ma 'di newid ei blania am ryw reswm. Dwi am nôl cwpwl o gania o siop a mynd i'r fflat i wrando ar fiwsig. Ti awydd hi? Well na ista'n fan hyn, dydi? 'Sa ffwc o neb arall yma."

"Ti'n gwbod be, Bît?" medd Lemsip wrth orffen ei beint. "Dwi'n meddwl fod hynna'n syniad da."

"Awê, ta."

Ar hynny, cerddodd boi ifanc arall i mewn i'r bar a mynd draw at y ddau oedd yn chwarae pŵl. Ddudodd o ddim byd wrth Bitrwt na Lemsip, er ei fod o'n nabod eu gwynebau gystal ag oeddan nhw'n nabod ei un o. Bum munud yn ddiweddarach, a nhwythau newydd adael Spar efo pedwar can o Fosters yr un, pasiodd car du i gyfeiriad stad Tal y Wern, ac mi sylwodd y ddau mai'r tri boi ifanc welson nhw yn y Twrch oedd ynddo.

Cerddodd y ddau tua'r llwybr oedd yn torri drwodd i Dal y Wern a fflat Bitrwt, ac fel oeddan nhw'n cyrraedd y stad mi basiodd y car yn ei ôl allan a'i deiars yn sgrechian. Sgrechian hefyd oedd cariad y

Sais oedd yn byw dri tŷ i lawr o'r fflatiau. Yn yr ardd oedd hi, yn plygu dros ei phardnar oedd yn gorwedd yn ddiymadferth o flaen y drws, yn waed drosto. Brysiodd y ddau i weld os allen nhw helpu, ond mi gafodd rhai o'r cymdogion eraill y blaen arnyn nhw. Gwyliodd y ddau nhw'n ei droi o ar ei ochor, ac mi wingodd y boi a griddfan. O leia roedd o'n fyw.

Trodd y ddau a cherdded yn ôl am y fflatiau wrth i gariad y boi weiddi "Bêsbôl bats" a "Ffycin cachgwn" dros y lle i gyd. Agorodd ffenast y fflat uwchben un Bitrwt a rhoddodd Tongs ei ben allan.

"Be ddigwyddodd, hogia?"

"Dim syniad," medd Lemsip. "Ond mae o 'di pechu digon o bobol ers mae o yma."

"Wel, mae o 'di pechu'r person rong tro yma, dydi. Non-payment, garantîd!" medd Tongs.

"Edrych yn debyg, dydi," atebodd Bitrwt. "Ti'n dod lawr am swig, Tongs?"

"Fydda i yna'n munud, hogia."

Diflannodd Tongs o'r ffenast a'i chau ar ei ôl. Aeth Bitrwt a Lemsip am y drws, ond cyn iddyn nhw'i agor o daeth sgrechfeydd dynas arall i lenwi'u clustiau.

"O ffor ffyc's sêcs!" gwaeddodd Bitrwt wrth weld y wrach wallgo tu allan drws ei thŷ yn pwyntio ato.

"MWRDRWR!!! LLADDWR CATHOD! AAAAAAH! LLOFRUDD! LLOFRUDD! LLLAAAADDDWWWRRR CAAAATHOOOOD!!!!"

43

Doedd Robi-di-reu dal ddim yn dallt pam fod Dingo mor awyddus i aros am banad a sgwrs. Oedd, mi oedd yna bwrpas i'r ymweliad â'r 'blanhigfa', gallai ddeall hynny. Ond panad? Dingo?

Rhyfadd hefyd oedd y mân siarad am ddim byd o bwys, a rhyfeddach fyth oedd i le'r oedd y mân siarad hwnnw'n arwain. Yn sicr, doedd Dingo ddim y math o foi oedd yn rhannu'i deimladau efo neb fel arfar.

"Ma'n bwysig gweithio efo bobol ti'n drystio, sdi," meddai cyn hir, wrth dorri llinell fawr dew o gocên ar y bwrdd efo cardyn banc. "Dyna ti Col Jenko. 'Dio'm yn foi cymdeithasol iawn… wel, 'dio'm yn foi neis iawn chwaith, ond… o leia fedrai ei drystio fo. Ysdi, 'dio'm yn ffrind agos i fi, ond mae o'n well ffrind na lot o'n ffrindia agos i. Ti'n dallt be sy gen i?"

"Ymm… yndw. Dwi'n meddwl?" atebodd Robi-di-reu.

"Neith o bacio fi fyny, dim bwys be. Gwatsiad 'y nghefn i, sdi. Ma'n *ffrindia* fi'n wahanol – ffrindia ysgol a ballu, dwi'n feddwl. Dwi'n meddwl y byd o'nyn nhw, ond pan mai'n dod i'r crynsh, ydyn nhw'n sticio i fyny drosta fi? Ydyn nhw ffwc!"

"Dydi pawb ddim 'run fath, nac'di Dingo? Ma rhei bobol yno i chdi mewn ffyrdd erill, dydyn. Dibynnu be 'di cryfderrrau bobol, reu."

"Ia, ia, horses for courses, yndê. Gwbod hynny," cytunodd Dingo wrth ffurfio dwy linell lai o'r un fawr. "Dyna pam dwi'm yn gweithio efo ffrindia – wel, dim rhan fwya o'nyn nhw, beth bynnag. Dwi'n cyfri Tongs yn fêt, a dwi'n delio efo fo. Ond os fysa hi'n dod i unrhyw fusnas ryff, fyswn i'm yn gallu dibynnu arno fo… Dwi'n gwbod fod o'n gallu handlo'i hun, ond dydio ddim y math o foi fysa'n lluchio'i bwysa o gwmpas. Dallt be dwi'n feddwl?"

Mi *oedd* Robi-di-reu yn dallt, ond doedd o'm yn dallt pam fod Dingo'n ei ddeud o. Tynnodd Dingo bapur ugain punt a'i rowlio fo'n diwb.

"Dwi'n cofio bod mewn parti flynyddoedd yn ôl, pan o'n i tua êtîn. Ac o'dd y pric 'ma – a dwi'n feddwl ffycin pric, ffycin wancar dan din, twisted o bric, sdi, bad egg go iawn…"

"Coc oen?"

Chwarddodd Dingo. "Ia, coc ffycin oen, Robi. Eniwe…"

Snortiodd Dingo un o'r llinellau a chynnig y tiwb i Robi. Gwrthododd hwnnw trwy ddal ei law i fyny ac ysgwyd ei ben.

"… Ar ddiwadd y nos – wel, yn y bora – pan o'n i'n gadael y parti 'ma efo cwpwl o bobol, o'n i wrthi'n mynd rownd pawb yn deud ta-ra, yn hapus braf ar pils… a'r peth nesa, dyma'r pric 'ma jysd yn dod amdana fi am ddim rheswm yn y byd, a lluchio llwyth o bynshis ata fi. Fflyri o bynshis, sdi, bang-bang-bang-bang-bang, yn sydyn fel'na…"

Symudodd Robi-di-reu ei banad ymhellach i ffwrdd ar y bwrdd rhag i freichiau Dingo ei hitio wrth ail-greu'r ymosodiad.

"Dim rheswm, dim môtif, jysd unprovoked attack…"

"Am ddim byd?"

"Am ddim byd, ia. Ffyc ôl. Nath o'm brifo fi, a 'nes i'm byjo modfadd, a 'nes i ddim hitio fo'n ôl achos o'n i mor shocd. Oedd pawb yn shocd, deud gwir, ac aru cwpwl o bobol lusgo'r pric tew yn ôl. Ac o'n i'n peace-and-love i gyd efo'r pils o'n i 'di lyncu... So 'nes i jysd cario mlaen i ddeud ta-ra wrth bawb, wedyn ffwcio i ffwrdd efo'r bobol o'n i efo. A'r unig gliw ges i o pam nath y basdad atacio fi oedd fo yn gweiddi ar 'yn ôl i, 'Ti 'di bod yn "ffyni" efo fi drwy nos!'"

"No wê?" medd Robi.

"Ia wê, mêt! Ond bolycs oedd hynny i gyd, eniwe – ddudodd yr hogan 'ma oedd yn gadael 'run pryd â fi fod y cont bach wedi bod yn nelu arna fi drwy gydol y parti... isio go arna fi, sdi, a finna ddim ffycin callach..."

"Cer o'na!" medd Robi, mewn cryn benbleth o ran lle oedd y stori fawr yma'n mynd.

"Ar fy marw, Robi. Jysd aros ei gyfla i drio rhoi cweir i fi tra o'n i off 'y mhen. Ffycin hîro din."

"Glory hunter, reu?"

"Ia, mêt. Cachwr, 'de?! Ond gwranda ar hyn, ta... Gofias i wedyn am ddau beth nath o yn ystod y noson pan oeddan ni gyd ar y piss – i drio weindio fi, sdi – ond... Wel... Yli, dwi'm isio mynd mewn i hynny neu fyddai wedi gweithio'n hun i fyny. Ond oedd be nath o yn un o'r petha mwya twisted dwi rioed wedi ei weld... Onest tw god!"

"Diawledig," medd Robi-di-reu, gan obeithio i'r nefoedd na fyddai Dingo'n newid ei feddwl ac yn dechrau ymhelaethu.

"Go iawn, Robi. Ond ta waeth, ar ôl cofio hynny, es i lawr i'r pyb diwrnod ar ôl y parti i chwilio am y cont. A pan 'nes i gyrradd, fa'na oedd o yn y beer garden, yn ista fel 'sa ffyc ôl wedi digwydd."

"Taw, reu? Ffycin hel."

"Ia, ond yn waeth na hynny, mêt, pwy oedd yno efo fo ar y bwrdd, yn hapus ac yn ffycin llon, ond 'yn ffrindia fi i gyd – pob un o'r contiad wedi gweld be nath o, ond yn dal i wneud efo'r cont bach dan din!"

Dyrnodd Dingo'r bwrdd. Roedd o'n amlwg yn ail-fyw emosiwn y bennod arbennig hon yn ei fywyd. Cydiodd Robi-di-reu yn ei banad.

"Felly, be 'nes di?"

"Be 'nes i? Ffycin hannar ei ffycin ladd o, Robi. Dyna be 'nes i. YMCA ar ei ben o. Troi'i ben o'n papier mâché. Ei ffycin ddyrnu o nes bod ei frêns o'n dod allan o'i ffycin lygid o. O'dd o'n sgrechian fel ffycin babi, a 'nes i ddal i'w ffycin waldio fo nes o'dd o'n ffycin ddistaw, o'dd o'n ffycin llonydd heblaw am y twitches, a bybyls coch yn dod o'i geg o!"

Llyncodd Robi-di-reu ei boer, cyn cymryd sip o'i banad.

"Falas i'r ffycin basdad tew yn ffycin racs, Robi," rhuodd Dingo yn ei flaen. "Malu'i drwyn o a'i ên o a'i ffycin foch o, a'i ffycin eye socket o. O'dd ganddo waed yn dod o'i glustia a bob dim. Fuodd o'n Glan Clwyd am fis efo sgaffold rownd ei ben!"

Rhoddodd Dingo glec i'w banad. Ddywedodd Robi-di-reu ddim byd nes ciliodd yr anghenfil o'i lygaid ac y stopiodd y stêm adael ei drwyn.

"Mi gafodd o'r negas felly, reu?"

Lledodd gwên seicotig dros wyneb Dingo. "O ffycin do, mi gafodd o'r ffycin negas!" meddai, cyn ymlacio mwya sydyn a dechrau chwerthin.

Ymlaciodd Robi-di-reu hefyd. "Gymri di banad arall, Dingo?"

Bibiodd ffôn Dingo cyn iddo ateb. Syllodd ar y sgrin am funud, cyn rhoi ei ffôn yn ôl yn ei bocad. "Ymm, na, dim diolch, Rob. Bydd rhaid i fi fynd yn munud. Petha i neud. Ond... lle o'n i, dwad?"

"O't ti newydd roi'r boi 'na mewn sgaffold, reu."

"O ia, ia... Ia, be dwi'n drio'i ddeud ydi – ffrindia, er fo nhw wedi gweld be nath o i fi, nath yr un o'nyn nhw ddod i 'ngweld i na ffonio i edrych os o'n i'n iawn. A fa'na oeddan nhw bora wedyn yn ista efo'r pric yn y beer garden! A ti'n gwbod pam, dwyt?"

"Ymm..." Triodd Robi-di-reu feddwl oedd o neu beidio.

"Am eu bod nhw'n bobol rhy neis, Robi. Gormod o lyfi-dyfi, hipi-dipis ffwc. Niwtrals yn bob ffycin dim. 'Cadw allan ohoni', 'dim byd i neud efo fi' a rhyw ffycin lol. Ddim isio sticio'u gyddfa allan, dim hyd'noed sefyll dros 'u hunan! 'Don't get involved', achos ma'r byd i gyd yn ffycin sgŵbi-snacs a dream catchers... Da i ddim byd pan ma'r cachu'n hitio'r sosban. Da i ffyc ôl i rywun fel fi, yn y math o fusnas dwi. Dyna be dwi'n drio'i ddeud, Robi. Ti'n dallt be sgen i?"

"Ymm..." Roedd Robi'n dal i fod yn ansicr os oedd o'n deall ai peidio.

Rhawiodd Dingo'r llinell arall o wyn i fyny'i drwyn.

"Ta waeth," meddai, cyn sniffio'i drwyn yn ddwfn i gael pob gronyn o'r powdrach o'i ffroen i'w waedlif. "Dwi'n chwalu dy ben di... Ond pan dwi'n meddwl yn ôl i'r adag yna... dwi'n gwbod bo fi'n gneud y peth iawn wrth ofyn i fi'n hun ydi bobol yn ffrindia go iawn... Fysa nhw'n sefyll efo fi fel fyswn i'n neud iddyn nhw?"

"Wel, fel'na weli di, yndê Dingo. Ti'n gwbod cryfdera a gwendida pob ffrind, yn dwyt. 'Dio'm yn deud fo nhw ddim yno i chdi, sdi."

"Dwi'n gwbod hynny, mêt..." medd Dingo wrth godi ar ei draed. "Ond, wel, y peth ydi, ma pawb yn meddwl fod Dingo'n nyts, fod Dingo'n ffycin hyn a Dingo'n ffycin llall. Ond ddylsa bobol sbio'n agosach adra, a gweld y seicos yn eu canol nhw. Pwy 'di'r nadroedd. Ma 'nghalon i ar 'yn llawas i, cont. Lle mae calon contiad slei fel y pric yna? Eh? 'Sa bobol ond yn gwbod be nath o i fi i neud i fi reactio mor violent. Gweld 'yn ochor i o'r ffycin stori."

"Ia, wel, ma hynny'n ddigon teg am wn i, reu."

"Dim bo ffycin bwys gennai be ffwc ma neb yn ffycin feddwl!" medd Dingo wedyn, a chwerthin yn gras. "Dwi off, yli. Diolch am y banad a'r guided tour o'r ardd! Welai di!"

Diflannodd Dingo drwy'r drws fel corwynt. Aildaniodd Robi-di-reu ei sbliff a chodi i'w ddilyn o allan, ond erbyn iddo gyrraedd y drws roedd Dingo wedi tanio'i gar ac yn sgrialu o'r iard i'r ffordd. Gollyngodd Robi anadl hir. Roedd ei ben o'n jerian. Mi fyddai angen sbliffsan arall eto i ddod dros y profiad yna, meddyliodd. Beth bynnag *oedd* hynna!

Roedd ar fin troi'n ôl trwy ddrws y tŷ pan glywodd sŵn car yn dod i fyny'r ffordd o gyfeiriad y traeth a'r caffi. Gan feddwl fod yr hogia wedi bod i lawr yno, cerddodd i ganol yr iard er mwyn gallu gweld heibio'r gwrych. Ond nid car Tongs oedd yn stopio yn y gyffordd, fodd bynnag, ond car rhywun arall. Roedd dau berson ynddo – dyn yn dreifio a merch yn y sedd ffrynt. A phan edrychodd eto, fe'u hadnabodd nhw. A phan adnabodd o nhw, bu bron iddo dagu ar ei sbliff.

44

Yn ôl rhagolygon y tywydd, gogledd-orllewin Cymru fyddai'r lle gorau i wylio'r Diffyg ar yr Haul ddydd Gwener. Roedd hynny'n anodd iawn ei gredu heddiw, fodd bynnag, wrth i'r gwynt oer wasgaru cawodydd o eirlaw yn siwrwd annifyr dros y cwrs golff. Mi ddaeth blas y gwanwyn i ben nos Sul, pan blymiodd y tymheredd ac y daeth eira'n ôl i orwedd ar gopaon y mynyddoedd ar y gorwel. Serch hynny, mi oedd pobol y tywydd yn mynd yn fwy hyderus bob dydd y byddai "dydd Gwener yr Eclips", oedd bellach ond dri diwrnod i ffwrdd, yn ddiwrnod poeth a sych – a chlir.

Wrth i'r gawod ddiweddara glirio, safai Tecwyn Pierce uwchben y tî, yn siglo'i goesau wrth anelu'r clwb i daro'r bêl fach wen cyn galeted ag y medrai tuag at dwll cynta'r ornest.

"Ti'n barod, Wynne?" gofynnodd i'w bardnar. "Fel hyn ma'i gneud hi, boi."

Tarodd y bêl a'i sleisio'n drybeilig.

"Ffyc!" gwaeddodd wrth ei gwylio'n gwyro i'r dde ac i mewn i'r tir garw yn y pellter.

"Hmm," medd y Ditectif Ringyll Pennylove wrth daflu'i bêl yntau i fyny ac i lawr yn ei law. "Dwi wedi bod yn ei gwneud o'n rong ar hyd fy oes, felly!"

"Dwi allan o bractis, ma rhaid," medd Tecwyn. "Tydi'r hen swing ddim fel y dylai fod."

"Fyddi di'n gwylio'r Eclips felly, Tecwyn?" holodd Pennylove wrth graffu ar y bêl a chodi'r clwb yn barod i roi swadan iddi.

"Wrth gwrs y bydda i. Once in a lifetime, yn bydd? Tywydd braf yn pen yma'r byd, hynny ydi. Bydd yr Eclips yn go sbesial hefyd."

Gwenodd Pennylove cyn sadio'i hun a tharo'r bêl mewn llinell berffaith. Gwyliodd y ddau y smotyn gwyn yn dringo i'r entrychion cyn gostwng a glanio ar ymyl y grîn, bownsio i'r gwair bach gwyrdd a rowlio o fewn metr i'r twll ei hun.

"Na. Damio!" medd Pennylove. "Dwi'n dal i'w gwneud o'n rong!"

Chwarddodd Tecwyn Pierce yn sych wrth osod ei glwb yn ôl yn ei fag. "Ti'n dal yn lwcus, beth bynnag, Wynne!"

Roedd hi'n dawel ar y cwrs heddiw ac mi oedd hynny, o leia, yn braf. Er, mi welai Tecwyn Pierce fymryn o awyr las yn gwthio'i big i mewn dros Fae Ceredigion erbyn hyn, gan godi gobeithion am rownd bleserus o golff.

"Be amdanat ti, Wynne?" holodd Tecwyn wrth i'r ddau lusgo'u bagiau-ar-olwynion y tu ôl iddyn nhw i gyfeiriad y grîn. "Lle fyddi di'n gwylio'r Diffyg ar yr Haul?"

"Diffyg ar yr Haul?"

"Ia, dyna ydi eclipse yn Gymraeg. Enw da, yn tydi? Yr haul yn cael rhyw woblar bach, yndê. Da 'di'r iaith Gymraeg. Iaith weladwy, ddisgrifiadol iawn. Dangos ei bod hi'n hen, hen iaith."

"Yndi, mae hi'n iaith bendigedig. Dyna pam 'nes i ddysgu hi. Wel, hynny a gallu deall be oedd pobl yn ddweud amdana i!"

"Clip ar yr Haul," medd Tecwyn wedyn. "Dyna enw arall am yr Eclips. Clip! A dyna ydi o, yndê? Y cysgod ar yr haul – 'run siâp â clip ticad trên. Disgrifiadol iawn eto!"

"Difyr iawn," atebodd Pennylove wrth agor pacad o Rolos a chynnig un i Tecwyn. "Glywes i llawer enw disgrifiadol tra oeddwn yn stationed yn Graig-garw erstalwm!"

Chwarddodd Tecwyn Pierce yn uchel. Roedd yn nabod Wynne Pennylove ers rhai blynyddoedd bellach, ac mi gydweithiodd ag o lawer gwaith yn rhinwedd ei swydd fel cadeirydd yr hen Awdurdod Heddlu'r Gogledd gynt. Yn ogystal â thripiau golff a rygbi rhyngwladol, roedd gan y ddau ddiddordeb brwd mewn seryddiaeth, ac o ganlyniad mi dyfodd y ddau'n dipyn o ffrindiau.

Ond doedd Tecwyn ddim wedi gweld Wynne ers dros flwyddyn erbyn hyn, a than y dydd o'r blaen doeddan nhw ond wedi siarad ar y ffôn rhyw gwpwl o weithiau yn ystod yr amser hynny. Roedd Pennylove wedi cael ei "secondio" i ryw "task force" neu'i gilydd, yn gweithio ar ryw "operation hush-hush" yn ymwneud â chyffuriau a "people trafficking" yn rhywle tua'r Lerpwl 'na. Neu dyna oedd o'n ei ddweud, beth bynnag. Mi oedd Tecwyn yn amau mai mynd i ffwrdd ar sick leave wnaeth o, achos mi oedd o'n diodda o iselder ar y pryd. Doedd o ddim y tro cynta iddo ddiodda'r felan. Gwyddai Tecwyn hynny.

"Wel, yn anffodus, mi fydda i'n gorfod methu gwylio'r Eclips – y Diffyg, neu Clip," medd Pennylove.

"O, na? Dyna biti!" medd Tecwyn. "Gei di'm tsians i gael sbec sydyn trwy ffenast neu rwbath?"

"Dim really, Tecwyn," medd yr heddwas wrth stwffio ail Rolo yn ei geg. "Dwi'n ofni mai eistedd yng nghefn fan fydda i."

"Wel, ffycin hel! Ti'n gwbod be? Fyswn i'n cymryd sickie. Wir i ti. Gei di'm cyfla i weld un arall – dim efo tywydd mor dda â maen nhw'n addo, beth bynnag!"

"Braidd yn anodd in my line of work, Tecster," medd Pennylove cyn newid y stori. "Felly, where there's a will, there's a way?"

"Be?"

"Ein sgwrs ffôn?"

"O ia… Wel, o't ti'n deud fod 'na ddiffyg *ewyllys* – dim diffyg haul – i fynd ar ôl y drygis 'ma? Wel, mae'r Chamber of Trade yn poeni am y 'disorder due to drug-related violence' – ma nw'n ofni fydd o'n effeithio ar y diwydiant ymwelwyr."

"Ac?"

"Penawdau, Wynne. Yn y papur. 'Fears for Tourism Trade', 'Traders Fear Drug Crisis' a ballu. Buzzwords, Wynne! Tourism, local businesses, trade, jobs. Buzzwords anfarth. Os 'di'r Chamber of Trade yn siarad yn gyhoeddus, mae'r papura newydd yn gwrando. Fydd rhaid i'r awdurdoda weithredu wedyn. A duw a ŵyr ei bod hi'n hen ffycin bryd, myn uffarn i. Tydi'r gangs 'ma'n meddwl mai nhw bia'r lle? Dydd Sul, ar ôl i fi siarad efo chdi ar y ffôn, tri boi yn byrstio mewn i dŷ rhywun a hannar ei ladd o. Yng ngola dydd! O flaen pawb. Ar ddydd Sul!"

"Do, glywson ni am hynna. 'Da ni'n gwneud enquiries. Y broblem ydi, tydi'r victim ddim yn siarad. Ac mae o ddim yn poblogaidd ei hun, chwaith. Does neb isio helpu, a neb isio enwi ei attackers."

"Yn union, Wynne. Ma nhw fel ffycin maffia o gwmpas y lle 'ma. 'Di hyn ddim i fod mewn cymdeithas wâr, yma yng nghefn gwlad."

"Wel, wyt ti'n cofio fi'n deud y byswn i'n holi oes rhyw movement from above?"

"Ydw, ydw mi ydw i."

"Wel mi wnes i. Ac mae."

"Ac mae be?"

"Movement from above?"

"O, reit. Sori, wela i… wel, grêt!"

Doedd hyn ddim cweit be oedd Tecwyn wedi'i obeithio. Oedd, mi oedd o isio i'r heddlu symud yn erbyn y taclau, ond mi oedd o'n gobeithio y bydden nhw'n gwneud hynny ar ei gais o. Hynny ydi, gwneud hynny fel ymateb i alwad gyhoeddus y Cynghorydd Tecwyn Pierce am weithredu. Y fo, wedyn, fyddai'n cael y clod am ysgogi'r 'clampdown' fyddai'n clirio'r troseddwyr oddi ar y strydoedd – cyhoeddusrwydd fyddai'n hwb pendant i'w broffil fel cynrychiolydd etholedig. Ond eto, mi allai o gymryd peth o'r clod o hyd, diolch i'r penawdau fyddai yn y papurau lleol ddydd Iau. Roedd o eisoes wedi gyrru'r datganiad i'r wasg.

"Felly, be sy ar y gweill, Wynne? Any arrests pending?"

"Iesu mawr, na. Dim ar hyn o bryd. Na, be glywes i oedd fod operation ar droed yn barod – ers sbel, actually. Ac, lo and behold, mi ddaeth y galwad bore ddoe, Tecwyn. Rydw i rŵan yn rhan o'r investigation hwnnw – ac felly bydd rhaid i fi fod yn economical efo fy atebion i dy cwestiynau di."

"O?" medd Tecwyn yn chwithig wrth drio cuddio'i siom bersonol. "Felly mae hwn yn big thing, felly? Sting job, ta be?"

"Na, na. Ti ddim yn deall, Tecwyn. Hel evidence yden ni o hyd. Ni'n edrych ar y boi 'ma, Dylan Williams. 'Dingo'?"

"Ffycin Dingo, ia. Mab 'y nghefndar, digwydd bod. Mae pawb yn gwbod pwy ydio a be mae o'n neud. Hen bryd i chi fynd ar ei ôl o, myn uffarn i. Diolch i ti, Wynne, mae o'n newyddion grêt. Mi alla i roi feedback i Dave Stour, o leia. Rŵan, deud wrtha i, sut alla i eirio fy nghyfweliadau efo'r wasg ynghylch hyn i gyd? Fydd yna ddatganiad yn y papur wythnos yma – 'Councillor Calls for Police Action on Drugs', mwya thebyg. Be alla i ddeud i ddilyn hynny i fyny?"

Edrychodd Pennylove yn hurt arno. Nid oherwydd parodrwydd ei ffrind i droi dŵr y stori i'w ffynnon ei hun – cynghorydd oedd o, wedi'r cwbwl – ond, yn hytrach, oherwydd ei ddiffyg synnwyr cyffredin.

"Ti ddim yn mynd i ddeud dim byd am unrhyw 'operation', Tecwyn. Os nad wyt ti isio rhoi prior warning i 'Dingo' ein bod ni yn gwylio fo!"

"O ia, wrth gwrs," medd Tecwyn â'i grib wedi'i thorri. "Shit… Sori."

"Ac mae rhaid i fi ofyn i ti tynnu'r datganiad hynny yn ôl, hefyd."

"Be? Pam?"

"Yr un rheswm. Advance warning i Dingo Williams and Co! Gorfodi fo i fod yn gofalus, Tecwyn. 'Councillor Backs Chamber of Trade in Call for Clampdown'?"

"Shit!"

"Fel ti'n dweud, emotive terminology. All the criminal needs to know we're on his case."

"Bolycs! Wel, na, dim 'bolycs' – mae o i gyd yn dda. Ond 'bolycs, there goes my moment of glory'!"

Chwiliodd y ddau am bêl Tecwyn yn y tir garw. Tecwyn ei hun

ddaeth o hyd iddi, ond chafodd o'm cyfle i'w symud hi i le haws gan fod Wynne Pennylove yn llygadu pob symudiad. Rêl ffycin copar, meddyliodd Tecwyn.

"Wel," medd Tecwyn wrth estyn yr haearn pwrpasol o'i fag. "Debyg fydd angan sgaffolding i gael hon allan o fa'ma."

"Fyddai'n well i ti gael JCB," medd Pennylove, yn mwynhau pob eiliad wrth ei wylio fo'n clirio'r gwair uchel a'r brwgaitsh o'r ffordd.

"Paid ti poeni, Syr Wynne-a-lot," atebodd Tecwyn efo winc. "Dwi'n county councillor – wedi hen arfar cael 'yn hun allan o dwll!"

Rhoddodd swadan i'r bêl – tship go galed – ac mi lwyddodd i'w chael hi allan o'r ryff ac i ymyl y grîn. Stwffiodd Pennylove Rolo arall i'w geg, a chlapio.

45

Roedd y murlun a baentiodd Leri yn edrych yn anhygoel, chwarae teg. Mor drawiadol, yn wir, fel na allai'r hogia dynnu'u llygaid oddi arno. Nid llun o Bob Marley ei hun a ddewiswyd yn y diwadd, ond y llun o glawr ei albwm *Uprising* – y rastafarian cyhyrog â'i frest noeth a'i freichiau yn yr awyr, ei ddyrnau ar gau a'r haul yn codi uwch y bryniau tu ôl ei ddredlocs mawr. Hwn oedd y llun oedd yn cyfleu popeth am neges Bob, a'r llun oedd yn gweddu i feib y caffi a'i leoliad. Ac fel oedd hi'n digwydd bod, yr albwm yma y bu'r hogia'n gwrando fwya arni wrth weithio i gael y caffi'n barod. Wedi penderfynu bodloni ar un murlun yn unig, mi oedd pawb yn gytûn mai hwn oedd y dewis gorau posib. Perffaith.

Gorffennodd Bitrwt a Math uno'r stribedi tonnog o goch, melyn a gwyrdd i gyrion y murlun cyn camu'n ôl at weddill y criw i edmygu campwaith Eleri Fwyn y Crwynau.

"Reu, hogia!" cyhoeddodd Robi-di-reu. "Reu fendigaid! Reu, anfarrrwol reu! Reu, rrryfeddol reu! Reu yrrr aurrrorrra arrr Errryrrri…"

"Iawn, ocê, Robi!" medd Lemsip. "Ffycin hel!"

"Paid â bod mor negyddol tuag at y gairrr sanctaidd, Lemsip, y ffwcsyn blin," dwrdiodd Robi.

"Gair sanctaidd? 'Fflewjan' 'di'r unig air sy'n sanctaidd, mêt. Dim mwydro am aurora a ballu!"

"Gwranda," medd Robi-di-reu yn ddi-lol. "Weli di belydrrrau'rrr haul yn lledu drwy'rrr awyrrr uwchben y mynyddoedd? Fel aurrrorrra borrrealis drrros Errryrrri, reu. Felly, ffyc off!"

"Hold on!" medd Bitrwt wrth gydio yn un o frwshis arlunio Leri a twtsiad ei flaen o mewn tun paent du oedd ar agor gerllaw.

"Be ti'n neud, Bitrwt?" medd Tongs wrth ei weld o'n mynd draw at y murlun efo'r brwsh.

"Mae 'na un peth bach ma hi 'di anghofio," atebodd Bitrwt.

"Paid â ffidlan efo celfyddyd bobol erill, Bitrwt," siarsiodd Robi. "'Dio'm yn iawn."

"BITRWT!" gwaeddodd pawb wrth i flaen y brwsh gyffwrdd â phelydrau'r haul yn y murlun.

"Ma'n iawn!" atebodd Bitrwt a chamu yn ei ôl a sefyll efo'r lleill eto. "'Da chi'n weld o? Bach, bach, bach ydio fod. Deryn yn hedfan yn y pelltar 'dio. Mae o ar yr albym."

"Eh?" medd Math. "Dwi'm yn cofio'i weld o!"

"Na finna chwaith!" medda Tongs.

"Wel, mae o yno!"

"Ti'n siŵr?" holodd Math.

"Yndw, tad! Lle mae'r CD 'na? Ddangosai o i chi."

"CD-R ydi hi, Bît," medd Tongs. "Does 'na'm clawr efo hi."

"Wel, bydd raid i chi 'nhrystio fi felly, yn bydd! Mae o yno!"

"Ti'n siŵr 'na dim sbecyn o lwch ar dy gopi di ydio, Bît?" holodd Math.

"Na, deryn ydio. Rywun isio bet?"

"Faint?" holodd Lemsip.

"Tenar!"

"Ymm, na," newidiodd Lemsip ei feddwl. "Nabod 'yn lwc i, fyddi di'n iawn! Ma'r peth mor fach, mond ffycin wirdo fel chdi fysa'n sylwi arno fo!"

"Wel dydio ddim ar 'yn albym i, dwi'n reit siŵr o hynny, reu," medda Robi.

"Be sy gen ti, y vinyl ia?" holodd Bitrwt. "Y CD sy gen i."

"Ond yr un llun fysa nhw'n iwsio, yndê?" medda Tongs wrth symud ei gap mewn cylch ar ei ben.

"Ond ddaeth y CD ddim allan am flynyddoedd ar ôl y vinyl, hogia," dadleuodd Bitrwt.

"Dal yr un print, yn bysa!"

"Dwi'n deud wrtha chi, hogia," mynnodd Bitrwt. "Dim llwch ydio. Deryn."

"Wel, does 'na ffyc ôl i weld ar lunia eBay, beth bynnag!" medd Robi-di-reu, oedd wedi pori ei ffordd i'r wefan ar ei ffôn. "Sbiwch – actiwal llunia o'r albyms sy ar werth 'di rhein, dim 'stock photos'. A ti'n gallu swmio i mewn arnyn nhw. Sbia dros dy hun, Bitrwt. 'Sa'm deryn i weld ar 'run o'nyn nhw. Deud gwir, does 'na'm sbotyn yno chwaith!"

"Llwch. O'n i'n gwbod!" medda Tongs ac ysgwyd ei gap.

Ysgwyd ei ben a chwerthin wnaeth Math. "Chdi a dy ffycin dderyn, Bît!"

"Be wyt ti, Bitrwt?" medd Lemsip. "OCD, ta jysd ffycin idiot?!"

"Ffoc off, y ffycin drongo!" taniodd Bitrwt. "Os oedd yr artist wedi rhoi deryn bach yn y cefndir pell, oedd o wedi'i neud o am reswm, doedd? Felly mae'n iawn i ni gofio'i gynnwys o yn y ffycin miwral!"

"Ond doedd o ffycin heb, nagoedd! Dyna 'di'r ffycin pwynt, y FFYCIN TIT!" Roedd Lemsip yn gweiddi, ac mi sylwodd Math fod Bitrwt ar fin mynd amdano. Neidiodd rhyngthyn nhw cyn i'r hed-byt ddod.

"Dyna fo, hogia! 'Dio'm bwys, nac'di?! Meddwl yn dda oedd Bît, Lem. Dim drwg wedi'i neud… Bît, mae 'na glwt gwlyb yn fa'na – jysd sycha fo ffwrdd yn ofalus."

Camodd Math i ganol y llawr a rhoi clap uchel efo'i ddwylo. "Reit, bois. Maen nhw'n gaddo hi'n sgortshar o ddiwrnod dydd Gwenar. Fa'ma fydd y lle gora trwy Brydain i gyd i weld yr Eclips, medda nhw. Felly, 'da ni'n agor nos Iau efo parti Supermoon, fydd yn arwain yn daclus at yr Eclips a'r Cyhydnos – yr Equinox. 'Da ni angan gneud list o betha 'da ni angan eu gneud heddiw a fory. Robi, mae'r sgync yn saff yn lle chdi, yndi?"

"Mor saff â'r crown jewels, reu. Yn y sied arrrddio."

"'Di hynna'n syniad da?" holodd Tongs. "Be os gei di dy fystio?"

"Os fyswn i'n cael byst, fysa nhw'n ffendio fo lle bynnag fyswn i 'di'i stasho fo, siŵr! O leia mae'i hogla fo'n cael ei ddisgeisio yn y sied arddio. Sy'n beth da, achos ddoth Dingo heibio dydd Sul i weld 'yn set-yp i."

"Do wir?" holodd Math.

"Do, owt of ddy blŵ, reu. 'Dio rioed 'di bod yn tŷ 'cw o'r blaen…"

"Ac nath o landio dydd Sul?" holodd Tongs. "Diwrnod ar ôl iddo fod draw fan hyn yn deud fod 'na ogla sgync cry yma?"

"Ia, ond doedd o ddim byd i neud efo hynny – ŵel, dwi'm yn meddwl… Fuodd o yn tŷ wedyn yn cael panad."

"Panad?" holodd Tongs eto. "Dingo?"

"Ia. A ges i hannar ei hunangofiant ganddo fo! Dwi'n siŵr ei bod hi'n hannar awr o rant… Hollol randym. A finna'n stônd. Chwalu pen, reu!"

"Faint o'r gloch oedd hi?" gofynnodd Tongs.

"Pffft… dwn i'm, reu. Gynnar yn pnawn, ar ôl amsar cinio? Landiodd o mwya sydyn, cael taith bach sydyn rownd 'yr ardd', wedyn panad a catharsis, a diflannu – jysd fel'na."

"Alibi, ella?" medd Tongs a sbio ar Lemsip.

"Synnwn i ddim," medd Bitrwt.

"Alibi be?" holodd Robi.

"Fentra i mai tra oedd o'n lle chdi o'dd ei hogia fo'n chwalu'r Sais 'na yn Tal y Wern."

"Ti'n meddwl, Tongs?" medd Robi. "Lle rhyfadd i gael alibi. Rwla cyhoeddus llawn o 'niwtrals' ti'n mynd am alibi, yndê. Dim i gael panad efo pot-head – a pot-head fydd, yn go fuan, yn 'known associate' iddo fo."

"Lladd dau dderyn oedd o, Robi, garantîd," medd Lemsip. "Ma'r boi'n ffycin slei. Gweld be sy gen ti yn y sied a cael alibi 'run pryd – jysd rhag ofn. 'Dio'm angan mynd i *draffarth* i gael alibi, nac'di? Achos doedd o'm yn bresennol yn yr hit."

"Ia, jysd handi iddo fo fod yn rwla heblaw adra ar ben ei hun, ma siŵr, sdi Robi," cytunodd Tongs. "Jysd rhag ofn iddo gael cnoc ar y drws gan y Glas."

Yna cofiodd Robi-di-reu pwy welodd o'n gyrru i fyny o gyfeiriad y traeth eiliadau wedi i Dingo adael. Rhoddodd ei law i fyny o'i flaen, ar fin datgan, pan benderfynodd beidio â bod yn fyrbwyll. Gwell fyddai sôn yn dawel wrth Bitrwt i ddechrau, yn hytrach na chyhoeddi i'r byd a'r betws. Gwyddai nad oedd Bitrwt yn rhy hoff o Cimwch, a'i fod o'n amddiffynnol iawn o'i chwaer. Ac o gofio, hefyd, ei fod o'n wyllt fel matsian, mi allai dewis yr amser anghywir i ddweud wrtho bod Cimwch yn ffwcio Heather, gwraig Dingo, tu ôl cefn Raquel fod yn ffwc o gamgymeriad.

"Hogia!" gwaeddodd Math. "Gawn ni hel clecs am fwriada Dingo rywbryd eto, plis? Robi, dwi angan cilo o'r sgync 'na heno. Ma genna i ffrind o'r chwareli yn dod draw, ac mae o'n talu cash upfront."

"Faint?" holodd Tongs.

"Thri ffaif."

"Rhad dyddia yma, dydi?"

"Upfront, quick sale, cash i gael stoc i'r lle 'ma. Can't go wrong! A fydd o 'nôl am fwy, garantîd. A tra 'dan ni wrthi ar y gwyrdd, y peth nesa ar y list, hogia, ydi sypléis i'r Skunk Masterchef ei hun, Mr Colly Cuisine fan hyn. Ydi pawb yn hapus i roi cilo i'r ochor i Bitrwt gwcio?"

"Cilo cyfa?" holodd Bitrwt.

"Ia, rhwng fflapjacs, tryffyls, cacenni, pwdins, eis crîm – yr holl betha ddudas di oedd yn bosib – mi eith o, yn gneith?"

"Ti'n siarad am dri deg pump owns, Math!"

"Yndw. Pam, be sy?"

"Wel, er engraifft, efo fflapjacs, neith wythfad o wair normal – heb sôn am sgync – wneud digon o fics i lenwi dau lond tre! Mae ganj yn gry mewn bwyd, cofia – os ti'n gwcio fo'n iawn."

"Ocê," medd Math. "Hannar cilo, ta – fel stoc pantri yn unig, dim i'w smocio. Fedran ni gadw unrhyw fwyd fydd heb ei werthu tan tro nesa – rhewi stwff os fydd rhaid – eith dim byd yn wâst, hogia. Iawn, dyna hynna'n sorted. Be arall oedd...? O ia. Cwrw a spirits, pob dim 'da ni angan i neud coctels..."

"Jeni," medda Bitrwt.

"Menthyg un gan Joni Dorito," atebodd Tongs.

"Neu prynu un?" cynigiodd Robi. "Fydd gennan ni ddigon o bres, reu."

"Jîsys, ti'n siarad am fil a hannar i ddwy fil am un diesel, silenced – ac ma hynna'n bottom of the range," medd Lemsip. "Ond ma nhw *yn* rhad ar ddiesel. Mynd drwy dydd a nos heb refill."

"Un o rheini sy gan Joni, Lemsip," medd Tongs. "Mi hola i o."

"Nathon ni sôn am fyrrrdda picnic i'rrr patio hefyd, yn do?" medd Robi.

"Aah!" winciodd Tongs â golwg gynllwyngar arno. "Gadwch hynny i fi, hogia. Fel ma hi'n digwydd bod, dwi'n gwbod lle mae 'na rei..."

46

Brysiodd Leri a Krystyna i wisgo'u dillad wrth glywed rhywun yn cerdded o gwmpas i lawr grisiau yn hen ffermdy hynafol Crwynau.

"O, chdi sy 'na, Carwyn?" medd Leri pan ddaeth i lawr i'r gegin a gweld ei brawd yn gwneud panad.

"Ia'n duw," atebodd Crwyna'n ddiffwdan. "Pwy o' ti'n ddisgwyl?"

"Meddwl na Dad oedd yma o'n i," medd ei chwaer. "Ti'n iawn?"

"Yndw. Gymri di banad?"

"Gymraf."

"Lle ma be-di-henw-hi?"

"Yn toilet," atebodd Leri gan gochi fymryn. "Gymrith hi goffi, debyg. Lle mae o, ta?"

"Galifantio fel arfar. Soniodd o rwbath am gêm o golff unwaith welodd o'r tywydd yn codi."

"Golff? Dewadd. Sut hwylia oedd arno fo?"

"Tawal," atebodd Crwyna. "Dwi'n siŵr ei fod o'n gwbod bellach, sdi. Falla fysa'n well i ti fod yn agorad efo fo. Ti'n gwbod fel mae o efo 'clwydda'."

"Ti'n iawn. Ond ma hi'n anodd cael yr amsar iawn, dydi?"

"Does 'na 'run amsar yn iawn i siarad efo'r dyn beth bynnag, nagoes?"

"Na. Ti'n llygad dy le yn fa'na, hefyd."

"Fedri di'm beio fo, chwaith. Mae o ar goll yn yr oes newydd 'ma, siŵr. A dim gwarthag i'w godro. Dim ŵyn bach. Gormod o amsar i hel meddylia."

"Dynas mae o angan," medd Leri.

"Ia, debyg. Ond wela i mo'no fo'n dod dros Mam."

"Wneith o byth, siŵr. Ddim yn iawn. Ma hi'n ddigon anodd i ni, ond mae o 'di colli'i gariad a cydymaith oes, dydi? Mam oedd ei fywyd o…"

Llyncodd Leri ei geiriau. Roedd sôn am y peth wastad yn ei thagu.

Daeth Krystyna i mewn a chyfarch Crwyna yn siriol. Gwenodd yntau'n gynnes arni. Allai o'm peidio. Pa ddyn *fedrai* beidio?

"Wyt ti yn prysur?" holodd y ferch o'r Tsiec.

"Wedi bod yn gorffan rhoi peips dŵr rownd y cae isa 'cw. Ma pob dim i mewn rŵan, y letrig a'r dŵr. Be fuo chi'ch dwy'n neud? O'dda chi yn y caffi'n go hwyr neithiwr."

"Oeddan," atebodd Leri. "Dwi 'di paentio llun ar y wal iddyn nhw."

"Llun Bob Marley, ia? Glywis i nhw'n sôn eu bod nhw isio un."

"Ia… wel, clawr un o'i albyms o."

"Wel, fysa nhw ddim wedi gallu cael rhywun gwell i'w baentio fo," canmolodd ei brawd bach. "Ma gen ti uffarn o dalant, chwara teg. Dwi'm yn dallt pam nag ei di yn dy flaen i neud rwbath efo fo. I be ti angan mwy o goleg? Ma dy lunia di gystal ag unrhyw beth yn Orial y Fedwan 'na fel ma'i."

"Ma'n siŵr y gwna i rywbryd, Carwyn bach."

Tolltodd Crwyna ddŵr i'r mygiau o'r tecall oedd yn mudferwi ar y stof. "Sut mai'n siapio yn y caffi fel arall, ta?"

"Ma hi'n dod yn dda ganddyn nhw. O ystyriad pwy ydyn nhw!"

Chwarddodd Leri a'i brawd.

"Dydyn nhw heb feddwl y peth drwodd o gwbwl, sdi," medd Crwyna wedyn. "Jysd syniad meddw ar bnawn dydd Gwenar gwallgo."

"Ia, yndê!" cytunodd Leri.

"Chwarae teg," medd Krystyna. "Mae e'n gwych rwy'n meddwl."

Gwenodd Crwyna a rhoi chwarddiad bach sydyn. "Yndi, mae o – gwych *a* gwallgo!"

"Ac rŵan 'da ni'n dwy wedi cytuno i fod yn barmêds, hefyd!" ychwanegodd Leri. "Ydan ni'n gall, dwad?"

"Bydd yn hwyl!" gwenodd Krystyna.

"O bydd! Mae hynny'n saff!" atebodd Crwyna dan wenu, cyn cau ei lygaid ac ysgwyd ei ben i atgyfnerthu'r pwynt.

Sipiodd pawb eu coffi'n dawel am funud, yn gwrando ar dician cyson yr hen gloc taid yn y gornal. Roedd hynny'n dipyn o newid o guriadau grymus y reggae fu'n llenwi'r caffi dros y dyddiau dwytha.

"O'dd yr hogia'n deud na fedrat ti helpu allan efo'r dŵr, neu rwbath?"

Oedodd Crwyna cyn ateb. "Ia, wel, fysa Dad yn mynd yn balistic tasa fo'n gwbod, yn bysa?"

"Fysa fo *yn* gwbod, ti'n meddwl?" holodd Leri. "'Dio byth yn mynd ar gyfyl y camp, heb sôn am y cae isa."

"Hmmm…" ystyriodd Crwyna. "Mwya thebyg na fysa fo. Be 'di'r plania ganddyn nhw erbyn hyn?"

"Jenyrêtyr, a cario dŵr mewn jaria pum galwyn, dwi'n meddwl."

"Hmmm," medd Crwyna eto. "Dipyn o draffarth, debyg?"

"Falla. Dim gymaint â hynny efo'r dŵr. Does 'na'm toilets yn y lle, beth bynnag, nagoes, felly dydyn nhw ddim yn colli allan yn fa'na. Dŵr yfad a dŵr golchi ydi'r peth mwya. 'Di'r jaria ddim yn rhy ddrwg i hynny. Jysd cael digon ohonyn nhw."

"Diawl, wsdi be?" cofiodd Crwyna. "Mae genna i dwr o jaria dŵr yn y sied 'cw. Fysa ti'n synnu faint o bobol sy'n gadael nhw ar ôl yn y camp 'ma."

"Grêt, Car!" medd Leri. "Sgen ti'm jenyrêtyr yn digwydd bod yn gorwadd o gwmpas lle, hefyd?"

Gwenodd Crwyna ar hyfdra ei chwaer fawr. "Dydi rheini ddim y math o betha mae bobol yn adael ar ôl, Ler. Duwcs, mi ffendian nhw un yn rwla, siŵr. Joni Dorito, debyg. Weithith jeni yn well iddyn nhw na potsian i roi mîtar i mewn. Jeni tŵ fforti folt a digon o amps. Weirio un pen o'r geblan yn syth mewn i'r ffiwsbocs yn y caffi. Gneud siŵr fod hi'n geblan dew – sics neu êt mìl, fel ceblan shower neu gwcyr, sdi. Fedran nhw ferwi dŵr yn y boilar 'na wedyn. Sbario iwsio'r cwcyr a sosbenni – fysa hynny'n llyncu gas. Wneith y jeni ond costio chydig o ddiesel iddyn nhw."

"Dibynnu os fyddan nhw'n gorfod heirio un neu beidio, dydi?"

"Wel, dwi 'di deud y gwna i unrhyw beth i helpu – heblaw infolfio fy musnas i yn y fentar. Dwi'm yn bod yn rhyfadd – mae'r hogia'n iawn. Ond Dingo 'di'r perchennog, yndê. A fiw i mi ymhél y camp 'ma â'i betha fo, myn uffarn i."

"Na, sori, ti'n hollol iawn, Car," cydsyniodd Leri. "Fedri di ddim."

Roedd treulio cyfnodau i ffwrdd o'r ardal wedi niwlio dealltwriaeth Leri o natur danddaearol gweithgareddau ei ffrindiau – a natur y cymeriadau roedd rhaid iddyn nhw wneud efo nhw o bryd i bryd. Gwyddai fod Dingo'n dipyn o dderyn brith yn y llwydwyll hwnnw ond doedd hi ddim wedi sylweddoli'n iawn – tan rŵan – be oedd oblygiadau posib hynny i rywun oedd â busnes gonest fel ei brawd. Ac ar ben hynny, roedd dyfodol treftadaeth y teulu – hynny oedd yn weddill ohono – yn ei ddwylo fo, a diolchodd fod y dwylo hynny'n rhai mor gydwybodol.

Ar hynny, canodd ffôn ei brawd synhwyrol ar y bwrdd o'i flaen. Fflachiodd enw Tongs ar y sgrin.

47

Chwipiodd Wynne Pennylove din Tecwyn Pierce yn goch ar y golff, ac mi dorrodd hynny grib y cynghorydd talog yn sylweddol. Ond be oedd yn ei frifo fo fwy oedd bod colli yn golygu mai fo fyddai'n talu am y cwrw a'r bwyd yn y clwb. Diolch byth na fyddai'r un o'r ddau'n yfed mwy na pheint neu ddau yr un, meddyliodd wrth gerdded am y drws i danio sigarét.

Roedd y tywydd wedi codi'n eitha erbyn hyn, ac awyr las yn fframio cymylau goleuach o lawer. Doedd dim golwg o gawod yn unlla. Roedd y gwynt wedi gostegu hefyd, a hynny ers iddyn nhw gyrraedd y trydydd twll, felly allai Tecwyn ddim beio'r elfennau am ei swings gwallus a'i sleisys gwyllt. O'i flaen, roedd y môr wedi peidio â chorddi ceffylau gwynion, er bod lliw brown anniddig arno o hyd. Tu hwnt i'r bae mi welai Garneithin a'i ysgwydd warchodol yn estyn i'r dyfnfor. Bu ei daid yn gweithio yn y chwarel ithfaen ar hyd ei oes, a bu ei dad yno am gyfnod byr, hefyd, tra'n llanc ifanc yn bwrw'i brentisiaeth fel saer maen. Mi gaeodd y chwarel fel oedd o'n megis dechrau yno, ond mi gafodd o waith yn chwarel Godor yn fuan wedyn.

I Tecwyn, fodd bynnag, doedd Carneithin yn ddim ond lwmp o dir. Fuodd o erioed i'w ben o – er iddo fentro i'r chwarel efo'i ffrindiau ysgol sawl tro. Mi ddysgodd yn yr ysgol fod 'castell' ar gopa'r Garn, ac mi gofiai ddweud wrtho'i hun yr âi i fyny yno i'w weld o rhyw bryd. Ond erbyn dod i ddeall, maes o law, mai bryngaer o Oes yr Haearn oedd yno yn hytrach nag adeiladwaith â waliau a thyrau o gerrig, mi gollodd o bob diddordeb.

Sylwodd ar ffigwr cyfarwydd yn dod o gyfeiriad y cwrs golff efo dau berson arall, yn tynnu'u bagiau-olwyn y tu ôl iddyn nhw. Roedd y tri'n chwerthin yn uchel ac yn amlwg wedi mwynhau eu golff. Symudodd Tecwyn ychydig lathenni o'r neilltu er mwyn gallu'u hanwybyddu pan fyddent yn cyrraedd y drws. Ond cyfarchodd un o'r ddau ddieithryn o.

"Duw, Tecwyn Pierce! Ers talwm, uffen!"

Trodd Tecwyn ato, ond methodd â'i adnabod – er bod rhywbeth am ei lais yn canu cloch. Stopiodd y gŵr, yn disgwyl sgwrs, ac o'r herwydd mi stopiodd y ddau arall – gan gynnwys y ffigwr cyfarwydd.

"Sut mae…?" medd Tecwyn â golwg ddryslyd ar ei wyneb.

"Stanley," medd y gŵr diarth. "Stanley Roberts. Jones, Roberts & Gray?"

"O, ia 'fyd," atebodd yn swta wrth gofio'r cyfreithiwr o ryw hen achos llys sifil eitha annymunol flynyddoedd ynghynt.

"Ti'n cadw'n iawn, i weld," medda Stanley wrth daro'i fol ei hun i ddynodi'r pwysau yr oedd Tecwyn yn ei gario erbyn hyn.

"Yndw. Yndw mi ydw i," cydnabodd y cynghorydd yn lletchwith wrth deimlo llygaid John Crwynau yn tyllu i mewn i'w ben. Trodd i gyfarch hwnnw, mor barchus ag y medrai. "John."

Atebodd John Crwynau mohono, dim ond llosgi ei lygaid i gefn ei gydwybod. Methodd Tecwyn edrych yn ôl.

"Wrth gwrs! Ti'n nabod John, yn dwyt?" medd Stanley – ychydig yn faleisus, sylwodd Tecwyn. Doedd hynny'n ddim syndod, gan mai cynrychioli John yn ei erbyn fu'r cyfreithiwr yn yr achos hwnnw. "Wyt ti'n nabod Dafydd Rees? Dafydd, dyma Tecwyn Pierce. Y Cynghorydd Tecwyn Pierce – ti wedi 'nghlywed i'n sôn amdano droeon."

"O ia, wela i," atebodd Dafydd Rees yn sych, heb gynnig ei law. "Dydan ni heb gwrdd, chwaith, yn naddo?"

"Na, dwi'm yn meddwl," atebodd Tecwyn a thynnu ar ei sigarét.

"Dwyt ti ddim o'r ardal yma, nagwyt?"

"Nac ydw. O Dywyn, Sir Feirionnydd ydw i."

"A be sy'n dod â ti i'r parthau pellennig yma, felly?" holodd y cynghorydd yn finiog.

"O, dim ond cwrdd â hen ffrindie."

"O, felly," medd Tecwyn yn sych, â thinc o 'ffwcia hi o'ma ta'r cont' yn lled glywadwy yn nhôn ei lais.

"Ie'n duw," medd Dafydd Rees a'i lygaid oerlas yn ei rewi. "Fydda i'n licio cynnig fy nghefnogeth i hen ffrindie bob tro."

"Wel, pob lwc… be oedd dy enw di eto?"

"Dafydd Rees," atebodd. "Wel, brandi bech yn galw. Da cwrdd â ti… yn y cnawd o'r diwedd."

Ia, a titha hefyd, y cena cocynnaidd, meddyliodd Tecwyn wrth wylio'r tri'n croesi trothwy'r clwb. Clywodd nhw'n chwerthin yn uchel ar ryw jôc ddywedodd y crinc "o Dywyn, Sir Feirionnydd".

Tynnodd Tecwyn ar ei sigarét. Ffwcio chi'r ffycars, meddyliodd. Ffycin John Crwynau a'i grônis Welsh Nash. Ond lle'r oedd o wedi clywed yr enw Dafydd Rees o'r blaen? Anesmwythodd wrth feddwl am agwedd y dyn. Roedd rhywbeth amdano, a châi Tecwyn y teimlad annifyr hwnnw ei fod o ar berwyl llai na chyfeillgar. Teimlai fel bod ysbryd o'r gorffennol wedi dod yn ôl i'w aflonyddu. O le, a phryd, yn y gorffennol, wyddai o ddim. Ond roedd o'n siŵr o fod rywbeth i'w wneud â John Crwynau. Ac mi oedd gan hwnnw ddigon o reswm i fod â chyllall yn aros amdano.

Tarfwyd ar ei feddyliau pan sylwodd, drwy'r ffenast, fod Wynne yn siarad efo'r triawd wrth y bar. Gwasgodd ei sigarét o dan ei esgid, cyn gweld ei ffrind yn dod allan i'w gwfwr fel roedd yntau am gamu i mewn.

"Tecwyn, mae rhaid i fi fynd."

"O? Dyna sydyn. Be sy?"

"Mae'r DCI yn dod draw i'r stesion mewn awr. Gwnes i addo byddwn i yno os byddai o'n penderfynu dod."

"O? Rhywbeth i wneud efo'r investigation, felly?"

"Ia. This is it, Tecwyn. The start of something big! I fi. Hei, neis gweld ti eto. Gawn ni rownd bach arall yn fuan gobeithio."

"Wel ia, imi gael dial arnat ti'r diawl. Ffliwc oedd heddiw, dallta!"

"Ond bydd arno ti ginio i mi cyn dechra, cofia!" atebodd Pennylove wrth droi i adael.

"O, Wynne, cyn i ti fynd – wyt ti'n nabod rheina ddaeth i mewn rŵan efo John Crwynau?"

"Ydw. Stanley Roberts y twrna – hen elyn sydd bellach yn poacher turned gamekeeper…"

"Sut?"

"Mae o nawr yn Prosecutor i'r CPS."

"O, wela i. Pwy oedd y llall ta? Y ffycin Dafydd Rees 'na?"

"O, boi yr FUW. Undeb Amaethwyr Cymru."

"O, duwcs. O'n i'n meddwl mai twrna arall oedd y bastyn."

Chwarddodd Wynne Pennylove. "Mae o'n gwaeth na hynny, Tecwyn. Ombudsman ydi o."

Gwelwodd Tecwyn Pierce. "Ombwdsman? I'r cownsil?"

"Y Cynulliad. Swyddfa Ombwdsman Llywodraeth Cymru. That's his day job, boi. Nid y top man, cofia, ond mae o'n uchel yn y ranks. Nice big salary, yntê! Reit, cadw mewn cysylltiad, Tecster. Ciao for now!"

Safodd y cynghorydd wedi'i hoelio i'r fan, yn gwylio'i ffrind yn brasgamu tua'r maes parcio. Yna aeth i'w bocad i estyn ei ffôn a byseddu drwy ei gysylltiadau a dewis y llythyren 'P'. Daeth o hyd i 'Person' a'i ffonio.

"Hello? Hi, Steven? How's it going? It's Tecwyn... Tecwyn Pierce. Councillo— Yes, yes, that's it... Not too bad, thanks. But, listen..."

48

Mi ddaeth y 'chwarelwr' fel yr addawodd, efo tair mil a hannar o sbondŵlis mewn bag plastig. Wedi gwirioni efo'r cynnyrch, aeth adra i fro'r lechan las yn wên o glust i glust. Dim ffys, dim ffwdan, dim panad na sgonsan. Blaenau i'r craidd.

Wedi cuddio'r hannar cilo ar gyfer 'cegin Bitrwt' efo'r mêl madarch yn y stash bach dan y gwrych yng ngwaelod yr ardd, bwriad Math oedd hudo Leri a Krystyna i'r Twrch am beint, er mwyn rhoi wad o bres iddyn nhw fynd i siopa gwirod a chynhwysion yn y bore – a chael cyfle arall i drafod henebion a hynafiaeth efo'r hynod Krystyna. Cyn hynny, fodd bynnag, roedd o angen rhestr siopa gan Chef Bitrwt. Penderfynodd y byddai'n galw heibio ar y ffordd i'r dafarn.

Mi ddaeth Anti Hilda dros ei phrofiad brawychus efo'r tân, dridiau'n ôl, yn go dda. Roedd yr "haearn" oedd hi wastad yn ddweud oedd yn ei gwaed hi a'r teulu yn amlwg yn dal yno. Ista'n gwatsiad "Coronêshion" oedd hi pan aeth Math i lawr ati. Dyna y bu hi'n galw *Coronation Street* erioed, a wnaeth hi erioed fethu "yr un bennod aur" – tan iddi gael pwl o ddisgyn i gysgu yn ei chadair tua mis yn ôl. Dyna pryd brynodd Math y teclyn Freesat Recorder iddi, a'i osod i recordio pob darllediad o'r gyfres. Doedd hi ddim wedi disgyn i gysgu ers hynny, ond mi *roedd* hi wedi dechrau ailwylio'r bennod flaenorol y noson ganlynol er mwyn gwneud yn siŵr na fethodd hi "yr un blewyn o dafod neb".

Heblaw am y capel, yr hannar awr o Goronêshion fyddai'r unig adag o'r dydd a fin nos pan na fyddai Anti Hilda ar ei thraed yn 'tendio'. Ac ar wahân i wrando ar y bregeth o'r pulpud, hon hefyd oedd yr unig hannar awr – heblaw am yr hysbysebion yn y canol – pan fyddai hi'n dawel.

Pan ddaeth yr "adfyrtaisments", mi drodd at Math a dechrau ei holi am ei ddiwrnod. "Wyt ti wedi gorffan y ffilm 'na wyt ti'n gweithio arni efo Bit Rŵts, Mathew?"

"Naddo, Anti Hild," atebodd, gan ddyfalu sut roedd hi wedi dod i ddeall mai ffilm oedd ei brosiect cyfredol. "Rydan ni wedi cael ein wêi-lêio braidd, ond mi gawson ni ryw awr fach sydyn arni bora ddoe. Dwi 'di penderfynu nad oes 'na hâst i'w gorffan hi rŵan."

"O? Y Canedian 'na oedd yr 'hâst', dwi'n cymryd? Colyn, ia?"

"Callum."

"Glywis i ti'n sôn am Canada wrth Bit Rŵts," eglurodd ei fodryb wrth weld yr olwg ddryslyd ar ei wyneb. "Ac mi gofias i ti'n sôn fod Colyn wedi mynd 'nôl adra. Wedi ffendio 'young lady' mae o?" holodd â'i llygaid yn ddawns o ddireidi.

Gwenodd Math. Roedd meddwl chwim ei fodryb wastad yn ei synnu. Diolchodd na rannodd o hanes Callum efo hi. Mi fydda hi'n cofio pob un gair, er ei bod hi'n cymysgu enwau pawb.

"Wyddoch chi be, Anti Hilda? Synnwn i ddim, cofiwch," atebodd â chelwydd golau. "Ond alla i ddim deud yn iawn, i fod yn onest. Tydw i heb glywad ganddo fo ers iddo adael."

"Wedi mopio'i ben, siŵr o fod, Mathew bach. Dyna'ch gwendid chi ddynion. A does dim byd yn bod efo hynny. Mae o'n wendid digon diniwad a naturiol. Dim fel y gwendid arall sy gynnoch chi."

"A be 'di hwnnw, Anti Hild?"

"Wel, cwrw, yntê. Tydach chi'n ddiawliad am hwnnw hefyd. Duw a ŵyr pam. Tydio'm yn rhoi bwyd ar y bwrdd nag yn magu plant. Heb sôn am y be-tin-galw. Estyn at y mint imperials 'na, nei di."

"Fydda i'n piciad draw i'r Twrch am un neu ddau yn y munud, Anti Hild. Liciach chi imi wneud Ovaltine i chi cyn mynd?"

"Taw efo dy 'Ovaltine', y mwddrwg! Diod hen bobol!"

Roedd ei fodryb wedi hen arfar â Math yn tynnu'i choes efo'r Ovaltine. Drinking Chocolate oedd ei 'diod nos da' hi – er nad oedd hi'n ei gymryd o bob nos. Weithiau mi fyddai jesd yn cnesu dŵr mewn sosban a'i yfed heb ddim arall ynddo.

"Tsioclet, ta?"

"Dŵr cynnas fydd hi heno, debyg."

"Wel mi a' i i'w ferwi fo rŵan i chi."

"Twt, witsia! Tydw i ddim yn gripil, hogyn!"

"Wn i, Anti Hild. Ond mi wna i o, beth bynnag."

"Oedd dy dad yn licio mynd am beint o bryd i bryd, hefyd, wsdi."

"Oedd, medda nhw," atebodd Math.

"Ond welis i mo'no fo'n feddw gaib ond unwaith."

"O?" medd Math. "Ac oedd 'na olwg arno fo, felly?"

"Wel, oedd. Fel berfa olwyn sgwâr. Dwi'n methu'n lân â chofio be oedd yr achlysur. Diawl – beidio bod hi noson glychu dy ben di, dwad? Ddisgynnodd o ar ei wynab yn yr ardd, a gwrthod codi. 'Gysga i'n fa'ma,' medda fo. Dwi'n cofio deud wrtho y byddwn i'n torri gwair ben bora, a duw a'i helpo os fydda fo'n dal yno… Diawl, mae hynna'n f'atgoffa i. Mae Derek yn dod i dorri gwair i mi fory."

"Derek?" holodd Math.

"Ia, wsti, fyny ffordd. Mae o wedi bod yn dod yma, wsdi. Mae o'n ffeind efo fi."

"Ond fi sy'n torri gwair i chi, Anti Hild!"

"Wel ia, wn i. Ond duwcs, ti'n ddigon prysur dy hun, chwara teg. Toes gan Derek ddigon o amsar ar 'i ddulo, siŵr. A beth bynnag, dwi 'di dod i fwynhau ei gwmni fo… Dim gymint â dy gwmni di, chwaith, dallta… Ust! Dyma Coronêshion yn ei ôl."

A dyna hi. Switsh off, ac yn ôl â hi i fyd chwedlonol Hilda Ogden, Ena Sharples ac Annie Walker gynt – eiconau teledu cynta merched oed Anti Hilda.

Cododd Math am y gegin. Rhoddodd gwpanaid o ddŵr yn y tecall a'i droi o ymlaen. Mi fyddai wedi oeri digon i'w fodryb ei yfed erbyn i'r opera sebon orffen. Roedd Math wedi cael digon o bractis.

Arhosodd nes y gorffennodd ei hen fodryb ei diod nos da, a noswylio. Yna gwlychodd y pelenni o bapur newydd efo dŵr, a'u gosod ar y tân i'w dampio fo i lawr. Gwnaeth yn siŵr fod y gard yn sefyll yn sad yn ei le, cyn cydio yn ei gôt a mynd i waelod yr ardd i nôl y sgync a'r mêl madarch. Rŵan bod yna ddieithryn yn cael rhwydd hynt i droedio lawnt sanctaidd Anti Hilda, roedd dyddiau'r guddfan dan y gwrych wedi dod i ben.

49

"Toman o fenyn, llwyth o driog melyn, bageidia o oats – uwd, sdi – cyrins, toman o joclet cwcio, tua tunnall o siwgwr…"

Roedd Bitrwt ar dân. Bu'n rhaffu llwyth o ddeunydd ar gyfer ei gegin ers tua chwartar awr bellach.

"Tybia masŵfiys o eis crîm o bob blas… Tsioclet tships, hyndryds a thowsands, chocolate flakes…

"Ffacin hel, dal dy ddŵr, ddyn! Dwi'm yn gneud shorthand, sdi! Be oedd y 'masŵfiys' 'na? Math o eis crîm, ta be?"

"Naci'r lemon. Ffacin masŵfiys fel yn 'masuf' – mawr!"

"Iawn, a be ddoth wedyn?"

"Pob blas o eis crîms masŵfiys. Efo'r 'eis crîm' oedd y gair 'masŵfiys."

"Ia, wn i, ond be ddudasd di wedyn?"

"Tsioclet tships…"

"Ia…" medd Math wrth sgriblo ar y papur.

"Hyndryds and thowsands…"

"Hyn… dryds… and… thow… sands. Ia?"

"A fflêcs."

"Fflêcs. A mae rhein i gyd yn y Cash a Carry?"

"Yndi. Ac mae genna i gardyn fan hyn," atebodd Bitrwt wrth chwilota yn ei walat.

"Iawn, be arall?"

"Fèj. Tynia hiwmyngys o bys, moron a lentils. I wneud cawl. Eith o i lawr yn grêt ganol dydd. Falla ham hefyd – tynia o sbam neu rwbath. Mae sŵp pys a ham a sgync yn ffycin lyfli. Mêl hefyd – llwyth o fêl. Mae 'na jaria mahŵsuf i gael…"

"Woah! Ydi mahŵsuf yr un fath â masŵfiys?"

"Yndi."

"A hiwmyngys?"

"Obfiysli! Jîsys, wyt ti'n stônd ne rwbath?"

"Wel, yndw, Bitrwt," medd Math a gwenu fel llyffant. "'Da ni newydd smocio peth o'r sgync 'ma ti'n mynd i gwcio efo!"

"O ia! Ffyc, ma'n ffycin gry, cont! Hwwwwww! Reit, lle oeddan ni?"

"Mêl… A sôn am ffycin mêl, pam 'sa ti 'di deud fod 'na jaria 'mahŵsuf' i'w cael? Fysa rheini yn handi i fi efo'r mêl madarch…"

Stopiodd Math ar ganol y frawddag. Sbiodd y ddau ffrind ar ei gilydd a meddwl yn union yr un peth.

"Mêl madarch!" medda'r ddau efo'i gilydd.

"Ffyc…" medd Math, wedi meddwl am eiliad arall. "Ydi hynny'n beth call, dwad?"

"Nac'di," atebodd Bitrwt. "Ond fydd o'n briliant!"

"Ti'n iawn. Fydd o!" cytunodd Math. "Reit, rwbath arall tisio roi ar y list 'ma?"

"Sosejis."

"Sosejis?"

"Naci, sausage meat – hwnna dwi'n feddwl."

"I be?"

"Do not question the wisdom of the Masterskunkchef, cont!"

"Ocê. Rwbath arall?"

"Ffrwytha. Ar gyfar y coctels… ac i neud bowlenni ffrwytha – ma rheini'n mynd lawr yn grêt mewn ffestifals. O – a digon o goffi, mae 'na dynia mawr i gael yn y lle."

"Bagia te?" cynigiodd Math.

"Ia, rheini hefyd… Dwi 'di deud blawd a wya?"

"Do, Bît, reit yn dechra."

"Cŵl. Yyyymmmmm… Rwbath arall…? Yyyymmm… Na, dwi'n meddwl bo ni 'di cyfro'r cwbwl rŵan. Ffiw, diolch byth. O'dd hynna'n heavy going, Math. Ma 'mhen i'n ffycin troi. Ond o'dd rhaid i fi gael o i gyd allan cyn i'r sbliff 'na hitio fi ffor sics. A sbia arna fi rŵan – hit ffor sefyn, cont!"

Chwarddodd Bitrwt fel ynfytyn. Dechreuodd Math wneud yr un peth, a chyn hir roedd y ddau'n cael traffarth anadlu ac yn dal eu hochrau wrth besychu fel bustych piws.

Daeth sŵn tecst yn cyrraedd ffôn Math ac wedi cael munud neu ddwy i ddod dros y gigyls, edrychodd ar y sgrin. Leri oedd yno, yn ateb tecst a yrrodd o iddi gynt. Ymddiheuro nad oeddan nhw am ddod am beint oedd hi, ac yn addo'i ffonio fo ben bore.

"Damia. Ti ffansi peint, Bît?"

"Na mêt, dwi 'di gaddo helpu Tongs a'r Lemon i nôl byrdda picnic."

"Heno 'ma?"

"Ia."

"Swnio'n doji."

"Yndi, mae o!"

Chwarddodd y ddau fel mwncwns.

50

Doedd mynd i nôl byrddau picnic yn Mondeo Tongs ddim yn gwneud llawer o synnwyr i Lemsip na Bitrwt. Ond fyddai dim rhaid wrth gerbyd i gario'r byrddau, mynnodd Tongs – dim ond 'getawê' oedd y car. Be oedd ddim yn gwneud synnwyr iddo fo oedd mynd i ddwyn byrddau picnic, ganol nos, efo Lemsip a Bitrwt – y naill wedi yfed galwyn o lager a'r llall off ei ben ar sgync a chwim, a'r ddau'n ffraeo fel gŵr a gwraig mewn siop sgidiau.

Mi gafodd o draffarth cael Lemsip i mewn i'r car cyn cychwyn, gan ei fod o'n gwrthod mynd ar ei gyfyl o unwaith welodd o'r "ffycin prypoen-tin mwya welodd y ddynolryw" yn ista yn y sêt ffrynt yn parablu pymthag yn y dwsin. Ond wedi iddo roi ei droed i lawr efo'r ddau, cychwynnodd y triawd ar eu perwyl cyfrin, ac unwaith ddechreuodd 'Clandestino' gan Manu Chao flastio o stereo'r car, peidiodd y cecru, ac yn ei le daeth cyd-floeddio canu cytgan drawiadol y gân.

"*MANO NEGRA…*" canai Manu Chao.

"*… CLANDESTINO!*" gwaeddai'r hogia.

"*PERUANO…*"

"*… CLANDESTINO!*"

"*AFRICANO…*"

"*… CLANDESTINO!*"

"*MARIJUANA ILEGAL!*"

Synnwyd Lemsip a Bitrwt pan stopiodd Tongs y car cyn i'r gân ddod i ben.

"Hogia, bêl owt yn fan hyn," cyhoeddodd Tongs wrth droi'r miwsig i ffwrdd.

"Lle ydan ni?" holodd Lemsip wrth syllu i ddüwch y nos drwy'r ffenast gefn.

"Wrth y caffi."

"O! Ffycin grêt!" dechreuodd Bitrwt. "'Da ni ar ben i lawr!"

"Be?" atebodd Tongs yn ddifynadd, gan ffidlan efo'r balaclafa ar ei ben.

"'Da ni'n dechra yn y pen rong. I fan hyn 'da ni fod i *ddod* â'r byrdda… dim i'w nôl nhw!"

"Ia, Bitrwt," medd Tongs. "Dyna pam dwi'n parcio yma, yndê. Achos ar ôl *nôl* y byrdda – i fan *hyn* – fyddan ni angan dreifio *adra*, yn *byddan*?"

"Ond croeso i ti gerddad, cofia," medd Lemsip, yn methu atal ei dafod.

"Duw, cau dy geg, y trol!" atebodd Bitrwt wrth lamu o'r car. "Ffycin hel, ma hi'n ffycin oer. Lle 'da ni'n mynd?"

"Rhyw hannar milltir ffor'cw," atebodd Tongs gan bwyntio heibio i gae Crwynau uwchben y twyn-glogwyn.

Disgynnodd gwyneb Bitrwt. "Hannar ffycin milltir?"

Synnu wnaeth Lemsip hefyd, cyn iddi wawrio arno i le'r oeddan nhw'n mynd. "Sea View? Wyt ti'n gall, dwad?"

"Nac'dw, ma'n rhaid. Ne fyswn i heb ddod â chi'ch dau efo fi, naf'swn? Rŵan, man up, a gwisgwch rhein." Taflodd Tongs fflachlamp pen yr un iddyn nhw. "Lle ma'ch ffycin balaclafas chi?"

"Sgenna i 'run," medd Lemsip.

"Wel, ddylsa chdi gael un," medd Bitrwt. "A'i ffycin gwisgo hi bob dydd, y cont hyll."

"Dwi'n ffycin warnio chdi, Bitrwt!" brathodd Lemsip.

"Hogia!" gwaeddodd Tongs. "Caewch 'ych ffycin cega, wir dduw!"

Arweiniodd Tongs y ffordd i fyny'r llwybr igam-ogam oedd yn dringo i gae isa Crwynau. Wedi cyrraedd y cae, dilynodd y tri y llwybr arfordirol heibio i ddau gae arall, cyn i Tongs rybuddio'r ddau gecryn bod rhaid bod yn ddistaw o hynny ymlaen. Diffoddodd y tri eu lampau pen cyn ymlwybro'n dawel yn eu blaenau.

"Fan'cw maen nhw," sibrydodd Tongs cyn hir. "'Da chi'n gweld y carafáns statig 'cw? Welwch chi'r cwt gwair? Wel i mewn yn fa'na maen nhw. Byrdda picnic pren. Rhei crwn efo seti yn rhan ohonyn nhw."

"Sut ffwc ti'n gwbod hyn?" holodd Lemsip.

"Dorito ddudodd wrtha i noson o'r blaen. O'dd o yma wythnos dwytha yn gosod cameras CCTV i'r boi."

"CCTV?"

"Ia, ond rhai ffêc ydyn nhw, medda Joni."

"Bingo!" medd Bitrwt. "Faint o'nyn nw sy 'na?"

"Tri."

"Tri o betha pren trwm?" cwynodd Lemsip. "Fysa'm yn gallach prynu rhai, dwad?"

"Bysa debyg, Lemsip," atebodd Tongs. "Ond dydan ni ddim *yn* gallach, nac'dan?"

"'Da ni ddim yn gall, na. Ond mae gennan ni ddigon o bres."

"Mil o bunna, Lemsip! Dyna fysa tri newydd yn gostio i ni. Ffyc ddat! A beth bynnag, fydd o'n laff. Ma Steven Person Non Grata'n haeddu cael ei robio. Ffwcio fo."

"Ond ma'n mynd i wbod yn syth pan welith o nhw tu allan y caff, siŵr dduw!"

"Ah!" medda Tongs. "Dyma 'di biwti'r plan yli, Lemsip. Does gan y boi ddim syniad be sy yn y cwt i gyd. Ma 'di bod yn gneud yr adeilada i fyny yn barod am y tymor, a dydio heb ddechra ar yr un yma eto. Llanast yr hen berchennog sy 'na, medda fo wrth Joni. 'Blaw fod Joni a'i lygid barcud wedi sbotio'r byrdda yn ei ganol o i gyd."

"Wel, os na'u lluchio nhw mae o am neud, pam nad own ni yno i ofyn iddo fo amdanyn nhw?"

"Ar ôl be ddigwyddodd y dydd o'r blaen? A be bynnag, fydd o isio pres amdanyn nhw. Dwi'm yn meddwl fod o am luchio dim byd, jysd heb gael amsar i gymryd stoc o be sy 'na mae o. Joni fydd yn clirio'r lle allan cyn dechra gweithio ar y lle."

"Felly, mewn ffordd, 'da ni'n dwyn gan Joni Dorito?"

"Nac'dan – dim tecnicali... Jysd cael y blaen arna fo ydan ni. Fo fysa'n eu cael nhw tasa'r boi yn digwydd troi ei gefn, ia. Ond mwya tebyg fydd y cont yno efo Joni pan fydd o'n gwagio'r cwt, yn sefyll ar ei ysgwydd o rhag ofn iddo fynd â rwbath o werth."

"Dwi efo chdi'n fa'na, Tongs," medda Bitrwt. "Dydi Joni ddim yn mynd i'w cael nhw, felly waeth i ni fynd â nhw ddim."

"A be ddudith Joni os welith o nhw tu allan y caff, ta?"

"Ffyc ôl, siŵr!" medda Bitrwt, oedd wedi'i dallt hi. "Fydd o'm callach o le ddothon nhw, siŵr. Joni'n meddwl na Steven Person fydd wedi'u symud nhw, a Person ddim callach fo nhw yno yn y lle cynta. Neb yn sylwi fod 'na rwbath ar goll."

"Yn union," medda Tongs. "Victimless crime! Be all fynd yn rong?"

Bum munud yn ddiweddarach roedd y tri'n sefyll y tu mewn i'r hen gwt gwair. Trodd Tongs ei lamp pen ymlaen a sganio'r trugareddau oedd wedi'u stwffio i bob cornal o'r lle.

"Ffycin hel! Yma fyddwn ni!" sibrydodd wrth ffidlan efo'r falaclafa oedd dal wedi'i rowlio i fyny ar ei gorun. "Reit, Lemsip – safa di tu allan drws i gadw golwg. A cofia droi dy lamp i ffwrdd!"

"Oes raid i fi? Ma hi'n ffycin oer allan fa'na!"

"Ac wyt ti'n trystio Bitrwt i gadw golwg?"

"Aah. Pwynt."

"Hei, y basdads!" diawliodd Bitrwt.

"Hisht!" siarsiodd Tongs. "Chwilia am fyrdda yn ganol y shit 'ma."
Sganiodd Tongs efo'i olau eto wrth nesu at y doman drugareddau.
Roedd pob math o rybish wedi'i stacio ar ben ei gilydd bob sut – o
hen gadeiriau i hen feics padlo plant, o roliau blêr o hen garpedi i
olwynion a theiars ceir a charafáns...

"Weli di rwbath?" gofynnodd i Bitrwt.

"Heblaw sgrap? Dim byd. Debyg mai Joni Dorito sy 'di cael blaen
arnon *ni*!"

"Ust! Wela i un bwrdd," medd Tongs wrth sefydlogi ei olau ar
wyneb pren bwrdd picnic oedd yn cuddio y tu ôl i hen gadair eistedd
ledr, efo hen gwt cwningan a phedair olwyn car wedi'u pentyrru ar ei
ben o. "Ffyc mi, mi wnaeth Joni'n dda i weld hwn, myn uffarn i!"

"Dwi 'di ffendio un hefyd, Tongs," sibrydodd Bitrwt. "Dau, actiwali.
Un ar ben y llall. Ond mae 'na ffwc o job mynd atyn nhw...!"

"Ocê, Bît, tria symud petha heb iddyn nhw ddisgyn. Dria inna fynd
at hwn."

Tra'r oedd y ddau'n symud y rhwystrau'n ofalus, safai Lemsip tu
allan y drws a'i ddwylo yn ei bocedi. Sbiodd i fyny uwch ei ben a
gweld y camera CCTV, a gobeithiai i'r nefoedd fod Dorito'n dweud y
gwir ei fod o'n un ffug. Syllodd draw at gysgod du'r adeilad nesa, oedd
yn sefyll ar y buarth ei hun, yn wynebu'r tŷ a safai ar gefnen fach o dir
uwchlaw'r tarmac.

Hen ffarm nobl fuod Llwyni erioed, cofiodd Lemsip, ac mi
weithiodd y teulu – oedd yn perthyn iddo fo o bell, yn ôl ei fam – yn
galed i gynnal y ffarm tra'n arallgyfeirio i fyd y carafannau. Ddalltai
Lemsip fawr ddim am y diwydiant twristiaeth nac am amaethyddiaeth,
felly wyddai o ddim be oedd fwya proffidiol. Ond rhwng y ddau,
mae'n debyg eu bod nhw'n gwneud ffortiwn bach. Y plant werthodd
y lle, mae'n debyg. Roedd yna dri brawd, os cofiai'n iawn, i gyd yn
eu pumdegau erbyn hyn. Ymddeol wnaeth eu tad – Harri rwbath
– a gadael popeth iddyn nhw, cyn marw o gansar o fewn blwyddyn.
Ond gwerthu wnaeth yr hogia, a hynny mewn dau lot – y tŷ a'r maes
carafannau efo chydig o gaeau eraill mewn un lot, a gweddill y ffarm
yn y llall.

Ysgydwodd Lemsip ei ben wrth feddwl am Steven Person yn glanio yma o Loegar gan chwifio'i jecbwc. A phrynu rhai o gaeau Crwynau wedyn, hefyd! Ymestyn ei ymerodraeth oedd ei fwriad, debyg iawn, nes fyddai ei garafannau o'n ffinio â rhai Crwyna. A dyna hi wedyn – pwysau ar Crwyna druan i werthu iddo fo, mwya thebyg. Y goncwest llyfr siec ar waith.

Clywodd sŵn pethau'n chwalu y tu mewn i'r cwt gwair. Rhoddodd ei ben drwy'r drws a sibrwd yn uchel, "'Da chi'n iawn?"

"Yndan!" sibrydodd Tongs yn ôl. "Y ffycin cratsh cningan 'ma ddisgynnodd. Pob dim yn glir allan fa'na?"

"Yndi. Pob dim yn dawal," cadarnhaodd Lemsip. "Triwch frysio! A peidio gneud gymint o ffycin sŵn!"

Diolch i'r wyth can o lager, roedd rhaid i Lemsip fynd i biso. Aeth heibio talcan y cwt gwair, cyn ailfeddwl wrth sylwi na allai gadw golwg ar flaen y tŷ o'r fan honno. Felly croesodd y buarth i gysgod yr adeilad tywyll o'i flaen. Roedd o hannar ffordd ar draws yr iard pan ddaeth golau lamp halojen ymlaen a goleuo'r lle fel llifoleuadau.

"Ffyc!" gwaeddodd heb feddwl a rhedeg i gysgod yr adeilad. I ateb ei reg daeth sŵn cyfarth cŵn o'r tu mewn. "Bôls!" meddai dan ei wynt.

Yn y cwt gwair, rhewodd Bitrwt a Tongs, cyn diffodd eu lampau i aros am adroddiad gan Lemsip.

"Lemsip?" sibrydodd Tongs yn uchel pan fethodd hwnnw daro'i ben drwy'r drws. "Lemsip!"

"O, ffor ffyc's sêcs," dechreuodd Bitrwt. "Mae'r cont gwirion 'di cael ei fyta."

Swatiodd y ddau ar eu cwrcwd ymhlith llanast y cwt gwair, ac aros.

Y tu allan, brysiodd Lemsip rownd talcan yr adeilad gyferbyn â'r tŷ a swatio, gan obeithio fod Steven Person a'i wraig yn gysgwrs trwm uffernol. Yn anffodus, doeddan nhw ddim. Clywodd ddrws y tŷ'n agor a rhedodd ar draws y patsh rhwng cefn yr adeilad a chlawdd pridd a phatsh o lwyni gerllaw. Neidiodd fel comando dros y clawdd. Ond nid gwair oedd yr ochor draw iddo. Nid llawr solat oedd yno chwaith, ond slwtsh – ac aeth ar ei hyd i mewn iddo. Ac unwaith yr ogleuodd o'r slwtsh, gwyddai'n union be oedd o.

"Yyygh!" ebychodd, cyn dechrau poeri fel cath wyllt wrth godi ei hun o'r carthion. Pan lwyddodd i wneud hynny, llithrodd ar ei ben i'w ganol o eto. Rhegodd, a thrio eto. Baglodd drwy'r fagddu gan gadw'i ben islaw top y clawdd pridd, hyd nes y cyrhaeddodd at gwt bach o ryw fath. Llechodd rhwng y cwt a'r clawdd â'i galon yn curo fel gordd, cyn codi'i ben dros y clawdd i sbecian. Ar y buarth, rhyw ganllath i ffwrdd, gwelai silwét Steven Person yn croesi at yr adeilad lle'r oedd y cŵn yn mynd yn lloerig. Rhegodd, a phoeri'r siwrej dynol oddi ar ei weflau a sychu'i wyneb efo gwair a mwsog o ben y clawdd. A dyna pryd y sylwodd fod ei lamp pen wedi mynd – mwya thebyg i ganol cachu'r Sais a'i wraig.

Draw yn y cwt gwair, roedd Bitrwt a Tongs yn dal i swatio tra'n gwrando ar gyfarth y cŵn.

"Be ffwc wnawn ni, Tongs?"

"Aros fa'ma. Ma siŵr fod Lemsip yn cuddio yn rwla. Os nad oes rhywun wedi'i weld o does'na'm rheswm iddyn nhw ddod i mewn i fan hyn. Os ddaw 'na rywun, jysd swatia. Os welith o ni, fydd raid i ni'w waldio fo."

Wrth y cwt tu ôl y clawdd, gwyliodd Lemsip Steven Person yn gollwng y cŵn yn rhydd. Ar un llaw, diolchodd mai dau ddaeargi oedd yno, nid y bwystfilod dychrynllyd sydd mor boblogaidd efo pawb y dyddiau hyn. Ond ar y llaw arall, bu bron iddo gachu ei hun.

"Basdads bach!" sgyrnygodd dan ei wynt wrth eu gweld nhw'n codi ei drywydd yn syth o gefn yr adeilad ac yn rhedeg at le y neidiodd dros y clawdd pridd.

"OK, Steven?" holodd ei wraig o ddrws y tŷ.

"Yes, love. It's just a fox by the looks of it. Dogs are headed to the duck range."

"Well don't let them get in the sewage!"

"Too late! They're in it."

"Oh, bloody hell! Not again! Well they're not getting in the car again tomorrow, no chance. You need to phone that bloody Johnny bloke. We've been waiting a month for that cesspit!"

Cythrodd Lemsip wrth glywed y cŵn yn nesu trwy'r siwrej wrth y coed. Agorodd ddrws y cwt wrth ei ymyl ac estyn yn ddall i'r tywyllwch. Cynhyrfodd y chwîd a dechrau chwythu a chwacian, ond llwyddodd Lemsip i gael gafael yn un a'i llusgo allan yn sgrechian yn groch. Taflodd hi i gyfeiriad y cŵn yn y gwyll, cyn rhedeg yn ei gwrcwd i gyfeiriad y cae a'r carafannau statig. Wedi cyrraedd yno, allan o olwg y tŷ, neidiodd i ben y clawdd pridd, ac o ben y clawdd i ben to un o'r carafannau tawel. Gorweddodd yno, yn anadlu'n ddwfn wrth wrando ar y cŵn yn llarpio'r chwadan yn y carthion – a Steven Person yn rhegi ar dop ei lais wrth drio'u galw nhw oddi arni.

Arhosodd Lemsip yn lle'r oedd o hyd nes y tawelodd pethau ymhen rhyw bum munud, ddeg. "Diolch 'ti, Wil Cwac Cwac!" meddai o dan ei wynt.

51

Bu Robi-di-reu ar ei draed ers tua chwech y bore. Un fel yna oedd o, fel aderyn du-pig-felyn i fyny cyn y wawr yn chwilio am bryfaid genwair. Pan ddaeth y llwydolau aeth am dro i lawr i'r traeth am chydig o awyr iach. Ac yntau efo goriad sbâr i'r caffi bellach, mi aeth â'r fflagiau ar gyfer tu ôl y cowntar efo fo, yn ogystal â baner môr-ladron wedi'i chlymu i ben polyn pabell hir i'w gosod y tu allan.

Heb drydan i oleuo'r tu mewn, y faner penglog-ac-esgyrn-croes osododd o gynta. Dad-blygodd y polyn pabell i'w lawn hyd – tua chwe metr go dda – a gyda help ei fflachlamp pen, stwffiodd ei waelod yn ddwfn i hollt rhwng troed wal cornal flaen y caffi a choncrit y patio, cyn clymu ei ganol i fracet oedd yn dal peipan y landar. Yna aeth rownd i ben y to, a chlymu'r polyn i fracet y landar ei hun. Wedi gorffen, eisteddodd ar y to fflat a rowlio sbliff tra'n gwylio'i gampwaith yn chwifio dair metr uwch ei ben. A gwelodd mai "da ydyw, reu".

A'r haul bellach wedi codi, cerddodd yn ei ôl at flaen y caffi. Dyna pryd y sylwodd ar y gwaith paentio ar y wal ffrynt – nid jesd y côt o baent gwyn, ond y sgrifen hefyd.

"Bitrwt!" meddai dan wenu, wrth gofio mai hwnnw oedd yr unig un ar ôl yn y caffi pan adawodd yntau ddiwadd y pnawn ddoe.

Uwchben y drws a'r ffenestri mawr o bobtu, mewn geiriau mawr coch, roedd 'CROESO I'R RIFIERA REU'. Oddi tano, mewn llythrennau gwyrdd, fymryn yn llai, roedd 'CWT DUB YR IWERYDD – ATLANTIC DUB SHACK'. Ac o dan hwnnw, uwchben y drws yn unig, mewn llythrennau melyn, roedd 'TYDDYN DUB'.

Gwenodd Robi-di-reu yn braf wrth smocio'i sbliffsan. Mi oedd Bitrwt, er gwaetha'i brotestiadau, ei syniadau gwallgo a'i hedffycs penderfynol, wedi gwrando ar syniadau pawb – wel, pawb heblaw

Lemsip, achos doedd gan hwnnw byth syniadau. Chwarae teg iddo, meddyliodd Robi. Roedd o hyd yn oed wedi cynnwys fersiwn Gymraeg – "Welsh Nash" – Math o'i ffefryn ei hun.

"Bendith reu arna ti, Bitrwt!" medd Robi'n uchel, cyn chwerthin wrth sylwi ar y llun bach mewn paent du uwchben y geiriau 'Tyddyn Dub'; aderyn – deryn bach du yn hedfan!

Wedi gosod baneri Cymru a Jamaica i hongian tu ôl y cowntar, tynnodd luniau ohonyn nhw a'r murlun *Uprising*, cyn mynd allan i dynnu lluniau o waith celf Bitrwt. Er mwyn cael y caffi i gyd yn y ffrâm, aeth draw i ben un o'r creigiau isel oedd yn gorwedd yn y tywod gwlyb ar y pwynt, tua hannar canllath i ffwrdd. Oddi yno mi welai flaen yr adeilad – a'r faner uwch ei ben – a hefyd ei ochor i gyd. A dyna pryd welodd o gampwaith arall Bitrwt – un a wnaeth iddo chwerthin yn uchel eto. Yno, mewn llythrennau bras coch, roedd yr hen slogan enwog hwnnw fu'n addurno wal gerrig yn Butetown, Caerdydd, o bob man – 'INDEPENDANT TROPICAL WALES'.

"Independant Trah-pical Wales, yah kna!" bloeddiodd Robi ar dop ei lais yn ei acen Jamaica achlysurol. "Reu! Rrreu fendigaid rrreu!"

Yna clywodd lais yn dod o rywle, yn ei ateb. Trodd i edrych i ben y twyn-glogwyn a gweld Crwyna'n sefyll yno, yn codi'i law.

"Reu, Crwyna!" gwaeddodd. "Borrre da!"

"Ac i titha," atebodd Crwyna.

Sylwodd Robi fod JCB Crwyna efo fo yn y cae, a chofiodd eu bod angen ei fenthyg o i gario'r jiwcbocs a'r system sain o'r bwthyn. Cerddodd heibio ochor y caffi, gan edmygu'r slogan hynod eto wrth ei basio, a dringo'r llwybr igam-ogam i ymuno â'r mab ffarm hynaws yn ei gae.

"Ti'n brysur, Crwyna?" holodd Robi wrth weld ei fod o wedi crafu'r tywyrch a thyllu sgwaryn chwe modfadd o ddyfnder heb fod ymhell o ben y llwybr.

"Yndw sdi, Rob. Mae gennai ddau bortalŵ yn dod yma, felly dwi jysd isio gosod concrit yn barod amdanyn nhw. Sut mae'r caffi'n siapio?"

"Mae o'n edrych yn reu. Ac mae'r tylwyth teg wedi bod yn paentio, fel y gweli di, reu."

"Ia, o'n i'n sbio ar hwnna rŵan. Be ffwc mae o'n feddwl?"

"Hen slogan eiconig yn Gaerdydd erstalwm, reu. Ma'n cŵl, dydi?"

"Mae'r sillafu'n rong, ydi ddim? IndependAnt?"

"Aah, wel…" medd Robi-di-reu wrth wisgo'i ben doeth a mwytho'i locsan. "Dyna sut oedd y gwreiddiol, reu. Tan i rywun fynd â paentio 'e' drrros yrrr 'a', reu."

"Wela i," atebodd Crwyna'n fflat. "Dydi'r tywydd ddim yn tropical iawn heddiw 'ma, chwaith!"

"Ma hi am godi, sdi," atebodd Robi dan wenu'n braf. "Dwi'n ei deimlo fo yn fy dreds, reu."

Gwenodd Crwyna. "Ti'n waeth na'r Dyn 'cw, myn diawl. Y tywydd am droi bob tro ma'n cael pigyn clust!"

"Maen nhw'n ei gaddo hi'n 'scorchio' arrr gyfarrr yrrr Eclips, dydyn? 'Da ni am agorrr y lle ar 'i gyfarrr o, reu."

"O? Duw, reit dda rŵan, Robi. Edrych ymlaen i'r agoriad mawr, felly."

"A cofia di ddod, hefyd. Bydd 'na ddigon o ddiodydd a danteithion i chdi, reu. Deud i mi – pam ti'n rhoi'r portalŵs 'ma yn fan hyn? Ydyn nhw'm yn beryg o chwythu i ffwrdd, dwad?"

"Fydda i'n boltio nhw i'r concrit, Robi. A codi wal flocs fach tu ôl iddyn nhw, yn fan hyn…"

Gwyliodd Robi-di-reu symudiadau pendant breichiau ei ffrind yn siapio cynlluniau anweledig ar yr awyr wrth siarad.

"Dwi 'di prynu'r toilets gan Joni Dorito, ac ma gennai fashîn i'w gwagio nhw yn barod, yn does? Mond gadal twll yn y wal flocs ar gyfar y beipan. Gyda llaw, Robi. O'n i'n meddwl… wel, o'n i'n siarad efo Leri'n chwaer, ac… wel, o'n i'n teimlo'n gas am fethu helpu allan efo'r dŵr a letrig, ac…"

"Hei, rhaid i ti ddim, siŵr, reu."

"Ta waeth, Robi, ond wedi meddwl yndê, dwi'n mynd i elwa o'r caffi hefyd, yn dydw? Wsdi… gan fod y ddau le mor agos – diawl, bron na allwn i biso ar ben y caffi o fan hyn!"

"Digon gwir, Crwyna," medd Robi wrth fwytho'i farf eto. "Digon gwir…"

"Wel, meddwl am y rifíws o'r lle 'ma o'n i – bobol yn canmol fod yna "beach bar and cafe right by the field" a ballu. Wel, mi eith y gair o gwmpas, yn deith? Denu bobol yma."

"Wel, yndi, mae hynny ynddi," medd Robi. "Os wyt ti am fynd ar ôl y farchnad bobol iau, yn enwedig."

"Ia, wel, dyna pam dwi am gadw'r pen yma o'r cae ar gyfar pebyll, a gosod y carafáns fwy am ffor'cw, wsdi… Os fedra i gael 'y mhig i mewn i'r 'Cool Campsites of Wales' peth 'ma, tra'n cadw'r farchnad teuluoedd hefyd, dwi'n mynd i fod ar 'yn ennill ddwy ffordd, yn tydw?"

"Wel… wyt, debyg iawn, reu."

"Felly, gan fo chi angan toileda, wel, waeth i fi roi rhain yn fan hyn ac allith eich cwsmeriad chi'u defnyddio nhw hefyd, yn medran? Fydd 'y nghampars i'n iwsio'r shower block yn y boreua beth bynnag. Dwi'm yn gweld gormod o draffarth rhannu rhein efo chi… Be ti'n feddwl?"

Trodd Robi i sbio ar y llwybr igam-ogam i lawr y clogwyn tywodlyd, gweiriog oddi tano. Doedd o ond tua hannar can troedfadd, ac yn fwy o riw serth na chwymp unionsyth. Rowlio mewn tywod fyddai unrhyw un digon gwirion i fethu'i step, yn hytrach na disgyn fel carreg.

"Wel, does 'na ddim byd peryg i'w weld, Crwyna. Fysa ni'n gallu rhoi llwyth o'r lampa bach solar 'na yn y tywod i ddangos y ffordd. Wela i'm pam ddim, reu!"

"Aidîal, Robi! Tsiampion! Ac hefyd, yndê – o'dd Leri'n deud fo chi am iwsio jaria i ddal dŵr. Wel mae genna i doman o rheini gewch chi."

"Reu, gyfaill."

"Ac hyd yn oed gwell, yndê – mi gewch chi'u llenwi nhw o'r tap dŵr yna'n fa'na." Pwyntiodd Crwyna at y tap oedd wedi'i sgriwio'n sownd i bolyn ffens newydd gerllaw, â pheipan alcathîn las newydd sbon danlli yn rhedeg iddo fo. Roedd Crwyna wedi bod yn brysur.

"Reu, Crwyna. Diolch i ti."

"Ond fedrai'm helpu efo'r letrig."

"Reu. Dim prrroblam, Crrrwyna. Fyddan ni'n iawn efo jeni, sdi. Fydd o'n gweithio allan yn reu!"

"Iawn, tsiampion, Robi. Rhaid 'mi fynd rŵan. Dwisio cael y concrit 'ma i lawr tua'r amsar cinio 'ma."

"Dduda i 'tha ti be, Crwyna," medda Robi a'i ddal o cyn iddo fynd. "Be am i ni roi help llaw i chdi efo'r concrit, a geith dy JCB di neud ffafr fach sydyn i ninna wedyn?"

Gwenodd Robi-di-reu yn braf wrth wylio Crwyna'n bomio i ffwrdd yn ei beiriant melyn. Ond nid y canlyniad gwych o ran menthyg

JCB, defnydd toiledau a chyflenwad dŵr oedd yn codi'r wên, ond yn hytrach y ffaith ei fod o – bob tro'r oedd o yng nghwmni Crwyna – yn teimlo'n freintiedig iawn o gael nabod rhywun oedd yn gymaint o halen y ddaear.

"Reu dy fyd, Crwyna mêt," meddai cyn troi at ben y llwybr. Safodd yno, yn edmygu'r olygfa dros y caffi – dros Tyddyn Dub – ar hyd cryman aur traeth Porth y Gwin, at fraich Carneithin a Thrwyn Dindeyrn tu hwnt. Er fod yr awel yn ffresh o hyd, roedd y dydd yn codi'n braf a'r awyr yn gwisgo minlliw o las ysgafn yn nrych y môr. Draw tua'r dwyrain, yn barod i neidio mewn bwa ara dros Garneithin, gwenai'r haul yn loyw-wyn llachar. Caeodd Robi-di-reu ei lygaid ac anadlu'r awyr iach yn ddwfn i'w frest. Roedd y bore'n torri'n dyner dros y Rifiera Reu.

"Mai'n dda yn Gymrrru!" gwaeddodd a'i freichiau ar led.

Yna, agorodd ei lygaid yn sydyn wrth i'w ymennydd rejistro be welodd ei isymwybod cyn iddo gau ei lygaid eiliadau ynghynt. Craffodd ar y lwmpyn du ar y traeth, yn cydio yn y tywod meddal wrth i'r tonnau gilio rhwng llanw a thrai.

52

Eisteddai Math o dan y Cloc yn smocio rôl wrth aros i Krystyna gyrraedd. Cyrhaeddodd neges destun gan Leri ben bore yn dweud y byddai ei chariad yn dod i gwrdd ag o am hannar awr wedi wyth i nôl y rhestr siopa, y pres a chardyn Cash a Carry Bitrwt. Edrychodd ar y cloc ar ei ffôn – gan fod bysedd yr hen gloc uwch ei ben wedi stopio symud ers blynyddoedd – a gweld y byddai'r seren Slafaidd yn cyrraedd unrhyw funud, os byddai ar amser.

Meddyliodd be i ddweud wrthi pan gyrhaeddai. Heblaw am chydig funudau yma ac acw, fel tra'r oedd Leri wrth y bar yn y Twrch nos Wener, doedd o ddim wedi treulio amser ar ei ben ei hun efo hi. Er iddo freuddwydio am y peth sawl gwaith dros y dyddiau dwytha, roedd yr holl ddatblygiadau yn y cyfamser wedi peri iddo anghofio sut oedd o'n teimlo yn ei chwmni. Roedd fel petai'r cysylltiad hwnnw bellach wedi'i golli – bod y wefr wedi pylu, rywsut.

Falla mai peth da oedd fod amser wedi dod â nhw at eu coed, cyn iddyn nhw wneud llanast. Dod â fo at ei goed, ailfeddyliodd. Cyn iddo *fo* wneud llanast. Sut allai o fod mor siŵr fod Krystyna'n teimlo 'run peth? Efallai mai yn ei ben o yn unig oedd popeth, ac mai dychmygu pethau oedd o. Ciciodd ei hun. Sut allai o feddwl y fath bethau ynghylch cariad ei ffrind? Ai am mai merch oedd hi? Fyddai o byth yn ystyried dwyn cariad unrhyw ddyn, boed hwnnw'n ffrind ai peidio.

Daeth car arall i'r golwg o gyfeiriad Crwynau a throi tua Dre wrth gyffordd y Cloc. Wyddai o ddim pa fath o gar oedd gan Krystyna, ond tueddai i chwilio am rif cofrestru estron ac, o bosib, sticer efo'r llythrennau 'CZ'. Ond cofiodd i Krystyna ddweud iddi fod yn byw yng Nghymru ers tro. Bosib iawn ei bod wedi prynu car bach rhad yn y wlad yma, felly. Mwya thebyg ei bod hi, meddyliodd.

Dyfalodd faint o waith oedd ynghlwm wrth sgwennu traethawd hir. Dychmygai ei fod o'n brosiect aruthrol – maswﬁys, chwadal Bitrwt neithiwr. Tair mlynadd o ymchwilio a chadw nodiadau cyn mynd ati i'w sgwennu'n daclus a thrylwyr gyda chyfeirnodau a ffynonellau ac ati – yn union fel llyfrau hanes ysgolhaig, mae'n debyg. Allai Math ddim amgyffred ymgymryd â'r fath fenter, er y gallai ddychmygu mai peth diddorol ofnadwy fyddai ymchwilio i bwnc sy'n tanio'r dychymyg. Ond gwyddai serch hynny mai llanast llwyr fyddai ei waith ymchwil o – ei nodiadau digyfeirnod yn sgribls anghoﬁedig ar rubanau blêr o bapur llwyd.

Canodd corn car dros ei ysgwydd dde. Trodd i weld hatchback bach coch – Renault o bosib – wedi stopio cyn y Cloc, a merch felynwallt yn chwiﬁo'i llaw a gwenu arno. Gwenodd yntau a chodi'i law. Sylwodd Krystyna ei bod wedi stopio mewn lle lletchwith i draﬃg, ac mi symudodd yn ei blaen a throi i'r chwith a pharcio ychydig yn is i lawr y stryd o le'r eisteddai Math. Cododd yntau oddi ar y fainc er mwyn cerdded i'w chwfwr, ond gwelodd ei bod hi wedi dod allan o'r car ac yn brysio tuag ato. Daeth llond cae o loynnod byw i ddawnsio yn ei stumog wrth iddi nesu, yn gwenu fel yr haul oedd yn lliwio'i gwallt, a theimlodd gyffro yn ei lwynau ymhell cyn sylwi ei bod hi'n gwisgo trowsus cwta gwyn a theits tywyll o dan fŵts tal.

"Bore da, Math!" cyfarchodd yn siriol.

"A bora da i titha, Krystyna," atebodd Math. "Ma hi'n codi'n braf."

"Ydi, mae hi ddim yn rhy oer."

"Sori, ond mae'r Cloc yn hawddach i'w egluro na lle dwi'n byw."

"Dim problem. Roedd yn hawdd canfod."

"Diogi mae Leri, felly?"

"Ie. Ac roedd hi eisiau siarad gyda'i thad hefyd. Dyw hi heb gael llawer o gyfle ers ni fod yma."

"O? Wel, ymm... fysa ti'n licio mynd am banad i rwla?"

"Panad! Rwy wrth fy modd 'da'r enw hwnnw. Fi'n arfer gyda 'dwshgled'! Ond Leri o hyd yn dweud '*panad*'."

Chwarddodd y benfelen wrth amlygu sain gyddfol yr ynganiad gogleddol o'r gair 'panad'. Chwerthin wnaeth Math hefyd wrth gael ei atgoffa o ddireidi hwyliog ei chymeriad. Roedd o wedi cael ei hudo eto.

"Felly, wyt ti isio *panad*, neu ddim? Allwn ni fynd i'r caffi 'cw, neu draw i tŷ fi? Wel, tŷ Anti Hilda – lle dwi'n byw. Ond i ddeud y gwir, dydi hynny ddim y syniad gora – oni bai dy fod ti'n licio cacans. Lot *fawr* o gacans!"

Daeth Math yn ymwybodol bod ei lygaid wedi crwydro at ei chanol siapus am chwarter eiliad.

"'*Cacan*'!" medd Krystyna mewn acen or-ogleddol eto, a chwerthin. "Rwy wrth fy modd â'r acen yma."

Syllodd ar Math tra'n gwenu. Daeth cyffro i'w lwynau eto.

"Byddai'n well i fi cychwyn," medda Krystyna wedyn. "Mae rhaid mynd i Bangor, oes?"

"Ia, yn Bangor mae'r Cash a Carry, ond..."

"Hwn yw y rhestr?" holodd Krystyna wrth sylwi ar y papur yn ei law.

"Ia," atebodd Math ac eistedd yn ôl ar y fainc. Eisteddodd hithau wrth ei ymyl wrth iddo fynd drwy'r rhestr yn sydyn, cyn mynd i'w bocad i estyn wad trwchus o bapurau dau ddeg punt mewn amlen wen iddi.

"Mae llawer yma!" medd Krystyna.

"Oes. Cofia brynu lot o bob dim," medd Math. "A llenwa dy gar efo petrol. Paid â bod yn swil."

"Swil? Fi?" medd Krystyna dan wenu'n ddireidus wrth i'w hysgwydd orffwys yn ei erbyn. "Sai'n meddwl!"

Gwenodd Math wrth i'r ddau syllu i lygaid ei gilydd, a theimlodd ei hun yn caledu. "'Sai'n meddwl', ife?" meddai, gan ddynwared acen Cardis – er bod mwy o dinc canol dwyrain Ewrop ar ei Chymraeg. "Digon hawdd deud yn lle ddysgas di dy Gymraeg!"

Gwenodd Krystyna a chlosio ato'n chwareus.

Teimlodd Math ei gwallt ar ei foch am eiliad.

"Gobeithio 'mod i'n gwneud synnwyr i ti?" holodd.

"O wyt, paid poeni. Wyt, wyt, perffaith synnwyr…" baglodd ateb Math o'i geg.

"Da iawn," medda Krystyna wrth i'w llygaid llwydlas fflachio 'nôl a mlaen rhwng ei lygaid a'i geg. Yna gwenodd, a rhoi'r cardyn Cash a Carry a'r rhestr siopa yn yr amlen efo'r pres.

Diolchodd Math ei fod o'n gwisgo siaced oedd yn ddigon llac i guddio'r lwmp cynyddol yn ei falog.

Yna, gan roi ei law ar ei goes, cododd Krystyna. "Wel, diolch am cynnig 'panad' a 'cacan'!" meddai, a chwerthin eto.

"Aros funud," medd Math. Roedd ei ben bellach o dan reolaeth ei hannar mîn.

"Ie?" atebodd hithau wrth sefyll o'i flaen â'i dwylo ar ei chluniau.

Gwenodd Math yn swil. Euogrwydd oedd wrth wraidd hynny. Roedd o'n fflyrtio'n agored efo cariad un o'i ffrindiau ac yn teimlo'n ddrwg nid yn unig dros Leri, ond hefyd am roi Krystyna mewn lle cas.

"Meddwl o'n i – be am beidio mynd i'r Cash a Carry, a mynd i Lidl yn lle? Fedran ni biciad i weld Bryn Haearn Mawr ar y ffordd?"

"Iawn," atebodd Krystyna a gwenu'r wên gynnes, siriol a threiddgar honno oedd wedi ei swyno ers y tro cynta iddo'i gweld hi.

"Wel… iawn, ta!" gwenodd Math.

"*Iawn*," medda Krystyna yn ôl, gan roi acen yddfol i air arall o'r gogledd oedd yn amlwg yn ei thiclo.

53

Am y tro cynta ers amser, teimlai'r Ditectif Ringyll Wynne Pennylove yn llawn cyffro wrth gerdded i mewn i orsaf yr heddlu. Bu'r cyfarfod â'r DCI y prynhawn blaenorol, fel aelod newydd o'r tîm cynorthwyol, yn un diddorol dros ben. Fel y disgwyliai Pennylove, yn ôl yr uwch-swyddog mi oedd cynlluniau ar y gweill i gasglu tystiolaeth helaeth yn erbyn Dylan 'Dingo' Williams a sicrhau dyfarniad fyddai'n ei roi yn y ddalfa am amser sylweddol. Hyd yn oed gwell oedd y newyddion bod ymchwiliadau cefndirol wedi bod ar waith ers rhai wythnosau, a bod yr ymchwiliadau hynny eisoes wedi esgor ar amball lwybr penodol addawol iawn, iawn.

Roedd cryn dipyn o waith maes wedi ei wneud yn barod, felly, ac mi oedd y tîm cynorthwyol a fu wrthi'n braenaru'r tir ar gyfer y gwaith hwnnw eisoes wedi profi'n effeithiol dros ben. Iddyn nhw oedd y diolch bod y cais am ganiatâd cyfreithiol – a chyllid – i fwrw mlaen â'r ymgyrch ehangach wedi bod yn llwyddiannus. Mi oedd Pennylove, felly, yn ymuno â chriw o swyddogion medrus iawn.

Y cam nesa, medd y DCI, oedd gwylio a chasglu gwybodaeth ar lefel ddwys, ac i'r perwyl hwnnw roedd angen swyddogion ychwanegol i helpu'r tîm cynorthwyol lleol wrth gefnogi sgwad o dditectifs o ffwrdd fyddai'n llywio'r achos o hyn allan. Er boddhad mawr i Pennylove, byddai o'n un o'r swyddogion lleol hynny. Wedi cyfnod hir o iselder ysbryd ac ymdopi â phwysau gwaith mewn gweithle nad oedd wedi ei ysbrydoli ers blynyddoedd bellach, roedd y tro ar fyd hwn fel bwled hud i godi'i ysbryd. Dros nos, mi ddaeth ei fyd yn ddiddorol eto, ac mi oedd gan DS Wynne Pennylove bwrpas mewn bywyd.

Ei joban gynta oedd dysgu oddi wrth y swyddogion iwnifform ymhle, ac efo pwy, yr oedd mân-werthwyr Dingo yn byw a chymdeithasu, cyn casglu gwybodaeth amdanynt a dewis y rhai pwysica i'w gwylio.

Penderfynodd Pennylove y byddai'n chwilio am rai o'r mân-werthwyr oedd ar waelod y gadwyn a dechrau cadw llygad arnyn nhw o bell. Eisteddodd wrth ei ddesg efo'i goffi ac agor y cyfrifiadur. Porodd i'r bas data canolog a theipio'i gyfrinair newydd yn y blwch priodol. Yna porodd at y ffeiliau 'intel' cyffredinol o ardal Dre a Dindeyrn, ac ymlaen eto at restr o 'associates' Mr Dylan 'Dingo' Williams.

"'Colin Jenkins aka Col Jenko… aka Col Jenks…'" mwmiodd iddo'i hun. "'Kenneth Roberts… aka Clogwyn aka Clogs…'!"

Ffyc mî, meddyliodd wrth gymryd sip o'i goffi. Roeddan nhw'n licio'u ffycin llysenwau yn y lle 'ma.

"'Alun Broom aka Simba… Bryn McDonald aka Bryn Mac… aka Cwac (Quack)…' Presumably because of the Donald in McDonald?" mwmiodd Pennylove eto, gan ysgwyd ei ben.

Yna daeth at restr o enwau pobol roedd o'n eu nabod o ran eu gweld. Synnodd at rai ohonyn nhw, gan ei fod o'n gwybod nad oeddan nhw'n ddelwyr nac yn droseddwyr, chwaith. Hogia ifanc oedd i'w gweld allan ar benwythnosau oedd rhain, hogia yr oedd Pennylove yn gwybod mai dilyn gigs Cymraeg o gwmpas yr ardal oeddan nhw fel arfar.

Darllenodd yr enwau allan o dan ei wynt. '"Ynyr "Piwc" Parry… Alwyn "Gŵydd" Davies… Penri "Ben Lôn" Hughes…' This can't be right…"

Roedd ar fin ffonio Bae Colwyn neu Gaernarfon pan sylwodd fod modd clicio ar yr enwau i gyd er mwyn agor ffeil arnynt.

"Doh!" meddai'n uchel a slapio'i hun ar ei dalcan, gan achosi i PC Sian Gwyndaf godi ei phen o'i desg hithau. Gwenodd arni. "Job dod i arfer efo'r ffeils newydd 'ma!"

Aeth yn ôl i dop y rhestr a chlicio ar Colin Jenkins. "Aha!" meddai wrth i fwy o wybodaeth ymddangos. Gwelodd fod yr unigolyn hwn wedi'i farcio fel 'lefftenant' i Dingo. Cliciodd drwy weddill y rhestr yn sydyn – unigolion oedd yn amrywio o fod yn ffrindiau agos i Dingo i fod yn ddim mwy nag enwau a daflwyd i'r crochan gan gymdogion busneslyd yn cario clecs.

"'Sion William Davies, 45' a 'Robert Jones, 47'," darllenodd, cyn clicio ar y cynta i weld y sylwadau. 'Sion William Davies, 45, aka Wil, aka Lemsip, accomplice to Tony Evans, 47, aka Tongs…'

"Hmmm…" meddai wrtho'i hun wrth adnabod yr enw 'Tongs', cyn clicio arno. Yn ôl *maint* y wybodaeth oedd wedi ei chofnodi, roedd hi'n debyg fod rhywrai, rhywbryd, wedi ei gyfri o'n ddigon pwysig i gadw golwg o bell arno. Ond yn ôl *natur* y wybodaeth, doedd yno fawr ddim i ddangos ei fod o'n unrhyw beth mwy na 'suspected petty thief' a defnyddiwr a mân-werthwr cyffuriau achlysurol a di-nod. Yn wir, doedd dim byd wedi ei ychwanegu i'r ffeil ers blwyddyn a mwy.

Ystyriodd Pennylove. Go brin ei fod o'n werth gwastraffu adnoddau arno. Ond eto, wnâi hi ddim drwg i'w wylio am benwythnos i weld oedd o'n dal i brynu stwff gan Dingo. Roedd Pennylove yn eitha sicr ei fod o'n dal i *gymryd* cyffuriau, o leia. Roedd pobol fel hyn wastad yn.

"Be 'di dy hanas di ta, Robert Jones?" medd Pennylove o dan ei wynt, wrth glicio ar enw hwnnw. Yr unig wybodaeth o dan ei enw oedd y ffaith ei fod o'n ffrind i Tongs, a'r sylw 'aka Robbie the Rye, pothead, conviction for possession of cannabis 1994'.

"Nah!" wfftiodd Pennylove wrth sylweddoli nad oedd rhain yn

ddeunydd gangstars o bell ffordd, cyn clicio ar yr enw 'Math Parri'. Doedd dim byd o dan 'convictions', ond pan gliciodd ei lygodan ar 'suspected activities' bu bron iddo ddisgyn oddi ar ei gadair. Yno ar y sgrin roedd y geiriau 'Supply of Class A drugs, 2014'.

Byrhoedlog fu cyffro Pennylove, fodd bynnag, achos pan gliciodd ar y geiriau hynny i gael y manylion, gwelodd mai amheuon ei fod o'n rhannu madarch hud efo'i ffrindiau oeddan nhw'n gyfeirio ato.

"Jesus Christ!" medd Pennylove yn uchel, gan dynnu sylw PC Sian Gwyndaf eto. "Mae'r blydi 'Intelligence File' yma'n ridiculous! Gossip and hearsay ydi rhan fwya ohono! Tasa ni'n arestio pawb am magic-mushroom-picking fysa'r cells yn llawn!"

Gwenodd PC Sian Gwyndaf. "Mae yna lot o rybish arna fo, does? Jysd bobol yn siarad, yndê. Fel'na ma hi yn y lle 'ma. Beryg bywyd."

Yna sylwodd Pennylove fod linc o dan y pennawd 'ongoing/current enquiries' ar dudalen Math Parri. Ond pan gliciai arno ymddangosai blwch bach ar y sgrin efo'r neges 'Error: Restricted' arno. Triodd eto, ond yr un peth.

"Dyna od," medda Pennylove wrtho'i hun. "Sian? Wyt ti'n gwybod beth yw 'Error: Restricted'?"

Cododd y blismones a dod draw at sgrin Pennylove. "Hmm," meddai. "Mae'n edrych fel 'clearance issue'. Rhyfadd, 'fyd. Ffeil pwy ydio?"

"Ym… Math Parri, o Dindeyrn."

"O, duwcs, Math ydi o? Dwi'n nabod o. Does gennan ni ddim byd 'ongoing' arno fo o gwbwl, sdi Wynne. Glitsh ydio, ma'n siŵr."

Gwenodd PC Sian Gwyndaf cyn mynd yn ôl at ei desg ei hun.

Estynnodd Pennylove at ei goffi a phwyso'n ôl yn ei gadair eto. Oedd, mi oedd y ffeil 'intelligence' mor wallus fel ei bod bron â bod yn ddiwerth. Ond eto, roedd gan y criw yma – Robbie the Rye, Math Parri a Tongs – gysylltiadau efo cyffuriau, ac mi oedd gan o leia un ohonyn nhw gysylltiad â Dylan 'Dingo' Williams. Doedd Pennylove ddim yn credu eu bod yn 'major players', wrth reswm, ond roedd llais bach yng nghefn ei ben yn trio dweud rhywbeth wrtho. Oedd yma rywbeth yr oedd y prif ymchwiliad yn ei fethu?

Po fwya y meddyliai Pennylove am y peth, y mwya y dywedai'r llais bach hwnnw wrtho am gadw golwg – rhag ofn. Be os fyddai o'n dod ar draws manylyn bach dibwys yr olwg, a hwnnw'n troi allan i fod yn 'case clincher'? Waw! Mi fyddai hynny'n ffycin grêt! Wnâi o ddim drwg o gwbwl, felly, i gadw llygad ar y llygod bach tra bo'r cŵn yn gwylio'r cathod.

54

"Fydd hi ddim yn hir, rŵan," addawodd Math wrth afael yn llaw Krystyna i'w helpu dros y ffos ddiweddara i dorri ar draws y llwybr troed at Fryn Haearn Mawr. Wedi parcio'r car wrth sguboriau ucha'r fferm ola ar y ffordd fach gul oedd yn codi'n serth o'r cwm, roeddan nhw bellach wedi bod yn cerdded ers bron i hannar awr, a hynny trwy dir digon anodd ar yr adag o'r flwyddyn.

"Tydi ddim yn hawdd yn y bŵts!" medd Krystyna wrth ymddiheuro eto.

"Mae'n iawn, siŵr," atebodd Math wrth ei thynnu tuag ato pan oedd hi'n neidio'r ffos. Cydiodd yn dynn am ei chanol i'w dal rhag disgyn yn ôl ar ei sodlau. "Fi oedd y bai yn dy gidnapio di heb unrhyw rybudd! Reit – watsia dy hun yn y darn nesa 'ma rŵan, OK?"

Gafaelodd yn ei llaw a'i hebrwng ar hyd gewin o lwybr caregog oedd yn arwain i ddarn o dir corsiog gwlyb iawn yr olwg. "A deud y gwir, dwi'n meddwl fydd hi'n well i fi dy gario di."

Gwrthododd Krystyna i ddechrau, ond bod yn poléit oedd hi ac mi wyddai mai Math oedd galla – doedd ganddi ddim gobaith gallu camu trwy'r mwd a'r mawn gwlyb mewn sodlau main. Neidiodd ar ei gefn a lapio'i choesau am ei ganol, a rhoi ei breichiau dros ei ysgwyddau ac am ei frest, yna gorffwys ei gên ar ei ysgwydd chwith.

"Barod?" gwaeddodd Math, yn trio anwybyddu'r wefr a gâi wrth deimlo'i gwallt meddal ar ei foch.

"Barod!" atebodd hithau yn ei glust, ac ymlaen â nhw trwy'r figin o'u blaenau.

"Wyt ti'n gwbod bod corsydd yn llefydd hudol i ddiwylliant y Celtiaid, yn dwyt?" holodd Math cyn hir.

"Ydw. Ac yn bell cyn hynny heffyd."

"Yndi, siŵr. Oes Efydd cynnar, o leia. Be am Oes y Cerrig? Wyt ti 'di dod ar draws tystiolaeth o arferion crefyddol mewn corsydd adag hynny? Archaeoleg, falla?"

"Na, dim felly. Ond mae Oes Efydd cynnar yn… sut mae dweud… overlap… gyda Oes Cerrig hwyr…"

"Pa ddefoda Celtaidd sydd yn mynd yn ôl i'r oes honno, ta? Yn gyffredinol, 'lly – dim jysd corsydd."

Rhoddodd Krystyna sgrech fach siarp wrth i Math bron â disgyn wrth lithro yn y gwlybaniaeth, cyn cydio'n dynn amdano wrth ei ateb. "Mae practically dim byd pendant. Heblaw am ffynhonnau... a llynnoedd, afonydd... y pyrth i'r Byd Arall... dydyn ni'n gwybod dim llawer sicr am credoau cynnar y Celt hyd yn oed. Ni gwybod am offrymu... Crefydd animist... Enwau duwiau. Olwynion a haul ar coinage cynnar... ac ceffylau – anifail o'r byd gwyllt yn byw yn y byd... ym... domesticated?"

"Ia, dwi wedi darllan am hynny. Mae symboliaeth y Rhwng-Dau-Fyd yn gry trwy ddiwylliant Celtaidd o bob oes a gwlad, yn dydi? Mae o yn y Mabinogi hefyd, yn dydi? Be am ddefodau?"

"Wel, mae Iwerddon yn dithorol," atebodd Krystyna â'i boch ar ei foch yntau bellach, a'i gwallt yn glynu'n feddal ar ei wefusau. "Mae rhai arferion derwyddol wedi parhau i oes ysgriffen yno. Mae sôn am beirdd yn... chanting...?"

"Llafarganu?"

"Ie, llaffarganu. A dychan, y geis a'r felltith driphlyg..."

"Fel yng nghainc Math fab Mathonwy?"

"Ie! Dyna ti. Ac mae sôn am derwyddon yn defnyddio canghennau... oh, beth yw'r enw... rowan – criafolen? Ond mae'n posib creu syniad mas o arferion, credoau ac chwedlau – ac archaeoleg beddau – ac cael syniad o beth oedd defodau..."

"Be am y credoau cyn-Geltaidd? Wyt ti wedi dod ar draws tebygrwydd rhwng arferion defodol y bobol hynny a'r disgynyddion – descendants – Celtaidd?"

"Wel, mae'n anodd. I mean, pryd mae pobol pre-Celtic yn gorffen a'r Celtiaid yn dechrau?" atebodd Krystyna wrth i Math ei rhoi i lawr wedi cyrraedd darn o dir sych. "Mae'r continuity yn amlwg, ond sut mae profi? Roedd ti'n siarad am cycle of the moon ar y Coligny Calendar? Sut wyt ti'n meddwl gwnaeth nhw, you know, y calculations? Dim dros nos, surely! Ac pardon the pun, by the way!"

Gwenodd Math yn ôl arni. "Na, dim dros nos. Dros ganrifoedd o fyw allan o dan y sêr. O'dd bobol yn byw mewn perthynas symbiotic efo natur – yn byw oddi ar y tir. O'ddan nhw'n dibynnu ar ddallt y tymhorau er mwyn bwydo'u teuluoedd. Ac i ddallt, mae'n rhaid dysgu. I ddysgu, rhaid sylwi."

Estynnodd Math ei law a'i hannog i'w ganlyn. Gafaelodd hithau ynddi wrth ddilyn ôl ei draed i fyny darn o lwybr caregog arall, oedd yn arwain rownd ysgwydd bryncyn.

"A doedd 'na ddim light pollution chwaith," bwriodd Math yn ei flaen. "Dim static ar yr awyr yn dod o letrig... traffig a diwydiant... dim radio waves, teledu, mobail ffôns. Mond y nhw a'r ddaear a'r sêr. Dim byd o gwbwl i amharu ar y berthynas, dim byd yn distyrbio'r myfyrio... Ah! Dacw hi!"

Daeth cylch carnedd Bryn Haearn Mawr i'r golwg ar frig y bryncyn nesa. Safodd Math yn ei unfan ac arwain Krystyna, gerfydd ei llaw, i sefyll yn ei ymyl.

"Waw!" medd y ferch o Brâg.

"Dramatig, yndê?"

"Yn gwir!" atebodd yn syfrdan. "Mae ef fel coron o ddrain!"

"Yndi," cytunodd Math wrth syllu ar y cerrig hirfain, fu unwaith o dan doman o gerrig a phridd, yn gwyro tuag allan mewn cylch. "Mae pawb yn deud hynna."

"Waw," medd Krystyna eto. "Diolch, diolch, diolch am dod â fi yma!"

Rhoddodd ei braich am ganol Math a'i phen ar ei ysgwydd. Cydiodd yntau am ei hysgwyddau hithau, yna am ei chanol a'i gwasgu'n dyner o dynn. "Ty'd, awn ni ati hi."

55

Doedd Lemsip ddim yn hapus o gwbwl. Roedd o wedi golchi ei ddillad ddwywaith ac mi oedd o'n siŵr bod ogla cachu Steven Person a'i wraig yn dal i fod arnyn nhw. Un ai hynny neu fod ei ffroenau'n llawn siwrej sych o hyd. Bu'n chwythu'i drwyn drwy weddill y nos ar ôl dod adra, ac yn stwffio Vicks i mewn iddo er mwyn i'r snot lifo allan. Bu hefyd yn llnau'i ddannedd yn ddi-baid ac yn golchi ei geg efo mouthwash. Ar ben hynny, mi ystyriodd fynd at y doctor i ofyn am antibiotics neu rwbath i ladd unrhyw jyrms oedd ar ôl yn ei gorff, ond gwyddai ei bod yn rhy hwyr i hynny.

Rhegodd yn uchel unwaith eto wrth feddwl am y fath anffawd. Blydi ffarmwrs a'u ffycin siwrej agored. Ffycin twats fel Steven Person yn rhy fîn i osod tanc. Ffycin Tongs yn ei ddewis o fel gwyliwr wrth y drws. Ffycin Bitrwt yn ffycin chwerthin yr holl ffordd wrth rowlio byrddau picnic crwn ar draws y cae. A ffycin Tongs yn gwrthod ei adael mewn i'r car wedyn! Bu'n rhaid iddo osod ei din yn gadarn yn y sêt gefn a gwrthod symud neu mi fyddai'r twat wedi mynd â'i adael i gerdded! Ffycin wancar! Ffycin terriars! Ffycin chwîd! Ffycin pob ffycin peth! A ffwcio'r ffycin caffi dub ffwc hefyd! Ffycin syniad gwirion! Y ffycin hogia'n cwyno rownd y rîl fod 'na ffyc ôl i wneud! So ffycin wat? Roedd o wastad wedi bod yn hapus efo bywyd tawel. I be FFWC oedd isio agor caffi? Neu 'beach bar' neu 'dub shack' neu be bynnag ffwc oeddan nhw am ei alw fo!

Gwasgodd remôt y teledu i weld faint o'r gloch oedd hi. Doedd y Twrch ddim yn agor tan hannar dydd yn ystod yr wythnos. Ystyriodd fynd i'r siop i brynu caniau – a ffycin gwin. A ffycin fodca hefyd. Bolycs i yfed yn gymhedrol. Bolycs i'r ffycin lol caffi 'ma. Bolycs i bawb. Bolycs i'r byd.

Aeth allan i'r ardd gefn i weld oedd ei ddillad yn sychu ar y lein. Ogleuodd nhw. Roedd o'n siŵr eu bod nhw'n drewi o hyd. Aeth yn ôl i'r tŷ ac eistedd wrth y bwrdd. Doedd dim i'w weld trwy'r ffenast heblaw ei ddillad yn chwifio'n ara efo'r awel.

Byseddodd drwy'r rhifau ar ei ffôn gan ystyried tecstio un o'r MILFs i weld os câi ateb. Gwelodd enw Selina Pierce. Cofiodd am ei gewin yn trywanu'i goluddyn. Mi giliodd y boen ymhen deuddydd, ond roedd yr atgof yn ei boeni o hyd. Dileodd ei rhif o'i ffôn. "Ffyc it," meddai, a mynd ati i ddileu rhifau pob un o'r MILFs fuodd o'n eu trin. Pump oedd yno i gyd, er mai dim ond tair y bu'n mynd atyn nhw'n ddiweddar. Teimlodd yn fudur, mwya sydyn, a daeth cymylau duon i sgubo trwy'i ben. Cythrodd a mynd am y ffrij i dyrchu am gan o lager am y pumed gwaith. Gobeithiai ddod o hyd i un yn cuddio tu ôl i'r letys gwlyb neu'r twb marjarîn. Bob tro roedd o'n chwilio roedd caniau lager yn mynd yn llai a llai o faint yn ei ddychymyg. Symudodd y bocs wyau. Symudodd ddau dwb o iogyrt. Ond doedd dim lysh yn llechu y tu ôl iddyn nhw.

Trodd at y poteli ar y silff ffenast. Na. Ddylai o ddim. Roeddan nhw'n dal yn gymylog, ac er eu bod nhw'n siŵr o fod yn gryf mi fyddai'n bechod eu hyfed rŵan a nhwythau'n mynd i fod gymaint cryfach mewn wythnos neu ddwy.

O fewn pum munud roedd o'n cerdded allan o Spar efo bocs o

ddeg can o lager a phum potal o win coch De Affricanaidd, 14.5% o gryfder, a photal fawr o fodca rhad. No wê hosê oedd o'n mynd i wneud unrhyw waith ar y caffi heddiw. Na fory, chwaith. Byth eto, i ddweud y gwir. Ffyc it.

Cyrhaeddodd yn ei ôl i'r tŷ a gosod cynnwys ei fagiau plastig ar fwrdd y gegin, cyn mynd 'nôl at y drws ffrynt a'i gloi. Yna caeodd gyrtans y stafall fyw cyn dychwelyd i'r gegin. Dewisodd un o CDs Nick Cave a'i stwffio i mewn i'r stereo. Gwasgodd PLAY. Estynnodd wydr peint o'r cwpwrdd a'i lenwi hyd ei hannar efo gwin. Llanwodd yr hannar arall efo fodca. Trodd y sain i fyny a thaniodd ffag, cyn eistedd yn ôl wrth y bwrdd a syllu ar y dillad yn sychu yn y gwynt.

56

Er fod cloc ei gorff wedi dechrau arafu a'r 'botwm hepian mewnol' yn gynyddol feddiannu ei ddisgyblaeth foreol, mi oedd y cof corfforol am ddyddiau gweithio yn dal i fod ddigon cryf i gael Bitrwt allan o'i wely cyn deg, waeth pa mor hwyr yr aeth i mewn iddo.

Wedi yfed dwy banad o goffi – pedair llwyaid drom, un siwgwr a blewyn yn unig o lefrith – mi rowliodd sbliffsan un-sginar a meddalu ar y soffa am hannar awr, cyn chwalu dau dôst oedd yn gorlifo o farmalêd a bowlennaid fynyddog o bran fflêcs. Ar ôl bwyta'r rheini roedd o'n ddigon effro i gofio digwyddiadau'r noson gynt, ac ar ôl chwerthin yn uchel am rai munudau mi aeth am gawod sydyn. Yno, wrth i'r dŵr liniaru'i enaid blinedig, daeth darlun clir o'r dydd o'i flaen i'w ben. Heddiw, wedi i Leri a'i chariad-o-Fenws gyrraedd efo llond pantri o gynhwysion ac amball declyn pwrpasol, mi fyddai o – Chef le Bitrute – yn ôl yn ei elfen, yn coginio… naci, yn swyngyfareddu hudoliaeth ddanteithiol, yma, yn ei gegin fach ddi-nod mewn fflat gyngor yng ngogledd-orllewin Cymru faaaaach…

"Ffycin reit!" gwaeddodd wrth droi'r dŵr i ffwrdd ac estyn am y lliain. "Madames et monsieur, je suis Chef le Bitrute! Cont."

Yn gynta, fodd bynnag, mi fyddai'n galw draw i weld ei fam. Mi oedd Raquel wedi bod yn ei decstio yn nosweithiol efo'r adroddiadau diweddara am ei chyflwr. Doedd fawr o ddim byd wedi newid, fodd bynnag, a heblaw am amball lithriad ar ei chof bob yn hyn a hyn, doedd fawr o ddim i boeni'n ormodol yn ei gylch. Ond teimlai Bitrwt y dylai alw draw rŵan, tra'r oedd ganddo gyfle cyn prysurdeb y penwythnos mawr o'i flaen.

Cydiodd yn ei faco a thanio 'smôc gerdded' cyn gadael drws y fflatiau a bownsio i fyny'r llwybr at y pafin fel tasa rhywun wedi gosod sbrings o dan ei draed. Edrychodd o'i gwmpas yn llawen ar y stad. Doedd neb i weld o gwmpas, ond wrth edrych o ddrws i ddrws ac o ffenast i ffenast medrai deimlo presenoldeb cartrefol ei gymdogion. Gwenodd, a thynnu'n ddwfn ar ei ffag. Pwy oedd angen job lawn-amser, beth bynnag?

Pum cam arall lwyddodd o i'w cymryd cyn i lais cyfarwydd y wrach drws nesa hollti'r awyr o'r tu ôl iddo.

"AAAAAAAAARGH!   MWRDRWR!   MWRDRWR! LLADDWR CATHOD! LLAAAAAAAAADDWWWWWWWWR CAAAAAAAATHOOOOOOOOD!"

Bu bron iddo droi rownd a'i rhegi i'r cymylau, ond ailfeddyliodd, cyn cyflymu'i gamau a brysio at gornal y rhes dai gan adael y gorgon yn sgrechian ei melltithion gwrach-y-rhibyn – a phwyntio'i bys – o stepan drws ei hofal.

"Pwy sy 'na, rŵan eto? Bitrwt, ia?" atebodd ei fam o'r gegin pan glywodd o'n galw wrth gerdded trwy'r drws. "Does 'na'm blydi llonydd i'w gael, wir!"

"O? Tsiarming iawn, Myddyr!" atebodd Bitrwt wrth gyrraedd y gegin. "Llonydd i neud be, felly?"

"Unrhyw beth, wir dduw!" medda hi wedyn wrth droi'r radio'n is. "Heddwch i wneud dim byd – fysa hynny'n rwbath, o leia. Rhwng hon drws nesa a dy chwaer, does'na'm llonydd i'w gael. Sut wyt ti, ta? Ti'm yn gweithio heddiw?"

"Gollis i'n job wythnos dwytha, Mam. Ddudas i wrtha ti dydd Sul. Oes 'na jans am banad, ta be?"

"Rho'r tecall ymlaen, ta," medd ei fam wrth droi'r radio yn ôl i fyny. "Dwi'n licio gwrando ar hon yn 'cloncian', fel ma hi'n ddeud."

"Pwy ydi?" holodd Bitrwt.

"Wel, y Shân Coffi 'na, yndê. *Bore Coffi* ydi enw'r program."

"O?" medd Bitrwt yn ddifatar wrth godi'r *Daily Post* oddi ar y bwrdd. "Ti 'di bod yn y siop, felly?"

"Blydi hel, naddo. Dwi heb gael cyfla o gwbwl. Helen drws nesa ddoth â hwnna imi."

Eisteddodd Bitrwt a darllen y pennawd ar y blaen. "'Town Fears Drug War'? Superdrug a Boots yn ffraeo eto, yndi? Paracetamol versus ibuprofen!" Chwarddodd Bitrwt.

"Be haru ti'r jolpyn!" twt-twtiodd ei fam. "Rwbath i neud efo hamsters medda hi drws nesa. Wyt ti'n cymryd siwgwr dyddia yma, ta be?"

"Neith dwy bora 'ma. Be ti'n feddwl, 'hamsters'?"

"Cwffio mae'r tacla!"

Chwarddodd Bitrwt eto wrth ddeall mai 'gangsters' oedd ganddi dan sylw, ond ddudodd o ddim byd. Yn hytrach, dechreuodd ddarllen y stori dan y pennawd.

"Y Chamber of Trade sy wrthi, Mam."

"Sut?"

"Y Chamber of Trade – ti'n gwbod, y blydi Saeson 'na sy'n rhedag Dre. Cwyno 'di'u petha nhw, siŵr."

"Ia. Ti'n iawn yn fa'na. Dim byd call i ddeud byth. Nhw sydd ar drygs os fysa ti'n gofyn i fi."

Gwenodd Bitrwt tra'n gwylio'i fam yn tollti dŵr i'r mŵg.

"Ti ddim am banad dy hun, Mam?"

"Na. Dwi 'di yfad digon bora 'ma, thenciw. Fel o'n i'n deud, fu dy chwaer draw ar ei ffordd i'w gwaith, wedyn hon drws nesa – ac mi fynnodd honno fynd i'r siop imi… Fel taswn i'n infalîd, myn diawl."

"Sut hwylia oedd ar Raquel?"

"Digon sych oedd hi," atebodd ei fam. "Mae 'na rwbath yn ei chnoi hi, Bitrwt."

"Oes, dwinna'n meddwl hefyd. Ydi hi 'di deud rwbath wrthat ti, Mam?"

"Naddo, washi. Ond mi fentra i mai rwbath i neud efo'r Cranc 'na ydi o."

"Cranc?"

"Ia – hwnna mae hi efo, y boi efo'r pyb."

"O, Cimwch? Dwi rioed wedi licio fo fy hun. Be sy'n gneud i ti feddwl mai hwnnw 'di'r drwg?"

"O dwn i'm – rydan ni ferchaid yn gallu synhwyro'r petha 'ma, wsdi," atebodd ei fam dan wincio.

"Hmm," medd Bitrwt wrth ystyried cael gair yng nghlust landlord y Lledan yn go fuan. "Be 'di dy blania di heddiw ta, Mam?"

"Nefoedd wen! Paid di â dechra!" atebodd Mrs Doran wrth roi ei banad ar y bwrdd o'i flaen. "Gwneud diawl o ddim byd, gobeithio! Er, does gennai fawr o ddewis – mi nath Raquel yr hwfro, ac mi nath hon drws nesa dân i mi. Be arall sy 'na i'w wneud?"

"Be am ginio?" holodd Bitrwt. "Be fysa ti'n licio? Mi wna i rwbath i ti rŵan hyn."

Ochneidiodd Mrs Doran ac eistedd gyferbyn â'i mab wrth y bwrdd. Edrychodd arno a gwenu. "Bitrwt bach, mi ydw i'n ddigon abal i neud rwbath i fyta, sdi."

"Wyt, Mam. Ond dim jysd *rwbath* i fyta gei di efo Gourmet le Bitrute, yn naci?"

"O, diolch i ti, 'ngwash i. Un annwyl wyt ti yn y bôn, yndê?"

"Yn y bôn? Wel, diolch yn blydi fawr, Myddyr! Wyt ti isio i mi wneud rwbath, ta be? Be sgin ti ffansi?"

"Wel… wsdi be?" meddai. "Mae genna i awydd brechdan samon, sdi. Mae yna dun ar agor yn y ffrij."

57

"Yr unig un o'i bath yn Brydain," medd Math wrth eistedd ar greigan gyfagos yn gwylio Krystyna'n tynnu lluniau o'r garnedd ar ei ffôn. "Mae 'na un *eitha* tebyg yn y de, topia Cwm Tawe dwi'n meddwl, ac mae yna un arall tua pum milltir i'r de o fan hyn. Ond dydyn nhw ddim yr un fath."

"Ac yn y canol, fan hyn, oedd y bedd?"

"Ia. Lladron beddi sy 'di turio trwy'r cerrig yn fa'na. Chwilio am drysor. Lot o fandaliaeth wedi bod. Ffarmwrs yn iwsio cerrig i godi walia. Heb sôn am yr armi'n iwsio'r lle fel target practice!"

"Beth? Gwir?!"

"Ia. Ti'n gweld y cerrig mawr sy'n sefyll ar eu traed? Wel, roedd 'na fwy o'nyn nhw. Ond gafon nhw'u chwalu gan y British ffycin Army!"

"Mae yn nyts!"

"Iep! Boncyrs."

"Ac mae'n mwy hen nag y pyramids?"

"Yndi. A meddylia'r ffycin owtrej tasa nhw'n bomio rheini!"

"Tybed pwy oedd cael claddu yma?" holodd Krystyna wrth ddod i eistedd wrth ei ymyl ar y graig.

"Rhywun go bwysig fyswn i'n feddwl," medd Math wrth rowlio ffag. "Mae o'n lle mor ddramatig. Sbia'r gorwel i bob cyfeiriad – y mynyddoedd a'r môr. O'dd fan hyn uwchben y treeline, felly yr un olygfa o'ddan nhw'n weld adag hynny 'fyd. Ac mae o ar hen lwybr pwysig o'r dwyrain i dir sanctaidd sy'n llawn o feini a cylchoedd, a cromlechi a carneddi..."

"Ac mae ar ben bryn, mae pawb yn gweld," sylwodd Krystyna.

"Yn union, pawb oedd yn teithio heibio yn gweld carnedd fawr – lwmp o bridd a cerrig..."

"Ac pawb yn gwybod, 'bedd so-and-so'!"

"Rhyw fath o bennaeth enwog, o bosib," cydsyniodd Math wrth gynnig ei faco iddi.

"Diolch, Math," meddai wrth dderbyn y baco. "Wyt ti'n gwybod bod yr pobl hyn yn claddu ar... oh, beth yw'r gair am 'borders'... ffiniau... ffiniau tiriogaeth?"

"Nag o'n, do'n i ddim yn gwbod hynna," atebodd Math a'i glustiau'n neidio.

"Ie, mae'n ffaith pendant. Roedd yn ffordd o marcio eu tribal lands."

"Waw!" oedd yr unig beth allai Math ei ddweud. Roedd o wedi gwirioni.

Aeth Krystyna yn ei blaen. "Os oedd rhywun eisiau... hawlio... unrhyw tir roedd rhaid i nhw gallu croesi y beddau. Roedd symboliaeth hynny yn... ym, sut mae dweud... accepted norms cymdeithas y cyffnod."

Roedd Math wedi ei gyfareddu'n llwyr. "Ti'n meddwl fo nhw'n credu bod ysbrydion eu cyndeidiau'n amddiffyn eu tir?"

"Mae burial practices yn awgrymu bod hynny yn gwir," atebodd wrth roi ei faco yn ôl iddo. "Ond mae yn amhosib gwybod yn iawn."

"Biti na fysa ni'n gallu teithio 'nôl drwy amser," medd Math.

"Ie, mae yn mind-boggling beth rydym wedi colli heddiw."

"Yndi, mae hi. Be oeddan nhw'n wybod? Be oedd y Ddaear wedi'i ddysgu iddyn nhw? Ma bobol yn deud bo fi'n mynd i Scooby-Doo-land pan dwi'n sôn am yr ochor yna i'r peth... Ond pwy sydd i ddeud na all gwyddoniaeth egluro'r petha 'ma? Mae o wedi cadarnhau rhai o gredoau'r Celtiaid yn barod."

"Gwir?" holodd Krystyna cyn tanio ei rôl. "Fel beth?"

"Elfennau o quantum physics yn un peth."

"Beth? Wyt ti'n jocio eto?"

"Nac'dw!" atebodd Math dan wenu. "Be sy mor anodd ei gredu? Gwyddonwyr oedd y derwyddon – jysd fod ganddyn nhw ddim test-tiwbs a bunsen burners!"

"Pam gwyddonwyr?" holodd Krystyna eto.

"Gwyddoniaeth naturiol. Gwybodaeth yr hen bobol wedi ei ddatblygu i fod yn sylfaen i'w hathroniaeth a'u byd-olwg. Dysgu ydi gwyddoniaeth, yndê? Dysgu trwy sylwi. Sylwi trwy arbrofi. Roedd y derwyddon yn arbrofi, sdi."

"Gwir?" holodd Krystyna, gan wenu'n amheus ond annwyl wrth syllu i'w lygaid. Roedd hi wedi ei hudo, ond ddim cweit yn siŵr oedd o'n tynnu arni eto. "Paid dweud torri pen chicken i gwylio ble mae'r gwaed yn spyrtio…"

"… I ddeud y tywydd?" gorffennodd Math ei chwestiwn, a chwerthin. "Na, dim hynny! Yr offeiriaid oedd yn gneud petha felly er mwyn cadw bobol yn hapus. Oeddan nhw'n bobol ofergoelus iawn, cofia. Superstitious?"

"Ie, fi'n gwybod beth ydyw," medd Krystyna wrth roi slap bach chwareus iddo ar ei ben-glin.

"Ro i engraifft i chdi o'u ecsperiments nhw, iawn?"

"Okay," meddai â'i hwyneb yn ddigon agos i'w trwynau gyffwrdd. "Hit me, Mathonwee!"

"Cymryd corff anifail, a'i watsiad o'n pydru nes fod 'na ddim o'no fo ar ôl. Nes fod y ddaear wedi'i lyncu fo i gyd."

"Ych!" medda Krystyna. "Macabre!"

"Gwyddoniaeth," medd Math.

"A beth oedd pwynt?"

"Wel, os 'di'r corff yn mynd i'r ddaear, a gwair yn tyfu yno, mae'r corff yn rhan o'r gwair. Felly…"

"Reincarnation?" cynigiodd Krystyna.

"Ia. Ailenedigaeth."

"Hmm…" medd Krystyna a rhoi ei phen ar ei ysgwydd. "Not so sure about that one!"

Chwarddodd Math a rhoi ei fraich amdani. Closiodd hithau ato. Rhoddodd sws iddi ar dop ei phen a rhwbio'i braich yn gariadus. Llithrodd hithau fraich am ei ganol yntau. Rhoddodd gusan iddi ar ei boch. Atebodd hithau â sws ar ei wefusau cyn rhoi ei phen yn ôl ar ei ysgwydd eto. Eisteddodd y ddau felly, heb ddweud gair, am funudau hir. Gwyddai'r naill sut roedd y llall yn teimlo, ac – am rŵan – roedd hynny'n ddigon.

58

Ar ei ffordd yn ôl o le Joni Dorito efo jenyrêtyr mewn trelar bach tu ôl ei gar, mi ddaeth yr awydd bwyd mwya uffernol dros Tongs. Wedi cyrraedd Dindeyrn mi stopiodd yn y 'Siop Ffish' i brynu sosej, tships a bîns. Roedd ar ei ffordd allan pan ddaeth Dingo i'w gwfwr yn ei fest a'i datŵs.

"Ti'm yn ffycin oer, dwad?" holodd Tongs wrth deimlo'r awel yn sgubo'r stryd.

"Be ffwc s'an ti?" atebodd hwnnw. "Ma'r haul allan, o leia. Tsians arall i gael lliw ar y mysyls 'ma, boi! Sbia'r ffycin biceps 'ma, Tongs. Dwi 'di bod yn pwmpio nhw 'to fuck' dyddia dwytha 'ma. Be ti'n feddwl?"

Plygodd Dingo ei fraich a chwyddodd hannar ucha ei fraich fel pêl ffwtbol oedd ar fin byrstio.

"Wel, mae o i weld yn gweithio," cytunodd Tongs.

"Bench presses a llwyth o dumb-bells. Calad, ond werth o."

Yn ôl cyflymdra ei eiriau, roedd hi'n amlwg bod Dingo wedi snortio lot o gocên. Roedd hi'n amlwg hefyd, o'r sylw roedd o'n ei roi iddo'i hun, ei fod o ar chydig o power trip. Debyg ei fod o 'nôl ar y steroids, dyfalodd Tongs.

"Lle ffwc ti 'di bod eniwe?" holodd Dingo wedyn.

"Be, rŵan 'lly?" medda Tongs, gan sbio ar y bag o arogleuon braf yn ei law.

"Naci, fory. Pryd ffwc ti'n feddwl?"

Gwenodd Tongs yn chwithig. "Lle Joni Dorito. Menthyg jeni."

"Cŵl. Sut beth ydi? Pryd 'da chi'n agor? Rhaid 'fi ddod draw. Sgenna chi flyers allan?"

Collodd Tongs hannar y cwestiynau. "Ymm, flyers? Na, ddim eto…"

"Wel ffyc mi! Rhaid i chi'i siapio hi. 'Da chi'n agor nos fory, yndach ddim?"

"Wel, yndan, gobeithio. Wel, mwya tebyg, yndan."

Doedd Tongs ddim cweit yn cofio oeddan nhw wedi dweud wrth Dingo eu bod nhw am agor at y Supermoon ai peidio, ond debyg eu bod nhw wedi. Un ai hynny neu fod Dingo'n cadw golwg agos arnyn nhw, rywsut.

"Mae gennai bils neis rŵan, 'fyd. Newydd gael nhw bora 'ma. Ma nhw'n ffycin dedli. Tisio rhei, ta be?"

"Ymm... Falla. Ti'n dod draw fory, wyt? Fydd pres y gwyn gennai i ti. Gyma i fwy o hwnnw, mwya tebyg."

"Reit, wel... y peth ydi, Tongs..." dechreuodd Dingo, gan edrych o'i gwmpas yn gynllwyngar mwya sydyn. "Mae 'na chydig o 'delay' yn mynd i fod efo hwnna ar y funud."

"O? Be, 'di petha'm yn sychu i fyny, gobeithio?"

"Wel, na, ddim cweit," meddai gan ostwng ei lais eto. "Rho hi fel hyn – mae 'na 'developments'."

"Pa fath o ddatblygiada? 'Di petha 'on top'? Dwi'm isio twtsiad ffyc ôl os 'di'r cops yn dechra gwatsiad!"

"Na, na, Tongs. Dim datblygiada fel'na dwi'n feddwl. Gwranda..." Sganiodd Dingo'r stryd efo llygaid barcud eto. "Y peth ydi – a paid â deud ffyc ôl wrth neb, iawn! – ma Jenko a fi yn newid supplier, ocê?"

"Ocêi..." dechreuodd Tongs, heb fod yn siŵr sut oedd o i fod i ymateb, nac ychwaith yn siŵr os oedd o angen clywed hyn o gwbwl.

"Fedrai'm deud llawar ar y funud, ond tra 'da ni'n sortio petha allan mae rhaid i ni 'lie low' am chydig. Jysd gap yn y syplêi am wythnos neu ddwy, wedyn 'nôl i normal, gobeithio."

"Gobeithio?" Doedd hyn ddim yn newyddion da i Tongs, gan mai gwerthu ownsan neu ddwy o gocên fu ei unig incwm wythnosol ers tro bellach.

"Dwi'n ffwcio boi Lerpwl off, Tongs."

Synnwyd Tongs gan hyn. Gwyddai fod cylchoedd Dingo'n tyfu, yn ogystal â'i ddylanwad, ond roedd hyn yn symudiad eitha sylweddol.

"Drastig braidd, Dingo?"

"Inevitable, Tongs. Ti'bo, ffwcio'r cont digwilydd, mêt. Dwi'n delio efo fo ers blynyddoedd bellach a mae o jysd yn codi prisia wrth iddo fo ecspandio... Ma ganddo fo monopoli, sdi, so mae'n gallu tsiarjio be licith o. Basdad barus."

Poerodd Dingo.

"Shit," medd Tongs, heb wybod be arall i'w ddweud.

"Ond ffwcio fo, Tongs. Dwi'm yn ffycin pushover. Os 'dio'n disgwyl i fi rowlio drosodd a cael 'yn shafftio, wel…"

"Jîsys… Be ti'n basa neud? Sganddo fo fysyl?"

Gwenodd Dingo'n annifyr. "Be ti'n feddwl? Oes ma ganddo fo fysyl, siŵr dduw! Ffycin gangstar 'di'r cont! Ond 'dio'm yr unig un efo mysyl, mêt."

"Ffycin hel, Dingo, jysd bydd yn ofalus, ia!"

"Rhy hwyr rŵan, Tongs. Ma'r bêl yn rowlio, boi. Dwi 'di sacio pawb o hogia fi sy'n ffrindia 'fo fo…"

"Aah!" medd Tongs wrth i bethau wawrio arno. "O'n i'n meddwl na 'non-payment' oedd y boi Tal y Wern 'na."

"Naci, mêt. Mae 'na ddau neu dri o hogia boi Lerpwl yn byw yma, does. Drwyddo nhw nathon ni ddod i nabod o. Ac o'dd y boi yna'n un o'nyn nhw. Ma 'di cael 'ffyc off' o'ma rŵan, mêt – a dau arall hefyd. Dwi'n deud wrth boi Lerpwl na nhw 'di'r bai fod y pres yn shòrt wsos yma, a bo fi 'di cymryd action am hynny. Fyny iddo fo pa ochor mae o'n goelio. Ffwcio fo. Bring it on, dduda i!"

Wyddai Tongs ddim be i ddweud. Roedd o ar stryd ei bentra genedigol yng nghefn gwlad Cymru yn siarad efo rhywun oedd am ddechrau 'gang war' efo Ffyrm go iawn o Lerpwl. Mwya sydyn, roedd Tongs ei hun yn edrych i fyny ac i lawr y stryd – rhag ofn.

"Paid â poeni," medd Dingo. "Mae gennai ddigon o bac-yp. Ac fydd bois erill y gogladd 'ma 'up for it' hefyd."

"Ti'n gobeithio, ia?!"

"Garantîd, Tongs! Ffyc, pric 'di'r boi. Ma pawb yn pissed-off efo'r cont! Ffwc o bwys os ddaw o i lawr efo rheina, hyd yn oed," meddai gan wneud ystum tynnu trigyr gwn yn slei efo'i law. "Dim y Mickeys 'di'r unig rei efo rheina, boi."

Allai Tongs ddim coelio'i glustiau. Wel, mi allai, ond roedd o'n ei chael hi'n anodd credu ei fod o'n coelio. Cymru oedd fan hyn, dim Croxteth.

"Eniwe… Fydd 'na ddim gwyn am wythnos neu ddwy, OK? Jysd pils. Mae rheini wedi dod o rwla arall. Fydda i draw nos fory efo nhw, eniwe. Os ti isio rhei i werthu dy hun, rho showt. Reit, dwi'n mynd i nôl sgodyn. Ma 'na hogla da ar dy jips di, cont!"

"Oes, mae 'na," cytunodd Tongs. "Rhaid i finna fynd cyn iddyn nhw oeri, cont!"

Chwarddodd Dingo a gadael iddo fynd efo slap galed ar ei ysgwydd. Ond arhosodd ar ganol cam a galw Tongs yn ei ôl.

"Bai ddy wê, Tongs," meddai gan ostwng ei lais eto a syllu o'i gwmpas. "Dwi'n symud i mewn i'r gwyrdd, big time, hefyd – stwff 'yn hun, stwff da, dim y shit dwi 'di bod yn gael o Lerpwl."

"O, ia, o'n i'n clywad…"

"Be ti'n feddwl, 'clywad'?" holodd Dingo a'i dalcan yn crychu.

"O'dd Robi-di-reu yn deud fo ti 'di bod heibio," eglurodd Tongs.

"O! Ffyc's sêcs!" chwarddodd Dingo. "O'n i'n meddwl fod rhywun 'di bod yn agor ei geg. Na, malu cachu o'n i efo Robi, Tongs. Importio dwi'n mynd i neud, dim tyfu. Jysd isio gweld be oedd gan Robi o'n i. Rhag ofn fod o wedi bod yn ecspandio ar y slei. Gneud siŵr fod o ddim yn mynd i fod yn 'competition'!"

"A dydi o ddim, dwi'n cymryd?"

"Ffocin hel, nac'di!" medd Dingo a chwerthin yn uchel. Yna gostyngodd ei lais eto fyth. "Mae'r gwyrdd 'ma fydd genna i yn ffocin ôsym. A fydda i'n cael tunelli o'no fo. Mae gennai beth yma'n barod, ready to go penwsos yma. Felly, os ti isio peth…"

"… Ro i showt!" medd Tongs, gan orffen y frawddag drosto.

59

A hithau'n go agos i amser cinio, penderfynodd DS Wynne Pennylove y byddai'n piciad draw i Dindeyrn i fwyta'i frechdan caws a phicyl a'i bacad o Rolos. Gan fod chydig o waith cefndirol i'w wneud yn yr achos, waeth iddo fod allan yn y gymuned ddim, rhag ofn iddo weld rhywbeth fyddai o ddiddordeb. Wedi'r cwbwl, doedd syllu ar sgrin cyfrifiadur yn trio darllen rhwng llinellau annelwig y ffeil 'intel' ddim yn mynd i helpu rhyw lawer.

Yn ystod y bore fe gafodd gadarnhad y byddai'r Colin Jenkins hwnnw a gweddill cydnebyd agos Dingo Williams i gyd yn cael eu gwylio. Yr hyn oedd Pennylove angen ei wneud rŵan oedd penderfynu oedd lle i dynnu'r cymeriad Tongs hwnnw – a'i fêts, o bosib – i mewn i'r rhwyd hefyd. Na, doedd hynny ddim yn rhan o'r brîff roedd o wedi ei gael fel aelod o'r tîm cynorthwyol, ond hei, be ddigwyddodd i'r motto 'Use Your Initiative'?

Wedi gorffen ei frechdan, eisteddodd yn ei gar yn hel meddyliau am yr Eclips fyddai'n digwydd ymhen dau ddiwrnod, bellach. Gwyddai na fyddai – mwya thebyg – allan yn yr awyr iach, ac roedd o'n dyfalu fyddai posib iddo osod ei delisgop i bwyntio allan o un o ffenestri cefn ei dŷ, efo camera fideo ar amserydd yn ffilmio trwy'r lens. Byddai hynny'n gweithio'n grêt, a byddai'n berffaith ddiogel i'w wylio ar sgrin ei gyfrifiadur wedyn, heb orfod ffaffian efo sbectols diogel.

Ei broblem oedd dewis ffenast fyddai'n cael golygfa lawn drwy gydol y sioe. Anaml iawn oedd o adra rhwng wyth ac un ar ddeg y bore ac felly doedd o ddim wedi sylwi lle'n union fyddai'r haul bryd hynny – er y gwyddai mai yn y cefn yn rhywle fyddai o. Ac yn yr awyr, wrth gwrs. Roedd o wedi meddwl droeon am roi to gwydr ar estyniad cefn ei dŷ, er mwyn gallu gwylio'r sêr trwy'i delisgop heb orfod mynd allan i'r ardd i fferru, ond doedd o byth wedi mynd amdani. Roedd o'n difaru hynny erbyn hyn.

Agorodd ei bacad o Rolos a stwffio dau i mewn i'w geg, cyn mwmio ei foddhad wrth frathu trwy'r siocled a rhyddhau'r caramel y tu mewn. Yna sylwodd ar wyneb cyfarwydd yn swagro i fyny'r stryd i gyfeiriad y siop jips.

"Dingo!" meddai wrth ei adnabod. "Bingo!"

Gwyliodd o'n sgwario tuag at ddrws y siop ac yn stopio i siarad efo cwsmer oedd ar ei ffordd allan – dyn canolig o ran maint efo gwallt tywyll yn stwffio allan o dan gap gwlân draig goch.

"Helô, helô, helô," meddai wrth adnabod Tongs. Estynnodd am ei gamera a ffilmio'r ddau'n sgwrsio'n frwd ac yn edrych o'u cwmpas yn eitha amheus. Roedd yna drafodaeth eitha dwys yn mynd ymlaen, sylwodd, ac mi oedd hi'n amlwg bod y ddau'n nabod ei gilydd yn go dda.

"Hmmm," meddai wrtho'i hun wrth drio dyfalu pa mor ddwfn yn y cawl yr oedd Tongs yn nofio. "Methinks it may be useful to see what you're up to this weekend, Mister Tongs…"

Neidiodd Pennylove yn ei groen wrth i gledr llaw slapio ffenast flaen ei gar ddwywaith, yn sydyn ac yn uchel. Trodd i weld Tecwyn Pierce yn plygu i lawr ac yn syllu arno cyn agor y drws a dechrau bloeddio siarad.

"Sut wyt ti, Wynne? O'n i'n meddwl 'mod i'n nabod y car!"

"Tecwyn," atebodd Pennylove wrth i hwnnw symud y pacad brechdan gwag a gollwng ei din ar y sêt flaen.

"Gwranda, Wynne – y *Daily Post* heddiw, wel, dim fi oedd hwnna. Y ffycin Dave Stour 'na sy tu ôl i hynna i gyd."

"Pam? Be mae o wedi dweud?"

"Be? Ti heb weld papur heddiw? Tudalan flaen?"

"Naddo, Tecwyn, ac i ddeud y gwir dwi'n —"

"Papura lleol fuas i'n siarad efo, a dwi 'di cysylltu efo rheini i ofyn iddyn nhw fod yn 'discreet' – ond ti'n gwbod fel maen nhw…"

Ochneidiodd Pennylove wrth ostwng ei gamera eto. "A be oedd y Stour 'ma'n ddeud heddiw, ta?"

"O, duw, dim byd mawr. Stori o ddim byd. Pennawd braidd yn Hollywood, ond…"

"Be ydi'r pennawd?"

"Wel, ym… 'Town Fears Drug War'," atebodd y cynghorydd yn chwithig. "Ond fel dwi'n ddeud, does yna ddim byd am 'investigation' na dim fel'na. Jysd y Chamber of Trade yn poeni am 'disorder' a 'drugs'."

"Dim quote gan neb arall?"

"Na. Dim byd. Ond o'n i jysd isio deud wrthat ti bod o ddim byd i neud efo fi. Ar ôl ein sgwrs ni, hynny ydi…"

Sylwodd Tecwyn Pierce fod gwyneb tin gan ei ffrind. "Ddrwg iawn gen i," meddai.

"Paid â poeni, Tecwyn. Fel wyt yn dweud, dim bai ti ydi o."

"Felly, be ti'n neud yn fan hyn yn tynnu lluni— Oh! Shit, paid â deud fo ti ar 'operations'?!"

"Dwi *yn* gweithio, ydw, Tecwyn."

"O, mae'n wir ddrwg gen i. Pwy ti'n watsiad, ta?" Trodd Tecwyn ei ben i sbio i'r un cyfeiriad ag oedd camera ei ffrind yn wynebu rhyw funud yn ôl. "O! Wela i! Dacw fo'r basdad drwg ei hun, y ffycin Dingo 'na. A pwy 'di hwnna efo fo? Wsdi be, dwi'n cael traffarth gweld heb 'yn sbectols."

"Wel, wnes i sylwi hynny ar y cwrs golff," atebodd y ditectif.

"Very funny, Wynne. Ffliwcio wnes di, fel ti'n gwybod! So pwy ydi hwnna, ta?"

"Wyt ti'n gyfarwydd â Tony Evans, Tecwyn? 'Tongs' maen nhw'n ei alw fo."

"Wel myn uffarn i, y fo ydi o, 'fyd! Yndw tad, dwi'n ei nabod o. Ffycin drygi arall. A lleidar. Wyddwn i ddim fod o'n gneud efo'r

Dingo 'na, chwaith, ond waeth i chi daflu hwnna i mewn i'r caej ddim. Dydio byth yn bell o unrhyw botas. Ac mae o'n dipyn o Welsh Nash yn ôl y sôn!"

Syllodd Pennylove yn hurt ar Tecwyn.

"Dim bod gan hynny unrhyw beth i'w wneud efo'r matar dan sylw, wrth gwrs," medd Tecwyn wrth gilio o'i osodiad.

"Beth yn union wyt ti'n feddwl efo 'Welsh Nash' anyway, Tecwyn? I mean, rydw *i* yn fôtio i Plaid Cymru."

"Ia, ond dwyt ti ddim yn, wsdi… O, ta waeth. Jysd deud o'n i. Chydig o 'background information', yndê?"

"Diolch, Tecwyn," atebodd Pennylove yn goeglyd. "Now then, os dwyt ddim yn meindio… dwi ddim isio swnio'n rude, ond…"

Syllodd Tecwyn yn eiddgar ar ei ffrind o dditectif. "Ond be?"

"Wyt ti am gadael llonydd i fi gweithio?"

"O! Sori, yndw siŵr," medda Tecwyn, gan wneud siâp sipio ceg ynghau ac eistedd yn llonydd â'i ddwylo wrth ei ochrau, yn syllu tuag at y ddau ddihiryn oedd yn sgwrsio tu allan y siop jips.

Ysgydwodd Pennylove ei ben. "Tecwyn?"

"Ia?"

"Allan o'r car, os gweli di'n dda?"

60

"Ffyc mî! Un arall?!" medd Math wrth syllu'n gegagored ar y parsal mawr du ar y llawr tu ôl cowntar y caffi.

"Ti'n gwbod be ma hyn yn feddwl, dwyt?" medda Robi-di-reu. "Mae 'na lwyth cyfan wedi cael ei daflu dros ochor cwch, dim jysd un parsal."

"Felly mae 'na fwy o'nyn nhw allan yn y bae 'na!" medd Math.

"Mwya tebyg, reu."

"A mae o i gyd yn symud yn ara deg tua'r lan."

"Yn symud yn arrra tua'r Rrrifierrra Rrreu!" medd Robi dan wenu fel giât. "A'r cwbwl sy raid i ni neud ydi ista 'ma yn aros iddo fo gyrradd. Fel pysgota reu, reu!"

Chwarddodd y ddau a rhoi pump uchel i'w gilydd.

"Fyddan ni'n ista ar bres am sbelan go lew, Math," medd Robi.

"Byddan – ond fydd raid i ni ista ar stash mawr o sgync am amsar go lew, hefyd," atgoffodd Math ei ffrind. "Sgen ti fwy o le yn lle chdi?"

"Oes yn tad," cadarnhaodd Robi-di-reu. "Awn ni â fo i fyny yno rŵan?"

"Dyna fysa galla. Ond peidio'i agor o tro yma. Ei gadw fo wedi selio, sbario hogla. Lle ma pawb arall, dwad?"

"Dim syniad. Oedd 'u ffôns nhw i gyd i ffwrdd ben bora, reu. Dwi heb drio wedyn. Lle fuas di, ta?"

"O, es i efo Krystyna i siopa."

Gwenodd Robi-di-reu a chodi'i aeliau trwchus yn awgrymog. "O ia?"

"Dim byd fel'na, Robi. O'dd Leri isio amsar efo'i thad, so es i efo Krystyna, achos fysa hi ar goll efo'r list 'na ar ei phen ei hun. I Lidl aethon ni yn diwadd."

"Gawsoch chi bob dim?"

"Do, ond o'dd hi ar hâst i fynd 'nôl at Leri cyn dadlwytho bob dim. Neith hi roi'r eis crîms a ballu yn deep-freeze Crwynau."

"O? Dyna chdi, ta," medd Robi, heb gael ei argyhoeddi'n llwyr.

"'Nes i decstio Bitrwt i ddeud. Ond ma raid ei fod o'n ffycd ar ôl noson hwyr neithiwr. O'dd o'n nôl byrdda efo Tongs, yn doedd?"

"Wel, does 'na'm byrdda wedi cyrradd yma, beth bynnag," medd Robi. "A dwi yma ers iddi oleuo."

Sefyll tu allan yn amcangyfri faint o lampau solar fyddai angen ar gyfer y llwybr igam-ogam – ac o amgylch y patio – oeddan nhw pan ddaeth sŵn grwnian JCB Crwyna o gyfeiriad y ffordd i lawr am y traeth. Erbyn i'r ddau ei gyfarfod wrth derfyn y tywod roedd o wedi neidio allan a thynnu'r tarpŵli oddi ar y llwyth oedd ganddo yn y bwcad blaen. Dau fwrdd picnic crwn oedd yno, rhai pren efo seti'n rhan o'u gwneuthuriad. Tongs oedd wedi ffonio tua chwartar awr yn ôl, medda Crwyna, i ofyn iddo'u nhôl nhw o ymyl ffens terfyn caeau Crwynau a thir Steven Person.

"Wedi'u cario nhw yno neithiwr oeddan nhw, medda Tongs," eglurodd Crwyna. "Wedi methu eu rowlio nhw ymhellach ac wedi'u cuddio nhw yn yr eithin. Mae 'na un arall yno hefyd. A' i i'w nôl o rŵan."

"O ffyc!" medd Math. "Ti'n gwbod lle ma nhw 'di dod o, yn dwyt?"

"Mae gennai syniad go lew," winciodd hwnnw wrth neidio'n ôl i mewn i'r JCB.

Gyrrodd y peiriant dros y tywod at y patio ac mi helpodd Math a Robi fo i ddadlwytho. Yna lapiodd Robi'r parsal newydd mewn cynfas fu gan yr hogia ar lawr y caffi tra'n paentio, a'i daro yn y bwcad blaen. Neidiodd Math ac yntau i'r bwcad efo fo.

Gollyngodd Crwyna nhw y tu allan i dŷ Robi cyn brysio'n ei ôl at y llwyni eithin i nôl y trydydd bwrdd. Tra bo Robi'n cuddio'r parsal, ffoniodd Math Tongs i holi be oedd ei hanes o a'r lleill. Chafodd o'm llawer o synnwyr gan Tongs i ddechrau, dim ond llond ceg o barablu am warchae mewn cwt gwair a rhywbeth i'w wneud efo Lemsip a chwadan a siwrej. Doedd o ddim wedi clywed gan Lemsip heddiw, meddai, a doedd o ddim yn disgwyl llawer o Gymraeg ganddo, chwaith, gan nad oedd o'n hapus o gwbwl ynghylch be ddigwyddodd.

"Ond dwi wedi bod yn lle Dorito yn nôl jeni," meddai.

"Wel, ty'd i lawr yma cyn gyntad ag y medri di," siarsiodd Math o. "Fyddwn ni efo Crwyna yn rhoi hand iddo ficsio concrit."

Wedi stasho'r parsal, gwnaeth Robi-di-reu banad ac eisteddodd y ddau yn yr ardd ffrynt i aros i Crwyna basio yn ei ôl efo'r trydydd bwrdd. Mi oedd Robi'n iawn am y tywydd – roedd hi wedi agor yn ddiwrnod digon mwyn, ac er bod yr awel yn finiog ar adegau mi oedd yr haul yn gynnes yng nghysgod y gwynt.

"Ti'n gwbod be 'di'r broblam arall sy gennan ni efo'r Rifiera Reu, Math?" medd Robi cyn bo hir, heb unrhyw smic o'i acenion. "Os oes yna fwy o barseli yn mynd i gyrraedd y lan, hynny ydi? Cerddwyr cŵn."

"Be?"

"Bobol yn cerddad eu cŵn," medd Robi eto. "Neu gerddwyr yn gyffredinol. Bobol yn iwsio'r traeth, yndê?"

"O ffyc, ia – ti'n iawn yn fa'na. Shit!"

"Ia," cytunodd Robi-di-reu. "A fydd hi'n fwy na 'shit' os wneith rhyw 'ddinesydd cydwybodol' handio parsal i mewn i'r awdurdoda."

Meddyliodd Math am chydig cyn ateb. Mi oedd hynny wedi digwydd ddwywaith iddo gofio – unwaith neu ddwy efo blociau o hash ar draethau ochrau Caerbrân, ac unwaith efo parseli gwair ar draeth ger Rhyl. Ar y ddau achlysur, cafwyd hyd iddyn nhw gan ryw 'fine, upstanding member of the public' oedd yn cerdded ei ffycin bŵdls ben bore.

"Ffyc's sêcs," meddai. "Mi gaeith y basdads y traeth i gyd, ma siŵr!"

"Saff dduw i ti," cytunodd Robi. "Fydd o'n ffycin disaster."

Crafodd Math ei ben wrth i rwnian JCB Crwyna gario tuag atynt ar yr awel. "Fydd rhaid i ni fod yn wyliadwrus uffernol, felly…"

"Be, gwarchod y traeth bob awr o ola dydd?"

"Wel, ia… math o beth… Sgen ti sbeinglas, Robi?"

"Oes, mae gennai feinócs, oes."

"Bydd rhaid i ni gadw golwg adag trai, o leia… Neu – mi allan ni roi arwyddion ar y traeth…!"

Chwarddodd Robi'n uchel. "Arrrwyddion, frrrawd? Yn deud be? 'Rhybudd – Incoming Rrreu'? Parrrseli hyfrrryd gan Manawydan fab Llŷrrr?"

Gwenodd Math. "Naci, rwbath lot mwy syml, mêt. Wel, mi weithith dros y penwythnos, o leia. Am wn i…"

"Be?"

"Toxic algae!"

61

Wedi gorffen concritio gadawyd y blociau concrit wrth ei ymyl tan fyddai o'n ddigon caled i'w gosod nhw arno. Yn llwch sment drosto, eisteddodd Math ar fwcad blaen y JCB a rowlio sbliffsan. Parciodd Crwyna'i din ar y blocs, ac wedi eistedd ar ei ben ôl ar y gwair gollyngodd Robi-di-reu ei hun ar ei gefn a gorwedd yno, fel dyn wedi'i groeshoelio i'r llawr, yn dynwared croes ar fap trysor môr-ladron.

"Dwi'n brifo drosta i, reu," cwynodd rhwng chwythiadau llafurus. "Dwi'm yn cofio gweithio mor galad ers blynyddoedd."

"Cwbwl ti 'di neud ydi cario chydig o dywod mewn berfa, Robi!" medd Math dan wincio ar Crwyna.

"Ia, a symud llond llaw o flocs!" ychwanegodd hwnnw.

"Dyna dwi'n feddwl!" atebodd Robi. "Gwaith caleta dwi 'di neud erioed!"

"Paid â berwi!" medd Crwyna. "Be ddiawl ti 'di neud ar hyd dy oes, dwad?"

"Dwn i'm," atebodd. "Fawr o ddim byd, ma siŵr."

"Ti 'di gneud rwbath, siŵr o fod, Robi?" haerodd Crwyna. "Dwyt ti wedi gweithio rownd y byd, medda chdi!"

"Dim *rownd* y byd, naddo. Mond Jamaica a Sir Fôn. A Pen'groes a Stiniog…"

"A be fuas di'n neud yn y llefydd yna, ta?"

"O, wel…" medda Robi gan feddwl yn ddwys. "Barman a… barman eto, ac… O ia, fuas i'n beintiwrrr ac addurrrnwrrr am sbel… Dipyn o bob dim, deud gwir – heblaw gwaith calad, reu! A 'nes i bygyr ôl yn Jamaica, mond smocio gwair. Dyna dwi angan rŵan, deud gwir – sbliffsan!"

"Dyma chdi, mêt," medd Math a thaflu'r sbliff draw ato. "Gobeithio ddaw hi â chdi at dy hun. Mae 'na fwy o waith i'w neud."

"O na! Plis! Dim mwy!" gwichiodd Robi yn felodramatig. "'Di rhaid i fi?"

"Jiwcbocs, PA, sbîcyrs…" medd Crwyna.

"Decs, goleuada, jenyrêtyr…" parhaodd Math.

"Bwyd, diod, coctels…"

"Spacecakes, hash fflapjacs…"

"Ocê, ocê!" medda Robi a chodi i'w eistedd unwaith eto. "'Da chi 'di twistio 'mraich i, reu!"

"A dyma ni'r jeni yn cyrraedd rŵan," medd Math wrth i Mondeo glas Tongs ganu'i gorn wrth gyrraedd y caffi islaw iddyn nhw â threlar yn sownd yn ei din.

Gwyliodd yr hogia eu ffrind yn dadfachu'r trelar ac yn dal ei afael ynddo wrth ei ollwng i lawr gweddill y rhiw at y traeth. Unwaith y cyrhaeddodd y tywod mi aeth yn ormod o draffarth i'w lusgo drwyddo, felly aeth yn ei ôl at y car a chodi dwy jar bum galwyn o ddiesel coch o'r bŵt a'u cario i gefn y caffi. Yna, daeth i fyny'r llwybr i'r cae i ymuno â'r hogia.

"Independant Tropical Wales?" holodd yn syth. "Braidd yn optimistig, ydio ddim?"

"Ynda!" medd Robi-di-reu a phasio'r sbliff iddo fo.

"Be 'da chi'n neud, eniwe?" holodd Tongs wrth astudio hoel eu gwaith.

"Portalŵs," atebodd Crwyna, cyn egluro be oedd y cynllun.

"Grêt," medd Tongs. "A diolch i ti am nôl y byrdda 'na, 'fyd. O'ddan nhw'n drymach nag o'n i 'di'i feddwl. A sôn am strach gawson ni!"

Bwriodd Tongs yn ei flaen i adrodd hanes Lemsip a'r siwrej – a'r chwadan – gan fwytho'i gap i bob siâp wrth wneud. "Ffacin hel, o'dd o'n flin! O'dd o'n contio pawb a phopeth! Ac yn ffycin drewi! A ni oedd yn cael y bai – ni i gyd – a'r 'ffwcin caffi hyn a'r llall'! Ond ei fai o oedd o – mynd i biso yn lle cadw golwg tra'r oedd Bitrwt a fi'n nôl y byrdda o'r cwt gwair. Y ffycin drongo gwirion iddo fo."

"Oes 'na rywun wedi'i weld o heddiw?" holodd Math.

"Na. A mae'i ffôn o'n dal i ffwrdd."

"Pwdu mae o, mwya thebyg, reu," medda Robi.

"Dim 'mwya thebyg', Robi. Pwdu *mae* o, garantîd! Welwn ni mo'no fo am ddyddia rŵan, watsiwch chi be dwi'n ddeud wrtha chi."

"Wel, fo fydd ar ei gollad," medda Math. "Mae'r jeni i weld yn un dda o fan hyn, Tongs. O'dd rhaid i chdi dalu Joni?"

"Gawn ni sortio fo wedyn, medda fo. O'dd o'n mwydro rwbath am saith bunt y dydd, ond gawn ni'r cont i lawr, dim problam."

"Gas di gebyl hefyd?" holodd Math.

Nodiodd Tongs wrth dynnu ar y sbliff. "Cebyl shower. Mond rhyw bum metr, ond mi gyrhaeddith yn iawn. O'dd hi'n gorwadd yn ganol sgrap yn lle Joni, felly luchias i hi i gefn y car heb iddo sylwi."

"Be am i fi ddod i lawr efo chdi i fynd â'r jeni i gwt cefn y caff rŵan, a geith Robi fynd at y tŷ efo Crwyna i nôl y sbîcyrs a'r PA?"

"Iawn efo fi, Math," atebodd Tongs.

"Ddown ni fyny efo chi i lwytho'r jiwcbocs wedyn, hogia," medd Math wrth i Crwyna neidio i danio'r JCB.

Tynnodd Tongs ar ddiwadd y sbliff wrth wylio'r peiriant melyn yn bownsio'i ffordd i fyny'r cae. "Stwff Cantra'r Gwaelod ydi hwn, dwi'n cymryd?" holodd am y gwair oedd o'n smocio.

"Ia," atebodd Math wrth ddechrau cerdded lawr y llwybr igam-ogam. "A nei di'm ffycin coelio be!"

"Tria fi," medda Tongs wrth ei ddilyn.

"Ddoth 'na barsal arall i'r lan bora 'ma."

"Cer ffycin o'na!"

"Wir i ti! Robi ffendiodd hwnnw hefyd. Debyg fydd gennan ni ddigon o sgync i'w werthu am wythnosa!"

"Ffyc, gwna hynna'n fisoedd," cywirodd Tongs. "O leia, hefyd."

"Duw, na – gawn ni warad o'no fo rywsut."

"Na, Math. Mae 'na sleit problam fach wedi codi. Mae gan Dingo lwyth o sgync hefyd, ac mae o'n barod i hitio'r strydoedd yn y dyddia nesa."

62

"LEMSIP!" gwaeddodd Bitrwt ar dop ei lais trwy'r twll llythyrau am y degfad tro. "LEMSIP!"

Rhegodd yn uchel wrth sythu a waldio'r drws unwaith eto. Bu wrthi ers rhai munudau bellach, yn curo'r drws a'r ffenast ffrynt wrth drio cael ateb. Gwyddai ei fod o adra achos mi glywai o 'Highway to Hell' AC/DC yn blastio ar y stereo.

"LEMSIP! AGOR Y FFYCIN DRWS 'MA, FFOR FFYC'S SÊCS!"

Gwyddai mai pwdu oedd ei ffrind. Pwdu am ddigwyddiadau neithiwr, a'r ffrae fawr gafodd o efo Tongs pan oedd hwnnw'n gwrthod ei adael o mewn i'r car. Fel yna oedd Lemsip, yn ffraeo efo pawb o bryd i'w gilydd. Gwyddai Bitrwt hynny'n fwy na neb, gan na fuodd o erioed yn un o'i hoff bobol yn y byd. Ond efo Tongs roedd pethau'n wahanol. Roedd y ddau'n debycach i frodyr, ac fel brodyr roedd y ddau'n ffraeo, nid fel gelynion. Fydden nhw byth yn dal dig – dim fel arfer, beth bynnag. Pan oedd Lemsip yn pwdu efo Tongs byddai'n anelu'i bwdfa tuag at bobol eraill yn hytrach na chosbi'i ffrind gorau. Yn amal iawn, mi fyddai o'n ôl mewn hwyliau da efo Tongs o fewn oriau, ond yn gwrthod siarad efo'r lleill am ddyddiau. Un rhyfadd oedd o fel'na. Mynd i ryw gragan hunandosturi a chwilio am rywun i'w feio. Unrhyw un ond y fo'i hun. Ac unrhyw un heblaw Tongs.

"LEMSIP! DWI'N GWBO FO CHDI YNA YN FFYCIN PWDU!"

Gwyddai hefyd fod Lemsip yn yfed. Dyna fyddai o'n ei wneud wrth bwdu – cau'r cyrtans a chloi ei hun i mewn efo llond berfa o gwrw, a gwrando ar Johnny Cash, Nick Cave neu AC/DC. Llithro'n ôl i'w fyd bach ei hun oedd o'n ei wneud. Yn ôl i le bynnag oedd ei dywyllwch. Yn ôl at ei gariad cynta, Miss Lush.

"LEMSIP!" gwaeddodd drwy'r twll llythyrau eto. "Ffyc's sêcs!"

Cerddodd at y giât bren uchel wrth dalcan chwith y tŷ, oedd yn arwain rownd i'r ardd a'r drws cefn. Roedd hi wedi cloi efo padloc fel arfer, gan nad oedd Lemsip yn ei defnyddio. Cerdded drwy'r tŷ oedd y ffordd hawsa i fynd i'r ardd gefn, a thrwy gadw'r giât dan glo roedd o'n nadu plant y stad rhag dod i chwarae yn yr ardd. Hen granc oedd Lemsip o ran hynny hefyd – y math oedd yn rhoi cyllall drwy beli pêl-droed y byddai o'n eu ffendio yn yr ardd. Fiw i unrhyw anifeiliaid fynd yn agos i'r ardd chwaith, neu mewn bag plastig yn y bin brown fyddai eu diwadd nhw.

Dringodd Bitrwt dros y giât a mynd rownd at ffenast y gegin gefn. Rhoddodd ei ddwylo uwchben ei lygaid a chraffu i mewn heibio i'r rhes o boteli lager hôm brŵ ar y silff tu mewn. Gwelodd Lemsip yn ista wrth y bwrdd. Cnociodd y ffenast, ond symudodd Lemsip ddim. "Lemsip! Paid â bod yn wirion! Agor y drws, wnei di? Ma 'na lot i neud yn y caffi heddiw 'ma, sdi."

Ond gwyddai Bitrwt nad oedd pwynt. Roedd o wedi hen fynd. Un ai i stad o felancôlia, yn syllu i wagle drwy'r ffenast, neu i stad o styfnigrwydd llwyr. Boed yn un neu'r llall, roedd o'n amlwg yn hollol honco bost, ac o weld y caniau a photeli gwin – ac, yn fwy difrifol, y botal fodca – roedd hi hefyd yn amlwg pam.

Triodd Bitrwt y drws cefn ond mi oedd hwnnw, fel y disgwyliai, hefyd ar glo. Aeth yn ôl at y ffenast a chnocio eto.

"Lemsip! Wyt ti'n iawn? Lemsip!"

Ysgydwodd Bitrwt ei ben. Doedd o'm yn teimlo'n hapus i adael ei ffrind yn y stad yma.

"LEMSNOT!" gwaeddodd, er mwyn trio cael rhyw fath o ymateb. Ochneidiodd. "Lemsip, ti ddim isio yfad y cwrw 'na i gyd, mêt! Ti'n clwad fi? Tro'r miwsig i lawr, o leia, i fi gael siarad efo chdi. Lemsip!"

Trodd Lemsip i syllu arno.

"Lem! Gad fi fewn am ddrinc efo chdi, mêt. Ma Tongs a'r hogia newydd ffonio – mae 'na rwbath pwysig wedi digwydd! A 'da ni angan help i symud y jiwc..."

Sgyrnygodd Lemsip wrth estyn am y botal fodca a gwagio'i gweddill hi ar ben y gwin coch yn ei wydr peint.

"Lemsip! Ti'n codi ffycin sychad arna i fan hyn! Gad fi mewn, nei? Ti'm isio yfad hwnna i gyd dy hun, ffor ff..."

Cleciodd Lemsip gynnwys y gwydr peint ar ei ben.

"Jîsys!" medd Bitrwt o dan ei wynt. "Ffycin anifal!"

Yn sydyn, taflodd Lemsip y gwydr gwag tuag at y ffenast ac mi ddyciodd Bitrwt yn reddfol. Chwalodd y gwydr yn erbyn ffrâm ucha'r ffenast.

"FFYCIN HEL, LEMSIP! CALLIA!" gwaeddodd pan gododd yn ei ôl.

Ond wnaeth Lemsip ddim byd ond syllu'n syth yn ei flaen â'i lygaid yn rhywle pell, gan godi ei ddau fys yn yr awyr. A thros ddryms a gitârs 'Highway to Hell', gwyliodd Bitrwt geg ei ffrind yn gwneud siâp y geiriau 'Ffyc off.'

Aeth cryndod trwy gorff Bitrwt wrth drio dyfalu be i'w wneud. Doedd o erioed wedi gweld Lemsip yn mynd mor bell â hyn, ac roedd hi'n amlwg ei fod o wedi yfed ei hun yn go agos at erchwyn y twll di-droi'n-ôl. Cyfrodd y poteli gwag ar y bwrdd – potal fodca fawr a phedair potal o win coch, ac un os nad dwy ar y llawr hefyd. Heb sôn am y tuniau lager. Yna sylwodd yn iawn ar lygada duon ei ffrind. Doedd dim sôn am Lemsip ynddyn nhw.

"Lem!" gwaeddodd a'i lais yn crynu. "Lem! Ti angan help. Sbia faint ti 'di yfad! Cŵlia i lawr ac agor y drws!"

Doedd Bitrwt ddim yn siŵr os oedd o isio iddo wneud hynny, petai'n onest efo'i hun. Doedd wybod be fydda fo'n ei wneud iddo. Fyddai ganddo'm gobaith dal ei dir yn erbyn y fath horwth wedi'i gynddeiriogi gan ddigon o alcohol i lorio ceffyl. Ond allai o mo'i adael fel hyn ar ei ben ei hun, chwaith. Heb unrhyw ffocws i'w gadw'n effro, roedd peryg iddo basio allan a llithro'n dawel dros y ffin, a marw.

Cafodd syniad. Roedd o'n un peryglus, ond mi oedd 'na siawns o'i gael o allan o'r tŷ, o leia. Agorodd ddrws y sied a chydio mewn dwy botal o hôm brŵ, cyn dychwelyd at y ffenast. Agorodd gaead un o'r poteli, a thra'n curo'r ffenast eto, gwagiodd y botal o flaen llygaid ei fêt.

O fewn eiliadau, roedd o'n difaru. Cododd Lemsip i'w draed a chythru'n drwsgwl i gyfeiriad y ffenast. Wedi bron â syrthio i'r sinc, sadiodd ei hun a dechrau dyrnu'r gwydr reit o flaen gwyneb Bitrwt.

"Shit! Ffyc!" gwaeddodd Bitrwt pan ruthrodd Lemsip yn sigledig am y drws cefn. "O ffyc, o ffyc, o ffyc!"

Sbiodd o'i gwmpas yn sydyn i weld oedd rhywbeth y gallai ei ddefnyddio i amddiffyn ei hun. Welai o ddim byd, ond mi gofiodd weld bwyallt yn y sied. Na, allai o ddim defnyddio honno – na gadael i Lemsip gael gafael ynddi chwaith. Brysiodd am y sied eto, ond cyn iddo gyrraedd clywai oriad drws cefn y tŷ yn troi a'r handlan yn symud i lawr. Rhewodd wrth i Lemsip lenwi'r drws a rhythu arno fel tarw oedd ar fin ei ruthro.

"Lemsip!" meddai wrth ollwng yr ail botal o gwrw i'r llawr a rhoi ei ddwylo i fyny. "Ara deg, mêt. Fi sy 'ma. Bitrwt!"

Triodd wenu, a dim ond llwyddo i wneud siâp ceg chwadan.

"Lem, cŵlia lawr ac mi wna i goffi i chdi…"

"COFFI?!" rhuodd y bwystfil o'i flaen. "GEI DI FFYCIN GOFFI!"

O'r eiliad y gwelodd Bitrwt lygaid Lemsip yn fflachio tua drws agored y sied, gwyddai be oedd ar ei feddwl. Gwyddai hefyd ei bod hi'n amser gadael.

"LEMSIP…!" gwaeddodd un tro ola wrth ei weld o'n bustachu am y sied. Yna, ac yntau ar fin ei gwadnu hi oddi yno, sylwodd fod Lemsip wedi hannar baglu yn erbyn ffrâm drws y sied. Rhuthrodd ar ei ôl o a'i wthio ar ei wyneb i ganol y tŵls a'r poteli cwrw. A thra bod Lemsip yn bytheirio a stryffaglu i drio codi, caeodd y drws a chau'r bollt ar y tu allan.

"BASDAD!" rhuodd Lemsip o'r sied, ynghanol sŵn taclau'n disgyn a chwalu. "MI FFYCIN LLADDA I DI!"

Hyrddiodd Lemsip ei hun yn erbyn y drws o'r tu mewn.

"TI'N CLYWAD? MI FFYCIN LLADDA I DI!" sgyrnygodd eto, a hyrddio'i hun am y drws eilwaith.

Matar o amser oedd hi. Doedd y bollt ddim yn mynd i gadw pymthag stôn o dempar dan glo. Am eiliad, ystyriodd Bitrwt gloi ei hun yn y tŷ, ond pan chwalodd blaen miniog bwyallt drwy stanciau tenau drws y sied, newidiodd ei feddwl yn syth – achos fyddai Lemsip fawr o dro'n chwalu trwy wydr dybyl-glêsing y drws neu ffenast, cyn ei hela o stafall i stafall a'i hollti fo'n ddarnau mân.

Wedi i'r fwyallt chwalu un stanc o'r drws yn sblintars mân, ac i wyneb lloerig Lemsip weiddi "Here's Lemsip!" drwyddo, trodd Bitrwt ar ei sodlau a'i miglo hi rownd talcan y tŷ. Yna, wrth glywed drws y sied yn chwalu'n racs, stryffagliodd fel cath mewn panig dros y giât a disgyn ar ei hyd i'r ardd ffrynt – fel roedd sŵn traed Lemsip yn cyrraedd y giât tu ôl iddo.

"SLEISIA I DI FYNY FEL LWMP O HAM, Y CONT BACH!" bytheiriodd, cyn ymosod fel mêniac ar y giât efo'r fwyallt. "Y FFYCIN HEDFFYC! CHOP CHOP CHOP! PRY HEDFFYC FFWC! CHOP CHOP CHOP HA-HAAAARGH!!"

Rhedodd Bitrwt allan o'r ardd ac i'r stryd, a sefyll ar y pafin yn barod i redeg eto os oedd rhaid. Gwyddai na fyddai Lemsip yn ei ddal o mewn ras hyd yn oed tra'n sobor, heb sôn am yn chwil.

"Lemsip! Stopia falu dy giât, ddyn! Mond honna sy'n stopio'r plant ddwyn dy hôm brŵ di, cofia!"

"AAAAAAAARGH!" oedd yr unig ateb gafodd o.

"Lemsip – rho'r wyallt i lawr, anadla'n ddwfn a cer i tŷ i neud panad…"

"DIM TAN AR ÔL I FI WELD LLIW DY BERFADD DI'R FFYCIN PRY CACHU BACH!"

"Pry cachu? Dyna ydw i rŵan? Pry hedffyc o'n i funud yn ôl. Gwna dy ffycin feddwl i fyny, nei? Jîsys!"

"BWYD PRYFID FYDDI DI PAN GA I AFA'L YNDDA CHDI!"

Ailddechreuodd ergydion y fwyallt.

"Ia, wel, dyna ydi'r 'flaw' yn y plan, yli – neu 'y pry yn y sŵp' os lici di. Wnei di ddim 'y nal i."

"O NA?" gwaeddodd Lemsip a hitio'r giât eto. "TI'N…" *THYMP…*

"FFYCIN…" *THYMP…* "MEDDWL, WYT?"

"Dwi'n ffycin gwbod, mêt," atebodd Bitrwt wrth estyn ei ffôn o'i bocad i ffonio Tongs. "I ddechra efo'i, dwi'n ffycin ffasdiach na chdi. Ac yn ail…" Oedodd wrth fyseddu ei ffordd at enw Tongs ar ei ffôn. "… Ac yn ail…"

"AC YN AIL BE, Y PRY… BZZZZZZZZ…!"

"Yn ail… dwi ddim hyd yn oed yma."

Rhoddodd Bitrwt y ffôn i'w glust gan obeithio i'r nefoedd y byddai Tongs yn ateb.

"BE TI'N FEDDWL, TI DDIM YNA? DWI'N DY GLYWAD DI… Y PRY… BZZZZZZ!"

… THYMP…

"Nagwyt ddim, Lemsip. Ma'n ddrwg iawn gennai ddeud wrtha ti, ond dim pry ydw i… Helô? Tongs?"

"BE FFWC WYT TI, TA?" gwaeddodd Lemsip, allan o wynt, wrth stopio waldio'r giât. "WEL? Y PRY BACH HEDFFYC CACHU? EH? BE WYT TI, TA? EH? DEUD WRTHA I, Y FFYCIN PRY… BZZZZZZZZ!"

63

Doedd fawr o ddewis gan yr hogia ond stryffaglu efo'r jiwcbocs heb Lemsip a Bitrwt. Chwarae teg i Crwyna, roedd ganddo waith paratoi ei wersyll at wyliau'r Pasg, nad oedd ond pythefnos i ffwrdd bellach. Fyddai hi'm yn deg gwneud iddo aros, na dod yn ei ôl yn nes ymlaen, ac yntau efo digon o bethau i'w gwneud ei hun.

Fel ag y bu, chafwyd dim gormod o draffarth. Dreifiodd Crwyna'r JCB reit fyny at ddrws portsh cefn tŷ Robi-di-reu, a rhwng y pedwar ohonyn nhw – ac er gwaetha cwynion Robi fod "ei gefn yn ffycd ers bora 'ma, reu" – llwyddwyd i'w manŵfro hi, fodfadd wrth fodfadd, allan drwy'r drws ac i mewn i fwcad blaen y peiriant. Roedd yna le wrth ei hymyl i ddau bass bin, ac mi daflwyd micsar y PA ar eu pennau i wneud llwyth iawn, gan gadw'r ddau sbîcar mawr a'r sub-woofer tan yr ail lwyth.

Biwti'r JCB, hefyd, oedd y gallai yrru ar hyd y tywod, reit at y patio concrit o flaen y caffi – neu 'Tyddyn Dub' fel oedd yr hogia wedi dechrau'i alw fo erbyn hyn. Bu chydig o hambýg wrth ei chael hi i mewn trwy'r drws ffrynt wedyn, a hynny efo hannar modfadd yn sbâr, ond ar y cyfan mi aeth pethau'n go hwylus o ystyried maint y dasg ym mhennau pawb cyn cychwyn.

Gosodwyd y jiwcbocs yn erbyn y wal ar y chwith, yn ymyl y peiriant pinball y penderfynodd yr hogia ei gadw am y tro. A thra'r aeth Robi-di-reu efo Crwyna i nôl yr ail lwyth, mi aeth Tongs ati i weirio'r jenyrêtyr i mewn i'r mêns tra'r oedd Math yn cario'r byrddau crynion plastig a'r cadeiriau rownd o'r cefn – rhai i du mewn y caffi, a'r lleill i'w gosod ar y tywod o flaen y patio.

"Gas!" gwaeddodd Math cyn hir.

"Be?" atebodd Tongs o ben y stepladder wrth orffen cysylltu'r weiars i brif switsh y bocs ffiwsys. "Ti'm 'di ffycin rhechan, y basdad budur?"

"Naddo. Wedi anghofio nôl gas ydan ni'n de!"

"Damia!" medd Tongs. "Anghofis i bob dim. A finna yn Dre bora 'ma!"

"Ddylswn inna fod wedi cofio hefyd. Mae'r pres genna fi, tydi. A fuas i'n Dre efo Krystyna bora 'ma 'fyd."

"O, ia?" medda Tongs gan godi'i aeliau.

"Ffacin hel! Pam fod pawb yn deud hynna?"

"Math, dwi 'di sylwi sut 'da chi'ch dau'n sbio ar 'ych gilydd, cont!"

"Be ti'n ffycin feddwl, y cont? Leri oedd yn methu mynd efo hi, so 'nes i folyntîrio!"

"Ia, ia," medd Tongs. "Jysd watsia di be ti'n neud, y sglyfath. Os ydw *i* wedi sylwi, mae Leri wedi hefyd, dallda!"

Tawodd Math. Gwyddai fod ei ffrind yn dweud y gwir. Lwcus ei fod o a Krystyna wedi dod i ddealltwriaeth ar y ffordd yn ôl o Fryn Haearn Mawr, meddyliodd. Mi ddywedodd wrthi ei fod o bron â thagu isio bod efo hi, ond nad oedd o am frifo teimladau Leri. Mi ddalltodd hithau'n iawn hefyd, chwarae teg, gan ategu'r hyn ddywedodd o. Mi ddeuai amser eto i Krystyna a fynta. Ond am rŵan, gadael pethau i fod oedd ddoetha.

Caeodd Tongs gaead y bocs ffiwsys ac aeth allan i'r cefn, lle'r oedd o eisoes wedi rhedeg y weiran drwy dwll yn y wal i'r cwt, ac wedi'i chysylltu i blwg oedd yn ffitio socet y jeni. Gwyliodd Math o'n ei phlwgio i mewn, yna'n llenwi'r tanc yn ofalus efo diesel, cyn tsiecio lefel yr oel – rhag ofn.

"Reit," medda Tongs. "Ti'n barod?"

"Cer amdani," atebodd Math.

Trodd Tongs y switsh ymlaen, yna gwasgu'r botwm…

"Wehei!" gwaeddodd y ddau wrth i'r jeni grynu a dod yn fyw, cyn dechrau grwnian yn hynod o dawel.

"Ffwcin aidîal!" medda Math. "Da iawn rŵan, Tongs!"

"Glywi di 'run smic o hon efo'r drws 'di cau!" atebodd Tongs wrth gau drws y cwt.

"Jesd y job!" medda Math, yn wên o glust i glust.

"Wel… dim cweit," atebodd Tongs. "Os ydan ni am gadw'r bwyd yn oer – a'r eis crîms wedi rhewi – fydd raid i ni gadw'r jeni i fynd drwy'r nos."

"Shit! 'Nes i'm meddwl am hynna…"

"Na finna chwaith. Ond fydd hi'n iawn. Dydi'm yn iwsio fawr ddim o ddiesel, sdi."

"Be os fysa rywun yn dwyn hi?" holodd Math.

"Wel… O leia mae'r drws yn stîl. Ha! 'Steel' a 'steal' – ti'n chael hi?"

"Hmm," atebodd Math. "Jeni gafwyd gan Joni!"

"Eh?"

"Cynghanedd, Tongs. Cynghanedd groes."

"Be ffwc 'di hwnnw pan mae o adra?"

"Rwbath mae beirdd yn ei wneud, Tongsyn," winciodd Math.

"Aah! Fel Gwern a Garnedd?"

"Ydyn nhw'n cynganeddu?"

"Na, ond mae'u henwa nhw."

Synnwyd Math. "Felly ti'n gwbod be 'di cynghanedd?"

"Wel yndw siŵr dduw! O'n i'n trio deud hynny wrth Lemsip diwrnod o'r blaen. Ond doedd o'n dallt dim." Twt-twtiodd Tongs.

"Reit…" medd Math, yn synhwyro celwydd yn y caws. "Eniwe – fydd y jeni'n ddigon saff dros y penwsos. Fyddan ni yma drwy nos bob nos, yn byddan, mwy neu lai. Digon hawdd ei throi hi ffwrdd a'i symud hi mewn i'r caffi, hefyd, yn dydi. Eith bwyd ddim yn wâst mewn chydig oria, yn na neith?"

"Ty'd, ta," medd Tongs. "Rown ni'r jiwcbocs ymlaen!"

Fel oedd Tongs yn plwgio'r jiwcbocs i'r socet ar y wal, daeth sŵn y JCB a'r hogia'n cyrraedd efo'r sbîcyrs. Trodd Tongs y socet ymlaen, a chlywyd 'bwm' bach tawel-ond-pwerus wrth i'r peiriant ddod yn fyw. Fflicrodd y tiwb golau yn ei chrombil gan yrru ei lewyrch trwy'r amrywiol batrymau lliwgar ar ei chroen – drwy'r sêr piws ac arian, drwy'r sgrifen glas a coch, ac i oleuo tu ôl yr holl gardiau bach hirsgwar gydag enwau'r caneuon arnyn nhw.

"Hmm, 'da ni angan sortio'r teitla 'ma i gyd, hefyd," medda Tongs wrth gofio'u bod wedi rhoi'r records oeddan nhw'n gadw i gyd yn ôl mewn llefydd gwahanol – a'u bod dal angen nôl rhai o'u records hwythau i lenwi'r llefydd gwag ynddi.

"Wel, ti am wneud yr 'honours', ta?" cynigiodd Math, yn edrych mlaen i'w chlywed hi'n blastio yn y caffi o'r diwadd.

"Arhoswn ni Robi a Crwyna gynta, ia?" awgrymodd Tongs.

Stopiodd y JCB efo'i fwcad blaen yn gorwedd ar y llwyfan concrit eto, a galwodd Tongs y ddau arall i mewn. Yna cododd gaead y jiwcbocs ac estyn yr hen ddarnau chweigian allan.

"Reit, hogia," meddai wrth gau'r caead a gollwng pishyn chweig i mewn i'r slot. "Cau llygid a pwyso unrhyw beth, iawn?"

Gwasgodd Tongs dri botwm ar hap, tra'r oedd Math yn cyhoeddi be oeddan nhw.

"Dau… chwech… dim…"

Agorodd Tongs ei lygaid ac arhosodd pawb a gwrando ar y mecanwaith yn clicio a hymian yn ei chrombil.

"Wehei!" gwaeddodd pawb wrth glywed craclo'r statig yn dynodi fod yna record yn dal i fod o dan y rhif hwnnw, cyn i sŵn larwm, yna seiren car heddlu, sgrechian trwy'r sbîcyr.

"'Babylon's Burning'!" gwaeddodd Tongs wrth i bync tyn The Ruts gicio i mewn. "Whww! Cofiwch rŵan, hogia – be oedd y gân gynta i gael ei chwara ar y jiwcbocs yn Tyddyn Dub!"

"Arrr y Rrrifierrra Reu!" gwaeddodd Robi-di-reu. "Yn yrrr Independant Trrropical Wêls!"

Lai na thri munud wedyn roedd y gân wedi gorffen a neb wedi gwasgu unrhyw rifau eraill. Ac wedi i'r hogia orffen hei-ffeifio'i gilydd daeth tawelwch i'r caffi unwaith eto wrth i'r pedwar synfyfyrio am chydig. Lai nag wythnos ynghynt roeddan nhw'n eistedd ar y creigiau tu allan yn sbinio recordiau i Gantra'r Gwaelod, heb unrhyw syniad lle fyddan nhw – os fyddan nhw byth – yn gallu defnyddio'r jiwcbocs fel oedd hi fod i gael ei defnyddio. A dyma hi, rŵan, yn ei phriod le, yn datgan i'r byd a'r betws bod y freuddwyd a anwyd y prynhawn hynod hwnnw bellach yn fyw.

Yna canodd ffôn Tongs.

64

Sgrechiodd y Mondeo glas i stop tu allan tŷ Lemsip, lle'r oedd Bitrwt yn troi yn ei unfan ac un neu ddau o gymdogion yn hofran yn eu gerddi a busnesu. Neidiodd Tongs a Math ohono.

"Be ffwc ddigwyddodd, Bît?"

"Dwi'mbo. Aeth o'n ffycin mental pan welodd o fi'n y ffenast, a dod ar 'yn ôl i efo wyallt!"

"Jîsys! 'Dio 'di yfad?"

"Digon i lenwi bath, do."

"Shit!"

"Lle mae o rŵan?" holodd Math.

"Gwranda, a mi glywi di," atebodd Bitrwt gan gyfeirio at y sŵn malu a sgrechian oedd yn dod o'r tŷ – i gyfeiliant cordiau trwm AC/DC. "'Nes i gŵlio fo i lawr chydig trwy siarad shit efo fo, ond aeth o 'nôl i'r tŷ a dechra eto. Dwi ddim yn mynd i mewn yna. Mae o'n meddwl na pry ydw i."

"Ffyc, ffyc, ffyc!" medda Tongs. "Fydd rhaid i *rywun* fynd i mewn."

"Helô! Mae ganddo fo wyallt!"

"Neith o'm mynd amdana fi," atebodd Tongs.

"Ti'n siŵr o hynna? Clyw!"

Daeth sŵn udo a sgrechian a rhegi o du mewn y tŷ, yna uffarn o 'grash' gwydrog.

"Y teli oedd hwnna. O!" Stopiodd Bitrwt wrth glywed 'smash' uchel y tanc pysgodyn aur. "Dyna Sgampi wedi'i chael hi. Does 'na'm gobaith i neb."

"Fysa'n well i rywun ffonio'r cops," gwaeddodd Sali Ann, un o'r cymdogion o dros y ffordd.

"Does 'na'm angan cops," atebodd Tongs yn siarp. "'Dio'm yn beryg i neb arall ar y funud."

"Ia, *ar y funud*, yndê?" atebodd hithau, yr un mor siarp.

"Yli, Sali, os oes gen ti ofn, be ddiawl ti'n neud yn sefyll allan fan hyn? Dos i gloi dy hun yn tŷ, nei?"

"Mond trio helpu ydw i!"

"Wel, dwyt ti ffycin ddim!"

"Woah, woah," medda Math wrth neidio i mewn. "Mai'n ocê, Sal. Stress sy'n siarad. Ond ma'n syniad da i ti fynd i tŷ, fyswn i'n feddwl."

"Iawn – ond dwi'n deu'tha chi rŵan, un sein fod o'n dod allan o'r tŷ 'na, a fydda i ar y ffôn."

Diflannodd y gymdoges – a'r busneswyr eraill hefyd – i wylio o du ôl eu cyrtans, fel y daeth sŵn udo fel blaidd o dŷ Lemsip.

"'Dio'm 'di troi'n werewolf, gobeithio!" medda Bitrwt. "Ma hi *yn* Supermoon fory, cofiwch!"

"'Di'm yn amsar i rwdlan rŵan, Bitrwt," dwrdiodd Tongs, cyn i sŵn pren yn hollti ddod o gyfeiriad y stafall fyw.

"Fysa'n help tasa'r cyrtans yn 'gorad," medd Math. "I ni allu'i weld o, o leia."

"Mae o ar ffwc o fflip, arna i ofn," atebodd Tongs. "Waeth na dwi rioed 'di weld."

"Rhaid i ni neud rwbath, Tongs," medd Math. "Fydd rywun 'di ffonio'r cops unrhyw funud – os na 'dyn nhw 'di neud yn barod. Ddoi i mewn efo chdi, os lici di."

"Un problam fach sy efo hynna," nododd Bitrwt. "Heblaw am y ffaith fod ganddo fo wyallt ac yn gweld pryfid."

"Be?" holodd Tongs.

"Mae o 'di cloi'r drysa."

"Ond ddoth o allan cynt, do?"

"Do, Math. Trwy'r cefn. Ond ma 'di'i gloi o ar ei ôl eto rŵan, garantîd."

"BZZZZZZZZZZZZZZZZZZZZZZ! FFYCIN PRY BACH!
BUZZZZ BUZZ!" bloeddiodd Lemsip ar dop ei lais.

"Iawn. Reit," medda Tongs a'i lais yn dechrau crynu. "A' i at y ffenast
i drio siarad efo fo. Math – os ddaw o ata fi, dos di rownd i'r cefn i
weld os 'di'r drws ar agor. Ond *paid* â mynd i mewn, ocê?"

Cerddodd Tongs at y ffenast a rhoi ei glust yn ei herbyn a gwrando
am funud. Clywai Lemsip yn martsio'n ôl ac ymlaen dros y gwydr
maluriedig ar y llawr, yn mwmian a pharablu rhegfeydd wrtho'i
hun.

"Lemsip?" gwaeddodd yn ysgafn. "Lem? Ti'n clwad fi? Tongs sy
'ma, mêt. Ti'n ocê, boi?"

Rhoddodd ei glust yn ôl i'r ffenast a gwrando eto. Roedd y sŵn
traed wedi peidio, a'r mwmian hefyd.

"Lem? Ti am adael fi i mewn i siarad efo chdi?"

Ddaeth dim ateb o ochor arall y cyrtans.

"Lemsip? Lem? Os roi di'r wyallt i lawr, gei di ddod allan os tisio.
Neu gei di adae— FFYCIN JÎSYS!"

Neidiodd Tongs wrth i fwyallt hitio'r ffenast reit yn ymyl ei ben,
nes bod modfadd o'i llafn yn sticio allan yn yr awyr iach ac wedi
wejo'n dynn yn y dybyl-glêsing. Yn ei ddychryn, disgynnodd Tongs ar
ei din i'r llawr. Wrth sbio i fyny cafodd gip o wyneb ffyrnig Lemsip yn
rhythu arno'n lloerig. Roedd o'n trio hel y cyrtans rhwyd o'r ffordd
tra'n strancio a sgrechian a phoeri ewyn gwyn wrth drio cael y fwyallt
yn rhydd. Ac yn yr eiliad honno, gwyddai Tongs y byddai Lemsip wedi
ei ladd pe na bai'r ffenast yn wydr dwbwl. Sylweddolodd nad oedd
gobaith rhesymu. Neidiodd i'w draed a brysio yn ei ôl at Bitrwt a
Math.

"Ar fy ffycin mywyd!" meddai wrth i Lemsip lwyddo i gael y fwyallt
yn rhydd a dechrau waldio'r ffenast eto, gan falu'r gwydr dwbwl fwy
a mwy â phob ergyd.

"Oes 'na Plan B?" holodd Bitrwt. "Silver bullet, falla?"

"Dyma nhw Plan B," medda Math wrth weld car heddlu'n stopio
tu ôl iddyn nhw.

Neidiodd dau gopar allan a cherdded yn hamddenol tuag atyn
nhw.

"Su'mai, hogia. 'Da ni 'di cael report o domestic incident yn yr
address yma. Ydach chi'n nabod y residents?"

252

"Un resident sy 'na," atebodd Math. "A mae o ar ben ei hun."

"Wyt ti'n nabod o?"

"Yndan," atebodd Tongs, fel yr ailgydiodd Lemsip yn ei orchwyl wallgo o ddarnio'r ffenast tra'n udo fel blaidd.

Cyrhaeddodd car heddlu arall a'i olau glas yn fflachio, a chlywodd yr hogia yr ail heddwas yn adrodd popeth wrth rywun dros ei radio cyn galw am fwy o back-up. Roedd pethau ymhell dros ben llestri bellach. Doedd dim mwy allai'r hogia ei wneud heblaw syllu'n gegrwth wrth i'w ffrind lusgo'i fyd i lawr i uffern efo fo.

"Be 'di'w enw fo?" holodd y copar cynta wrth i'r ddau oedd newydd gyrraedd yn yr ail gar ddod draw ato.

"Lemsip," atebodd Tongs. "Wil Davies – Sion William Davies. Mêt i fi… Be 'da chi'n mynd i neud?"

"Wyt ti'n gwbod unrhyw beth am be sy 'di achosi hyn? Oes 'na ffrae wedi bod? Ydio 'di cymryd rwbath?"

"Newydd landio ydwi. Ges i alwad ffôn," eglurodd Tongs gan droi i sbio ar Bitrwt.

"O'n i yma," medd hwnnw. "'Nes i alw heibio, ac o'dd y drysa 'di cloi a cyrtans ar gau. Ond o'n i'n gwbod fod o i mewn yna achos o'dd ei fiwsig o'n blastio…"

"Mae o'n dal i flastio hefyd," medda'r heddwas. "AC/DC. O leia mae ganddo fo dâst. Felly pa hwylia oedd arna fo pan ddois di yma?"

"Wel, dim yn rhy dda, i fod yn onast," atebodd Bitrwt.

"Oedd o wedi cymryd rwbath?"

"Wedi bod yn yfad mae o."

"'Nes di siarad efo fo?"

"Wel, na. 'Nes i drio – trwy ffenast gefn. Fa'no oedd o'n ista, wrth y bwrdd… Ond mae siarad yn two-way street, dydi?"

"Be, oedd o'm yn atab chdi?"

"Nagoedd."

"Pam? Oedd o'n unconscious?"

"I fod yn onast, dwi'n siŵr fysa doctor neu seicaiatrist yn deud ei fod o tecnicali *yn* anymwybodol…"

"Be ti'n feddwl?"

"Trance-like state, ti'bo…"

"Be, ar drygs?"

"Naci, ffycin hel, gad i fi orffan, wir dduw! Spaced out. Cerddad yn ei gwsg. Rhwng cwsg ag effro. Awê efo'r ffêris. Out for the count ond ei lygid dal yn 'gorad."

"Ond heb gymryd drygs?"

"Jîsys! Ia, heb gymryd drygs. Alcoholic trance. 'Sa ti'n gweld faint mae o wedi yfad, 'sa ti'n dallt."

"OK, wela i," medd y copar. "A be wnaeth o wedyn? Ecsplôdio?"

Nodiodd Bitrwt yn gadarnhaol.

"A dechra malu'r lle?"

"Mynd yn nyts, ia."

"A ddudodd o ddim byd na rhoi rheswm na dim?"

"Naddo. Jysd ei cholli hi'n llwyr a dechra malu'r lle. 'Dio'm yn trio brifo neb, jysd brifo'i hun, i fod yn onest..."

"*IF YOU WANT BLOOD, YOU GOT IT...!*" canodd Lemsip efo AC/DC drwy un o'r tyllau wnaeth y fwyallt yn y gwydr dwbwl. Erbyn hyn roedd o wedi gwisgo'i sbectols haul mawr du, oedd yn gwneud iddo *fo* edrych fel pry.

"CYM ON, Y FFYCIN BLUEBOTTLES!" gwaeddodd wedyn gan ddechrau swingio'r fwyallt eto. "BZZZZZZ! FFYCIN PRYFID GLAS. PIGS. FFYCIN MOCH. SLEISIA I CHI FYNY FEL BACON. BUZZZ BUZZZ! HAHAHARGH...!"

"Iawn. OK." Trodd yr heddwas at ei gyd-weithwyr a dechrau murmur siarad.

"Be 'da chi'n mynd i neud?" holodd Tongs.

"Os fysa chi'm yn meindio sefyll yn ôl i mi, plis," oedd unig ateb y plismon.

"Pam? Be 'da chi am neud?" holodd Tongs eto wrth i'r heddwas ddal ei fraich allan o'i flaen a gadael i'r tri heddwas arall gamu drwodd i'r ardd.

"Mr Davies? Mr Davies!" gwaeddodd un o'r rheini pan gyrhaeddon nhw'r ffenast. "Polîs sydd yma, Mr Davies. Gawn ni ddod i mewn?"

Gwyddai'r hogia o ymateb eu ffrind i gwestiwn y copar nad oedd pethau'n mynd i orffen yn dda. Gwyliodd y tri mewn tawelwch wrth i ddau heddwas fynd i gnocio'r drws, tra'r oedd y llall yn trio rhesymu drwy'r ffenast.

"Mr Davies? Polîs! Agor y drws, Mr Davies! Polîs!"

Ddaeth dim ateb heblaw udo blaidd gan Lemsip. Cyrhaeddodd mwy o blismyn ac ymgasglodd y cwbwl wrth y drws – un efo chwistrellydd pupur ac un arall yn paratoi ei taser.

"Mr Davies?" gwaeddodd plismon efo teclyn malu drysau yn ei law. "In the interest of public safety and threats against officers, we are authorized to gain entry into the property. Ydach chi'n deall, Mr Davies?"

"BRING IT FFYCIN ON!! AAOOOOWWWWW!"

65

Yn ôl yr heddlu, cael ei gadw dan y Ddeddf Iechyd Meddwl oedd Lemsip. Heb gŵyn gan unrhyw un o'r cyhoedd, doeddan nhw ddim yn bwriadu ei gyhuddo o unrhyw beth ar y funud, ond mi fydden nhw'n cynnwys ei fygythiadau yn eu herbyn yn eu hadroddiad – fyddai o bosib yn arwain at gyhuddiadau gan y CPS yn ddiweddarach. Ond doedd hynny'n poeni dim ar yr hogia. Be oedd yn bwysig i'r criw oedd bod eu ffrind yn dod drwyddi'n iawn – a, petai pawb yn onest am y peth, yn dod drwyddi yn berson gwell!

Doedd dim diben i unrhyw un fynd efo fo i'r ysbyty, gan y byddai'n anymwybodol am amser hir, diolch i'r alcohol a'r cyffuriau lleddfu fydden nhw'n bwmpio i mewn i'w waed. A beth bynnag, o dan y Ddeddf Iechyd Meddwl roedd ganddyn nhw'r hawl i'w gadw mewn ward seiciatryddol am rai dyddiau tra'r oeddan nhw'n ei asesu. Ac unwaith y byddent wedi sugno'r alcohol o'i stumog a gwneud yn siŵr nad oedd wedi gwenwyno'i organau, ar ei ben i'r ward honno fyddai o'n mynd. Roedd Lemsip wedi camu dros ymyl y dibyn, ac roedd y dynion mewn cotiau gwyn wedi ei ddal. Mewn Cymraeg syml, roedd Lemsip wedi cael ei secshynio.

O weld y llanast yn y tŷ pan aethon nhw i mewn iddo wedi i'r heddlu adael, doedd dim amheuaeth ym meddwl yr hogia mai cael ei gludo i ffwrdd i'r 'fferm gwningod' oedd y peth calla iddo. Heblaw am bethau meddal fel y soffa a'r gadair glyd, doedd dim, bron, ar ôl mewn un darn. Roedd hyd yn oed banister y grisiau wedi'i chael hi, a rhai o'r switshys a'r goleuadau, ac mi oedd waliau partisiwn y llofftydd wedi'u malu'n racs, yn ogystal â'r wardrob a'r cypyrddau. Roedd y toilet yn deilchion, a'r sistern, a'r sinc a'r bath, ac roedd dŵr wedi llifo drwy'r nenfwd i'r gegin islaw, lle'r oedd y bwrdd a'r cadeiriau pren yn ddarnau coed tân hyd y lle. Oni bai fod y to yn dal yn sownd, byddai rhywun yn taeru bod tornêdo wedi taro'r tŷ.

Wedi troi stoptap y dŵr i ffwrdd, aeth yr hogia trwy weddillion dodrefn y stafall fyw i chwilio am Sgampi'r pysgodyn aur. Pam yn union, doeddan nhw'm cweit yn siŵr, ond hwyrach mai angen cadarnhad o ba mor bell oedd Lemsip wedi'i cholli hi oeddan nhw, achos mi oeddan nhw'n gwybod cymaint o feddwl oedd ganddo o'r sgodyn bach. Falla ei fod o'n licio gwneud iddo fo ddiodda, ond Sgampi oedd yr unig greadur byw y clywodd unrhyw un Lemsip yn siarad yn annwyl efo fo. Methodd yr hogia â dod o hyd i'r cradur, fodd bynnag. "Falla fod o 'di'i fyta fo?" oedd sylw trist Bitrwt.

Ar ôl i'r ola o'r fflyd o oleuadau glas yrru i ffwrdd o'r diwadd, ac i'r cymdogion i gyd fynd adra i wylio ailddarllediadau o *Jeremy Kyle*, aeth Math i nôl recordiau o'i stafall yn nhŷ Anti Hilda, ac aeth Tongs i nôl ei fiwsig yntau – ac i helpu Bitrwt hel yr holl declynnau fyddai eu hangen arno i goginio yn Tyddyn Dub, gan gynnwys blendar, sosbenni a phopty ping. Y farn oedd y byddai'n saffach bellach iddo goginio yno nag yn y fflat, rhag ofn i'r heddlu alw i gymryd datganiad.

Wedi i Tongs gludo pawb a phopeth i Tyddyn Dub, rhoddodd Math wad o bres iddo biciad i Dre i nôl dwy botal fawr o nwy a llu o oleuadau solar o Asda a B&Q. Gwnaed yn siŵr hefyd bod Robi-di-reu yn dod â bag o'i sgync ei hun i lawr i'r caffi, rhag ofn y byddai Dingo'n galw. Petai hwnnw'n holi be oedd Bitrwt yn roi yn y bwyd, byddent yn dangos stwff Robi iddo.

Fuodd Tongs ddim yn rhy hir efo'r poteli nwy, ac mi gysylltwyd y cwcar i un ohonyn nhw o fewn dim. Dyna hi, wedyn – Bitrwt ar dân isio cychwyn ac yn tecstio Leri a Krystyna i frysio efo'r cynhwysion. Roedd Tongs hefyd wedi dod â llond trol o hufen iâ – Magnums a Cornettos ac amrywiol eis-lolis – efo fo o Asda Dre, a gwagiwyd y cwbwl i mewn i'r rhewgell werthu wrth y cowntar. Erbyn diwadd y pnawn roedd yna oleuadau bychain LED yn hongian dros y waliau – un 'rhaff olau' yn coroni miwral Leri, a goleuadau allanol yn hongian ar wal flaen y caffi. Yma ac acw o amgylch y patio, hefyd, roedd Tongs wedi gosod rhai o'r lampau solar a'u gadael i jarjio yn yr haul.

Mae goleuadau, fel cerddoriaeth, yn meddu ar ryw allu rhyfeddol i godi ysbryd, ac unwaith y rhoddwyd y cwbwl ymlaen mi oedd yna fwy o fowns yn y miwsig rywsut. Er fod y jiwcbocs wedi cael digon o sylw a defnydd, tawedog fu'r hwyliau i lawr yn Tyddyn Dub tan hynny. Bu gweld un o'u ffrindiau'n cael ei têsio a'i gario'n anymwybodol i ambiwlans gan barafeddygon a swyddogion seiciatryddol yn dipyn o sgytwad i bawb. Ond bellach, â'r goleuadau bychain yn gwenu, roedd pethau'n dechrau siapio eto.

Robi-di-reu fachodd y joban fach ysgafn o osod rhai o senglau Math a Tongs yn y jiwcbocs, a sgwennu'r teitlau ar ddarnau bach o gardbord a'u gosod yn eu priod lefydd. Y fo, felly, oedd yn dewis y caneuon oedd yn chwarae fel sowndtrac i'r prysurdeb yn Tyddyn Dub. A thra bod 'Gwesty Cymru' a'i ochor B, 'Mynd i Weld y Frân', gan Geraint Jarman a'r Cynganeddwyr yn blastio, aeth Tongs ati i baentio'r rhybuddion rhag algae gwenwynig ar ddarnau o bren sgwâr, cyn eu hoelio i bolion ffens yn barod i 'w gosod yn y llefydd hynny lle'r oedd y mân-lwybrau'n cyrraedd y traeth.

Wrthi'n cario llwyth arall o lampau solar tuag at y llwybr igam-ogam oedd Math pan welodd o gar Krystyna yn parcio ar waelod y rhiw. Rhoddodd ei lwyth i lawr a chodi'i law ar Leri a hithau. Gwenodd Krystyna a chodi ei llaw yn ôl. Nodio'i phen yn unig wnaeth Leri.

"'Da chi isio help efo rwbath?" gwaeddodd.

"Na," atebodd Leri'n swta wrth estyn bagiau o gefn y car.

Cododd Math ei lwyth eto, a'i adael hannar ffordd i fyny'r llwybr cyn troi 'nôl am y caffi i gasglu mwy. Roedd Bitrwt fel plentyn mewn siop fferins, yn helpu'r genod ddod â'r holl ddanteithion i'r gegin.

"Ydi pob dim yn iawn, Bît?" holodd Math. "Athon ni i Lidl ac Asda yn lle'r Cash a Carry, ond dwi'n meddwl bo ni 'di cael pob dim."

"Os ydi pob dim yma, wneith o'm gwahaniath," atebodd y cogydd. "Lle mae 'nghardyn Cash a Carry fi, ta?"

"Mae o gan fi, yn fy mag," medd Krystyna. "Mae yn y car."

"Be oedd yn bod ar Cash a Carry, beth bynnag?" holodd Bitrwt.

"Amsar, Bît," atebodd Math. "O'dd Krystyna ar ei phen ei hun, felly es i efo hi i helpu. Ond doedd gennai'm amsar i fynd i Bangor…"

"Ond digon o amsar i fynd i Bryn Haearn Mawr, hefyd!" medd Leri'n siarp.

Trodd Math ati, ond roedd hi wedi troi ei chefn arno. Edrychodd Math ar Krystyna. Gwenodd honno a rowlio'i llygaid.

"Ydach chi wedi gneud flyers i hysbysebu'r parti 'ma, ta be?" holodd Leri wedyn, gan anwybyddu Math eto.

"Falla wnawn ni rai fory, funud ola," atebodd Math, gan drio dal ei sylw.

"Braidd yn hwyr, dydi?" nododd Leri'n bigog – a'r tro yma mi oedd hi'n rhythu ar Math.

Eglurodd hwnnw mai'r consensws oedd hysbysebu funud ola – gan mai sefydliad anghyfreithlon oedd Tyddyn Dub – a hynny trwy'r cyfryngau cymdeithasol yn benna, rhag i'r awdurdodau gael clust o'r digwyddiad a chael cyfle i roi troed arno. Ac mi oedd gan y fenter fantais dda y penwythnos yma oherwydd y digwyddiadau uwch eu pennau, yn hytrach nag ar y llawr. Y Gorleuad, y Cyhydnos a – seren y sioe – yr Eclips oedd yr atyniadau serennog mwya oedd posib eu cael. Rhain oedd yr hedleinars gorau welodd unrhyw ddigwyddiad erioed!

"Rhwng hynny a DJs Beat Roots, Tongs, Math a Jah Robi – a dim oriau cau – fydd y gair yn lledu fel tân gwyllt, reu," ychwanegodd Robi-di-reu. "Porth y Gwin fydd *y* lle i fod. A Tyddyn Dub, yr Atlantic Dub Shack, fydd calon yr holl sioe, yn pwmpio'r bas i bellafion y bydysawd, reu! Y Rrrifiera Rrreu fydd canol y galacsi dydd Gwenar!"

"A diolch i chditha a Krystyna am yr holl help, Ler," ychwanegodd Math. "Fysa ni ddim yn barod o gwbwl hebddo chi'ch dwy, i fod yn onast. Ac mae'r murlun 'na'n ffycin stynning."

Syllodd Leri'n oer arno i ddechrau, ond pan wenodd Math yn gynnes arni, toddodd, ac mi roddodd wên sydyn yn ei hôl cyn troi ar ei sodlau a dilyn ei chariad i nôl mwy o stwff o'r car. Ond mi sylwodd Math ar y siom yn ei llygaid glas.

Er nad oedd o am daflu mwy o betrol ar y tân, roedd Math yn falch pan ddaeth Krystyna draw i'w helpu i osod y goleuadau ar y llwybr igam-ogam. Er ei fod o'n ofalus o deimladau Leri, gwyddai nad oedd Krystyna ac yntau wedi gwneud unrhyw beth o'i le, felly roedd o'n fwy na hapus i gael bod yn ei chwmni unwaith eto.

Tywod oedd rhwng clytiau o bridd a gwair uchel y twyn-glogwyn, ond roedd y llwybr cul wedi ei erydu gan genedlaethau o draed ymwelwyr oedd wedi naddu rhigol tywodlyd gydag ymyl o dywyrch eitha caled. Ar yr ymyl hwnnw yr oedd y lampau i fynd, ac er mwyn i waelodion pigog, plastig y lampau wthio drwy'r dorchan i'r tywod oddi tani roedd rhaid wrth fwrthwl i'w taro i mewn. Math oedd yn gwneud y morthwylio a Krystyna'n gosod coesau'r lampau yn y pigau wedyn. Roedd hi'n joban fach braf ar ddiwadd pnawn mwyn o wanwyn cynnar mewn lleoliad hyfryd – ac efo cwmni mor ddymunol hefyd.

"Fydd ffrind chi yn iawn, Math?" holodd Krystyna. "Lemsip? Dywedodd Bitrwt amdano nawr."

"Gobeithio," atebodd Math. "Dim ond matar o aros a gweld. O'dd o'n reit 'heavy', i fod yn onast. Fuodd o'n agos i ladd Tongs."

"Rwyf i wedi gweld pethau felly o'r blaen."

"Do? Lle, adra?"

"Ie. Mae llawer o hyn yn Gweriniaeth Tsiec."

"Oes wir?"

"Yn gwir. Mae alcoholieth yn drwg iawn yno."

"Snap!" medd Math wrth gnocio pigyn arall i'r ddaear. "Mae Cymru'n ffycd. Cenedl o alcoholics. Wedi cael ein chwalu yn economaidd, yn ddiwylliannol, cymdeithasol a moesol." Sylwodd Math ei fod o'n adrodd geiriau mawr yn rhy gyflym i'r ferch o Brâg. "Rydan ni fel yr Indians yn America. Sori, y bobl brodorol – Native Americans?"

"Y First Peoples maen nhw'n galw nhw nawr," cywirodd Krystyna gyda gwên. "Ac 'First Nations' yn Canada."

"*Once Were Warriors*," medda Math, yn dyfynnu teitl y ffilm o Seland Newydd. "Yr un peth. Hen bobol balch bellach yn alcis a crwcs... Cer i unrhyw ran o'r byd a mi weli di'r un broblam. Maori, Aborijini, Inuit, Chechua... Cymry."

"Wyt ti wedi bod efo First Peoples, Math?"

"Yn lle?"

"America."

"Wel, ddois i ar draws rhei o'r Blackfoot yn Alberta a British Columbia erstalwm."

"O? Canada, felly?"

"Ia. A llwyth o rei erill yn y Rockies a'r West Coast. Enwa digri ganddyn nhw. Aros di... Dwi'n cofio rhei... Nuu-chah-nulth? Conffedrasi oeddan nhw. O'dd 'na lot o conffedrasis o lwythi – cenhedloedd, sori – fel y Tla-o-qui-aht, Ehattesaht, Hesquiaht... Dwi'm yn siŵr os dwi'n eu deud nhw'n iawn. O ia – be oedd enw'r lleill 'na, 'fyd? Cwac-cwacs neu rwbath... Kwakwaka'wakw!"

"Pryd oedd ti yn Canada?"

Oedodd Math cyn ateb. Cofiodd y dylai droedio'n ofalus wrth sôn am ei deithiau ochor arall yr Iwerydd. "Bell yn ôl," atebodd yn swta wrth ddyrnu pigyn arall i'r ddaear.

"Neis iawn. Beth oeddet ti'n gwneud yno?"

"O, jesd trafaelio," atebodd wrth gamu llathan a dyrnu pigyn arall i'r llawr. "A pigo madarch hud yn y Rockies."

"Magic mushrooms?"

"Ia. O'n i'n cael dau gan doler yr wythnos mewn cash am eu pigo nhw!"

"Cool!" medd Krystyna'n gyffrous. "Aeth ti i'r East Coast?"

"Dwyrain Canada? Naddo," meddai'n gelwyddog.

Synnwyd Krystyna am ryw reswm. "Beth am yr US? Aeth ti dros y ffin pan oedd ti yn y Rockies?"

"Na," atebodd gyda chelwydd syml arall.

"Oh?"

"Ydi hynna'n dy synnu di?" holodd Math.

"Na. Ond os bydden i yn western Canada bydden i hoffi croesi i Washington State. Mae Seattle yn lle ardderchog meddai pawb. Grunge capital – Nirvana a popeth! Roeddwn yn caru Kurt Cobain!"

Gwenodd Math. "O'n i'n licio Nirvana hefyd."

"Rwyt yn debyg i Kurt Cobain, Math," medda Krystyna dan wenu'n ddireidus.

Bu bron i Math daro'i fys efo'r mwrthwl. "Ti'n meddwl?" holodd a gwenu'n chwithig. "Cyn saethu'i hun? Ta wedyn?"

"Ouch! Bad taste!" dwrdiodd Krystyna.

"Sori. Sick, braidd. Ond o leia mynd off 'y mhen ydw i, dim 'y mhen i'n dod off!"

"Hoi!" gwaeddodd Krystyna a rhoi slap iddo ar dop ei fraich. "Hogyn drwg!"

Teimlodd Math gynnwrf yn ei drôns, cyn digwydd sbio draw at y caffi islaw a gweld Leri'n codi'i llaw arnyn nhw. Chwifiodd ei law yn ôl arni, a gwnaeth Krystyna yr un peth.

"Wel, ti am roi'r lamp ola 'na ar y pigyn 'na, ta be?" holodd Math. "I ni gael mynd i weld pa fynshis sydd gan Bitrwt i ni!"

"Wwh? Yr olaf? Dwi'n cael yr anrhydedd, felly?" atebodd Krystyna, cyn colli ei balans wrth droi a phlygu i osod y lamp. Daliodd Math hi gerfydd ei gwasg a chydiodd hithau rownd ei ganol yntau. Am ddwy neu dair eiliad roedd top ei choesau'n sownd i'w lwynau wrth i lygaid y ddau ddatgan yn gwbwl blaen be fydden nhw'n licio'i wneud y funud honno. Gwenodd y ddau, yna chwerthin yn ddrwg a gwahanu.

66

"Dwi'n meddwl fod 'na natur OCD arna fo, sdi," medda PC Sian Gwyndaf wrth Andrew, ei chyd-heddwas, tra'n tollti coffi o'r peiriant yn y gegin.

"Dwi'n gwbod," atebodd Andrew. "Fuodd o off gwaith am tua blwyddyn, sdi, efo depression."

"Dyna lle fuodd o, ia?" holodd Sian wrth droi ei phanad efo llwy blastig. "O'n i wedi clywad rŵmyrs."

"Ia, oedd o'n deud fod o wedi cael ei atatsho i rhyw infestigêshiyn yn ochra Lerpwl," medd Andrew wrth i'r ddau droi am y coridor. "Ond bwlshit oedd hynny, aparentli."

"Mae Bryn o Colwyn Bê am ei waed o, sdi. Mae o'n ffonio fo bob munud am y petha gwiriona. Dwi'm yn meddwl fod o'n iawn yn ei ben, sdi."

"Cwcw!" cytunodd Andrew gan droi ei fys mewn cylch wrth ymyl ei glust. "A ti 'di sylwi fod o'n byta lot o joclets? Wel, yn ôl y sôn, dyna oedd o'n neud bob tro'r oedd o'n ei cholli hi. Medda nhw. Wela i di nes mlaen."

Dal i syllu ar sgrin y cyfrifiadur oedd Pennylove pan eisteddodd Sian Gwyndaf wrth ei desg. Doedd o dal ddim yn deall pam na allai agor y ffeil oedd ynghlwm wrth enw Math Parri. Roedd o wedi ffonio Bae Colwyn a Chaernarfon sawl gwaith i holi, a chael dim synnwyr o gwbwl. Bu Bryn, y boi IT, yn trio popeth am tua hannar awr hefyd, cyn dod i'r un casgliad â PC Sian Gwyndaf bod "glitsh" yn y meddalwedd. Ond allai Pennylove ddim cysoni hynny yn ei ben. Iddo fo, roedd yma fanylyn na allai ei egluro. A wnâi hynny mo'r tro.

"Peidiwch â cymryd hyn ffor rong, Syr," medd PC Sian.

"Wynne," medd Pennylove wrth synnu at y dôn ffurfiol a fabwysiadodd y blismones mwya sydyn. "Galwa fi'n Wynne."

"Wynne," dechreuodd Sian Gwyndaf eto. "Fysa'm yn well i chi ganolbwyntio ar be ydach chi fod i neud fel rhan o'r ymchwiliad?"

"Be ti'n feddwl?"

"Wel... maddeuwch i mi, ond... Ydi Math Parri yn syspect o gwbwl?"

"Wel... nac ydi, ond..."

"Ydio wedi cael ei enwi? Neu oes 'na rywun wedi gofyn i chi sbio i mewn i'w hanas o?"

"Ym, na… A does dim rhaid i ti 'ngalw fi'n 'chi', chwaith."

"Sori. Ond, ym… Gobeithio fo ti'm yn meindio i mi ddeud, Syr – Wynne, sori – ond ti'm yn meddwl dy fod ti'n wastio amsar yn trio agor ffeil sydd mwya tebyg ddim yno o gwbwl? Fedra i dy sicrhau nad ydi Math Parri'n un o griw Dingo Williams."

"Wel, y peth ydi, Sian, fy mod i wedi gweld pethau fel hyn o'r blaen."

"O?"

"Mae Special Branch neu MI5 – neu overseas agencies – weithiau yn cyfyngu pwy sydd yn cael gweld ffeiliau unigolion y maen nhw'n eu gwylio ynglŷn ag ongoing case."

"O? Ond fysa rhaid i hynny fod yn achos difrifol dros ben, yn bysa?"

"Wel, bysa," cytunodd Pennylove. "National Security, efallai."

"Ac ydi Math Parri yn fygythiad i ddiogelwch y wladwriaeth?"

Ochneidiodd Pennylove ac eistedd yn ôl yn ei gadair, cyn ei swingio rownd i wynebu PC Sian.

"Rwyt yn iawn, Sian," meddai wrth gydnabod ei fod, o bosib, yn dilyn sgwarnog. "Sori, ond hen ddiwrnod felly mae wedi bod."

Roedd hynny'n wir, hefyd. Rhwng y trafferthion cyfrifiadurol a Tecwyn Pierce yn glanio yn ei gar tra'r oedd o'n gwylio suspect posib ar stryd fawr Dindeyrn, roedd o wedi cael diwrnod digon rhwystredig. Efallai ei fod o'n trio'n rhy galed, meddyliodd. Rhy awyddus i adael ei farc, yn trio rhedeg cyn cerdded. Wedi cyffroi gormod efo'i benodiad newydd, efallai. Wedi'r cwbwl, fuodd o ddim yn rhan o unrhyw ymchwiliad o bwys ers blynyddoedd bellach.

"Ffyc," meddai wrth ddiawlio'r dydd o dan ei wynt.

Mi glywodd PC Sian Gwyndaf o. Ymddiheurodd.

"Sori," meddai dan wenu'n wan. "Wedi blino braidd."

Mi oedd o wedi cael un strôc o lwc, fodd bynnag. Ac yntau'n gobeithio dod o hyd i ryw elfen newydd yn yr ymchwiliad, ei gyfle gorau hyd yma oedd y cymeriad Tongs 'ma. Cadarnhawyd hynny gan be welodd o tu allan y siop jips yn gynharach yn y dydd. Bendith, felly, oedd clywed swyddogion iwnifform yn dychwelyd i'r stesion ar ôl ymateb i ddigwyddiad mewn tŷ ar stad Tal y Wern yn siarad am ryw "Tony Evans".

Wedi sgwrsio efo nhw, daeth i ddeall mai Tongs oedd ffrind agosa y dyn oedd wedi mynd yn lloerig, a'i fod wedi rhoi ei enw iddynt fel y 'next of kin'. Ond nid ei enw'n unig roddodd o iddyn nhw, ond ei rif ffôn hefyd – fel tyst ac fel cyswllt. Gan ei bod hi, yn yr oes sydd ohoni, mor hawdd hacio ffonau symudol – ac nad newyddiadurwyr anystywallt oedd yr unig rai oedd yn gwneud hynny – ac yntau bellach efo 'clearance' uwch na'r cyffredin, dim ond sgwrs sydyn dros y ffôn efo technegwr Special Branch ym Mae Colwyn yn egluro bod Tony Evans bellach yn 'suspect' yn 'Operation Dŵr' oedd ei angen i gael mynediad i bob tecst a galwad fyddai Tongs yn eu gwneud a'u derbyn.

Hyd yma, doedd fawr o gyfathrebu wedi digwydd dros y ffôn, ond gobaith Pennylove oedd y byddai Tongs – yn hwyr neu'n hwyrach – yn datgelu gwybodaeth ddefnyddiol trwy gyfrwng y tonfeddi.

Agorodd Pennylove ei ffeil lluniau, lle'r uwchlwythodd y fideo a ffilmiodd ar stryd Dindeyrn, cyn i Tecwyn darfu arno, yn gynharach yn y dydd. Chwaraeodd y fideo gan geisio darllen gwefusau Tongs. Ond doedd dim pwynt iddo drio gan nad oedd Tongs yn cyfrannu llawer i'r sgwrs. Dingo, oedd â'i gefn at y camera, oedd yn siarad fwya. Penderfynodd mai aros am ddadansoddiad y wefus-ddarllenwraig broffesiynol fyddai orau. Ddylai ei hadroddiad ddim bod yn hir yn cyrraedd, bellach. Agorodd ei raglen ebyst i weld oedd o yno.

67

"Diolch byth, reu!" medda Robi-di-reu ar ôl i Tongs waldio'r arwydd ola i mewn i'r tywod ym mhen pella traeth Porth y Gwin. "Arrros i fi gyfrrri 'mysidd... Un, dau, tri, pedwar, reu..."

Ysgydwodd Tongs ei ben a ffidlan efo'i gap. Welodd o erioed neb oedd yn gymaint o fabi â Robi-di-reu wrth ddal polyn tra'r oedd o'n swingio gordd.

"Ti'n meddwl bo fi'n ddall neu rwbath?"

"Na, jysd gwbod fo ti'n stônd, reu!"

Camodd Tongs ychydig lathenni am yn ôl, a chraffu ar yr arwydd a safai uwchben lle'r oedd llwybr llai yn gadael llwybr yr arfordir i ddisgyn am y traeth.

"'PERYGL – DANGER!'" darllenodd yn uchel wrth symud ei gap yn ôl ac ymlaen ar ei ben. "'ALGAE GWENWYNIG – TOXIC ALGAE!' Neith ffycin tro."

Daeth Robi i sefyll yn ei ochor a phasio'r sbliff iddo. "Neith yn tad, reu. Mae o'n deud be sy angan ei ddeud, dydi. Er, 'dio'm yn edrych yn swyddogol iawn, chwaith."

"Wel, ma'n ddigon i neud i bobol feddwl ddwywaith, sdi. 'Sa ti'n synnu faint o bobol sydd ofn seins."

"Falla fysa arwydd yn deud 'PERYGL – SEINS' yn gweithio'n well, felly!" medda Robi.

Chwarddodd Tongs yn uchel. "'ALGAE RHEIBUS – VICIOUS ALGAE!' Fysa hwnna'n un da, 'fyd!"

Giglodd Robi-di-reu. "Ti'n gwbod be fysa'n ffwc o laff, reu? Gosod seins ar hyd llefydd yn y nos… 'DANGER, MAN-EATING ALGAE'…"

"Haha! Neu 'MAN-EATING MUSHROOMS'!"

"Ia, reu!" cytunodd Robi. "'CARNIVOROUS COCKLES!'"

"Be fysa 'man-eating' yn Gymraeg, dwad?" holodd Tongs. "Dyn-fwyta?"

"Dyn-fwytwyr, reu!"

"Cocos Byta Bobol!"

Chwalodd y ddau i ffit o gigyls, a dechreuodd Tongs gerdded o gwmpas fel robot sombi, yn gweiddi, "BUTA BOBOL, BUTA BOBOL…"

Chwarddodd Robi nes ei fod o'n pesychu ei hun yn biws.

Daliodd Tongs i ddynwared ei Robo-Sombi. "BUTA BOBOL, BUTA BOBOL…"

"Paid, paid… dwi'n ffycin marw fan hyn, reu…"

"Ty'd 'laen, y cont gwirion!" chwarddodd Tongs wrth godi'r ordd a'i rhoi dros ei ysgwydd. "Awn ni i fyta fflapjacs Bitrwt yn lle ffwcio o gwmpas yn fan hyn!"

Chwalodd Robi-di-reu eto, a thrio dynwared symudiadau Tongs. "BUTA FFLAPJACS, BUTA FFLAPJACS…!"

Atebodd Tongs efo, "BUTA BITRWT, BUTA BITRWT!"

Chwalodd Robi-di-reu eto fyth, a disgyn ar ei gefn i'r twyni wrth chwerthin.

"Ty'd, y ffwlbart," gwaeddodd Tongs wrth gychwyn cerdded. "CWIIIC MARTSH! BUTA BITRWT, BUTA BITRWT, BUTA BITRWT…"

Gadawodd Robi-di-reu yn sgrechian am ei wynt ar y llawr tu ôl iddo.

Ymhen rhyw bum munud roedd y ddau bron â chyrraedd yn ôl i'r caffi. Roedd Tongs newydd ffonio'r ysbyty i holi ynghylch Lemsip ac wedi cael gwybod ei fod o'n "stable" ond "sedated". Roedd y perygl i'w fywyd wedi pasio, o leia. Ond y pryder bellach oedd difrod hirdymor i'w organau – heb sôn am ei gyflwr meddyliol, wrth gwrs. Fyddai dim posib gwybod mwy ynghylch hynny tan fyddai o'n deffro, medda nhw, a doeddan nhw'm yn disgwyl i hynny ddigwydd tan fory.

"Wel, mae o'n y lle gora, am wn i, reu," medd Robi.

"Ffyc – y lle gora i Lemsip ydi mewn strêt-jacet, Rob. Dwi 'di deud hynny o'r blaen, a does 'na ffyc ôl wedi newid 'y meddwl i."

"Ffwc o beth, reu. Mynd i'r fath stad."

"Diolch byth fod o heb gymryd asid. Fysa fo byth yn dod yn ôl."

"Wff! Ia…" cytunodd Robi ac ysgwyd drwyddo.

"Ffwcio fo, eniwe," medd Tongs wedyn. "Oedd o fodfadd i ffwrdd o'n ffycin lladd i, sdi!"

"Felly o'n i'n dalld. O'dd Bitrwt yn deud gynt."

"Ffacin hel. Lemsip o bawb! 'Yn ffrind gora fi, mwy neu lai – yn trio'n lladd i!"

"Ia, ond fel 'da ni'n gwbod, doedd o ddim yn ei iawn bwyll, nagoedd?"

"Ia, dyna dwi'n ddeud. Os oedd o am 'yn lladd i, a Bitrwt – ffyc, ma hwnnw'n lwcus ei fod o'n fyw, 'fyd – wel, ma'n dangos pa mor bell aeth o i'r ffycin abyss, dydi? Dwi'm yn gallu'i weld o'n dod yn ôl o hyn, sdi."

"Fydd o byth 'run fath, Tongs."

"Na. Hyd yn oed os ddaw o 'nôl at ei goed, meddylia'r hedffycs fydd ganddo. Wsdi, dwi'n gwbod sut ma'i ben o – un hedffyc ar ôl y llall, i gyd yn creu guilt trip ar ôl guilt trip, a rheini'n creu mwy o fonstars yn ei ben o. Sut ffwc ma'n mynd i handlo hwn, ta? Sut ma'n mynd i reoli'r fath fonstar? Mae o 'di trio lladd ei ffrindia efo wyallt, ffor ffyc's sêcs!"

"Gwbod, reu. Fydd rhaid i ni drio bod yna iddo fo, am wn i, reu. Dangos bo ni'n dallt na sâl oedd o."

Wnaeth Tongs ddim ateb yn syth. Ystyriodd y peth yn ddwys, fel y gwnaeth droeon yn ystod y pnawn. "Ia, dyna fysa rhywun yn feddwl, yndê. Ond ella na dyna 'sa'r peth gwaetha hefyd. Ma hyn yn argyfwng mor anfarth i'w ben o allu'i handlo. Mae o wedi peryglu bywyda bobol sy'n agos ato – yr union beth mae o 'di bod yn ofni erioed. Ac os fyddwn ni o gwmpas, fyddan ni ond yn ei atgoffa fo o hynny… Fydd o ond yn ei neud o'n waeth, sdi."

Tro Robi oedd hi i feddwl rŵan. "Wel, be arall ellith rywun neud? Amsar ydio i gyd, masiŵr."

Ystyriodd Tongs ei eiriau nesa yn ofalus. "Na, Rob. Ddaw o ddim yn ôl o hyn, sdi. Dwi'n gwbod. Yn y gragan fydd o am byth, arna i ofn."

Safodd Tongs yn ei unfan a throi at Robi.

"Mae o'n ffwc o beth i ddeud, Rob, ond… Dwi'm yn meddwl welwn ni Lemsip eto."

68

"Ffwcin hel, sbia golwg ar y ffenast, cont!" medda Dingo wrth Col Jenks.

Roedd y ddau'n sefyll yng ngardd gefn mam Col, yn syllu ar gefn tŷ Lemsip. Fel pawb arall yn y pentra, roeddan nhw wedi clywed am y "fflip buzz buzz" fawr gafodd o.

"Double-glazing, cont!" medda Dingo wedyn. "Efo'r wyallt nath o'r tylla 'na i gyd masiŵr, yndê?"

"Boncyrs," medda Jenko. "Dwi 'di deud erioed fod 'na rwbath yn rhyfadd am y cont hyll."

"O'dd genna fo broblema," cytunodd Dingo. "'Di'm y tro cynta iddo fo gael woblar. Ond o'dd o'n ocê, sdi."

"Ffyc, ti'n meddwl?"

"Wel, doedd o ddim yn rili'n licio fi – ond wedyn, doedd o ddim yn licio llawar o neb chwaith, nagoedd?"

"Ffycin weirdo ydio, os ti'n gofyn i fi, Dingo. Byw ar ben ei hun, dim dynas na ffyc ôl. Ffycin cwîar ella?"

"Na, 'dio'm yn gwîar, Col. Ffwcio hen ferchaid o gwmpas y lle oedd o, sdi."

"Eh? Be ti'n feddwl?"

"Ffwcio MILFs."

"Cer o'na!"

"Wir i chdi. Ti 'di gweld coc sy ganddo fo?"

"Naddo. Ti?"

"Do. Ma hi lawr at fa'ma, mêt," medda Dingo gan ddal ei law uwchben ei ben-glin.

"Basdad lwcus!"

"Yndê, 'fyd! A sbia be ma'n neud! Jysd yn dangos bod dim plesio rhei bobol, dydi."

Trodd Dingo am y sied, a dilynodd Jenko fo. Wedi cau'r drws tu ôl iddyn nhw, symudodd Jenko'r peiriant torri gwair a chodi un o'r slabiau concrit o'r llawr. Aeth Dingo ar ei liniau i dynnu'r bag 'holdall' allan a'i agor. Cyfrodd y bagiau plastig clir, llawn cash, cyn eu stwffio'n ôl yn y bag a'i roi o i Jenko. Yna tynnodd fag arall o'r twll. Agorodd o a thynnu parsal wedi'i lapio mewn cadach ohono. Dadlapiodd y cadach i ddatgelu dau bistol a dau fagasîn sbâr yn llawn bwledi.

"Da iawn, Jenks," meddai.

"Ti'n meddwl fyddan ni'u hangan nhw?"

"Gobeithio ddim, Jenks. Ond fydd o'm yn hapus, 'de."

"Ffwcio fo," chwyrnodd Jenko. "Bring it on, dduda i."

"Ia," cytunodd ei fòs. "Ond fyddan ni'm angan nhw heno, beth bynnag."

Ail-lapiodd Dingo'r gynnau roedd Jenko wedi'u prynu ar ei ran, a'u rhoi nhw'n ôl yn y bag yn y twll dan y llawr. Gosododd Jenko'r slab a'r torrwr gwair yn ôl yn eu lle, cyn i'r ddau adael y sied.

Ysgydwodd Dingo ei ben a thwt-twtian unwaith eto ar yr olwg oedd ar dŷ Lemsip. "Ffycin hel! Ffenestri'r llofft a bob dim!"

"Ma'r tŷ'n ffycin write-off, medda nhw," medd Jenko. "Yn ôl y sôn, nath o fethu pen Tongs o drwch blewyn efo'r wyallt."

"Ac oedd o 'di bod ar ôl Bitrwt hefyd, doedd – dyna glywis i."

"Ia, wel, pwy fysa ddim isio rhoi wyallt yn ben hwnnw!" atebodd Jenko.

Chwarddodd Dingo, cyn twt-twtio unwaith eto. "Boi wedi'i fendithio efo coc stalwyn yn teimlo'n sori dros ei hun? Ffyc, 'sa gennai goc fel yna 'swn i'n gwenu drw'r dydd bob dydd, cont!"

"Falla na efo'i goc wnaeth o'r damej, Ding!" medda Jenko, a pheri i'r ddau chwerthin yn uchel wrth gerdded trwy dŷ ei fam ac allan at y car.

Parciodd Jenko'r car ym mhen pella maes parcio'r Carneithin Arms, rhyw bum milltir tu allan i Dre. O fewn rhyw funud neu ddwy, trodd car arall i mewn a pharcio heb fod ymhell oddi wrthyn nhw. Cerddodd y ddau tuag ato, ac eistedd yn y sêt gefn.

"Dingo and Jenko!" medd un o'r ddau yn y seddi blaen. "There's a surprise. Where's yer usual monkeys?"

"I gave them the night off."

"Fuckin 'ell, Dingo lad. Since when 'ave yer had trade unions in yer outfit, eyh?"

"We're not gonna take anything this week, Joe," medd Dingo wrth y gyrrwr.

Oedodd hwnnw cyn ei ateb. "Well tha's a fuckin shame. What's up, mate?"

"It's on top."

"No shit? Bizzies?"

"Yes, Joe. And a bit of housekeeping."

"Problems?"

"Just some spring cleaning."

"'E ain't gonner be 'appy."

"Well pass on my apologies," medd Dingo.

"How long is this 'spring cleaning' gonner take?"

"Hard to tell at the moment."

Sbiodd y ddau Sgowsar ar ei gilydd.

"So 'ave yer got the bread?"

"It's in the bag at my feet," medda Dingo. "But there's a bit of a problem there."

"Wha d'yer mean?"

"It's all to do with the house cleaning."

"Explain yerself, Dingo. Don't be gerrin all smoke 'n mirrers, la."

Tro Dingo a Jenko oedd hi i sbio ar ei gilydd.

"Look, we 'eard abar Toby," medd Joe. "A bir heavy-handed, weren't ir? 'As tha gor anythin te do wi this 'house cleanin'?"

"Toby was on the take," atebodd Dingo.

"Well, we'll see abar tha, won't we? In the meantime, yer gonner 'ave ter pay full whack."

"But Toby and his boys aren't my crew, Joe. They're yours."

"So? You've dealt wi them, so yer should be gerrin 'em ter cough up!"

"We will, that's what the house cleaning's all about."

"So why don yer give Adey his dues and get yours back when the house cleanin's done? It's not rocket science, la."

"It's a bit of a cashflow snag. I can't get to my paper for a few days. Adey will understand, Joe, for fuck's sakes. He knows I'm good for it."

Sbiodd y ddau Sgowsar ar ei gilydd eto. Cododd y llall ei ysgwyddau. Ochneidiodd Joe.

"How much are yer light?"

"A ki's worth…"

"What? 'Ave yer gone soft or summat, Dingo? Derr's no fuckin way Adey'll be 'avin tha! Tha's just fuckin plain 'ard-faced bollocks, mate. 'E'll be fuckin hoppin!"

Cododd Dingo'i ysgwyddau. "Sorry, lads. Like I said, there's fuck all I can do about it."

Anadlodd Joe'n uchel, ac ysgwyd ei ben. "You've dropped me rite in the shitter here, Dingo."

"Try phonin him?" cynigiodd ei ffrind yn y sedd ffrynt.

"Don be daft, softlad. You fuckin know I can't."

"Sorry, Joe," medda Dingo. "We're just asking for some patience and understanding between mates. If Adey can't do that, he knows where I am."

Agorodd Dingo'r drws, a gwnaeth Jenko yr un peth.

"Ey! Whassa supposed ter mean?" gwaeddodd Joe wrth i'r ddau adael y car. "Taff! Yer makin a big mistake, la! Dingo!"

Anwybyddodd y ddau Gymro fo wrth ddychwelyd at eu car. Doedd dim rhaid ateb. Roedd Joe yn dallt yn iawn be oeddan nhw newydd ei wneud. Er y byddai stori fel yr un roddodd Dingo iddyn nhw yn swnio'n ddigon rhesymol i unrhyw un tu allan y math yma o fusnas, i'r sawl oedd *yn* y busnas roeddan nhw wedi torri'r 'etiquette' tanddaearol. A thrwy wneud hynny roeddan nhw mwy neu lai wedi datgan rhyfel – neu o leia wedi rhoi dau fys i'r Bòs Mawr. A chan mai casglu pres oedd gwaith Joe heno, doedd ganddo ddim awdurdod i weithredu yn erbyn dau brif ddyn un o griwiau ffyddlon y rhwydwaith. Yn syml iawn, doedd dim byd i'w rwystro nhw rhag cerdded i ffwrdd.

Ond gwyddai Dingo a Jenko'n iawn nad felly y byddai pethau y tro nesa fyddan nhw'n cwrdd.

69

"Tryffls, unrhyw un?" cynigiodd Bitrwt wrth fownsio o gwmpas y caffi i 'Ghost Town' gan y Specials, efo platiad o'i ddanteithion diweddara yn ei law. "Ma nhw'n ffycin lyfli, os gai ddeud."

"Nefoedd wen," medd Leri â'i llygaid yn goch wrth gymryd un. "Be ti'n drio'i wneud imi, dwad?"

Sglaffiodd pawb dryfflsan siocled yr un, a chytuno eu bod nhw'n fendigedig – yr un mor fendigedig â'r gacan gawson nhw cynt, a'r fflapjacs cyn hynny, a'r hufen iâ cyn hynny hefyd. Dyna oedd y peth am ddanteithion efo ganja ynddyn nhw – nid yn unig roedd o'n ffordd iach ac effeithiol iawn, heb sôn am flasus, o gymryd canabis, ond gan fod y perlysieuyn hoffyffonig hefyd yn enwog am godi awydd bwyd, roedd hi'n anodd iawn stopio'u bwyta nhw.

Canodd ffôn Tongs ac aeth allan i dywyllwch ifanc fin nos i'w hateb hi. Dingo oedd ar ben arall y donfedd.

"*Hei, Tongo-bongo, Dingo sy 'ma.*"

"Na? Ti'm yn deud!"

"*Haha. 'Di'r parti 'di dechra'n fuan neu rwbath?*"

"Ddim cweit, Dingo. Ond 'da ni'n dal ar sgediwl at nos fory."

"*Dwi'n cymryd na lawr yn y caff wyt ti rŵan, felly?*"

"Ia. Wrthi'n gweithio fflat owt."

"*Haha, ia, ia… Gwranda, rheswm dwi'n ffonio – ti'n cofio be ddudas i bora 'ma?*"

"Ymm…"

"*Am y stwff drewllyd.*"

"O ia."

"*Alli di shifftio peth yn fa'na dros wicend?*"

"Ymm… wel, dim…"

"*O'n i'n meddwl i fi'n hun, sdi, gan fod o'n barod i fynd gennai, wel, be well na hitio fa'na tra mae'na lot o bobol efo'i gilydd? Golden opportunity, yn dydi? Eith y gair o gwmpas yn gynt wedyn. Ffyc, ddylswn i fod yn gneud Marketing. Fysa gan Max Clifford ffyc ôl arna i, haha!*"

"Pwy?"

"*Max Clifford.*"

"O! Y publicist?"

"*Ia, beth bynnag…*"

"A pyrfyrt?"

"*Eh?*"

"Mae o'n jêl ar y funud, dydi?"

"*Paid â malu cachu! Dim DJ oedd o!*"

Ochneidiodd Tongs.

"*So, ti'n gêm, felly?*"

"Na, ddim rili… Y peth ydi, Ding, mae gennai ormod ar 'y mhlât ar y funud, sdi. Hon 'di'r wicend agor a bob dim…"

"*Ia, so?*"

"Wel… Pam na nei di a dy fêts ei bwsio fo? Fyddwch chi yma, yn byddwch?"

"Fydda i yna? Dwi yma'n barod, mêt! DA-NAAAA!"

Neidiodd Tongs wrth i Dingo ymddangos ar ei ysgwydd.

"Basdad!" gwaeddodd Tongs yn wyneb Dingo tra'n dal y ffôn wrth ei geg o hyd.

Chwarddodd Dingo'n gras. "Hei, be ffwc 'di'r 'TOXIC ALGAE' 'ma, ta?"

"Be? O, y sein! 'Da ni 'di rhoi rhei i fyny o gwmpas y lle i gadw syrffyrs a cerddwrs cŵn i ffwrdd tra 'da ni'n cael y lle 'ma'n barod."

"Wel, lwcus bo fi heb ddod â Jaco efo fi felly, dydi? Dwi'm isio'r cradur futa jeliffish gwenwynig, haha!"

Chwarddodd Dingo'n gras eto wrth sbio o'i gwmpas ar flaen yr adeilad. "Rifiera Reu? Be ffwc sgin y rifiera i neud efo Jamaica? Ffwcin Sbaen mae hwnnw!"

"Syniad Robi-di-reu oedd o, dwi'n meddwl. Gofyn i Bitrwt. Fo fuodd yn paentio tu allan. Ti am ddod i mewn am sdag?"

"Yndw siŵr! Hei, be ffwc ddigwyddodd i Lemsip? Ma 'na ffwc o olwg ar y tŷ, does!"

"Paid â sôn," atebodd Tongs gan ysgwyd ei ben. "Ma 'di'i cholli hi'n racs tro yma."

"Ffycin idiot. O'dd o 'di cymyd rwbath?"

"Na. Jysd 'di yfad gormod rhy sydyn."

"Ffyc, dydan ni gyd yn neud hynny, dydan? Ond 'da ni'm yn chwalu'r tŷ a mynd ar ôl bobol efo wyallt! Wel – dim heb reswm, eniwe!" medd Dingo efo winc a gwên ddrwg.

"Ti wir ddim yn gwbod faint ma'r boi yn gallu'i yfad, nagwyt Dingo?"

"Eh? *Ddim* yn gallu'i yfad ti'n feddwl, ia?" medda Dingo a chael y gair ola cyn camu trwy'r drws. "So… dyma ni, felly… Hei! Pwy ffwc 'di hon, ta?" meddai y funud welodd o Krystyna'n plygu dros y jiwcbocs wrth ddewis cân.

"Cariad Leri Crwyna."

"Wel, ffyc mi! Am wâst!" meddai a'i lygaid yn hongian dros ei drwyn. "Oes 'na jans fod Leri'n rhannu, dwad?"

"Dim ffiars o beryg, Dingo Williams!" rhybuddiodd Leri.

Neidiodd Dingo yn ei groen. "Jîsys! Sori, welis i mo'na chdi'n fa'na, Ler! Sud wyt ti ers talwm?"

"Reit dda, diolch 'ti, boi. Chditha?"

"O, ti'n gwbod sut ma hi, Ler. Fflio mynd, sdi. Fflio mynd."

Daeth Krystyna draw ac mi gyflwynodd Leri y ddau i'w gilydd.

"From where?" meddai wrth ysgwyd ei llaw, wedi methu clywed be ddywedodd hi'n iawn.

"Gweriniaeth Tsiec," medd Krystyna eto, yn uwch.

"Be mai'n ddeud, Leri?"

"Czech Republic!"

"Oh?" meddai a throi 'nôl at y benfelen. "You… are… Check, yes?"

"Ie," atebodd Krystyna.

"Do you bounce?"

Boddwyd chwerthin cras Dingo gan y B52s yn bloeddio o'r jiwcbocs. Camodd yn ei flaen gan edrych o'i gwmpas â gwên fodlon ar ei wyneb.

"Ma hi'n edrych yn dda 'ma hogia, chwara teg," meddai wedyn, cyn ogleuo'r ogla bwyd oedd yn llenwi'r lle. "Be ti'n gwcio, Bitrwt?"

"Tryffyls," gwaeddodd hwnnw. "Tria un."

Cerddodd Dingo draw at y cowntar lle'r oedd Bitrwt wedi gadael rhai ar blât. Cydiodd mewn un a'i astudio. "Be sy ynddyn nhw?"

"Hash. Wel, sgync. Wel, menyn efo sgync wedi'i ffrio'n slo bach ynddo fo, a tshoclet efo sgync wedi —"

"Ia, ocê, ocê, Bît. Dwi'm isio'r bolycs ffycin *Masterchef* 'na. Ydyn nhw'n gry ta be?"

"Yndyn."

"Be 'na i, dwad? Ah, ffyc it…" Stwffiodd Dingo'r dryfflan i'w geg, cyn dechrau mwmian ei ddiléit a chanmol i'r cymylau. "Gwyrdd pwy ydi o?"

"Fi, siŵr!" medda Robi-di-reu wrth ddod i mewn trwy'r drws cefn.
"Dim ond y gora, reu."

"Wel, fydd genna i stwff neisiach fyth o fory ymlaen," medd Dingo. "Gewch chi beth o hwnnw i werthu yma."

"Wel, y peth ydi," dechreuodd Math, "'da ni ddim angan mwy na be sy gennan ni…"

"Pam ffwc ddim?" holodd Dingo a'i dalcan yn crychu.

"Ti'm angan llawar i roi mewn bwyd, sdi," medda Tongs. "Yn nagoes, Bît?"

"Na. Mae o'n gryfach mewn bwyd," cadarnhaodd y cogydd reu.

"Wel, fydda chi isio llai fyth o hwn fydd genna i, hogia. Eith o'n bellach i chi…"

"*THE *DUB* SHACK IS A LITTLE OLD PLACE WHERE WE CAN GET TOGETHER…!*" canodd Bitrwt ei ateb efo'r B52s.

"Dwi'n gweld bo chdi'n byta mwy na ti'n gwcio, cont!" medd Dingo wrth hwnnw'n swta, cyn cychwyn am y drws cefn i fusnesu. "Be sgenna chi, jenyrêtyr ia?"

"Ia," medd Tongs wrth ei ddilyn.

Agorodd Dingo ddrws y cwt, ac er nad oedd golau yno, plygodd i lawr i edrych ar y jeni. "Ma hi'n ddistaw dydi, Tongs?"

"Yndi, ac yn rhad ar ddiesel," atebodd hwnnw wrth fynd i sefyll wrth dalcan y caffi i biso.

"Wel, fyswn i'n feddwl, 'fyd. 'Di'm yn gneud llawar o mileage, nac'di!" Chwarddodd Dingo'n uchel ar ei jôc ei hun. "Felly, ddo i â'r gwyrdd efo fi nos fory, ia?"

Ysgydwodd Tongs ei ben. "Dwn i'm, Dingo. Fel ddudas i gynt, dwi'm yn gweld ni'n shifftio fo."

"Tongs," medda Dingo'n benderfynol. "Y dîl oedd na fi sy'n gwerthu yn y lle 'ma."

"Ond chdi fydd *yn* gwerthu, Dingo. Chdi fydd bia'r llawr. Bwyd ydan ni'n neud, efo'n ganja ni'n hunan yn'o fo. 'Dio'm gwahanol i be ma Robi'n arfar neud – gwerthu sgync i ffrindia, dim cystadleuath i chdi. Jysd fod o i mewn yn y bwyd rŵan…"

"Ia, wel, ma petha 'di newid, Tongs. Fel ddudas i wrtha ti heddiw, dwi 'di setio fyny cysylltiad indipendant i fi'n hun. A fydda chi *yn* gwerthu i fwy na jysd ffrindia yn fa'ma – mewn tryffyls neu ffycin beidio. A fyddwch chi'n gneud hynny ar 'y mhatsh i. So, un ai 'da chi'n cael y gwyrdd genna fi, neu 'da chi'm yn gwerthu gwyrdd o gwbwl. Simples."

"A be ffwc nawn ni efo'r holl stoc 'da ni 'di'i gwcio'n barod?"

Ochneidiodd Dingo. "Ffêr inyff. Gewch chi werthu hwnnw. Ond dyna hi wedyn. Comprende? Reit, rhaid i fi fynd. Diolch am y tryffyl."

70

Gwawriodd y diwrnod mawr dros Dindeyrn. Diwrnod agoriad swyddogol Tyddyn Dub – yr Atlantic Dub Shack ar y Rifiera Reu. Hwn oedd y dydd yr oeddan nhw i gyd wedi edrych ymlaen ato, yr achlysur arbennig y bu pawb yn gweithio mor galed ar ei gyfer.

Ond er y cyffro, er y boddhad o fod wedi cyflawni gwyrthiau bychain wrth wireddu breuddwyd fawr, ac er bod chwip o barti hanesyddol ar fin dechrau ar gyfer un o ddigwyddiadau seryddol pwysica'r ganrif hyd yma, roedd rhywbeth yn cnoi yn stumog Math. Nid gloynnod byw nerfusrwydd oeddan nhw. Nid hunanamheuaeth, chwaith, nac ofnau y byddai genedigaeth breuddwyd yn troi'n fflach o fellten fyddai'n dod ag anghenfil yn fyw – bwystfil fyddai'n mynd yn wallgo a llyncu popeth, fel y 'cocos buta bobol' hynny fu Tongs a Robi-di-reu yn hefru amdanyn nhw neithiwr.

Na, nid dyna oedd yn ei boeni. Nid chwaith y posibiliad y byddai Dingo'n rhoi huddug yn y potas efo'i fenter berlysieuol newydd, nac unrhyw bryder y byddai Lemsip yn suddo i goluddion gwacter am byth. Roedd rhywbeth mwy, fel rhyw hen anifail clwyfedig fu'n llechu yng nghefn ei ben ers chwe mlynadd a mwy, cyn cael ei ddeffro ddoe rywbryd, rywsut – rhywbeth achosodd iddo droi a throsi yn ystod y nos, ac a wnaeth iddo bron â thrio cysylltu â Callum yng Nghanada am bump o'r gloch y bore. Callum oedd wedi dychwelyd adra ar ôl chwe mlynadd o guddio rhag y CBSA a'r FBI. Callum nad oedd ei ffôn yn canu bellach, a'i gyfeiriad ebost yn taflu negeseuon yn ôl cyn gyflymed â rhywun yn poeri pry. Callum, ei ffrind oedd fel petai wedi diflannu oddi ar wyneb y ddaear.

Syllodd Math arno'i hun yn y drych. Mi ddaeth yr hunllefau'n ôl y bore 'ma pan lwyddodd i gysgu o'r diwadd. Yr hunllefau fu'n ei ganlyn am fisoedd wedi iddo ddianc o Ganada ar basport ffug a gafodd gan y

Mohawk yn Akwesasne. Yr un ferch oedd yn sgrechian yn y tywyllwch, yr un glec gwn, y gwaed cochach na choch ar yr eira gwynnach na gwyn. Yna'r drymio, a'r shaman yn dawnsio, yn cysylltu â'r ysbrydion, a'r rheini'n dod fel ellyllon o'r coed. Yna gwynebau'n sgrechian ac yn uno i greu un sgrech hir, wylofus yn rhwygo fel rhubanau ar y gwynt. Gwynebau a bysedd ym mrigau'r coed, yn estyn amdano. A'r glec. Yr ail glec. Y drydedd a'r bedwaredd. A'r brain yn sgrialu ar y gwynt…

Taflodd ddŵr oer dros ei wyneb.

"Mathew?" clywodd ei fodryb yn galw o droed y grisiau. "Gymri di wy i frecwast?"

Jîsys! Am unwaith…!

"Mathew?"

"Ia?"

"Gymri di wy?"

Syllodd arno'i hun eto. Roedd o'n edrych mor wahanol i'r pync rocar ifanc fu'n cynaeafu madarch ym mynyddoedd Rockies Canada bymtheng mlynadd yn ôl. Heddiw roedd ei wallt yn hir a blêr fel ffycin hipi, ac yn bygwth troi'n llwyd unrhyw ddiwrnod.

"Mathew? Gymri di wy?"

Oedd o'n licio wya? Doedd o ddim yn siŵr, mwya sydyn. Doedd o'm yn siŵr o unrhyw beth. Dim bore 'ma.

"Mathew?"

"Be?"

"Gymri di wy?"

"Gymaf."

"Sut?"

"Gymaf."

"Deud eto?"

"Gymaf! Gyma i…" Bu bron iddo regi. "… wy!… Diolch, Anti Hild."

"Un ta dau gymri di?"

Yr unig beth allai wneud wy yn well nag Anti Hilda oedd yr iâr a'i dodwodd. Wy 'di ferwi, yn feddal neis – yr union feddalwch hwnnw pan oedd y dafnau ola o hylif clir newydd droi'n wyn, a'r melyn yn rhedeg fel triog. Berwi'r dŵr yn y sosban i ddechrau a gollwng yr wyau i mewn am "ddau funud a hannar" – perffaith. A wyau maes bob tro – wyau ben doman o ffarm Ceseilia Duon. Y gora! Yr unig beth efo brecwast wy Anti Hilda oedd ei bod hi'n mynnu torri'r tôst yn soldiars. Gwell gan Math oedd gwagio un wy ar dafall o dôst, a byta'r llall efo llwy. Efo halan a pupur, wrth gwrs. A menyn ar y tôst, dim marjarîn. A'i olchi i lawr efo llond tebot o de melys. Dyna oedd brecwast brenin i Math.

A brecwast brenin gafodd o ganddi y bora 'ma. "Gofias i fod yn well gen ti dy dôst yn gyfa," medda hi. Anti Hilda oedd y ddynas ffeindia yn y byd. Yr unig ddynas *yn* ei fyd! Heblaw am Krystyna. Cofiodd am yr eiliad honno ar y llwybr ddoe. Y ddau ohonyn nhw fel ceffylau rasio yn barod i fynd, yn tynnu ar y ffrwyn. A'r munudau hyfryd hynny ym mreichiau'i gilydd wrth Bryn Haearn Mawr…

"Be nei di heddiw 'ma, 'rhen 'ogyn?" holodd Anti Hilda. "Dyna fydda dy daid yn ddweud wrth dy dad o hyd. 'Be nei di heddiw 'ma'r hen 'ogyn?'" medda hi wedyn, mewn llais dwfn i ddynwared ei brawd.

Gwenodd Math. "A be fydda 'nhad yn ddweud yn ôl?"

"Wel, mi fydda fo'n trio gwneud llais dwfn, ac yn deud, 'Wel, gneud ceiniog neu ddwy, yndê Wmffra'!"

Chwarddodd Anti Hilda rhyw 'hihi' fach wrth gofio. "'Ngwashi, roedd o mor annwyl. Dwn i'm pwy oedd o wedi'i glywad yn deud hynny, wsdi. 'Wel, gneud ceiniog neu ddwy, yndê Wmffra!' O, am swel, yntê? Wannwl dad. Cês."

"Pwy oedd Wmffra, ta?" holodd Math.

"Diawl, wyddwn i ddim, sdi. Wydda neb, ra'ny. Ma rhaid iddo'i glywad o yn rwla, dicinî. Toes gan blant glustia fel sgwarnogod? Maen nhw'n pigo popeth i fyny, fel erials telecóm. Na, duw a ŵyr lle gafodd o fo. Chawn ni byth wybod bellach, gwaetha'r modd. Dyna'r drefn, am wn i."

Eisteddodd y ddau'n dawel, yn gwrando ar y cloc yn tician ar y dresal. Ac yn yr eiliadau hynny, unodd eu meddyliau rywsut. Gwyddai Math fod ganddo wreiddiau, ond gwyddai hefyd sut beth oedd bod heb ganghennau. Roedd o'n deall sut oedd Anti Hilda'n teimlo – yr ola o'i haelwyd, yr ola o'i brid. Gwyddai hithau'n burion sut y teimlai yntau hefyd. Hi, y ddynas fwyn a chadarn. Ei graig a'i glustog. Ac yno roedd hi, yn ei sêt wrth y tân, yn wynebu cadair siglo wag ei gŵr.

"'Da chi 'di cael bwcad newydd i ddal y pricia tân, Anti Hild," medda Math cyn hir, wrth sylwi ar y bwcad pres yn sgleinio wrth ymyl y grât.

"Sut? O, do. Do. Mi ddoth Ffred-Dim-Stan â fo i mi."

"Be, mail order?"

"Sut?" Roedd ei chlyw'n gwaethygu.

"Catlog?"

"D'arglwydd, naci. Brynis i ddim byd o gatlog erioed."

"O le ddoth o felly?"

"Dwn i ddim, hogyn."

"O?" atebodd Math, cyn sylwi ar focs o joclets ar y silff ffenast. "Mae o i weld yn fwcad newydd sbon, Anti Hild?"

"Ydi. Ydi mae o."

Ddywedodd hi ddim mwy ar y matar, a wnaeth Math ddim holi rhagor. Roedd o wedi gweld bwcedi fel hwnnw yn Siop Heyrns Dic Fflash. Ond doedd o erioed yn ei fywyd wedi gweld Anti Hilda'n dweud celwydd o'r blaen.

71

TYDDYN DUB
YN CYFLWYNO / PRESENTS

SUPER ECLIPUINOX

PARTI x 3

PARTI LLEUAD MAWR – SUPER MOON PARTY
DIFFYG YR HAUL – SOLAR ECLIPS
CYHYDNOS – EQUINOX

DJs
BEAT ROOTS - TONGS - JAH ROBI - DJ MATH

TYDDYN DUB - ATLANTIC DUB SHACK
PORTH Y GWIN
19/3/15 9pm

"Mae'na ddau 'e' yn 'eclipse'," medda Tongs.

"Nagoes ffwc!" atebodd Bitrwt.

"Oes, mae 'na."

"Dim ar be ti 'di sgwennu!" mynnodd Bitrwt.

"Ta'mi weld," medd Tongs a chydio yn y darn papur. "Jysd teipo 'di hwnna!"

"Be ti'n feddwl, 'teipo'? Efo beiro ti 'di sgwennu fo!"

"Ti'n gwbod yn iawn be dwi'n feddwl, Bitrwt!"

"A lle ma'r 'e' arall 'ma'n mynd, ta?"

"Ar ddiwadd y gair. Ar ôl yr 's'."

"Ti'n siŵr? Edrych yn od i fi…"

"Ma pob dim yn edrych yn od i chdi, Bitrwt."

"Ond ma'n edrych fel Ffrensh!"

"Jîsys! Ffrangag ydi Susnag, siŵr!"

"Eh? Paid â malu cachu. Jyrman 'di Susnag!"

"Wel dorra 'e' ar ei ddiwadd o beth bynnag."

"E-clips-e. Hmm. Dwi'n siŵr fo ti'n rong, sdi…"

"Tydw i ddim, Bitrwt. Sbia yn y geiriadur os 'di raid i ti. Ffyc's sêcs!"

"Na, sgennai'm mynadd…"

Cydiodd Tongs yn ei gap ac ysgwyd ei ben mewn rhwystredigaeth. Meddwl safio amser oedd o, trwy beidio mynd i le Math i ddefnyddio'i gyfrifiadur. Mi allai fod yn garcharor yno am awr yn cael ei borthi efo cacans a bara brith Anti Hilda. Roedd gan Bitrwt ffôn glyfar oedd fel "compiwtar bach", felly haws o lawer fyddai defnyddio honno i roi "tudalan digwyddiad" – neu be bynnag alwodd Bitrwt o – i fyny ar Facebook. Ond erbyn hyn mi oedd o'n dechrau meddwl y byddai 'marwolaeth trwy gacan' wedi bod yn dipyn llai o drafferth.

"'Da ni am godi pres ar y drws?" holodd Bitrwt.

"Eh?"

"Tsiarjio bobol i ddod mewn."

"Cwt ar lan môr sgennan ni, Bît, dim yr O2 Arena!"

"Ond fydd o'n ffordd o godi mwy o bres…"

"Bitrwt!" medd Tongs yn bendant. "'Da ni *ddim* yn codi pres ar y drws."

"Iawn OK, Tongs. Jysd syniad. Ti'n siŵr fod Math am alw'i hun yn 'DJ Math'?'"

Ochneidiodd Tongs. "Yndw. Ddudodd o wrtha i ddoe."

"Mae o'n boring braidd, dydi? Be am 'Math o'r Bath'? Neu 'Math *yn* y Bath'!" Chwarddodd Bitrwt, oedd eisoes wedi'i newid o i 'Math yn y Bath', fodd bynnag. "Reit, sgennan ni lun i roi i fyny?"

"Ym, be am gael llun o'r Eclips odd'ar y we?" cynigiodd Tongs.

"Iawn, cŵl… Aros funud. 'Di'r Eclips ddim 'di bod eto."

"So?"

"Felly fydd 'na ddim llun o'no fo, na fydd?"

"Wyt ti'n ffycin siriys?" holodd Tongs.

"Wel yndw siŵr. Bora fory ma'r Eclips, yndê?"

"Mam bach! Jysd teipia 'photos of solar eclipse' i mewn i Search."

"Ond…"

"Jysd ffycin gwna fo, Bitrwt. A cofia'r 'e' ar ddiwadd 'eclipse'!"

Gwenodd Bitrwt, oedd wedi cael Tongs i frathu eto fyth. Dechrau da i'r diwrnod, meddyliodd.

Tra'r oedd Bitrwt yn dod o hyd i lun ac yn gwahodd ei ffrindiau Facebook i'r digwyddiad, aeth Tongs allan i'r ardd er mwyn ffonio'r ysbyty i holi sut oedd Lemsip erbyn hyn. Doedd dim newid, medda nhw. Roedd o'n gyfforddus ac yn dal wedi'i lonyddu. Ond gwyddai Tongs na fyddai ei ben yn llonydd o gwbwl unwaith fyddai o'n deffro. Daeth pwl o euogrwydd drosto am beidio â bod yno efo fo. Ond doedd dim pwynt – dim pwynt bod yno a dim pwynt teimlo'n euog. Roedd o allan o berygl corfforol bellach, a fyddai neb yn cael ista efo fo, beth bynnag, o dan y Mental Health Act. A pham ddylai unrhyw un deimlo'n euog dros rywun driodd eu lladd nhw?

Daeth Bitrwt allan ato. "Dwi 'di gyrru gwadd i lwyth o bobol. Geith Math wadd mwy – mae ganddo fo gannoedd o ffrindia ar y ffwc peth. A dwi 'di deud wrtho fo am brintio ffleiars a postars hefyd. Gawn ni adael rhei o gwmpas lle heddiw. Dwi'n dal i ddeud ei bod hi braidd yn *rhy* funud ola, 'fyd."

"Duw, fydd o'n iawn, sdi. Neith y gair ledu fel rash, paid â poeni. Sbia diwrnod braf ydi. Codi hwylia parti ar bawb."

"Gas di sens o'r sbyty?"

"Do. Ma'n dal i gysgu. Ond mae o'n iawn."

"Ffycin gadal o i gysgu fyswn i. Saffach o lawar!"

"Fedrai ddim anghytuno 'fo chdi'n fa'na, Bît! Dwi'n dal i fethu dod dros y peth, i fod yn onest…"

"MWRDRWR!! LLADDWR CATHOD…!"

"O ffor ffyc's sêcs!" rhegodd Bitrwt wrth i'r wrach drws nesa ddod rownd y tro efo dau fag yn llawn o siopa. "Hon eto!"

"LLADDWR CATHOD WYT TI, DECLAN DORAN!"

"Gwranda'r ffycin fflemsan flewog, sgennai'm ffycin syniad be ffwc wyt ti'n sôn am – felly gad lonydd imi'r ffycin cracpot!"

"Laddast di 'nghath i, Declan Doran, a dwi'n gwbod na ti wnaeth!"

"Pa ffycin gath, ddynas?"

"Sherry. Sherry 'y nghath ddu fi. Ti'n gwbod yn iawn…"

"Sherry? Enw rhyfadd ar gath ddu, dydi?" heriodd Bitrwt wrth i bethau ddechrau gwawrio arno.

"Paid ti meiddio siarad am 'y nghath i fel'na, Declan Doran! Lladdwr cathod wyt ti! LLOFRU—!"

"Cau dy hen hopran, yr hulpan hurt!" gwaeddodd Bitrwt ar ei thraws. Roedd o wedi cael hen lond bol o'i chyhuddiadau.

"Waeth i ti heb â gwadu, Declan Doran! Ti wedi cael dy weld yn ei rhoi hi yn y bin brown wythnos cyn dwytha. MWRDRWR! TI WNAETH! TI LADDODD SHERRY! LLOFRUDD…!"

"Ffyc off, y gont! Yn y bin 'di dy le ditha 'fyd!"

"Woah, woah, woah, Bitrwt, dyna fo!" gwaeddodd Tongs wrth ddal ei freichiau i fyny o'i flaen. "Mrs Mills, ia?"

"Pwy sy'n gofyn?" holodd yr hen wraig.

"Ylwch, dim Bitrwt laddodd 'ych cath chi, Mrs Mills…"

"Gwranda, pwy bynnag wyt ti, pull the other one, nei di? Welis i o yn ei rhoi hi yn y bin…"

"Gwranda di, ddynas," torrodd Bitrwt ar ei thraws. "Tydi hynna ddim yn deud na fi lladdodd hi, nac'di? Ffendio'r ffycin thing o flaen drws 'nes i. Wedi cael clec gan gar, am wn i. Be o'n i fod i neud, trefnu ffycin cnebrwn?"

"Gei di regi hynny lici di hefyd, y ffycin jipo diawl!"

"Jipo?"

"Ia, dwi 'di cael gwbod pwy 'di dy blydi dreib di. Peicis uffarn yn dwyn hyd y lle 'ma. AC YN LLADD CATHOD I FWYDO'CH CŴN!"

"Ti off dy ben, y gont wirion!"

"Woah, woah!" medda Tongs eilwaith. "Lemsip laddodd 'ych cath chi, Mrs Mills. Dim Bitrwt."

"Eh?" medd Bitrwt a Mrs Mills ar yr un pryd.

"Lemsip? Pam fyswn i'n rhoi Lemsip i gath, y diawl digwilydd?"

"Naci, dyn ydi Lemsip," esboniodd Tongs. "Mae o'n byw rownd y gornal."

Doedd Mrs Mills ddim wedi bod yn byw yn y pentra'n hir. Roedd hi'n byw ar ei phen ei hun efo twr o gathod ac yn un o'r bobol hynny oedd yn hel a chadw pob math o lanast. Doedd hi ddim yn un am folchi, chwaith, ac yn daer angen siafio.

"Ond hwn welis i'n ei rhoi hi yn y bin," haerodd.

"Wel pam na fysa chi'n ecsplênio hynny yn lle gweiddi arna i bob tro 'da chi'n 'y ngweld i, ddynas? Do'n i'm callach na chi o'dd bia'r ffyc— blydi peth."

"A sut laddodd y Lemsip 'ma Sherry bach, ta?" holodd Mrs Mills.

"Ia," medda Bitrwt. "A sut ffwc nath hi landio'n fan hyn, Tongs?"

"Damwain oedd hi," medda Tongs.

"Sut fath o ddamwain, ddyn?" holodd Mrs Mills eto, a'i llygaid yn gul wrth graffu arno.

"Ia," medda Bitrwt. "Sut fath o ddamwain ddaeth â hi i'r ardd 'ma? Disgyn o helicopter?"

Y gwir oedd mai saethu'r gath drwy'i llygad efo gwn slygs wnaeth Lemsip. Roedd o mewn rhyfel diddiwadd efo cathod oedd yn cachu yn ei ardd gefn, ac wedi bygwth saethu'r nesa welai o'n mentro rhoi pawen ar gyfyl y lle. Yn anffodus i 'Sherry', mi aeth i gachu yn yr ardd anghywir ar yr adag anghywir. Doedd o ddim wedi bwriadu'i lladd hi, medda fo, dim ond rhoi "flesh wound" iddi er mwyn dysgu gwers – ond pe byddai o'n ei lladd hi yn y broses, yna "mi fyddai hynny'n fonws".

"Strimmar, medda fo," eglurodd Tongs yn glwydda i gyd. "Wrthi'n strimio drain yng ngwaelod yr ardd oedd o pan gododd y strimmar garrag a'i saethu ar draws y patsh a hitio'r gath."

"A'i hitio hi'n ddigon calad iddi landio'n fan hyn?" holodd Bitrwt.

"Dwn i'm sut ddaeth hi yma, Bitrwt," medd Tongs gan gelu'r ffaith mai Lemsip ddaeth â hi er mwyn i Bitrwt gael y bai. "Plant falla?"

"Wel, dyna chi, ddynas," medda Bitrwt. "Gewch chi stopio'n haslo fi rŵan. Be 'di'r gair bach 'na? S, s—?"

"Pfft!" wfftiodd yr hen ddynas. "A lle mae'r Lemsip 'ma rŵan?"

"Mae o wedi mynd i ffwrdd ar 'i wylia, Mrs Mills," rhaffodd Tongs ei gelwyddau eto. "Fydd o'm yn ôl am sbel."

"Hmm," medd Mrs Mills dan sbio'n amheus ar Tongs, cyn troi i edrych ar Bitrwt fel tasa fo'n stribyn o gachu ar drôns. Yna diflannodd trwy ddrws ei thŷ efo'i bagiau siopa, a chriw o gathod yn mewian am eu bwyd rownd ei thraed.

"Deud y gwir, Tongs. Lemsip ddoth â'r gath yma er mwyn i fi gael bai, yndê?"

Chwarddodd Tongs. "Naci, jysd i dy ffrîcio di allan, dwi'n meddwl," meddai, gan barhau â'i gelwyddau gwyn. "Do'dd ganddo'm syniad na cath Chewbacca oedd hi."

"A pryd o' ti am ddeud wrtha i am hyn?"

"Wel, do'n i'm yn gwbod fo ti wedi rhoi'r gath yn y bin, nago'n? 'Nes i'm rhoi dau a dau efo'i gilydd. O'n i'n meddwl fo ti actiwali *wedi* lladd un o'i chathod hi."

Canodd ffôn Bitrwt cyn iddo allu ateb. Math oedd yno, wedi derbyn yr ebost a'r gwadd i'r dudalen Facebook.

"'Math yn y Bath'? Be ffwc?" oedd ei eiriau cynta.

Gwenodd Bitrwt yn ddrwg.

72

Newydd fynd trwy sgript o alwad ffôn rhwng Dingo a Tongs oedd Pennylove pan ddaeth galwad iddo ymuno ag uned gwyliadwriaeth draw uwchben traeth Dindeyrn. Mi fyddai DCI Pardew yn dod i'w gyfarfod ym maes parcio gwesty Min-y-don er mwyn dangos iddo'r ffordd at le'r oedd yr uned wedi gosod eu hunain.

Wedi neidio i mewn i'w gar a'i droi i gyfeiriad Dindeyrn, tarodd Pennylove ei feddwl yn ôl dros dransgript y sgwrs ffôn. Byddai'n haws deall wedi iddo glywed y ffeil sain pan, neu os, y câi gopi ohoni, ond o be welai o'r geiriau a deipiwyd, edrychai fel bod Dingo am i Tongs gymryd cyflenwad o gyffuriau "at nos fory" – sef heno – ond bod hwnnw'n amharod i'w gymryd o. Roedd sôn hefyd am ryw ddigwyddiad ble y byddai prynu a gwerthu yn digwydd, ond heb unrhyw fanylion 'triangulation' o leoliad y naill na'r llall tra'n sgwrsio, roedd hi'n anodd cael darlun o'r hyn oedd yn digwydd rhwng y llinellau. Mae'n debyg fod rhyw barti yn rhywle – mewn tafarn, siawns – ac mai heno fyddai hwnnw'n digwydd. Ac rŵan ei fod o wedi cael ei alw allan i helpu efo'r gwylio, mi oedd Pennylove yn siŵr bod y gang 'ar y move' ac yn paratoi cyflenwad o gyffuriau ar gyfer y digwyddiad – mwya thebyg yn mynd i'w cuddfannau i nôl eu cynnyrch.

Erbyn iddo gyrraedd y maes parcio roedd ei ddychymyg wedi

mynd yn drech nag o ac mi glywodd ei hun yn chwibanu tiwn 'The Good, the Bad and the Ugly' yn uchel iddo'i hun.

"Are you OK, Pennylove?" holodd Pardew.

"Yes, thank you, Sir. And yourself?"

Sbiodd y DCI yn amheus ar y ditectif lleol. Doedd o ddim y tro cynta iddo ddiawlio'r diffyg staff cymwys oedd ar gael yn y rhan yma o'r byd. Mi glywodd o ddigon o fân-siarad am 'broblemau' DS Pennylove yn y gorffennol, hefyd. Ond yn anffodus, diolch i amgylchiadau yn ymwneud â iechyd y ditectif oedd i fod i ymuno â'r tîm, doedd ganddo ddim dewis ond derbyn hwn i'r tîm cynorthwyol, am y tro – a'i gadw fo'n brysur efo gwaith diflas yn y swyddfa rhag ofn iddo ffwcio pethau i fyny allan yn y maes.

Cyfarwyddodd Pardew o i gerdded llwybr yr arfordir yr holl ffordd at Drwyn Dindeyrn, lle y byddai dyn a dynas yn eistedd ar fainc yn cael picnic.

Er ei bod hi'n fore braf a'r golygfeydd hyd glogwyni'r arfordir yn denu'r llygad tuag at borffor a melyn llethrau Carneithin uwchlaw, câi Pennylove hi'n anodd canolbwyntio ar ddim arall heblaw dyfalu pa fath o job a gâi gan y tîm gwylio fyddai'n aros amdano yn y "rendezvous point on the point". Er fod ei lygaid yn chwipio dros wydr glas y môr a'i berlau gwyn yn sgleinio dan fysedd yr haul, yr unig beth oedd yn chwipio trwy'i feddwl oedd golygfeydd ohono'n rygbi-taclo dihirod ac yn eu taflu i gefn car mewn cyffion.

Cyn hir mi welai'r cwpwl yn eistedd ar y fainc ar y trwyn. Doeddan nhw'n edrych fel dim mwy na thwristiaid, neu gerddwyr yn cael hoe bach. Gorfododd Pennylove ei hun i gadw'i ffocws, ond po fwya y triai wneud hynny, y mwya oedd o'n dechrau ffantaseiddio eto. Cyffro hogyn yn ei arddegau a deimlai'r heddwas canol oed, yn hytrach na chlirder meddwl ymarferol ditectif profiadol a phroffesiynol.

Yn sydyn, mewn cyfres o fflachiadau o gyfnod pell pan gafodd ei 'secondio' i helpu CID mewn achos o droseddu difrifol yn ardal Graig-garw, dechreuodd amau ei hun eto. Pasiodd blynyddoedd ers y cyfnod hwnnw bellach, ac er iddo gael ei ddyrchafu'n dditectif o'r iawn ryw yn y cyfamser, siomi ei hun a'i fosys wnaeth Pennylove yn ei safle newydd. Wedi cyfnod i ffwrdd yn ymrafael ag iselder a phwysau ymdrechion ei wraig ac yntau i gael plant, mi gafodd rywfaint o lwyddiant mewn ymgyrch yn erbyn lladron oedd yn targedu ffermydd. Mi wnaeth hynny fyd o les i'w hyder, yn enwedig pan ddyrchafwyd o'n Dditectif Ringyll. Ond hyd yma, doedd o ddim wedi llwyddo i gracio unrhyw achos o gwbwl ers derbyn y dyrchafiad.

Er tegwch iddo, roedd hynny'n rhannol am nad oedd cymaint â hynny o ddrwgweithredu difrifol wedi bod yn yr ardal, ac os digwyddai unrhyw beth, y duedd oedd i'r ymchwiliad gael ei arwain gan swyddogion o Gaernarfon neu Fae Colwyn. Doedd yr ymchwiliad hwn yn ddim gwahanol yn hynny o beth, ond o leia roedd o'n teimlo'i fod o'n ddyn cryfach nag y bu ers peth amser erbyn hyn. Dysgodd sut i gadw ffocws ac edrych ymlaen yn hytrach nag yn ôl, a dyma fo rŵan, wedi'i alw allan i'r maes, i wyneb y graig, i'r buarth, i'r 'shop floor' – reit i galon yr ymchwiliad – i faeddu'i ddwylo. Ffycin grêt!

Mae gennyt y gallu, Wynne, atgoffodd ei hun, cyn dechrau ailadrodd y mantra yn ei ben: 'This is your chance, Wynne, don't fuck it up, grab it by the bollocks, grab it by the balls, you da man, you da man!'

Ia, meddyliodd, chdi ydi'r dyn! Gwna hyn!

Cyn hir, heb iddo sylwi, roedd o'n ailadrodd y geiriau'n uchel wrtho'i hun, a'r geiriau'n cyd-fynd â rythm ei gamau – ac wrth i'r gorwel glas o'i flaen hoelio'i sylw, teimlai ei fod o'n gorymdeithio i ganol brwydr dyngedfennol fyddai'n cyflwyno gorchest fwya ei yrfa hyd yn hyn.

"Yes, yes, yes! Don't fuck it up, grab it by the bollocks, grab it by the balls, you da man…!"

Trodd y dyn tal, main oedd yn eistedd ar y fainc i edrych arno. Felly hefyd y ferch iau â gwallt brown mewn cynffon tu ôl ei phen.

"Bore da," ebe Pennylove cyn cyflwyno'i hun i'r ddau.

"Morning," atebodd y ferch.

"Bore da," atebodd y dyn. "DI Alan Jones, a dyma DC Jane Forest. Wnaeth Pardew esbonio pob dim i ti?"

"English, please," torrodd Forest ar ei draws.

"Na… No, he said you would fill me in."

"Ynda," medda Jones wrth estyn sbinglas iddo. "Sbia pwy sydd ar y cei yn fan'cw…"

"English, please!" medd Forest eto.

"I'm just filling him in, Forest, for fuck's sakes!" dwrdiodd Jones.

Syllodd Pennylove drwy'r gwydrau. "Wel, wel, wel…" meddai.

"I understood that, at least," medd DC Forest. "Welsh for 'ello, ello, ello'!"

"Mae'n debyg eu bod nhw'n mynd am sblash bach, Pennylove…"

"Galw fi'n Wynne," medd Pennylove gan rwbio'i ddwylo. "Felly be ydan ni'n neud?"

"Isio rhywun i osod hwn yn iawn ydan ni," medd Jones wrth bwyntio at ddau dreipod – un efo telisgop a'r llall efo camera – oedd yn sefyll wrth ymyl y fainc.

Teimlodd Pennylove ei grib, oedd yn uchel a banerog eiliadau ynghynt, yn fflopio yn yr awel.

"Dwi 'di trio, ond dwi'n methu cael y basdad peth i ffôcysio. Maen nhw'n deud dy fod ti'n amateur astronomer?"

"Yndw," atebodd Pennylove yn swta.

"'Da ni angan setio fo i fyny efo fideo camera yn ffilmio trwy'r lens. Mae'r video camera efo'r long lens gan unit arall."

"Wel, mae o'n eitha hawdd…" dechreuodd Pennylove.

"I ti, falla," medd Jones. "A Brian ffycin Cox."

"Reit," medd Pennylove wrth blygu i lawr a dechrau ffidlan efo'r teclynnau. "Beth ni'n mynd i gwylio?"

"Can you two bloody speak English, please?" medd Forest eto wrth ostwng ei sbinglas o'i llygaid. "It's annoying. I can't concentrate."

"Just keep your eyes on the targets, Forest. Tell me when they start moving. Is that too hard for you? Sorry, Pennylove – Wynne – be oeddat ti'n ofyn?"

"Beth ni yn gwylio? Y cwch, pan fydd hi allan yn bell, ia? Er mwyn i fi setio'r ffôcys…"

"Ia, ia. Y gwch fyddwn ni yn wylio ar ôl i ti setio'r contrapshiyn 'ma i fyny. Gei di fynd wedyn, fyddi di'n falch o gael gwbod."

"Wel, as a matter of fact, roeddwn yn gobeithio cael aros allan yma?"

"O, wel… ymm… fydda croeso i ti wneud, ond…" dechreuodd DI Jones yn drwsgwl.

"Ond beth?" holodd Pennylove.

"Wel, y brîff ydi mai Forest a finna ydi'r Surveillance Unit."

Trodd Forest ei phen tuag atyn nhw a golwg biwis arni. "You're talking about me now, aren't you?"

Anwybyddodd Jones hi.

"Mae rhaid fod 'na gamddealltwriaeth, Pennylove. Fysa'n well i ti fynd yn ôl i'r stesion i aros am gyfarwyddiada pellach?"

"Ymm… gaf i iwsio'ch radio chi? Wna i holi Pardew neu…" Methodd Pennylove orffen y frawddag – na chuddio'r siom yn ei lais.

"Gei di ofyn â chroeso," cytunodd Jones. "Ddrwg gen i am y dryswch. Jysd dilyn ordors ydw i."

Erbyn hyn roedd crib Pennylove mor llipa â choc mynach. Teimlai lwmp yn ei frest, oedd yn bygwth codi i'w wddw a'i dagu. Bron na allai deimlo'i hun yn cochi.

"Ocê," meddai. "Dim bwys. Af i 'nôl i'r car. Mae'r sgôp a'r camera yn barod i chi rŵan. Nice to meet you, DC Forest."

Trodd Pennylove ar ei sodlau a throedio'r llwybr yn ôl i gyfeiriad maes parcio gwesty Min-y-don. Ac er bod ei gamau yr un mor sydyn ag yr oeddan nhw gynnau fach, doedd dim geiriau yn cyd-fynd â'u rhythm y tro hwn. Mi oedd yna eiriau yno, ond llonydd oeddan nhw. Aeth i'w bocad ac estyn ei bacad o Rolos.

73

Gwenai'r haul yn dyner dros y cei ym mhen pella traeth Dindeyrn – er mi oedd yna fymryn o ias yn yr awel a chwythai'n ysgafn dros y môr gwyrddlas am y tir. Ond ias neu beidio, roedd Dingo, Jenks a Simba yn eu festiau, yn benderfynol o gael lliw haul ar eu cyhyrau tatŵiog. Mae'n debyg eu bod am fanteisio ar wynt y môr er mwyn cael lliw ar eu pennau gwynion hefyd, achos roedd y tri wedi siafio'u gwalltiau byr i lawr i'r croen llyfn, sgleiniog.

"Pasia'r cool-box 'na i fi," medd Dingo ar ôl camu i'r gwch gyflym ugain troedfadd a brynodd o am ddegau o filoedd ryw ddeufis yn ôl.

"Sgen ti lifejackets?" holodd Simba.

"Nagoes," atebodd Dingo. "I be, dwad? Mai'n braf, a 'da ni'm yn mynd yn bell."

"Precautions, Dingo," medd Simba, oedd yn hen law ar hwylio, gan fod ei dad yn sgotwr ac yn ddaliwr cimychiaid. "Ti'm yn gwbod be ddigwyddith – injan yn torri lawr, freak waves…"

"Paid â berwi, y ffycin babi!" heriodd Dingo. "Ti'n gwatsiad gormod o ffilms, boi! Yli – sgin Jaco ddim ffycin ofn!"

Trodd Dingo i alw'r ci oedd yn dilyn ei drwyn ymysg y cerrig crwn ar y traeth. Rhedodd hwnnw ar hyd y lanfa at ei fistar, a neidio i mewn i'r gwch heb feddwl ddwywaith.

Chwarddodd Dingo. "Paid â poeni, Simba. Ma 'na gwpwl o fflêrs yn y cwpwrdd dan dy din di'n fa'na."

Arhosodd Dingo i Jenko ddatod y rhaffan ola a neidio i mewn, yna taniodd yr injan a llywio'r gwch yn glir o'r lanfa, cyn anelu ei thrwyn tua'r gorwel a'i hagor hi allan. Cyfarthodd Jaco ei ddiléit wrth eistedd ar ei gynffon ar un o'r seddi blaen, lle'r oedd ei fistar wrth y llyw. Wedi gadael dyfroedd cysgodol bae Dindeyrn bu Dingo'n dangos ei hun wrth rasio'r gwch ar gyflymdra gwirion a pheri i bawb orfod cydio'n dynn rhag bownsio'n glir dros yr ochor. Wedi tua hannar awr o hynny cafodd pawb – heblaw Jaco – dro wrth y llyw, ac wedi tynnu lluniau i'w rhoi ar Facebook yn nes ymlaen, arafodd Dingo'r gwch cyn ei gadael i arnofio yn ei hunfan â'i hinjan yn canu grwndi'n braf. Estynnodd dair potal o San Miguel o'r bocs oer ac eisteddodd y tri yn yfed yn haul Bae Ceredigion.

"Ffycin hel, mae'r haul 'ma'n gry allan fa'ma, bois," medd Jenko wrth deimlo plisgyn ei ben wy yn llosgi.

"Y dŵr," medd Dingo. "Mae o'n sugno'r haul ato fo, fel magnifying glass. Iechyd da, hogia!"

Daliodd Dingo'i botal i fyny. Gwnaeth y ddau arall yr un fath.

"'Da ni'n mynd i neud pres da, hogia. Ni fydd y bois yn y rhan yma o'r byd."

"Ni 'di'r ffycin bois yn barod," medda Jenko. "Ffwcio'r Sgowsars!"

"Ond mewn wythnos ar y mwya, fydd 'na ddim Sgowsars," medd Dingo. "Aton ni fydd pawb yn dod."

"Os ma aton ni fydd pawb yn dod i siopa," dechreuodd Simba, "lle 'da ni'n mynd i siopa, ta?"

"Ah! Gei di weld, Sim," dechreuodd Dingo. "Mi ddaw popeth yn glir mewn rhyw wythnos. Ond ma genna i lwyth o'r gwyn yn cyrraedd yn fuan – ond falla fydd rhaid gneud un trip bach arall i Amsterdam i sortio'r small print. Jenko, ti'n iawn i ddod efo fi?"

"Tisio bet!" medd Jenko, gan wincio'n slei ar Simba.

"Ga i ddod hefyd?" holodd Simba, gan wincio'n ôl ar Jenko.

"Na, sori, mêt. Dwi angan i chdi aros fa'ma efo be dwi'n mynd i ddangos i chdi'n munud. Achos dim jysd gwyn fyddan ni'n werthu."

"Dim ffycin brown, gobeithio?" medd Simba.

"Naci siŵr, y tit! Ffwcio'r cachu yna. Dead end – y mwya ti'n werthu, y mwya mae dy ffycin gwsmeriad di'n marw!" Chwarddodd Dingo ar ei jôc ddi-chwaeth ei hun. "Wel, math o beth… ti'n gwbod be dwi'n feddwl…"

"Gwyrdd, ta?" triodd Simba eto.

"Bullseye!" atebodd Dingo. "Ac mae hwnnw wedi'i sortio'n barod – tro dwytha fuon ni yn y 'Dam. Deud gwir, mae o 'di cyrraedd ers pythefnos. Dwi jysd wedi bod yn ista arna fo."

"Ffycin hel, gadwast di hwnna'n ddistaw, yn do?" medd Simba.

"Need to know, Sim," atebodd Dingo wrth dapio ochor ei drwyn efo'i fys. "Need to know!" Chwarddodd Dingo'n gras.

"Ia, y môr mawr, hogia," medd Dingo wedyn, cyn rhoi clec i'w botal o lager a'i thaflu dros yr ochor. "Sbiwch braf ydio! Rhyddid dwi'n ei alw fo, hogia. Un dydd dwi'n mynd i brynu yacht, a jysd ffwcio i ffwrdd rownd y byd. Jysd galw mewn i ba bynnag bort dwi ffansi. Ffwcio talu cownsil tacs. Byw fel Huw Puw."

"Ond oedd hwnnw *yn* talu cownsil tacs," medd Jenko.

"Eh? Be ti'n fwydro?"

"Wel, o'dd o'n byw mewn *fflat*, doedd!"

Chwarddodd Jenko wrth i Dingo a Simba ochneidio ac ysgwyd eu pennau.

"Ti'n gallu gneud hynny, ta?" holodd Simba.

"Gneud be?"

"Byw ar y môr? Yn lîgal, 'lly."

"Dwn i'm, sdi, i fod yn onast. Ond ffyc it – jysd mynd, 'de! Os 'di dy gwch di'n rejistyrd yn rwla, gei di mŵrio yn unrhyw borthladd. Mond pres a pasport ti angan. Am wn i."

"A profiad, Dingo," nododd Simba. "Pres, pasport a profiad. Dim matar bach ydi croesi'r Atlantic. 'Di mynd ar ôl cimychiad rownd bae Dindeyrn ddim yn cyfri lawar!"

"Digon gwir, Sim," cytunodd Dingo. "Ffacin hel, dyna ti hwyl oedd hynny, Simba – fi a Jenko 'ma, yn gosod cewyll. Ffycin pres da hefyd, doedd Jenks?"

"Oedd. Ond ma gwerthu drygs yn well!"

Chwarddodd y ddau eu cytundeb.

"Felly, be 'di'r plan heddiw 'ma?" holodd Simba.

"Y plan ydi mynd â gwyrdd i'r Cofis, wedyn dod 'nôl i Dindeyrn a mynd â peth i Dre. A dwi angan mynd â nein-bar i Tongs. Ffyc it, na, geith o hannar ki – mae o'n siŵr o'i werthu fo dros wicend."

"Porth y Gwin, ia?" medd Simba. "O'n i'n clwad fod 'na barti."

"Oes, Sim. A fyddan nhw yno dros y Pasg a'r ha hefyd, gobeithio. Owtlet bach da i ni, bois!"

Rhannodd Dingo fwy o boteli o'r bocs oer, cyn agor ei un o efo'i ddannedd. "Reit, awn ni at y bŵi 'ma."

74

Ar ôl cywiro'r enw roddodd Bitrwt ar y dudalen Facebook, printiodd Math ugeiniau o shîtiau A4 efo chwech ffleiar ar bob un, a bu wrthi am hannar awr o leia yn eu torri nhw allan efo siswrn i gyfeiliant mics dub gan y Radikal Dub Kolektiv ac Alpha & Omega. Ond er bod y miwsig ymlaciol yn chwarae yn y cefndir, doedd o ddim yn cyrraedd ei isymwybod fel y dylai heddiw. Am ryw reswm, allai o'm peidio meddwl bod rhywbeth wedi digwydd i Callum.

Doedd y tawelwch ddim o reidrwydd yn golygu bod y BSO – swyddogion Asiantaeth Gwasanaethau Ffin Canada, y CBSA – neu'r FBI wedi dal i fyny efo fo. Wedi'r cwbwl, ac yntau gydag ID ffug ac yn edrych yn dra gwahanol erbyn hyn, nid peth anodd fyddai cuddio ymysg y Mohawk yn 'nhir llwyd' Akwesasne, oedd yn gorwedd ar ddwy ochor ffin ryngwladol Canada a'r Unol Daleithiau. Ond mi oedd ei ddiflaniad sydyn oddi ar y rhwydwaith ffôn a'r rhyngrwyd – ble y defnyddiai ei enw ffug, wrth reswm – yn awgrymu'n gryf bod ailymuno efo'i deulu wedi bod yn orchwyl anoddach nag oedd o wedi'i ddisgwyl. Ac os oedd hynny'n wir, roedd o mewn peryg o gael ei ddal. Ac os fyddai o'n cael ei ddal, yna mi allai hynny olygu bod peryg i Math hefyd – er fod hynny'n eitha annhebygol.

Wedi cael chydig o draffarth tra'n smyglo mariwana dros y ffin i Washington ac Idaho, dihangodd Callum a Math o'r Rockies i Quebec, yna Ontario, efo'r bwriad o gyfrannu i'r ymgyrchoedd gwrth-globaleiddio. Ond wedi dod i gysylltiad â smyglwyr o genedl y Mohawk, yr unig beth a gyfrannodd y ddau iddo oedd symud sigaréts, cyffuriau, gynnau a phobol dros y ffin sy'n dilyn afon St Lawrence. Er fod 'rhyfel y casinos' yn dal i fudferwi, bu Math yn ddigon ffodus i osgoi cael ei lusgo i mewn i unrhyw ffrwgwd rhwng y gangiau. Ond gyda'r helynt ynghylch arfogi'r BSO – y Border Services Officers – mi drodd pethau'n dywyll ac annymunol iawn.

Nid Math saethodd y swyddog BSO. Dim ond gyrru'r fan, liw nos, dros rew y St Lawrence wnaeth o, yn cario teulu o dri – a ffoadur oddi wrth y maffia yn Efrog Newydd – i ochor Canada o'r ffin. Callum daniodd y gwn – ond dim ond i arbed cael ei saethu ei hun, wedi i'r ffoadur o'r Afal Mawr danio ar y swyddogion. Yn ystod y saethu gwyllt a ddigwyddodd wedyn, lladdwyd y ffoadur ac un swyddog – a merch ddeuddeg oed y teulu oedd yn cuddio yng nghefn y fan – cyn i Math lwyddo i yrru i ffwrdd o dan gawod o fwledi.

Ond dim ond fo ei hun oedd Math yn ei feio. Ddylai o ddim bod wedi stopio, ond yn hytrach rhoi ei droed i lawr a chwalu trwy'r checkpoint. Dyna oedd y rheol aur, a'r unig obaith o osgoi cael eu dal. Ond pan welodd Math y swyddogion ar ganol y ffordd efo'u goleuadau a'u gynnau, mi gachodd, a phenderfynu mewn hannar eiliad y byddai'n well ganddo garchar na bwled trwy'i ben. Er i Callum sgrechian arno i beidio, arafodd Math a thrio blyffio'i ffordd heibio'r swyddogion.

Yn dilyn yr holl hunllef mi gafodd Math ei basport ffug, ac fel 'Gerard O'Donovan' y trafaeliodd i Ddulyn ac i dafarn gangstars o blith cyn-Weriniaethwyr Swyddogol yn Dun Laoghaire, ble y bu'n gweithio am sbel – yn ofni cysylltu ag adref rhag ofn bod yr awdurdodau'n cadw golwg. Yn Llundain y daliodd Callum i fyny efo fo, wedi i hwnnw ddilyn yr un llwybr allan o Ganada yn ddiweddarach. Wedi i Math benderfynu dod adref i Gymru, symudodd Callum i Amsterdam – cyn troi i fyny yn Aberystwyth, mwya sydyn, rhyw chwe mis yn ôl.

Aberystwyth, meddyliodd Math. Yno y cwrddodd Leri â Krystyna. Yna mi sylweddolodd mai'r sgwrs efo Krystyna am Genhedloedd Cyntaf Canada, tra'n gosod y lampau solar ar y llwybr uwchlaw'r caffi, oedd wedi ysgogi ymddangosiad ysbrydion y gorffennol yn ei gwsg. Dyna be oedd wedi corddi'r dyddodion yn nyfnderoedd ei isymwybod. Mi oedd o wedi dysgu peidio â dweud wrth ddieithriaid ei fod o wedi byw yng Nghanada, ac wastad wedi gwadu iddo roi ei droed yn agos i dir yr Unol Daleithiau. Ond er iddo fod yn ddigon gofalus i beidio sôn am ei gyfnod yn nwyrain Canada, yn ei frwdfrydedd am bobloedd cynhenid – a'i flys am gorff Krystyna – mi oedd o wedi llithro, ac wedi cyfadda iddo fod yn "teithio" yn y Rockies yn y gorllewin. Nid bod Krystyna'n fygythiad o unrhyw fath, wrth gwrs – er i hynny daro trwy'i feddwl pan ddechreuodd hi ei holi am Ganada – ond mi oedd Math yn flin ei fod o wedi esgeuluso ei ddisgyblaeth yn y fath fodd. Hynny felly, ac nid rhyw arwyddion 'goruwchnaturiol' mewn hunllef, oedd i gyfri am ei bryderon dwfn heddiw.

Yn sydyn, roedd o'n teimlo'n well. Sbriwsiodd ei ysbryd fel sbrigyn o griafolen yn y gwynt. Torrodd y ffleiar ola a chasglodd y cwbwl at ei gilydd yn bentwr taclus. Cydiodd yn ei waled a'i ffôn ac aeth i lawr y grisiau. Roedd hi'n dawel yn y tŷ, a doedd dim ogla cacan na dim arall yn coginio. Aeth drwodd i'r ardd gefn rhag ofn fod ei hen fodryb yno. Ond, yn rhyfadd reit, doedd dim golwg ohoni – wedi mynd allan i nôl neges, efallai. Sgwennodd nodyn a'i adael ar y bwrdd yn y gegin, ac aeth allan i'r awyr iach.

75

Wnaeth Pennylove ddim ffonio Pardew. Yn hytrach, agorodd ei ebyst ar ei ffôn gwaith tra'n bwyta pacad arall o Rolos. Gwelodd fod adroddiad y wefus-ddarllenwraig wedi cyrraedd o'r diwadd, felly gyrrodd yn ôl i'r stesion i'w astudio. Siomedig iawn oedd ei gynnwys, fodd bynnag.

"*Pen xxxx Domino. Menthyg jeli.*

Y mike ia, dim eto.

Wel, brechdan i deithio. Wel, mwya tebyg, Indians.

Afala. Scene ail law ffyni, wyt? Bydd neb yn mynd xxxx i ti. Dyna ydi'r llwy bwrw, aniseed.

O? Be 'di petha'n plygu'n funny, neu xxxx.

Pa fath o xxxxxxxx? 'Di Debra on top? Dwi'm isio bwcad at all os 'di Bobi'n xxxxx xxx!

Reit o

Bobi Joe

Plastig gwaith Bingo

Shit / tit / hit

Jîsys / peanuts. Beti Bara coed? Gwrando fo bybyl / mysyl.

Ffycin hel, Dingo, xxxx bydd yn y letus da!

Fel y banana dan ei ben? O'n i'n heddiw a "nôl-paent' o'r mynydd."

Siomedig hefyd oedd y sgwrs gafodd o dros y ffôn efo hi wedi iddo ddarllen y "gibberish" yn y testun. Yn wir, mi aeth hi'n eitha piwis efo fo.

"Sut ddiawl dwi fod i ddarllan gwefus mymblar sy prin yn agor ei geg wrth siarad?" mynnodd. "Ac mae o'n chwara efo'i het drwy'r adag. Ac mae'r boi sydd â'i gefn at y camera o'r ffordd hefyd! A ti'n ffilmio trwy winsgrin budur o ben arall y stryd!"

Mi driodd Pennylove egluro nad oedd o'n disgwyl y byd, ond ei fod o'n disgwyl rhywfaint o synnwyr o leia. Aeth hynny ddim i lawr yn dda o gwbwl, ac o fewn pum munud iddi roi'r ffôn i lawr arno daeth DCI Pardew i mewn i'r swyddfa a rhoi llond ceg iddo am wastio amser, a'i rybuddio i 'gadw at y sgript' yn hytrach na 'chwarae sheriff' ar ei liwt ei hun.

"Just using my incentive, Sir," medd Pennylove.

"Well, if I see you anywhere other than behind this fucking desk, I'll personally shove your 'incentive' so far up your arse you'll be needing a rectum-reader to communicate."

Rowliodd Pennylove ei lygaid a gwenu'n llyffantaidd ar PC Sian Gwyndaf wedi i'w fòs adael y stafall. Anwybyddodd hi fo. Trodd y ditectif yn ôl at ei sgrin.

"'Menthyg jeli'?" meddai dan ei wynt. "Hmm... Can't be right, surely?" Oni bai eu bod nhw'n sôn am gelignite, wrth gwrs! Ond go brin...

"Be 'di'r 'afala' yma, ta? Code word? Or just another mistake...?"

Teimlodd lygaid Sian Gwyndaf yn syllu arno, a throdd i edrych arni a'i dal hi'n ysgwyd ei phen. Twll ei thin hi, meddyliodd. Plismones ifanc oedd hi, nid ditectif profiadol fel fo. Cydiodd yn y transgript o'r sgwrs ffôn rhwng Tongs a Dingo a darllen trwy hwnnw, i weld os allai hynny daflu goleuni ar yr hyn gafwyd gan y wefus-ddarllenwraig.

"'Ydi'r parti wedi dechra'n fuan?'" darllenodd Pennylove yn ddigon uchel i PC Sian ei glywed, er mwyn dangos i'w gyd-weithwraig ifanc ei fod o'n llwyddo i gael gwybodaeth ddiddorol er gwaetha styfnigrwydd yr uwch-swyddog. "'Lawr yn y caff... Ti'n cofio be ddudas i bora 'ma... y stwff drewllyd... alli di shifftio peth yn fa'na dros wicend... golden opportunity... mae gennai ormod ar 'y mhlât... wicend agor...'"

Eisteddodd Pennylove yn ei ôl ar ei gadair droelli. Llifodd y 'geiriau hud' drwy ei ben: parti, caffi, agor, stwff drewllyd, shifftio dros y wicend… Aildrefnodd y geiriau yn ei feddwl: 'shifftio stwff drewllyd yn y parti agor y caffi dros wicend'.

"Bingo!" medda Pennylove yn uchel. "Heblaw…" Roedd Tongs yn gwrthod cymryd y 'cyflenwad' – felly dyna'r cyhuddiad o 'gynllwynio' allan ohoni. Ond lle oedd y 'caffi' yma, tybed?

76

Gwyddai Steven Person fod rhywun wedi bod i mewn yn ei sied. O be welai o – neu o be allai gofio ei weld ymysg y llanast oedd ynddi – doedd dim byd wedi cael ei ddwyn. Ond mi oedd rhywun wedi bod ynddi, yn tresmasu ar ei eiddo. Joni Dorito oedd o, mwya thebyg, wedi piciad draw i gael golwg tra'r oedd ei wraig ac yntau i ffwrdd. Ar un llaw, roedd hynny'n beth da – yn dangos ei fod o'n bwriadu dechrau ar y gwaith o dyllu twll i'r tanc cachu newydd yn go fuan. Ar y llaw arall, doedd fawr o gysur mewn gwybod bod Joni Dorito wedi bod yn busnesu o gwmpas y buarth tra bod neb adra i wylio lle'r oedd o'n rhoi ei ddwylo blewog.

Diawliodd Steven Person nad oedd ganddo ddigon o arian i dalu adeiladwr mwy 'proffesiynol' na Joni i wneud y gwaith. Problem Person oedd nad oedd maes carafannau Sea View wedi cael cyfle i dalu ei ffordd yn iawn eto, ac roedd yntau wedi mynd dros ei ben a'i glustiau i ddyled wrth ychwanegu talp o ffarm Crwynau at ei diroedd tua blwyddyn yn ôl. Petai'n onest efo'i hun, roedd o'n difaru'i enaid gwneud hynny. Ond Tecwyn Pierce oedd wedi'i ddarbwyllo, trwy ddefnyddio'i ddylanwad ar y Pwyllgor Cynllunio i ennill caniatâd i Person ehangu'r gwersyll i gynnwys carafannau statig a chytiau pren i breswylwyr.

Wrth gwrs, mi oedd Tecwyn wedi derbyn swp sylweddol o arian parod mewn amlen frown gan Steven yn gyfnewid am y ffafr, a hefyd wedi sicrhau'r cytundeb i adeiladu'r cytiau pren i gwmni mab ei chwaer – cwmni yr oedd Tecwyn ei hun yn gyfranddalwr sylweddol ynddo. Doedd y cynlluniau ddim wedi dwyn ffrwyth hyd yma oherwydd gwrthwynebiad o du John Crwynau.

"Typical bloody Welsh," diawliodd Person iddo'i hun wrth feddwl am Tecwyn Pierce a John Crwynau fel ei gilydd – llwgr a barus, a digon parod i werthu'u treftadaeth, wedyn gwrthwynebu be mae'r sawl a'i prynodd yn bwriadu'i wneud efo fo.

Neidiodd i mewn i'w gar a'i danio, gan daro'i lygaid draw at y cwt chwîd oedd a'i do yn dangos uwchben y clawdd pridd. Ysgydwodd ei ben mewn anghrediniaeth wrth gofio'r noson o'r blaen, pryd y lladdodd ei ddaeargwn y chwadan yn hytrach na'r llwynog! Debyg fod y coch wedi'i gl'uo hi a gadael y chwadan druan wedi'i chlwyfo – ond doedd hynny'n ddim esgus, gan iddo brynu'r daeargwn gan ffarmwr lleol arall oedd wedi ei sicrhau bod y cŵn yn gweithio, ac wedi hen arfar lladd llwynogod. Ia, llwynogod ddywedodd o, nid chwîd.

"Bloody Welsh!" meddai eto wrth droi'r car o'r buarth – ar ei ffordd i weld un ohonyn nhw rŵan. Tecwyn blydi Pierce, isio trafod "rwbath pwysig" oedd i wneud efo'r cais cynllunio, na allai ei drafod dros y ffôn. Blydi niwsans eto fyth, meddyliodd, gan ddifaru unwaith eto iddo erioed gwrdd â'r cynghorydd llwgr, dan din.

Mewn pum munud roedd o wedi parcio mewn cilfan ar waelod cefnen Carneithin ar gyrion Dindeyrn ac wedi cerdded y llwybr oedd yn croesi'r cae tuag at ganol traeth Porth y Gwin. Roedd Tecwyn yno'n aros amdano.

"Look at this!" medd y cynghorydd pan gyrhaeddodd y Sais. "DANGER, TOXIC ALGAE!" Roedd o'n cyfeirio at yr arwydd blêr o'i flaen. "What next, Steven? Honest! This world's gone to pot!"

"It's the first I've heard of it," atebodd Person. "You'd think they'd inform local businesses, wouldn't you?"

"Exactly," cytunodd Tecwyn. "It's bloody disgraceful."

"Mind you," medd Person wrth astudio'r arwydd yn agosach. "It doesn't seem to be official. Who's land is this?"

Doedd Tecwyn ddim yn siŵr, ond mi oedd o'n credu mai John Crwynau oedd ei berchennog o hyd. Cytunai'r Sais.

"Which brings me to the point," medd Tecwyn. "We have a possible problem."

"Yes, you said so on the phone," medd Person. "What kind of problem?"

"Potentially serious," atebodd Tecwyn wrth ddechrau cerdded y llwybr i gyfeiriad y caffi ym mhen isa'r traeth. Dilynodd Person o.

"I saw John Crwynau in the golf club with his solicitor and another chap."

"Oh?"

"It may be nothing, but the other person happens to work in the Ombudsman's office – the Welsh Assembly Ombudsman."

"Jesus…" medd Steven Person, a gwelwi. "Just a coincidence, surely? I mean, could they be friends?"

"Yes, they could be. The ombudsman bloke is a Farmers' Union of Wales official."

Rhoddodd Person anadl o ryddhad.

"But," medda Pierce, "I just got a really bad feeling about it all… Their attitude… It was a bit menacing."

"Well it would be, if John was there."

"Yes, but I got the impression they were sizing me up for a carving."

Stopiodd Steven Person gerdded. Trodd Tecwyn i'w wynebu.

"No disrespect, Tecwyn," medd Person. "But what exactly has all this got to do with me?"

77

"Fuo chi rioed yn morio, wel do mewn padall ffrio…"

Roedd Dingo'n canu'n braf wrth lywio'r gwch tuag at y bŵi mawr coch oedd yn arnofio tua chanllath i ffwrdd oddi wrthyn nhw.

"… Chwythodd y gwynt ni i'r Eil o Man, a dyna lle buon ni'n crio!"

Rowliodd Jenko'i lygaid ar Simba. Chwarddodd hwnnw'n dawel.

Caeodd Dingo injan y gwch a gadael iddi fynd yn ei phwysau tuag at y bŵi, cyn ei chlymu hi'n sownd iddo. Yna estynnodd bolyn a bachyn i'r dŵr a chydio mewn tair rhaff a'u tynnu i'r wyneb.

"Reit, hogia," meddai wrth estyn rhaff yr un i'w ddau ffrind. "Bôn braich iddi. Meddyliwch fo ni yn y jim yn cael work-out… Oh, ffyc! Hang on, hogia," meddai wedyn wrth sylwi ar gwch arall yn dod amdanyn nhw o gyfeiriad Dindeyrn. "Arhoswn ni i'r twat yma basio."

Agorodd Dingo'r bocs oer a phasio potal arall i bawb. Gwyliodd y tri y gwch arall yn pasio heibio iddyn nhw, tua chanllath i ffwrdd am allan. Craffodd pob un arni, ac ar y cwpwl oedd ar ei bwrdd – neu, ar y ferch oedd yn tynnu lluniau o'r arfordir efo'i chamera.

Cododd Simba ei law arni, a chwifiodd hithau'n ôl.

"Biti bod hi 'di lapio'i hun i fyny fel ffycin nionyn," medd Simba wrth weld ei bod hi'n gwisgo trowsus a siaced. "Rhyfadd. A hitha'n ddwrnod mor braf, myn diawl i."

"Yndê, 'fyd," cytunodd Dingo.

"Get your fuckin tits out!" gwaeddodd Jenko, a chael dim ymateb.

"*Beatrice*?" holodd Simba wrth ddarllen yr enw ar ochor y gwch. "Ti'n nabod hi, Dingo?"

"Nac'dw. Sais ma rhaid."

"Cwch go lew, 'fyd," medd Simba.

"Iawn i fynd ar ôl mecryll, am wn i," atebodd Dingo. "Fel arall, ddylsa fo gael rheol 'bikinis only' arni!"

Gwyliodd yr hogia nhw'n hwylio i ffwrdd, a chyn gyntad ag yr aethon nhw'n ddigon pell, ailgydiodd y tri yn y rhaffau a dechrau eu tynnu o'r dyfnderoedd. O fewn munud daeth golwg ansicr dros wyneb Dingo. Hannar munud wedyn, crychodd ei dalcan wrth i ddryswch ddod drosto. Pan ddaeth y rhwyd i'r golwg, disgynnodd ei geg yn agored. Pan welodd ei bod hi'n wag, trodd ei wyneb yn wyn.

78

Wedi gollwng ffleiars o gwmpas y pentra ac ar fyrddau'r Twrch, aeth Math draw i fflat Bitrwt i weld oedd o'n barod i fynd am y caffi. Roedd Tongs yno, ac mi gymerodd o dwr ohonyn nhw i'w rhannu yn y Lledan a thafarnau eraill Dre pan fyddai'n piciad yno i nôl manion nes ymlaen. Cynigiodd Tongs roi lifft i'r ddau i le Robi-di-reu.

"Ti 'di newid Math yn y Bath!" Dechreuodd Bitrwt ymgyrch hedffyc newydd wrth ddarllen y ffleiar tra'n eistedd ar y wal yn aros i Tongs nôl ei oriadau.

"Wel do siŵr dduw!" atebodd Math.

"A finna'n meddwl fysa ti'n gwerthfawrogi'r barddoniaeth!"

"Barddoniaeth? Paid â… wel, actiwali, 'dio'm yn rhy ddrwg, deud y gwir."

"Ha! Ti'n gweld? Mae 'na addewid yn yr hogyn," broliodd Bitrwt.

"Wnes i'm deud ei fod o gystal â hynny, Bît!"

"Hy! Dyma ni! Meddwl medri di neud yn well, eto!"

Gwenodd Math ac ysgwyd ei ben.

"Ty'd, ta!" mynnodd Bitrwt. "Ty'd â un gwell i fi!"

"Math o Rhyw Fath," atebodd Math yn syth.

"Rybish!" haerodd Bitrwt.

"Math sydd yn siŵr o greu myth. Mwy na hynny sydd gan Math."

"Hy!" wfftiodd Bitrwt. "Mwy o be, cont? Wet dreams am Krystyna?"

"Oh, ha ffycin ha, Bitrwt! O leia ma hi'n gynghanedd – draws fantach."

"Draws be?"

"Ti'n gweld? Tria ddallt barddoniaeth cyn dechra dadla efo bardd!"

"Siarada Gymraeg call ta'r cont!"

"Tria di wrando'r tit."

"Math sy'n ffwcio cathod!" medd Bitrwt fel siot.

"Dyna welliant," atebodd Math dan glapio. "Ma gen ti gynghanedd lusg yn fa'na. Rŵan ti'n dechra dangos addewid – cont!"

"Gyngan be ddudist di? Lusg? Be 'di hwnnw tra ma adra?"

"O'n i'n ama na ffliwc oedd hi," medd Math. "Cyma hon, ta – Bitrwt yn cael ei batro!"

Chwarddodd Tongs wrth gyrraedd. "Un dda oedd honna, Math. Dyna fyswn inna'n licio'i weld hefyd."

"O ia?" medd Bitrwt. "A pwy sy am neud y batro? Chi'ch dau – y bardd cwsg a'r bardd cocos?"

"Tyn y batri o din Bitrwt!" medd Math.

Chwarddodd Tongs eto. "Mae gen inna un hefyd."

"Ho! Fedrai'm ffycin aros am hon, 'de," chwarddodd Bitrwt. "Ty'd â hi, Shakespeare."

"Ymm…"

"O'n i'n ama," medd Bitrwt. "Dalld dim, nagwyt!"

"Mi ga i un yn munud, paid ti â poeni, y pen pin!"

"Gwych, Tongs!" gwaeddodd Math.

"Be?" holodd Tongs.

"Cynghanedd sain, mêt!"

"No ffycin wê!" haerodd Bitrwt.

"Yndi mae hi, Bît," medd Math eto.

"Ffliwc!" mynnodd Bitrwt.

"Fflach o jiniys, Bitrwt," medd Tongs, cyn mynd am y car.

"Llwyth o bolycs," pwdodd Bitrwt. "Be ffwc 'di pwynt barddoniaeth, eniwe?"

"Rhoi lliw yn y byd, yndê boi!" medd Math. "Meddylia am lle 'da ni'n byw. Ydio'm yn dy ysbrydoli di?"

Edrychodd Bitrwt ar y tai cyngor llwyd o'i gwmpas. "Wel, fyswn i'm yn gneud 'song and dance' am y lle, 'de. Fysa'n well gen i roi mwstard ar dwll tin cath a'i ffwcio hi'n iawn."

Brysiodd Bitrwt at y Mondeo ac eistedd yn y sedd gefn. "Gewch chi'ch dau ista'n y ffrynt yn cyfnewid cynghanedds, y ffycin ffêris ffwc."

Chwarddodd y tri wrth i Tongs danio'r car.

I lawr yn y caffi oedd Robi-di-reu, felly wedi i Tongs eu gollwng wrth y ffordd mi gerddodd Math a Bitrwt i lawr ato. Sylwodd y ddau fod Crwyna wedi gosod y ddau doiled glas yn sownd i'r concrit ar dop y twyn-glogwyn. Yna mi glywson nhw'r dub yn dechrau blastio. Nid y jiwcbocs oedd wrthi y tro yma, ond y decs yn chwarae trwy'r PA wedi i Robi setio'r cwbwl i fyny'n barod. Trawyd yr hogia gan bŵer y bas – a'r cwmwl tew o fwg ganja – wrth iddyn nhw gyrraedd y drws agored.

"Reu!" cyfarchodd Robi dros y miwsig, ar ôl ei droi o i lawr chydig wrth eu gweld nhw'n cyrraedd. "Ydan ni'n barod, ta be?"

"Yndan, tad!" medd Bitrwt. "Ydi'r byd yn barod amdanan ni?"

"Yndi siŵr, reu!" atebodd Robi. "Mae Crwyna ar ei ffordd i lawr efo llond bwcad blaen o jaria llawn dŵr, ac ma Leri'n dod efo fo."

"A Krystyna?" holodd Math.

"Dwi'n cymryd ei bod hitha'n dod hefyd, reu. Paid di â phoeni!"

Diflannodd Bitrwt i'r "parth coginio" i jecio fod popeth yn iawn yn y rhewgelloedd a'r cypyrddau.

"Ddois di â'r mêl madarch i lawr, do Bît?" gwaeddodd Math ar ei ôl.

"Do – ddois â fo ddoe, efo'r gwair. Dwi am neud fflapjacs a tryffyls efo fo. Waeth i fi ddechra arni rŵan ddim. Ga i jans i sortio'n sownds allan at heno wedyn. Y Bît Rŵts Jenyrêshiyn, hogia bach! Dub, bydd dda i bawb!"

Cyrhaeddodd Crwyna efo'r dŵr, a Leri, Krystyna a Tongs – oedd wedi gadael ei gar yn lle Robi – yn eistedd yng nghab y JCB efo fo. Wedi gwagio'r bwcad blaen mi aeth Crwyna i gadw'r peiriant a thendio i bethau yr oedd angen eu gwneud yn y gwersyll.

"Dwi newydd siarad 'fo'r ysbyty, Math," medd Tongs. "Ma Lemsip 'di dechra styrian."

"O? Be wnân nhw efo fo, dwad?" holodd Math.

"Mae o'n sectioned, Math, felly mae o allan o'n dwylo ni am chydig ddyddia, o leia."

"Am faint fyddan nhw'n ei gadw fo, Tongs? Ti 'di holi?"

"Do, mêt. Ma'r holl beth yn gymhlath, braidd. Ond ma'n dibynnu dan pa section o'r Mental Health Act maen nhw'n ei gadw fo. Section 2 mae o wedi'i gael. Ma nhw'n cael ei gadw am asesiad hyd at dri diwrnod – ac am fis arall os ydyn nhw'n recno'i fod o'n risg. Os dwi 'di dallt yn iawn."

"Ffycin hel," medd Math. "Y cradur."

"Wel, ma'n lwcus fod o heb gael Section 3 – maen nhw'n cael cadw bobol am chwech mis efo hwnnw, sdi."

"A be 'di'r gwahaniaeth?"

"Assessment ydi Section 2. Triniaeth ydi Section 3."

"Felly, os geith o'i asesu yn seicolojicali sownd, mi wnân nhw'i adael o allan, yn gwnân?"

"Wel, mae'n dibynnu os fydd y cont yn bihafio, yn dydi?" atebodd Tongs. "Os fydd y doctoriaid yn recno nad ydio'n beryg i bobol erill neu fo'i hun – a'i fod o'n ffit i wneud penderfyniada – mi wnân nhw'i adael o allan i gael triniaeth adra. Ond fydd o'n dal yn sectioned. Ti'n dallt?"

"Mwy neu lai. Ond sgenna fo'm adra rŵan, nagoes? Ma'r ffycin tŷ'n racs."

"Yn union, Math," atebodd Tongs. "Fi ydi'r next of kin rŵan, ac fyswn i'n gallu gofyn iddyn nhw ei ddad-secshiynio fo – ond fysa nhw'n dal i gymryd tri diwrnod i'w asesio fo cyn gneud penderfyniad beth bynnag. Ac heb le i fyw, fysa rhaid iddo fo ddod i fyw efo fi. A rhyngtho chdi a fi, dwi'm isio'r cont yn agos i fi! Gawn ni weld be ddudith y doctoriad mewn chydig ddyddia. Fydd rhaid i ni aros tan hynny, beth bynnag."

"Wela i," medd Math, a'r rhyddhad yn amlwg yn ei lais. "Felly fydd o ddim yma ar gyfar y parti?"

"Na fydd, diolch ffycin byth! Wel… oni bai fod o'n ffycin dianc, 'de!"

79

Roedd hi'n drafodaeth eitha poeth rhwng Tecwyn Pierce a Steven Person erbyn iddyn nhw gyrraedd o fewn dau gan llath i'r caffi. Welai Steven ddim unrhyw fygythiad iddo fo petai Tecwyn yn cael ei erlyn. A 'phetai' mawr oedd hynny hefyd, achos hyd y gwelai o, roedd o wedi cael ei lusgo i gyfarfod ar lan y môr ar sail dim mwy na rhyw deimlad annifyr gafodd y cynghorydd yn y clwb golff y dydd o'r blaen.

Ond mynnai Tecwyn y dylai'r ddau ohonyn nhw sticio efo'i gilydd a chael eu straeon yn sgwâr rhag ofn y glaniai unrhyw achos neu ymchwiliad swyddogol ar stepan y drws.

"Thing is, Tecwyn – the contents of the envelope is untraceable, and as far as your holding in your nephew's company is concerned, well, how was I expected to know that?"

"Oh come on, Steven! You can't dump me in the shit like that!"

"I'm not dumping you in the shit at all, Tecwyn. I'm denying all knowledge of wrongdoing. That helps you as well as me. What the bloody hell are *you* asking *me* to do?"

"Wel, ymm…"

"Exactly! You're asking me to voluntarily come down with you if *your* shit hits *your* fan!"

"No, no, no…"

"Yes, yes, yes, Tecwyn. And at the very least you're jumping the gun."

"But I helped you out, didn't I?"

"Yes, you did. For a significant sum of money. Cash. And the contract for the chalets! What more do you want?"

"Just for you to explain that the cash was for —"

"Are you fucking mad?"

"Aros funud bach, Steven…!" dechreuodd Tecwyn a'i wrychyn yn codi efo'r sinach Sais.

"Don't come over all native with me, Tecwyn," atebodd hwnnw ar ei draws. "Look, you're panicking. And there's no need for it! Tell them you won it in a casino or something!"

Brathodd Tecwyn ei dafod, cyn dechrau pwysleisio eu bod nhw'n ddynion o'r un anian, ac fel dynion o'r un anian roedd rhaid iddyn nhw sticio efo'i gilydd mewn orig o dywyllwch.

"Associates, my arse," poerodd y Sais. "We had a mutually beneficial business arrangement. A transaction. End of!"

"But can't you say you gave us the contract because you were told the cheapest tender was defective?"

"In a word? No."

"Oh come on…"

"No, you come on, Tecwyn. Why the hell should I? Take the fall Tecwyn. Like a man."

Cerddodd Steven Person i ffwrdd.

"Steven!" gwaeddodd Tecwyn ar ei ôl o. "You'll regret this."

"No I won't!"

"You will if it goes before Planning again! I won't support it."

Stopiodd Steven. Gwenodd Tecwyn. Ond nid ailfeddwl oedd y dyn busnes, ond yn hytrach syllu ar un arall o'r arwyddion 'Algae Peryglus'.

"What *are* these bloody signs?" holodd yn ddiamynedd. "That's the third one we've passed."

Daeth Tecwyn i sefyll yn ei ymyl. "Maybe it's something to do with that cafe?" meddai.

Trodd Steven Person a sylwi ar y sŵn miwsig am y tro cynta. "What the…? When did that re-open?"

"I don't know," atebodd y cynghorydd. "But they don't seem too concerned with the 'Dangerous Algae', do they?"

80

"Felly, sut wnaethoch chi'ch dwy gwrdd, Ler?" holodd Math wrth ymuno â'r Gymraes bengoch ar erchwyn y patio.

"Pam?"

Trawyd Math gan ei hateb.

"Dim rheswm," medd Math a'i llygadu'n graff. "Gwranda, Ler," meddai wedyn. "Mae'n ddrwg gen i os aethon ni i Bryn Haearn Mawr hebddat ti. Mond penderfyniad sydyn oedd o, sdi – oeddat ti angan amsar i siarad efo dy hen ddyn, ac o'dd Krystyna i weld yn conffiwsd efo'r rhestr siopa Gymraeg…"

"Ma'n iawn, Math," atebodd Leri, a thynnu ar ei smôc.

Gwyddai Math nad oedd pethau'n iawn, fodd bynnag. "Yli, sylwis i fo ti'm yn hapus ddoe. Fysa'n gas gennai ddod rhyngtha chi'ch dwy. 'Da chi'n ffycin grêt efo'ch gilydd a… wel, dwi'n meddwl y byd o'na chditha hefyd…"

"'Hefyd'?" holodd Leri a syllu'n syth i'w lygaid.

Trodd Math i ffwrdd.

"Y peth ydi, Math, dwi'm yn beio chdi am gymryd ffansi ati. Ma hi'n lyfli o hogan, ac yn stynnar hefyd. Fedrai weld be 'di'r atyniad. A dwi'n dalld sut mae dy feddwl di'n gweithio."

"Ond Ler…"

"Math. Plis paid â gneud petha'n ôcward rhwng ti a fi. 'Da ni'n ffrindia ers blynyddoedd, dydan?"

"Wna i byth, byth dy frifo di, Ler. Ti'n gwbod hynna. A mae o'n loes calon i fi feddwl bo fi 'di gneud petha'n ôcward rhyngthoch chi…"

Ymlaciodd Leri. "Dwyt ti heb, sdi… Ffyc, i fod yn ffycin onest, ti wedi agor 'yn llygid i."

"Ym mha ffordd, Ler?"

"Wel, Krystyna a fi. Whirlwind romance. Y peth gora ddigwyddodd i fi, wir i ti…"

"Wel, ia, gobeithio – mae'n edrach fel tasa gynnoch chi rwbath sbesial iawn yn mynd ymlaen…"

"Hmm. Ti'n meddwl?"

"Yndw," atebodd Math, heb edrych i'w llygaid.

"Ond ti wedi gneud i fi feddwl – dod at 'y nghoed, sdi."

"Dwi'm yn dalld."

"Wel, ella bo fi wedi mopio 'mhen… Wsdi, prin dwi'n nabod hi mewn gwirionadd, yndê. Ac mi ddudodd hi o'r dechra ei bod hi'n licio dynion hefyd. Ac, wel…" Trodd Leri i ffwrdd wrth dynnu ar ei smôc.

"A be?" holodd Math.

"Wel… ffyc, dwi'm isio gneud i chditha deimlo'n ôcward, chwaith…"

"Tria fi."

"Wel, ti'n iawn – mi gawson ni chydig bach o ffrae yn dy gylch di…"

"Ffyc! Dwi mor sori. Ond wir i ti, fyswn i'm yn gneud unrhyw be—"

"Mae'n iawn, Math. Dwi'n gwbod sdi, mêt. Onest rŵan. Ond mi nath hi gyfadda ei bod hi'n dy licio di. Dy licio di lot."

Methodd Math ateb. Roedd ei galon yn dawnsio, ond ei feddwl ar chwâl.

"Ond fel titha', fysa hi ddim yn 'y mrifo fi. A dwi'n dallt na fedrith bobol helpu'r ffordd maen nhw'n teimlo."

Bu tawelwch rhwng y ddau am rai eiliadau.

"A dwi'n meddwl 'mod i'n gwbod sut ti'n teimlo, Math."

Methodd Math ddod o hyd i'r geiriau i ateb.

"Ond mae un peth yn saff," ychwanegodd Leri. "Mae'r hogan druan 'di mopio'i phen yn lân efo ti!"

"Ffyc, cer o'na," wfftiodd Math yn gelwyddog.

"Do, Math. Chdi a dy ffycin farddoniaeth a cerrig!"

Gwenodd Leri ac ysgwyd ei phen. Wyddai Math ddim lle i sbio.

"I fod yn onast, dwi'n difaru sôn wrthi amdanat ti!" ychwanegodd, cyn rhoi chwerthiniad bach gwantan, yna gwenu – yn rhwyddach y tro hwn.

"Be ti'n feddwl?" holodd Math.

"Wel, o'dd hi'n siarad am ei phapur, ac am y cysylltiadau rhwng hen bobloedd ar y ddwy ochor i'r Iwerydd. O'dd hi 'di gwirioni efo'r Cymry am ryw reswm."

"Maen nhw, sdi," medd Math. "Y Tsiecs, hynny ydi. Byth ers adag y Rhamantwyr – Iolo Morganwg a rheini. O'dd cenhedloedd bach Ewrop oedd yn rhan o ymerodraetha mawr yn deffro ac ailganfod eu hanas. Ac am ryw reswm, Cymru oedd eu hysbrydoliaeth."

"Wel, be bynnag am hynny," medd Leri. "O'dd rhaid i fi sôn amdana ti, achos, wel, dyna 'di dy betha di, yndê? A *ti* ydi'n ysbrydoliaeth *i*!"

"Paid â rwdlan, Ler," protestiodd Math yn swil.

"Go iawn, rŵan. Dwi wedi gwrando lot arna chdi, sdi – a paid â deud fo ti'm yn cofio, y cont!"

Gwenodd y ddau ar ei gilydd cyn i Leri fwrw yn ei blaen. "Ond pan ddudas i dy fod ti wedi bod drosodd yn Canada ac wedi byw efo'r Mohawk, roedd hi wedi gwirioni'n llwyr, ac yn sôn fel y licia hi gwrdd â chdi a ballu!" Stopiodd Leri pan welodd ryw olwg ryfedd yn dod dros wyneb Math. "Sori. Gobeithio bo ti'm yn meindio bo fi'n canu dy glodydd di o gwmpas y wlad!"

"Mae'n iawn, Ler," medd Math, gan guddio'r ffaith ei fod o'n cicio'i hun y tu mewn. "Jysd ddim yn cofio sôn am Canada efo chdi ydw i."

"Wel, y bastyn!" meddai a rhoi swadan iddo ar dop ei fraich. "Ti'm yn cofio? Y noson gynta i ni ffwcio? O' chdi'n parablu'n braf am y Mohawk a'r ffaith eu bod nhw wedi cael eu troi'n Gristnogion, ac mai hynny oedd eu diwadd nhw – dechrau'r 'slippery slope' i alcoholiaeth a gamblo?"

Roedd golwg wag yn llygaid Math.

"OK, o'n i'n gwbod dy fod ti off dy ben, ond do'n i'm yn meddwl fo ti mor bell allan ohoni na fysa ti'n cofio ffyc ôl am y noson!"

Roedd tinc cryf o siom yn ei llais, sylwodd Math, felly brysiodd i'w chysuro. "Na, Ler, dwi *yn* cofio'r noson yn iawn, siŵr! Jysd ddim yn cofio deud yr hanas ydw i. Fydda i'm yn siarad efo neb am y peth fel arfar. Neb o gwbwl. Ti'n berson sbesial, ma'n rhaid!"

"Wel, mi oedd hi'n *noson* sbesial! Ti'n cofio mai fy nhro cynta fi oedd hi, yn dwyt?"

"Yndw, Ler. Yndw siŵr. Ac oedd, mi oedd hi'n noson arbennig iawn, iawn."

"Un deg wyth o'n i. Ar fin mynd i coleg yn Llundan. A 'nes di addo dod i 'ngweld i, achos o' chdi'n mynd 'nôl a mlaen i Lundan adag hynny'n doeddat?"

"O'n, mi o'n i, ond…"

"Ac oeddat ti'n agor dy galon am dy fam a dy chwaer… Isio egluro pam fethas di ddod i'r cnebrwn…"

"Ia, dyna chdi," medd Math, heb gofio pob manylyn, ond yn cofio serch hynny. "Be yn union ddudas i?"

"Am be, 'lly?"

"Sonias i be o'n i'n neud fel gwaith? Yn Canada?"

"Na, dim i mi gofio," atebodd Leri. "Oeddat ti'n reit dawedog am hynny, i fod yn onest. 'International man of mystery' o'n i'n dy alw di, cont!"

Chwarddodd Leri. Dim ond gwenu wnaeth Math.

"Ac ers pryd ma Krystyna yn Aber?"

"Mae hi yno ers tro, dwi'n meddwl – neu o leia'n mynd a dod. Roedd ganddi fflat yn Aberaeron ar un adag, medda hi. Ma'n siŵr na dyna pam do'n i heb ei gweld hi tan fis yn ôl. Pam ti'n holi, Math?"

"Duw, dim rheswm, Ler. Jysd holi…" Stopiodd Math pan welodd y wên drist ar wyneb ei ffrind. "Mae'i Chymraeg hi'n uffernol o dda, dydi?"

"Yndi. Ond doedd genna i'm syniad ei bod hi'n siarad Cymraeg am yr wythnos ddwy gynta. Tan imi 'i chlywad hi ar y ffôn, yn siarad Cymraeg efo'i thiwtor. Ges i ffwc o sioc!"

Ar y gair, daeth Krystyna allan o'r caffi a dod draw i eistedd efo nhw. "A beth chi dau ddrwg yn gwneud yma? Siarad amdanaf i, dim gobeithio!"

Gwenodd Math arni. "Jysd siarad am heno. Gobeithio wnewch chi fwynhau. Dwi'n reit ecseitud bellach!"

"Bydd o yn arbennig iawn," atebodd y Tsieces a'i pherlau llwydlas yn pefrio.

"Bydd," cytunodd Math wrth godi ar ei draed. "A diolch eto i'r ddwy o'no chi am helpu."

Cerddodd Math am ddrws Tyddyn Dub heb sylwi ar y dyn oedd yn cerdded i lawr trwy'r twyni i'r traeth ac yn troi i gyfeiriad y caffi.

81

Wedi archwilio'r rhwyd roedd Dingo'n bendant mai cyllall oedd wedi ei thorri, er fod Jenko a Simba'n mynnu ei fod yn edrych yn debycach i gwlwm wedi rhoi ac achosi i'r rhwyd agor dan effaith y cerrynt. Yr un oedd y canlyniad, fodd bynnag – colli wyth deg pedwar cilo o sgync o'r safon ucha bosib. Gwerth dros wyth can mil o bunnoedd ar y stryd.

Doedd dim rhyfadd fod Dingo'n gandryll. Wedi deg munud o fytheirio a bygwth y fall ar bawb a phopeth – a hyd yn oed Jaco'r ci yn cuddio tu ôl i goesau Col Jenko – mi dawelodd o ddigon i allu gyrru'r gwch yn ôl i'r lanfa ar draeth Dindeyrn.

Bu rhyw fath o ddistawrwydd bygythiol a thrydanol wedyn, hyd nes y cyrhaeddodd y tri – a Jaco efo nhw – yn ôl i dŷ Dingo, ble y dechreuodd hwnnw frasgamu'n ôl ac ymlaen yn y gegin efo'i ddwylo'n mwytho'i ben moel.

"Be ffwc dwi'n mynd i neud rŵan? Fydd gennai'm cash yn dod i mewn i dalu am y gwyn! O'n i'n dibynnu ar y gwyrdd i dalu am hwnnw. A dwi 'di ffwcio petha i fyny efo ffycin Adey, felly alla i'm mynd i grafu tin hwnnw rŵan. Hyd yn oed os neith o faddau, fydd o'n mynnu fo ni'n talu upfront rŵan, yn bydd?!"

"Ffwcio hwnnw eniwe, Dingo," medd Jenko. "Wnawn ni handlo'r twat yna."

"Dim matar o 'handlo' neb ydio, Jenks. Ti'm yn gweld? Sgennai'm pres i brynu ganddo fo na neb arall. Fydd o 'di fflydio'r lle cyn i ni ddod 'nôl ar 'yn traed!"

"Sgen ti'm pres yn y stash mawr?"

"Na. Newydd ei roi o yn y 'wash' ydw i! Typical! Jysd pres y stashys bach sy 'na."

"Ydi hynny'n ddigon i dalu Adey – ar ben be ti wedi'i roi iddo fo'n barod – i gael pacej newydd ganddo fo?"

"Digon i sortio'r ddylad, ella. Ond dim digon i dalu upfront. Ffyc… fydd rhaid i fi jysd trio smŵddio petha drosodd efo fo. Deud sori, crafu'i ffycin din o. Ffycin embarrassing. A fydd 'na'm point eniwe. Achos neith o'm bacio i lawr. Ffycin hel, hogia bach, ma hi'n ffycin llanast! Ffycin ffycin ffycin llanast…!"

Pwysodd Dingo ei din yn erbyn y sinc.

"Pwy oedd yn gwbod am y stash?" gofynnodd Jenko.

"Mond chdi a fi," atebodd Dingo. "A ti heb sôn wrth neb arall?"

"Be ti'n ffycin feddwl, Dingo?"

"Siŵr?"

"Bendant."

"Pwy fysa'n gallu rhoi dau a dau efo'i gilydd ta, dwad? Elli di feddwl am rywun?"

Ysgydwodd Jenko'i ben a chwythu gwynt o'i geg wrth feddwl. "Neb, Dingo. Ti rioed wedi cuddio dim byd yno o'r blaen, naddo?"

"Ia, ond 'di hynny ddim i ddeud na fysa rhywun yn gallu'i tsiansio hi, yn nac'di."

"Ond pwy fysa'n cofio fod gen ti fŵi allan yna ar un adag, heb sôn am yn dal i fod?"

"Mae 'na rywun wedi'n ffycin gwatsiad ni'n mynd yno, felly, yn does?" mynnodd Dingo.

Oedodd ei ffrind eto, cyn mentro siarad. "Dwi dal i ddeud fod o ddim yn debyg i waith cyllall, Dingo."

"Finna 'fyd," ategodd Simba. "Cwlwm 'di rhedag, garantîd. Jysd ffycin anlwcus. Dyna pam ma sgotwrs yn tsiecio'u rhwydi bob tro cyn mynd all—"

"FFWCIO SGOTWRS!" bloeddiodd Dingo ar ei draws a chwalu'r llestri oddi ar y top wrth ymyl y sinc. "Dim llond sach o benwaig dwi 'di golli!"

"Dingo!" medd Jenko. "Gwranda. Os na damej naturiol ydi o – a dwi'n garantîo chdi na dyna ydi o – mae'r sgync yn dal yno ar waelod y môr."

"Wel, dydi hynna'n fawr o ffycin help, nac'di?" brathodd Dingo. "Mae o'n watertight, dydi. A dydi'm yn ddyfn iawn yn fa'na, nac'di? Deifars yndê?"

"Be?"

"Deifars. Ffrogmen. Gyrru nhw i lawr i chwilio amdan y bêls."

"O, ffycin grêt! Jiniys, Jenko – 'Ymm, sgiwshwch fi, ond allwch chi fynd i chwilio am shipment o sgync mewn pacedi mawr o latex du ar waelod y bae i fi, plis?'"

"Wel, siawns fo ni'n nabod rhywun sy'n gneud gwaith fel'na? Deep sea divers – ar y rigs falla? Rywun fedran ni drystio, neu ei dalu fo i gadw'i geg ar gau?"

"Ia," ychwanegodd Simba. "Hyd yn oed os gawn ni hyd i'w hannar o, fydd o'n werth o, yn bydd?"

"Meddylia am y peth, Dingo. Eith o ddim yn bell. Ddim am allan, beth bynnag. Mynd i mewn efo'r llanw neith o, siawns. Mond i ni gadw'n llygid allan ar y traeth."

Stopiodd Dingo frasgamu, cyn troi i sbio allan trwy'r ffenast a meddwl. Edrychodd y ddau arall ar ei gilydd.

"Cadw llygid ar y traeth?" medda Dingo cyn hir, heb droi i edrych ar y ddau. "Pa draeth fysa hwnnw 'fyd, dwad?"

"Porth y Gwin, yndê?" atebodd Jenko. "Mond i fa'na eith o."

"Porth y ffycin Gwin," medd eu bòs cyn troi i edrych ar y ddau.

"Iep," medd Jenko. "A mae gennan ni rywun yn fa'na allith gadw golwg bob dydd i ni, yn does?"

82

Roedd Bitrwt ar y ffôn efo Raquel. Ffonio i ddweud sut oedd eu mam wnaeth hi, ac mi fachodd Bitrwt ar y cyfle i'w gwadd hi i'r parti. Byddai'n gwneud lles iddi, meddyliodd – er na ddywedodd hynny wrthi, rhag iddi styfnigo a mynnu nad oedd unrhyw beth yn bod arni. Roedd hi eisoes wedi clywed am y parti, fodd bynnag – wedi ei weld o ar Facebook, medda hi, ac roedd rhywun arall wedi pigo ffleiar i fyny yn un o gaffis Dre amser cinio.

"Wel, wyt ti am ddod neu beidio? Digon hawdd i ti gael tacsi adra'n gynnar, yn dydi?"

"*Ond pwy gai i warchod, Bitrwt?*"

"Dwn i'm. Pwy sy'n gwarchod i chdi fel arfar? Llinos, ia? Geith hi ddim dod yma, eniwe, achos dydi ddim yn un deg chwech."

"*'Dio'm yn deud hynny ar y bejan Facebook.*"

"Nac'di? Shit. Ddylia fod o," medd ei brawd yn gelwyddog.

"*Dwi'm yn meddwl wna i foddran, sdi, Bît. Dwi'n gweithio fory, dydw. Wna i ddim enjoio'n hun yn aros yn sobor a mynd adra'n gynnar.*"

"Wel, dyna chdi ta, Raq. Ti a ŵyr. Felly, oedd Mam yn ocê, oedd?"

"*Oedd, sdi. Rhyfeddol a deud y gwir. Anodd coelio tydi?*"

"Yndi, mae o'n reit boncyrs sut mae'r peth yn mynd a dod."

"*Yn union. Does wybod sut fydd hi fory, nagoes? Reit, dwi'n mynd. Siarada i efo ti nos fory – os fyddi di'n sobor!*"

Caeodd Bitrwt ei ffôn a mynd yn ôl at y fflapjacs a'r tryffyls mêl madarch. Agorodd ddrws y popty i jecio'r batsh diweddara o fflapjacs, gan roi ei drwyn i mewn ac ogleuo.

"Mmm-mmmhmmm!" gwaeddodd. "Mae 'na ogla da ar rhein, Robi-di-reu!"

"Oes, mae 'na, reu!" cytunodd Robi, oedd wedi bod yn ei helpu efo'r coginio. "Ydi Raquel am ddod draw heno, ta?"

"Nac'di, Rob. O'n i'n gobeithio fysa hi wedi gallu cael diwrnod ffwrdd fory. Ma hi'n haeddu cael noson wyllt am tshênj."

"Yndi, ti'n iawn," medd Robi-di-reu. "Ydi hi'n cadw'n iawn, yndi?"

"Wel, dwi'm yn siŵr i ddeud y gwir wrtha ti, Robi," atebodd Bitrwt. "Dwi'n meddwl fod 'na rwbath yn ei chnoi hi, sdi. Y ffycin Cimwch 'na, synnwn i ddim. Dwi rioed wedi licio'r cont fflash."

Rhoddodd Robi-di-reu ei declynnau cegin i lawr a thynnu ei fenig popty, cyn cydio yn ei faco a'i rislas. "Gwranda, Bît… Mae 'na rwbath dwi 'di bod isio'i ddeud wrtha ti, ond… wel…"

"Taw? Ti'm 'di llosgi'r fflapjacs 'na, naddo?"

Gwenodd Robi'n chwithig. "Naddo, reu. Gweld rwbath dydd Sul dwytha 'nes i… A dwi heb gael cyfla i ddeud wrtha chdi… Wel, do dwi wedi, ond dim ond pan mae pawb arall yma hefyd…"

"Be ffwc ti'n sôn am, Robi?"

"Wel… Dydd Sul dwytha, pan ddaeth Dingo heibio lle fi a'n

mwydro fi'n racs… Wel, yn syth ar ôl iddo fo fynd – matar o eiliada, cofia – pwy welis i'n dod i fyny o fan hyn, mewn car, ond Heather, musus Dingo, yndê, a…"

"Cimwch?" holodd Bitrwt.

"Ffyc… ia! Sut ffwc o' chdi'n gwbod?"

"Do'n i ddim. Jysd rhoi dau a dau efo'i gilydd. Y ffordd o' chdi'n buldio fyny iddo fo! Ddylsa chdi fod ar stêj, Robi!"

"Wel, dwi ddim yn siŵr o hynny, reu!"

"Ond ma hi'n amlwg fod y twat yn ei thrin hi fel cachu – tu ôl ei chefn hi, o leia – a'i bod hi'n gwbod hynny. Wel, dyna dwi wedi bod yn ama eniwe. Debyg 'mod i'n iawn, felly."

"Sori i orfod deud… Ti'n nabod fi, gas gennai gario clecs, reu. Ond…"

"Hei, dwi'n gwerthfawrogi, Robi. Diolch 'ti. Mi ro i hwnna'n y banc tan yr adag iawn. 'Di'n chwaer fawr i ddim yn berffaith, ond ma hi'n haeddu mwy o ffycin barch. Geith y basdad bach fflash 'na dalu am hyn."

83

Newydd siarad efo Tecwyn Pierce ar y ffôn oedd Pennylove, ac er fod hwnnw'n swnio braidd yn felodramatig roedd rhaid iddo gyfadda bod yr hyn oedd ganddo i'w ddweud yn eitha diddorol. Er na wyddai Tecwyn hynny ei hun, roedd gan y wybodaeth a roddodd i Pennylove, o bosib, arwyddocâd sylweddol o ran ei ymchwiliadau i'r criw oedd ar gyrion gang Dylan 'Dingo' Williams. Doedd Tecwyn ddim wedi gweld *pwy* oedd wedi agor y caffi ym Mhorth y Gwin, ond mi oedd o'r farn nad oedd o'n fusnas cyfreithlon. Doedd ganddo'm math o dystiolaeth i gefnogi ei osodiad, heblaw am y ffaith bod yna fiwsig "bobol ddu" a "bwm-bwm" uchel yn dod o'r lle "y prynhawn 'ma".

Wrth gwrs, doedd y ffaith fod yna fiwsig uchel o unrhyw fath yn dod o du mewn i adeilad cyhoeddus – yn enwedig un oedd ymhell o gartrefi a sefydliadau eraill – ddim o reidrwydd yn cynnig unrhyw reswm o fath yn y byd i wastio amser yr heddlu yn ei gylch. Ond o ystyried yr hyn gafodd ei ddweud dros y ffôn rhwng Dingo a Tongs mi allai fod mai'r caffi hwn oedd lleoliad y "parti" a grybwyllwyd gan Dingo fel y lle i werthu cyffuriau.

Er nad oedd Tongs wedi derbyn y cynnig i werthu yno, credai Pennylove mai buddiol fyddai galw draw i gael golwg sydyn ar y lle. Wedi'r cwbwl, dim ond plismona da oedd gwybod be oedd yn digwydd yn y plwy.

Ond tra bod Pennylove yn digwydd sefyll yn nerbynfa'r orsaf heddlu, yn ystyried pa fath o esgus y gallai'i ddefnyddio i egluro pwrpas ei ymweliad – boed hynny i Pardew a'r uwch-swyddogion eraill neu i berchnogion y caffi – daeth dyn i mewn trwy'r brif fynedfa a sefyll wrth y cownter a datgan, mewn Saesneg eitha piwis, ei fod o yno i wneud cwyn.

"Picnic tables?" holodd Pennylove wedi i'r dyn – rhyw Steven Person o Sea View Caravan Park – ddechrau egluro. "Are you sure?" holodd wedyn, wrth weld golwg ansicr ar ei wep o.

"As sure as I can be under the circumstances," atebodd y dyn.

"OK," atebodd y ditectif wrth estyn llyfr nodiadau o dan y ddesg a holi'r sarjant fyddai'n iawn iddo fo gael gair sydyn cyn iddo wneud ei gŵyn swyddogol. Sylwodd Pennylove fod y dyn wedi ffromi pan siaradodd o Gymraeg efo'r sarjant.

"Where were the picnic tables taken from?"

"I'm pretty sure they were taken from my shed."

"'Pretty sure'?"

"Yes. Well, thing is… I'm not wholly familiar with what exactly *is* in the shed."

Stopiodd Pennylove gymryd nodiadau.

"You see," medd y Sais, "I bought the property a couple of years ago, and the site remains – in effect – a work in progress."

"Right."

"There's a barn which is yet to be converted, and is used for storage. Now, the thing is, the stuff in that barn was left by the previous owner, and is of course now my property."

"I see. And what kind of items are in storage?"

"Well, I haven't got an inventory, but… well, it's mainly a load of old rubbish that I've been meaning to throw…"

"Rubbish?"

"Yes, miscellaneous stuff… Anyway, I noticed this morning that someone had been in the barn and immediately thought that my builder – a local odd job man – had popped over while I was out…"

"And what's the name of this 'odd-job man'?"

"Well, the thing is, he does come and go because he works for me…"

"Oh, I see… So he's not under suspicion?"

"No. Well, he wasn't. You see, I didn't notice anything missing. But I did know that things had moved around a bit."

Syllodd Pennylove yn wag ar y dyn. "'Moved around a bit'?"

"Uh-huh."

"Right. So you have a shed full of rubbish left behind by the previous owner, some of which has moved around a bit, but with nothing missing?"

"Well, yes, there are some picnic tables missing. I mean, I know that now. As soon as I saw the picnic tables outside this newly opened cafe, I remembered seeing some picnic tables in the shed. And they're not there any more."

Cododd Pennylove ei ben a syllu ar Steven Person. Holodd sut oedd o'n gallu adnabod y byrddau os oeddan nhw'n gorwedd o dan lwyth o lanast yn y sied. Mwmiodd Steven Person ryw synau na ddalltodd Pennylove o gwbwl.

"How?" holodd y ditectif.

"What?"

"How can you identify these tables?"

"Well, I'm pretty sure they were round and made of wood. Like the ones outside this cafe, all of a sudden."

"And when was the last time you were down by the cafe?"

"I can't remember…"

Caeodd Pennylove ei lyfr a thaflu'r feiro ar y ddesg.

"Look," medda Steven Person. "I've got a hunch… I've been thinking back to the other night when I heard a fox attacking one of my ducks. I believe that it may not have been a fox at all, but a burglary in the shed."

"I see," medd Pennylove, a'i ddiffyg amynedd yn amlwg. "And you didn't report the break-in?"

"No. I didn't even notice it."

"No locks broken? No breaking and entering?"

"No. Just the dogs barking."

"And you thought it may be a fox? Why was that?"

"Well, a duck was killed…"

84

"Be 'di hwnna, Robi-di-reu? Stafall newid i'r pôl-dansars?"

Crwyna oedd newydd gerdded i mewn trwy'r drws cefn a gweld Robi'n sefyll ar gadair tu ôl y cowntar, yn gosod 'cyrtans' i hongian o'r nenfwd ar draws y gornal, i guddio'r drws cefn a drws y cwpwrdd stôrs. Ei syniad oedd nadu cwsmeriaid rhag defnyddio'r drws cefn fel short-cyt i'r toiledau ar ben y twyn-glogwyn. Wrth gwrs, nid cyrtans go iawn oeddan nhw, ond dau 'throw' oedd ganddo dros ei soffa yn y bwthyn – un oedd yn ddu efo gwynebau aliens gwyrdd a gwyn am yn ail arni, ac un biws efo dail canabis gwyrdd, melyn, coch a du drosti i gyd.

"Weli di ffycin bolyn yn rwla, Crwyna?" holodd Robi-di-reu wrth neidio i lawr o'r gadair.

"Na, ond mi alla i nôl polyn sgaffold o'r buarth 'cw os tisio!"

Chwarddodd Robi-di-reu. Roedd cael hanes y Dafarn Gacan ganddo wythnos yn ôl wedi gadael argraff ddofn ar Crwyna, yn amlwg.

"Dwi ddim am ofyn i dy chwaer a'i chariad ddawnsio, reu!" atebodd, gan dynnu ar ei sbliff. "A dwi ddim am ofyn i Bitrwt chwaith! Achos mae hwnnw'n ddigon gwirion i neud!"

"Hei! Ffyc off, y Rasta Plastig!" gwaeddodd Bitrwt o'r decs, lle'r oedd o'n sortio'i diwns yn barod at nes ymlaen.

"Faint o amsar ti isio i sortio dy ficsys, Bitrwt?" gwaeddodd Math o'r peiriant pinball, lle'r oedd o'n dangos ei sgiliau i Krystyna. "Mond CDs ti'n iwsio, cont!"

"O? Dyma ni – y vinyl snobbery'n dechra! Tship ar 'ych sgwydda sy genna chi vinyl snobs. Jysd bod CDs yn fwy hwylus na cario records trwm rownd lle!"

"Old skool, Bît!" haerodd Math. "Mae 'na gymeriad i feinyl, mêt. Heb sôn am sŵn gwell."

"Sŵn gwell, o ffwc!" heriodd Bitrwt. "Myth ydi hynna, siŵr! Ac os ti isio cymeriad, be well na CD sy'n sgratshys drosti? Dangos bod hi 'di byw, mêt. 'Di cael ei chwara mewn partis, 'di bod allan o'i châs am ddyddia, ar lawr, dan draed, lawr cefn soffa… Rwbath tebyg i chdi, Math. Ond biwti'r peth ydi ei bod hi'n *dal i allu ffycin chwara!*"

"Digon teg, Bitrwt," cydnabodd Math, gan anwybyddu'r ymosodiad hedffycaidd. "Ond lle gei di hen dracs dub prin, a'r classics i gyd?"

"Digon hawdd transffyrio nhw i CD, dydi? Ac mi elli di gadw'r craclo hefyd os lici di – os na becyn-ac-wy 'di dy betha di."

Ysgydwodd Math ei ben a chwerthin. Doedd dim pwynt dadlau efo'r cont.

"Gwranda ar hon ta, Math yn y Bath," mynnodd Bitrwt. "Odd'ar dâp 'nes i gopïo hon, efo Audacity. Hon fydda i'n chwara pan fydd yr haul wedi diflannu bora fory."

Trodd Bitrwt y sain i fyny ar ei ddecs a daeth 'Ble'r Aeth yr Haul' gan Huw Jones a Heather Jones i lenwi'r lle. "Haha!" gwaeddodd. "Curwch honna'r basdads!"

"Briliant, Bît!" medda Leri. "Oedd hon gan Mam erstalwm."

Canodd Leri efo'r gân. "*HEI, HEI, HEI-HEI, BLE'R AETH YR HAUL, BLE'R AETH YR HAUL…?*"

"Oedd hi gan Mam hefyd," medd Math. "Ar feinyl. A ti'n gwbod be?"

"Be?" gwaeddodd Bitrwt.

"Mae hi i mewn yn y jiwcbocs 'cw!"

"Cer o'na!"

"Yndi – dim un Mam. Ond un brynis i mewn siop ail-law!"

"Wel, y basdad!" diawliodd Bitrwt. "Ond 'nes di'm meddwl chwara hi yn dy set chwaith, naddo? Ma hi dal yn wan-nil i fi, cont!"

Ar hynny, daeth Tongs i mewn trwy'r drws ffrynt.

"Lle mae'r gwair Cantra'r Gwaelod 'na?"

"Fa'ma, reu," atebodd Robi-di-reu.

"Ffycin cuddia fo! Ma Dingo yma! A ma ffycin Jenko a Simba efo fo!"

Sgrialodd Robi-di-reu fel na sgrialodd erioed o'r blaen. Cydiodd yn be oedd ar ôl o'r bag cilo o 'Sgync Seithennyn' a'i stwffio fo i lawr ei fôls, cyn neidio'n ôl i ben y gadair a chogio bach ffidlan efo'r cyrtans.

"Duwcs, Dingo!" gwaeddodd Bitrwt wrth i'r dair casgan swagro i mewn trwy'r drws. "Gynnar braidd i'r parti, dwyt?"

"Cau hi, Bitrot!" oedd atab gwyneb-tin Dingo.

"Cau di hi, Dingoc!" medda Bitrwt yn ôl.

"Na! Ffycin cau di hi!" sgyrnygodd Dingo.

"Paid!" medda Jenko efo winc pan welodd o Bitrwt ar fin agor ei geg eto.

"A tro'r ffycin shait 'na off!" arthiodd Dingo.

"Bît!" rhybuddiodd Jenko eilwaith fel oedd Bitrwt ar fin dechrau cega.

"Reit," dechreuodd Dingo wrth fynd i bwyso ar y cowntar bwyd. "Mae hi'n ffycin greisus!"

"Crrreisus?" holodd Robi-di-reu wrth neidio i lawr o'i gadair.

"Ia, dyna ffycin ddudas i, Robi. Ffycin creisus!"

Trodd Dingo i wynebu pob un yn eu tro, gan oedi pan ddaeth at Leri a Krystyna wrth ystyried ai peth doeth oedd siarad o flaen y ddwy. Meddalodd ei lais rywfaint.

"Genod, ydach chi'ch dwy'n meindio mynd am dro at y dŵr am funud? A chditha hefyd, Crwyna. Os ti'm yn meindio?"

Arhosodd Dingo i'r tri 'diniwed' adael yr adeilad cyn troi at be oedd ganddo i'w ddweud. Syllodd ar Bitrwt a Robi-di-reu, yna ar Math am eiliad, cyn troi at Tongs. "Y newyddion drwg ydi, fydd yna ddim gwyrdd i chi werthu heno."

"Popeth yn iawn, Dingo," atebodd Tongs, a'r rhyddhad braidd yn rhy amlwg yn ei lais.

"Y newyddion gwaeth ydi, fydd yna ddim gwyrdd i chi werthu dros y wicend na'r Pasg chwaith."

"Dim probs, Dingo, paid â poeni…"

"A'r newyddion gwaeth fyth ydi, chewch chi'm agor y lle 'ma heno."

Cododd côr o "Be?" a "Be ffwc?" a "Pam?" yn ymateb i'w ddatganiad ysgytwol.

"Be sy 'di digwydd, Dingo?" holodd Math wrth gamu ymlaen wedi i'r lleisiau eraill dawelu.

"Alla i ddim cael bobol yma heno, achos dwi ddim isio bobol yma fory."

"Pam ffwc ddim?" holodd Bitrwt.

"Ia," medda Robi-di-reu. "Allwn ni'm canslo rŵan – mae'r ffycin bejan i fyny ar Facebook a ffleiars allan o gwmpas lle."

"Wel, fydd *rhaid* i chi ganslo fo'n bydd?"

"Fedran ni ddim, Dingo!" mynnodd Bitrwt.

"Yli, Bitrwt!" gwaeddodd Dingo. "Cau dy ffycin geg am unwaith, wnei?"

"Dim ffwc o berig, Dingo…!"

"Bît!" gwaeddodd Math. "Dingo. Os wneith bawb gŵlio i lawr a siarad am funud, ia? Be sy 'di digwydd? Dwi'n siŵr fedra ni sortio rwbath allan."

Oedodd Dingo cyn ateb. Edrychodd o'i gwmpas, yna i fyny ar y to uwch ei ben â golwg bron â chrio efo rhwystredigaeth ar ei wyneb. "Y peth ydi, dwi wedi colli wyth deg pedwar cilo o ffycin sgync. Hwnnw o'n i am roi peth i chi werthu…"

"Reit," medd Math. "Pam fod hynny'n effeithio fan hyn?" Sylweddolodd Math be fyddai'r ateb cyn iddo orffen y cwestiwn.

"Allan yn y bae 'na oedd o, hogia," eglurodd Dingo. "Yn sownd i bŵi cawall…" Stopiodd am eiliad neu ddwy, fel 'tai o'n ystyried ei eiriau nesa. Roedd hi'n amlwg fod ganddo gywilydd o'i flerwch. "Rywsut, mi dorrodd y ffycin rhwyd, a mae'r cwbwl wedi golchi ffwrdd. Mwya tebyg tuag at y lan. Tuag at y traeth yma. Y caffi yma."

Edrychodd yr hogia ar ei gilydd yn slei. Aeth y stafall yn ddistaw fel y bedd am eiliadau hir.

"Wel…" medda Bitrwt cyn hir, cyn i Math dorri ar ei draws.

"Wel os ydio'n debygol o olchi fyny ar y traeth, fysa'n well i rywun fod yma i watsiad allan amdana fo, yn bysa?"

"Ia, ond dim tra fod 'na lond lle o ffycin bobol diarth yma hefyd!" atebodd Dingo. "Be os fysa'r cwbwl lot yn golchi fyny fory, yn ganol yr Eclips? Fysa hi'n free-for-all yma!"

"Ti'n meddwl?" holodd Math. "Sut mae'r pacedi 'ma'n edrych? Petha mawr, ta petha bach? Be ydyn nhw, sî-thrŵ?"

"Na, dydyn nhw'm yn sî-thrŵ. Petha du ydyn nhw. Petha mawr, yn dal deuddag cilo yr un. Wedi eu sbrêo efo latex, neu be bynnag ffwc ti'n alw fo. Rubber cry, sdi. Hollol watertight ac airtight."

"A mond saith o'nyn nhw sydd, felly?"

"Ia…"

"Ac yn ddeuddag cilo yr un? Felly dydyn nhw ddim yn fflôtio – jysd rowlio ar hyd y gwaelod efo'r cerrynt."

"Wel, ia, ma'n siŵr," cytunodd Dingo.

"Felly os na fydd rhywun yn actiwali chwilio amdanyn nhw, fydd neb yn gallu'u gweld nhw?"

"Wel… na fydd, debyg iawn, ond…" cydsyniodd Dingo eto.

"Felly… y peth gorau i chdi, felly, ydi cael bobol ar y traeth 'ma twenti-ffôr-sefyn – neu o leia adag pob llanw. A rheini yn bobol sy'n actiwali cadw llygid allan amdanyn nhw. Ia ddim? A bobol ti'n gallu'u trystio."

Ystyriodd Dingo. Roedd hi'n amlwg ei fod o'n gweld synnwyr yn yr hyn oedd Math newydd ei ddweud.

"*Mae* o'n gneud sens, Dingo," medd Col Jenko.

"Fyswn inna'n deud hynny, hefyd," cydsyniodd Simba.

"Does 'na ffyc ôl arall fedri di neud, i fod yn onast," ychwanegodd Tongs. "Os na fydda ni yma, falla fydd 'na rhyw gont yn cerddad ei gi bora fory, ac yn digwydd dod ar draws un a mynd at y cops – a dyna hi wedyn, ti 'di colli'r cwbwl."

"Ac fedri di roi cilo neu ddau i ni am watsiad…" dechreuodd Bitrwt.

"Cau hi, Bitrwt!" medd Math.

85

Bron nad oedd yna well siawns mai'r chwadan ddwynodd ei fyrddau picnic o na phwy bynnag agorodd y caffi ar y traeth. Ond o leia mi roddodd cyhuddiadau hurt Steven Person esgus i Pennylove alw draw i fusnesu.

Doedd fiw iddo feiddio mynd yno yn ystod ei shifft, fodd bynnag, wedi derbyn y fath rybudd annymunol gan Pardew yn gynharach yn y dydd, felly mi dreuliodd weddill y pnawn ar bigau'r drain, yn yfed coffi a gwylio bysedd y cloc yn malwennu tuag at ddiwadd ei shifft. Wedi cwpwl o oriau allai o'm cymryd mwy, ac mi ffoniodd Bryn y dyn tec ym Mae Colwyn unwaith eto i holi oedd mwy o sgwrsio wedi bod ar ffôn Tongs.

Ateb digon sych a diwerth gafodd o gan Bryn y tro hwn, yn dweud nad oedd "ffôn Tony Tongs Evans" bellach yn cael ei thapio, ac o ran recordio galwadau ffôn unigolion eraill, dim ond aelodau o'r tîm ymchwilio oedd gan yr hawl i gael y wybodaeth – nid aelodau o'r tîm cynorthwyol. Roedd popeth yn "need to know", meddai – ac ymhellach, roedd o a gweddill y staff technegol ym Mae Colwyn o dan orchymyn i adrodd i DCI Pardew pe byddai Pennylove yn eu poeni nhw eto.

Cwta bum munud wedi iddo roi'r ffôn i lawr, clywodd Pennylove lais Pardew yn rhegi ym mhen draw'r coridor. Caeodd ei gyfrifiadur a chydio yn ei gôt, cyn brysio i lawr y grisiau ac allan at ei gar. Yn y maes parcio tarodd i mewn i DI Jones a DC Forest.

"Beth welsoch chi o'r viewpoint?" holodd Pennylove.

"Absolŵtli ffyc ôl!" atebodd Jones wrth i Forest stormio i mewn drwy'r drws mewn hŷff gwrth-Gymraeg arall.

"No way?" medd Pennylove, gan wneud job dda o guddio'i ddiléit.

"Iep. Dim ond mynd am joli-ffycin-hoit ar hyd y bae. Yfad few bottles o gwrw, stopio wrth rhyw lobster pot, yfad chydig mwy a ffwcio'n ôl i'r lan."

"Oeddech chi'n gallu gweld trwy y telescope beth oedden nhw'n gneud wrth y 'lobster pot'?"

"Erm, ia, wel… Dim cweit… achos 'nes i drio newid y ffôcys, a ffwcio pob dim i fyny. Paid â deud wrth Pardew neu fydd y cont yn diawlio."

"Paid â poeni. Dwi'n trio cuddio rhag hwnnw fel y mae."

"Ond mi oedd ganddon ni gwch allan ar y bae," medd Jones wedyn. "Ac mi nathon nhw basio'r syspects wrth bŵi'r lobster pot, a tynnu chydig o luniau."

"Mae rheswm eu bod nhw wedi mynd at y bŵi, yn does?" holodd Pennylove yn eiddgar. "Tydi Dingo ddim yn y seafood busnes, yn nac'di?"

"Nac'di, dwi'm yn meddwl, Wynne," atebodd Jones. "Hwyrach fod mwy i'r 'lobster pots' na mae rhywun yn feddwl. Rest assured it will all come out in the wash."

86

Roedd golwg dipyn hapusach ar Dingo yn gadael y caffi â'i ddau reinosorys o'i bobtu. Mi wnaeth o hyd yn oed lwyddo i gyfarch y genod a Crwyna, oedd yn sefyll lle'r oedd y tonnau mân yn cosi bodiau'u traed. Wedi i'r triawd cyhyrog gyrraedd eu car, brysiodd pawb i mewn i'r caffi i holi be ddiawl oedd y "creisus" mawr.

Eglurodd Math mai dim ond gorymateb i fethiant llwyth o wair i gyrraedd mewn pryd ar gyfer yr agoriad heno oedd Dingo, a bod hynny'n hollol iawn efo nhw'r hogia gan nad oeddan nhw isio gwerthu'i stwff o beth bynnag.

"Ond cofiwch," pwysleisiodd. "Mae hi rŵan hyd'noed yn bwysicach *fyth* i beidio gadael i Dingo wybod fod ganddon ni ffynhonnall ein hunan o sgync. Cyn bellad â mae o yn y cwestiwn, mae *pob dim* 'dan ni'n gwcio a *pob dim* 'dan ni'n smocio wedi dod o gnwd personol Robi-di-reu. Dallt?"

A'r haul bellach yn suddo'n goch dros y bae tu hwnt, gadawyd y merched i orffen mân baratoadau fel stocio'r rhewgelloedd a rhoi'r gwydrau plastig i gadw mewn cypyrddau tu ôl y cowntar, tra'r aeth yr hogia i symud y doman o lanast o gefn y caffi i lawr i'r creigiau isel rhwng y caffi a'r trwyn, yn barod i fynd ar y goelcerth.

"Alla i dal ddim dod dros yr holl beth," medd Bitrwt. "Pwy 'sa'n ffycin meddwl? Dingo bia'r ffycin cwbwl!"

"*Oedd* bia fo!" medd Math.

"Reu!" cytunodd Robi-di-reu. "Ond trystio'n lwc ni – ffendio llwyth o sgync yn y môr a'r ffwcin cwbwl yn perthyn i'r landlord!"

"Lwcus bo ni heb rannu'r gyfrinach efo fo!" medda Tongs.

"Hmm, dwi ddim mor siŵr," ystyriodd Math, oedd yn poeni fod ei amheuon ynglŷn â mynd i fusnas efo Dingo yn dechrau dod yn wir. "Falla ddylsa ni fod wedi…"

"Ond ma hi'n rhy hwyr rŵan, dydi?" medd Tongs.

"Ffycin reit," cydsyniodd Bitrwt. "Hwnna oedd y cyfla ola i neud hynny. Mai'n rhy hwyr rŵan!"

"Digon gwir, Bitrwt," cytunodd Math hefyd. "Does'na ddim troi 'nôl rŵan, hogia."

Wedi symud yr ola o'r llanast i'r goelcerth sych ar y creigiau, penderfynwyd mai da o beth fyddai cael mwy o goed tân, a hefyd i gael jar o betrol ar gyfer ei thanio hi nes ymlaen.

"Ffonia i Cors a Mynydd," medd Tongs. "Fyddan nhw'n falch o gael esgus i ddod yma heno."

"Dwi'n meddwl fydd hi'n syniad da i fi symud y parsal arall o stwff Dingo allan o fy sied garddio," medd Robi-di-reu.

"Dwi'n meddwl fysa'n well i chdi'i symud o i ffwrdd o dy le di'n gyfangwbwl, Robi!" medd Tongs.

Cytunodd Robi. Tasa unrhyw beth yn digwydd – byst gan y cops, er enghraifft – ac yntau'n cael ei ddal efo deuddag cilo o sgync high-grade wedi'i selio mewn rwber dal-dŵr, jêl fyddai'r peth lleia fyddai'n rhaid iddo boeni yn ei gylch.

"Awn ni â fo i rwla yn 'y nghar i, Robi," cynigiodd Tongs. "Yr unig broblam ydi, i lle?"

"Carafán Anti Hilda?" cynigiodd Tongs, gan droi at Math.

"Hmm…" ystyriodd Math. "I fod yn onast, dwi'm yn teimlo fod y garafán 'na'n saff erbyn hyn. Dim efo Derek yn snŵpio o gwmpas lle…"

"Derek?"

"Boi sy'n byw fyny stryd. Busnesu lot gormod. Ac mae o wedi dechra dod draw i dorri gwair a rhyw lol. Wyddwn i ffyc ôl tan i Anti Hilda sôn y dydd o'r blaen – a finna wedi bod yn anghynnas efo'r cont! Ond mae genna i syniad gwell. Dowch! Awn ni i wneud hynna rŵan, yn sydyn. Bitrwt, ti am aros yn fan hyn efo Crwyna a'r genod? Hold ddy ffôrt?"

87

"I don't give a fuck about Toby, Adey," arthiodd Dingo i lawr y ffôn wrth frasgamu 'nôl ac ymlaen tu allan drws gardd gwrw'r Twrch. "All I can say is that I've sorted the problem I had and I'll get you the rest of the cheese… Don't be like that, Adey. I'll explain it all. Just let us have the usual, yeah… Look mate, I've had one fuck of a bad fucking day, yeah, and the last thing I need is this shit…"

Stopiodd Dingo ar ganol cam pan fu bron iddo sathru Gladys Fach Siop Sgidia a'i gwasgu.

"… I know you've tried to phone me, Adey, but like I said, you wouldn't believe the disaster… What?… Yeah, I know… What?… Yeah, yeah, if that's what you want… No… No, I've got fuck all to hide… Tonight? Fuck…"

Sylwodd Dingo ar gwpwl o bobol ddiarth yn eistedd wrth un o'r byrddau yn yr ardd, a cherddodd yn ôl i mewn i'r dafarn ac allan trwy'r drws ffrynt.

"What was that again?… No, I just had to move somewhere else to talk… What?… Well fuck you as well!"

Gwasgodd Dingo'r botwm coch ar ei ffôn a mynd yn ôl i ista efo Col Jenko a Simba yn y bar cefn.

"Doedd o'm yn hapus, dwi'n cymryd?" holodd Jenko.

"Dim rili, 'de. Drias i bac-tracio, ond doedd o'm yn gwrando. Ma nhw'n dod lawr heno i sortio petha. Ffyc! Ar ôl yr holl shit 'na i gyd heddiw!"

"Dydi ddim yr amsar gora o gwbwl," cytunodd Jenko. "Ond o leia fedran ni dalu'r cont be sy arnan ni os ddaw o i lawr. Brynith hynna bach o amsar i ni."

"Wel, mae o'n mynnu fo ni'n talu'r ddylad *ac* yn talu am y llwyth nesa!" medd Dingo cyn rhoi clec i botal o Bud.

"Wancar! Be ddudas di wrtho fo?"

"Sgennan ni ond digon o gash i dalu be sy arnan ni."

"Wel, fydd rhaid i ni anghofio am y llwyth nesa felly," medd Simba. "Jysd talu'r ddylad a 'lie low' tra 'da ni'n ffendio'r sgync."

"A gadael iddo fo werthu'n direct hyd y lle 'ma? Sgowsars yn rhedag y sioe ffor hyn? Neu gwaeth – y contiad petha'r coast 'na?"

"Bydd raid ni fynd amdani felly'n bydd," medd Jenko. "Hitio pwy bynnag sy'n symud fewn i'n patsh ni – contiad y coast neu Adey ei hun, ffwc o bwys. Dwi fewn iddi!"

"Hmm… Fel ddudis i, Jenks, dwi wedi bac-tracio rŵan, yn do! Ond mae o'n ffycin flin."

"Wel yndi, ma'n siŵr, Dingo. Ma'n gwbod yn iawn bo ni 'di trio'i ffwcio fo!"

Trodd Dingo at Simba ac estyn papur degpunt iddo fynd i nôl mwy o gwrw, cyn byseddu'i ffôn hyd nes dod o hyd i un o rifau eraill Adey. Rhoddodd y ffôn i'w glust, ond roedd y rhif wedi marw. Triodd rif arall. Roedd hwnnw wedi marw hefyd. Doedd dim dewis ond ffonio'r rhif a ddefnyddiodd y Sgowsar i'w ffonio fo funudau'n ôl.

"Ffycin engaged!" bloeddiodd. "Reit, faint o sydyn fedran ni gael y pres sy arnan ni iddo fo i gyd?"

"Mae'r pres sy *arnan* ni i gyd ganddon ni, Dingo," atebodd Jenks. "'Da ni 'di hel êti grand pnawn 'ma."

"A ti 'di mynd â hwnnw i sied dy fam?"

"Do, Dingo. Ond 'da ni angan rwbath tebyg eto os ydan ni'n mynd i syrendro a talu 'upfront' am y nesa."

"Wel, sgennan ni mo'no fo," medd Dingo. "Fel ddudas i gynt – dwi ond newydd wagio'r stash mawr a rhoi chwartar miliwn yn y 'wash'! Heb sôn am sblasho allan am y gwyrdd sy ar goll!"

"Felly," medd Jenko. "Y dewis ydi, ffendio pres a talu'r ddylad *a* talu upfront, neu jysd talu'r ddylad a gwrthod cymryd mwy. Mae'r opsiwn cynta yn golygu plygu drosodd fel pwsis. Mae'r ail yn mynd i arwain at ryfal – ac os rhyfal, be 'di'r pwynt talu'r ddylad eniwe?"

"Neu fedran ni brynu bach o amsar," ystyriodd Dingo. "Faint o hir ti'n meddwl fydd hi cyn landith y bêls gwair ar y traeth – os landian nhw o gwbwl?"

"Dyna ti wedi atab dy gwestiwn dy hun, Dingo," medd Jenko. "Does wybod pryd y dôn nhw i'r golwg, nagoes? 'Da ni'm yn gwbod pryd dorrodd y rhwyd i ddechra efo hi."

"Ffyc... Am faint fedrith y contiad yna allu cadw bobol draw o'r traeth? No wê ydyn nhw'n mynd i foddran aros mwy na cwpwl o ddyddia."

"Oni bai fo ti'n ei neud o'n werth o iddyn nhw."

"Be, talu nhw?"

"Neu rhoi cilo iddyn nhw. Cilo o bob parsal maen nhw'n achub i ni?"

"Ffycin hel, Jenko! Dim ffycin Oxfam ydan ni!"

"Wel, ella fydd o'n werth o? Paid cael fi'n rong, Dingo, mae gas gennai feddwl am y peth fy hun. Ond..."

Daeth Simba yn ei ôl efo'r cwrw a rhoi'r newid mân i Dingo. Cydiodd Dingo yn ei botal a chlecio'i hannar hi.

"Meddwl sut i gadw civvies o'r traeth 'na ydan ni, Sim. Y general public, sdi... Unrhyw syniada?"

Llyncodd Simba gegiad o'i botal a meddwl. "Wel, o'n i'n gweld y sein 'na sy ganddyn nhw yn syniad go lew, fy hun."

"Pa sein?" holodd Dingo, cyn cofio ei hun. "O ia – y 'Danger, Toxic Algae' 'na! Yndi, mae hynna yn... syniad..."

Tawelodd Dingo wrth i'r cocos yn ei ben ddechrau troi.

"Wooooaah! Daliwch ffycin mlaen am funud bach...! Does'na'm ffycin rhyfadd bo fi wedi bod yn ogleuo sgync cry yn y basdad caffi 'na!"

"Be?" holodd Jenko, yn syllu'n syn ar ei fòs.

Ond roedd Dingo wedi codi ar ei draed, ac mi oedd ei lygaid fel soseri mawr, gwallgo, a'r gwythiennau yn ei wddw a'i dalcan fel gwreiddiau coed.

"A does'na'm ffycin rhyfadd pam doeddan nhw'm isio cymryd gwyrdd genna i i werthu chwaith!"

88

"Helô, Mr Davies? Sion? Sio-on? Neu William yda chi?"

"Lemsip," mwmiodd wrth agor un llygad.

"Arna i ofn fo chi wedi cael mwy na Lemsip, Mr Davies."

"Lemsip," mwmiodd eto wrth lygadu'r nyrs ifanc yn swrth. "Galw fi'n Lemsip."

"Lemsip maen nhw'n galw chi?" holodd y nyrs wrth gau'r cyrtans rownd y gwely tu ôl iddi. "Pam hynny?"

Gwyliodd Lemsip hi'n gwenu'n siriol ac yn estyn y clipfwrdd o droed y gwely. "Stori hir."

Gwenodd y nyrs eto wrth daro cipolwg ar y bag drip wrth ochor y gwely. "Lemsip ydach chi isio cael eich galw?"

Nodiodd Lemsip. "A stopia 'ngalw fi'n 'chi'... Lle ff... ydw i?"

"Ti'n intensive care ar y funud, Lemsip. Ma nhw 'di pwmpio dy stumog di allan, sdi. Mae'r doctor ar ei ffordd i dy weld di. Fydd o'm yn hir. Oes'na rwbath wyt ti isio o gwbwl?"

"Ymm... Lle mae 'nillad i?"

"Yn y cwpwrdd yn fa'na. Mond jîns a t-shyrt oedd gen ti – a sgidia. Oes 'na rywun fedri di ffonio i ddod â dillad glân i chdi?"

"Lle mae'n ffôn i?"

"Efo dy ddillad, am wn i? Dwyt ti'm yn cofio dod i mewn, ma'n siŵr?"

"Nac'dw..." atebodd. Ond mi oedd o'n gwybod pam. Roedd ei gof wedi cael cyfle i daflu amball fflachiad hunllefus ato yn ystod yr awr ddiwetha. "Does gen i neb fedra i ffonio, beth bynnag."

"Mi a' i 'nôl dŵr ffresh i chdi yn y jwg 'ma, yli," medd y nyrs. "Ti 'di yfad dipyn yn barod! Sychad, ia?"

"Hm! Ia. Dehydration... Lle mae'r toilet?" holodd.

"Jysd lawr ffor'cw ar y chwith," atebodd y nyrs. "Ond fydd y doctor yma mewn dim, cofia."

Trodd y ferch a diflannu trwy'r hollt yn y cyrtans, a'r jwg efo hi. Clywodd Lemsip hi'n cyfnewid geiriau sydyn efo'r doctor, ac o fewn eiliadau ymddangosodd pen hwnnw rhwng y cyrtans.

"Mr Davies," meddai dan wenu a chamu i mewn i'r 'babell'. "Dr Roberts ydw i. Sut ydach chi erbyn hyn?"

Adeiladodd Lemsip sgaffold o wên sydyn i ddal ei glwydda i fyny. "Dwi'n iawn, diolch, Doc. Barod i fynd adra, i fod yn onast."

Gwenodd y meddyg eto cyn estyn cadair ac eistedd arni. "Dwi yma i jecio i fyny arna chi, ac i egluro be fydd yn digwydd nesa."

"Nesa?" holodd Lemsip.

"Ia. Mi fydd Mr Rahimi yn dod i'ch asesu chi. Oes rhywun wedi egluro wrthoch chi pam eich bod chi yma a…?"

"Oes, oes…" atebodd yn gelwyddog.

"Ac ydach chi'n gwbod eich bod wedi cael eich 'ditênio' dan y Mental Health Act 1983?"

"Amended in 2007? Do," cadarnhaodd â chelwydd arall – gan ddefnyddio'i wybodaeth o'r ddeddf i atgyfnerthu ei dwyll. "Felly be sy'n digwydd nesa?"

"Wel, efo'ch consent chi – gobeithio – mi fyddan ni'n asesu os ydach chi angen triniaeth bellach."

"Pa fath o driniath?"

"Triniaeth i'r gwenwyn alcoholig i ddechra – er, mae'n edrych fel y byddwch chi'n iawn o ran hynny. Mae ganddoch gyfansoddiad hynod, Mr Davies! Ond… unwaith cawn ni gadarnhad eich bod yn ddigon da yn gorfforol, mi fyddwn ni'n asesu os ydach chi angen triniaeth seiciatryddol. Ydach chi'n dallt be mae hynny yn olygu?"

"Ymm…" ystyriodd Lemsip wrth wylio'r nyrs yn dychwelyd efo'r jwg o ddŵr.

"Mae ganddon ni fyny i seventy-two hours i wneud penderfyniad os ydach chi angan triniaeth, ac os fyddwch chi angan triniaeth, pa fath o driniaeth fydd fwya addas – triniaeth adra neu triniaeth fel in-patient."

"Reit," medd Lemsip gan obeithio nad oedd ei ddifaterwch yn dangos, rhag iddyn nhw'i gamgymryd am catatonia, neu be bynnag maen nhw'n ei alw fo. "A be mae'r assessment 'ma'n olygu, felly?"

"Wel, unwaith fyddwn ni'n hapus fod eich cyflwr meddygol yn ddigon da, mi fyddwn ni'n eich symud chi i'r uned seiciatryddol i gynnal yr asesiad."

"Yn wirfoddol, ia?"

"Gobeithio!" medd y meddyg yn siriol.

"Ac os fyddwch chi'n penderfynu 'mod i angan triniath, fydd hynny oherwydd 'mod i'n sâl yn 'y mhen, neu am 'y mod i'n fygythiad i fy hun neu bobol erill?"

"Wel, dim fi fydd yn gneud yr asesiad, ond, ia, dyna be fydd y criteria."

"Wel, does ganddoch chi ddim byd i boeni amdano, felly. Dwi'm yn seicotic, a dwi ddim yn mynd i frifo neb. Felly waeth i fi fynd adra rŵan ddim."

Chwarddodd y doctor yn nerfus. "Wel, mi fydd rhaid i ni jecio eich iechyd chi gynta, beth bynnag. Ac wedyn, am eich bod chi wedi cael eich secshiynio fydd *rhaid* i ni fynd drwy'r asesiad hefyd – mae'n fatar o gyfraith, mae arna i ofn…"

Ystyriodd Lemsip am rai eiliadau. "Paid poeni, Doc. Dwi'n dallt yn iawn, siŵr. Fiw i chi adael bobol allan i fynd ar y rampej!"

Chwarddodd Lemsip. Gwenodd y meddyg a'r nyrs.

"Dwi'n siŵr fydd popeth yn iawn ac y cewch chi fynd adra'n go fuan, Mr Davies."

Nodiodd Lemsip. "Mond cael woblar yn 'y nghwrw 'nes i. Un go ddrwg, dwi'n meddwl. 'Dio'm yn debygol o ddigwydd eto."

"Dwi'n siŵr wneith yr asesiad ddangos hynny, Mr Davies," medd Dr Roberts wrth godi o'i gadair. "Ond mae'n rhaid i chi ddeall na fyddwch chi'n mynd adra am gwpwl o ddyddia, o leia."

"Dim probs," medd Lemsip. "Dwi angan holidê beth bynnag!"

"Fydda i 'nôl nes ymlaen i weld sut ydach chi, ac awn ni â petha o fa'no, iawn?"

Cododd Lemsip ei fawd, a diflannodd y meddyg.

"Dyna chi, Mr Davies," medd y nyrs wrth fynd ati i agor y cyrtans.

"Ti'n meindio gadael rheina ar gau am chydig?"

"O, sori – gwnaf siŵr, Mr Davies!"

"Lemsip!"

"Lemsip, sori."

"A plis – dim 'chi'! Ti'n gneud i fi deimlo'n hen, cofia!"

Chwarddodd y nyrs ifanc. "Os wyt ti isio rwbath, rho showt, iawn? Sharon 'di'n enw fi."

"Diolch, Sharon."

Gollyngodd Lemsip anadliad hir ac ara wedi i'r nyrs ifanc adael. Roedd o'n teimlo'n uffernol. Gwyddai ei fod o wedi gwneud llanast go iawn y tro yma – wedi malu'r tŷ yn racs *ac* wedi mynd ar ôl ei ffrindiau. Gwyddai y câi ei daflu o'i gartra gan y Cyngor, ac nad oedd ganddo neb i droi atynt am soffa na lloches o unrhyw fath yn y byd. Cont gwirion…

Ond am ryw reswm, teimlai'n rhyfeddol o gryf – neu, yn hytrach, yn dawel ei feddwl ynghylch popeth, fel 'tai o wedi derbyn ei ffawd, rywsut. Mi gafodd awr dda yn gorwedd yn ei wely a rhesymu, a dod i ddygymod â phopeth, yn gynharach yn y dydd, ac er iddo ddechrau fflangellu ei hun tu mewn, buan y sylweddolodd nad oedd pwynt i hynny bellach. Mi ddalltodd, hefyd, na allai ddangos unrhyw fath o emosiwn y gellid ei gamgymryd am seicosis neu fwriad i wneud niwed iddo'i hun, neu châi o ddim gweld golau dydd am sbelan go lew eto. Derbyniodd ei fod wedi colli popeth yn y frwydr eitha, ac na fyddai llabyddio'i hun yn newid dim ar hynny. Ac mi ddaeth o hyd i'r nerth, nid yn unig i wynebu'r golled ola hon, ond i reoli ei deimladau a'u cloi nhw allan o'i ben.

Ac wrth dderbyn ei ffawd, mi ddaeth rhyw heddwch bodlon drosto. Ac efo'r heddwch hwnnw daeth clirdeb meddwl, er gwaetha'r hangofyr a'r cyffuriau lleddfu – neu, efallai, gyda *help* y cyffuriau lleddfu, allai o'm bod yn siŵr. Gwyddai fod popeth yr oedd yn ei adnabod ar ben. Roedd ei fyd wedi dymchwel a doedd dim diben trio'i ailadeiladu – boed ar ei ben ei hun neu â chymorth meddygol. Doedd dim pwrpas iddo fod yn y lle yma o gwbwl. Doedd o'm angen consyltants na doctoriaid pen yn hofran o'i gwmpas fel pryfaid, yn trio'i gadw fo'n fyw, yn ei gadw yn ei hunllef... Nid gofal na thriniaeth na chwnsela oedd eu hangen arno, ond yn hytrach, gadael a mynd â'i ddiafoliaid efo fo. Mynd, diffodd, darfod...

Ffyc mî, fysa peint yn neis rŵan, meddyliodd wrth gwffio'r awydd i gysgu. Gwenodd. "Bzzzzzzzzz!"

89

Doedd Tongs ddim yn hapus ynglŷn â lle'r oedd Math am guddio'r sgync. Oedd, mi oedd goriadau tŷ Lemsip ganddo, ond mi oedd o'n poeni am y tyllau yn y ffenestri. Roedd Math, ar y llaw arall, yn bendant nad oedd yr un o'r ffenestri dwbwl wedi malu digon i neb allu mynd i mewn drwyddyn nhw.

"Jysd tylla wyallt sydd ynddyn nhw, yndê Tongs!" haerodd.

"Ia, a ffycin twll lle nath y wyallt ddod drwodd a methu 'mhen i o drwch blewyn!"

"Ia, ia, ond dybyl-glêsing ydyn nhw'n de?" mynnodd Math eto.

"Maen nhw'n dal yn solat, dydyn – heblaw am y tylla. A mond tylla digon i rywun roi blaena'u bysidd drwodd ydyn nhw. Fydd neb yn gallu estyn mewn i agor yr handlenni."

"Be os neith y plant eu malu nhw'n waeth?"

"Be ti'n feddwl ydi'r lle, y Bronx? Fysa rhaid iddyn nhw fod wrthi am oesoedd efo gordd!"

"Ia, ond…"

"Mond am ddiwrnod neu ddau fydd o, yndê Tongs? Fyny yn yr atig, allan o'r ffordd."

"Be am y cownsil?"

"Be amdanyn nhw?"

"Fyddan nhw'n ei luchio fo allan rŵan, garantîd! Be os ddôn nhw yno?"

"Fyddan nhw angan rhoi hyn a hyn o notis, yn bydd?"

"Dim llawar mewn achosion fel hyn."

"Ond dal yn gorfod rhoi rhywfaint, Tongs. Stopia fod yn ôcward rŵan!"

"Dwi'm yn bod yn ôcward…"

"Wyt ffycin wyt ti. Dydi carafán Anti Hilda ddim yn saff. Mae'r weirdo Derek 'na 'di dechra sniffio o gwmpas… Does gennan ni'm dewis."

Doedd Robi-di-reu ddim yn cîn iawn ar y syniad chwaith, ond yn y pen draw roedd o'n ddigon balch o gael y stwff i gyd oddi ar ei eiddo fo. Felly, wedi cario'r parsal i fŵt car Tongs, trodd at y ddau a dweud ei bod hi rhyngthan nhw lle'r oeddan nhw'n mynd â fo.

"Cyn bellad â'i fod o'n saff, reu. Dwi'n aros fan hyn i sortio'n shit allan, wedyn mynd lawr i Dyddyn Dub at Bitrwt a'r lleill. Wela i chi yna wedyn, reu."

Erbyn i Robi gyrraedd y caffi, roedd Cors a Mynydd wedi cyrraedd efo llwyth o hen stanciau a boncyffion coed heb eu llifio yng nghefn eu pic-yp. Rhoddodd help llaw i'r brodyr a Crwyna gario'r cwbwl a'u taflu ar y goelcerth.

"Dyna ni," medd Mynydd ar ôl gosod y boncyff ola yn ei le. "Yr unig beth sydd ar goll rŵan ydi Sais neu ddau i'w rhostio."

Chwarddodd Cors fel rhyw ffrîc mewn ffair Fictorianaidd, gan yrru ias i lawr cefnau pawb.

"Dwi'n cymryd fod yna gwrw yma?" holodd Mynydd wedyn.

"Oes, Mynydd. Digonadd," medd Robi-di-reu. "Faint neith hi rŵan, dwch?"

"Ha'di chwech? Saith?" medd Cors.

"Ffyc mi, ti'n siarad heddiw?" medda Crwyna.

"Yndw," atebodd trwy gawod o boer, a dweud dim mwy.

"Wel, does dim pwynt i ni fynd adra," cyhoeddodd Mynydd. "Mi a' i â'r pic-yp i dy le di, Robi-di-reu. Fydd hi'n iawn yno tan fory, yn bydd?"

"Bydd siŵr, reu."

"Achos 'dan ni am ddechra malu dy sied di fory."

"Be? Fory?" holodd Robi-di-reu yn syn. "Ar ôl ffycin bod fa'ma drwy nos?"

"Wel ia, siŵr dduw! Fydd o'n ffycin grêt. Dwi wrth 'y modd yn malu petha pan dwi'n chwil."

"Ond… be am yr asbestos?"

"Asbestos? Dwi 'di byta petha gwaeth, siŵr."

90

Diawlio oedd Pennylove wrth yrru ei gar o Dre am Dindeyrn. Diolch i'w sgwrs efo DI Jones mi lwyddodd Pardew i ddal i fyny efo fo, a doedd o'm yn hapus o gwbwl. Fe'i daliodd wrth fynedfa'r maes parcio, trwy redeg ar draws llwybr ei gar a waldio'r bonet. Pan agorodd Pennylove ei ffenast cafodd fys melyn-nicotîn ei fôs yn ei wyneb a swnami o fygythiadau, rhegfeydd a phoer yn ei glust. Ac ynghanol yr hyrricên geiriol mi oedd neges Pardew yn gwbwl glir: mi oedd Pennylove – y "fucked-up, sister-fucking yokel" – wedi'i wahardd o'i swydd fel aelod o dîm cynorthwyol yr ymchwiliad. Os welai o Pennylove yn agos i'r achos, neu os clywai ei fod o wedi holi unrhyw swyddog neu aelod o'r cyhoedd ynghylch yr ymchwiliad, mi fyddai o'n ei arestio am "obstructing the course of an investigation".

Mi driodd Pennylove ddadlau ei achos, neu o leia brotestio ynghylch tôn annymunol yr araith, ond cyn gyntad ag yr agorodd ei geg gwthiodd Pardew ei fys drewllyd i fyny un o'i ffroenau a'i atgoffa y gallai – gydag un galwad ffôn – ei sacio o'i swydd fel Ditectif Ringyll yn gyfangwbwl. Bryd hynny, penderfynodd Pennylove mai doeth fyddai peidio ag yngan yr un gair arall.

Stopiodd am betrol yn y garej ar gyrion Dre. Allai o'm credu haerllugrwydd Pardew na'r uwch-swyddogion eraill. Glanio yma, yn meddwl eu bod nhw'n well na phawb, yn gwybod pob dim ac yn dallt ffyc ôl. Onid caffaeliad i unrhyw achos fyddai rhoi rôl flaenllaw i swyddogion lleol fel fynta – plismyn profiadol, medrus, oedd yn adnabod yr ardal a'i phobol fel cefn eu llaw? Be ŵyr y petha 'ma o Gaernarfon a Colwyn Bay am arferion troseddol y rhan fach yma o'r wlad? Y nhw a'u ffycin "Surveillance Units" a'u "need to know basis"! Pwy ffwc oeddan nhw'n feddwl oeddan nhw – y Texas ffycin Rangers?

"Fucking wankers!" gwaeddodd yn uchel wrth wylio'r rhifau'n troi ar y pwmp petrol. "Halwyr. Greasy polers. Career opportunists. Arseholes. CUNTS!"

Trodd at y ferch oedd yn syllu arno'n nerfus o'r pwmp nesa ato. "Haia," meddai wrthi, gan wenu, ond trodd ei phen i ffwrdd gyda fflach sydyn o banic yn ei llygaid. Gwyliodd Pennylove y rhifau eto. Aelod o'r tîm cynorthwyol, my arse, meddyliodd. Doedd dynion fel fo ddim ar y ddaear 'ma i fod ar y cyrion. 'Man of action' oedd Wynne Pennylove! Os mai Pardew a'i grônis oedd y Texas Rangers, Wynne Pennylove oedd Chuck Norris.

"Fucking glory seekers!" poerodd wrth i'r pwmp petrol glicio ynghau. "Geith nhw gweld pwy ydi'r sheriff rownd ffordd hyn!"

Caeodd gaead y tanc petrol a brasgamodd tua drws y siop, yn dal i regi o dan ei wynt. Safodd y tu ôl i ddyn â dau o blant yn y ciw wrth y til. Roedd y tad yn anwybyddu ymbiliau'r plant am fferins. Roedd un eisoes wedi cydio mewn pacad o Rolos oddi ar y silff, ac mi gipiodd y tad o o'i law a'i roi o'n ôl gyda "na" awdurdodol. Daeth dŵr i ddannedd Pennylove wrth syllu ar y Rolos, cyn iddo sylwi ar ei hoff drît yn yr holl fyd – bocsys hannar dwsin o Ferrero Rocher – mewn twr taclus, sgleiniog wrth y til.

"Mmmm…" meddai'n uchel, gan wneud i'r ddau blentyn syllu arno'n syn. Roedd o'n haeddu sbwylio'i hun, meddyliodd. A deud y gwir, mi fyddai cwpwl o focsys o'i hoff ddanteithion yn ei gadw i fynd tan y câi swper ar ôl bod draw yng nghaffi Porth y Gwin…

"O ydw, rwy'n dal i ffycin fynd yno, Pardew, you wanker!" meddai o dan ei wynt. "Ddangosa i ti sut mae using your initiative i dal dihirod. 'Sister-fucking yokel', wir. Sut mae 'freelance sister-fucker' yn swnio i ti'r twat?"

"Sgiwsia fi, pal, ti'n meindio?" medd y dyn o'i flaen yn biwis, gan bwyntio at ei blant.

"Meindio be?"

"Peidio rhegi."

"Ddrwg gen i," atebodd Pennylove. "Thinking out loud."

Talodd am ei betrol a'i Ferrero Rocher a dychwelyd i'w gar tra'n dal i fwmian ei felltithion o dan ei wynt. Agorodd y bocs cynta, tynnu'r papur lliw aur oddi ar dri tryffyl siocled a'u stwffio i mewn i'w geg.

"Mmmmm!" gwichiodd ei foddhad a gwneud gwyneb dod, cyn tanio'r car a'i throi hi am Dindeyrn.

Erbyn cyrraedd y pentra roedd Pennylove wedi chwalu'r ddau focs o Ferrero Rocher ac yn ymladd yr ysfa i stopio yn Spar i brynu mwy. Wedi llwyddo i basio'r siop, trodd i'r chwith wrth y Cloc, i gyfeiriad Porth y Gwin. Arafodd wrth basio'r Twrch wrth sylwi fod yna gryn dipyn o bobol ifanc allan yn yfed – llawer iawn mwy nag oedd yn arfar bod ar nos Iau. Cafodd gip sydyn heibio i dalcan chwith y dafarn a gweld fod yr ardd gwrw hefyd yn llawn. A hithau'n gynnar o hyd, roedd hi'n amlwg bod rhywbeth mwy na phrynhawn braf o wanwyn cynnar wedi hudo'r yfwyr allan. Gwenodd sheriff Pennylove yn sarrug. "Oes yn wir," meddai wrtho'i hun. "Mae rhywbeth yn 'mynd i lawr' heno."

Parciodd ei gar ar y gwair ym mhen ucha'r ffordd fach oedd yn arwain i'r traeth, a cherdded i lawr y rhiw tua'r caffi. Wrth nesu mi glywai guriadau miwsig ar yr awel, ac mi sylwodd yn syth ar y goleuadau solar yn igam-ogamu i fyny'r twyn-glogwyn ar y chwith iddo. Cofiodd mai fferm Crwynau a'r gwersyll carafannau oedd uwchben ble'r arweiniai'r goleuadau, ac allai o'm peidio â theimlo rhyw dinc bach o siom wrth sylweddoli mai busnes gonest, parchus a chwbwl gyfreithlon oedd y caffi, mwya thebyg, felly.

Erbyn i'r ditectif gyrraedd drws y caffi roedd o wedi cael golwg go dda – yng ngoleuni mwy o lampau solar a 'fairy-lights' lliwgar – ar y tri bwrdd picnic crwn ar y patio. Doedd dim nodwedd o fath yn y byd allai eu gwahaniaethu oddi wrth unrhyw dri bwrdd picnic crwn arall. Ar ben hynny, o weld eu cyflwr roeddan nhw'n edrych fel 'taen nhw wedi bod yn sefyll tu allan y caffi ymhob tywydd ers tro byd. A dweud y gwir, meddyliodd, roedd y parasolau truenus yr olwg uwch eu pennau i weld mewn cyflwr gwell. Erbyn iddo agor y drws a cherdded i mewn i'r caffi roedd o wedi penderfynu y câi Steven Person fynd i ffwcio'i hun efo chwadan wedi'i stwffio.

Trwy gyd-ddigwyddiad llwyr, gorffennodd y record yn y jiwcbocs ar yr union eiliad y camodd Pennylove i mewn. Yn syth, mi drodd dau ddrychiolaeth o ddyn i syllu arno o'r bwrdd agosa ar y dde.

"Noswaith dda," meddai wrth y ddau.

Doedd o'm yn disgwyl ateb, a chafodd o 'run. Ond mi gafodd groeso gan y ddwy ferch siriol tu ôl i'r cowntar.

"Croeso i Tyddyn Dub!" medd yr un iau efo mop hir o wallt cyrliog coch.

"Diolch," atebodd Pennylove wrth ffroeni'r awyr.

"Beth gymrwch chi?" holodd y ferch arall – y benfelen – â golwg eiddgar ar ei gwyneb.

"Oes ganddoch chi ddiodydd ysgafn?"

"Pardon?"

"Soft drinks?"

"Oes! Mae sudd oren. Ac mae pop hefyd!"

Acen od, sylwodd y ditectif cyn archebu sudd oren. "Dysgu Cymraeg ydych chi?"

"Ie. Fi'n dod o Prague," atebodd Krystyna dan wenu.

"Fi hefyd," medd Pennylove. "Wedi dysgu Cymraeg – dim dod o Prague!"

Rhoddodd yr heddwas chwerthiniad lletchwith, cyn ffroeni'r awyr eilwaith.

"Newydd agor ydych chi?" holodd Pennylove wrth edrych o'i gwmpas tra bod Krystyna'n nôl potal o sudd.

"Ia," atebodd y Gymraes bengoch.

"Da iawn," medd Pennylove, cyn sylwi ar y murlun. "'Uprising'?"

"Un o albyms Bob Marley," esboniodd Leri.

"Mae'n smart iawn. Pwy yw'r artist?"

"Y fi."

"Oh? Wel, mae'n excellent!" canmolodd Pennylove wrth estyn papur pumpunt i Krystyna. "Mae gennyt dalent."

"Diolch," atebodd Leri, cyn cyfeirio at Bitrwt wrth iddo ymddangos o du ôl y cyrtans, wedi bod allan yn piso. "Ond hwn ydi'r talant mwya!"

"Ah! Y chef, dwi'n cymryd? Y boi sydd tu ôl i'r hogla da yma i gyd!"

Anadlodd Pennylove yn ddwfn trwy'i drwyn, yna allan yn uchel trwy'i geg. Roedd yr hogla coginio hyfryd yn dew ac yn gryf, ac yn codi awydd bwyd uffernol arno. Ond eto, roedd yna rywbeth yn, wel... 'gwahanol' amdano. Bron na thaerai Pennylove ei fod o'n arogli canabis hefyd.

"Eith flattery â ti i nunlla, Leri Crwyna!" medd Bitrwt, cyn troi at Pennylove. "Ddudith hi unrhyw beth i gael gafal ar 'y nhryffyls i!"

"Eleri *Crwynau*?" holodd y plismon wrth droi ati. "Merch John Crwynau?"

"Pwy wyt ti, ta?" holodd Bitrwt wrth graffu'n amheus ar y dyn diarth, cyn estyn tair plât o dryffyls siocled o'r ffrij.

"O, jysd digwydd pasio. Wedi bod am dro ar y traeth."

"Yn y twllwch?"

Gwenodd Pennylove. "Wel, roedd hi'n golau pan ddechreues i. Just about. Roeddwn angen awyr iach cyn mynd adref."

"Ti'n byw ffor'ma, felly?"

Baglodd Pennylove dros ei eiriau, a methu ateb. Roedd y cogydd yn rhy siarp iddo. Ystyriodd fod yn onest efo fo, ond penderfynodd beidio am y tro. Cipiodd ei drwyn chwa gref o hogla canabis o'r cawl o arogleuon coginio braf oedd yn llenwi'r stafall, a'r tro hwn roedd Pennylove yn eitha sicr iddo'i hogleuo. Ystyriodd holi yn ei gylch – yn slei, gan gogio bod yn smociwr dôp – ond anghofiodd bopeth pan welodd o'r tryffyls. Chwyddodd canhwyllau ei lygaid. Llyncodd ei boer.

"I'r gweithiwrs ma rhein, ia?" medd daeargryn o lais, fel oedd Pennylove ar fin gwlychu'i hun.

Trodd i weld y cawr fu'n eistedd wrth y bwrdd efo'r bwystfil arall yn estyn dros y cowntar a chydio mewn platiad o dryffyls.

"Ymm... Ia. Helpa dy hun, Mynydd," medd Bitrwt yn goeglyd. "I blatiad *arall*!"

"Diolch yn dalpia mawr o garrag Carneithin," medd Mynydd wrth stwffio tair i'w geg ar unwaith. "Gymri di un, ddyn?" cynigiodd i Pennylove. "Maen nhw'n fendigedig – ac am ddim. Complimentari i'r cwsmar cynta."

"Dos â nhw efo chdi at y bwrdd, Mynydd," hwrjiodd Bitrwt yn daer, mwya sydyn. "I chdi a dy frawd mae—"

Torrodd Pennylove ar ei draws. "Wel, maen nhw'n edrych yn neis iawn. Diolch yn fawr."

Mewn chwinciad, roedd gan y ditectif ddwy yn ei geg a thair arall yn ei law. "Mmmmm!" gwichiodd, cyn mwmian ei ganmoliaethau gogoneddus.

"Dim fi *nath* nhw, cofia," medd Bitrwt fel disclaimer, yn ansicr o'r cwsmer diarth. "O Tesco maen nhw."

"Wel… mmm… maen nhw'n flasus, mmmm…"

"Cym un arall, ta," medd Mynydd a stwffio'r blât o dan ei drwyn.

"Fysa'n well gadal rheina i'r 'gweithiwrs erill', Mynydd?" medd Bitrwt dan wincio.

"Paid â berwi!" dirgrynodd llais Mynydd. "Cwsmar cynta! Noson agoriadol! Y ffordd ora i hysbysebu, siŵr dduw!"

Cydiodd Pennylove mewn tair tryfflan arall a mynd amdani go iawn.

"Dyna chdi," medd Mynydd fel mam yn bwydo babi. "Byta di i ti gael tyfu'n hogyn mawr. A cofia di ddeud wrth bawb pa mor ffeind ydi bobol y caffi 'ma."

Daeth ffrwydriad bach siarp o giglo lloerig o gyfeiriad y bwrdd lle'r oedd Cors yn eistedd ac yn gwylio.

"Iawn, mi a' i â'r platia erill 'ma i'r cwpwrdd am —" dechreuodd Bitrwt wrth estyn amdanyn nhw. Ond cydiodd Mynydd yn y ddwy cyn iddo gael gafael ynddyn nhw.

"'Im ffiars o beryg, ddyn," meddai. "I'r gweithiwrs ddudasd di, ac mae'r gweithiwrs am rannu efo'r cwsmar lwcus!"

"Dwi'n meddwl fod y 'cwsmar lwcus' wedi cael digon…"

"Paid â berwi!" mynnodd Mynydd wrth i Pennylove gipio mwy o'r danteithion crwn oddi ar y blât. "Tydi o'n cael blas arnyn nhw? Sbia! Wrth ei ffycin fodd. Pam na ddowch chi draw at y bwrdd ato ni, Ditectif?"

Rhewodd Pennylove ar ganol cnoiad. Rhewodd Bitrwt hefyd, a syllu'n gegagored arno. Teimlodd y gwaed yn gadael ei wyneb fel potal yn gwagio.

"Ditectif?" holodd Bitrwt pan ddaeth o hyd i eiriau. "Copar wyt ti?"

Cochodd Pennylove, gan nodio'i ben yn gadarnhaol wrth ailddechrau cnoi.

"Felly, dim 'digwydd pasio' wyt ti, felly?" gofynnodd Bitrwt wedyn, a'i feddwl yn sbinio wrth boeni fod y Glas eisoes yn gwybod am eu cynlluniau ac am roi huddug yn eu potas cyn i'r parti hyd yn oed ddechrau.

"Wel..." dechreuodd Pennylove, cyn mwmian rhywbeth annealladwy tra'n claddu dwy dryfflan arall. "... Tydw i ddim... mmm... ar berwyl swyddogol, onest... mmm... mae rhein yn lyfli... mmm...!"

"O? Felly be *wyt* ti'n da yma, ta?"

Stwffiodd Pennylove ei dryfflan ola i'w geg, cyn ateb. "Mmm... Be ydw i'n da yma? Wel... mmm... iym-iym... Cwestiwn da!"

"Ac oes 'na *atab* da?" holodd Bitrwt.

"Iymmmmmmm... ffyntastimynymynastigmm...!" mwmiodd y plismon â'i geg yn llawn. "Atab i be?"

"I'r cwestiwn."

Daeth golwg ddryslyd dros wyneb Pennylove. "Yyym... Pa gwestiwn?"

"Ydi o gen ti?" holodd Mynydd.

"Beth?" atebodd Pennylove.

"Ddos di â fo efo chdi?" gofynnodd Mynydd, gan wthio'i wyneb o fewn modfeddi i un y copar.

"Dod â beth?"

Closiodd Mynydd ato a gostwng ei lais i furmur. "Lle... mae'r... llyffant?"

Syllodd Pennylove ar ei wyneb. Roedd rhywbeth o'i le. Edrychai'n wahanol, yn... artiffisial, rywsut... â chroen ei dalcan a'i fochau fel rhyw fath o borslen, neu biwter hyd yn oed.

"Wel?" holodd Mynydd.

"Yym... Wel?" atebodd yr heddwas wrth sylwi bod barf y cawr yn symud, fel petai adar yn nythu y tu mewn iddo. Pam adar, wyddai o ddim, ond dyna oedd o'n gredu oeddan nhw. Yna, fel 'tai rhywun wedi byrstio pacad o greision yn ei ymennydd, chwalodd pen Pennylove...

"Wel, diolch am y tryffyls," dechreuodd. "Ac am yr... ymm..."

"Llyffant?" holodd Mynydd.

"Ie. Am y llyffant!" medd Pennylove, cyn dechrau chwerthin, yna sadio'i hun a throi am y drws. "Diolch eto am y llyffant! Ac am y croeso... Cofia fi at dy dad... ymm..."

"Leri."

"Leri, wrth gwrs. Dim llyffant!" chwarddodd yn wirion eto, cyn dechrau teimlo'n euog am adael. "Sori bo fi'n mynd. Mae rhaid i fi... dwi'n meddwl... Pethau i'w gwneud... mwya thebyg..."

"Popeth yn iawn, siŵr," medd Leri wrth syllu'n syn ar Pennylove yn tin-droi wrth fethu'n lân â chofio pam oedd o'n gadael.

"Licio dy wallt di, by the way," meddai wedyn, cyn dechrau cerdded wysg ei gefn tua'r drws dan wenu'n braf. "Neis cwrdd â chi i gyd. Wela i chi! A compliments i'r chef – tryffyls bendigedig!"

"Dim fi nath nhw!" pwysleisiodd Bitrwt. "Tesco!"

"Aros, ddyn!" medd Mynydd. "Dos â rhei efo chdi. Bocs bwyd fory."

"Www... grêt... iawn, mi wna i," medd Pennylove wrth gydio yn y blât. Trodd am y drws eto fyth, a neidio yn ei groen wrth weld y drychiolaeth arall yn sefyll o'i flaen, yn gwenu fel ci ac yn dal ei law allan yn syth o'i flaen fel robot. Ysgydwodd Pennylove y llaw a theimlo cerrynt o ddiawledigrwydd yn saethu fyny'i fraich. Disgynnodd edefyn hir o boer yn ara o geg Cors a hongian at ei golar. Syllodd Pennylove arno gan ddisgwyl gweld pry copyn yn dringo allan o'i geg a llithro i lawr y pibonwy poer fel aelod o dîm SWAT. Bu bron i Pennylove ddweud rhywbeth i'r perwyl hwnnw, ond wnaeth o ddim. Yn hytrach, agorodd y drws, dymuno "pob lwc i'r busnes – ac i'r llyffant", a diflannu i'r nos gynnar.

Wedi cau'r drws y tu ôl iddo a gadael i awel braf y môr lifo dros ei wyneb, gwenodd wrth feddwl am y bobol hyfryd yr oedd o newydd eu cwrdd. Pobol ffeind, hefyd, yn rhannu tryffyls am ddim – ac yn rhoi gwaith i bobol â diffygion meddyliol fel yr 'halfling' druan wrth y drws. Da oedd gweld pobol leol yn mentro, yn manteisio ar adnoddau naturiol y rhan brydferth hon o Gymru, yn lle bod Saeson – ie, dyna fo, roedd o wedi'i 'ddweud' o – Saeson yn dwyn y lle o dan eu trwynau. Fel y ffycin Steven Person 'na. Dylai hwnnw gael ei arestio am wastio amser yr heddlu efo'i gelwyddau cyfeiliornus.

Afiach o beth ydi cenfigen, meddyliodd wrth roi tryfflan arall yn ei geg – cyn cofio, mwya sydyn, mai honiadau Steven Person oedd ei esgus dros ddod yma ar berwyl arall. Triodd gofio be oedd y perwyl hwnnw, ond allai o ddim...

Syllodd ar y goleuadau bach lliwgar oedd yn hongian tu allan y caffi. Roeddan nhw'n hyfryd. Biwtiffwl. Yn fflicran ac... yn... symud...

"Ffiiiii-wwwwwfffff…" meddai wrth drio ffocysu ei lygaid, cyn dylyfu gên. Cofiodd mai am y llwybr a'r ffordd fach i fyny'r rhiw oedd o angen mynd, ond allai o ddim hyd yn oed gweithio allan lle'r oedd o, heb sôn am i ba gyfeiriad oedd rheini. Caeodd ac agorodd ei lygaid, ond y cwbwl a welai oedd llinellau lliwgar yn symud yn y gwyll. Dylyfodd ei ên unwaith eto, er nad oedd o'n teimlo'n flinedig o gwbwl, a theimlodd ddagrau'n dod o'i lygaid wrth wneud. Camodd yn ei flaen, yna yn ei ôl eto. Gwnaeth hynny iddo chwerthin – dim ond rhyw bwl bach sydyn i ddechrau, yna un hirach, ac un arall hirach fyth, nes o fewn rhai eiliadau roedd o'n methu stopio…

Yna clywodd lais yn galw o gyfeiriad y môr. Craffodd tua'r tonnau, ond welai o ddim byd heblaw'r lampau solar fel soseri gwyn, llachar ar y tywod o'i flaen. Clywodd y llais eto. Gwrandawodd yn astud. Roedd rhywun… neu rywbeth… yn agosáu trwy'r tywyllwch…

91

A hithau wedi troi hannar awr wedi naw, roedd tafarnau Dre – a Dindeyrn – yn dal i fod yn llawn. Dyna fu hanes y Cymry erioed; os oedd y parti'n dechrau am chwech, saith, wyth neu naw o'r gloch y nos, roedd yn rhaid aros yn y dafarn tan amser cau cyn mynd iddo. Doedd dim ots os oedd y miwsig uchel, y lleoliad braf, y cwrw rhad, y coctêls a'r siots, y 'danteithion direidus' a'r merched a'r hogia a'r craic i gyd yn y parti, rhaid oedd aros yn y pyb a llyncu hynny ellid o gwrw drud cyn symud. A hynny er mai'r parti a'u llusgodd nhw allan o'u tai yn y lle cynta. Rywsut roedd "cwrdd yn y pyb i ddechra" wastad yn troi yn "ffwl-on sesh" cyn meddwl troi am y shindig. Pam, doedd neb yn gwybod. Fel yna oedd hi, a dyna fo. Fel mwncwns gwallgo, chwil gachu gaib oedd yr unig ffordd i gyrraedd parti. Dyna oedd y traddodiad. Dyna oedd y ddefod. Dyna oedd pawb yn ei wneud. Fel tasa'u brêns ansicr nhw angen bod yn socian mewn alcohol cyn gwneud neu gyrraedd unrhyw beth 'gwahanol'. Roedd rhaid meddalu'r sioc o brofi rhywbeth 'amgen' – fel petai gadael eu rŵtin dyddiol a chrwydro oddi ar y llwybrau defaid yn eu dychryn, ac mai dim ond bwcedaid o lager neu ddau ddwsin o Jägerbombs allai roi'r asgwrn cefn angenrheidiol iddyn nhw gamu allan o'r gorlan.

Yng ngardd gwrw'r Lledan oedd Dingo, efo Col Jenko a Simba a chwpwl o grônis eraill. Tra'r oedd ei weision bach yn rhedeg o gwmpas yn gwerthu'i gynnyrch drosto, bu Dingo'n llenwi'i hun efo chwim, cocên a lager tra'n paratoi ei hun yn feddyliol am ymddangosiad tebygol trŵps Adey.

Ei obaith, o hyd, oedd y byddai Adey wedi cael amser i feddwl ac mewn hwyliau i drafod, fel y gallai ei ddarbwyllo i dderbyn ei ymddiheuriadau, cymryd yr arian oedd o arno iddo a chytuno i roi mwy o wyn iddo ar tic fel yr arferai wneud cyn y 'camddealltwriaeth' diweddar. Ond gwyddai na fyddai gan Adey unrhyw fwriad o faddau, ac os felly, byddai'n rhaid bod yn barod i wynebu ei filwyr ac ymladd tân efo tân.

Rŵan bod y realiti hwnnw'n ei daro, doedd o ddim mor coci ag y bu wrth gynllwynio i herio'r Bòs Mawr o Lerpwl. Serch hynny, teimlai'n dawel hyderus y byddai Adey'n credu mai peth hawdd fyddai trechu'r "wools" bach o gefn gwlad Cymru, ac y byddai'n tanbrisio'u gwytnwch a'u galluoedd mewn ffeit. Dyna fyddai cam gwag y dyn mawr o Lerpwl, meddyliodd. Ac os fyddai'r ods yn erbyn y Cymry pan fyddai'r cachu'n hitio'r pafin, wel, mi allai Dingo wastad ddefnyddio'r ddau 'haearn' hynny oedd yn cuddio yng nghwt mam Jenko. Mi fyddai'n saff i'w nhôl nhw unwaith fyddai'r tafarnau wedi gwagio.

Yn y cyfamser, yfed poteli lager a fodca a Red Bull oedd y criw, a snortio 'llinellau slei' yn hollol agored ar y bwrdd. Ar ganol y bwrdd hwnnw, yn destun amball jôc o blith y criw, gorweddai'r tegan meddal Minion a enillodd Jenko ar y raffl yn gynharach yn y noson. Ond er presenoldeb y gonc mawr melyn – ac er y sgwario a'r brafado a'r chwarddiadau cras – roedd y giwed ar bigau'r drain a'r tensiwn yn hongian fel niwl trydanol dros y bwrdd.

Bob yn hyn a hyn roedd rhywun yn dod draw i stwffio pres yn llaw Simba, ac mi fyddai hwnnw'n ei basio o dan y bwrdd i Jenko dan wyliadwriaeth graff Dingo, oedd byth yn baeddu'i ddwylo efo'r mân-werthu. Gwylio oedd Dingo. Gwylio ac ogleuo. Ond er iddo holi dau neu dri o hogia ifanc be oeddan nhw'n smocio – a'u gorfodi nhw i ddangos iddo – doedd o ddim wedi dod ar draws unrhyw un yn smocio'r stwff roedd o wedi'i golli yn y bae. Fodd bynnag, gyda phob llinell roedd Dingo'n sugno i fyny'i drwyn roedd o'n mynd yn fwyfwy pendant mai yn y caffi y byddai'n cael hyd i bobol yn ei brynu a'i smocio fo.

Ei fwriad oedd eu dal nhw wrthi, a hynny ryw ben yn ystod y nos – unwaith fyddai'r busnes efo criw Adey drosodd. Wedyn mi gâi'r basdads dan din wybod – a difaru. Ac yntau wedi bod mor rhesymol efo nhw, meddyliodd am y canfed tro heno, wedi'u cefnogi nhw, wedi gwneud ffafr… A be wnaethon nhw? Ei gicio'n ei fôls! Cymryd y ffycin piss! Sut allai'r contiaid feiddio meddwl y gallan nhw wneud ffŵl ohono fel hyn? Ffrindiau, i fod – yn ei dwyllo a'i adael i lawr fel lwmp o gachu ci. A Math o bawb! Wnaeth Dingo erioed ddychmygu fod hwnnw yr un fath â'r ffrindiau hynny oedd yn yfed efo'r twat tew, twisted a ymosododd arno wrth iddo adael y parti hwnnw flynyddoedd yn ôl. Debyg mai 'condescending twat' oedd Math wedi'r cwbwl – yn sbio i lawr arno, gan feddwl y gallai ei droi o rownd ei fys bach.

Taflodd ei botal o Bud dros y wal tu cefn iddo, cyn dyrnu'r bwrdd a gyrru poteli eraill yn rowlio i'r llawr. Mi gaent dalu am hyn. Yn enwedig y ffycin hipi bag chwain Robi-di-reu 'na! Yn cael caniatâd i werthu'i wair hyd y lle 'ma, wedyn dwyn ei stwff o a gwerthu hwnnw. Fo a'i ffycin 'Jamaican reu bwlshit'. A Tongs, meddyliodd wrth gydio yn y tegan Minion gerfydd ei fraich a'i wasgu. Tongs, y ffycin bradwr! Sgyrnygodd Dingo, cyn neidio i'w draed mewn ffit o dymer.

"Wêstars!" bytheiriodd wrth ysgwyd ei freichiau, a'r Minion, fel pregethwr gwallgo. "Ffycin lŵsars! Dynion canol oed yn meddwl na nhw sy dal bia'r ffycin lle 'ma!"

Waldiodd y Minion yn erbyn y bwrdd cyn dechrau rhuo a chwifio'i freichiau eto. "Ffycin camwch o'r ffordd, y dickheads! Gwnewch le i'ch gwell! Mae'r to ifanc in charge! Gwnewch le i Dingo! Achos mae Dingo'n dod heno! Mae'n mynd i'ch ffycin sgubo chi o'r ffycin ffordd… I'r ffycin môr…!"

"Paid â malu'r Minion 'na, Dingo," torrodd Jenko ar ei draws. "Dwi isio'i gadw fo i hogyn bach 'yn chwaer."

"Haia, Dingo," medd Raquel wrth ddod i hel gwydrau yn ei jîns gwyn tyn a'i sodlau uchel.

"Haia, Raquel," atebodd Dingo.

"Ti'm yn mynd am y parti heno 'ma?"

Gwenodd Dingo. "Yndw. Be amdana ti? Styc yn fan hyn yn slafio i'r cranc Cimwch 'na?"

"Ia, i fod. Ond dwi 'di llwyddo i'w wanglo hi heno. Twll ei ffycin din o. Mae Llinos yn gwarchod a Sera'n cymryd 'yn shifft i fory."

"Cŵl, Raquel," medd Dingo â'r Minion fflwffiog yn dal yn ei law.

"Doedd gennai'm awydd i ddechra, a deud y gwir – Bitrwt nath newid 'yn meddwl i, rili. Dwi angan brêc, myn uffarn i!"

"Lle ma'r ffycin Cimwch 'na gen ti? Fo ddylsa roi brêc i chdi."

"Dacw fo'n fan'cw yli, yn fflyrtio fel arfar."

Trodd Dingo i weld Cimwch yn ista ar gornal bwrdd yn siarad efo tair sgertan – ond efo Heather, gwraig Dingo, yn benodol. Ffromodd y gangstar, cyn cofio am y Minion a'i daflu at Jenko. Cerddodd Raquel i ffwrdd efo'r poteli gwag.

92

Robi-di-reu oedd y "monster from the black lagoon" ddaeth allan o'r tywyllwch tuag at Pennylove ar y traeth. Ac yntau'n dod i fyny'n gryf ar y mêl madarch yn y tryffyls erbyn hynny, rhewodd y ditectif yn ei unfan a syllu mewn perlewyg ar y cysgod erchyll oedd yn nesu amdano o gyfeiriad y môr. A phan gyrhaeddodd hwnnw i lewyrch gwan y soseri llachar mi gredodd Pennylove mai bwystfil dwydroed â gwymon drosto i gyd oedd yno. Dim ond pan siaradodd y creadur y gwelodd mai blewog oedd o, nid 'gwymonog'.

"Iawn, reu?" oedd y geiriau ddywedodd o.

"Na," oedd ateb y plismon. "Dwi'm yn gallu mynd o'ma."

"Wel, aros ta, reu," medd Robi-di-reu a dal drws y caffi yn agored iddo.

"Dwi'm yn siŵr os fedrai fynd 'nôl i mewn, chwaith."

"Pam, felly, ddyn?"

"Monstars," oedd ei ateb.

"Monstars, ddyn?" holodd Robi. "Naci, reu. Cors a Mynydd ydi rheina."

Ac yn ei ôl trwy'r drws aeth Pennylove – efo'r bwystfil o'r lagŵn du.

Erbyn hannar awr wedi un ar ddeg roedd Tyddyn Dub wedi hen ddechrau llenwi, ac roedd Pennylove yn dal yno. Bu'r hogia'n ei wylio drwy'r nos, weithiau'n poeni amdano, weithiau'n poeni am yr oblygiadau, ond yn benna yn chwerthin ar ei ben o. Ar un adag roedd o'n cerdded ar ei bedwar o amgylch y llawr tra'n gwneud sŵn "iâr wedi meddwi", a thro arall roedd o'n llyfu goleuadau'r peiriant pinball tra'n siarad mewn llais Dalek. Y cwestiwn mawr i'r hogia oedd a fyddai'n cofio be gymerodd o? Fyddai o'n deall bod mêl madarch yn y tryffyls siocled, neu fyddai o'n credu ei fod o jysd wedi colli'i ben am ychydig oriau? Byddai'n rhaid aros tan iddo ddod i lawr cyn cael yr ateb i hynny, felly yr unig beth allai'r hogia ei wneud am y tro oedd dal i'w fwydo fo efo tryffyls – fel na fyddai o'n dod i lawr am ddeuddydd o leia, pan fyddai'r parti wedi gorffen.

"Falla fydd o'n cael tröedigaeth ar ôl hyn," medd Bitrwt wrth wylio Pennylove wedi tynnu'i esgid i ffwrdd ac yn ei dal hi o flaen ei lygaid fel plentyn yn astudio awyren Airfix roedd o newydd orffen ei phaentio. "Hwyrach na hipi fydd o am weddill ei oes."

"Gobeithio i'r ffycin nefoedd," medd Math. "Neu fydd hi'n ta-ta ar y lle 'ma. Be ffwc oedd ar dy ben di'n dod â'r tryffyls allan?"

"Unwaith eto, Math," protestiodd Bitrwt. "Do'n i'm 'di dallt na copar oedd y cont!"

"Ond pam dod â nhw allan i Dumb and Dumber? Ti'n gwbod eu bod nhw'n beryg efo pot jam, heb sôn am fêl madarch."

"Yli, Math," medd Bitrwt yn benderfynol. "Dyna oeddan nhw isio, felly dyna gafon nhw. Paid â rhoi shit i fi am y peth!"

"Ma nhw i weld yn ddigon hapus, beth bynnag," medd Tongs wrth wylio Mynydd yn pwyso ar y wal a'i freichiau ar led, law yn llaw â'r rastafarian yn y murlun, tra'r oedd Cors yn cerdded yn ôl ac ymlaen "o dan y bont" yn gwneud sŵn trên.

"O diar…" medd Math.

"O leia ma'n cadw nhw rhag dychryn bobol," medd Tongs.

"A sôn am bobol," medd Robi-di-reu, oedd newydd fod allan yn piso. "Mae 'na lwyth ar eu ffordd i lawr rŵan hefyd, reu."

"Wel, mae 'na dunelli o fwyd yn barod iddyn nhw," medd Leri wrth syrfio poteli a fflapjacs i griw o bobol. "Waeth i ti ddechra DJo ddim, Bitrwt."

Brysiodd Bitrwt at y decs fel oedd y miwsig yn stopio ar y jiwcbocs. Cydiodd yn y meic a daeth gwich aflafar sydyn y feedback i ymosod ar glustiau pawb.

"Bobol, ffrindia a ffycin Romans!" gwaeddodd. "Croeso i Tyddyn Dub!"

Daeth bloedd o werthfawrogiad, a chydig o heclo, o du'r hannar cant o bobol oedd un ai tu mewn neu du allan y caffi.

"Croeso i'r Atlantic Dub Club – sori, Shack, ffyc... yr Atlantic Dub Shack! Bolycs...!" Diawliodd Bitrwt ei hun am fflyffio'i leins, cyn i floedd – a chwerthin – uwch fyth godi o'r dorf.

"Eniwe," meddai wrth i guriadau'r gân gynta ddechrau ganddo, a'r foliwm yn cynyddu'n ara. "'Da ni yma – yn yr INDEPENDANT TROPICAL WALES... I GAEL PARTI EFO'R SUPERMOOOOOOOOOON! HOWWWWL!!!"

Atebwyd o gan udo bleiddaidd a "iahŵs" gwyllt gan bawb.

"A 'da ni yma i gael PARTI EFO'R ECLIPS!!"

Daeth bloedd uwch fyth gan y dorf wrth i fwy o bobol stwffio i mewn trwy'r drws.

"A parti ALBAN EILIR!" gwaeddodd wedyn, gan ddal i gynyddu'r foliwm yn ara.

Daeth bloedd ychydig yn ddryslyd ac amball waedd o "Be?!" gan y dorf.

"Ia! Yn union! Be?!" gwaeddodd Bitrwt wrth chwifio'i fraich i weindio pawb i fyny. "Be?! Be?!"

Ymunodd y dorf. "BE? BE?!"

"BE??? Wel y ffycin Exodus! FFOCIN IDDI, IAAA!!!" gwaeddodd wrth droi foliwm y bas i fyny i gicio'r gân yn fyw fel oedd y geiriau 'Exodus, movement of Jah people...' yn dechrau.

Neidiodd Bitrwt o gwmpas fel nytar tu ôl y decs, a gwnaeth pawb yn y stafall yr un peth, heb sylwi na phoeni dim ei fod wedi cymysgu'r geiriau 'exodus' ac 'equinox'. Er gwaetha'i gamgymeriad, roedd ei gyflwyniad egnïol wedi gweithio'n berffaith. Ffrwydrodd y caffi yn un môr o bennau, breichiau a gwalltiau yn neidio i fyny ac i lawr ac yn sgancio fel tonnau gwyllt yr Iwerydd. Roedd Tyddyn Dub wedi dod yn fyw, a'r Atlantic Dub Shack yn siglo!

"Reu fendigaid reu!" gwaeddodd Robi-di-reu ar dop ei lais wrth wthio'i ffordd i grombil y dorf. Rhuthrodd Leri a Krystyna o du ôl y cowntar a siglo'u ffordd at Math a Tongs, a dilyn Robi-di-reu i'r dyfnderoedd. Roedd y parti wedi dechrau! Roedd y Rifiera Reu yn rocio!

93

Wedi i dafarnau Dre wagio, symudodd Dingo a'i griw i Dindeyrn, ac ar eu pennau i'r Twrch i wasgu'r sêls ola allan o'r straglars oedd eto i fynd yn eu blaenau i'r parti.

"Ydi'r ffycin Jenko 'ma ar y ffôn eto?" cyfarthodd Dingo.

"Cael stress gan ei fusus mae o," medd Simba.

"Pa ffycin fusus? Sganddo fo'm musus, siŵr!"

"Ffwc, ta!"

"Ffwc? Mond ei ddwrn ma 'di ffwcio erioed."

Daeth Jenko yn ei ôl at y bwrdd.

"Ers pryd ma gen ti fusus?"

"Eh?"

"Ti'n byw ar y ffycin ffôn 'na heno 'ma," medd Simba a wincio ar Jenko.

"Oh, honna? Ffyc, jysd rhyw sgragan bigas i fyny wsos dwytha. Bunny boiler. Off ei ffycin phen." Rowliodd Jenko ei lygaid.

"Ma rhaid ei bod hi os ydi'n gweld rwbath yn'o chdi!" medd Dingo a chwerthin yn gras. "Pwy ydi, ta? Gadwis di hynna'n ddistaw yn do?"

"Neb 'sa ti'n nabod, Dingo."

"Ti 'di clywad rwbath gan Adey?" holodd Simba er mwyn troi'r stori.

"Do. Mae Joe ar ei ffordd i lawr."

"Efo mysyl?"

"Ia."

"Ac?"

"'Ac' ffycin be?"

"Wel, ydyn nhw'n dod am rymbyl, ta parti?"

"Dwn i'm, Simba! Ista rownd bwrdd, gobeithio. Ond siarad neu beidio, os fyddan nhw'n sticio i'w demands fydd rhaid i ni 'u batro nhw."

"Ffwcio rhoi ffyc ôl iddo fo!" medda Jenko. "Dim pwsis ydan ni."

"Ia, Jenks – jysd biti fod 'yn infestment ni ar waelod y ffycin bae. 'Dio'm bwys os fysa ni'n sgrwbio criw Adey oddi ar y map, fyddan ni'n dal yn ffycd am bres i ffeinansio'r gwyn. Ond dyna fo, fel ti'n deud, ffwcio nhw!"

"Wel, dwi'n barod amdani, eniwe, mêt," medd Jenko. "Mae gennan ni'r ddau 'beth' 'na, does? Yn y cwt."

"Oes…" cytunodd Dingo wrth edrych o gwmpas y dafarn, oedd bellach bron yn wag, a sylwi na chaent fwy o sêls heno. "Waeth i ni fynd i'w nhôl nhw yn munud, ddim. Fydd hi'n saff i ni'w cario nhw rŵan bo ni'n 'cau'r siop'."

Snortiodd Dingo fwy o wyn oddi ar gornal cardyn banc.

"Sgwn i os oes ganddon ni amsar i fynd lawr i'r parti i falu penna cyn i'r Mickeys 'ma gyrradd?"

Sbiodd Jenko a Simba ar ei gilydd, cyn i Jenko droi at ei fòs. "Wyt ti'n dal i feddwl gneud hynny heno?"

"Pam? Be ti'n feddwl?"

"Wel, bydd gennan ni ddigon ar 'yn dwylo efo'r Sgowsars, yn bydd?"

"Bydd… Ond ella fydd 'na'm problam efo rheini. Wel, dwi'n ffycin gobeithio…"

"Ti'n gwbod na problam fydd, Dingo," medd Simba.

"Be 'di ffycin bwys, beth bynnag?" medd Dingo. "Waeth i ni fod lawr yn fa'na nag yn ista o gwmpas yn fan hyn. Be 'di'r ffycin broblam?"

"Wel… i ddechra efo'i, fydd y lle'n llawn, yn bydd?" medd Jenko.

"Bydd, ond llawn o ffycin mypets off eu penna, yndê?"

"Braidd yn risgi, dydi?"

"Ffwcio nhw!" rhuodd Dingo. "Mae 'na faint – wyth o'na ni? A bob un yn werth tri neu bedwar o'nyn nhw! A 'da ni'n tooled up!"

"A be os ffonith rywun y cops? Mae 'na lot o dystion, does?"

Rhythodd Dingo ar ei ffrind. "Be ddaeth drosta chdi mwya sydyn?"

"Dim byd. Jysd gair i gall."

"Gair i ffycin gall?!" chwyrnodd Dingo. "Un gair sy 'na, a fi 'di hwnnw, pal!"

"Dingo! Ti'm yn meddwl yn strêt," medd Jenko. "Mae 'na ddigon o amsar i sortio mypets y caffi eto, does? Be sy'n bwysig heno ydi sortio petha allan efo criw Adey."

"Gawn ni handlo rheini wedyn, Jenko!"

"Be, ar ôl ffwc o sîn yn y caffi? A'r lle 'ma'n berwi o gops?"

"Yli, Jenks – pwy sy'n mynd i ffonio cops o ganol rave illegal? Pawb off 'u penna efo llond pocedi o ddrygs! A beth bynnag, neith o'n rhoi

ni yn y mŵd – adrenalin rush, yn barod am y Sgowsars 'na…! *Os*
fydda nhw am fynd amdani."

"A ma nhw'n siŵr o neud hynny, dydi Dingo…"

"Y peth ydi hefyd, Jenko – os oes 'na rei o'r parseli wedi dod i'r lan
yn barod, fedran ni iwsio rheini i fargeinio efo criw Adey."

"Ma gen ti bwynt yn fa'na, Dingo. Ond – sut fedran ni fod yn siŵr
fod ganddyn nhw barsal?"

"O ffyc off, Jenko!" wfftiodd Dingo'n ddifynadd. "Does 'na'm byd
sicrach, siŵr! Ti'n gwbod hynna cystal â fi! Ti 'di newid dy diwn mwya
sydyn, yn do?"

"Wedi bod yn meddwl dwi, Dingo…"

"Wel paid!"

"Gwranda arna i. Hyd yn oed os ydi'r gwair i gyd yn y caffi, tydi
rhuthro i lawr yno a chwalu'r lle ddim yn mynd i weithio – yn enwedig
heno! Jysd gad o tan fory. Iwsia fo i fargeinio, os ti isio – a dowt genna
i fyddan nhw mewn hwylia i fargeinio – ond paid â dod â fo at y
bwrdd. Be os fyddan nhw jysd yn ei gymryd o?"

"Ffycin stopiwn ni nhw, yn gwnawn?"

"Ti'n siŵr o hynny, Dingo? Dwi'n ddigon parod i roi go iddyn nhw,
mêt – ond fedran ni'm cymryd unrhyw beth for granted."

Ochneidiodd Dingo ac edrych ar y llawr, cyn rhoi ei ddwylo ar ei
ben a meddwl. "Wel," meddai mewn chydig eiliadau. "Gawn ni weld
sut eith hi. Os eith petha'n iawn efo'r Mickeys 'ma, fedran ni wastad
mynd lawr i'r caffi i gnocio penna wedyn. Ond dwi'n deu'tha ti, Jenks
– os na fydd y ffycars yma mewn awr, dwi'n ffycin mynd lawr yno
eniwe…"

Cododd y bòs i'w draed. "Simba, aros di fan hyn tra mae Jenks a
fi'n mynd i'r cwt. Fyddan ni 'nôl mewn pum munud."

94

Roedd Pennylove yn methu'n lân â deall lle aeth ei esgid. Cofiai
ddawnsio fel peth ddim yn gall ynghanol criw o bobol ifanc, ond allai
o'm cofio oedd hi ar ei droed ar y pryd ai peidio. Pan ddechreuodd y
stafall droi fel carwsél mi lwyddodd i gyrraedd y drws a baglu trwy'r
criw oedd yn dawnsio ar y patio a'r tywod. Chwydodd lond cegiad
neu ddau o hylif wrth siglo tuag at y môr, tra'n codi'i draed dros

gatiau bychain anweledig a throelli mewn cylchoedd a'i freichiau ar led wrth syllu i'r awyr a dilyn y sêr. Cofiai gyrraedd creigiau, a chofiai eistedd i lawr, yna gorwedd.

Pan ddaeth ato'i hun, clywai leisiau o'i gwmpas ac mi welai olau yng nghornal ei lygad. Trodd ei ben i weld coelcerth fawr yn tasgu gwreichion wrth ei ymyl. Syllodd i mewn i'r tân a gwylio'r sioe drawiadol am sbel. Doedd o'm yn siŵr fuodd o'n cysgu, ond teimlai fel ei fod wedi – neu o leia wedi bod i rywle pell iawn yn ei ben. Crafodd ei gof, a chofiodd adael y caffi. Teimlai fel y dylai fynd yn ei ôl yno, ond roedd o'n rhy gyfforddus a chynnes yn gorwedd lle'r oedd o. Daeth fflachiadau i'w ben, lluniau nad oeddan nhw'n gwneud unrhyw synnwyr o gwbwl. Bob tro y ceisiai gydio mewn ffrâm, roedd un arall yn dod i gymryd ei le. Setlodd i sbio ar y sêr eto. Er iddo dreulio blynyddoedd yn syllu trwy delisgopau, doedd o erioed wedi'u gweld nhw'n edrych mor hardd a rhyfeddol â hyn. Syllodd ar wahanol liwiau y miliynau o dyllau pen pin ym mhapur carbon glas tywyll yr awyr, a goleuni'r bydysawd yn disgleirio trwy bob un. Golau'r nefoedd hwyrach? Neu ronynnau tywod wedi'u tsiarjio gan drydan eneidiau a'u taflu hyd nenfwd y byd, ac wedi sticio yno, fel glitter ar bapur a glud.

"Waaaaaaaaawwwwwwww!"

Chwiliodd am Andromeda, ond allai o ddim tynnu'i lygaid oddi ar y Llwybr Llaethog. Chwiliodd am y Sosban, ond allai o'm cofio i ba gyfeiriad oedd o'n syllu. Chwiliodd am yr Heliwr a Siriws, ond doedd o'm yn cofio oedd hi'r amser iawn o'r nos. Ac roedd y Llwybr Llaethog yn rhy hardd, yn ei gyfareddu, yn ei gario i ffwrdd i bellafion amser ac i ddyfnderoedd ei feddwl ei hun. Teimlai'n heddychlon, yn fodlon ei fyd. Roedd popeth yn gwneud synnwyr, ac fel hyn roedd pethau i fod. Gorwedd ar draethau bywyd ydan ni i gyd i fod i'w wneud! Gorwedd a syllu ar y sêr...! Be oedd y gân honno, hefyd? Cofiodd, a dechreuodd ganu, "*Pwy wnaeth y sêr uwchben, y sêr uwchben, y sêr uwchben...? Braaaaian Cox!*" Chwarddodd yn uchel. "Aaamaaaaaaaaaazzzzing!"

Cyn hir teimlai'r angen i wybod yn lle'r oedd o, ac mi gododd i'w eistedd eto. Trodd i wynebu o le deuai'r miwsig. Gwelai bob math o oleuadau bach lliwgar yn hongian dros yr hyn a edrychai fel craig, a chasgliad o oleuadau gwynion ar ddŵr y môr. Clywai leisiau, ac mi welai siapiau pobol yn nofio yn y tywyllwch rhwng y goleuadau. Yna sylweddolodd nad yn y môr oeddan nhw, nac yn y goleuadau, ond ar y traeth. Ac nid dros graig oedd y goleuadau bach yn hongian ond dros flaen adeilad, o amgylch y ffenestri. Cofiodd, eto fyth, mai o'r adeilad hwn y daeth o – ond be ar wyneb y ddaear oedd o'n ei wneud yno yn y lle cynta? Ond doedd o'm yn poeni. Roedd o yn ei seithfed nef.

Gwyliodd gysgodion yn symud yn y gwyll, yn weddol agos ato. Clywodd leisiau – ond nid yr un rhai â chynt. Trodd ei ben tua'r tân eto. Roedd cysgodion yn eistedd o'i amgylch rŵan – un, dau, p'run ai tri? Teimlodd wres y fflamau ar ei fochau eto. Gadawodd iddo'i hun ddisgyn yn ôl ar ei gefn, a'r tro yma tarodd ei ben ar ymyl craig. Ond doedd o'n poeni dim. Mi gâi orffwys chydig eto cyn mynd yn ôl at y goleuadau, yn ôl i'r ffair, i'r dimensiwn arall.

"Yeah, man!"

95

"Wyt ti'n meddwl ei fod e'n iawn?" holodd Krystyna, wedi i'r ffigwr tywyll ddisgyn yn ôl i orwedd ar ei gefn am y trydydd tro.

"Siŵr o fod," atebodd Math. "Tripio'i ben i ffwrdd fyswn i'n ddeud! Tryffyls Bitrwt!"

"Rwyf i erioed wedi cymryd madarch hud, Math. Rwyf yn credu bod ti?"

"Do. Dwi wedi gneud amball i drip!"

"Ydi o fel shamanic journey?" holodd wrth basio'r sbliff iddo.

"Hmmm... wel... Maen nhw'n bendant yn agor drysa – helpu i gysylltu â'r... wel... 'ysbrydol'... neu efo'r bydysawd, o leia."

"Beth ti'n feddwl?"

"Atebion, Krystyna. Ma nhw i gyd yno."

"Pa fath o atebion?"

"Atebion i bopeth," medd Math dan wenu.

"Really?"

"Ia. Mae o fel bod y bydysawd yn siarad efo chdi. Pob dim yn gneud sens."

"Pob dim?"

"Popeth."

"For example?"

"Aah! Wel… Dyna 'di'r peth. Dim ond pan ti *yn* y trip wyt ti'n gwbod be ydi'r cwestiyna – a'r atebion, yndê. Unwaith mae'r trip yn darfod maen nhw wedi mynd. Fel breuddwydion, sdi – wnei di byth, byth eu cofio nhw."

"Dithorol."

"Yndi – fel dreamtime heb y cwsg. Ac mae yna rhei diwylliannau shamanaidd, yn does, lle mae'r shaman yn cymryd psychoactives – hallucinogenics – fel rhan o'u defodau nhw. Mynd i 'fro yr ysbrydion' i gael atebion. Holi'r ysbrydion be 'di achos afiechyd rhywun, er engraifft. Mynd i ffendio'u Cyfarwydd – eu 'Familiar', wsdi – a gofyn y cwestiwn. A dim ond tra maen nhw i mewn yn y trip maen nhw'n gallu gneud hynny…"

Tynnodd Math ar y sbliff.

"Ac felly mae madarch hud?"

"Mewn ffordd, ia. Ti'n cael atebion i betha sy'n mynd trwy dy ben, cwestiyna mawr bywyd, a ti'n gwbod eu bod nhw'n ffycin dyngedfennol o bwysig, ond dim ond os wnei di sgwennu nhw i lawr tra ti'n dal i dripio wnei di gofio nhw – 'dio'm bwys faint o weithia ti'n deud wrth dy hun 'rhaid fi gofio hyn', wnei di byth."

"Wyt ti wedi ysgrifennu nhw i lawr?"

Gwenodd Math. "Dwi wedi trio! Ond ar fy marw, hyd yn oed pan o'n i'n gallu sgwennu, roedd o'n amhosib cael y feiro i neud siapia."

"Beth am voice recorder? Ar dy ffôn?"

Chwarddodd Math. "Dwi 'di trio hynny hefyd. Amhosib."

"Pam?"

"Golau'r ffôn yn rhy llachar yn un peth. A'r brain-to-hand fail. A'r hand-to-gadget fail wedyn!"

Chwarddodd Krystyna wrth dderbyn y sbliff yn ôl. "Mae'n swnio'n gymhleth dros ben. Beth am barddoniaeth ti? Ydi profiad psychedelics ti yn ysbrydoli cerddi ti?"

"Hmmm," ystyriodd Math. "Na, dim rili – dim ond agor meddwl, ella. Y lle 'ma sy'n ysbrydoli fi. Y tir a'r canrifoedd o lunia mae o'n ddal yn ei gof. Mae 'na filoedd ar filoedd o fywyda yn y tir yma, yn hongian ar yr awyr… yn hwn…"

Cydiodd Math mewn llond llaw o dywod a'i adael i lithro trwy'i fysedd. "Dim jysd bywyda pobol. Anifeiliaid a planhigion hefyd, sdi. Os ti'n gallu gweld hynny, ti ddim angan madarch!"

"Wyt ti'n cofio beth ysgrifennaist y dydd hwnnw, pan gwrddais i ti? Gyda Leri?"

"Wel, lwyddas i sgwennu dipyn i lawr."

"Wyt ti'n cofio nhw nawr? Ti am rhannu?"

"Ymm… dwi'n un sâl am gofio," medd Math, fymryn yn swil mwya sydyn. "Ond dwi'n sylwi ar betha… wsdi, fel… wel, petha sy 'di bod yn cael eu gneud ers cyn co' – drwy hanas, ers bod dyn yn bodoli. Fel… ymm… fel plant yn dal blodyn menyn o dan eu gên i ddeud os ydyn nhw'n licio menyn!"

"O ie. Buttercups!" chwarddodd Krystyna. "Llawer o hwyl!"

"A llygad y dydd! Plant – a cariadon – yn gneud cadwan efo llygid y dydd. Daisy chains, sdi…"

"Llygaid y dydd yw daisies? Eyes of the day? Mae hynny yn enw mor hyfryd!"

"Be ydyn nhw yn Czech, ta?"

"Sedmikrásky," atebodd Krystyna a gwenu. "Dim mor hardd. Mae Cymraeg mor barddonol!"

"Mae gan bob iaith ei henwau tlws, siŵr. Yn enwedig am blanhigion."

"Wel, rwy'n dod o'r dinas. Does dim llawer o blodau! Rwyf nawr yn gwybod mwy o enwau blodau yn Cymraeg! Beth yw 'dandelion'?"

"Dant y llew! Neu 'blodyn pipi gwely'!"

Chwarddodd Krystyna.

"A deud yr amsar wrth chwythu arnyn nhw! Yr hada fel jeliffish bach, bach, bach ar yr awyr. Ma plant 'di gneud y petha 'ma ers canrifoedd, yn do? Fel mae bobol wedi iwsio coed cnau i neud ffyn. A gneud gwin o'r sgawen a gwyddfid. Slo jin o eirin tagu… Wyt ti rioed wedi gwatsiad glöyn byw gwyn yn downsio?"

"Beth yw 'gloing… byw'?"

"Glöyn byw, iâr fach yr haf, pili-pala? Butterfly! Ti 'di gwatsiad cacwn yn mynd mewn i flodyn bysidd y cŵn? Gwenyn yn canu cân i'r meillion?"

"Ah! 'Clover' yw meillion!" medd Krystyna'n falch. "Fi'n gwybod ef o Culhwch ag Olwen!"

"Ddat's ddy won!" medd Math dan wenu, cyn cymryd cegiad o'i botal Sol.

Tawelodd y ddau wrth syllu i'r fflamau. Sipiodd Krystyna ei photal hithau, yna troi at Math.

"Math?"

"Ia?"

"Mae gennyf rhywbeth i dweud wrth ti."

"O?" holodd Math wrth synhwyro dwyster ei geiriau.

Oedodd Krystyna cyn dechrau siarad. "Pan oeddwn yn Aberystwyth… cyn cwrdd â Leri…"

Stopiodd.

"Ia?" holodd Math wrth aros iddi gael hyd i'r geiriau.

"Wel… Nid wyf yn gwybod sut i dweud…"

Torrwyd ar ei thraws gan leisiau'n agosáu.

"Math a Krystyna ydyn nhw, reu!" gwaeddodd Robi-di-reu.

"Oho! A be 'da chi'ch dau yn neud yn fan hyn, ta?" holodd Raquel.

"Jysd cael brêc bach wrth y tân," atebodd Math wrth wylio'r ddau gysgod yn cyrraedd i wawl coch y fflamau. "Fel chitha, dwi'n cymryd?"

"Ma hi'n blydi boeth i mewn yn fa'na," medd Raquel.

"Ma hi'n boeth wrth y tân 'ma, 'fyd!" medd Math dan wenu. "Pwy sy ar y decs? Bitrwt o hyd?"

"Reu," cadarnhaodd Robi. "Mae o ar dân. Fydd hi'n job cael yr hogyn i ffwrdd, dwi'n meddwl. Mae Leri a Crwyna'n gneud yn iawn tu ôl y cowntar, a ma Tongs o gwmpas lle os fyddan nhw isio help."

"Oh! Gwell i mi mynd i helpio nhw nawr!" medd Krystyna a chodi ar ei thraed. "Gwelai chi wedyn!"

Gwyliodd Math hi'n gadael, yn gofalu lle'r oedd hi'n rhoi ei thraed wrth osgoi'r creigiau.

"Pwy di'rrr crrradur yma, dwad?" holodd Robi wrth syllu ar y corff ar ei gefn ar lawr. "Ffyc! Y copar 'na ydio, sbiwch!"

Plygodd Robi-di-reu drosto i weld oedd o'n anadlu, a synnu gweld bod ei lygaid yn llydan agored. "Ti'n iawn, mêt?"

Nodiodd Pennylove ei ben dan wenu.

"Cael trip da yn fa'na, reu?"

Gwenodd Pennylove eto.

"Ti awydd un arall o rhein?" holodd Robi wrth ddal tryffyl uwchben ei wyneb.

Agorodd y ditectif ei geg a gososodd Robi'r siocled crwn llawn mêl yn daclus ar ei dafod. "Dyna chdi, ddyn. Fyddi di 'nôl ar dy draed mewn chwinciad!"

Plonciodd Robi-di-reu ei din i lawr wrth ymyl Math, yn lle bu Krystyna'n eistedd gynt, ac eisteddodd Raquel wrth ei ochor yntau.

Cydiodd Math mewn stanc o bren a'i wthio ymhellach i mewn i'r fflamau, gan godi cawod o wreichion coch i chwyrlïo ar yr awel a disgyn o amgylch corff bodlon-ddiymadferth Pennylove gerllaw.

Pasiodd Math y sbliff i Robi, ond gwrthododd hi cyn dangos bod ganddo un arall – bron mor fawr â Cornetto – yn barod i'w thanio yn ei law.

Cynigiodd hi i Raquel, ac mi gymerodd hithau un drag a phesychu, cyn ei phasio hi 'nôl i Math. "Anghofis i pa mor boeth ydi'r joints 'ma!" meddai.

Gwenodd Math. "Da dy weld di yma, Raq. Hen bryd i ti gael iahŵ bach!"

"Diolch. Yndi, mae hi," atebodd.

"A dianc o'rwth y Sion Llygad y Geiniog Cimwch 'na, reu," ychwanegodd Robi. "Ti'n haeddu gwell na'r cŵd cwrcath yna, Raquel."

Roedd tawelwch Raquel yn cytuno efo fo.

Cododd Math i'w draed. Teimlai y dylai adael i'r ddau gael llonydd. Hwyrach y byddai tân yn ailgynnau ar yr hen aelwyd hon, meddyliodd, wrth i olau'r goelcerth ddisgyn ar wyneb Robi-di-reu mewn ffordd oedd yn ei atgoffa o Bethan, merch Raquel oedd yn byw ym Manceinion – heb y dreds a'r locsyn, wrth gwrs. Allai o'm canolbwyntio ar sgwrsio gan fod geiriau Krystyna yn dal i droi yn ei ben. Roedd hi ar fin dweud rhywbeth wrtho, ac roedd Math ar dân eisiau gwybod be.

"Dwi'n meddwl a' i mewn," meddai. "Wela i chi'n munud."

Ar hynny, dechreuodd Pennylove chwerthin. Rhyw gigl fach fer oedd hi i ddechrau, yna un hirach, ac un hirach eto wedyn. Yna dechreuodd Raquel chwerthin, ac ymunodd Robi o fewn dim. Mewn eiliadau, roedd y tri'n chwerthin fel mwncwns. Gadawodd Math nhw wrthi.

96

Parciodd Jenko'r car y tu allan i dŷ ei fam.

"Bydd raid i ni fod yn ddistaw," meddai wrth roi'r goriad yn y drws a'i droi. "Dwi'm isio deffro'r hen ddynas, rhag ofn 'ddi gael hartan."

Camodd y ddau ar flaenau'u traed trwy'r stafall fyw ac i'r gegin gefn. Roedd Jenko ar fin agor clo'r drws cefn pan bibiodd ei ffôn yn uchel. Neidiodd y ddau.

"Ffyc sêcs!" sibrydodd Dingo'n uchel. "'Distaw' medda chdi!"

"Sori!"

"Deud wrth y gont am ffwcio ffwrdd!"

"Pwy? Mam?"

"Naci siŵr! Y ffycin sgertan 'na sy gen ti!"

"O! Wel, dwi'n ffycin trio, Dingo. Ond mai'n un benderfynol."

"Pam ffwc ma hi'n dechra dy blagio di rŵan?"

"Be ti'n feddwl?"

"Wsos dwytha ffwciasd di hi, yndê? Dwi heb glywad neb yn dy ffonio di ers, wel, erioed, i fod yn onast. Heblaw fi, 'de!"

"Ia, wel," medd Jenko wrth gamu i'r ardd gefn. "Does wbod be sy'n mynd trwy'i phen hi."

Camodd y ddau i mewn i'r cwt a rhoi'r golau ymlaen. Symudodd Jenko'r peiriant torri gwair, a chododd Dingo'r slab goncrit. Cydiodd Dingo yn y bag lleia – yr un efo'r ddau wn wedi'u lapio mewn cadachau ynddo – a'i estyn i'w fêt, cyn cydio yn y bag 'holdall' mawr oedd yn cynnwys yr wyth deg mil mewn arian parod.

Wedi rhoi'r slab a'r torrwr gwair yn ôl yn eu lle, sleifiodd y ddau yn eu holau drwy'r tŷ a thaflu'r bag mwya i fŵt y car. Rhoddodd Dingo'r bag llai yn y cwpwrdd dan y dash a gyrrodd Jenko yn ôl i faes parcio'r Twrch.

Tynnwyd sylw Dingo gan ddyn main mewn dillad du yn cerdded allan o ddrws ochor y Twrch efo ffôn wrth ei glust. Roedd golwg ddigon diniwed arno – golwg dipyn o gymêr, i ddeud y gwir. Ond ei acen oedd yn taro Dingo.

"No sign of 'em. An der bar's closed. But, you won't believe this mate, dere's a party down on the beach, la! Fuckin buzzin! Get yer dancin shoes on…!"

Stopiodd y boi siarad pan welodd o Dingo a Jenko. "Erm, hang on…" meddai i mewn i'r ffôn wrth droi ar ei sodlau a phrysuro'i gamau.

"Cer i nôl Simba a'r lleill, Jenks," medd Dingo, cyn troi'n ôl am y car. Agorodd ddrws y ffrynt ac estyn i'r cwpwrdd dash. Tynnodd y cadachau o'r bag, cyn sylwi nad cadachau oeddan nhw, ond yn hytrach, crys-T budur…

"Be ffwc?" meddai wrth ddadlapio'r crys. Disgynnodd ei geg yn agored led y pen. Nid dau wn oedd yno, ond dwy sbanar G-wrench fawr.

"FFYC!" gwaeddodd, cyn clywed sŵn traed yn brysio am y car. Cododd ei ben i weld tua dwsin o ddynion mawr efo batiau bêsbôl yn rhedeg tuag ato o ddau gar 'people carrier' du oedd wedi'u parcio ym mhen draw'r maes parcio.

"Shit, shit," meddai o dan ei wynt, a sbio i gyfeiriad drws ochor y Twrch. Doedd neb i weld ar eu ffordd allan.

"Bolycs!" Cydiodd yn y ddwy sbanar a'u chwifio yn yr awyr wrth ruthro tuag at y dynion a phlannu'n syth i'w canol dan weiddi, "COME ON THEN, YOU FUCKIN PRICKS!"

Mi gafodd lwc efo'i ddwy swadan gynta – llwyddodd i chwalu trwyn un a tholcio pen un arall. Ond dyna hi wedyn. Caeodd y môr amdano, a dyna oedd ei diwadd hi.

97

Roedd 'Swan Song' gan Babyhead wedi gyrru pawb i ffrensi o sgancio dwfn a phwerus, a Bitrwt wedi ciwio 'Mighty Soldier' gan Ruts DC yn barod i'w dilyn hi.

"Ma hi'n fflio mynd!" gwaeddodd Bitrwt yng nghlust Robi-di-reu, oedd yn sgancio yn ei ymyl o'r tu ôl i'r decs, tra'n gwylio Raquel yn cordeddu'i chorff yn ei throwsus gwyn, tyn o flaen y bass bins agosa.

"Gad i fi chwara Ruts, wedyn Jarman, ac wna i orffan efo'r 'Guns of Brixton'. Chdi bia hi wedyn."

"Reu!" atebodd Robi. "Ond dwi'n meddwl fysa'n well i Tongs fynd mlaen nesa – mae o'n fwy up-beat na fi, reu. Mwy fel chdi efo'r pynci reggae a ballu, reu."

"Yndi, deud gwir. Ond lle ffwc mae o?"

"Fan'cw'n rwla!" gwaeddodd Robi-di-reu gan bwyntio at y dorf wyllt. "Tria roi showt allan iddo fo."

"Be?"

Gwnaeth Robi siâp cwpan rownd ei geg ac estyn at glust Bitrwt, cyn ailadrodd be ddywedodd o. Cododd Bitrwt ei ben a sganio'r dorf, ond roedd hi'n amhosib gweld wrth i'r golau strôb felltio'n las drwy'r holl le.

Unodd Bitrwt gynffon Babyhead i drwyn Ruts DC a gweiddi dros y meic tra bo'r Ruts yn codi i lefal. "Dyna fi, Beat Roots, yn gorffan cyn hir. Ond fydda i 'nôl nes ymlaen i'ch cario chi drwy'r Eclips – neu, i roi yr enw Cymraeg, y Trip ar yr Haul! Iaaaa! Gobeithio fo chi gyd yn ffycin byzzian, y basdads, achos mae 'na mighty dread punky dub sounds yn mynd i ddilyn fi – yr Un ac Unig DJ Tongo-bongo-bonango-ditongo – T-T-T-T-TOOOOOOOONGS!!!"

Cododd môr o floeddiadau gwerthfawrogol o'r dorf chwyslyd oedd off eu pennau ar gemegion Dingo a chacenni-o-bob-math Bitrwt.

"Felly – TONGS!" gwaeddodd Bitrwt eto. "Gobeithio bo chdi'n conscious, y cotsyn, lle bynnag wyt ti!"

"Doedd o ddim wrth y tân gynt, chwaith," gwaeddodd Robi i'w glust eto.

"Be, oes 'na bobol wrth y tân – ddim yn downsio i'r mighty Beat Roots?"

"Mynd a dod, oes. Y tân ydi'r chill-out rŵm, reu! O'dd Math yno gynt hefyd – yn trio 'troi' Krystyna, yn ôl be welis i, reu!"

Winciodd Robi a mynd draw i ddawnsio efo Raquel.

Rai munudau'n ddiweddarach, aeth y dorf yn hollol bananas wrth i sgiliau Bitrwt allu asio bassline drawiadol 'Rheswm i Fyw' Geraint Jarman â 'Guns of Brixton' y Clash – fyddai'n neidio 'nôl a mlaen rhwng 'Dub Be Good To Me' a 'Just Be Good To Green'.

Ac wrth i'r dawnswyr fynd yn wallgo ac anghofio pa mor wirion oeddan nhw i beidio â dod i lawr i'r parti'n gynt, bownsiodd Bitrwt i'w canol efo'i freichiau yn yr awyr.

"Iaaaaaaa! Ffycin iaaaaa! Ia, ia, ia, ia, ia, hyp-hyp-hyp iaaaaaa!"

98

Wedi i'r batiau a bŵts ei guro'n ddidrugaredd am be deimlai fel hydoedd, llusgwyd Dingo i gyfeiriad fan ddu oedd newydd droi i mewn i'r maes parcio. Triodd strancio eto wrth iddyn nhw agor y drysau cefn, ond doedd ganddo ddim math o obaith gwrthsefyll. Ac wedi cael cweir arall wrth gael ei daflu i gefn y fan, roedd o'n rhy wan – ac mewn gormod o boen i allu hyd yn oed griddfan. Allai o wneud dim byd ond gorwedd yno'n llonydd a gadael iddo'i hun lithro i ffwrdd i ebargofiant. A'r unig beth oedd yn mynd trwy'i feddwl wrth i'r tywyllwch ei amgylchynu oedd nad oedd unrhyw un o'i ffrindiau i'w gweld yn unlle – yn ystod nac ar ôl yr ymosodiad. Yn syml iawn, doeddan nhw ddim yno.

Wedi i'r fan yrru i ffwrdd ac un o'r ddau gar 'cario bobol' yn ei dilyn, safai pedwar o hwdlyms Adey wrth gar Dingo yn y maes parcio.

"Nice one, Jenko lad," medd Joe wrth daflu dwy sbanar oedd yn gorwedd ar lawr i'r gwrych gerllaw. "This is gonna spare everyone a lorra trouble."

"What's gonna happen to him?" holodd Jenko.

"Nottin mate. 'E's 'ad 'is hiding so the lads'll just drop 'im off in town."

"You sure about that?"

"Course I am. 'E just needed ter be taught a lesson. You just can't do wor 'e wuz tryin ter do. It's well snide, mate."

"I know. Stupid, really," cytunodd Jenko. "And greedy, I suppose."

"Too right, mate. So – where's the cash?"

Agorodd Jenko fŵt y car a dangos y bag. "It's all there," meddai. "Eighty grand."

"Nice one," medd Joe. "That covers the debt."

"And we're cool for the usual lay-on, now?" holodd y Cymro.

"Yer. Yous are alrite. It'll get sorted tomorrer. I'll bring it down, same place. We've got yer number."

"OK, cool…" medd Jenko yn nerfus, gan fradychu ei amheuon ynglŷn â'r hyn roedd o newydd ei wneud.

"Don't worry, Jenko lad," medd Joe dan wenu. "Yer did the right thing. Everythin's back to normal now. It's like nottin ever 'appened. Normal service resumed, la!"

Estynnodd y Sgowsar mawr am y bag ac agor y sip. Diflannodd y wên yn syth. Trodd at Jenko a'i wyneb ffyrnig yn gyhuddgar. "What the fuck?!"

Sobrodd Jenko hefyd. Syllodd ar y bag agored. Gwelwodd yn syth.

"Grab him!" gwaeddodd Joe.

Cydiodd y tri arall ynddo cyn iddo allu dod dros y sioc hyd yn oed.

"Please don't tell me yer dat fuckin stupid, Taff?" medd Joe.

Ysgydwodd Jenko ei ben a dechrau baglu dros ei eiriau. "Ffyc… no ffycin wê… I don't…!"

"Yous'll have to do better than that, lad!" sgyrnygodd Joe, cyn estyn at y bag eto a chwalu trwy'r rholiau o bapur toilet gwyn. "Or is bogroll the currency in Wales dese days?"

Ysgydwodd Jenko'i ben yn wyllt. "No, no... I can't explain it. It was there a minute ago."

"A minute ago?"

"Well... not long ago, a couple of hours. Honest, Joe! Why the fuck would I do that? Think about it!"

"Oh, I'm fuckin thinking alright!" chwyrnodd Joe drwyn yn drwyn efo'r Cymro.

"Joe! I put it there myself, with Dingo earlier. Why the fuck would I switch it? I've just back-stabbed my mate and took over his thing. That cash was my ticket to everything, for fuck's sakes!"

"Maybe yous thought we wuz dickheads! That we wouldn't check it before we left! Eyh?"

"No fucking way, Joe! I'm not fucking stupid!"

Camodd Joe yn ei ôl ac estyn ei ffôn o'i bocad.

"Let me make a phonecall too, Joe," gofynnodd Jenko. "Maybe I can get to the bottom of this."

Syllodd Joe i lygaid y Cymro am eiliad neu ddwy, cyn codi ei siaced uwchben ei drowsus i ddangos bod ganddo wn o dan ei felt. Amneidiodd ar y tri arall i'w ollwng. "You as much as move an I'll pur a hole in yer head."

Yna rhoddodd ei ffôn i'w glust. "It's me..." dechreuodd. "No, it's just fuckin shit paper," meddai wedyn wrth sbio yn y bag unwaith eto. "Hold on, what's this?"

Trodd i syllu ar Jenko gan ddal darn o bapur i fyny, cyn siarad efo'r ffôn eto. "A piece of paper with some Welsh bollocks written on it... OK... OK... Sound."

Cadwodd ei ffôn yn ei bocad a throi at Jenko eto. "What's this say, Taffy?" holodd gan ddal y papur o flaen ei lygaid.

Darllenodd Jenko'r tri gair oedd wedi'u sgwennu mewn llythrennau bras efo beiro. Doeddan nhw'n gwneud dim synnwyr iddo.

"I haven't got a clue, to be honest, Joe."

"What d'yer mean?"

"It's not Welsh," atebodd Jenko, fel y dechreuodd ei ffôn o ganu.

Syllodd ar y sgrin, ac edrych ar Joe. Nodiodd hwnnw ei ganiatâd cyn ei siarsio i siarad Saesneg.

Atebodd hi. "We have a problam."

"He'll be here any minute," medd Jenko ar ôl diffodd ei ffôn.

"Who?"

"My partner – the one who sent every one home just before you landed. Why do you think there wasn't an 'army' waiting here for you?"

Tynnodd Joe y gwn o'i felt a'i bwyntio at y Cymro. "In the car."

Rhoddodd Jenko ei ddwylo i fyny wrth i ddau ddyn ei hebrwng i sêt gefn car Dingo tra bo'r llall yn dal y drws yn agored. Clywodd Joe yn dweud wrth un ohonyn nhw am eu dilyn yn y 'people carrier' arall. Suddodd calon Jenko pan welodd fod y cwpwrdd dash yn agored a dim ond bag gwag ar y sêt flaen. Taflodd un o'r Sgowsars y bag allan ac ista yn y sêt. Caeodd Joe y bŵt a dod i eistedd yn y cefn gan ddal y gwn i ystlys Jenko. Eisteddodd y trydydd yn sedd y dreifar. Difarodd Jenko adael y goriadau i mewn – ond dyna fo, er iddo dreulio'r diwrnod yn cynllwynio efo Adey tu ôl cefn Dingo, doedd o'm yn disgwyl hyn.

Taniodd y gyrrwr y car ac aros tra bod Joe yn ffonio eto. "Change of plan," meddai wrth rywun. "Bring 'im back… What?… Fuck's sakes! Arite… Nah, leave 'im. There'll be cameras. 'E's not going anywhere, anyways… No probs…"

"Whatever's happened, Joe, Dingo wouldn't know anything anyway. I've been with him all day," medd Jenko.

Wnaeth Joe ddim ateb.

"So what happens now?" holodd Jenko.

"We wait fer yer mate and we get to the bottom of this."

"Is this 'im?" holodd y gyrrwr wrth weld Simba'n cerdded tua'r car.

"Yes," cadarnhaodd Jenko wrth i'w galon suddo eto wrth weld nad oedd Simba wedi meddwl dod ag unrhyw un arall efo fo. Pawb wedi diflannu am y parti, mwya thebyg, ar ôl i Simba eu gyrru adra.

Ar orchymyn Joe, tynnodd y dyn yn y sedd flaen wn o bocad ei siaced, cyn estyn drosodd i'r cefn a'i anelu at dalcan Jenko. Agorodd Joe y drws a chamu o'r car. Pwyntiodd ei wn yntau at Simba a dweud wrtho am agor y bŵt.

"No, Joe, don't!" gwaeddodd Jenko, yn poeni mai bwlet oedd yn aros Simba. "There's no need for that! We can get you the money! We've got sixty kis of top grade skunk! We can get it tonight!"

"Relax, will yer!" medd Joe wrth i Simba, â gwn wrth ei arlais, agor y bŵt. "I'm just gerrin the note from the bag. If yous can't translate it, maybe yer mate here can. So where's this weed?"

"Not far," medd Jenko a'r chwys yn llifo lawr ei dalcan. "But we'll have to go by boat."

"Why? Is irr on a fuckin desert island?"

"No, it's on a buoy, well, attached to it… We ripped Dingo off last week, but we lost twenty four kis while we were at it… We don't know who ripped off the cash, but the skunk is worth six times more."

Bu tawelwch am eiliad neu ddwy.

"Fuck me, Jenko," medd Joe. "You set 'im up forra hidin' tonite *and* ripped 'im off last week? Fuckin hell – what's this werld comin to? With friends like yous, eyh? Jesus! Anyways – 'ave yous gorra boat?"

"Yes! Well, we used Simba's dad's boat… but we have the key to Dingo's boat – it's on the car keys, right there. And there should be a spare in the bag where the cash is – I mean *was*."

Aeth Joe yn dawel eto am rai eiliadau. "Top grade skunk, yer say?"

"From the 'Dam!"

"And can you drive de boat?"

Cyn ateb, sylwodd Jenko fod y darn papur â'r tri gair diarth arno yn gorwedd ar lawr cefn y car – nid yn y bŵt. Aeth ias drwyddo wrth sylweddoli nad mynd i ofyn i Simba'i gyfieithu fo oedd o, ond ei saethu a'i daflu i'r bŵt. Cwffiodd y panig oedd yn llenwi'i frest. Ystyriodd y sefyllfa ac mewn hannar eiliad sydyn, gamblodd.

"No I can't. But he can… But I'm the only one who knows which buoy it is!"

Ystyriodd Joe hefyd am chydig, cyn troi at Simba. "OK. You. Look in the bag for the key! Now!"

Gwyddai Jenko'n syth be oedd yn mynd i ddigwydd. "There's a key here, Joe! Paid, Simba! Rheda! Dos!" gwaeddodd. "Joe, we need him, I can't sail the boat…!"

Neidiodd wrth glywed y glec o'r tu ôl iddo. Ond nid clec gwn oedd hi, ond, yn hytrach, y bŵt yn cau ar Simba, oedd wedi cael ei wthio i mewn wrth iddo blygu i edrych yn y bag. Rhoddodd Jenko ochenaid uchel o ryddhad, ac un arall eto pan dynnwyd y gwn arall o'i ben yntau. Sychodd y chwys o'i dalcan efo cefn ei law. Daeth Joe yn ôl i'r sedd gefn a chydio yn y darn papur a'i ddal i fyny o'i flaen.

"'WENI, WIDI, WICI', eh?" meddai, a'i sgrynsho i fyny'n bêl a'i daflu. "Let's go sailing."

99

"Be ffwc sy'n digwydd i ferchaid ffycin meddw pan ma nhw'n gweld dyn yn gwisgo cap?!"

Tongs oedd wrthi, yn cael rant y ganrif wrth y bwrdd picnic ar batio Tyddyn Dub.

"Aww, be maen nhw 'di neud i ti, Cruella bach?" medd Bitrwt wrth y Tongs di-gap a'i streipan o wallt gwyn. "Atacio chdi efo brwsh a paent eto?"

"Ffyc off, Bitrwt, ti'n gwbod yn ffycin iawn be dwi'n feddwl! Dwyn hetia maen nhw'n de! Cipio dy gap o dy ben di wrth basio, neu o'r tu ôl. Ffycin poen ffycin tin. A herian chdi wedyn, rhedag i ffwrdd a cau roi o 'nôl. Wsdi, darn o ddilledyn rhywun ydio, yndê! A dwi'n deud hynny wrthyn nhw bob tro. Be os fyswn i'n mynd fyny at sgertan a dwyn ei bra hi?"

"Fysa ti'n cael dy gloi i fyny, y nons!"

"OK, dim yr engraifft gora. Be os fyswn i'n dwyn ei sgarff hi? Neu ei jacet hi? Ffyc mi, fysa 'na ffwc o halibalŵ, hi a'i ffrindia ar ben caej, ei josgin mawr o gariad isio'n ffycin leinio fi!"

"Lle mae dy gap di, Tongs?" holodd Leri wrth ymuno â nhw am awyr iach.

"Gan rhyw gotsan blentynnadd o leidar," atebodd yn llawn sen a chasineb. "Be sy'n bod arnyn nhw? Pam fo nhw'n meddwl fo ganddyn nhw hawl i'w neud o? Pam fysa nhw hyd'noed yn meddwl ei neud o yn y lle cynta?"

"Ma nhw'n dod â nhw yn ôl yn diwadd, yndyn ddim?" holodd Leri.

"Ydyn nhw ffwc! Ti'n gorfod haslo a haslo, ac os na wnei di, ti'n ffycd. Ta-ta het – os ti'n nabod yr hogan neu ddim! A hetia sy 'di costio dipyn go lew o bres, dallta!"

"Be, yr hotel chwain 'na ti'n wisgo ers ges di dy eni?" heriodd Bitrwt.

"Sentimental ydi honna, Bitrwt. Ond 'dio'm bwys be ti'n wisgo – het wellt, het gowboi, cap gwlân hand-knitted, trilbi drud, panama hat, cap stabal, hyd yn oed ffycin sombrero – maen nhw i gyd yn ei ffycin chael hi! 'Dio'm yn ffycin iawn, siŵr. Dwyn 'di peth fel'na, hogia. Dwyn, yn blaen ac yn blwmp."

"Fel y bwrdd 'ma ti'n ista arno fo, ti'n feddwl?" holodd Bitrwt.

"O, ha ffycin ha, Bitrwt," atebodd Tongs efo gwên ddireidus. "Jysd menthyg am byth 'di peth felly, siŵr!"

"Eniwe, ti'n cofio na chdi sy nesa ar y decs, wyt?"

"Yndw, Bît. Glywis i chdi'n galw ar y meic, sdi. Dydi 'nghlustia fi ddim yn sownd i'n het i."

Gorffennodd Tongs ei sbliff a chodi ar ei draed. "Reit, dwi'n barod i chwalu'r lle 'ma!"

"Be ti am roi i ni, Tongs?" holodd Raquel.

"Dwi'n dechra efo showt allan am 'y nghap a mynd syth mewn i Men Without Hats!"

Chwarddodd y criw.

"Ac wedyn?" holodd Raquel eto.

"Wel, ma gennai LCD Soundsystem, a Caban – 'Coedan Ffati Deeeeeew'!" gwaeddodd. "Gentleman's Dub Club, Smoke Like a Fish, Jecsyn Ffeif, Llwybr Llaethog, Mr Phormula, Dub Syndicate, Clash, Ruts, The Members, Los de Abajo, Mad Professor, Black Uhuru, Burning Spear…"

"Ocê, ocê, Tongs," medd Bitrwt. "'Da ni'm isio'r menu cyfa. Jysd ty'd â'r gacan i ni! Ffwrdd â chdi!"

Gwthiodd Tongs trwy'r criw oedd yn dawnsio i fics CD adawodd Bitrwt i chwarae wedi gorffen ei set. Pan gyrhaeddodd i du ôl y decs mi welodd ei gap yn syth, ond fel oedd o ar fin gweiddi trwy'r meic mi sylwodd ar ben pwy oedd o. Ysgydwodd ei ben mewn anobaith wrth weld ei "hen gyfaill mynwesol" yn gorwedd yn gam ar gorun chwyslyd Cors. Byddai'n *rhaid* iddo'i folchi fo rŵan, ac yntau heb wneud ers blynyddoedd. Yna sylwodd ar rywun arall yn ei gipio oddi ar ben Cors – ac ia, sgertan oedd hi. Gwyliodd Tongs hi'n ei roi o ar ei phen ac yn dechrau dawnsio.

"Ffyc's sêcs!" diawliodd o dan ei wynt. "Ffycin lladron!"

100

Deffrodd Dingo pan stopiodd y fan. Agorodd ei lygaid a syllu trwy'r rhychau cul rhwng y chwyddiadau. Roedd poen annioddefol yn saethu trwy'i ên, yn trywanu trwy'i fochau ac o amgylch soced ei lygad. Roedd ei drwyn hefyd yn brifo, ac allai o'm anadlu drwyddo. Symudodd ei ben a griddfanodd wrth i'w benglog sgrechian. Gwaeddodd wrth symud ei fraich i roi ei fysedd at ei lygad. Allai o'm dweud ai chwydd a deimlai p'run ai ei lygad oedd yn hongian allan. Symudodd ei dafod. Roedd ei ddannedd ochor yn hongian o do ei geg, uwchben ei donsils, ac roedd ei ddannedd blaen wedi diflannu'n gyfangwbwl. Poerodd swigod coch dros y gwaed tywyll oedd wedi ceulo dros ei weflau.

Agorodd drysau'r fan a chydiodd dau horwth yn ei goesau a'i lusgo allan. Roedd o mewn gormod o boen i strancio. Gallai ddweud bod pont ei ysgwydd, ei fraich a'i asennau wedi torri. Rhoddodd floedd wantan wrth gael ei daflu i'r llawr, cyn taro'i ben ar y tarmac wrth lanio ar y stryd.

Clywodd ddrysau'r fan yn cau. Griddfanodd mewn poen wrth droi ei ben i'w gwylio hi'n gyrru i fyny'r stryd. Yna, gwelodd hi'n stopio mwya sydyn. Rywsut, dywedodd rhywbeth wrtho y dylai symud, a hynny'n sydyn. Taniodd yr adrenalin ynddo, a chododd i'w draed dan weiddi mewn poen. Hoblodd at ali fach oedd yn torri ar draws y cefnau at gefn gardd gwrw'r Lledan, gan glywed sŵn y fan yn rifyrsio y tu ôl iddo. Curodd ei galon fel drwm wrth iddo sylweddoli na fyddai'n cyrraedd yr ali mewn pryd. Ond yna, mi stopiodd y fan eto, fel 'tai'r gyrrwr wedi newid ei feddwl, cyn gyrru i ffwrdd eilwaith. Disgynnodd Dingo ar ei din yn erbyn wal, a gorffwys. Llifodd pob math o bethau trwy'i feddwl. Be ffwc ddigwyddodd? Lle ffwc ddiflannodd pawb? Pum munud fuon nhw yn sied mam Jenko. Doedd bosib eu bod nhw wedi gadael? Yna cofiodd nad oedd Jenko i'w weld yn unlle pan oedd o'n cael ei guro. Na Simba chwaith. Roedd hynny'n amhosib, oni bai… Rhegodd yn uchel wrth sylweddoli be oedd wedi digwydd, a gwingodd wrth i'r boen saethu trwy'i ên. Poerodd fwy o waed, a chaeodd ei lygaid…

Pan agorodd nhw eto, gwthiodd ei gefn yn erbyn y wal a chael ei hun yn ôl i'w draed. Yna, gyda chymorth y wal, llwyddodd i gyrraedd pen draw'r ali ac i'r stryd gefn, yna i ardd gwrw'r Lledan. Roedd pob man yn dywyll heblaw am olau gwan yn dod o du ôl y drws cefn. Cydiodd yn yr handlan a'i droi, gan ddiolch ei fod yn agored. Camodd i mewn a phwyso'n erbyn wal y pasej. Clywodd leisiau'n dod o'r bar bach cefn, yn siarad yn isel. Roedd rhywrai'n cael peint tawel ar ôl amser. Yna clywodd synau'n dod o'r gegin a symudodd yn ara i gyfeiriad y drws, cyn pwyso'i gefn yn erbyn y wal eto. Tagodd ar y gwaed oedd yn llenwi'i wddw, a thasgu smotiau coch dros y llawr o'i flaen. Clywodd synau o'r gegin eto. Dyna'r lle gorau iddo fynd, meddyliodd. Câi help wedyn, a rhywun i ffonio ambiwlans. Trodd ac agor y drws.

Difarodd wneud hynny yn syth. Y peth cynta welodd o trwy rigolau ei lygaid oedd Heather ei wraig ar ei chefn ar y bwrdd a Cimwch â'i drôns am ei draed yn ei phwnio hi'n racs. Sylwodd yr un o'r ddau arno'n sefyll yno, yn syllu'n syfrdan. Erbyn hynny roedd ei anadlau'n mynd yn afreolaidd, a'r swigod sgarlad yn codi o'i geg fel diod pan oedd plentyn yn chwythu iddo trwy welltyn. Syllodd ar y ddau, eu cyrff yn gwegian a'u bloeddiadau chwantus yn cyflymu, ac mi glywai Dingo, trwy'r cwbwl, y sŵn gyrglo a wnâi yntau wrth drio cael ei wynt. Teimlai fel ei fod o'n boddi ar ei waed ei hun, tra bod ei wraig yn brysur yn cael ei ffwcio'n groch o flaen ei lygaid. Edrychodd o'i gwmpas a gweld carnau amrywiol gyllyll coginio yn sticio allan o flocyn pren. Estynnodd am yr un fwya, ac wrth iddo wneud, gwelodd ei adlewyrchiad ei hun yn y ffenast. Allai o'm credu mai fo oedd y dyn yn y gwydr. Rhywun arall welai o – rhywun coch i gyd, fel dyn wedi disgyn i gasgan o baent. Syllodd ar ei wyneb, fel 'tai o angen cadarnhad mai fo oedd o. Ond doedd dim gwyneb i'w weld.

Yna sgrechiodd Heather ar dop ei llais, ac ymbalfalodd Cimwch a hithau i wahanu. Sgrechiodd Heather eto, a dal ati'n ddi-stop. Trodd Cimwch yn wyn yn y fan a'r lle, cyn plygu i godi'i drôns. Daeth sŵn traed a lleisiau o gyfeiriad y bar cefn.

"He... He... Heather...?" medd Dingo trwy gwmwl o swigod coch, a phoeri'n anfwriadol.

"D-Dingo?" medd Heather, wrth nabod ei lais.

"Heath... Heather..." meddai eto wrth i ddagrau gymysgu â'i waed. Griddfanodd, a phesychu wrth dagu ar yr hylif coch yn ei wddw. Roedd o'n methu cael ei wynt. Estynnodd ei law allan amdani. Disgynnodd y gyllall o'r llall. Cymerodd hannar cam, cyn disgyn yn glec ar ei wyneb i'r teils.

101

"Mae'r fflapjacs i gyd wedi mynd!" medd Bitrwt, yn laddar o chwys.

"Dwi'm yn mynd i gwcio mwy. Dwi angan let loose, myn ffwc!"

"Be sy ar ôl i gyd, ta?" slyriodd Crwyna, oedd yn siglo o un ochor i'r llall tu ôl y cowntar efo fo.

"Eis crîm, sbês-cêcs, tryffyls ganj a tryffyls madarch... ac, ymm..."

"Ma'r tryffyls madarch wedi mynd hefyd," medd Leri wrth roi gwydrau plastig yn llawn dŵr i griw o bobol chwyslyd â'u gweflau'n symud fel sombis yn cnoi chewing gum.

"Be? Oedd 'na lwyth ar ôl ddim llawar yn ôl."

"Cors a Mynydd, Bît," medda hi. "Athon nhw â'r cwbwl lot."

"Nathon nhw dalu?"

"Be ti'n feddwl?"

"Basdads barus!"

"Mae Robi-di-reu wedi llyncu llwyth hefyd," medd Crwyna. "A dwi'n meddwl bo fi wedi cael un neu ddwy."

"Jysd chwil wyt ti, dwi'n meddwl, Carwyn," atebodd ei chwaer.

"Shit! Go iawn? Damia! A finna ffansi trio trip!"

"Diolch!" medd Leri wrth ddau foi a daflodd ddegpunt tuag ati am fod mor hael efo'r diodydd.

"Mae hi'n amsar i Math fynd ar y decs 'na, rŵan," medd Bitrwt wrth dddawnsio i nôl potal lager o'r ffrij. "Ti am botal, Ler? Crwyna?"

"Lle *mae* Math, eniwe?" holodd Leri wrth dderbyn potal.

"Allan yn ffrynt efo Krystyna a Raquel oedd o," medd Bitrwt.

"O, dacw nhw'n downsio'n fan'cw, sbia, efo Robi-di-reu," sylwodd Crwyna.

Trodd Leri a gweld y pedwar yn sgancio i Bob Marley wrth i'r holl le ymuno i ganu'r geiriau "*Stir it up, little darlin', stir it up...*"

Gwelodd Krystyna ei chariad yn sbio arnyn nhw, a gwenodd yn braf a chodi'i llaw, cyn sbinio rownd mewn pirwét a gwichian ei boddhad. Gwenodd Leri hefyd. Roedd hi'n braf ei gweld hi'n mwynhau gymaint. Bu Leri'n difaru dod â hi i fyny yma ar un adag – ar ôl iddi fynd efo Math i Fryn Haearn Mawr – ond erbyn hyn roedd hi'n gwybod na fyddai'r un o'r ddau yn gwneud ffŵl ohoni. Byddai'n gallu dygymod, hefyd, petai'r ddau ohonyn nhw *yn* dod at ei gilydd – dim ond iddyn nhw fod yn agored am y peth. Do, mi wnaeth hithau wirioni ar Krystyna hefyd, ond, yn y bôn, roedd hi'n gwybod mai ysbryd rhydd oedd hi, heb unrhyw fwriad o gael ei chlymu i rywbeth mwy na reid roler-coster efo ysbryd rhydd arall. Roedd hi'n hŷn na Leri, ac wedi treulio'i hoes ar yr afon fawr. A'r gwir amdani, dyna oedd Leri ei hun eisiau gwneud, petai'n onest efo hi ei hun. Gwirioni wnaeth Leri – gwirioni efo merch ei ffantasïau – am y tro cynta erioed yn ei bywyd. Roedd hynny'n siŵr o ddigwydd rywbryd. Matar o ddeall hynny, derbyn y peth a symud ymlaen oedd hi bellach. Dal gafael ynddi fel ffrind oedd y peth pwysica rŵan, achos llawer gwaeth na thorri calon fyddai colli cyfeillgarwch enaid mor hyfryd.

Tynnwyd ei sylw gan ferch ddeniadol yn holi am botal o lager a photal o ddŵr.

"Cei siŵr," atebodd a dawnsio draw at y ffrij. Ond doedd dim poteli Sol ar ôl. "Gymri di Bud?" gwaeddodd draw ati, gan sylwi'n syth ar ei gwên enigmataidd a'r ffordd y symudai ei chorff i rythmau'r miwsig.

Estynnodd Leri'r botal ddŵr iddi, a rhoi'r botal o Bud am ddim hefyd. "Gei di honna ar yr hows, yli."

Gwenodd y ddwy, a chlicio'n syth.

"Lle ti'n dod o?" holodd y ferch. "Dwi'm 'di gweld chdi ffor'ma o'r blaen, na?"

"O fa'ma ydw i, sdi," atebodd Leri. "Ond wedi bod i ffwrdd yn coleg."

"A fi," atebodd. "Be 'di d'enw di?"

"Leri. A chditha?"

"Elin. Ond Els ma nhw'n galw fi."

"Neis cwrdd â chdi, Els."

"Cŵl," atebodd a sipian ei Bud. "Licio dy wallt di!"

Baglodd Leri ar ei geiriau. "Ha! Diolch 'ti! Titha 'fyd!"

"Wow – tiwn!" medda Els wrth i 'Cyclone' gan y Dub Pistols neidio o'r sbîcyrs. "Welai di'n munud!"

Ac efo'r olwg honno oedd ond yn golygu un peth, gwenodd ar Leri cyn dawnsio'i ffordd i ganol y dorf. Gwyliodd Leri hi'n cordeddu ei chorff ac yn taflu golygon tuag ati.

"Ah, genod ifanc ac MDMA!" meddai wrthi'i hun cyn gweiddi ar yr hogia tu ôl iddi. "Bitrwt! Carwyn!"

"Be?"

"End of shifft. Dwi'n clocio off."

102

Wedi cyrraedd y lle parcio uwchben twyni traeth Dindeyrn, gadawyd Simba allan o fŵt car Dingo a'i roi i eistedd efo Jenko yn seddi blaen y 'people carrier', tra bod Joe a boi o'r enw Dessie yn eistedd y tu ôl iddyn nhw efo gynnau. Yn eistedd yn eu gwynebu, yng nghar Dingo – a hefyd efo gynnau – roedd y ddau hwdlym arall.

Doedd Joe ddim wedi ystyried y byddai'n rhaid iddyn nhw aros i'r llanw ddod i mewn ddigon i godi'r cychod o'u gwlâu tywodlyd wrth y lanfa. Ond, ac yntau'n gweld cyfle da i wneud lot fawr o bres ychwanegol heb i'w fòs wybod, doedd ganddyn nhw fawr o ddewis. Ac wedi ffonio Adey i ddweud eu bod nhw'n dal i fynd ar ôl yr wyth deg mil gwreiddiol aeth ar goll, cytunodd hwnnw y dylent aros i orffen 'tacluso popeth' cyn dychwelyd i Lerpwl.

Efo dim ond y cocên a'r radio yn eu cadw nhw'n ddeffro, erbyn toc wedi tri yn y bore roedd amynedd pawb fel brethyn brau, a phob un yn ysu am gael ymestyn eu coesau.

"Fuck it," medd Joe wrth benderfynu mynd i aros wrth y dŵr yn hytrach na'r car, cyn estyn lamp pen a fflachlamp o'r cwpwrdd dash. Aeth draw at gar Dingo a gorchymyn y ddau arall i fynd 'nôl am Lerpwl yng nghar y Cymro, a'i losgi fo.

Wedi cyrraedd y traeth, arweiniodd Jenko a Simba'r ffordd at y lanfa draw yn y pen pella. Roedd hi'n noson oer a'r cymylau wedi clirio i roi cyfle i'r sêr hawlio'u lle ar y llwyfan. Doedd fawr ddim awel yn chwythu, a dim ond sŵn sisial pell oedd yn dweud bod y môr yno o'u blaenau, rywle yn y gwyll.

"We'll have to wait a while again," medd Jenko ar ôl cyrraedd lle'r oedd y trwyn yn gwarchod y cychod oedd yn gorwedd fel dynion meddw islaw.

Diawliodd Joe. "How long?"

"As long as it takes," atebodd Jenko.

"Well, time for a swig o' the aul' Jack, den!" medd Dessie wrth dynnu hipfflasg o bocad ei gôt a llyncu cegiad o Jack Daniel's.

"That's better," meddai wrth gadw'r fflasg a tynnu'i sigaréts allan. "Smoke?"

"I only smoke a birr o' weed," medd Joe wrth droi ei gefn i biso.

Gwrthododd Jenko a Simba hefyd.

"Any one gorra light, then?"

"Ma genna i leitar," medd Simba a'i estyn i Dessie.

"Nice one, Taffy lad," atebodd y Sgowsar.

"Be ffwc 'dan ni'n mynd i neud, Jenks?" sibrydodd Simba tra bod Dessie'n tanio'i ffag. "Ti'n meddwl fydd rhaid i ni'w cymryd nhw?"

"Dwi'n ama fydd. Mae Adey'n meddwl fo ni wedi trio'i double-crossio fo efo'r pres 'na – a digon teg, elli di'm ei feio fo. Wsdi, sut ffwc ti'n ecsplênio rwbath fel'na? 'Di'm yn edrych yn dda o gwbwl."

"Ond ti 'di bod yn siarad efo Adey ers dyddia, Jenks, yn planio petha. Ma'n trystio chdi."

"*Oedd* o'n trystio fi! Dim ffycin rŵan, nac'di."

"Ond be neith o heb neb i werthu ffor hyn? Ma'n mynd i golli chunk da o'r farchnad."

"Gwell dim gwerthwr na rywun 'dio'm yn gallu'i drystio, debyg, Sim. A fydd hi'm yn hir cyn i rywun arall stepio i fyny, beth bynnag."

"So, ti'n meddwl fo nhw am fynd â'r sgync 'ma, a wastio ni?"

"Yndyn, sdi. Dwi'm yn meddwl fod Joe wedi deud wrth Adey am y sgync. Ma'n mynd i'w gymryd o i gyd a cael gwarad o wutnessus."

"'Ey, yous two," medd Joe wrth gau'i falog. "No disrespect or anythin, but can yer stop talkin de lingo, like? Don't want yer plannin the great escape, like?"

"Wancar," sibrydodd Simba.

"Fedran ni'm cymryd unrhyw jansys," medd Jenko'n dawel. "Unwaith fyddan ni allan yn y bae, siawns cynta gawn ni rown ni'r ffycars yn y dŵr."

"Gyman ni nhw, dim probs," cytunodd Simba. "Nath o fistêc yn gyrru'r ddau arall i ffwrdd."

"I said cut out the fuckin backslang, yous pair o' cunts!" sgyrnygodd Joe wrth godi'r gwn.

"Tell yer wha," medd Dessie'n hwyliog wrth dynnu ar ei sigarét. "Yous 'ave gorra great back garden here. Biggest fuckin swimmin pool I've ever seen, la! The real Wales this is, not like Rhyl. I could ger used to livin down 'ere, no problem. Fresh air, mountains an stuff. Proper Bear Grylls, mate! Buzzin, la!"

"You finished with my lighter, or what?" atebodd Simba.

"Sorry, mate," medd Dessie wrth fynd i'w bocad. "I'm fuckin deadly wi' lighters."

"Once a thief!" medd Joe'n sarrug.

"A ddwg wy a ddwg fwy," medd Simba.

"Yer wha?" holodd Dessie, oedd bellach yn ffidlan efo'i ffôn.

"If you steal an egg, you'll steal more," cyfieithodd Simba. "An old saying we have. Sounds better in Welsh, though."

"I fuckin hope it does, la! Sounds fuckin shite in English!" Chwarddodd Dessie. "Oh – here we go. Beach party, eh?"

Gwasgodd fotwm ar ei ffôn a dechreuodd A Flock of Seagulls ganu 'I Ran' dros y lle. Ymunodd Dessie trwy ganu ar dop ei lais a rhyw fath o ddawnsio.

"Dessie!" medd Joe cyn hir. "Will yer turn dat shite off, for fuck's sakes!"

"Wha d'yer mean, 'shite'? Mike and Ali are me cousins, la!" cwynodd Dessie wrth ddiffodd y miwsig.

"Just give ir a rest, Dessie. Yer doin me fuckin head in! An I'm sure I heard a noise down that way, somewhere."

"Probably the tide," medd Jenko. "Lapping the far end of the jetty. Won't be long now, then."

"Thank fuck fer tha'!" medd Joe. "It's gerrin fuckin cold, la."

103

Bu set Tongs yn un anodd i'w dilyn, ond mi lwyddodd Math i 'gynnal yr ŵyl' yn berffaith. Gan ei fod o'n rhagweld dau neu dri diwrnod di-stop o barti gwyllt, ailfeddyliodd ynghylch llusgo'i gasgliad o vinyls i'r sioe, a dewisodd gymysgu CDs yn hytrach. Mi berfformiodd o stoncar o set a ddechreuodd efo 'Methu Dal y Pwysa' a 'Disgwyl y Barbariaid' gan Jarman, a gorffen efo 'Captain Coull's Parrot', 'The Naughty Step' a 'Folk Police' gan y Peatbog Faeries. Yn y canol mi aeth â'r tiwns trwy 'Come Fi Di Youth' gan The King Blues, Asian Dub Foundation, Dubmerge, Anweledig, Afro Celt, Dub Specialist, y Disciples, Dub Truth, Bush Chemists, East Meets West, Dub Ghecko, Armagideon, Dubplate Vibe Crew, Iration Steppas, All Nation Rockers, Jah Warrior, Zion Train a llawer mwy. Erbyn iddo orffen, a thaflu CD mics o stwff King Tubby a Lee Scratch Perry i chwarae tra'r oedd Robi-di-reu yn sortio'i hun allan, roedd o wedi chwysu gymaint byddai rhywun yn credu mai yn y môr fuodd o'n DJo.

Cleciodd botal o ddŵr oer, neis ac agor potal o Bud cyn mynd allan i'r ffrynt am awyr iach a sbliff. Roedd y byrddau'n llawn, felly eisteddodd ar y steps a rhoi'r rislas at ei gilydd tra'n syllu tua'r goelcerth oedd bellach yn fawr ddim mwy na thân gwersyll cowbois mewn ffilm. Mi oedd yna bobol yn eistedd yno o hyd, yn ei brocio hyd ei anadl ola.

Daeth dwy o ferched ifanc i eistedd ar ymyl y patio wrth ei ochor, a dechrau ei fwydro am pa mor dda oedd ei set. O Blaenau Ffestiniog oedd y ddwy, a diolchodd Math iddyn nhw, gan holi sut oeddan nhw'n mwynhau'r noson – a Tyddyn Dub yn gyffredinol.

"Tyddyn Dub?" holodd un yn syn. "Lle ma fa'na?"

"Fa'ma, siŵr," atebodd Math.

"O ia?" medd y ferch arall. "Mai'n ffycin grêt yma. A dwi'n edrych mlaen i'r Eclips fory! Dwi 'di dod â sbectol efo fi, sbia," meddai gan dynnu un o'r sbectols diogelwch cardbord hynny roedd siopau yn eu gwerthu am grocbris. "Ffycin tenar yn Tesco, cont!"

"Dyna pam a'thon ni hâffs," medda'r llall. "Ma'n well bod yn saff, dydi. Elli di'm cymyd tsiansys efo dy eyesight. Fysa gas gennai fynd yn ddall."

"Sbia hwn, ta," medd ei ffrind wrth wylio rhywun yn troi rownd a rownd ar y tywod o'u blaenau, efo cap gwlân draig goch ar ei ben. "Rimeindio fi o Bobi Brwsh."

"O mai god! Mae o hefyd! Fo 'dio, ti'n meddwl?"

"Dwi'm yn meddwl, genod. 'Y mêt i ydio," medd Math, cyn gweiddi arno. "Ti 'di ffendio dy het, Tongs?"

Nid Tongs oedd o, fodd bynnag, ond Pennylove – yn dal i fflio mynd. Doedd hynny'n ddim syndod o ystyried yr holl dryffyls madarch oedd o wedi'u llyncu – a'r MDMA oedd Tongs a Bitrwt yn roi yn ei ddiod o bob tro'r oedd o'n dod at y cowntar.

Gwyliodd Math o'n disgyn ar ei wyneb i'r tywod, cyn bownsio'n ôl i'w draed fel Weeble a chwerthin yn uchel.

"Hei Math!" medd Krystyna wrth ddod i eistedd yn ei ymyl ar y step. "Roedd set ti yn ffantastic!"

"Diolch. 'Nes i adael y roots dub i Robi-di-reu. Fo fydd ymlaen nesa. Be ti fyny i, ta?"

"Ar y ffordd i'r 'twilight zone'!" atebodd yn ddramatig, dan wenu, cyn ychwanegu esboniad. "Y toilet uwch pen y llwwwyyybr igam-ogam golau! Pi-pi mewn geiriau simple!"

Chwarddodd Krystyna, yn amlwg wedi bwyta fflapjac neu ddwy o leia.

"Ddo i efo chdi," medd Math, a chodi i'w draed a'i dilyn hi.

104

"Oh I dos like ter be beside de seaside," canodd Dessie wrth roi ei din ar y sêt yn nhin y gwch, cyn rhoi ei wn ar lawr rhwng ei goesau ac estyn ei fflasg Jack Daniel's o'i bocad. Eisteddodd Joe wrth ei ymyl, gan roi ei draed i fyny ar ben y rhwyd oedd gynt yn dal y parseli sgync ar waelod y môr.

"How far out is it, yer said?" holodd Joe wrth i Simba danio'r injan.

"Five or ten minutes?" atebodd Jenko wrth wthio'r gwch yn glir o'r lanfa. "Though it might take a while to find it in the dark…"

Stopiodd ar ganol brawddag pan welodd ffigwr du yn rhedeg ar flaenau ei draed ar hyd y lanfa, a sefyll gyferbyn â Dessie a dal gwn yn erbyn ei ben.

"Hands up!" arthiodd, fel cowboi mewn ffilm. "No one ffycin move! Na chi'ch dau chwaith!"

"Lemsip?" medd Jenko'n syn, wrth nabod ei lais. Wnaeth o'm ei adnabod o'i wyneb gan fod ganddo stwff du drosto i gyd.

"Rho dy ffycin ddwylo ditha i fyny hefyd, Jenko!"

"Who's dis prick?" holodd Joe. "The fucking Milk Tray man?"

"Shut your fucking mouth and throw the gun away. Now! Fucking do it!"

"You'd better do as he says, Joe," cynghorodd Jenko wrth weld yr olwg yn llygaid Lemsip.

"Give me one fuckin reason why, Taff."

Saethodd Lemsip i'r dŵr heibio i Joe gan beri i bawb neidio, cyn i Joe regi ac ymbil ar Lemsip i gallio.

"That's why," medd Jenko wedi i bawb dawelu. "Pissed and ffycin dangerous."

"Just do it, Joe!" plediodd Dessie.

Taflodd Joe ei wn i'r dŵr.

"Lemsip – be ffwc wyt ti'n neud, ddyn?" holodd Simba.

"Ia," cytunodd Jenko. "A be ffwc ydi hwnna ar dy wynab di, Rambo? Blacing?"

"Paent."

"Pae—? Be, facepaint plant?"

"Emulsion."

"Ydyn nhw'n gneud emulsion du, dwad?" holodd Simba.

"Wel yndyn, siŵr dduw!" mynnodd Lemsip. "Gei di emulsion mewn unrhyw liw ti isio, siŵr! Mae 'na range cyfan o liwia yn B&Q. Dim bo fi wedi bod yn siopa, chwaith."

"O'n i'n meddwl fo ti yn y ffycin funny farm, eniwe!" medd Jenko.

"Dim cweit. 'Nes i ddeud bo fi'n fejiterian."

"Eh?"

"Ges i dacsi adra."

"Go iawn?"

"Wel… O ryw fath. A be ffwc sy'n ffycin 'ffyni' am ffarm, eniwe?"

"Eh?"

"Glywis di."

"Wel, dwn i'm… jysd 'figure of speech' ydi o, yndê? Funny farm… Bobol mewn dillad gwyn? Efo nets?"

"Ti'n gwatsiad gormod o gartŵns," atebodd Lemsip gan ysgwyd ei ben.

"So be 'di hyn, ta?" holodd Simba wrth sylwi ar y bag ar gefn Lemsip. "Mynd ar dy holidês?"

"Dwi'n comandîrio'r gwch 'ma."

"Jîsys. Ffycin Somali pirate mwya sydyn, rŵan?"

Cododd Lemsip y gwn ac anelu at Jenko. "Cau hi, neu mi dawela i di efo hwn. Fi welodd y gwch 'ma gynta, pal."

"O ia? Wel, 'yn ffycin cwch *ni* ydi hi!"

"Cwch Dingo oedd hi, pal. Ond fi bia hi rŵan, so gewch chi ffwcio'i o'ma. Cym on, allan â chi!"

"Woah! Aros funud bach, Lemsip," medd Simba. "Dwi'm yn meddwl fo ti'n dalld be sy'n digwydd fan hyn…"

"Fuck's sakes!" cwynodd Joe. "Would someone fuckin tell me what de fuck is goin on? Are we gerrin robbed by Captain Jack Sparrow 'ere, or what?"

"Shut it, scally!" chwyrnodd Lemsip.

"Lemsip," medd Simba. "Mae rhein yn mynd i'n lladd ni unwaith 'da ni allan yn y bae."

"Wel, fyddwch chi'n falch o gael aros ar y traeth felly, yn byddach? Cym on, allan â chi. Out!"

"Ma hi chydig bach yn fwy cymhlath na hynny, Lemsip…" dechreuodd Jenko.

"Sganddyn nhw'm gwn rŵan, nagoes?" medd Lemsip. "'Da chi'ch dau'n hogia mawr. Sortiwch nhw allan."

"Gwranda, Lemsip," medd Jenko, gan osgoi sôn am y gwn oedd gan Dessie ar lawr rhwng ei draed. "Jysd gyrra'r ddau yma i'r lan a gad i ni ddod efo chdi yn y gwch."

"Pam?"

"Fel ddudas i, ma hi'n gymhlath."

Gwenodd Lemsip yn sarrug. "Wel, rhyngtho chi a'ch potas. Dwi o'ma. A'r gwch yma ydi 'nhicad i."

Triodd Simba gynnig gwahanol. "Os ddoi di efo ni a'n helpu ni i gael gwarad o rhein, gei di werth pum deg mil o wair."

"Dwi'm yn smocio."

"I werthu, y cont gwirion!"

"Ma gennai ddigon o bres – wyth deg mil, i ddeud y gwir."

Gwawriodd ar Jenko o le gafodd o'r pres. "Wel ffycin hel! Ti 'di bod yn gwatsiad o gefn dy dŷ di, yn do? Y ffycin basdad slei. A dwi'n cymryd fod goriad sbâr y gwch gen ti hefyd, yndi?"

"Wel, lle gwirion i gadw goriad, doedd – yn enwedig un efo 'cwch' wedi'i sgwennu ar y tag!"

"Be wyddost di, Lemsip? Dwi ond yn iwsio'r gwch pan dwi'n cario'r bag…"

"Anghofia hi, Jenko. Dwi'm isio gwbod ins and owts 'ych busnas budur chi."

"Right," medd Joe. "I hate ter be a pain, like, bur is dere any chance of a translation?"

"He's the one who took the cash," medd Jenko.

"Oh! So you left da note with the bogroll? Wha' der fuck was all dar about?"

"Just a personal note to Dingo. Only he would understand," medd Lemsip.

"Nath o'm ei weld o eniwe, Lemsip," medd Jenko.

"Be? O ffor ffyc's sêcs!" gwaeddodd Lemsip â golwg hollol rwystredig ar ei wep. "Cachu ffycin Mot!"

"So," medd Joe. "If we wanted ter take the cash back, this is the cunt we take it from?"

"Yes," medd Jenko. "And we could settle this without any fuss and just get back to the original plan…"

"'Fraid it's too late fer that anyways, Taff," medd Joe. "Adey's gorr 'is eye on the skunk now."

Y basdad clwyddog, meddyliodd Jenko. "Wel ma hynna'n conffyrmio petha. 'Da ni angan rhoi rhein yn y môr, Lemsip. Ti am helpu ni, ta be?"

"Rho hi fel hyn, Lemsip," mynnodd Simba. "Ma nhw'n nabod chdi, rŵan. Fyddi di'n sbio dros dy ysgwydd am byth, pal. Ty'd efo ni. Gawn ni warad o'r ddau yma, wedyn gei di ollwng ni'n dau yn rwla, a ffwrdd â chdi i'r haul, mêt. A llwyth o wair – a'r pres, a'r gwch – efo chdi!"

Syllodd Jenko ar Lemsip yn gwrando'n astud ar Simba. Gwawriodd arno mai o gwt gardd ei fam, tra'r oedd o'n dwyn y pres o'r bag, y cafodd o'r paent – ac nad emulsion oedd o, ond gloss. Roedd hi'n amlwg bod y boi wedi colli ei farblis. Serch hynny, mi allai weld bod y cocos yn troi yn ei ben wrth iddo ystyried y dewis o'i flaen.

"Hold ddy bôt am funud," medd Lemsip ar ôl meddwl. "Lle ffwc mae Dingo? Ydi o'n gwbod am hyn i gyd? Dwi'm cymryd mai gwair Dingo 'dan ni'n sôn am fan hyn?"

Edrychodd Jenko a Simba ar ei gilydd am chydig.

"Lemsip," medd Jenko. "Dim Dingo sydd 'in charge' rŵan."

"Be ti'n feddwl?"

"Wel… Rho hi fel hyn. Ma Simba a fi wedi cymryd drosodd."

"A ni sy bia'r gwair," medd Simba.

"Nathon ni'i godi fo o rwyd Dingo a'i symud o i fŵi tad Simba… Tra oedd Dingo i ffwrdd am y dydd, wythnos o' blaen."

Ystyriodd Lemsip. "Felly 'da chi 'di'i ddwyn o? Wel, y ffycin basdads dan din. No honour among scum, myn uffarn i!"

"Wharever yous are moiderin about, can we get to de point pretty quick?" medd Dessie wrth wthio'r gwn yn slei i gyfeiriad Joe efo'i droed. "It's gerrin cold and I'm fuckin starvin."

"Wel?" holodd Jenko wrth wylio llygaid Lemsip yn ystyried. "Mae o'n ff—"

Torrwyd ar ei draws gan glec a fflach fetalaidd o wn Lemsip. Ffrwydrodd ochor arall pen Dessie a disgynnodd wysg ei ochor ar ben Joe, oedd newydd blygu i fynd am y gwn wrth ei draed. Dilynwyd y glec gan ddwy arall a disgynnodd Joe yn erbyn ymyl y gwch, wedi ei daro ddwywaith yn ei frest.

Bu tawelwch wedyn wrth i Simba a Jenko – a Lemsip ei hun – syllu'n gegagored ar y cyrff.

"Wel," medd Jenko mewn eiliad neu ddwy. "Mae hynna'n gneud petha chydig bach yn haws."

"Ffycin hel!" gwaeddodd Lemsip, yn amlwg wedi dychryn chydig ei hun. "Pam ffwc fysa chi'n deud fod gan y llall 'na wn?"

"Wel, i fod yn onast," atebodd Jenko, "do'n i'm yn siŵr pwy oedd y perycla – y nhw ta chdi."

"Ff-ffyc," medd Simba wrth orffen cyfogi. "Be ffwc sy 'di digwydd i chdi, Lemsip?"

"Ti'm 'di clywad am y Supermoon, Simba? HOOOO-WWWWWWL!"

105

"Gwnaethon ni job *dda* gyda'r golau hyn!" medda Krystyna, gan bwysleisio tôn ddifrifol acen y gogledd ar y gair 'da', yna chwerthin.

"Do, mi nathon ni. Ond dwi'n synnu fo nhw'n dal i sefyll, 'fyd. O'n i'n disgwyl i'w hannar nhw gael eu dwyn."

Chwarddodd Krystyna eto. "Ond *mae* nhw yn cael eu dwyn. Gwelais pobol yn cerdded yn dal nhw fel umbrellas bychain shiny! Doniol iawn!"

Roeddan nhw'n eistedd ar ben y llwybr, yn edrych dros y parti islaw. Roedd Tyddyn Dub yn edrych yn drawiadol iawn – o'r lampau solar o'i amgylch i'r gwawl a lifai trwy'r ffenestri a'r bobol oedd fel cwmwl o wyfynod lliwgar yn troi o'i amgylch. Rhwng hynny a churiadau'r miwsig yn pwmpio, roedd o fel calon drydanol y bydysawd – y lle i fod, y lle i fethu peidio bod. Allai Math ddim credu mai nhw, ei ffrindiau ac yntau – criw o dropowts cymdeithasol, methiannus, canol oed – a lwyddodd i greu'r fath beth mor brydferth.

"Tyddyn Dub!" meddai.

"Y Rifiera *Reu!*" medd Krystyna, gan bwysleisio tôn yddfol 'reu'.

Chwarddodd Math. "Independant Tropical Wales!"

Clinciodd y ddau eu poteli a chymryd cegiad.

"Felly," medd Math wedi iddo lefelu'i ben rywfaint. "Be oedd y peth 'na oeddat ti isio ddeud wrtha i?"

Aeth y Tsieces fwyn yn dawel a chymryd sip arall o'i diod. "Wel… OK. Mi gwnaf i dweud."

Oedodd. Syllodd Math i'w llygaid. Roedd y wên wedi mynd, ac efo hi aeth ysgafnder siriol y Krystyna yr oedd wedi dod i'w hadnabod.

"Hei," meddai a rhoi ei fraich am ei hysgwydd. "Mae'n iawn."

Gwenodd Krystyna'n nerfus, cyn dod o hyd i'w geiriau. "Oeddet ti'n adnabod John Maguire o Aberystwyth?"

Bu bron i Math dagu ar ei wynt. Callum oedd John Maguire. Dyna oedd ei eidentiti ffug byth ers iddo adael Akwesasne. Allai o'm credu'r peth. Ac yntau wedi cael y teimladau rhyfedda yn ddiweddar, wedi dechrau meddwl fod gan Krystyna gyfrinach, wedi hyd yn oed croesi'i feddwl – mewn moment o baranoia afresymol – y gallai hi fod yn swyddog Interpol, cyn diystyru'r fath ffwlbri fel pryderon gwallgo, di-sail, heb sôn am senarios oedd bron yn amhosib. Ac rŵan, dyma hyn!

"John Maguire?" holodd a llowcio cegiad o lager.

"Ie. Roedden ni'n gariadon."

Poerodd Math y lager yn syth yn ôl allan. Tynnodd ei fraich oddi ar ei hysgwydd a rhedeg ei fysedd trwy ei wallt. Yfodd o'r botal heb dddweud gair.

"Sori," medd Krystyna. "Roedd yn amhosib dweud cyn nawr."

Cadwodd Math ei geg ar gau.

"Roedd ni yn cariadon am pump mis. Roedd yn sôn llawer am Canada…"

Sylwodd Krystyna ar fflach o ofid yn croesi llygaid Math.

"Dim byd specific. Sôn am ei gwreiddiau. Wnaeth ef erioed egluro pam gwnaeth ef gadael. Yna, roeddwn yn siarad am fy PhD…"

Oedodd am ennyd wrth i Math droi i sbio arni.

"Ac wnaeth John dweud ei bod yn adnabod Cymro erstalwm. Ffrind gorau. Brawd. Oedd ef wrth ei fodd gyda diwylliant y First Nations ble'r oedd e'n byw gyda John ar reservations – and gyda'r Mohawk yn enwedig…"

Oedodd eto, fel petai'n pwyso a mesur sut roedd Math yn dygymod â'r hyn roedd hi'n ei ddweud – a sut y byddai'n ymateb.

"Gwnaeth ef sôn am y Rockies, ef a'i ffrind ef, yn casglu madarch…" meddai, cyn ailadrodd y gair 'madarch' â phwyslais gogleddol mewn ymgais i gael Math i ymlacio rhywfaint. Yna aeth yn ei blaen eto.

"Ond dwi'n digressing… Beth dwedodd John oedd bod dithordeb ei ffrind yn brodorion wedi dechrau yno gyda'r First Nations, bod ei ffrind wedi datblygu perthynas dwfn, ac deall-twr-iaeth ac gwerth-fawr-ogiad o diwylliant a traddodiadau y llwythau."

Gwenodd Math wrth syllu'n dawel tua'r gorwel, dros y môr. Ddywedodd o ddim gair.

"Ac dwedodd John bod ef a'i ffrind yn mewn cysylltiad – o bell. Ac gwnes i gwybod yn syth i peidio gofyn gormod… Ond dwedodd ef bod ei ffrind wedi magu dithordeb mawr iawn yn hanes a diwylliant brodorion ei gwlad ei hun. Dywedodd bod ei ffrind yn diolch i'r First Nations am agor ei lygaid i hanes ei pobl ei hun…"

Rhoddodd ei llaw ar ei ysgwydd cyn cario mlaen.

"Ond dwedodd John wrtho fod y dithordeb ynddo erioed. Ac roedd ei ffrind yn gweld bod hynny wedi dod gan ei fam."

Daeth lwmp i wddw Math, a lleithiodd ei lygaid fymryn.

"Math? Wyt ti'n iawn?"

Nodiodd Math a gorffen ei botal. "Felly, be sy'n gneud i ti feddwl mai fi ydi'r person yma?"

"Gwnaf egluro yn y munud."

"Roddodd o enw o gwbwl?"

"Wnaeth ef erioed dweud. Pan gwnes i gofyn roedd yn dweud 'He has a Celtic god's name!'"

Chwarddodd Math wrth gofio iddo ddweud hynny wrth Callum rywbryd – a bod Callum wastad yn cyfeirio at y peth, yn enwedig pan oedd y ddau ohonyn nhw'n trio bachu merched mewn tafarnau.

"Wel, ffyc mî!" meddai dan wenu'n llydan, ond gan ddal i osgoi edrych i lygaid y ferch o Brâg.

"Meddylies i llawer a llawer am enwau duwiau Celtaidd," medd Krystyna a chymryd cegiad sydyn o'i photal. "Mae cannoedd ohonynt! Ceisiais meddwl am rhai sydd yn enwau byw heddiw. Woah! Don't go there! Headfuck! Wedyn concentrate mwy ar duwiau Brythonic ac Gwyddelic. Ond gwnes i ddim meddwl am Math o gwbwl. Roeddwn *yn* meddwl tipyn am Lleu – mae yn enw byw heddiw…"

"Mae Math yn fyw hefyd. Ac yn enw un o'r prif dduwiau Brythonig-Wyddelig. Math fab Mathonwy. Y Da fab Gwlad y Da. Y Da o Dir y Da. Da ap Da!"

Trodd i edrych ar Krystyna a'i lygaid yn disgleirio.

"Cognate with the Daghdha yn Iwerddon!" medda hithau.

Gwenodd y ddau ac ailfflamiodd y gannwyll yn chwa yr awen.

"Ac dyna lle'r oeddwn," medd y ferch hynod o Brâg, "trying to pluck a name from the ancient Celtic consciousness, i rhoi enw i person doeddwn byth wedi cwarffod, a dim gwybod ei fod yn bodoli tan, wel, pryd bynnag oedd ef… diwethar iawn, beth bynnag!" Llowciodd gegiad da o'i photal a'i phasio i Math. "Ac wedyn gwnaeth ef ffycin diflannu!"

Chwarddodd Krystyna.

"Diflannu?" holodd Math dan wenu.

"Wel, dim mewn pwff o mwg… *Gwnaeth* ef dod i fy gweld yn y coleg a dweud fod rhaid i ef mynd 'nôl i Canada. 'Don't tell anybody where I went,' medd ef. Cloak and dagger i gyd…" Gwnaeth Krystyna sŵn tiwn y *Twilight Zone* cyn cario mlaen. "A dyna fo. Dim rheswm, dim esboniad… Ond roedd yn amlwg mai teulu oedd. Roeddwn yn gallu dweud…"

Syllodd i lygaid Math eto, a gwelodd hwnnw ei bod yn dweud y gwir.

"Ond gwnaeth ef dweud, 'Krystyna, if you are in Dindeyrn in north Wales, look for my friend, my brother. That's where he is. Tell him…' Wel, dwedodd ef i fi dweud bod ef yn 'break off all contact' – ond bydd o 'in touch some time'."

Teimlodd Math y rhyddhad yn llifo trwy'i gorff. Wrth gwrs, meddyliodd, doedd dim byd yn 'rhyfadd' am dawelwch Callum. Chwarae'n saff oedd ei ffrind – ei 'frawd' – dim byd arall. Dim ond ei ofnau dwys a dianghenraid ynghylch ysbrydion y gorffennol a'i gyrrodd i feddwl fel arall. Dylai fod o wedi gweld hynny, a cadw'r ffydd – ac anghofio am y blydi DVD!

"Gwnes i gofyn eto am beth oedd enw… dy enw di… Ond wnaeth ef ddim dweud. Dwedodd, 'You'll know him when you see him!'"

Gwenodd Math. "Cryptig iawn!"

"Ie. Lord of the fucking Rings!" medd Krystyna a chwerthin. "Dyna ddwedais wrtho ef!"

Sipiodd Math y botal a'i rhoi 'nôl iddi. "Ac wnes di?" gofynnodd.

"Gwnes i beth?"

"Nabod fi o ran fy ngweld."

Chwarddodd Krystyna. "Naddo. Wel, dim cweit – roedd y darnau yn disgyn i'w lle reit o'r dechrau. Ond na – y Rockies oedd y clincher."

"Y Rockies?"

"Pan oedd ni yn gosod y lampau rhain. A ddwedes di fod ti wedi casglu madarch yn y Rockies?"

Gwenodd Math, yna chwerthin. "Ffacin hel! Byd bach ta be!"

"Yndi mae. Byd bach iawn!"

"A ddos di yma yn un swydd i fy ffendio fi?"

"Beth?"

"Ar bwrpas. On a mission?"

"Na… wel, efallai… Doeddwn ddim wedi bwriadu. Ond cwrddes â Leri, ac wrth siarad am fy PhD – eto! – gwnaeth hi sôn am ffrind hi yn Dindeyrn oedd yn frwd iawn am Celtyddiaeth a chwedlau brodorol, ac yn y blaen. Ei enw oedd Math, meddai hi…"

"Aha!" medd Math a gwenu wrth ymlacio'n llawn. "Mae petha'n gneud sens rŵan, Krystyna."

"Ond doedd ef dim i fi – ar y pryd," atebodd Krystyna. "Gwnes i ddim sylweddoli bod Math yn enw duw Celtaidd. Dim ond wedyn, wrth ddarllen am gwreiddiau elfennau cyffredin chwedloniaeth Cymreig a Gwyddelic – ffiw, dyna brawddeg mawr – gwnes i deall hynny!"

Gwenodd Math eto wrth syllu i'w llygaid hardd. "A dyna pryd wnes di benderfynu dod i chwilio amdana fi?"

"Sort of! Roeddwn dal dim siŵr os oedd ti y person iawn… Dyna pam gwnes i holi am Canada… ac wedyn daeth y 'Rockies connection'! Result!"

Chwarddodd Krystyna, cyn sobri'n sydyn, rhoi ei llaw ar ei foch a throi ei wyneb i edrych arni. Syllodd i fyw ei lygaid.

"Rwyf ymddiheuro am dwyllo ti, Math."

"Twt, paid! Dim twyllo ydi hynna. Mae gan bawb gyfrinacha, ac mae 'na amsar a lle i'w rhannu nhw…"

"Ond chwilio am ti am rheswm hunanol gwnes i. Eisiau gwybod pam fod John wedi gorfod diflannu."

"Wel, iawn de! Dim byd o'i le efo hynny, siŵr. Dwi'n falch fo chdi wedi gneud."

Mi oedd hynny mor wir. Doedd gan Krystyna ddim syniad pa mor braf oedd hi iddo allu siarad efo rhywun arall oedd yn nabod Callum. Falla na fyddai byth yn gallu rhannu'r stori gyfan efo hi, ond am rŵan roedd gweld y drws yn gilagored cyn agosed ag oedd yn bosib bod i gatharsis. Mi fyddai'r cysylltiad hwn yn eu clymu efo'i gilydd am byth, waeth be bynnag a ddigwyddai i'w 'perthynas ramantus'.

Syllodd Krystyna ar ei dwylo. "Ond tydi dim yn newid beth rwyf yn teimlo amdano ti, Math. Nid twyll oedd hynny."

Rhoddodd Math ei law o dan ei gên. Cododd hithau ei phen ac edrych yn daer arno.

Gwenodd Math arni wrth gosi'i grudd efo'i fawd. "Dwi'n gwbod," meddai a rhoi cusan dyner ar ei gwefusau mwyn.

Syllodd y ddau ar ei gilydd. Gwenodd hithau'n swil, cyn ymlacio a gwenu'n gynnes. Daeth y Krystyna hapus, hwyliog yn ei hôl.

"Ty'd," medd Math wrth godi ac estyn ei law. "Awn ni am sganc, ia? Fydd y 'Lleuad Mawr' yn codi mewn rhyw awran."

"Bydd wir?" atebodd wrth gymryd ei law. "Cŵl!"

"Ond paid â disgwyl gormod o sioe – lleuad newydd ydi o, a bydd yr haul yn codi 'run pryd hefyd."

"O?" medd Krystyna. "Ah, well. Mae hynny'n digon da fel warm-up act! Bant â ni, Mr Rocky Mountain Mushroom Picker...!" Chwarddodd Krystyna yn uchel wrth roi dwrn chwareus iddo ar ei ysgwydd. "... Efo enw *duw* Celtaidd!" medda hi wedyn, gan bwysleisio dwyster dwfn y gair 'duw'.

106

Roedd hi'n hannar awr wedi pump y bore, a golau gwan y wawr draw tua'r dwyrain yn addo y byddai'r haul yn cyrraedd cyn hir efo llond awyr o wres a golau. Ar wahân i'r tonnau'n llyfu ochrau'r gwch a ffôn Joe yn canu'n ofer bob yn hyn a hyn yn ei bocad, roedd hi'n hollol dawel.

Wedi penderfynu be oedd o am ei wneud, roedd Lemsip wedi llowcio gweddill Jack Daniel's Dessie, cyn rhoi Jenko i eistedd ym mlaen y gwch efo Simba – fyddai'n gwneud y gyrru. Ei gynllun oedd rhoi cyrff y ddau Sgowsar yn y rhwyd, oedd â digon o bwysau plwm arni i'w cadw nhw ar wely'r môr tan fyddai'r crancod wedi gorffen gwledda arnyn nhw.

Ond er fod Jenko'n eitha ffyddiog y gallai ddod o hyd i'r bŵi yn y llwyd-dywyll trwy ddefnyddio "landmarks" a fflachlamp Joe, nid felly y bu. A hwythau allan yn y bae ers hannar awr, bellach, doeddan nhw ddim agosach at ganfod eu marc.

"Tri chwartar awr, hogia," medda Lemsip o'i sêt yn nhin y gwch.

"Be?" holodd Jenko.

"Tan fydd yr haul yn codi."

"Ac?"

"Does genna i ddim tri chwartar awr i sbario. Dwi ddim *rili* angan y sgync 'ma. Ond mi *ydw* i angan mynd o'ma!"

"Fyddan ni'n gallu gweld y bŵi mewn deg munud, Lemsip," medd Jenko. "Mai'n goleuo fflat owt rŵan. Jysd dal dy ffycin ddŵr, wnei?"

"Ia, a be am roi y gwn i lawr tra ti wrthi?" medd Simba.

"Ffyc off, Simba. Dwi rioed wedi licio'r ddau o'no chi, heb sôn am 'ych ffycin trystio chi."

Canodd ffôn Joe eto.

"Ffyc's sêcs, mae hynna'n sbŵci," medd Jenko. "Gawn ni roi ffling i'r ffôn 'na!"

"Hold on, washi," medd Lemsip gan chwifio'r gwn yn ei law. "A' *i* drwy'i bocedi fo. Aros di'n lle wyt ti."

Estynnodd Lemsip i bocad waedlyd Joe, oedd bellach yn gorwedd ar lawr y gwch wrth ymyl Dessie, y ddau fel 'taen nhw'n cyd-gysgu'n braf ar wely o rwyd – heblaw fod brêns Dessie'n hongian allan o'i ben. Tynnodd y ffôn allan a'i thaflu i Jenko.

"Tynna'r SIM card a'r batri allan a lluchia'r cwbwl lot i'r môr. Oedd gan y llall 'ma ffôn hefyd, oedd? Mi wna i 'run peth efo honno."

Yna canodd ffôn Jenko wrth iddo ffidlan efo un Joe. "Ffycin basdad!" gwaeddodd wrth neidio yn ei groen, cyn sbio ar yr enw ar y sgrin. Gwelwodd.

"Dingo," meddai. "Be wna i, atab o?"

"Ia," medd Simba. "I ni gael gwbod be 'di be."

"Iawn?… Heather?… OK, cŵlia i lawr, be sy?… Ffyc!" Edrychodd tuag at Simba a'i wyneb yn wyn fel shît. "Ffycin hel…!"

Rhoddodd Jenko ei law ar ei dalcan.

"Jîsys…! Reit… OK. Iawn… Ta-ra!"

"Wel?" medd Simba.

Rhoddodd Jenko'i ffôn yn ei bocad cyn edrych ar Simba â golwg fel dyn newydd weld ysbryd.

"Dingo. Ma 'di marw…"

"Eh?"

"Colapsio… yn y Lledan…"

"Yn y Lledan?"

"Ia… dyna ddudodd Heather. Fluid yn y lyngs… massive heart failure…"

"Ffycin… hel…" medd Simba, a gwelwi.

"Wel, ffycin gwynt teg ar ei ôl o, dduda i!" medd Lemsip a phoeri i'r môr. "Fydd y lle 'ma dipyn gwell heb —"

"Cau hi, Lemsip!" rhuodd Jenko. "Cau dy ffycin ben neu mi —"

"Neu wnei di be, Jenko?" medd Lemsip a dal y gwn i fyny o'i flaen. "Mynd amdana fi a cael bwlat yn dy ben?"

"Fysa chdi'm yn meiddio, mêt!"

"Pam? Ti'n meddwl fod gennai fwy o feddwl o'no chi'ch dau na'r contiad dwi 'di saethu'n barod? Wyt? Drug dealer ydi drug dealer i fi, pal. Sgym ydach chi i gyd. End of."

"Be, fel dy ffycin fêts di? Yr hypocrit!"

"Ti'n gwbod be dwi'n feddwl, Jenko. Dingo a chdi. Boddi'r lle 'ma efo Class As. Mynd â cyfloga gweithiwrs gonast…"

"Waeth ti heb a mynd ar gefn dy geffyl sanctimonious ffycin bwlshit, Lemsip. Does'na neb yn gorfodi neb i brynu ffyc ôl. Eu dewis nhw ydio. Cwbwl 'da ni'n neud ydi atab y galw. Supply and demand ydi hi, fel pob dim arall."

Oedodd Lemsip cyn ateb. "Ffycin hel, 'dio ddim fel gwerthu ffycin llefrith, Jenko!"

"Mae bobol isio amsar da ar wîcend, Lemsip. Dim meddwi'n ffycin racs a chwalu'r ffycin tŷ."

"Ti 'di gorffan?" holodd Lemsip ac anelu'r gwn at ei ben. "Alla i dy ladd di fel swatio pry. Bzzzzzz… bang! Wel?"

Rhoddodd Jenko'i ddwylo i fyny a gostwng ei ben wrth ildio.

"Dyna welliant. Reit – ma hi 'di goleuo dipyn. Chwala'r ffôn yma hefyd," medd Lemsip wrth daflu ffôn Dessie ato. "Wedyn lapiwch y ddau yma yn y rhwyd, yn barsal bach taclus i Mr Crabs a SpongeBob. Gewch chi grio dros 'ych bòs eto – a gweddïo am faddeuant tra 'da chi wrthi!"

Wedi clymu'r rhwyd am y cyrff, cafwyd cryn draffarth i godi'r 'parsal' dros yr ochor. Ond drosodd aethon nhw yn y diwadd, ac i lawr â nhw i'w gweryd gwlyb. Syllodd y tri dyn yn y gwch ar y ddau'n suddo o'r golwg, a'r swigod yn codi i'r wyneb wrth i bocedi bach o aer, a nwyon o'u stumogau, ddianc o afael cwpwrdd Dafydd Jôs.

"Dyna chi, crancod!" medd Lemsip. "Takeaway ar ei ffordd! Reit, Jenko – weli di'r ffycin bŵi 'na'n rwla?"

"Wela i o," medd Simba wrth bwyntio drwy'r golau gwan, cyn tanio'r gwch eto a'i llywio tuag ato.

"Felly," medd Jenko, gan yrru ei lygaid duon, dideimlad i gefn pen Lemsip. "Be 'di dy blania di?"

Ddywedodd Lemsip ddim byd. Y gwir oedd nad oedd ganddo syniad be i'w wneud, bellach. Ar ôl yfed potal hannar o fodca wrth aros am y llanw wrth y lanfa, mi wnaeth rhoi clec i Jack Daniel's y Sgowsar bylu cryn dipyn ar ei resymeg. Dwyn y gwch a dianc i wlad bell efo'r wyth deg mil oedd ei gynllun gwreiddiol. Cynllun digon syml, tan i Jenko a Simba gymhlethu pethau. Mi wnaeth o benderfynu, ar un adag, y byddai'n saethu'r ddau ohonyn nhw unwaith y byddent wedi codi'r sgync o'r môr – a gwneud hynny cyn iddyn nhw gael cyfle i reslo'r gwn o'i ddwylo fo. Roeddan nhw'n siŵr o drio hynny cyn hir, meddyliodd. Ond rŵan bod Dingo wedi marw – ac o wybod hefyd fod ei ddau 'ffrind' wedi rhoi cyllall yn ei gefn o – welai o fawr o fudd mewn lladd y ddau. Wel, heblaw am y pleser fyddai o'n ei gael o wneud hynny…

"Y ffordd dwi'n sbio arni, hogia – os dwi'n 'ych saethu chi rŵan hyn, yn y fan a'r ffycin lle, fyddach chi'n dedars. Os ewch chi 'nôl adra yn fyw ac yn iach, a'r ddau Sgowsar 'na wedi diflannu oddi ar wynab y ddaear, fyddwch chi'n dedars o fewn deuddag awr."

"Felly, be wyt ti'n drio'i ddeud, Lemsip?" holodd Jenko.

"Does ganddoch chi'm llawar o ddewis heblaw diflannu, nagoes?"

"Fedran ni gymryd 'yn tsiansys, Lemsip," medd Simba.

"Dwi'm yn meddwl, pal," medd Lemsip yn dawel. "Hyd yn oed os fysa'r Sgowsars yn gadael i chi fyw, fydd pawb yn gwbod fo chi 'di cachu ar Dingo – yn gyfrifol am ei ladd o… o be wela i. Pwy ffwc sy'n mynd i weithio efo chi? Pwy sy'n mynd i gymryd 'ych stwff chi? Sut fysa chi'n gallu byw yn y lle 'ma?"

"Ty'd at y pwynt, Lemsnot," medd Jenko. "Llai o'r ffycin James Bond villain 'ma, ac allan â hi!"

"Mi allwn i jysd cymryd pob dim oddi arna chi rŵan hyn. Ond… a chitha wedi bod mor hael â cynnig un o'r bêls 'ma 'da chi wedi'u dwyn o'ddar Dingo i fi, wel, dwi'n meddwl y gwna i aros yma efo'r sgync, ac mi gewch chi ffwcio i ffwrdd efo un belsan."

"O ffyc off, Lemsnot! Pwy ffwc ti'n feddwl wyt ti'r cont!"

"Neb. Yn gneud dim mwy na be 'da chi wedi'i neud i'ch ffrind."

"Wel, be am hyn ta, Lemsnot? Simba a fi yn jympio chdi cyn i ti allu saethu, a dwyn y gwn gen ti a chwythu dy ffycin frêns di allan – a gei di joinio'r ffycin ddau glown yna fel ready meal i'r crancod!"

Gwenodd Lemsip yn filain. "Wel," meddai, wrth anelu'r gwn at Jenko. "Well imi saethu'n ffycin syth, felly, dydi."

"OK, OK!" gwaeddodd Jenko â'i freichiau yn yr awyr. "Iawn! Deud di, Lemsip. Deud di!"

Gwenodd Lemsip yn giaidd. Rhoddodd ei law at ei glust a'i throi i gyfeiriad braich Carneithin a Phorth y Gwin, o le'r oedd curiadau miwsig yn cario ar yr aer erbyn hyn. Edrychodd ar ei ffôn. Roedd hi bron yn chwech o'r gloch.

"Wel, hogia," meddai. "Ma hi'n olau dydd. Fydd yr haul yn codi mewn chwartar awr. Mewn dwy neu dair awr wedyn, fydd yr Eclips yn dechra. A 'da chi'n gwbod be sy genna i ffansi? Ffycin parti!"

107

Er gwaetha'r sylw roedd o'n ei gael gan y merched, allai Tongs ddim teimlo'n gyffordddus heb ei gap. A dwy o bethau ifanc o'i boptu ac un arall ar ei lin, allai o'm helpu ffidlan efo'i wallt gan ddisgwyl bod ei gap wedi dod 'adra' ar ei liwt ei hun. A doedd y ffaith ei fod o'n trio'i orau i gadw'i ddwylo oddi ar fronnau swmpus bron-â-bod-yn-noeth y sgertan ar ei lin ddim yn helpu o ran hynny.

"Oh Tongs, ti'n secsi heb dy gap, sdi," medda honno a rhwbio'i llaw ar hyd ei striben wen. "Dwi'n licio hon. Ti'n atgoffa fi o Johnny Depp yn *Edward Scissorhands…*" Crychodd ei thrwyn wrth dynnu'i llaw yn ôl. "… Er, ti angan rhoi shampŵ yn dy wallt, 'de!"

"O, diolch, y gont!"

"Hei! 'Sa'm isio bod fel'na, nagoes, cheeky!" medd y ferch a chydio yn ei ên yn chwareus. "Neu fy' gin ti greithan arall uwchben y lygad arall os na watsi di! Sut 'nas di hynna, eniwe?"

"Gofyn i Robi-di-reu!" atebodd Tongs wrth hel ei llaw i ffwrdd o'r briw.

"Siriysli ddo," medda un o'r merched oedd o'i boptu. "Fyswn i'n cael gwarad o'r cap. Gen ti fop da o wallt. Gneud i chdi edrych lot iau, sdi. Neis iawn."

"'Dio'm bwys genna i. Y cap ydi'n trademark i."

"So, mae o'n afiach!"

"Hei – watsia be ti'n ddeud! Ma'r cap 'na'n sbesial, dallta!"

"Ma'n gneud i chdi edrych fel taid!"

Chwarddodd y dair.

"Hei," medd Tongs. "Mae gan bawb ei deimlada! A ti am basio'r joint 'na'n ôl, ta be?"

Dyna rwbath arall am ferchaid chwil, meddyliodd Tongs. Dwyn ffycin sbliffs. Poen ffycin tin. Ond dyna fo, meddyliodd, wrth rwbio tin y sgertan ar ei lin – doedd o'm yn meindio…

"Ynda," medda hi a rhwbio'i thits yn ei wyneb. "Smocia rhein os tisio!"

A hithau'n tynnu at saith, roedd yr haul wedi hen godi a'r bore'n gynnes braf yn barod. Roedd drws Tyddyn Dub yn llydan agored a dawnswyr yn llenwi'r patio, a phobol yn lled-orwedd yn y tywod a'r twyni, rhai'n bwyta hufen iâ ganja Bitrwt, eraill y bowlenni ffrwythau roedd Krystyna a Math yn eu gweini o du ôl y cowntar.

Roedd Robi-di-reu yn ei elfen ar y decs, yn cymysgu llwyth o roots reggae, dub a dancehall. Doedd dim dwywaith i Borth y Gwin glywed llu o ganeuon morwyr dros y blynyddoedd, o 'Fflat Huw Puw' a 'Harbwr Corc' i 'Rownd yr Horn' a 'Llongau Caernarfon'. Ond heddiw, roedd o'n atsain i guriadau cerddoriaeth oedd â'i wreiddiau draw ymhell ar ochor arall yr Iwerydd mawr.

"Ffacin hel, mae'r llanw 'ma'n uchal, dydi?" medda Bitrwt pan ddaeth allan at Tongs a'i 'hareem', a gweld y môr wedi cuddio'r creigiau gwastad a diffodd marwydos y goelcerth. "'Dio 'di troi, dwad? Ta dal i ddod mewn mae o?"

"Dal i ddwad mae o," medd Mynydd yn ei lais dirgrynol, gan achosi i Bitrwt neidio.

"Ffacin hel, Mynydd! Wnei di beidio sleifio i fyny ar bobol fel'na, wir dduw! Jîsys…!"

"Ma fi a 'mrawd wedi bod yn watsiad o o ben y llwybr 'cw," atebodd Mynydd â'i lygaid soseri 'run lliw â'r Llwybr Llaethog ei hun.

"Faint o bell ddaw o i mewn, ta?" holodd Bitrwt yn nerfus wrth weld y dŵr wedi meddiannu traed y byrddau pella ar y tywod.

"'Di penllanw ddim am hannar awr arall," atebodd Mynydd.

"Ffyc! Ydio'n arfar bod mor uchal â hyn?"

"Nac'di."

"Ond ddaw o ddim dros y patio 'ma, na?"

"Dwn i'm, Bitrwt. Mae'r lleuad yn agosach na ma 'di bod ers cantoedd, dydi. Does wybod, nagoes."

"Shit!" medd Bitrwt, a dechrau craffu ar y dŵr. "Tongs!"

"Be?" atebodd llais o ganol bronnau'r ferch ar ei lin.

"Bydd yn barod i symud y decs allan!"

"Eh?"

"Sbia tu ôl i ti!"

Trodd Tongs i weld ewyn y tonnau mân yn suo ar y tywod droedfeddi'n unig i ffwrdd.

"Craist! Ydio fod mor uchal â hynna?"

"Supermoon!" medd Bitrwt.

"A llanw mawr y gwanwyn hefyd!" medd Mynydd.

"Be ti'n recno, Tongs?" holodd Bitrwt. "'Di penllanw ddim am hannar awr."

Caeodd Tongs un llygad ac astudio'r sefyllfa. Roedd y dŵr tua chwe throedfadd o'r steps, a'r ddwy stepan i'r patio yn chwe modfadd yr un.

"Naaa... Neith o'm cyrradd y patio, siŵr!" wfftiodd Tongs a rhoi ei ben yn ôl yn y bronnau.

"Ti'n meddwl?" medd Bitrwt.

"Yndw," medd Tongs yn ddifynadd wrth gael ei ddistyrbio eto fyth. "Mae 'na droedfadd dda cyn iddo neud, does?"

"Wel, sbia'r hoel ar y graig acw'n fan'cw. Mae o wedi bod yn uwch rywbryd!"

"Adag storm falla, amsar maith yn ôl," medd Tongs a phlannu'i ben yn ôl ym mhleserau'r ferch eto fyth.

Ond doedd Bitrwt ddim mor siŵr. Craffodd ar y dŵr eto. Aeth i deimlo'n anniddig. Trodd at Mynydd, ond roedd hwnnw wedi diflannu mor sydyn ag y daeth i'r golwg.

"Tongs, dwi'n mynd i nôl Math."

108

"FUO CHI RIOED YN MORIO, WEL DO MEWN PADALL FFRIO, CHWYTHODD Y GWYNT NI I'R EIL O MAN... A DYNA LLE BUON NI'N CRIO..."

Eisteddai Lemsip yn starn y gwch, yn canu ar dop ei lais efo gwn yn un llaw a photal fach ffresh o fodca yn y llall. Ym mhen blaen y gwch roedd Simba'n llywio, a Jenko'n eistedd wrth ei ymyl yn gwynebu Lemsip. Rhyngthyn nhw a Lemsip roedd pump o barseli du yn llawn sgync.

Cleciodd Lemsip ddiwadd y botal a'i thaflu dros ei ysgwydd i'r weilgi. "Sori, oeddat ti isio peth?" holodd a chwerthin yn gras.

"Na," atebodd Jenko gan ysgwyd ei ben. "Fysa'n well i titha stopio hefyd. Ei di'm yn ffycin bell os yfi di lawar mwy."

"Meindia dy ffycin fusnas, y ffycin pry! Bzzzzzzzzzz!" atebodd Lemsip wrth dyrchu yn ei fag am botal arall tra'n cadw'i olwg ar y ddau.

"Ti'm angan mwy, Lemsip!"

"Ffyc off! Be wyddost di, cont?"

"Dwi'n gwbo fo ti'n rhy chwil i wbod be ti'n ffycin neud!"

"O, wyt ti wir? Y ffycin pry...!"

"Be ffwc 'di'r 'pry' 'ma gen ti?"

"Y chdi 'di'r pry, washi," sgyrnygodd Lemsip a rhythu'n seicotig ar Jenko. "A dwi dal rhwng dau feddwl os dwi am dy ffycin saethu di neu beidio, hahahahahaaaaa!"

Ysgydwodd Jenko'i ben eto, cyn cyfnewid golygon slei efo Simba. Gwelai'r ddau eu cyfle'n dod wrth i Lemsip ddechrau'i cholli hi.

"Felly be *wyt* ti'n mynd i neud efo ni, Lemsip?" holodd Jenko. "Sgennai'm awydd mynd i unrhyw ffycin barti, i fod yn onast."

Atebodd Lemsip mohono. Yn hytrach, dechreuodd ganu cytgan 'Fflat Huw Puw' ar dop ei lais. Sbiodd y ddau arall ar ei gilydd yn sydyn eto, cyn i Jenko symud fymryn yn nes tua'r cefn.

Sylwi wnaeth Lemsip, fodd bynnag, a thanio'r gwn i'r môr heibio i ysgwydd dde Jenko.

"FFYCIN HEL!" gwaeddodd hwnnw wrth ostwng ei hun bron at lawr y gwch. "Callia, Lemsip! Ti'm isio brifo neb arall. Sgen ti ddim rhwyd i neud parsal crancod i ni'n dau, cofia!"

Chwerthin yn uchel wnaeth Lemsip, fodd bynnag. "Ti'm llawar o 'big man' rŵan nagwyt, Jenko! Eh? Chdi a dy fysyls a dy ffycin... tatŵs...!"

Wnaeth Jenko ddim meiddio ateb.

"'Sa ti ond yn gwbod faint o blesar fyswn i'n gael o roi bwlat yn dy swejan di," chwyrnodd Lemsip. "Ti'n gwbod be wyt ti'n dwyt?"

"Pry?" mentrodd Jenko.

"Naci… wel, ia… ond be arall?"

"Dwn i'm. Ond ma gennai deimlad fo ti ar fin deud wrtha i."

"Staen."

"Staen?"

"Ia, ffycin staen. Jenko, dwi rioed wedi dy licio di, sdi…"

"O, waw! Be wna i, dwad? Yli, Lemsip, mae'n ffycin gas gennai dy ffycin gyts ditha, 'fyd. Ffycin hic o Meinwynt fuas di erioed – i gyd yn ffwcio'ch gilydd ar 'ych ffermydd. Ond fel'na ma hi, 'de? Ti'm yn gallu licio pawb, nagwyt? Be 'di'r big deal?"

Ystyriodd Lemsip y geiriau. Roedd yna synnwyr ynddyn nhw. A gwirionedd hefyd. Doedd 'na fawr neb wedi ei licio fo erioed. Dim ond ei ffrindiau… Ei ffrindiau! Roedd o wedi'u gadael nhw i lawr, wedi ymosod arnyn nhw, wedi'u colli nhw am byth. Doedd dim troi 'nôl rŵan. Fel ddudodd y boi yn *Highlander*… "It's better to burn out than fade away!"

"Simba!" gwaeddodd wrth sylwi eu bod nhw gyferbyn â Thrwyn Dindeyrn. "Simba! Stopia'n fan hyn – wel, cer cyn agosad â fedri di at y graig 'na."

"Be, at y ffycin trwyn?"

"Naci – y graig yma, fan hyn," gwaeddodd Lemsip a phwyntio at ynys fach o graig ugain troedfadd o daldra, tua chanllath allan o'r trwyn. "Siawns na fedrwch chi nofio at honna."

"Ti'n ffycin gall?" holodd Simba.

"Ffycin hel, nac'di siŵr dduw!" gwaeddodd Jenko.

"Duw, 'dio'm yn bell, y babi swc!" haerodd Lemsip dan wenu'n fileinig.

"Ond fedrai'm ffycin nofio!" protestiodd Simba.

"Dwi'n siŵr wneith Jenko dy helpu di."

"Ond mae'r llanw'n mynd mewn!"

"Jysd stopia'r gwch yn fa'ma'r pric," gwaeddodd Lemsip wrth anelu'r gwn tuag ato. "Eith o'm yn uwch na'r graig, siŵr. A does'na'm gwynt. Fyddwch chi'n iawn."

Stopiodd Simba'r gwch tua ugain llath o'r graig.

"Iawn – ffwrdd â chi!"

"O cym on, Lemsip. Tria'i gweld hi," plediodd Simba.

"Wel, 'ych dewis chi ydio, hogia," medd Lemsip. "Bwlat yr un, neu cymryd 'ych tsiansys."

"Lemsip," dechreuodd Jenko. "Dwi'n sori am dy alw di'n hic a ballu. Gwranda…"

Cododd Lemsip y gwn. "Dwi'n cyfri i ffycin dri. Well i chi frysio, achos dwi'n dechra licio sŵn y gwn 'ma!"

"OK, OK," gwaeddodd Jenko wrth godi ar ei draed.

"A peidiwch meddwl trio ffyc ôl. Falla 'mod i'n 'pissed and dangerous', ond mae 'y mys i hefyd… Un…! Dau…!"

Neidiodd Jenko at ymyl y gwch a rhoi ei goesau dros yr ochor. "Ty'd, Simba. 'Dio'm yn bell. Helpa i di. Fyddan ni'n iawn – a saffach nag ar y gwch efo hwn! Cydia yn 'y mraich i – barod?"

"Adios, gringos," medd Lemsip. "Joiwch 'ych swim!"

"Lemsip!" medd Jenko cyn gollwng ei hun i'r dŵr.

"Be?"

"Y ffycin emylsion du 'na ar dy wynab di – o sied Mam, ia?"

"Ia."

"Wel, pob hwyl wrth drio'i gael o i ffwrdd. Dim emylsion ydio. Gloss."

109

Mi gymerodd hi bum munud dda cyn i Math allu dianc o du ôl y cowntar, cymaint oedd y galw am hufen iâ, ffrwythau a dŵr oer.

"Be sy, Bît?"

"Ty'd allan i weld hyn, wnei."

Dilynodd Math ei ffrind allan i ben y drws. Cafodd y ddau sioc o weld y dŵr wedi cyrraedd dros y stepan gynta.

"Supermoon – superllanw!" medd Bitrwt. "Ac mae 'na chwartar awr da cyn penllanw!"

"Ffyc! Ddaw o i mewn i'r caffi, dwad?"

"Ydan ni am gymryd y tsians?"

Syllodd y ddau ar ei gilydd.

"Ar ben to!" medd Math. "Symud y sownds. Iwsian ni'r extension a'r four-ways sy'n hongian yn y sied."

"Awê ta!"

Gwaeddodd Bitrwt ar Tongs, oedd bellach yn sefyll wrth un o'r byrddau picnic ar y patio, a'r merched ifanc yn dal i droi fel ieir bach yr haf o'i gwmpas.

"Duw, ddeith o ddim at y drws, siŵr," protestiodd hwnnw. "Dim ffycin swnami ydio."

"Wel, cofia di be ti newydd ei ddeud rŵan pan fydd dy jiwcbocs di'n llawn o bysgod!"

"Fydda i yna rŵan!" medd Tongs yn syth, a brysio ar ôl ei ffrind trwy ddrws ffrynt Tyddyn Dub.

Cyhoeddodd Robi-di-reu y byddai'r miwsig yn stopio am ryw chwartar awr tra fyddan nhw'n "ri-locêtio", gan alw am wirfoddolwyr i'w helpu nhw i symud pob dim angenrheidiol i ben y to. O fewn dim roedd rhesi o bobol hollol off eu pennau yn cario'r decs, y PA a'r bass bins allan trwy'r drws ffrynt, i fyny'r ffordd ac i ben to fflat y caffi.

"Folyntîars efo'r jiwcbocs, plis!" gwaeddodd Tongs o stepan y drws. "Lle ffwc ma Cors a Mynydd pan ti angan nhw, dwad?"

"Blocia concrit!" medd Crwyna, oedd newydd atgyfodi ar ôl bod yn cysgu ar ben y to eto a chael ei ddeffro gan yr holl 'draffig' o'i gwmpas. "Ges i'm cyfla i orffan codi'r wal rownd y toileda 'cw. Rown ni rai o dan y jiwcbocs fel ei bod hi uwchben y dŵr."

Chwarae teg i Cors a Mynydd, er yr holl fadarch a duw a ŵyr be arall yr oeddan nhw wedi'u traflyncu, mi wirfoddolodd y ddau i nôl y blociau. Wrth gwrs, doedd dim dwywaith y gallent gario hyd at chwe bloc yr un – fyddai'n fwy na digon i wneud y tric – am gryn bellter, ond stori arall oedd gwneud hynny heb i rywbeth arall ddwyn eu sylw a pheri iddyn nhw anghofio am yr orchwyl.

Mi ddigwyddodd y 'rhywbeth' hwnnw ar ffurf Steven Person, a hynny ar ben y llwybr igam-ogam, wrth i Cors lwytho breichiau mawr ei frawd efo'r blociau. Mynydd sylwodd arno, yn gwylio'r digwyddiadau i lawr ar y traeth trwy sbinglas, o lwybr yr arfordir. A phan welodd Steven Person y ddau ohonyn nhwythau, mi fartsiodd draw atyn nhw fel sarjant major, a mynnu cael gwybod be oedd yn mynd ymlaen.

"Is the music likely to restart?" holodd yn awdurdodol.

"What music?" holodd Mynydd yn ôl.

"The music that's been booming all bloody night, of course. I doubt very much that they have a licence for it."

"Leisans?" holodd Mynydd, a phedwar bloc concrit yn ei ddwylo.

"Yes. An entertainment licence? A live music licence? Surely you know that every establishment needs to have one if they hold an event like this?"

Chwarddodd Cors un o'i chwarddiadau annifyr oedd yn codi blew gwar rhywun.

Trodd Person ei drwyn arno. "Is there something funny?"

Peidiodd Cors â chwerthin, cyn sbio i fyny ac i lawr ar y dyn dan lyfu'i weflau a gwneud sŵn bwyta. Aeth ias i fyny ac i lawr cefn y Sais, a throdd i holi Mynydd eto.

"Who's the proprietor?"

"The who?"

"The owner of the cafe?"

"You're trespassing."

"You what?"

"You're trespassing."

"No I'm not. It's a right of way!"

"Not today."

Wfftiodd Person yn uchel. "This is part of the coastal path, you fool."

"Be alwodd o fi rŵan, Gwern?"

"Ffŵl, Garnedd."

"Ffŵl?"

"Ia. Ffŵl."

Sgwariodd Steven Person a chodi'i drwyn tua'r awyr. "Look, I'm Steven Person. I own the Sea View Caravan Pa—"

"Have *you* got a licence?"

"What?"

"Have. You. Got. A. Licence?"

"A licence for what?"

"Being in my country."

"Pfft! What are you on about? This *is* my country. It's called Great Britain." Safodd Person yn stiff ac yn dalog a'i drwyn yn uwch nag erioed yn yr awyr.

"What about a licence to be a cunt, then?"

Disgynnodd ceg Steven Person yn agored, a phan gafodd hyd i'w dafod baglodd dros hynny o eiriau y llwyddodd i'w ffurfio. "Is this… erm… a Welsh thing?"

"Very much so," atebodd Mynydd a gollwng y blociau yn glec ar lawr. Glaniodd un ar droed y Sais. Neidiodd hwnnw o gwmpas y lle gan weiddi.

"Gwern – agor drws y toilet 'na!" medd Mynydd wrth gydio yn y boi a'i wasgu'n dynn yn ei freichiau, gan roi ei law maint rhaw dros ei geg o ar yr un pryd. Yna cododd o'n glir oddi ar y llawr a'i gario fo, yn cicio a strancio, a'i wthio i mewn i un o'r ddau doilet glas. Gwaeddodd a sgrechiodd wrth drio atal Mynydd rhag cau'r drws, ond trodd Mynydd o rownd i wynebu ar i mewn, a chan ei ddal o felly efo un fraich, estynnodd am y drws a'i gau – ond dim cyn i Cors lwyddo i roi pinsiad finiog iddo yn ei din.

"Sgen ti hoelan neu rwbath yn dy bocad, Gwern?"

"Mae gen i fforcan, 'de!"

"Lle gas di honna?"

"O'r caffi."

"I be?"

"Wel, 'da ni'n brin o ffyrc yn tŷ 'cw, dydan!"

"O? Wel, dyna chdi, ta. Rho hi drwy'r clo 'ma, ta," medd Mynydd. "Ddysgith wers i'r cwdyn."

"Ond fydd rhywun wedi'i agor o ymhen dim," medd Cors, yn siomedig nad oeddan nhw wedi meddwl am gosb greulonach. "Tro'r cont drosodd, Garnedd! Go on! Go on! Plis, plis, plis," plediodd gan ddechrau neidio i fyny ac i lawr fel mwnci.

"Na. Well peidio," medd ei frawd mawr. "Ond dduda i wrtha ti be…"

Twistiodd Mynydd y fforcan fel tasa hi'n ddim byd ond gwelltyn.

"Dyna ni," medda fo. "Agorith ffwc o neb o rŵan 'ti! Dyna ti dy ffycin leisans, washi!" gwaeddodd wrth roi swadan i ochor y portalŵ.

110

Tyrchodd Lemsip trwy'i fag unwaith eto a dod o hyd i botal fach arall o fodca.

"Hahaha!" meddai wrth ei hagor hi. "Sud ŵ'ti twti ffrwti? Fy mlodyn bach tlws i. O'n i'n gwbo fo ti'n cuddio i mewn yna'n rwla."

Llowciodd ei hannar ar ei dalcan. Yna estynnodd i'r bag eto a chydio yn yr ail wn a ddwynodd o gwt mam Jenko.

"A sud wyt *ti*, ta?" meddai. "Lemsip ydw i. 'Da ni ddim yn nabod 'yn gilydd, ond mi ddown ni'n dipyn o fêts…"

Cododd ei ben i weld lle'r aeth Jenko a Simba. Roeddan nhw bron â chyrraedd y graig – Jenko yn gwneud y bacstrôc ag un fraich yn gafael rownd gwddw Simba. Anelodd Lemsip y gwn at ben Jenko. Daeth yr ysfa i saethu drosto, ond llwyddodd i wrthsefyll y demtasiwn. Llowciodd gegiad da arall o'r fodca, a throi am yr olwyn lywio gan ddyfalu sut oedd 'dreifio'r' gwch. Symudodd lîfer am ymlaen. Dechreuodd symud.

Ymhen pum munud roedd o ym mhen draw bae Porth y Gwin, gyferbyn â'r caffi a thua hannar milltir allan. Trodd y gwch i wynebu'n syth am y parti.

"Reit, ta," meddai. "Os cyrradd parti, cyrradd mewn ffycin steil!" Rhoddodd ei fag llawn o bres yn ôl ar ei gefn, a'r ddau wn yn naill bocad ochor ei gôt. Gwagiodd y botal fodca i lawr ei gorn cwac, a'i thaflu i'r tonnau.

Symudodd y lîfer eto a chyflymodd y gwch, gan wneud bî-lein fel torpedo tuag at y caffi. Cynyddodd y cyflymdra eto nes ei bod hi'n sboncio dros y tonnau fel bom bownsio'r Dambusters.

"It's better to burn out than fade away!"

111

Er fod amcangyfrif Mynydd o pryd fyddai'r penllanw rhyw fymryn yn fuan, cael a chael oedd hi i osod y jiwcbocs ar y blociau concrit cyn i'r dŵr gyrraedd llawr y caffi. Ond er iddo lifo i mewn a chyrraedd at y cownter, dim ond rhyw ddwy fodfadd o ddyfnder oedd o pan drodd y llanw am tua deng munud i wyth. Erbyn hynny, roedd yr haul yn boeth a phawb wedi cynhyrfu'n lân wrth edrych ymlaen i'r sioe fawr ddechrau. O fewn awr mi fyddai sylw pawb ar be fyddai uwch eu pennau yn hytrach na dan eu traed.

Erbyn penllanw hefyd roedd y miwsig wedi hen ailddechrau a'r parti bellach ar y to. Yno, yn ogystal â'r decs a'r bass bins, roedd tua thri deg o bobol yn dawnsio, tra bod o leia cant o rai eraill yn dawnsio neu'n eistedd neu'n gorweddian tua chefn y caffi, yn y twyni, ar y ffordd ac ar y llwybr igam-ogam – a mwy eto'n dawnsio'n droednoeth yn y dŵr o flaen y caffi.

Bitrwt oedd yn ôl ar y decs, ac mi oedd ganddo repertoire arbennig wedi'i baratoi ar gyfer rhan gynta ei set fore – mics eclectig o ddarnau o ganeuon yn ymwneud â'r haul, yn dechrau efo 'Here Comes the

Sun' a 'Good Day Sunshine' gan y Beatles ac 'Always the Sun' gan y Stranglers, wedyn 'House of the Rising Sun' a 'Set the Controls for the Heart of the Sun', cyn gorffen efo 'Mambo Sun' T Rex.

Doedd o'm y mics gorau. Ar ôl cael ymateb da i'r dechrau cryf mi gollodd o bawb efo The Animals a Pink Floyd, cyn ennill pawb yn ôl efo T Rex yn y diwadd. Wedyn, tra'n diawlio'i hun am drio bod yn rhy glyfar, mi gafodd o ffrae efo hogan oedd yn ei haslo fo'n ddibaid i chwarae 'Total Eclipse of the Heart'. Ar ôl gwrthod ddwywaith, mi frathodd o'r trydydd tro a dweud mai "miwsig i morons" oedd y "ffycin caws yna". Aeth hynny ddim i lawr yn dda efo'r hogan, oedd yn "disgusted" fod o'm yn chwarae ei "hoff gân yn y byd" gan "hogan Gymraeg o Swonsi!"

"Ffyc off" gafodd hi, beth bynnag – ac os oedd hi'n anfodlon ynghylch y sen a boerodd Bitrwt ar ei "hoff gân yn y byd" eiliadau ynghynt, wel, mi aeth hi'n ffycin lloerig wedyn. Ond mi wenodd hi pan chwarddodd ei mêt ar be ddywedodd Bitrwt wedyn.

"Yli, os fysa Catherine Zeta-Jones yn landio yma mewn helicoptar a gofyn i fi chwara Bonnie ffycin Tyler, fyswn i'n deud wrthi am ffwcio 'nôl i Mumbles i werthu cocos."

Dyna pryd gofiodd Bitrwt fod y miwsig wedi stopio, ac wedi iddo neidio at y meic a malu awyr am hannar munud tra'n dod o hyd i'r gân oedd o isio, gwaeddodd "Bore da haul, bore da Bob", a throi'r sain i fyny efo 'Three Little Birds' i lenwi Porth y Gwin efo "hud, hwyl a cariad".

"Ffycin athrrrylith, reu!" gwaeddodd Robi-di-reu a'i gan o lager yn yr awyr. "Brrrenin y Rrrifierrra Rrreu, reu!"

"Blydi hel, ti'n meddwl?" medd Raquel, mor sigledig ei geiriau ag yr oedd ar ei thraed. "'Dio'm yn gall, siŵr… Ond mewn ffordd dda."

"Iesu, be oedd hynna, Raquel?" holodd Math. "Y peth agosa i ganmoliath glywis i ti'n roi iddo fo erioed!"

"Wel, mae o *yn* frawd bach i fi, wedi'r cwbwl. Er fod o angan peltan iawn weithia. Welis i'm hedffyc 'run fath â fo erioed, ar fy myw! Lle mae Krystyna 'di mynd? Asu, ma hi'n hogan neis, Math."

"Yndi mae hi, reu," cytunodd Robi.

"Asu, yndi, lyfli. Wel, lle mae hi, Math?"

"Dwn i'm, Raq," atebodd hwnnw. "Aeth hi i chwilio am Leri, dwi'n meddwl. Sbel yn ôl bellach. Tshilio yn rwla, am wn i…" Aeth Math yn dawel, cyn sbriwsio drwyddo eto a chodi ei botal i'r awyr. "Beth bynnag, iechyd da pawb! I Tyddyn Dub!"

Clinciodd pawb eu cyfarchion ac yfed o'u poteli, a daliodd Robi-di-reu Raquel cyn iddi hitio'r llawr ar ôl siglo ychydig gormod.

"Hei," medd Math wedyn. "'Da chi'n gwbod pwy dwi heb weld o gwbwl, drwy nos?"

"Pwy?"

"Dingo."

"O... ffyc, glywis i rywun yn deud rwbath," medd Robi. "Rhywun 'di clywad fod o yn y sbyty neu rwbath, reu."

"Cer o'na!" medd Math.

"Cofia di, dwi'm yn siŵr os 'nes i glywad o o gwbwl, reu. Ella na breuddwyd math-o-beth oedd o. Mae pob dim yn sŵp, cont, reu."

"Ha! Sbia rhein!" medd Math wrth i Tongs a Crwyna gamu oddi ar y llwybr i ben y to, y naill yn cario bwrdd plastig uwch ei ben a'r llall efo pedair cadair – a'r ddau'n socian o'u canol i lawr. Yna, fel rhyw fath o hud, daeth Krystyna i'r golwg – yr un mor wlyb – yn cario bwrdd arall uwch ei phen hithau. Ac yn ei dilyn hi – ond wedi llwyddo i beidio gwlychu – roedd Leri a rhyw hogan ifanc wrth ei chynffon, yn cario cadeiriau a dau barasôl.

"Meddwl fysa ni'n gwatsiad y sioe efo grandstand seat, hogia!" medd Crwyna a'i wên fel yr haul uwchben.

Heb yn wybod i'r criw, tua phum can llath allan i'r môr, roedd Lemsip yn taranu tuag at Tyddyn Dub yng nghwch Dingo. Roedd o'n sefyll wrth yr olwyn lywio, fel rhyw Barti Ddu lloerig â gwên wallgo ar ei wep, ac yn ei law rydd roedd pistol yn pwyntio i'r awyr. Agorodd ei felt a gadael i'w drowsus a'i drôns ddisgyn at ei draed.

"YEEEEEEEE-HAAAAAAA!" gwaeddodd a thanio'r gwn – unwaith, ddwywaith, deirgwaith...

"HOLD THAT PARTEEE, LADIEEES, MAE 'NA LOND CWCH O GOC YN DOD...!"

Dechreuodd ganu.

"*PWY SY'N DŴAD DROS Y MÔR, FEL FFYCIN TORPÎDO... EI FARF YN DDIM A'I BEN 'DI MYND... A GANJA YN EI SACH HAHAHAHAAAAARGH!*"

Taniodd y gwn eto. Ac eto, ac eto. Teimlodd y gwynt ar ei gorun moel. Chwipiodd fflachiadau o'i fywyd trwy'i feddwl: ei blentyndod, ei rieni, ei frawd, ei ffrindiau – a'i MILFs. Roedd popeth wedi mynd, bellach. Mi gollodd o'r cyfan. Doedd dim troi 'nôl. *Dim* troi 'nôl. "BETTER TO BURN OUT THAN FADE AWAY!" O leia fyddai o'n gadael un o'r presantau gorau erioed i'w ffrindiau. Llond cwch o sgync ac wyth deg mil mewn cash! "COFIWCH FI, Y BASDADS!"

Ailgydiodd yn y canu. "*A PWY SY'N ISTA YN Y GWCH, YN LLAWN O FODCA RHAD...*"

Tagodd ar y geiriau wrth i'r gwynt chwipio'r dagrau o'i lygaid cyn cyrraedd ei fochau.

"*... LEM-SIP... LEM-SIP... HELÔ... HELÔ...*"

Taniodd y gwn eto a'i daflu i'r môr. Taflodd y gwn arall o'i bocad i'w ganlyn. Gwelodd y tir yn nesu. Gwelodd y dŵr yn cyrraedd drws y caffi. Gwyliodd y drws yn agosáu...

"*... TYRD YMA, TYRD I LAWR!*"

112

"*HEI HEI, HEI-HEI, BLE'R AETH YR HAUL, BLE'R AETH YR HAUL...*"

Os oedd stad Tal y Wern yn llinyn mesur o weddill y wlad, roedd pwy bynnag oedd yn cynhyrchu 'sbectols eclips' wedi gwneud ffortiwn. Allan yn y gerddi, ac yn y 'sgwâr' o flaen fflatiau Tongs a Bitrwt, roedd y cymdogion i gyd yn gwylio'r sioe fawr yn yr awyr uwchben. Ac ynghanol yr "wwws" a'r "waws" roedd rhai'n mentro trio tynnu lluniau – a rhai ohonyn nhw'n llwyddo. Ond roedd pob un yn rhyfeddu at yr hyn oedd yn digwydd i'r haul, a phob un yn teimlo'n fach a dibwys wrth gael eu hatgoffa o'u lle yn nhrefn y bydysawd mawr.

Roedd hi'n bum munud ar hugain i ddeg ac roedd cân Huw Jones ar donfeddi'r radio yn cario trwy ffenestri a drysau agored y tai. Ers dros dri chwarter awr bu'r lleuad yn araf daenu ei blanced yn dyner a chariadus dros wyneb yr haul. Fel miloedd o weithiau dros dreigl amser, perfformiwyd y ddawns ddramatig yn dawel a phwrpasol. Doedd dim ffys, dim ffanffer, dim ffwdan na lol Strictli-Cym-Dansingaidd. Dim ond dau ffrind hyna'r ddynolryw yn creu cyfaredd yn yr awyr. Ac oni bai, efallai, am wisgo sbectols papur drud, yno, yn y gofod, oedd yr unig ddefod...

"HEI HEI, HEI-HEI, BLE'R AETH YR HAUL, BLE'R AETH YR HAUL..."

Roedd y ffenestri'n agored yn nhŷ mam Jenko hefyd, ond yr unig bobol yn yr ardd oedd aelodau'r Serious Crime Squad a swyddogion SOCO yn archwilio'r sied yn eu hofyrôls gwyn, wedi i'r penderfyniad i symud yn erbyn y gang gael ei wneud y bore hwnnw, yn dilyn y newyddion am 'lofruddiaeth' Dingo. Doedd dim sôn am Jenko yn unlle pan ddechreuodd y cyrch ond mi ddaeth galwad ffôn i hysbysu DCI Pardew bod Gwylwyr y Glannau wedi ei achub o a Simba oddi ar graig yn y môr oddi ar Drwyn Dindeyrn, ar ôl i hofrennydd yr heddlu eu gweld nhw...

"HEI HEI, HEI-HEI, BLE'R AETH YR HAUL, BLE'R AETH YR HAUL..."

Swyddogion mewn ofyrôls gwyn oedd yn mynd a dod yng nghegin y Lledan hefyd. Trawiad ai peidio, roedd yr anafiadau difrifol a ddioddefodd Dingo yn golygu bod achos o lofruddiaeth wedi cael ei agor. Ac allan yn yr ardd gefn, a nodau'r gân yn dawnsio trwy ffenast agored un o'r llofftydd, roedd Cimwch yn eistedd a'i ben yn ei ddwylo wrth ateb cwestiynau DI Jones a DC Forest. Golygfa debyg oedd yn nhŷ Dingo hefyd; swyddogion yn gwagio cypyrddau a chodi'r lloriau, ac yn rhoi eitemau personol mewn bagiau clir. Yno roedd mam Heather yn ei dagrau, wedi gorfod mynd â'r plant i'r ysgol dros ei merch – oedd wedi cael ei llusgo, yn ei galar, i ateb cwestiynau anodd yng ngorsaf heddlu Caernarfon...

"HEI HEI, HEI-HEI, BLE'R AETH YR HAUL, BLE'R AETH YR HAUL..."

Tynnu lluniau trwy delisgop yn ei ardd gefn oedd Tecwyn Pierce, tra'n hymian efo'r gân ar y radio, pan ddaeth cnoc ar y drws ffrynt. Ei wraig, Selina, atebodd – heb ei dannedd ac yn drewi o jin. Pan alwodd hi arno, aeth drwodd i weld bêliff yn aros amdano efo gwŷs mewn amlen yn ei law. Mi ffoniodd o Steven Person yn syth, ond chafodd o fawr o synnwyr gan hwnnw gan ei fod o'n mwydro'n hysteraidd ei fod wedi cael ei gloi mewn portalŵ mewn cae yng ngwersyll Crwynau, a'i fod o'n ofni cael "asthma attack". Ymbiliodd yn daer – ond ofer – ar Tecwyn i ffonio'r heddlu, gan nad oedd o'n cael ateb ar ffôn yr orsaf ac nad oedd bod yn sownd mewn toilet yn ddigon o argyfwng, meddai'r gwasanaeth 999...

"HEI HEI, HEI-HEI, BLE'R AETH YR HAUL, BLE'R AETH YR HAUL…"

Mewn teras arall ar stad Tal y Wern roedd Mrs Doran yn eistedd ar gadair gampio allan yn ei gardd ffrynt yng nghwmni ei chymdogion. Ar ei phen roedd hen helmet weldio ei diweddar ŵr, ac roedd hi'n syllu'n syth at yr haul a'r cysgod du oedd wedi ei orchuddio bron i gyd. Doedd hi'm yn siŵr be i'w wneud o'r holl beth a, petai'n onest efo'i hun, roedd hi'n eitha nerfus, yn enwedig pan "dawelodd yr adar" ac y "dimiodd Duw y golau". Mi deimlodd y tymheredd yn gostwng hefyd, medda hi, cyn dod allan efo'r clasur, "Be os eith y peth du 'cw'n sownd? Be wnawn ni wedyn, dwch? Byw â'r haul ar 'dip' am byth? Fel y blydi bylbs low enarji da-i-ddim 'ny?"

"HEI HEI, HEI-HEI, BLE'R AETH YR HAUL, BLE'R AETH YR HAUL…"

Roedd yr haul wedi bod yn tywynnu yng ngardd Anti Hilda ers toriad gwawr, ac erbyn hannar awr wedi wyth roedd hi wedi gosod ei llestri tsieina gorau a'i chytlyri arian smartia ar y bwrdd yn yr ardd ffrynt. Ar y bwrdd hefyd roedd bowlenni o jam a marmalêd, tebot, jwg llefrith a bowlen o siwgwr. Ac wrth gwrs, roedd yno blât fawr wedi'i gorlwytho â bara menyn wedi'i dorri'n dafelli tenau fel cardiau credyd, a phlatiad fawr arall o fara brith, platiad o gacan ffenast, cacan ffrwyth, swiss rolls siocled, bisgedi "borbons", pengwyns, deijestifs, Rich Tea a "Mari bisgets" – a chacenni cri ffres y bu wrthi'n eu coginio ers hannar awr wedi chwech. Mi gyrhaeddodd Derek ddau funud union wedi iddi osod y bwrdd ac, fel yr addawodd, mi ddaeth â dwy "sbectol sbesial" efo fo.

"Cân fach dlos ydi hon, Derek," medd Anti Hilda wrth hymian efo'r radio. "Amserol iawn. Ond tydi o'n athrylith, Derek, i'r Bod Mawr gadw'r pethau pwysicaf i gynnal bywyd ar y Ddaear i fyny fan'cw – allan o gyrraedd Dyn!"

Gwenodd Derek a gwasgu'i llaw…

"HEI HEI, HEI-HEI, BLE'R AETH YR HAUL, BLE'R AETH YR HAUL…"

Wedi chwarae 'Dub Side of the Moon' tra bo'r lleuad yn dechrau taenu'i gysgod dros yr haul, roedd Bitrwt wedi diffodd y miwsig wrth iddi dywyllu ac oeri, er mwyn i bawb gael profi'r tawelwch hudol hwnnw fyddai'n disgyn dros y lle pan fyddai'r adar yn dal eu gwynt. Yna, eiliadau wedi'r uchafbwynt, fel yr addawodd y byddai o'n gwneud, aildaniodd Bitrwt y gerddoriaeth efo 'Ble'r Aeth yr Haul'.

O fewn dim, roedd y dawnswyr hynny oedd yn gyfarwydd â'r gân yn ei chyd-ganu – eu dwylo i'r awyr, a dagrau gorfoledd yn powlio i lawr bochau ambell un – ac yn fuan wedyn roedd pawb arall, bron, wedi ymuno wrth i harmonïau hyfryd Heather Jones eu hudo. Ategwyd y ddawns yn yr awyr gan y ddawns ar y to, yn bortread perffaith o'r cysylltiad tragwyddol rhwng yr haul, y lleuad, y bydysawd a Ninnau – y mân greaduriaid sy'n crwydro'r Ddaear. Hyn, a gwisgo'r sbectols bondigrybwyll, oedd yr unig ddefod a welwyd yn Nhyddyn Dub. Ac er ei gynlluniau mawr ar gyfer nodi a dathlu'r achlysur, dawnsio'n ddagreuol â'i freichiau yn yr awyr oedd y cwbwl a wnaeth Math hefyd.

Un 'sbectol sbesial' rhyngthyn nhw oedd gan y criw rownd y ddau fwrdd ar do Tyddyn Dub, ond roedd pawb yn ddigon bodlon rhannu a chymryd cip sydyn bob yn hyn a hyn tra'n dawnsio. Y digwyddiad oedd yn bwysig, a'r parti, oedd yn llwyddiant ysgubol er gwaetha'r 'superllanw' – ac er gwaetha 'ymosodiad kamikaze' Lemsip toc wedi hwnnw.

Robi-di-reu oedd y cynta i weld y gwch yn taranu tuag atyn nhw rhyw ychydig ar ôl troi wyth o'r gloch, wedi i sŵn ergydion gwn dynnu'i sylw. Trodd pawb i syllu mewn dychryn wrth i ryw nytar efo coc fawr a gwyneb du agosáu, yn tanio be oedd pawb yn feddwl oedd yn wn dechrau rasys i'r awyr. Pranc peryg feddyliodd pawb i ddechrau, cyn sylweddoli nad oedd y gwch yn mynd i allu stopio…

Diolch byth, wnaeth cynllun lloerig Lemsip i adael y byd mewn storm o fflamau ddim gweithio. Yn lle plannu i mewn i ddrws y caffi, tyllodd y ddau bropelar o dan y gwch i mewn i'r tywod hannar ffordd i fyny'r traeth, a gwyrodd y gwch i bob cyfeiriad wrth dyrchu tywod a dŵr budur i'r awyr a tu ôl iddi. Arafodd yn sylweddol cyn cyrraedd y patio, ac erbyn iddi hitio'r concrit roedd hwnnw'n ddigon i'w stopio yn y fan a'r lle – gan yrru Lemsip nid i uffern mewn pelen o dân ond dros flaen y gwch ac ar ei wyneb ar y patio, cyn rowlio din dros ben i mewn trwy ddrws ffrynt Tyddyn Dub.

Erbyn i bawb redeg i lawr i'w helpu, roedd o'n eistedd ar ei din yn y dŵr, gyferbyn â'r jiwcbocs ar ei choesau newydd o flociau concrit, yn nyrsio briw ar ei dalcen oedd yn llifo gwaed coch dros y paent du ar ei wyneb. Yn ei law roedd record feinyl saith modfadd oedd wedi cael ei chario i mewn ar y llanw mawr. Darllenodd y sgrifen ar y ddisg, ac allai o'm coelio'i lygaid. Metallica, 'Until It Sleeps' – y record oedd o isio'i chadw pan bleidleisiodd pawb yn ei erbyn a'i sbinio hi allan i'r môr. Gwelodd Lemsip hynny fel arwydd ei fod o i fod i fyw, ac mi gododd ei drowsus a rhedeg – yn gloff ac yn feddw gaib a'i fag ar ei gefn – i ffwrdd tua'r twyni a draw i lwybr yr arfordir, a diflannu…

"HEI HEI, HEI-HEI… BLE'R AETH YR HAUL, BLE'R AETH YR HAUL…"

Gorffennodd deuawd dlos Huw a Heather a gadawodd Bitrwt CD o ganeuon ska cynnar Toots, Desmond Decker, y Skatalites, Prince Buster ac ati, yn ogystal â stwff two-tone yr wythdegau cynnar gan y Specials, Selecter, Madness, Bodysnatchers a'r Beat, i chwarae dros y PA. Aildaniodd y parti a llanwodd y 'llawr dawnsio' ar y to, a'r llawr arall ymysg y twyni, ac wedi i'r ddawns yn yr awyr ddod i ben wrth i ewin ola cysgod y lleuad adael gwyneb yr haul, ac wedi i'r adar ddechrau canu a hedfan eto, ac wedi i'r llanw gilio o'r tywod o flaen y patio, cyrhaeddodd y parti benllanw arall, wrth i gynnyrch seicotropic Chef Bitrute yrru pawb i'r uchelfannau unwaith eto. Ac wrth i'r CD ddirwyn i ben, neidiodd Bitrwt am y meic ac adrodd – dros guriadau bywiog y ska – y troslais a recordiodd ar DVD 'porn deillion' Math.

"A plumber is standing at the door, aye… He looks like Super Mario, aye…"

Cododd Robi-di-reu i ymuno efo fo tu ôl y decs, gan basio sbliffsan 'run seis â Cornetto iddo. Chwarddodd y ddau'n braf wrth wylio'r golygfeydd o'u cwmpas: Crwyna a'i dafod yn llyfu'r bwrdd wrth i Raquel roi dawns polyn iddo o dan y parasôl, Tongs yn trio – a methu – reslo ei gap oddi ar Pennylove, Cors a Mynydd yn drymio ochrau portalŵ uwchben y llwybr igam-ogam, Leri yn arwain Els i'r twyni, a Math a Krystyna fraich ym mraich… yn dawnsio'r polka i fiwsig nad oedd neb ond nhw o'u dau yn ei glywed.

Hei-ffeifiodd Bitrwt a Robi-di-reu, cyn i Bitrwt gyhoeddi dros y meic, "HIR OES I'R INDEPENDANT TROPICAL WALES!"

"Iaaa, reu," gwaeddodd Robi-di-reu wrth gipio'r meic o ddwylo'i fêt, a gweiddi dros Borth y Gwin i gyd, "HIRRR OES I'RRR RRRIFIERRRA REU… REU!"

DJ JAH ROB I

MARLEY
PETER TOSH
BLACK UHURU
STEEL PULS-
CULTURE/Jo
ASWAD
MISTY
WAILING SOUL
NINEY
FAR-I
TUBBY ←
SCRATCH

BEAT ROOTZ

1. EXODUS
2. MAN CHAD — REY BOBBY MARLEY
3. TUBBY
...
...TADO BEST DRESSED CHICKEN

BEAT ROOTZ!

1. HERE COMES THE SUN
2. GOOD DAY SUNSHINE
3. MRS. THE SUN
4. HOUSE OF THE RISING SUN
5. GET CLOSER TO THE HEART
            OF THE SUN
6. DUB WITH YA HAUL

... BANULO
... (CIA ROURENS/ WHITE MAN...)
...CE
...KER   21 DONCE
...NK   22 BABY MEGA
...TONES   23 DUB DC
...RALITES   24 RUNNIN 18.
...MON D   25 GUN OF BRIX
...O. FATTY   ...
...ALS

TONGS.

(61) SOUNDSYSTEM.

GUEDAN FFATI DEW
GENTS DUB CLUB.
SMOKE LIKE A FISH
JECSAN FFEIF
LLUNPA LLACTHOG.
MR PHURMVLA SBELSMEY
DUB SANDICATE
CLANDESTINO
CLASH
RUTS
MEMBERS
LOI DE ARAJO
MAD-PROF.
BLACK UHURU
BURNING SPEAR

MATH YN Y BATH
      MATH O BOTH!
Jarman — Mother Sal y Physa
Barbarian'd
    King Blues - Care F: D: Youth
Asian Dub Foundation
Dubmerge
Anwelodog
Bob Marley
Afro Celt
Dub Specialists
  Disciples
Dub Trutte
Bush Chemists
East Meets West
Dub Gecko.
Armaigideon
Dubplate Vibe Crew
Jah Warrior
Zion Train
Pantbers - Captain Coralls Ponvols/s Naughty

£9.95

Rhestr fer Llyfr y Flwyddyn
ac enillydd gwobr Barn y Bobl
2011

£9.95

£7.95

£7.95

£7.95

Am restr gyflawn o lyfrau'r Lolfa, mynnwch
gopi am ddim o'n catalog
neu hwyliwch i mewn i'n gwefan

www.ylolfa.com

lle gallwch archebu llyfrau ar-lein.

yLolfa

TALYBONT CEREDIGION CYMRU SY24 5HE
ebost ylolfa@ylolfa.com
gwefan www.ylolfa.com
ffôn 01970 832 304
ffacs 832 782